Pride and Prejudice

The Classic Books

오만과 편견

제인 오스틴

북로드

—
차
례
—

제1부

1

사람들은 누구나 재력 있는 독신 남자한테는 당연히 아내가 있어야 한다고 생각한다. 이 생각이 너무나 깊이 각인되어 있어서 이런 남자가 이웃에 이사 오면 마을 사람들은 그 남자의 감정이나 의향이 어떤지는 아랑곳하지 않고 자기 딸들 중 하나가 차지해야 할 재산쯤으로 치부한다.

어느 날 베넷 부인이 남편에게 말했다.

"드디어 네더필드에 누가 이사 오기로 했다던데 당신도 들었어요?"

베넷 씨는 못 들었다고 대답했다.

"그렇다네요. 방금 롱 부인이 왔다 갔는데 그러더라고요."

부인의 말에 남편은 아무 대답도 하지 않았다.

"어떤 사람인지 궁금하지 않아요?"

부인은 조바심이 나는지 조금 큰 소리로 말했다.

"당신이 그렇게 얘기하고 싶어 하는데 들어줘야지."

부인은 그 대답으로 충분했다.

"글쎄, 당신도 알고 계세요. 롱 부인이 그러는데 네더필드에 이사 오기로 한 사람은 잉글랜드 북부에 사는 젊은 남자로 굉장한 부자래요. 월요일에 사두마차를 타고 와서 집을 둘러보고는 마음에 쏙 들었는지 바로 모리스 씨와 계약했대요. 미가엘 축일(9월 29일—옮긴이) 전에 이사하기로 했다는데 하인들 몇 명은 다음 주말에 온다네요."

"이름이 뭐라고 했소?"

"빙리래요."

"결혼은 했나? 아직 미혼인가?"

"아유, 당연히 미혼이죠. 부자인 데다 연 수입이 4, 5천 파운드는 된대요. 우리 딸아이들 생각하면 정말 잘된 일 아니에요?"

"그게 무슨 말이오? 우리 애들이랑 무슨 상관이라고?"

"나 참, 왜 그렇게 한심한 소리를 해요? 그 남자가 우리 딸들 중 누구라도 마음에 들어 하면 결혼하지 않겠어요?"

"그럴 심산으로 이사 온다오?"

"그럴 심산이라니요! 무슨 그런 말이 있어요. 하지만 우리 애들 중 누구 하나를 사귈 수도 있죠. 그러니까 당신은 그 남자가 이사 오거든 당장 찾아가보세요."

"내가 왜 가야 하오? 가고 싶으면 당신이나 애들 데리고 가보구려. 아니면 애들만 보내든지. 그게 낫겠네. 당신은 애들보다 더 예뻐서 빙리 씨가 당신을 더 좋아할지도 모르잖소."

"아유, 그만 추어올려요. 물론 한때는 어디 내놔도 빠지지 않는 미모였지만 지금은 뭐 그렇다고 할 수 있나요? 다 큰 딸들을 다섯이나 길렀으면 미모 따위는 포기해야죠."

"그런 경우에 포기하고 말고 할 미모도 없는 여자들이 태반이지."

"어쨌든 빙리 씨가 이사 오거든 꼭 가서 만나봐요."

"그 약속은 못 하겠으니 그렇게 알아요."

"딸들 생각 좀 해요. 우리 애들에게 얼마나 좋은 자리인지만 생각하란 말이에요. 윌리엄 루카스 경 내외도 순전히 그 때문에 가볼 거라네요. 그분들이 누가 이사 왔다고 찾아가고 그러는 분들인가요? 그러니 당신도 가야 해요. 당신이 안 가는데 나 혼자 애들 데리고 어떻게 가겠어요?"

"소심하게 그럴 거 없어요, 여보. 빙리 씨라면 반갑게 맞아줄 거요. 우리 애들 중에 누구라도 마음에 드는 아이가 있으면 결혼해도 좋다고 몇 자 적어줄 테니 갖고 가구려. 우리 귀여운 리지(엘리자베스의 애칭―옮긴이) 칭찬 좀 적어야겠네."

"제발 그러지 말아요. 리지가 다른 애들보다 나은 게 뭐가 있다고. 인물이 제인의 반만이라도 예쁘기를 해요, 아니면 리디아 반만이라도 사근사근하기를 해요? 당신은 왜 늘 리지만 예뻐하는지 이유를 모르겠어요."

"다른 애들은 자랑할 게 없지 않소. 다른 집 애들처럼 하나같이 생각이 없고 무식해. 리지는 다른 애들보다 훨씬 총명하잖소."

"아니, 어떻게 자기 자식을 그렇게 말해요? 당신은 나를 괴롭히는 게 재미있어요? 내 신경이 얼마나 예민한데 안쓰럽지도 않아요?"

"그럴 리가. 내가 당신 신경을 얼마나 신경 쓰는데. 나한테는 오랜 친구나 마찬가지지. 적어도 지난 20년 동안 신경 썼으니 말이오."

"당신은 내가 어떤 고통을 겪고 있는지 몰라요."

"아니, 당신은 잘 견디고 오래오래 살아서 1년에 4, 5천 파운드나 버는 젊은이들이 이웃에 잔뜩 이사 오는 걸 볼 수 있을 거요."

"그런 젊은이들이 20명 온다 한들 당신이 가서 만나지 않으면 무슨 소용이에요?"

"20명이 오면 그때는 내가 다 찾아갈 테니 걱정 말아요."

베넷 씨는 재치가 넘치고 냉소적이며 내성적이면서도 변덕스러운 면을 동시에 지닌 특이한 인물이었다. 그래서 지난 23년이나 같이 산 아내는 아직도 남편의 성격을 제대로 알지 못했다. 반면 부인은 속내를 쉽게 드러내고 이해가 더디며 지식이 얕은 데다 감정 기복이 심한 여자였다. 그녀는 마음에 들지 않는 일이 생기면 신경쇠약이 도졌다고 생각했다. 그녀에게는 딸들을 부잣집에 시집보내는 것이 평생의 사업이었고, 이웃과 왕래하며 새로운 소식을 듣고 수다를 떠는 것이 삶의 낙이었다.

2

베넷 씨는 빙리를 맨 먼저 만나러 간 방문객 중 하나였다. 그는 끝까지 가지 않을 것이라고 말했지만 사실 속으로는 찾아가려고 마음먹고 있었다. 그러나 부인은 그날 저녁때까지도 그 사실을 전혀 몰랐다. 그러다 그날 밤 둘째 딸이 모자 장식 다는 것을 지켜보다가 베넷 씨가 불쑥 말하는 바람에 들통 나고 말았다.

"리지, 빙리 씨가 그걸 마음에 들어 하면 좋겠구나."

"만나지도 않을 거면서 빙리 씨가 뭘 좋아하는지 무슨 상관이에요?"

그의 아내가 화난 투로 말했다.

"어머니, 잊으신 모양인데 무도회 때 그분을 만나게 될 거예요. 롱 부인이 소개해준다고 약속했잖아요."

엘리자베스가 말했다.

"롱 부인이 소개해준다고? 롱 부인한테도 조카딸이 둘이나 있어. 얼마나 이기적이고 위선적인데. 별 기대도 안 한단다."

"나도 같은 생각이오. 당신이 그 부인한테 신세 지지 않을 거라니 잘됐구려."

베넷 부인은 대꾸도 하지 않았다. 하지만 화를 참지 못하고 딸한 테 성질을 부렸다.

"키티(캐서린의 애칭—옮긴이), 제발 기침 좀 그만해. 기침 소리 때문에 신경이 곤두서잖니!"

"키티, 기침을 할 때는 주위 사람도 생각해야지. 조심하렴."

아버지가 말했다.

"누구는 좋아서 하나요?"

키티가 짜증스러운 투로 대답했다.

"리지, 다음 무도회가 언제지?"

"보름 뒤예요."

"맞아, 롱 부인은 그 전날까지 못 올 텐데 어떻게 그 사람을 소개 해준다는 거야. 롱 부인도 그 사람을 모를 텐데."

어머니가 큰 소리로 말했다.

"여보, 그렇다면 당신이 롱 부인한테 빙리 씨를 소개하면 되잖소."

"말도 안 돼요. 나도 잘 모르는데 어떻게 소개를 해요? 정말 사람 약 올리는 거예요?"

"역시 신중한 건 알아줘야 해. 물론 보름 정도 알고 지냈다고 해 서 사람의 마음을 꿰뚫어볼 수야 없지. 하지만 우리가 안 하면 다른 사람이 할 것 아닌가? 결국 롱 부인과 조카딸들도 소개를 받을 거 요. 그러니 당신이 하지 않겠다면 내가 나서야겠소. 그러면 롱 부인 도 아마 무척 고마워할 거요."

딸들은 눈을 휘둥그렇게 뜨고 아버지를 빤히 쳐다보았다. 베넷 부인은 "말도 안 돼요. 말도 안 돼!"라고만 했다.

"말이 안 되다니 그게 무슨 소리요? 소개하는 게 그렇다는 거요, 아니면 절차가 그렇다는 거요? 그 점에 동의할 수 없소. 메리, 넌 어 떻게 생각하니? 넌 생각이 깊고 좋은 책도 많이 읽잖니. 게다가 좋 은 대목이 눈에 띄면 따로 적어놓고 말이야."

메리는 뭔가 재치 있는 말을 하고 싶었지만 딱히 떠오르지 않았다.

"메리가 생각을 정리하는 동안 빙리 씨 얘기나 더 합시다."

베넷 씨가 말했다.

"이제 빙리 씨 얘기는 지긋지긋해요."

그의 아내가 소리치듯 말했다.

"그것참 유감이군. 진작 그렇게 말했으면 좋았을걸. 오늘 아침에 라도 당신 생각이 그런 줄 알았으면 그 사람을 찾아가지 않았을 텐데. 어쩌지? 이미 만났는데 새삼 모른 척하기도 그렇고. 어쩔 수 없이 알고 지내야 하지 않겠소?"

그가 바라던 대로 여자들 모두 깜짝 놀랐다. 베넷 부인은 딸들보다 더 많이 놀란 듯했다. 너무 기뻐서 법석을 떨던 부인은 흥분이 가라앉자 처음부터 그럴 줄 알았다고 말했다.

"당신은 참 좋은 사람이에요. 결국 내 말을 들을 줄 알았어요. 딸들을 그렇게 사랑하는 분이 그런 사람과 알고 지낼 기회를 놓칠 리 없죠. 정말 너무너무 기뻐요. 게다가 사람을 감쪽같이 속이다니. 어쩜 아침에 다녀왔으면서 여태까지 한마디도 안 할 수가 있어요? 대단해요."

"키티, 이제는 얼마든지 기침해도 된단다."

베넷 씨가 말했다. 그는 몹시 흥분한 아내를 계속 보고 있자니 지긋지긋해서 방을 나갔다.

"얘들아, 너희 아버지는 참 훌륭한 분이시란다. 너희가 아버지의 사랑을 다 갚을 수 있을지 모르겠구나. 나한테도 그렇고 말이다. 우리 나이가 되면 새로운 사람을 만난다는 게 그리 즐겁지만은 않단다. 하지만 너희를 위해서라면 무엇이든 하지. 귀여운 리디아, 너는 나이가 가장 어리지만 아마 다음 무도회 때 빙리 씨가 너하고 춤을 출 거다."

"걱정 마세요. 나이는 가장 어리지만 키는 내가 제일 크거든요."

리디아가 당차게 말했다.

그날 저녁 부인과 자매들은 빙리가 남편의 방문에 얼마나 빨리 답할지 추측해보고, 언제 그를 저녁 식사에 초대할지 이야기하면서 남은 시간을 보냈다.

3

베넷 부인은 다섯 딸들의 도움을 받아 남편에게 빙리에 대해 이것저것 물어보았지만 만족할 만한 대답을 듣지 못했다. 때로는 노골적으로 때로는 교묘하게 가정하거나 추측하는 등 온갖 방법으로 유도해봤지만 남편은 재치 있게 피해갔다. 그들은 할 수 없이 이웃에 사는 루카스 부인에게 정보를 얻을 수밖에 없었다. 부인은 반가운 소식을 전해주었다. 윌리엄 루카스 경은 빙리를 무척 마음에 들어 했다. 젊고 잘생긴 데다 싹싹할 뿐만 아니라 다음 무도회에 친구들을 많이 데리고 오겠다고 했다는 것이다. 이보다 더 기쁜 일이 어디 있단 말인가! 춤을 좋아한다는 말은 연애에 첫발을 내디뎠다는 뜻이었다. 그래서 모두 빙리의 마음을 사로잡겠다는 희망을 품었다.

"우리 딸 중 누구든 네더필드에서 행복하게 사는 모습을 볼 수만 있다면, 그리고 다른 애들도 마찬가지로 시집을 잘 간다면 난 더 이상 바랄 게 없어요."

베넷 부인이 남편에게 말했다.

며칠 뒤 빙리는 베넷 씨의 방문에 대한 답례로 그의 집을 찾아가 약 10분 정도 서재에서 이야기를 나누었다. 베넷 씨의 딸들이 아름답다는 말을 익히 들은 빙리는 그녀들을 보고 싶었지만 그 집에서 나올 때까지 그 아버지밖에 보지 못했다. 한편 베넷 씨의 딸들은 운 좋게도 2층에서 창밖을 내다보다가 우연히 푸른색 윗옷을 입은 그가 검정말을 타고 있는 모습을 보았다.

그 후 그들은 곧 저녁 식사에 참석해달라는 초대장을 보냈다. 베넷 부인은 벌써부터 자기의 살림 솜씨를 뽐낼 만한 음식을 장만하기 시작했다. 그러나 빙리는 저녁 초대를 연기해달라는 답을 보내왔다. 다음 날 아침 런던에 볼일이 있어서 영광스러운 초대에 응할 수 없다는 것이었다. 베넷 부인은 몹시 당황했다. 하트퍼드셔에 도착하자마자 런던에 나가야 하다니, 대체 무슨 볼일이 있는 건지 부인은 이해할 수 없었다. 결국 안정을 찾지 못하고 이곳저곳 옮겨 다니던 그가 네더필드에서도 자리를 못 잡는 게 아닌가 하는 걱정이 앞섰다. 눌러살아야 하는데 말이다. 하지만 루카스 부인이 그녀의 걱정을 덜어주었다. 빙리가 런던에 간 이유는 무도회에 친구들을 더 많이 데리고 오기 위해서라는 것이었다. 얼마 안 되어 빙리가 여자 12명과 남자 7명을 무도회에 데려올 거라는 소식이 들렸다. 딸들은 여자들이 많이 온다는 소식을 듣고 걱정했다. 그러나 무도회 전날 12명이 아니라 누이 5명과 사촌 하나를 데리고 왔다는 소리를 듣고 안심했다. 그리고 정작 일행이 무도회에 왔을 때는 빙리와 그의 두 누이, 맏매부, 친구 하나, 이렇게 모두 5명이었다.

빙리는 잘생긴 데다 신사답고 유쾌하며 여유 있는 성격에 가식적이지 않았다. 그의 자매들도 상류층답게 품위 있고 훌륭했다. 매부인 허스트 씨는 평범한 신사였다. 그러나 그의 친구 다아시는 키가 훤칠한 데다 얼굴이 잘생겼으며 고상한 분위기를 풍겨서 단번에 사람들의 눈길을 끌었다. 게다가 그곳에 온 지 5분도 안 되어 1년에 1만 파운드를 번다는 소문이 퍼졌다. 신사들은 그를 두고 출중한 인물이라고 말했고 부인들은 빙리보다 훨씬 잘생겼다고 말했다. 그날 밤처음에는 사람들 모두 그를 찬양했다. 그러나 절반의 시간이 지난후에는 거만한 데다 사람들을 깔보고 까다롭게 구는 바람에 어느새 인기가 떨어지고 말았다. 더비셔에 막대한 토지가 있는 것도 소용없었는지 기분 나쁘고 불쾌한 태도 때문에 빙리와 비교할 가치도없는 사람으로 취급했다.

빙리는 무도회에 모인 주요 인사들과 금방 친해졌다. 활발한 그는 사람들을 스스럼없이 대했으며 매번 춤을 추었고, 무도회가 너무 빨리 끝났다고 아쉬워했다. 그리고 네더필드에서 무도회를 열겠다고 말했다. 이렇게 싹싹한 성격은 저절로 눈에 띄게 마련이었다. 특히 그의 친구와는 너무나 대조적이었으니 말이다. 다아시는 허스트 부인과 한 번, 빙리 양과 한 번 춤을 추었을 뿐 다른 여자를 소개받으려고도 하지 않았다. 그러고 나서 방 안을 왔다 갔다 하면서 간혹 일행들하고만 이야기했다. 그러는 사이 어느새 사람들은 그가 세상에서 가장 거만하고 못된 인간이라고 판단했다. 게다가 모두 그가 다시는 자기들 동네에 오지 않기를 바랐다. 베넷 부인은 특히 그를 싫어했다. 처음에는 그저 태도가 마음에 들지 않았을 뿐이었는데 그가 그녀의 딸 중 하나를 무시하자 분개했다.

그녀의 딸 엘리자베스 베넷은 신사들이 너무 적어서 두 번이나 춤을 못 추고 앉아 있어야 했다. 그러는 사이 마침 바로 옆에 서 있던 다아시와 빙리가 이야기하는 것을 들었다. 빙리는 잠시 춤을 멈추고 친구 옆으로 다가와 춤을 추라고 권했다.

"다아시, 왜 춤을 안 추는 거지? 혼자 멍하니 서 있는 건 보기 안좋으니 춤을 추게."

"친하지 않은 상대와 춤추기 싫어한다는 것을 자네도 잘 알지 않나. 이런 무도회는 정말 참기 힘들군. 자네 누이들은 이미 파트너가 있고, 다른 여자들하고 춤추는 건 마치 벌 받는 것 같아."

"그렇게 까다롭게 굴지 말게. 난 오늘처럼 괜찮은 아가씨들을 만난 적이 없네. 자네도 봐서 알겠지만 아주 예쁜 아가씨도 몇 명 있고 말이야."

빙리가 큰 소리로 말했다.

"이 방에서 아름다운 여인은 자네하고 춤을 추고 있는 아가씨 하나뿐이야."

다아시는 베넷 집안 맏딸을 보며 말했다.

"그래, 저렇게 아름다운 아가씨는 처음 보네. 하지만 자네 뒤에 앉아 있는 그녀의 동생도 있지 않나? 예쁘고 성격도 좋아 보이고 말이야. 내 파트너한테 소개해달라고 부탁하지."

"누구 말인가?"

다아시가 엘리자베스를 돌아보다가 눈이 마주치자 바로 고개를 돌리고 냉담하게 말했다.

"그런 대로 괜찮지만 내 마음을 끌 만큼 예쁘지는 않군. 게다가 다른 남자들의 선택을 받지 못한 여자의 체면을 세워줄 기분이 아니라서. 자네나 어서 가서 파트너의 미소를 즐기게. 괜히 나 신경 쓰느라 시간 낭비 말고."

빙리는 그의 말대로 춤을 추러 갔다. 다아시는 곧 그 자리를 떠나 다른 곳으로 갔고, 엘리자베스는 그에 대해 불쾌한 감정을 품었다. 그리고 방금 들은 이야기를 가지고 친구들과 신나게 수다를 떨었다. 그녀는 재미있는 일은 무엇이든 좋아했고, 명랑하며 장난을 즐기는 성격이었다.

그날 밤은 온 가족이 대체로 즐겁게 보냈다. 베넷 부인은 네더필드 사람들이 자기 맏딸을 무척 좋아한다는 것을 알았다. 빙리는 제인과 두 번이나 춤을 추었고 빙리의 누이들이 특별하게 대했던 것이다. 제인은 내색하지 않았지만 어머니와 마찬가지로 흐뭇했다. 엘리자베스는 제인이 기뻐하고 있다는 것을 알 수 있었다. 메리는 누군가 빙리 양한테 자기를 이 근방에서 가장 유식한 소녀라고 말하는 것을 들었다. 캐서린과 리디아는 운 좋게도 파트너가 비는 일 없이 계속 춤을 추었는데 그들은 그것 말고는 관심이 없었다. 그들은 기분 좋게 롱본으로 돌아왔다. 이곳이야말로 그들이 사는 곳이며 자기 집이야말로 롱본의 중심이었다.

베넷 씨는 아직 잠자리에 들지 않았다. 사실 그는 책만 읽었다 하면 시간 가는 줄 몰랐다. 더구나 오늘 밤 무도회는 굉장히 기대가 컸던 만큼 궁금한 것도 많았다. 그는 아내가 새로 이사 온 사람을 겪어보고 실망하기를 바랐다. 그러나 잠시 뒤 그가 기대했던 것과 전혀 다른 이야기를 들었다.

"여보, 너무 즐거웠어요. 정말 굉장한 무도회였어요. 당신도 갔으면 좋았을걸 그랬어요. 모두 제인이 예쁘다고 한마디씩 하더라고요. 빙리 씨도 그 애가 마음에 들었는지 두 번이나 춤을 청했어요. 정말 두 번이나 췄다니까요. 그 사람이 두 번이나 춤을 청한 건 우리 제인뿐이었어요. 처음에는 루카스 양에게 청하더군요. 그걸 보고 얼마나 마음 졸였는지 몰라요. 하지만 루카스 양이 맘에 들어서 그런 건 아니더군요. 하긴 그녀를 좋아할 리 있겠어요? 그는 제인이 춤추는 것을 보고 반한 것 같았어요. 사람들에게 누구인지 물어보고 소개를 받더니 춤을 추자고 하더라고요. 그리고 세 번째는 킹 양하고 추고, 네 번째는 마리아 루카스와 추더군요. 다섯 번째는 제인하고 다시 추고, 여섯 번째는 리지, 그리고 불랑제가 시작되었……."

"그 사람이 나를 가엾게 여겼다면 절반도 추지 않았을 텐데. 제발 그 파트너 얘기는 그만해요. 첫 번째 춤에서 발목이라도 삐었으면 좋았을걸."

베넷 씨가 짜증스럽게 소리쳤다.

"여보, 난 그 사람이 맘에 들어요. 어쩌면 그렇게 잘생겼는지. 누이들도 매력적이더군요. 내 평생 그렇게 우아한 옷차림은 처음 봤어요. 허스트 부인의 드레스에 달린 레이스가……."

베넷 씨가 옷 얘기는 그만 좀 하라고 소리치는 바람에 부인이 입을 다물었다. 부인은 곧 이야깃거리를 바꿔 다아시가 얼마나 무례한지 조금 과장하여 신랄하게 비판하더니 덧붙였다.

"하지만 리지가 그 사람 마음에 들지 않았다고 해서 조금도 손해볼 것 없어요. 그렇게 기분 나쁜 사람 마음에 들어봤자 좋을 거 하나 없잖아요. 도도하고 잘난 체하는 사람을 누가 좋아하겠어요. 자기가 대단한 사람이라도 되는 양 왔다 갔다 하기나 하고. 우리 딸이 같이 춤추고 싶을 만큼 예쁘지 않다니! 당신이 거기 있었으면 한마디 했을 텐데. 정말 마음에 안 드는 청년이에요."

4

빙리 칭찬에 소극적이던 제인은 엘리자베스와 단둘이 남았을 때 그가 정말 마음에 든다고 말했다.

"정말 모범적인 남자야. 분별력 있고 시원시원하며 유쾌해. 게다가 몸가짐이 반듯하고 자연스러우며 예의 바른 행동까지. 정말 완벽한 것 같아."

"게다가 잘생겼으니 젊은 남성의 귀감이라고 할 수 있지. 한마디로 완벽한 사람이 맞네."

"두 번째 춤을 추자고 했을 때 너무 기뻤단다. 전혀 기대하지 않았거든."

"그래? 난 그럴 거라고 짐작했는데. 그게 언니하고 나하고 다른 점이야. 언니는 특별한 대우를 받으면 몹시 놀라지만 난 그렇지 않거든. 사실 춤을 두 번 청했다고 해서 놀랄 게 뭐야? 언니가 거기 있던 다른 여자들보다 5배는 더 예쁘다는 것을 그 사람이 모를 리 없잖아. 그러니 그 정도 친절쯤 고마울 것도 없어. 괜찮은 사람인 건 확실해 보여. 그래서 언니가 그 사람을 좋아한다면 난 찬성이야. 언니는 그보다 훨씬 모자란 사람들도 좋아했으니까……."

"얘가 정말!"

"왜? 사실 언니는 아무나 쉽게 좋아하잖아. 다른 사람의 나쁜 점이 안 보이나 봐. 언니는 이 세상 사람들이 모두 착해 보이지? 지금까지 언니가 남 흉보는 걸 한 번도 본 적 없어."

"난 사람들을 쉽게 판단하고 싶지 않아. 하지만 항상 느낀 대로 솔직하게 말해."

"그래서 더 놀랍다는 거야. 언니처럼 분별 있는 사람이 어떻게 다른 사람들의 어리석은 면을 못 보는 거지? 솔직한 척할 수는 있어. 나쁜 점을 느끼고도 겉으로는 아닌 척하는 사람들은 아주 많아. 하지만 정말 진심으로 남의 좋은 점만 보고 나쁜 점에 대해서는 한마디도 하지 않는 사람은 언니뿐일 거야. 언니는 그분 누이들도 좋아하지? 누이들은 그분만 못하던데."

"처음에는 그랬어……. 하지만 이야기를 나눠보니 괜찮은 사람들이더라. 빙리 양은 오빠와 함께 지내며 살림을 맡아서 할 거라던데. 분명 멋진 이웃이 될 거야."

엘리자베스는 묵묵히 들었지만 언니의 말을 곧이곧대로 받아들이지는 않았다. 파티에서 그들의 행동이 썩 좋아 보이지 않았던 것이다. 엘리자베스는 언니보다 관찰력이 뛰어나고 좀처럼 굽히지 않는 성격이었다. 게다가 자신에게 관심을 보인다고 해서 판단력이 흐려지는 일도 없어서 그들을 좋게 볼 마음도 없었다. 사실 그들은 세련된 여자들이었다. 기분이 좋으면 싹싹하고, 마음만 먹으면 언제든 상냥하게 굴었지만 근본적으로 거만하고 잘난 체하는 부류였다. 그리고 미인 축에 드는 데다 런던의 일류 사립학교에서 교육을 받았고 2만 파운드의 재산이 있었다. 하지만 씀씀이는 그보다 훨씬 컸으며 지위가 높은 사람들만 사귀려 들었다. 그러다 보니 자기들이 모든 면에서 잘났다고 여기고 남을 얕보았다. 그들은 잉글랜드 북부의 괜찮은 집안 출신이었다. 이 사실은 그들 형제자매들이 장사로 재산을 모았다는 사실보다 그들의 뇌리에 더 깊이 박혔다.

빙리는 아버지로부터 거의 10만 파운드에 달하는 재산을 물려받았다. 그의 아버지는 토지를 사고 싶어 했으나 생전에 그 뜻을 이루지 못했다. 빙리도 아버지와 같은 생각이어서 적당한 지역을 둘러보기도 했다. 그러나 이제 훌륭한 집과 수렵권까지 얻었으니 그의 여유로운 기질을 잘 아는 사람들은 토지 매입은 자식 대에 맡기고 본인은 네더필드에서 평생을 보내지 않을까 짐작했다.

그의 누이들도 빙리가 토지를 소유했으면 했다. 하지만 그가 세를 얻어 살기로 결정했다고 해서 빙리 양이 오빠의 살림을 봐주고 싶지 않은 것은 아니었다. 부자는 아니었지만 지위 높은 사람과 결혼한 허스트 부인도 편한 대로 빙리의 집을 자기 집처럼 여겼다. 빙리가 우연한 기회에 네더필드 집을 추천받고 마음이 끌린 것은 성년이 된 지 2년도 채 안 되었을 때였다. 그는 30분 동안 집을 둘러보았는데 집의 위치와 주요한 방들이 마음에 들었다. 게다가 집주인의 집 자랑에 혹해서 당장 계약을 해버렸다.

빙리와 다아시는 성격이 전혀 다른데도 꾸준히 우정을 이어왔다. 다아시는 유순하면서도 쾌활하고 솔직한 빙리의 성격이 마음에 들었다. 자신의 성격과는 전혀 다른 점을 좋아하기는 했지만 그렇다고 자기 성격이 못마땅한 것은 아니었다. 빙리는 다아시의 깊은 우정을 매우 신뢰하고 그의 판단을 존중했다. 머리는 다아시가 훨씬 명석했다. 그렇다고 빙리가 떨어지는 것은 아니었지만 다아시가 더 똑똑했다. 다아시는 점잖고 매너는 좋았지만 오만하고 까다로워서 가까이하기 쉽지 않은 사람이었다. 그런 점에서는 빙리가 훨씬 나았다. 빙리는 어디에 가든 사람들이 좋아했다. 반면 다아시는 늘 사람들을 불쾌하게 만들었다.

메리턴 무도회에 대해 이야기할 때도 두 사람의 성격이 잘 드러났다. 빙리는 지금까지 그렇게 유쾌한 사람들과 아름다운 아가씨들을 만난 적이 없다고 했다. 모든 사람이 그를 친절하고 정중하게 대했고, 형식적이거나 어색하게 대하지 않아서 금세 친해졌다고 말했다. 그는 베넷 양(제인을 지칭. 딸이 여럿일 때는 맏딸에게만 성 뒤에 '양'을 붙인다.—옮긴이)을 보고 아름다운 천사도 그만큼 예쁘지는 않을 거라고 생각했다. 반면 다아시는 무도회에서 아름다운 사람들도 없었고 매너 있는 사람들도 없었다고 말했다. 또한 관심을 가질 만한 사람도 없었고, 친절하거나 즐겁게 대해주는 사람도 없었다고 했다. 베넷 양은 아름답기는 하지만 지나치게 잘 웃는 것 같다고 말했다.

허스트 부인과 빙리 양도 그 점은 인정하면서도 베넷 양을 칭찬하면서 사랑스러운 여성이어서 계속 사귀고 싶다고 말했다. 결국 모두 베넷 양을 사랑스러운 아가씨라고 결론지었다. 빙리는 이러한 칭찬을 듣고 마치 베넷 양을 좋아해도 된다고 허락받은 기분이 들었다.

5

롱본에서 얼마 떨어지지 않은 곳에 베넷 집 식구들이 아주 가까이 지내는 윌리엄 루카스 경의 집이 있다. 윌리엄 루카스 경은 메리턴에서 장사를 할 때 많은 재산을 모았다. 시장을 지내는 동안에는 국왕에게 상소를 올려 기사 작위를 받았다. 그는 이러한 영예에 상당한 자부심을 느꼈는지 자신이 경영하던 상점과 집이 있는 작은 시장에 싫증을 느꼈다. 그래서 가족과 함께 메리턴에서 1마일(약 1.6 킬로미터 — 옮긴이)가량 떨어진 저택으로 이사를 왔다. 그때부터 그 저택을 루카스 로지라고 불렀다. 그는 저택에서 자신의 높은 신분을 즐기며 일은 하지 않고 오로지 세상 사람들에게 예의를 다하는 일만 신경 썼다. 그는 자신의 지위에 대해 자부심이 강했지만 거만하게 굴지는 않았다. 오히려 모든 사람을 정중하게 대했다. 원래 악의 없고 성품이 온순한 그는 세인트 제임스 궁(런던의 왕궁 — 옮긴이)에서 국왕을 배알한 후 더욱 예의 바르게 행동했다.

루카스 부인은 아주 선한 여자였다. 게다가 약은 구석이 없어서 베넷 부인의 소중한 이웃이 되었다. 루카스 부부에게도 자식이 있었는데 그중 분별력 있고 똑똑한 스물일곱 살의 맏딸은 엘리자베스와 친하게 지냈다. 따라서 루카스 집안 자매와 베넷 집안 자매가 만나 무도회에 관해 이야기하는 것은 자연스러운 일상이었다. 무도회 다음 날 아침 루카스 집 딸들이 롱본을 찾아왔다.

"샬럿, 어젯밤 시작이 좋았지? 빙리 씨가 맨 먼저 춤을 청했으니 말이야."

베넷 부인이 사뭇 상냥하게 말했다.

"네, 하지만 두 번째 파트너를 더 좋아하는 것 같던데요?"

"그렇지? 제인하고 두 번이나 춤춘 걸 보면 확실히 좋아하는 것 같았어. 아니, 분명히 좋아했어. 그런 얘기를 좀 들었거든. ……구체적인 것은 모르겠지만 로빈슨 씨하고…….."

"제가 그분하고 로빈슨 씨가 주고받는 얘기를 엿들은 거 말씀이시죠? 말씀드리지 않았던가요? 로빈슨 씨가 그분한테 메리턴 파티가 마음에 드느냐, 무도회에 예쁜 여자들이 많지 않으냐, 누가 제일 예쁘냐고 물었어요. 그러니까 그분이 마지막 질문에 바로 대답했죠. '……물론 베넷 댁 맏따님이죠. 그 점에는 이의가 있을 리 없죠……'라던데요."

"세상에! 그렇다면 정말 분명한 거네. 하지만 흐지부지될지도 모르지, 뭐."

그러자 샬럿이 말했다.

"일라이자(엘리자베스의 애칭—옮긴이), 아무래도 내가 엿들은 얘기가 네가 엿들은 얘기보다 더 쓸 만한 것 같다. 다시 씨 말은 그 친구의 말보다 들을 만한 게 못 되거든……. 일라이자, 안됐다! ……'그런 대로 괜찮기는 하다'고 했다면서?"

"그 얘기는 하지 말렴. 그 사람의 몹쓸 행동을 또 들먹이면 리지

26

가 얼마나 속상하겠니? 그런 기분 나쁜 사람 마음에 드는 게 오히려 재수 없는 거지. 어젯밤 롱 부인이 그러는데 30분이나 바로 옆에 앉아 있으면서 한마디도 안 걸더라는구나."

그러자 제인이 말했다.

"어머니, 그건 오해 아니에요? 다아시 씨가 롱 부인한테 말하는 걸 제가 봤어요."

"그건…… 롱 부인이 참다못해 네더필드가 마음에 드느냐고 물으니까 어쩔 수 없이 대답한 거지. 게다가 말을 걸었다고 화난 것 같더래."

"빙리 양이 그러는데, 그 사람은 아주 친하지 않으면 좀처럼 말을 안 건대요. 하지만 가까운 사이면 아주 상냥하대요."

제인이 말했다.

"난 한마디도 못 믿겠다. 그렇게 상냥한 사람이 롱 부인한테 벙어리 노릇을 해? 알 만하다. 아주 오만한 사람이야. 분명 롱 부인이 마차가 없어서 빌려 타고 왔다는 얘기를 듣고 깔보는 거지."

"롱 부인한테 말을 걸지 않은 것쯤이야 크게 신경 쓸 일이 아니에요. 하지만 일라이자하고는 춤을 췄으면 좋았을걸 그랬어요."

샬럿이 말했다.

"리지, 나라면 다음 무도회 때 그 사람하고는 절대 춤을 안 출 거다."

"걱정 마세요. 그 남자하고는 절대 안 출 테니까요."

"하지만 다른 때와 달리 그 사람의 오만한 행동이 썩 거슬리지는 않았어요. 그만한 이유가 있다고 생각했으니까요. 솔직히 집안도 좋고 재산도 많고, 말하자면 모든 걸 갖춘 젊은 남자가 좀 도도하다고 해서 이상할 건 없지 않나요? 이런 표현이 적당한지는 모르겠지만 오만할 권리가 있죠."

샬럿이 말했다.

"맞는 말이야. 그 사람이 내 자존심을 건드리지 않았다면 나도 그 사람의 오만한 행동을 이해할 수 있었을 거야."

엘리자베스가 말했다.

"오만하다는 건 아주 흔한 결점이에요. 책에서 봤는데 정말 흔해요. 특히 인간의 본성 중 하나여서 누구나 그러기 쉽다는 거죠. 그래서 현실이건 상상이건 간에 자신의 자질에 대해 자만하지 않는 사람이 거의 없대요. 허영심과 오만함은 다른 거예요. 이따금 같은 뜻으로 쓰이기도 하지만 허영심은 없어도 오만한 사람이 있죠. 오만함은 스스로를 어떻게 생각하느냐 하는 것이고, 허영심은 남이 나를 어떻게 생각해줬으면 하는 거예요."

메리가 지식을 뽐내듯 말했다.

"내가 다아시 씨만큼 돈이 많다면 오만한 것쯤은 신경 안 쓸 거예요. 사냥개나 기르고 날마다 포도주를 한 병씩 마시겠어요."

누나들과 함께 온 루카스 댁 아들이 소리쳤다.

"과음하면 안 되지. 내 앞에서 그러면 당장 병을 빼앗아버릴 거다."

베넷 부인이 말했다.

소년은 그러면 안 된다고 항의하고, 부인은 그렇게 할 거라고 계속 말했다. 결국 그 논쟁은 헤어질 때까지 계속되었다.

6

롱본의 여자들은 얼마 지나지 않아 네더필드의 여자들을 만나러 갔다. 정식으로 답례 방문을 한 것이다. 허스트 부인과 빙리 양은 붙임성 있고 예의 바른 베넷 양이 더욱 마음에 들었다. 그녀의 어머니는 견디기 힘들 정도였고 동생들은 말을 건넬 가치도 없었지만, 위로 두 언니와는 친하게 지내고 싶다는 뜻을 내비쳤다. 제인은 이런 관심을 무척 기쁘게 받아들였다. 그러나 엘리자베스는 그들이 여전히 사람을 거만하게 대하며 자기 언니한테도 예외는 아니라고 생각했다. 그래서 그녀는 그들을 좋아할 수 없었다. 제인한테 친절한 것도 빙리가 그녀를 칭찬했기 때문일 거라고 생각했다. 두 사람이 만났을 때는 누가 봐도 빙리가 제인을 좋아한다는 것을 알 수 있었다. 그리고 엘리자베스는 언니가 처음부터 빙리에게 호감을 가졌고 그를 사랑하고 있다는 것을 알았다. 그러나 다행히 다른 사람들에게 들키지 않을 것이다. 제인은 감성이 풍부하면서도 침착하고 쾌활해서 간섭하기 좋아하는 사람들이 미처 의심하지 못하기 때문이다. 엘리자베스가 이런 생각을 루카스 양에게 털어놓자 그녀가 말했다.

"이런 경우 사람들을 속인다는 건 재미있는 일이지. 하지만 그렇게 감쪽같이 남의 눈을 속이면 불리할 때도 있어. 예를 들어 상대한 테까지 자신의 감정을 속이면 그 사람을 붙잡을 기회를 놓칠 수도 있지. 그때는 세상 사람들에게 자신의 감정을 들키지 않았다고 해서 좋을 게 없어. 어떤 애정이든 감사하는 마음과 허영심이 섞여 있기 때문에 저절로 커지기를 기대하면서 내버려두는 건 불안해. 좋아하는 감정이 싹트기는 쉬워. 아주 자연스러운 거니까. 그러나 이렇다 할 자극 없이 열정적인 사랑에 빠지는 사람은 거의 없을 거야. 여자는 자기가 느끼는 감정보다 더 많이 표현하는 것이 좋아. 빙리 씨는 분명 제인을 좋아해. 하지만 제인이 빙리 씨를 자극하지 않으면 좋아하는 것 이상으로 발전하기 힘들지 몰라."

"하지만 언니도 최선을 다하고 있어. 언니가 좋아한다는 것을 나도 알겠는데 그분이 모른다면 바보 아닐까?"

"일라이자, 그분은 제인의 성격을 너만큼 알지 못한다는 것을 기억해."

"하지만 여자가 어떤 남자를 마음에 두고 그것을 애써 감추지 않는다면 남자가 모를 리 없잖아."

"자주 만나면 그렇겠지. 하지만 빙리와 제인은 자주 만나기는 해도 몇 시간씩 함께 있었던 적이 없어. 그런 데다 늘 여러 사람과 함께 만나니 길게 얘기를 나누지도 못해. 그러니까 단 30분이라도 제대로 이용해야 그분의 마음을 사로잡을 수 있어. 일단 그러고 나면 여유 있게 사랑을 속삭일 수 있을 텐데."

"좋은 계획이네. 단지 좋은 혼처를 잡는 게 목적이라면 말이야. 돈 있는 남자나 좌우간 신랑을 얻을 심산이라면 나도 그런 방법을 쓰겠어. 하지만 언니의 감정은 그게 아니거든. 언니는 계획에 따라 움직이는 게 아니야. 지금 언니는 그분을 향한 자신의 감정이 어느 정도인지도 확실히 모르고, 또 그것이 옳은 건지도 몰라. 만난 지 겨우 보름밖에 안 되었으니까. 춤이라야 메리턴에서 네 번 추었을 뿐이고, 그분 댁에서 아침에 한 번 만난 적이 있지. 그 후 식사를 했다지만 네 번밖에 안 돼. 이 정도로는 그분의 성격을 제대로 파악할 수 없지."

엘리자베스가 말했다.

"그렇게 얘기하면 아니겠지. 단순히 식사를 한 것뿐이라면 그분 식욕이 왕성한지 아닌지 말고 무엇을 더 알아냈겠니? 하지만 나흘이나 저녁 시간을 함께 보냈다는 것을 생각해야지……. 나흘 저녁이면 정말 많은 걸 할 수 있어."

"그래, 나흘이나 저녁 시간을 함께 보내고 둘 다 코머스보다 벵팅(카드 게임—옮긴이)을 좋아한다는 걸 알았지. 하지만 다른 중요한 특징은 별로 아는 게 없어."

"글쎄, 하여간 나는 진심으로 제인이 성공하기를 바라. 그리고 내일 당장 그분하고 결혼한다 해도 1년에 걸쳐 그분의 성격을 알아낸 후에 결혼하는 것 못지않게 행복할 거라고 생각해. 행복한 결혼은 인연의 문제거든. 서로의 성향을 잘 알거나 비슷한 점이 많다고 해서 더 행복한 건 아냐. 나중에 어긋나면 더 힘들 수 있어. 한평생 같이 살 사람의 결점은 되도록 조금 아는 게 좋아."

"샬럿, 재미있기는 한데 옳은 얘기 같지는 않구나. 너도 잘 알면서 왜 그래? 너도 그렇게 하지는 않을 거잖아."

언니를 향한 빙리의 태도를 관찰하는 데 정신을 쏟느라 엘리자베스는 빙리의 친구가 자신을 흥미롭게 바라보고 있다는 것을 눈치채지 못했다. 처음에는 다아시도 엘리자베스가 예쁘다고 생각하지 않았다. 또한 무도회에서도 그다지 감탄할 만한 점을 보지 못했고, 그다음에 만났을 때는 심지어 결점만 보였다. 그런데 자신과 친구들에게 예쁜 구석이 없다고 딱 잘라 말하는 순간 아름답고 까만 눈동자 때문에 그녀가 유달리 지적으로 보인다는 것을 깨달았다. 이것 못지않게 체면 구기는 일이 또 있었다. 예리한 눈으로 그녀의 몸매에서 균형 잡히지 않은 부분을 발견했는데 오히려 그 모습이 어딘지 발랄해 보여서 좋았다. 그리고 그녀가 상류사회에 걸맞은 예의를 갖추지 않았는데도 오히려 그런 자연스럽고 장난스러운 태도에 마음이 갔다. 그러나 엘리자베스는 이런 사실을 전혀 모르고 있었다. 그녀는 그저 다아시가 언제 어디서나 불쾌하게 행동하고 자신을 함께 춤출 만큼 예쁘지 않다고 여기는 남자라고 생각했다.

다아시는 엘리자베스를 좀더 알고 싶었다. 그래서 윌리엄 루카스 경의 저택에서 파티가 열리던 날, 말을 걸기 전에 먼저 그녀가 다른 사람들과 무슨 이야기를 나누는지 귀를 기울이다 그녀의 눈에 띄고 말았다.

"다아시 씨는 왜 저러는 거지? 내가 포스터 소령하고 얘기하는 걸 엿듣잖아!"

엘리자베스가 샬럿에게 말했다.

"그건 다아시 씨만이 대답할 수 있는 질문인데."

"어쨌든 자꾸 저러면 무슨 수작인지 다 알고 있다고 말해버릴 거야. 먼저 강하게 나가지 않으면 빈정대는 눈빛에 오히려 내가 주눅들 것 같아."

그때 다아시가 가까이 다가왔다. 하지만 그들에게 말을 걸 것 같지는 않았다. 루카스 양은 엘리자베스에게 조금 전에 한 말을 절대 꺼내지 말라고 했다. 하지만 엘리자베스는 오히려 그 말에 자극을 받았는지 곧바로 다아시에게 말했다.

"다아시 씨, 제 말솜씨 정말 기가 막히지 않았나요? 포스터 소령께 메리턴에서 무도회를 열어달라고 졸라댈 때 말이에요."

"열의가 굉장하더군요. ……여자들은 대개 그런 일에 열성적이죠."

"여자들을 너무 가혹하게 평가하시네요."

"일라이자, 이제 창피 좀 당해야겠다. 내가 피아노 뚜껑을 열 테니, 그다음에 어떻게 해야 하는지 알지?"

루카스 양이 말했다.

"넌 참 이상한 친구야. ……아무 데서나 피아노를 치라느니 노래를 부르라고 하니 말이야. 내가 음악에 대해 허영심이 많았다면 너는 정말 고마운 친구일 거야. 하지만 지금 상황을 봐. 일류 연주가들의 음악에 익숙한 분들 앞에서는 정말 피아노 앞에 앉기도 싫어."

그러나 루카스 양이 계속 고집을 부리자 엘리자베스가 말했다.

"그럼 좋아. 꼭 해야 한다면 하지."

엘리자베스는 이렇게 말하고는 엄숙한 표정으로 다아시를 힐끔 보았다.

"여기 계신 분들이라면 모두 잘 아는 속담이 있지요. '죽을 식히기 전에 숨을 멈춰라.'(쓸데없는 참견은 하지 말라는 뜻—옮긴이) ……그럼 저도 노래를 부르기 전에 숨을 멈추겠어요."

그녀의 노래 실력은 뛰어나지 않았지만 그럭저럭 훌륭했다. 한두곡 부르자 몇 사람이 또 불러달라고 부탁했는데 미처 대답하기도 전에 메리가 얼른 피아노 앞에 앉았다. 가족 중에서 유일하게 못생긴 메리는 그것을 만회하려고 열심히 공부해서 학식과 교양을 쌓았다. 그래서 언제나 남에게 그걸 과시하지 못해 안달이었다.

메리는 타고난 재능이나 취미도 없었다. 허영심 때문에 뭐든 열심히 하기는 했지만 잘난 척하고 뽐내는 태도가 오히려 뛰어난 실력을 깎아내렸다. 반면 엘리자베스의 연주 실력은 메리의 반도 못따라갔지만 자연스러워서 모두 즐겁게 경청했다. 메리는 긴 협주곡을 마친 뒤에 동생들이 청한 스코틀랜드와 아일랜드의 민속음악을 연주해 칭찬과 감사의 말을 들었다. 어느새 루카스 집안 자녀들 몇명과 장교 두서너 명이 방 한쪽에서 열심히 춤을 추고 있었다.

다아시는 사람들 가까이 서 있었지만 그렇게 시간을 보내는 것을 참을 수 없었다. 그는 화가 나서 저녁 내내 한마디도 하지 않았고, 자기 생각에 빠져서 윌리엄 루카스 경이 말을 걸 때까지 그가 옆에 있는지도 몰랐다.

"다아시 씨, 춤이란 젊은 사람들에게 얼마나 매력적인 오락입니까? 춤만큼 즐거운 게 없지요. 세련된 사교계에서 가장 우아한 오락이라고 생각합니다."

"그렇죠. 게다가 덜 세련된 사회에서도 즐길 수 있는 게 춤이죠. 야만인도 춤은 출 줄 알거든요."

윌리엄 경은 말없이 미소 지었다. 그는 빙리가 춤추는 무리에 합류하는 것을 보고 다시 말했다.

"친구분은 춤을 참 잘 추시네요. 다아시 씨도 잘 추실 것 같은데요?"

"제가 메리턴에서 춤추는 걸 보셨군요."

"그럼요. 그때는 정말 즐겁게 추시더군요. 세인트 제임스 궁에서도 가끔 추십니까?"

"아니, 전혀요."

"춤이야말로 그런 장소에 어울리는 경의의 표현이라고 생각하지 않습니까?"

"피할 수만 있다면 그런 경의의 표현은 어디서도 하지 않겠습니다."

"런던에 저택이 있지요?"

다아시가 말없이 고개를 끄덕였다.

"나도 한때 런던에 자리 잡을까 생각했죠. ……상류사회 사람들과 어울리는 것을 좋아하니까요. 하지만 런던의 공기가 아내에게 맞을지 잘 모르겠더군요."

윌리엄 경은 다아시의 대답을 기다렸지만 그는 그럴 생각이 없는 듯했다. 그때 엘리자베스가 걸어오자 윌리엄 경은 문득 신사다운 친절을 베풀어야겠다는 생각이 떠올라 그녀에게 말을 걸었다.

"일라이자 양, 왜 춤을 추지 않나요? ……다아시 씨, 이 아가씨를 소개해드리죠. 좋은 파트너가 될 거예요. 이런 미인을 두고 춤을 안 출 수는 없겠죠?"

윌리엄 경은 엘리자베스의 손을 잡고 다아시에게 넘겨주려고 했다. 다아시는 몹시 놀라면서도 그녀의 손을 잡으려 했다. 그러나 그녀가 갑자기 물러나더니 윌리엄 경에게 말했다.

"저는 춤을 추고 싶지 않아요. 춤출 상대를 찾아온 게 아니거든요."

다아시는 예의를 차리고 정중하게 춤을 출 영광을 누리게 해달라고 청했지만 소용없었다. 윌리엄 경이 설득했지만 그녀의 마음은 바뀌지 않았다.

"춤 솜씨가 뛰어난 일라이자 양의 아름다운 모습을 보고 싶어서 그러는데 거절하다니 너무하는군요. 이 신사분은 춤을 좋아하는 편은 아니지만 30분쯤은 우리를 기쁘게 해주실 것 같은데."

"다아시 씨는 매우 예의 바른 분이니까요."

엘리자베스가 미소 지으며 말했다.

"물론이죠. 이런 파트너 앞에서 정중한 것은 당연하죠. ……이렇게 훌륭한 파트너를 거절할 리 있나."

윌리엄 경이 말했다.

그러나 엘리자베스는 짓궂은 표정으로 다아시를 바라보다가 돌아서 가버렸다. 그는 그녀가 거절하는 모습을 보고도 기분 나쁘기는커녕 오히려 흐뭇했다. 그때 빙리 양이 다가와 말했다.

"무슨 생각을 하고 계신지 알겠어요."

"아마 모르실 텐데요."

"며칠 밤을 이렇게 보낸다면 참을 수 없을 거라고 생각하시는 거죠? 이런 사람들과 함께 말이에요. 저도 같은 생각이거든요. 이렇게 지루한 적이 없어요. 멋도 없고 시끄럽고 보잘것없으면서 허세만 부려요. 가차 없는 비평 기대할 테니 한마디 해주세요."

"잘못 아셨습니다. 좀더 기분 좋은 일을 생각하고 있었습니다. 예쁜 여자의 아름다운 두 눈을 보고 있으면 마음이 무척 즐겁다는 것을요."

빙리 양은 얼른 그의 얼굴을 보며 어떤 여자가 그런 생각이 들게 했는지 말해주기를 바랐다. 다아시가 대담하게 대답했다.

"엘리자베스 베넷 양입니다."

"엘리자베스 베넷 양이라고요? 정말 놀랍군요. 언제부터 마음에 드셨어요? ……그럼 축하의 말은 언제 해야 할까요?"

"그렇게 물어보실 줄 알았습니다. 여자들의 상상력은 정말 빠르군요. 감탄에서 사랑으로, 사랑에서 결혼으로 순식간에 발전하니까요. 축하해주실 줄 알았습니다."

"그렇게 진지하게 말씀하시는 걸 보니 일이 결정된 것 같네요. 장모 되실 분도 매력적이고요. 그분은 펨벌리에서 당신과 함께 지내겠지요?"

그녀가 이렇게 비아냥거리는 동안 다아시는 무심한 표정만 지었다. 그의 태연한 표정을 보고 별일 아니라고 확신했는지 그녀는 한동안 재치 있는 말을 계속했다.

7

베넷 씨의 재산은 겨우 1년에 2천 파운드 정도 나오는 땅이 딸린 저택이 전부였다. 딸들에게는 안된 일이지만 그나마도 한정상속이 정해져 있어서 베넷 씨에게는 아들이 없기 때문에 먼 친척 남자에게 넘어가게 되었다. 베넷 부인의 재산이라야 그녀 혼자 쓰기에는 충분했지만 남편의 부족한 재정을 채우기에는 턱없이 모자랐다. 부인의 아버지는 메리턴에서 변호사를 했는데 딸에게 4천 파운드를 물려주었다.

부인에게는 여동생과 남동생이 하나씩 있었다. 여동생은 아버지 밑에서 서기를 하다가 그 일을 물려받은 필립스라는 사람과 결혼했고, 남동생은 런던에서 꽤 괜찮은 사업을 하고 있었다.

롱본과 메리턴은 1마일밖에 떨어지지 않았다. 롱본의 젊은 아가씨들이 다니기에 딱 알맞은 거리였다. 그들은 보통 일주일에 서너 번 메리턴에 가서 이모를 만나거나 바로 길 건너편에 있는 모자 가게에 들르곤 했다. 집안에서 가장 어린 캐서린과 리디아는 다른 식구들보다 더 자주 나갔다. 언니들에 비해 머리가 나쁜 그녀들은 별좋은 일이 없을 때는 아침에 메리턴까지 산책하는 것을 즐겼다. 재미있는 데다 저녁 이야깃거리를 얻으려면 꼭 가야 했다. 시골이라는 곳이 별달리 새로운 소식을 접하기 힘든 곳이어서 그녀들은 이모한테 많은 이야기를 듣고 왔다. 사실 요즘은 근처에 주둔한 군부대 때문에 이야깃거리가 많아 즐거웠다. 메리턴에 본부를 둔 그 부대는 겨울 동안 머물 예정이라고 했다.

필립스 부인을 방문한 딸들은 아주 흥미 있는 이야기를 많이 듣고 왔다. 날마다 새로운 장교 이름과 신상이 하나씩 추가되었다. 그리고 얼마 안 되어 그들의 숙소를 알게 되었고, 마침내 장교들을 직접 만났다. 필립스 씨가 장교들을 모두 방문했기 때문에 이것이 조카딸들에게 전에 없던 행복을 안겨주었다. 그녀들은 장교 이야기밖에 하지 않았다. 어머니에게는 청량제가 되는 빙리의 막대한 재산도 딸들 눈에는 장교의 군복에 비하면 하잘것없었다.

어느 날 아침 그녀들이 이 주제로 한바탕 떠들어대는 것을 베넷씨가 듣고는 냉담하게 말했다.

"이야기를 들어보니 이 마을에서 너희 둘만큼 어리석은 아이들도 없겠구나. 설마 했는데 지금 보니 확실해."

캐서린은 기가 죽어서 아무 말 못 했지만 리디아는 전혀 개의치 않고 카터 대위를 칭찬했다. 그러고는 다음 날 아침 대위가 런던에 가기 전에 만나봐야겠다고 지껄였다.

"어이가 없군요. 어떻게 자기 자식을 보고 아무렇지도 않게 어리석다고 그래요? 남의 자식 흉을 보면 봤지 어떻게 내 자식 흉을 봐요?"

베넷 부인이 말했다.

"내 자식이 어리석다는 건 알고 있어야 하니까."

"그래요. ……하지만 우리 애들은 다 똑똑해요."

"이것만 의견이 다른 게 다행이군. 우리 둘 생각이 똑같기를 바랐지만 말이오. 두 딸을 바보라고 생각하는 점은 당신하고 전혀 다르구려."

"여보, 아직 애들인데 어른들처럼 분별력이 있겠어요? 애들도 우리 나이가 되면 장교 생각은 안 할 거예요. 나도 전에 빨간 제복을 좋아하던 때가 있었어요. ……마음속으로는 아직도 좋아하죠. 1년에 5, 6천 파운드를 버는 멋있는 젊은 장교가 내 딸을 원한다면 난 거절하지 않겠어요. 그리고 전날 밤 윌리엄 경 댁에서 군복 입은 포스터 소령을 보았는데 참 잘 어울리더군요."

"어머니, 이모가 그러시는데 포스터 소령하고 카터 대위가 처음 왔을 때만큼 윌슨 양한테 안 간대요. 요즘은 그분들을 클라크 도서관에서 자주 본대요."

리디아가 큰 소리로 말했다.

베넷 부인이 대답하려는데 마침 하인이 편지를 들고 들어왔다. 그것은 네더필드에서 제인에게 보낸 것인데 하인이 바로 답장을 받아가려고 기다렸다. 베넷 부인은 너무 기뻐서 눈을 반짝반짝 빛내며 딸이 편지를 읽는 동안 몹시 조급하게 지껄였다.

"제인, 누구한테 온 거니? 뭐라고 쓰여 있어? 그 사람이 뭐래? 어서 말 좀 해보렴. 어서, 얘."

"빙리 양이 보낸 거예요."

제인이 말한 후 소리 내어 읽었다.

친애하는 벗에게

오늘 나와 루이자 언니를 위해 함께 식사하러 와주지 않으면 우리는 아마 앞으로 평생 당신을 미워할지 몰라요. 하루 종일 여자 둘이 마주 보고 있으면 결국 싸움으로 끝나게 마련이거든요. 이 편지 받는 대로 빨리 와줘요. 오빠하고 다른 분들은 장교들하고 식사하러 나갈 겁니다. 그럼 안녕.

캐롤라인 빙리

"장교들하고? 이모가 왜 이런 얘기를 안 해주셨지?"

리디아가 외쳤다.

"식사하러 나갈 거라니, 그거 안됐네."

베넷 부인이 말했다.

"마차를 타고 갈까요?"

제인이 물었다.

"아니, 말을 타고 가렴. 비가 올 것 같은데 그렇게 되면 밤새 거기서 지내야 하지 않겠니?"

"그거 참 교묘한 계책인데요. 그 댁에서 언니를 데려다 주지 않을 게 확실하다면 말이에요."

엘리자베스가 말했다.

"그렇지. 하지만 남자들이 빙리 씨 마차로 메리턴에 갈 것 아니냐. 그런 데다 허스트 부부는 자기들 마차가 따로 없잖니?"

"그럼 코치(대형 마차—옮긴이)로 갈까요?"

"그건 농장에서 써야 하니 아버지가 말을 여러 마리 내주지 않을 거다. 여보, 안 그래요?"

"농장이야 내가 다 못 대줄 정도로 많은 말이 필요하니까."

"오늘 농장에서 말을 쓴다면 어머니 목적이 달성되는 거네요."

엘리자베스가 말했다. 그리고 그녀는 아버지한테 남는 말이 없다는 말을 끌어냈다. 결국 제인은 말을 타고 가야 했다. 베넷 부인은 비가 올 거라고 예측하면서 기분 좋게 문까지 딸을 배웅했다. 베넷 부인의 소원은 이루어졌다. 제인이 떠난 지 얼마 안 되어 비가 쏟아졌기 때문이다. 동생들은 걱정했지만 베넷 부인은 매우 기뻤다. 비가 저녁 내내 쉬지 않고 내렸던 것이다. 이제 제인이 그날 돌아올 수 없는 게 확실했다.

"정말 기가 막힌 생각이었어."

베넷 부인은 마치 자신이 비를 내린 것처럼 재차 말했다. 그러나 다음 날 아침까지 자기가 궁리한 계책이 얼마나 적중했는지는 전혀 몰랐다. 아침 식사가 채 끝나기도 전에 네더필드의 하인이 엘리자베스에게 편지를 가지고 왔다.

사랑하는 리지

어제 비를 너무 많이 맞아서 그런지 오늘 아침 일어나니 몸이 무척 안 좋단다. 친구들은 친절하게도 다 낫거든 가라고 하는구나. 존스 씨한테 진찰을 받아야 한다면서 말이야. 그분이 여기 오셨다는 말을 들어도 놀라지 마. 단지 목이 아프고 두통이 있을 뿐 대단한 건 아니니까.

언니

엘리자베스가 소리 내어 편지를 다 읽고 나자 베넷 씨가 말했다.

"당신 딸이 위험한 병에 걸려 죽기라도 하면 아주 속이 시원하겠소? 그게 다 당신이 시키는 대로 빙리를 쫓아갔다가 그리된 거라면 좀 위안이 되겠군."

"그 애가 죽긴 왜 죽어요? 감기 좀 걸렸다고 죽나요? 모두 잘 돌봐줄 테니 거기 있는 동안은 안전해요. 마차가 준비되는 대로 당장 가봐야겠어요."

하지만 엘리자베스는 너무 걱정이 되어 마차가 없어도 언니를 만나러 가야겠다고 결심했다. 게다가 그녀는 말을 탈 줄 몰라 걸어갈 수밖에 없었다. 그녀가 바로 자신의 결심을 말하자 어머니가 소리쳤다.

"어리석은 소리 그만해라. 온통 진흙투성이일 텐데 어떻게 간단 말이야? 거기 도착할 때쯤에 네 꼴이 아주 엉망일 거다."

"어쨌든 언니는 볼 수 있겠죠. 그러면 되는 거 아니에요?"

"리지, 말을 가지고 오라는 말이구나?"

아버지가 말했다.

"아니에요. 걸어갈 수 있어요. 꼭 가야 할 일이 있는데 거리가 문제겠어요? 3마일(약 5킬로미터—옮긴이)밖에 안 되는걸요. 저녁 식사 전까지는 돌아올 수 있을 거예요."

"언니의 측은지심은 정말 놀라워. 하지만 충동적인 감정은 이성으로 다스려야 해. 그리고 필요와 노력은 비례해야 한다고 생각해."

메리가 말했다.

"우리가 메리턴까지 같이 갈게요."

캐서린과 리디아가 말하자 엘리자베스도 동의했다. 그래서 세 자매가 같이 출발했다.

"빨리 가면 카터 대위가 떠나기 전에 잠깐 볼 수 있을지 몰라."

리디아가 걸으면서 말했다.

그들은 메리턴에서 헤어졌다. 동생들은 어느 장교 부인의 숙소로 갔고 엘리자베스는 혼자 계속 걸어갔다. 빠른 걸음으로 들판을 건너고 재빨리 울타리를 넘고 웅덩이를 건너자 마침내 그 집이 보였다. 발목이 시큰거렸고 양말은 더러워졌으며 얼굴은 빨개졌다.

엘리자베스는 조찬실로 안내되었다. 제인을 제외하고 모든 사람들이 그곳에 모여 있었다. 엘리자베스가 나타나자 모두 깜짝 놀랐다. 허스트 부인과 빙리 양은 이렇게 일찍 그 험한 길을 혼자 3마일이나 걸어왔다는 사실이 믿어지지 않았다. 엘리자베스는 그런 이유로 그들이 자신을 경멸하고 있다는 것을 느꼈다. 그러나 그들은 정중하게 그녀를 맞이했다. 빙리는 정중할 뿐 아니라 상냥하고 친절하게 대해주었다. 다아시는 거의 말이 없었고 허스트 씨는 한마디도 하지 않았다. 다아시는 운동을 한 덕에 엘리자베스의 얼굴에 빛이 난다고 칭찬하는 한편 과연 걸어서 이렇게 먼 길을 올 일인가 하고 혼잣말을 했다. 허스트 씨는 아침 식사에 몰두했다.

엘리자베스는 언니가 어떤지 물어보았으나 대답이 시원치 않았다. 제인은 잠을 제대로 못 잤고 일어나기는 했으나 아침까지 열이 심해 방에서 나올 수 없다고 했다. 엘리자베스는 곧바로 안내를 받아 언니에게 갔다. 제인은 동생이 들어오자 기뻐했다. 솔직히 와주기를 바랐으면서도 놀라고 부담을 줄까 봐 편지에는 쓰지 못했다. 제인은 아직 오래 이야기하기 힘들었다. 빙리 양이 나가자 그 집에서 특별한 대접을 받아 고맙다는 말만 가까스로 했다. 엘리자베스는 조용히 언니를 간호했다.

빙리 자매는 아침 식사를 끝내고 제인이 있는 방으로 왔다. 제인에게 깊은 애정을 보이며 염려하는 모습을 보고 엘리자베스도 그들에게 호감을 가지기 시작했다. 의사가 와서 환자를 진찰하고 그들이 생각한 대로 심한 감기에 걸렸으니 잘 간호해야 한다면서 침대에 누워 있으라고 말하고 약을 지어주겠다고 했다. 제인은 열이 나고 머리가 몹시 아파 곧 의사의 지시를 따랐다. 엘리자베스는 잠시도 그 방을 떠나지 않았고 빙리 자매도 자주 비우지 않았다. 남자들이 외출했기 때문에 다른 방에서 딱히 할 일도 없었던 것이다.

시계가 3시를 알리자 엘리자베스는 마지못해 돌아가야겠다고 말했다. 빙리 양이 마차를 타고 가라고 하자 엘리자베스도 그렇게 하려고 했다. 그때 제인이 동생과 헤어지는 것을 몹시 안타까워하는 모습을 보고 빙리 양이 마차를 내주겠다는 말은 없던 걸로 하고 당분간 네더필드에 머물러달라고 했다. 엘리자베스는 고마워하며 그 제안을 받아들였다. 그리고 가족에게 이 소식을 알리고 갈아입을 옷도 가지고 올 겸 하인을 롱본으로 보냈다.

8

5시가 되자 빙리 자매는 옷을 갈아입어야 한다며 제인이 머무는 방을 나갔다. 그리고 6시 30분에 엘리자베스에게 함께 저녁 식사를 하자고 알렸다. 그녀가 식당에 들어서자 사람들이 정중하게 질문을 했다. 특히 빙리가 마음을 쓰고 있었으나 좋은 소식을 전할 수 없었다. 제인의 병세가 아직 호전되지 않았던 것이다. 그 말을 듣고 빙리 자매는 정말 마음이 아프고, 감기를 앓으면 몸이 너무 힘들다고, 그리고 자신들은 병에 걸리고 싶지 않다고 서너 번 거듭 말했다. 하지만 그러고 나서는 생각조차 하지 않았다. 제인이 눈앞에 없을 때는 얼마나 무관심한지 알게 된 엘리자베스는 다시 처음 느낌대로 그녀들이 싫었다.

그들 중에서 엘리자베스가 편하게 대할 수 있는 사람은 빙리뿐이었다. 그는 진심으로 제인을 걱정했고, 자신을 매우 정중히 대해주었던 것이다. 그 덕분에 다른 사람이 생각하는 것처럼 자신이 불청객인 듯한 기분이 들지 않았다. 사실 빙리 말고는 아무도 그녀에게 신경 쓰지 않았다. 빙리 양은 다아시에게 정신이 팔려 있었고, 그녀의 언니도 동생 못지않았다. 엘리자베스 옆에 앉아 있는 허스트 씨는 그저 먹고 마시고 카드놀이를 하려고 사는 듯한 한량이었다. 엘리자베스가 라구(고기와 야채를 섞은 스튜—옮긴이)보다 담백한 음식을 좋아한다고 하자 그는 더 이상 아무 말도 하지 않았다.

엘리자베스는 저녁 식사를 마치고 곧바로 제인한테 갔다. 그녀가 식당을 나가자마자 빙리 양이 그녀 험담을 하기 시작했다. 매너가 없고 오만하고 건방지며 말솜씨도 없고 예쁘지도 않다고 했다. 허스트 부인도 한마디 거들었다.

"잘 걷는다는 것 말고 볼 게 하나도 없는 애야. 오늘 아침에 왔을 때 그 꼴이 뭐니? 정신 나간 여자 같았다니까."

"맞아요. 대놓고 놀라지 않을 수가 없었다니까요. 도대체 왜 여기까지 오냐고요. 언니가 감기에 좀 걸렸다고 들판을 뛰어올 일인가요? 머리는 헝클어져 산발을 하고는."

"게다가 페티코트 꼴 하고는! 너도 봤니? 아래로 6인치(약 15센티미터—옮긴이)나 진흙이 묻어 있었어. 정말이야. 그걸 감추려고 드레스를 끄집어 내리던데 그게 되나!"

"그래요? 난 전혀 몰랐어. 오늘 아침 방으로 들어왔을 때 엘리자베스 베넷 양이 아주 멋져 보이기만 했어. 더러운 페티코트 같은 건 전혀 눈에 안 띄던데."

빙리가 말했다.

"다아시 씨는 보셨겠군요? 당신 누이가 그런 모습으로 다니는 것은 못 보시겠죠?"

빙리 양이 물었다.

"물론이죠."

"3마일이나 되는 거리를, 아니 4마일이든 5마일이든 어쨌든 종아리까지 흙투성이가 돼서 혼자 걸어오다니. 정말 혼자 말이에요! 무슨 생각이었을까? 독립심이 강하다는 것을 보여주고 싶었겠지만 그야말로 오만한 행동이야. 아무리 예의범절이라고는 모르는 시골 사람이라도 그러지는 않을 거야."

"언니를 아끼는 마음이 보기 좋은데, 뭘 그래."

빙리가 말했다.

"다아시 씨, 엘리자베스의 눈이 아름답다고 그렇게 칭찬하시더니, 이런 모험을 즐기는 것을 보고 생각이 좀 달라지지 않았을까 걱정이군요."

빙리 양이 은근히 속삭이듯 말했다.

"운동을 해서 그런지 눈동자가 더욱 빛나던데요."

다아시의 말에 잠시 침묵이 흐르더니 허스트 부인이 말했다.

"제인 베넷은 정말 좋은 여자야. 아주 사랑스러워. 좋은 집안에 시집가기를 진심으로 바라. 하지만 그녀의 부모나 친척들 신분이 그렇게 낮으니 틀린 것 같아."

"그 아가씨 삼촌이 메리턴에서 변호사를 한다죠?"

"응. 그리고 또 한 사람 있어. 아마 치프사이드(장사로 돈을 버는 사람들이 주로 사는 런던 상업지역의 주거지. 당시에는 장사를 천시했다.─옮긴이) 근처에 산다지?"

"대단하군요."

동생이 덧붙여 말했다. 그리고 자매는 한바탕 웃었다.

"치프사이드에 사는 삼촌이 많다고 해서 그 아가씨들 매력이 줄어드는 것은 아니야."

빙리가 큰 소리로 말했다.

"하지만 신분 높은 남자와 결혼할 가능성이 줄어드는 것은 사실이지."

다아시가 대답했다. 빙리는 아무 대꾸도 하지 않았다. 그러나 그의 자매들은 다아시와 전적으로 같은 생각이라며 친구의 천한 친척을 가지고 한참 동안 웃고 떠들었다.

그리고 나서 빙리 자매는 따뜻한 정감이 되살아났는지 제인의 방으로 갔다. 그들은 커피가 준비되었다고 할 때까지 함께 앉아 있었다. 엘리자베스는 언니의 병이 아직 호전되지 않아 그 곁을 떠나고 싶지 않았다. 다행히 저녁 늦게 잠든 것을 보고 마음이 놓였는지 예의상 아래층으로 내려갔다. 응접실에서 모두 루(카드 게임—옮긴이)를 하고 있었다. 그녀를 보자 같이 하자고 청했으나 돈내기를 하는 것 같아 언니 핑계를 대며 책이나 읽겠다고 했다. 그러자 허스트 씨가 놀라며 말했다.

"카드놀이보다 책 읽는 것을 더 좋아하다니 참 특이하네요."

"일라이자 베넷 양은 카드를 경멸해요. 독서광이어서 다른 것은 전혀 즐기지 않아요."

빙리 양이 말했다.

"칭찬할 것도 없고 비난할 것도 없어요. 독서광도 아닐뿐더러 독서 말고도 즐기는 게 많으니까요."

엘리자베스가 말했다.

"기쁜 마음으로 언니를 간호하는 것만은 분명하더군요. 언니가 빨리 나아서 더욱 큰 기쁨을 누리시기를 바랍니다."

빙리가 말했다.

엘리자베스가 진심으로 감사하다고 말했다. 그러고는 책이 두서너 권 놓여 있는 탁자 쪽으로 걸어갔다. 빙리는 서재에서 다른 책을 더 가져다주겠다고 말했다.

"베넷 양에게도 유익하고 저도 체면을 세울 만큼 책을 좀 많이 모아둘걸 그랬나 봅니다. 하지만 워낙 게을러서 많지도 않은 제 책도 다 못 읽었답니다."

엘리자베스가 응접실에 있는 것만으로 충분하다고 말했다.

"정말 놀랐어요. 아버지께서 남겨주신 책이 겨우 이것밖에 안 된다는 사실 말이에요. 다아시 씨는 펨벌리에 훌륭한 서재를 가지고 계셔서 참 좋으시겠어요?"

빙리 양이 말했다.

"그럴 수밖에요. 여러 대에 걸쳐 책을 모으고 꾸민 거니까요."

"직접 모으기도 하시잖아요. 항상 책을 사시던데요."

"요즘 같은 시대에 가문의 장서를 소홀히 하면 안 되죠."

"그렇죠. 다아시 씨는 그렇게 훌륭한 곳을 더욱 아름답게 꾸미는 데 전혀 소홀하지 않을 거예요. 오빠, 나중에 집을 지으면 펨벌리의 반만큼이라도 멋지게 꾸미면 좋겠어요."

"나도 그러고 싶구나."

"정말 충고하는 거예요. 그 근방에 땅을 사서 펨벌리를 본떠 지으란 말이에요. 잉글랜드에서 더비셔만큼 좋은 곳이 없거든요."

"그렇게 하자. 다아시가 팔기만 하면 펨벌리를 살 생각도 있지."

"오빠, 정말 할 수 있다니까요. 그래서 하는 말이에요."

"캐롤라인, 펨벌리를 흉내 내느니 차라리 사는 게 낫지."

엘리자베스는 그들의 대화가 신경 쓰여 책을 읽기 힘들었다. 할 수 없이 책을 치우고 탁자 가까이 가서 빙리와 허스트 부인 사이에 끼어 카드놀이를 구경했다.

"누이동생은 봄에 봤을 때보다 더 많이 컸나요? 키가 저만 한가요?"

빙리 양이 다아시에게 물었다.

"아마 그럴 거예요. 지금 엘리자베스 양만 할 거예요. 아니, 조금 더 클까?"

"한 번 더 만나보고 싶어요. 그렇게 좋은 사람을 본 적이 없어요. 외모도 그렇고 하는 행동도 그렇고. 나이에 비해 교양 있고, 또 피아노도 얼마나 잘 치는지요."

"정말 놀라워. 젊은 아가씨들이 어떻게 그런 걸 다 참고 배울까? 다 그렇잖아."

빙리가 말했다.

"젊은 아가씨들이 다 교양 있다고요? 그게 무슨 의미예요?"

"맞는 말이잖아. 모두 화판에 그림을 그릴 줄 알고, 수를 놓질 않나, 뜨개질로 주머니를 만들질 않나. 내가 아는 아가씨들은 모두 다 그런 걸 할 줄 알던데? 그리고 젊은 아가씨에 대해 처음 얘기할 때는 으레 교양 있는 아가씨라고 말하더군."

"자네가 말한 걸 교양이라고 한다면 맞는 말이지. 주머니를 뜬다

든가 수놓는 것 말고 다른 교양은 아무것도 갖추지 않은 여성들에게도 대부분 교양 있다고 말하니까. 그러나 모든 아가씨들이 교양 있다는 말에는 동의할 수 없네. 내가 알고 있는 아가씨들 중에 진정으로 교양을 갖춘 사람은 6명도 안 되니까."

다아시가 말했다.

"저도 그렇게 생각해요."

빙리 양이 말했다.

"당신이 말하는 교양에는 여러 가지가 포함되는군요."

엘리자베스가 말했다.

"물론 여러 가지가 포함되죠."

다아시의 말에 빙리 양이 충실한 조수처럼 덧붙였다.

"그래요. 보통 사람들의 수준을 훨씬 능가하지 못하면 정말 교양 있다고 할 수 없죠. 그런 말을 들으려면 기악, 성악, 그림, 춤, 그리고 몇 가지 외국어를 완벽하게 익혀야 해요. 그리고 걸음걸이, 억양, 태도, 말솜씨에 어딘가 남다른 점이 있어야죠. 그렇지 않으면 교양을 절반만 갖추었다고 해야 맞죠."

"그런 건 당연한 것이고, 다양한 독서로 지성을 쌓고 좀더 내실을 갖춰야죠."

다아시가 덧붙여 말했다.

"그렇게 말씀하시니 교양 있는 여자를 6명밖에 모른다는 게 납득이 가네요. 오히려 그런 여자를 한 명이라도 알고 있다는 게 신기하네요."

엘리자베스가 말했다.

"그런 여자가 없다고 생각하시다니, 자신이 여성이면서 여성에게 너무 가혹하시군요."

"저는 그런 여자를 본 적이 없거든요. 말씀하신 것과 같은 재주와 취향, 지적인 열의에다 품위까지 모두 갖춘 여자를 본 적이 없어요."

허스트 부인과 빙리 양은 엘리자베스의 회의적인 생각은 틀렸다고 반박하며, 자신들은 그런 여성을 많이 알고 있다고 말했다. 그때 허스트 씨가 게임에 집중할 수 없다고 심하게 투덜거려 대화가 중단되었다. 잠시 뒤 엘리자베스는 응접실에서 나왔다.

"일라이자 베넷은 남자들의 관심을 끌려고 자기도 여자이면서 여자를 과소평가하는 부류예요. 물론 통하는 남자도 있겠죠. 하지만 천박하고 아주 비열한 술책이에요."

엘리자베스가 나가고 문이 닫히자마자 빙리 양이 은근히 다아시에게 말했다.

다아시가 이 말을 받았다.

"아가씨들은 신사들의 관심을 끌려고 비열한 술책을 쓰게 마련이죠. 꾀를 쓰는 것은 모두 비열하니까요."

그다지 흡족한 대답을 듣지 못한 빙리 양은 더 이상 그 이야기를 하지 않았다.

엘리자베스는 응접실로 돌아와 언니의 병세가 악화되어 곁을 떠날 수 없다고 말했다. 빙리는 빨리 존스 씨를 부르자고 말했다. 반면 그의 자매는 시골 의사는 별 도움이 안 되니 런던의 유명한 의사를 부르자고 했다. 엘리자베스는 그럴 것까지 없다고 거절했지만 빙리가 제안하면 응할 생각도 있었다. 그래서 제인이 다음 날까지 호전되지 않으면 아침 일찍 존스 씨를 부르기로 했다. 빙리는 안절부절못했고 그의 자매들도 진심으로 걱정했다. 빙리는 가정부를 불러 제인과 그녀의 동생을 극진히 모시라고 지시하는 것 말고 달리 자신의 기분을 가라앉힐 방법이 없었다. 반면 자매들은 저녁을 먹고 나서 이중창을 부르며 근심을 달랬다.

9

엘리자베스는 언니 방에서 뜬눈으로 밤을 지새우다시피 했다. 다음 날 아침 일찍 빙리가 하녀를 보내 제인의 병세를 물었고, 얼마 안 있어 빙리 자매의 시중을 드는 세련된 여자 둘이 와서 병세를 물었다. 엘리자베스는 다행히 그럭저럭 괜찮다는 답변을 보낼 수 있었다. 그러나 그녀는 어머니가 직접 와서 판단해달라는 쪽지를 롱본에 보내달라고 부탁했다. 쪽지는 곧바로 전달되었다. 아침 식사가 끝난 지 얼마 되지 않아 베넷 부인은 맨 아래 어린 두 딸을 데리고 네더필드에 도착했다.

제인이 확실히 중병에 걸렸다면 베넷 부인은 매우 침통했을 것이다. 그러나 딸을 보고 그렇게 심각하지 않은 것을 확인하고 나서 부인은 오히려 딸이 얼른 낫지 않기를 바랐다. 나으면 바로 네더필드를 떠나야 하기 때문에 어머니는 집으로 데려다 달라는 딸의 청을 듣지 않았다. 게다가 거의 같은 시각에 도착한 의사도 환자가 움직이는 것은 좋지 않다고 말했다. 어머니와 세 딸은 제인 곁에 앉아 있다가 빙리 양이 불러서 식당으로 갔다. 빙리는 그녀들을 맞이하며 따님의 병이 악화되지 않았기를 바란다고 말했다.

"생각보다 심각하네요. 그래서 집에 데려갈 수 없겠어요. 존스 씨도 움직일 생각은 하지 말라고 하시네요. 신세 진 김에 좀더 폐를 끼쳐야겠어요."

부인이 말했다.

"데려가시다니요? 그런 생각 마십시오. 제 누이가 그 말을 들을 것 같습니까?"

빙리가 큰 소리로 말했다.

"너무 걱정 마세요. 따님이 저희 집에 머무는 동안 힘닿는 데까지 보살펴드리겠습니다."

빙리 양이 냉담하면서도 정중하게 말했다.

베넷 부인은 감사하다는 말을 길게 늘어놓았다.

"이렇게 좋은 친구분들이 계시지 않았다면 지금쯤 우리 애가 어떻게 되었을지 모르겠네요. 상태가 좋지 않아 몹시 힘들어하고 있으니 말이에요. 물론 참기도 꽤 잘 참는 애지만요. 언제나 그런 애랍니다. 그처럼 성격 좋은 애도 없답니다. 다른 딸아이들한테도 언니의 반만 따라가라고 하죠. 빙리 씨, 댁에는 좋은 방이 많네요. 정원의 자갈길이 내다보이는 것도 참 좋고요. 이 근처에서 네더필드에 비길 만한 곳이 없는 것 같아요. 급히 떠나실 계획은 아니시겠죠? 단기 계약을 하신 걸로 알고 있는데."

"저는 뭐든 급하게 서두르는 편입니다. 네더필드를 떠나야 할 일이 생기면 아마 5분 안에 떠날지도 모릅니다. 하지만 지금은 이곳에 자리 잡은 거나 다름없다고 생각합니다."

"그러실 거라고 짐작했어요."

엘리자베스가 말했다.

"이제 제 속을 꿰뚫어보기 시작했군요."

빙리가 그녀 쪽을 보며 외쳤다.

"네, 아주 잘 알고 있답니다."

"칭찬하신 걸로 받아들이고 싶은데, 왠지 속을 내보인 것 같아 좀 쑥스럽군요."

"그냥 그렇다는 거예요. 그렇다고 해서 깊고 복잡한 성격이 빙리 씨 같은 분의 성격보다 간파하기 더 어렵다거나 쉬운 건 아니에요."

"리지, 여기가 어딘 줄 알고 우리 집인 것처럼 행동하니?"

그녀의 어머니가 소리쳤다.

"미처 몰랐는데 성격을 연구하시는군요. 그거 아주 흥미로운데요."

빙리가 즉시 화제를 이어갔다.

"네. 하지만 흥미로 따지면 복잡한 성격이 최고죠. 적어도 재미있는 사람들이니까요."

엘리자베스가 말했다.

"시골에는 그런 연구 대상이 극히 드물죠. 시골 이웃은 몹시 제한적이어서 별다른 변화도 없으니까요."

다아시가 말했다.

"하지만 사람들은 워낙 잘 변하니까 늘 새로운 점을 볼 수 있어요."

"맞는 말이에요. 그런 건 시골이나 도시나 마찬가지죠."

다아시의 시골 이웃이라는 말에 발끈한 베넷 부인이 큰 소리로 말했다. 모두 깜짝 놀란 듯했다. 다아시는 잠깐 부인을 쳐다보다가 말없이 고개를 돌렸다. 베넷 부인은 자신이 완벽하게 이겼다고 착각하고 기고만장해서 이야기를 계속했다.

"런던이라고 시골보다 특별히 나은 게 뭐가 있나요? 기껏해야 상점과 공원이 많다는 것뿐이죠. 시골이 훨씬 재미있답니다. 안 그래요, 빙리 씨?"

"시골에 있을 때는 시골을 떠나고 싶은 생각이 안 듭니다. 런던에 있을 때도 역시 마찬가지죠. 런던이든 시골이든 제각기 장단점이 있어서 저는 어디든 즐겁습니다."

"그야 성품이 올바르니까 그렇죠. 하지만 저분은 시골을 보잘것 없는 곳으로 여기시는 것 같은데요?"

베넷 부인이 다아시를 보며 말했다.

엘리자베스는 어머니 때문에 얼굴이 빨개졌다.

"어머니, 그건 오해예요. 다아시 씨 말씀을 잘못 이해하신 거예요. 이분 말씀은 다만 시골에서는 도시보다 다양한 사람들을 만날 수 없다는 뜻이에요. 사실은 사실대로 받아들여야죠."

"누가 뭐랬니? 하지만 우리 고장에 이웃이 많지 않다고 하니까 하는 말이지. 솔직히 우리 고장만큼 이웃이 많은 곳이 또 어디 있니? 우리와 함께 식사를 하는 집안만 스물네 집이나 되는데."

빙리는 웃음이 터지려고 했으나 엘리자베스의 입장을 생각해 억지로 참았다. 그런 배려가 부족한 빙리 양은 의미심장한 미소를 지으며 다아시를 보았다. 엘리자베스는 어머니의 주의를 돌리려고 자기가 네더필드에 온 뒤로 샬럿 루카스가 롱본에 오지 않았는지 물었다.

"어제 부녀가 함께 들렀더라. 윌리엄 경은 참 좋은 분이야. 빙리씨, 안 그래요? 점잖고 품위 있으며 누구든 가리지 않고 이야깃거리를 찾아 말을 걸어주는 윌리엄 경이야말로 교양 있는 분이에요. 교양을 타고났다는 게 바로 그런 거예요. 자기가 굉장한 사람이라도 되는 양 뻐기면서 말도 안 거는 사람은 교양에 대해 잘못 생각하고 있는 거예요."

"샬럿이랑 식사하셨어요?"

"아니, 가야겠다고 하더라. 민스파이(잘게 다진 고기를 넣은 파이—옮긴이)를 직접 만들어야 하는 모양이더구나. 빙리 씨, 나는 말이에요,

솜씨 좋은 하인을 두고 있거든요. 내 딸들에게 요리를 가르치지는 않았어요. 하지만 저마다 견해가 다르죠. 루카스 댁 딸들은 예쁘지 않은 게 흠이지만 참 좋은 아가씨들이에요. 그렇다고 샬럿이 굉장히 못생겼다고 생각하지는 않지만……. 우리와 각별한 사이죠."

"아주 상냥한 분이더군요."

빙리가 말했다.

"그렇고말고요. 하지만 못생긴 건 인정해야죠. 루카스 부인도 늘 그렇게 말하면서 제인이 예쁘다고 나를 부러워하죠. 자식 자랑을 하고 싶지는 않지만 제인만 한 미인이 없는 건 사실이에요. 모두 그러거든요. 엄마라서 그러는 게 아니에요. 제인이 겨우 열다섯 살 때 런던에 사는 남동생 집에 손님이 왔는데 제인한테 푹 빠져서 우리가 그 집을 떠나기 전에 청혼할 거라고 올케가 확신했죠. 그런데 나이가 너무 어려서 그랬는지 실제로 청혼하지는 않았어요. 하지만 그가 제인에게 아주 멋진 시를 지어주었답니다."

"그리고 그 시들과 함께 그의 애정이 식어버렸죠. 아마 그런 식으로 시들어버린 사랑이 많을 거예요. 사랑을 끝내는 데 시가 효과적이라는 건 누가 처음 발견했을까요?"

엘리자베스가 참다못해 거들었다.

"저는 항상 시가 사랑의 자양분이라고 생각해왔습니다."

다아시가 말했다.

"훌륭하고 단단하며 건전한 사랑에는 그럴지도 모르죠. 처음부터 강한 것은 무엇이든 영양분이 되거든요. 하지만 한때의 가벼운 사랑은 뛰어난 소네트 한 편 짓고 나면 완전히 고갈되고 말죠."

다아시는 말없이 미소만 지었다. 엘리자베스는 이야기가 끊기자 어머니가 또 주책을 부리지 않을까 마음 졸였다. 그녀는 무슨 이야기든 하고 싶었으나 특별히 떠오르는 게 없었다. 잠시 침묵이 흐르고 나서 베넷 부인이 먼저 입을 열었다. 빙리에게 친절을 베풀어주어서 감사하고, 리지까지 폐를 끼쳐 미안하다고 거듭 말했다. 빙리는 진심으로 정중하게 답례했고 누이동생한테 공손하게 인사하라고 시켰다. 정중하지는 않았지만 빙리 양의 인사를 듣고 베넷 부인은 만족했다. 부인이 마차를 부르자 어린 두 딸이 앞으로 나섰다. 두 소녀는 여기 와서 계속 소곤거리더니 결국 막내 리디아가 빙리에게 처음 이사 왔을 때 네더필드에서 무도회를 열겠다고 했던 약속을 지켜달라고 졸랐다.

리디아는 잘 성숙한 열다섯 살 소녀로 피부가 곱고 늘 상냥한 표정을 지었다. 어머니는 이런 리디아가 가장 마음에 들었다. 그래서 그녀는 일찌감치 사교계에 나왔다. 리디아는 혈기 왕성하고 천성적으로 자만심이 강한 아이였다. 이모부가 만찬을 베푼 자리에서 스스럼없이 행동하는 리디아에게 장교들이 관심을 보이자 자만심이 더욱 커졌다. 리디아가 난데없이 빙리에게 무도회 이야기를 꺼내며 약속을 지키라고 나대는 것도 어쩌면 당연했다. 그녀는 약속을 지키지 않는 것은 아주 수치스러운 일이라고 덧붙이기도 했다. 이 갑

작스런 공격에 빙리가 대답한 말이 그녀 어머니의 귀에 너무나 즐겁게 들렸다.

"물론 약속을 지켜야죠. 대신 언니가 다 나은 다음에요. 그때 무도회 날짜를 정해주십시오. 설마 언니가 아픈 와중에 춤추고 싶은 건 아니겠죠?"

"그럼요. 당연히 언니가 나을 때까지 기다려야죠. 그때쯤이면 카터 대위도 메리턴으로 돌아오시겠죠. 그리고 빙리 씨께서 무도회를 열어주신 다음에는 그분들에게 열어달라고 할 거예요. 포스터 소령한테도 무도회를 열지 않으면 수치라고 말씀드리겠어요."

리디아가 만족해하며 말했다.

드디어 베넷 부인과 딸들이 떠났다. 엘리자베스는 자신과 식구들의 행동을 가지고 두 여자와 다아시가 수다를 떨 거라는 사실을 알면서도 곧바로 제인에게 갔다. 그러나 `빙리 양이 '아름다운 눈'이러쿵저러쿵하면서 갖은 말로 비아냥거렸는데도 다아시는 엘리자베스를 흉보는 데 끼이지 않았다.

10

그날은 전날과 같았다. 허스트 부인과 빙리 양은 아침 식사를 하고 몇 시간을 환자 옆에서 보냈다. 환자는 서서히 회복되고 있었다. 저녁때 엘리자베스는 응접실에서 그들과 함께 시간을 보냈다. 그날은 루 게임을 하지 않았다. 다아시는 편지를 쓰고 있었다. 빙리 양이 그 옆에 앉아 지켜보면서 누이동생에게 소식을 전해달라는 통에 다아시는 집중할 수가 없었다. 허스트 씨와 빙리는 피케(카드 게임—옮긴이)를 하고 있었으며 허스트 부인은 그것을 구경하고 있었다.

엘리자베스는 뜨개질감을 집어 들고 다아시와 빙리 양이 주고받는 이야기를 듣는 것만으로 재미있었다. 두 사람의 대화는 참으로 기이했다. 빙리 양은 다아시의 필체, 고른 행간, 편지 길이 등을 연신 칭찬했고, 다아시는 아무런 반응을 보이지 않았던 것이다. 그 모습은 두 사람에 대한 엘리자베스의 생각과 정확히 일치했다.

"누이동생이 이 편지를 받으면 얼마나 기뻐할까요?"

다아시는 대답하지 않았다.

"편지를 정말 빨리 쓰시네요."

"잘못 보셨습니다. 오히려 느리게 쓰는 편이죠."

"1년 동안 얼마나 많은 편지를 쓰시겠어요. 사무적인 편지도 많을 것이고. 그런 편지는 정말 쓰기 싫을 거예요."

"빙리 양이 아니라 제가 해야 할 일이라서 다행이네요."

"누이동생한테 제가 정말 보고 싶어 한다고 꼭 써주세요."

"아까 말씀하셔서 벌써 그렇게 썼습니다."

"그 펜 쓰기 힘들지 않아요? 제가 손봐드릴게요. 아주 잘하거든요."

"아니 괜찮습니다. ……저는 직접 손봐서 쓰는 걸 좋아합니다."

"어쩌면 그렇게 글씨를 고르게 잘 쓰세요!"

다아시는 대꾸하지 않았다.

"누이동생한테 전해주세요. 하프 실력이 늘었다는 소식을 듣고 제가 기뻐하더라고요. 그리고 직접 짠 예쁜 식탁보에 반했다고 전해주세요. 그랜틀리 양의 것보다 훨씬 훌륭하다고요."

"그건 다음 편지에 전하기로 하죠. 지금은 공간이 없군요."

"그렇게 하세요. 그렇게 중요한 이야기도 아니고 더구나 정월에 만날 테니. 그런데 언제나 누이동생한테 그렇게 길고 매력적으로 편지를 쓰시나요?"

"대부분 길게 쓰기는 하지만 늘 매력적인지는 제가 판단할 문제가 아니군요."

"긴 편지를 빨리 쓰는 게 잘 쓰는 거잖아요. 제가 알기로는 그래요."

"캐롤라인, 그건 다아시한테는 해당되지 않는단다. 얼마나 힘들게 쓰는데. 4음절짜리 단어(어려운 라틴어를 말한다.—옮긴이)를 생각해내느라 머리를 쥐어짜거든. 안 그런가, 다아시?"

빙리가 소리쳤다.

"나와 자네는 글 쓰는 방식이 아주 다르지."

"찰스 오빠처럼 멋대로 아무렇게나 쓰는 사람도 없을 거예요. 단어를 절반이나 빼먹고 그나마도 잉크로 얼룩덜룩하거든요."

빙리 양이 소리쳤다.

"생각이 너무 빨리 지나가니까 미처 다 못 쓰는 거지. ……그러다 보면 상대방한테 내 생각을 다 못 전할 때가 있어."

"빙리 씨는 너무 겸손해서 비난도 소용없네요."

엘리자베스가 말했다.

"겸손한 척하는 것만큼 위선적인 것도 없죠. 겉으로는 겸손해 보여도 대충 성의 없이 말한 것이거나 은근한 자기 자랑인 경우가 있으니까요."

다아시가 말했다.

"그렇다면 자네는 지금 내가 어느 쪽이라고 생각하나?"

"은근한 자기 자랑이지……. 사실 자네는 대충 글 쓰는 것을 오히려 자랑으로 여기지 않나? 그 이유가 생각이 빨라서 대충 표현할 수밖에 없다고 여기고, 이것이 멋있지는 않아도 꽤 독특한 특성이라고 생각한단 말일세. 일을 신속하게 처리하는 사람은 언제나 그런 능력을 자랑스럽게 여기지. 그래서 과정이 허술한 것에는 신경쓰지 않을 때가 많지. 자네가 오늘 아침 베넷 부인한테 네더필드를 떠나기로 결심하면 5분 만에 실행에 옮길 수 있다고 했을 때도 사실 자랑스럽게 말한 거야. 하지만 자네가 서둘러 떠나버리면 반드시 처리해야 할 일이 남게 되지. 그러면 자네나 다른 사람한테 별 도움이 안 되는데, 그런 경솔한 행동을 자랑스러워할 일이 뭐가 있겠나?"

"아니, 그건 너무 심한 비약이군. 게다가 아침에 했던 사소한 말들을 하나도 빼먹지 않고 저녁까지 기억하다니. 하지만 명예를 걸고 말하는데, 나는 그렇게 믿었고 지금도 마찬가지네. 적어도 숙녀들에게 잘 보이려고 조급한 성격을 마치 잘나서 그런 것인 양 꾸민 게 아니란 말이지."

빙리가 큰 소리로 말했다.

"그렇게 믿고 있었겠지. 하지만 난 자네가 그렇게 빨리 가리라고 생각지 않아. 다른 사람들도 그렇듯이 자네 또한 우발적으로 행동하게 마련이거든. 자네가 말에 올라타려고 할 때 어떤 친구가 '빙리, 다음 주까지 머무는 게 좋겠어'라고 말하면 아마 자네는 그 말을 들을걸. 떠나지 않을 가능성이 크다는 거지. 그리고 그 친구가 한 번 더 말리면 아마 한 달은 더 머물지도 몰라."

"그 말씀으로 한 가지는 확실하네요. 빙리 씨가 자신의 성격을 터무니없이 깎아내렸다는 점이죠. 다아시 씨는 스스로를 칭찬한 것 이상으로 빙리 씨를 칭찬한 거죠."

엘리자베스가 큰 소리로 말했다.

"저 친구의 말을 성격이 좋다는 칭찬으로 받아들이다니 정말 감사합니다. 하지만 유감스럽게도 저 친구는 다른 뜻으로 말한 것 같은데요. 왜냐하면 다아시는 그런 상황에서 제가 친구의 말을 보기 좋게 거절하고 되도록 빨리 떠나는 것을 오히려 좋게 생각할 테니까요."

"그렇다면 다아시 씨는 경솔한 것이라도 일단 결정을 내린 이상 굳이 실행하는 게 옳다고 생각하시는 건가요?"

"저는 정확하게 설명할 수가 없군요. 다아시가 직접 얘기하겠죠."

"내 의견을 자네 멋대로 말해놓고 그걸 나더러 자세히 설명하란 말인가? 내가 인정하지도 않았는데 말이야. 어쨌든 베넷 양, 말씀하신 상황이라 해도 이 점을 잊어서는 안 됩니다. 빙리에게 떠나는 것을 미루라고 충고한 친구는 그렇게 하는 게 더 나은 이유를 말하지 않았다는 점을요."

"친구의 설득에 선뜻 따른다는 것, 그것도 아주 쉽게 따르는 것을 장점이라고 생각하지 않나 보군요."

"무조건 따르는 것은 두 사람 모두 분별력이 없다는 뜻이겠죠."

"다아시 씨는 우정이나 애정의 힘을 모르시는 것 같군요. 자기가 존경하는 사람의 요구는 때로 정당한 이유 없이도 선뜻 들어줄 수 있어요. 이건 빙리 씨한테만 해당하는 이야기가 아니에요. 빙리 씨의 행동이 신중한지 어떤지를 알고 싶은 거라면 직접 그런 상황에 처해봐야겠죠. 하지만 보통의 경우 한 친구가 다른 친구에게 사소한 결심을 바꾸라고 하고, 별 이유 없이 따랐다고 해서 문제가 있다고 생각하시나요?"

"이 문제에 대해 더 얘기하기 전에 당사자들이 얼마나 가까운 사이인지, 그리고 그것이 얼마나 중요한 일인지 좀더 정확하게 따져보는 게 좋지 않을까요?"

"그거 좋군요. 상황을 하나하나 자세히 따져보죠. 두 사람의 키가 얼마나 되는지, 또 몸무게는 얼마나 나가는지 잊지 말고요. 베넷 양, 이런 것들이 당신이 생각한 것보다 훨씬 더 중요할 겁니다. 저는 다아시의 키가 저보다 이만큼 더 크지 않았다면 그를 지금의 절반도 존경하지 않았을 테니까요. 그리고 어떤 특정한 시기와 장소에서는 다아시만큼 무서운 친구도 없습니다. 특히 이 친구가 일요일 밤에 별로 할 일 없이 집에 있을 때는 말이죠."

빙리의 말에 다아시가 싱긋 웃었다. 엘리자베스는 그의 기분이 상했을 거라는 생각에 웃음을 참았다. 빙리 양은 다아시를 모욕했다고 분개하며 오빠에게 말도 안 되는 소리 그만하라고 핀잔을 주었다.

"빙리, 자네가 왜 그렇게 말하는지 알겠네. 토론하는 게 싫어서 우리 입을 막으려는 속셈 아닌가?"

"맞아. 그런 걸 따지다 보면 논쟁으로 번지기 쉽거든. 내가 방에서 나갈 때까지 자네와 베넷 양이 토론을 연기해주면 고맙겠네. 내가 나간 다음에는 마음대로 해도 좋아."

"그건 어렵지 않아요. 그리고 다아시 씨도 편지를 마저 끝내는 것이 좋지 않을까요?"

엘리자베스가 말했다. 다아시는 그녀의 충고대로 편지를 다 쓰고 나서 빙리 양과 엘리자베스에게 노래를 들려주면 고맙겠다고 청했다. 빙리 양은 재빨리 피아노 있는 곳으로 가더니 엘리자베스에게 먼저 연주하라고 정중하게 말했다. 그럴 마음이 전혀 없었던 엘리자베스가 단호하게 사양하자, 빙리 양이 마치 기다렸다는 듯이 피아노 앞에 앉았다.

허스트 부인은 빙리 양과 함께 노래를 불렀다. 그러는 동안 엘리자베스는 피아노 위에 놓인 악보 서너 편을 뒤적였는데, 그때 다아시가 계속 자기를 쳐다보고 있다는 것을 알아챘다. 그녀는 저런 대단한 남자가 자신에게 관심을 가질 이유가 없다고 생각했다. 그러나 싫어서 쳐다보고 있다는 것은 더욱 말이 안 되었다. 그러다가 그곳에 있는 다른 사람들과 달리 자신에게 뭔가 잘못되었거나 비난할 점이 많아서 그러는 모양이라고 생각했다. 그렇다고 해도 속상하지 않았다. 왜냐하면 그를 좋아하지 않았기 때문에 그의 마음에 들든 말든 상관없었던 것이다.

빙리 양은 이탈리아 가곡을 몇 곡 연주하고 나서 신나는 스코틀랜드 민요로 분위기를 바꿨다. 그때 다아시가 엘리자베스에게 다가가 말했다.

"베넷 양, 릴(스코틀랜드의 경쾌한 민속춤—옮긴이)을 출 기회라고 생각하지 않으십니까?"

엘리자베스는 말없이 미소만 지었다. 그가 조금 놀라며 다시 묻자 그녀가 말했다.

"뭐라고 대답해야 할지 얼른 생각이 안 나서 그랬어요. '네'라는 말을 듣고 싶으셨겠죠? 제 취향을 마음껏 경멸하고 싶을 테니까요. 하지만 저는 그런 속셈을 꿰뚫어보고 무참히 꺾어버리는 것을 즐긴답니다. 자, 그럼 대답하죠. 저는 릴을 추고 싶지 않습니다. 이제 저를 경멸해보세요. 할 수 있다면요."

"아니, 조금도 그러고 싶지 않습니다."

엘리자베스는 기분 상하라고 한 말이었는데 의외로 정중한 다아시의 태도에 놀랐다. 그녀는 원래 말투가 상냥하고 장난스러워서 냉정하게 말해도 상대가 좀처럼 모욕감을 느끼지 않았다. 다아시는 지금까지 엘리자베스만큼 마음이 끌리는 여자를 만난 적이 없었다. 그녀의 가족과 친척의 수준이 그렇게 형편없지만 않았어도 그녀에게 완전히 빠졌을 거라고 생각했다.

빙리 양은 질투 어린 눈빛으로 두 사람을 쳐다보았다. 다아시의 감정을 눈치챈 그녀는 엘리자베스를 쫓아버리고 싶어서라도 친구 제인이 빨리 회복되기를 간절히 바랐다. 하지만 겉으로는 다아시에게 엘리자베스와 결혼할 거라느니, 그렇게 되면 행복할 거라느니 하면서도 은근히 그가 그녀를 싫어할 만한 말을 했다.

다음 날 빙리 양이 다아시와 관목 숲을 산책하면서 말했다.

"결혼하게 되면 장모 되실 분께는 말을 많이 하지 말고 침묵하는 게 좋다고 말씀드리세요. 그리고 나서 처제들이 장교들을 쫓아다니지 못하게 하세요. ⋯⋯그리고 이건 좀 민감한 문제일 수도 있는데, 아내 되실 분의 결점 말이에요. 그러니까 오만하고 무례한 성격을 고쳐놓으셔야 할 거예요."

"우리의 행복한 결혼 생활에 더 필요한 게 있습니까?"

"있고말고요. 필립스 이모부 내외의 초상화를 펨벌리의 화랑에 꼭 걸어두세요. 판사이셨던 증조부 초상화 옆에 말이에요. 그분들은 같은 계통에서 일했으니까요. 물론 분야가 다르지만요. 그러나 사랑하시는 엘리자베스 양의 초상화를 그릴 생각은 마세요. 어떤 화가가 그 아름다운 눈을 제대로 표현해내겠어요?"

"사실 눈동자에 어린 표정까지 표현하기는 쉽지 않죠. 그러나 눈동자 색이라든지 모양, 아름다운 눈썹 같은 건 똑같이 그릴 수 있겠죠."

그때 다른 산책로에서 허스트 부인과 엘리자베스가 나타났다.

"두 분께서 산책하시는 줄 몰랐어요."

빙리 양이 자기가 한 말을 듣지는 않았나 하고 조금 당황하며 말했다.

"두 사람 너무한 것 아니니? 말도 없이 나오는 법이 어딨니?"

허스트 부인이 말하며 다아시의 다른 쪽 팔을 잡자 엘리자베스 혼자 걷게 되었다. 길은 세 사람이 걷기에 딱 알맞았다. 다아시는 무례한 행동이라 느끼고 얼른 말했다.

"모두 함께 걷기에는 길이 너무 좁군요. 가로수 길로 나가는 게 좋겠어요."

그러나 엘리자베스는 그들과 같이 있고 싶은 생각이 조금도 없었기 때문에 웃으면서 말했다.

"아니, 그러실 필요 없어요. 그대로 계세요. 세 분이 여간 좋아 보이지 않네요. 넷이 되면 아름다운 그림이 깨질 거예요. 저 먼저 갈게요."

그러고는 경쾌하게 뛰어갔다. 엘리자베스는 하루 이틀 뒤면 집으로 돌아간다는 희망에 부풀어 여유 있게 산책을 즐겼다. 제인은 웬만큼 회복되어 그날 저녁에는 두어 시간 정도 응접실에서 사람들과 함께 보내기로 했다.

11

저녁 식사가 끝나고 여자들이 먼저 물러나자 엘리자베스는 얼른 언니한테 달려갔다. 그리고 언니가 춥지 않도록 옷을 든든하게 입히고 함께 응접실로 내려왔다. 제인의 두 친구는 회복되어 기쁘다는 말로 환영했다. 그들은 신사들이 나타나기 전 한 시간 동안 유달리 상냥하고 유쾌했다. 엘리자베스는 일찍이 보지 못한 모습이었다. 그들은 화술이 굉장히 뛰어났고 어떤 연회의 장면이든 정확하게 묘사했으며, 흥미 있는 이야기를 재미있게 들려주었고, 아는 사람들을 유쾌하게 조롱하기도 했다.

그러나 신사들이 들어오자 자매는 더 이상 제인에게 관심을 두지 않았다. 빙리 양의 시선은 곧바로 다아시를 향했다. 그리고 그가 다가오기도 전에 벌써 이야깃거리를 생각해냈다. 다아시는 먼저 제인에게 축하한다고 정중히 인사했다. 허스트 씨도 고개를 약간 숙이며 "대단히 기쁩니다."라고 말했다. 빙리는 기쁨에 겨워 한껏 친절하고 따뜻하게 인사했다. 방이 바뀌어 제인이 추울까 봐 처음 30분은 장작을 높이 쌓아 불만 지폈다. 그리고 제인에게는 문에서 좀 떨어져 벽난로 반대쪽으로 옮기라고 했다. 그리고 제인 옆에 앉아 그녀하고만 이야기했다. 엘리자베스는 건너편 구석에 앉아 뜨개질을 하며 모든 상황을 즐겁게 지켜보았다.

차를 마신 뒤 허스트 씨가 처제에게 카드놀이를 유도했으나 소용 없었다. 그녀는 다아시가 카드를 하고 싶어 하지 않는다는 것을 알고 있었던 것이다. 잠시 후 허스트 씨가 대놓고 카드놀이를 하자고 했는데도 거절했다. 처제는 아무도 카드를 하고 싶어 하지 않는다고 말했다. 모든 사람이 침묵하는 것으로 그 말이 증명된 셈이었다. 허스트 씨는 할 일이 없자 소파 위에 한쪽 다리를 뻗고 잠이 들었다. 다아시는 책을 집어 들었고, 빙리 양도 그렇게 했다. 허스트 부인은 연신 자기 팔찌와 반지를 만지작거리며 이따금 남동생과 제인의 대화에 끼어들었다.

빙리 양은 자기 책을 읽으면서 다아시가 읽는 것을 유심히 보았다. 그녀는 계속 질문을 하거나 그가 읽는 페이지를 넘겨다보곤 했다. 그러나 대화를 끌어내지는 못했다. 그는 묻는 말에 대답은 하면서도 책에서 눈을 떼지 않았다. 그가 읽는 책의 두 번째 권을 읽다가 지친 빙리 양은 마침내 하품을 하며 말했다.

"저녁 시간을 이렇게 보내는 것도 참 좋은데요. 역시 책 읽는 재미가 제일이에요. 독서 말고는 금방 싫증 나니까요. 내 집을 가지게 되었는데 훌륭한 서재가 없다면 정말 견디기 힘들 거예요."

하지만 아무도 대꾸하지 않았다. 그래서 그녀는 또 한 번 하품을 하고 책을 팽개치더니 뭐 재미있는 일이 없을까 하고 방 안을 둘러보았다. 그러자 자기 오빠가 제인에게 무도회에 관해 이야기하는 것을 듣고 즉시 그쪽을 향해 말했다.

"오빠, 정말 네더필드에서 무도회를 열 생각이에요? 결정하기 전에 여기 계신 분들한테 의견을 물어보는 게 좋을 것 같은데요. 무도회가 재미있다기보다 벌 받는 것처럼 고통스러운 분도 계시니까요."

"다아시를 두고 하는 말이냐? 싫으면 무도회가 시작되기 전에 잠들면 되지. 하지만 무도회는 이미 결정된 거야. 그래서 니콜스가 화이트 수프를 충분히 만드는 대로 초대장을 돌릴 거다."

그녀의 오빠가 큰 소리로 말했다.

"좀 색다른 무도회면 좋겠어요. 그런 모임은 대개 지루해서요. 낮에 그랬던 것처럼 춤추는 대신 이야기를 나누는 게 훨씬 더 합리적이지 않을까요?"

"합리적이기는 하겠지만 무도회 분위기가 안 날 것 같은데?"

빙리 양은 대답하지 않고 일어나서 방 안을 이리저리 걸어 다녔다. 그녀는 몸매가 아름답고 걸음걸이도 우아했다. 그러나 정작 그 모습을 봐주어야 할 다아시는 여전히 책만 읽고 있었다. 그녀는 그의 눈길을 끌 방법을 한 가지 생각해내고 엘리자베스에게 말했다.

"엘리자베스 베넷 양, 방금 제가 한 것처럼 저와 함께 방 안을 한 바퀴 도는 건 어때요? 똑같은 자세로 오래 앉아 있다가 이렇게 걸으니까 아주 개운하네요."

엘리자베스는 의외의 제안에 놀랐으나 곧 일어났다. 빙리 양은 원래 목표로 삼았던 사람을 끌어들이는 데 성공했다. 다아시가 쳐다보았던 것이다. 엘리자베스가 느낀 것처럼 다아시도 빙리 양의 친절이 뜻밖이라는 생각이 들어 무의식적으로 책을 덮었다. 빙리 양이 다아시에게도 함께 걷자고 했으나 그는 거절했다. 그리고 두 사람이 그러는 이유 두 가지를 짐작할 수 있는데 자기가 끼면 양쪽 다 방해가 될 거라고 말했다.

"저게 무슨 뜻이지?"

빙리 양은 무슨 말인지 궁금해 견딜 수가 없었다. 그래서 엘리자베스한테 다아시의 말을 알아들었냐고 물었다.

"전혀요. 하지만 분명 책잡는 말일 거예요. 다아시 씨를 실망시키려면 아무것도 묻지 말아야 해요."

엘리자베스가 대답했다. 그러나 빙리 양은 무슨 일이든 다아시를 실망시킬 수 없었다. 그래서 두 가지 이유가 무엇인지 말해달라고 졸랐다.

"기꺼이 설명해드리죠."

빙리 양이 기다리자 다아시가 곧 말했다.

"두 분이 함께 걷기로 한 것은 은밀히 할 얘기가 있거나 아니면 걷는 모습이 보기 좋다고 생각했거나 둘 중 하나겠죠. 첫 번째라면 방해가 될 것이고……, 두 번째라면 난로 옆에 앉아서 감상하는 게 훨씬 낫죠."

"어떻게 그런 말씀을! 그런 지독한 말은 처음 듣는군요. 그런 말씀을 하시다니 어떻게 혼내드리면 좋을까요?"

빙리 양이 소리쳤다.

"마음만 먹으면 어렵지 않죠. 괴롭히거나 혼내기는 쉽잖아요. 조롱해서 약을 올려도 되고. 서로 친하니까 어떤 게 좋은지 잘 아실 텐데요."

엘리자베스가 말했다.

"하지만 정말 모르겠어요. 친하긴 하지만 그것까지 알 만한 사이는 아니니까요. 저렇게 냉정하고 침착한 사람을 약 올리라고요? 안 될 거예요……. 그래 봤자 꿈쩍도 안 할 거예요. 더구나 그럴 만한 거리가 있어야 말이죠. 괜히 잘못 건드렸다가는 되레 우리만 웃음거리가 되고 말 거예요. 다아시 씨만 즐기게 될걸요?"

"다아시 씨는 조롱할 만한 점이 없다고요? 정말 보기 드문 사람이네요. 앞으로도 제 주위에는 그런 사람이 별로 없으면 좋겠어요. 그런 사람이 많을수록 손해니까요. 왜냐하면 저는 남 놀리는 게 재미있거든요."

엘리자베스가 큰 소리로 말했다.

"빙리 양은 제가 현실적으로 불가능한 능력을 가졌다고 생각하시나 보군요. 남을 비웃으려 드는 사람들은 아무리 현명하고 훌륭한 사람들, 아니 아무리 현명하고 훌륭한 행동도 얼마든지 비웃을 수 있죠."

다아시가 말했다.

"그런 사람들이 있긴 하죠. 하지만 저는 그런 축에 들지 않으면 좋겠어요. 저는 현명하고 훌륭한 것을 우롱한 적은 없거든요. 아둔함과 무분별함, 변덕과 모순은 확실히 웃음거리예요. 눈에 띄기만 하면 언제라도 비웃어주죠. ……하지만 다아시 씨한테는 그런 결점이 보이지 않네요."

엘리자베스가 대답했다.

"결점 없는 사람은 없을 거예요. 하지만 저는 평생 너무 똑똑해서 웃음거리가 되는 것만은 피하려고 노력할 겁니다."

"허영이나 오만함 같은 것 말이죠?"

"그렇죠. 허영은 결점이 분명해요. 그러나 오만은…… 정말 현명한 사람은 자만심을 잘 절제하겠죠. 자긍심은 가지겠지만요."

엘리자베스는 미소를 들키지 않으려고 얼굴을 돌렸다.

"다아시 씨에 대한 분석이 끝난 모양이군요. 그래서 결과가 뭔지 말해주세요."

빙리 양이 말했다.

"다아시 씨는 결점이 없다고 확신해요. 스스로도 솔직하게 인정하고 있고요."

"아닙니다. 저는 그렇게 말하지 않았어요. 저도 결점이 많습니다. 다만 지적 수준과 관련된 결함이 아니기를 바랍니다. 제 성격이 좋다고는 감히 말씀드릴 수 없어요. 고집이 세니까요. 좀처럼 굽힐 줄 모르죠. 살아가기 힘들 정도로 말이에요. 다른 사람의 어리석은 행동과 나쁜 점, 나를 화나게 한 일들은 빨리 잊어버려야 하는데 그러지 못해요. 감정이 쉽게 바뀌지 않죠. 한번 화나면 잘 안 풀리는 성격이에요. 한번 밉보이면 영원히 관계를 끊어버리죠."

다아시가 말했다.

"그거야말로 진짜 결점이에요. 한번 화나면 안 풀리는 건 성격상 큰 결함이죠. 하지만 다아시 씨는 자신의 결점을 제대로 지적하셨어요. 그것만은 정말 비웃을 수 없으니 안심하세요."

엘리자베스가 큰 소리로 말했다.

"제 생각에는 어떤 성격이든 특유의 결함을 가지고 있어요. 말하자면 타고난 결함 말이에요. 그런 건 아무리 좋은 교육을 받아도 극복할 수 없죠."

"다아시 씨의 경우 모든 사람을 싫어하는 경향을 말하는 거죠?"

"그럼 당신의 결함은 사람들을 터무니없이 오해하는 성격이군요."

다아시가 미소 지으며 대답했다.

그때 자기가 끼이지 못한 대화에 진력이 난 빙리 양이 소리쳤다.

"노래나 좀 들을까요? 루이자 언니, 형부를 깨워도 되죠?"

그녀의 언니가 상관없다고 말하자 빙리 양이 피아노 뚜껑을 열었다. 다아시는 잠시 마음을 정리해보고 대화가 중단되어서 차라리 잘됐다고 생각했다. 자신이 엘리자베스에게 지나치게 관심을 보이는 게 아닌가 하는 걱정이 들었던 것이다.

12

다음 날 아침 엘리자베스는 언니하고 의논한 뒤 그날 중으로 마차를 보내달라고 어머니한테 편지를 썼다. 그러나 베넷 부인은 두 딸이 다음 주 화요일까지 네더필드에 머물렀으면 했다. 일주일을 채우기 전에는 두 딸을 맞아들일 생각이 없었다. 이런 이유로 어머니의 회답은 전혀 반갑지 않은 것이었다. 엘리자베스는 하루라도 빨리 집으로 돌아가고 싶어 애가 탔기 때문이다. 베넷 부인은 화요일 전까지는 마차를 쓸 수 없다는 답을 보냈다. 게다가 빙리와 그 누이가 조금 더 있으라고 권하면 계속 있어도 된다고 덧붙였다. 그러나 엘리자베스는 더 이상 머물지 않겠다고 굳게 결심했을 뿐 아니라 더 있으라는 말도 기대하지 않았다. 오히려 너무 오래 머물면 싫어할 것 같아 제인에게 당장 빙리의 마차를 빌리자고 말했다. 그래서 그날 아침 네더필드를 떠나려고 하니 마차를 좀 빌려달라고 부탁했다.

그러자 모두 염려된다고 여러 차례 말했다. 하루만이라도 더 있으라고 간곡히 청하는 바람에 제인의 결심이 흔들리지 않을 수 없었다. 결국 두 자매는 다음 날 떠나기로 했다. 그렇게 되자 빙리 양은 더 있으라고 청한 것을 후회했다. 엘리자베스를 질투하고 싫어하는 마음이 제인에 대한 애정보다 더 컸기 때문이다.

빙리는 그녀들이 하루만 더 머무는 것도 서운했다. 그래서 제인에게 아직 완쾌되지 않았다고 계속 설득했다. 그러나 제인은 자기가 옳다고 생각하면 망설이지 않는 성격이었다.

다아시는 오히려 기뻤다. 엘리자베스는 그만하면 오래 머물렀다고 생각했던 것이다. 그는 자신이 생각했던 것 이상으로 그녀에게 마음을 빼앗기고 있음을 깨달았다. 게다가 빙리 양이 엘리자베스를 함부로 대하고 유달리 자신을 비아냥거리는 것도 신경 쓰였다. 그는 이제부터 그녀에게 호의적인 행동을 보이지 않기로 마음먹었다. 또한 자신이 호감을 품고 있는지도 모른다고 생각하며 그녀가 우쭐해할 만한 행동을 하지 않도록 각별히 조심해야겠다고 결심했다. 그리고 그런 기대를 품었다면 마지막 날 자신의 행동에 따라 그것을 확신하거나 아니면 실망하리라는 것을 깨달았다. 그 결심을 실천에 옮기려고 그는 토요일 하루 종일 그녀에게 열 마디도 건네지 않았다. 30분이나 단둘이 있었는데도 책만 읽을 뿐 그녀를 쳐다보지 않았다.

일요일 아침 식사를 마치고 모두 기분 좋게 인사를 나누었다. 그날 빙리 양은 제인에게 더 강한 애정을 보였으며, 엘리자베스에게도 더욱 공손하게 대했다. 헤어질 때는 제인에게 나중에 롱본이나 네더필드에서 다시 만나면 반가울 것이라고 말하며 아주 다정하게 껴안았고, 엘리자베스에게는 악수까지 건넸다. 엘리자베스는 모두에게 한껏 유쾌하게 인사했다.

어머니는 집으로 돌아온 두 딸이 썩 반갑지 않았다. 베넷 부인은 그들이 벌써 돌아온 것에 놀랐다. 그러고는 마차까지 빌려 너무 큰 폐를 끼쳤으며, 제인의 감기가 도질 거라고 말했다. 아버지는 간단하게 기쁘다고 말하며 두 딸을 진심으로 반겼다. 그는 두 딸이 가족에게 얼마나 소중한 존재인지 새삼 느꼈던 것이다. 저녁에 가족이 모여 이야기를 나눌 때도 제인과 엘리자베스가 없어서 대화가 재미있기는커녕 아무 의미 없었다고 말했다.

메리는 평소처럼 통주 저음법과 인간 본성을 연구하는 데 몰두했다. 그리고 되새겨볼 만한 새로운 글귀나, 케케묵은 도덕적 교훈을 새롭게 표현한 글귀도 찾아 음미하고 있었다. 캐서린과 리디아는 전혀 다른 정보를 가지고 있었다. 지난 수요일부터 부대에 여러 가지 사건이 많아 이야깃거리도 풍부했다. 장교 몇 명이 최근 이모부와 식사를 했으며, 사병 하나가 매를 맞았고, 포스터 소령의 결혼 소식을 들었다고 했다.

13

"여보, 오늘은 저녁 식사에 신경 좀 써야겠소. 우리 식구 말고 한 사람 더 참석할 것 같으니까."

베넷 씨는 다음 날 아침 식사를 하는 자리에서 아내에게 말했다.

"누가 오는데요? 샬럿 루카스 말고는 올 사람이 없을 텐데요. 샬럿이라면 우리 집 음식으로 충분하죠. 자기 집에서는 그런 음식을 자주 못 먹을 테니까요."

"내가 말하는 사람은 점잖은 신사이고, 우리 이웃이 아니오."

베넷 부인의 눈이 빛났다.

"우리 이웃이 아니라고요? 그럼 빙리 씨네요. 제인, 넌 어쩜 한마디도 안 했니. 앙큼하긴! 빙리 씨가 온다면 반갑고말고. 하지만 야단났네. 오늘은 생선이 하나도 없는데. 리디아, 벨 좀 눌러봐. 지금 당장 힐한테 얘기해야겠다."

"빙리 씨가 아니오. 당신이 한 번도 본 적 없는 사람이오."

이 말에 식구들 모두 놀랐다. 아내와 다섯 딸들은 한꺼번에 질문을 쏟아냈다. 그는 잠시 그것을 즐기다가 설명했다.

"한 달 전쯤에 이 편지를 받았소. 그리고 2주일 전쯤에 답장을 보냈지. 좀 미묘한 사안인 데다 일찍 답을 줘야 했거든. 먼 친척인 콜린스가 보낸 것인데, 그 사람은 내가 죽으면 언제든지 당신과 아이들을 이 집에서 내쫓을 수 있는 사람 아니오."

"아니, 여보, 그 말은 도저히 못 참겠네요. 듣기도 싫은 그 사람 얘기는 하지 말아요. 세상에 이렇게 가혹한 일이 어디 있어요? 당신 땅을 자식이 아닌 다른 사람에게 줘야 하다니. 내가 당신이라면 벌써 무슨 수를 냈을 거예요."

아내가 소리쳤다.

제인과 엘리자베스는 한정상속은 어떻게 할 수 없다고 어머니에게 설명하려고 했다. 전에도 여러 번 시도했지만 베넷 부인은 도무지 받아들이지 못했다. 딸이 다섯이나 있는데 아무 상관도 없는 남자에게 토지가 넘어간다는 게 얼마나 잔인한 일이냐고 마구 원망을 쏟아냈다.

"그래요, 분명 잘못된 처사지. 하지만 그가 롱본을 상속받는 죄를 피할 방법이 없소. 어쨌든 당신이 이 편지를 보면 그에 대한 마음이 조금 누그러질 거요."

"천만에요. 도대체 당신한테 편지를 보내다니 위선자에다 철면피예요. 난 그렇게 친구인 척하는 사람 정말 싫어요. 그 사람 아버지처럼 왜 당신하고 계속 싸우지 않는 거죠?"

"글쎄, 자식으로서 그러기는 부담스러운 모양이지. 아무튼 들어보구려."

켄트 주 웨스터햄 근교 헌스퍼드
10월 15일

친애하는 베넷 씨께

저는 선친과 어르신 사이에 계속된 불화로 늘 마음이 편치 않았습니다. 그러다 불행하게 선친께서 돌아가신 후 벌어진 관계를 회복하고자 노력했습니다. 하지만 선친께서 멀리하시던 분과 제가 가까이 지낸다는 것이 돌아가신 분께 무례를 범하는 일인 것 같아 한동안 가만히 있었습니다.

"여보, 바로 이 부분이오."

그러나 이 문제에 대해 마음을 굳히게 되었습니다. 바로 부활절에 성직을 받고 루이스 드 버그 경의 미망인 캐서린 드 버그 귀부인의 후원을 받는 행운을 얻었기 때문입니다. 저는 귀부인의 너그러운 은혜로 이곳 교구에서 막중한 목사직을 맡게 되었습니다. 저는 이제 귀부인을 존경하고 감사하는 마음으로 행동하고, 이곳에서 국교회가 정한 의례와 의식을 열심히 수행하고자 합니다. 뿐만 아니라 제가 맡고 있는 구역의 모든 가정이 평화롭고 축복이 가득하도록 만드는 것이 제 임무라고 생각합니다. 이런 이유로 좋은 뜻에서 제안을 드리는 것입니다. 또한 이 점을 높이 살 만하다고 자부합니다. 그러니 부디 제가 롱본의 한정상속인이라는 것을 너그럽게 받아들여주시고, 올리브 가지를 드리니 거절하지 않으시기를 바랍니다. 제가 사랑스러운 따님들께 해를 끼친 것 같아 매우 안타깝습니다. 그 점에 대해 사과드리며 가능한 한 보상해드릴 것을 약속합니다. 허락해주신다면 11월 18일 월요일 4시에 어르신과 가족들을 찾아뵙는 기쁨을 누리고 더불어 다음 주 토요일까지 신세를 질까 합니다. 캐서린 귀부인께서는 다른 목사가 주일 목회를 대신 수행한다면 가끔 일요일에 비워도 괜찮다고 하셨습니다. 부인과 따님들께도 제가 존경한다고 전해주시기 바라며 하시는 모든 일이 잘되시기를 진심으로 기원하겠습니다.

윌리엄 콜린스

"그러니까 화해를 청하는 이 신사가 4시에 여기 온다는 말이지. 아주 양심적이고 예의 바른 청년 같군. 알아두면 틀림없이 좋을 거야. 물론 캐서린 귀부인께서 계속 방문하는 것을 너그럽게 허락해 주신다면 말이야."

베넷 씨가 편지를 접으면서 말했다.

"우리 애들에 대해서는 옳은 소리를 하네요. 우리 애들한테 어떻게든 보상하겠다면야 굳이 말릴 이유 없죠."

"우리 몫을 어떻게 보상하겠다는 건지는 알 수 없지만 뜻은 좋은데요."

제인이 말했다.

엘리자베스는 그가 캐서린 귀부인을 필요 이상으로 존경하는 점과, 자기 교구민들이 원하면 언제든지 세례와 결혼, 장례를 주관하겠다는 말이 크게 와닿았다.

"틀림없이 이상한 사람일 거예요. 납득이 안 가잖아요. 문체도 굉장히 과장된 느낌이 들고요. 그런데 한정상속인이라는 점을 사과한다는 게 무슨 뜻일까요? 그렇다고 상속을 포기할 것도 아니면서. 아버지, 정말 지각 있는 사람일까요?"

엘리자베스가 물었다.

"그렇지 않은 것 같다. 그 반대일 거야. 편지를 보면 비굴한 면과 자만심이 다 담겨 있으니 기대해도 좋겠어. 어서 빨리 만나보고 싶구나."

"문장 수준으로 보면 흠잡을 데가 없어요. 올리브 가지는 신선하지는 않지만 적절한 표현이라고 생각해요."

메리가 말했다.

캐서린과 리디아는 편지나 편지를 보낸 사람에게 전혀 흥미가 없었다. 사촌이 진홍색 윗옷(군복을 뜻한다.—옮긴이)을 입고 올 가능성이 거의 없었기 때문이다. 게다가 그녀들은 몇 주 동안 다른 빛깔의 옷을 입은 남자들과 사귀어봤지만 조금도 즐겁지 않았던 것이다. 하지만 베넷 부인은 콜린스의 편지를 보고 그에 대한 나쁜 감정이 많이 가신 듯했다. 너무 태연하게 손님 맞을 준비를 하는 바람에 남편과 딸들이 오히려 놀랐다.

콜린스는 정확히 약속한 시각에 도착했다. 식구들 모두 정중하게 그를 맞이했다. 베넷 씨는 거의 말을 하지 않았지만 어머니와 딸들은 기꺼이 대화를 나누었고, 콜린스도 굳이 침묵하는 사람이 아니었다. 그는 스물다섯 살로 키가 크고 엄숙한 표정에 꽤나 격식을 차리는 사람이었다. 자리에 앉자 그는 베넷 부인에게 훌륭한 딸을 두었다며 경의를 표했고, 딸들이 예쁘다는 말은 익히 들었으나 만나고 보니 소문보다 더 아름답다고 말했다. 그런 다음 적당한 때에 틀림없이 훌륭한 남자와 결혼할 거라고 덕담을 덧붙였다. 이런 인사치레를 부담스러워하는 사람도 있겠지만 빈말이라도 칭찬이라면 무조건 좋아하는 베넷 부인은 곧바로 대꾸했다.

"어머 친절하기도 하시지. 제발 그렇게 됐으면 좋겠어요. 그렇지 않으면 얼마나 사는 게 옹색하겠어요. 일이 참 묘하게 정해졌으니 말이에요."

"한정상속을 말씀하시는군요."

"그래요. 우리 애들에게는 너무 가혹한 처사죠. 그쪽도 아시겠지만. 그렇다고 그쪽 잘못이라는 건 아니에요. 어쩌다 보니 그렇게 된 거 아니겠어요. 일단 한정상속이 정해지면 장차 재산이 누구한테 넘어갈지 아무도 모르는 거니까요."

"아름다운 따님들이 어떤 고통을 받을지는 저도 잘 압니다. 지금은 너무 경솔하게 서두르면 안 될 것 같아 조심스럽지만 그 문제에 대해 말씀드릴 것이 많습니다. 지금은 따님들에게 찬사를 보낼 준비를 하고 왔다는 것만 말씀드리겠습니다. 하지만 서로 좀더 알게 되면……."

식사가 준비되었다는 소리에 그가 말을 끊었다. 소녀들은 서로 마주 보며 미소 지었다. 콜린스가 칭찬한 것은 그들뿐이 아니었다. 그는 현관과 식당, 가구 등을 모두 둘러보고 일일이 칭찬했다. 그가 이 모든 것을 장래 자기 소유물로 보고 있다는 생각이 들지만 않았다면 베넷 부인은 그 칭찬에 감동했을 것이다. 저녁 식사도 크게 칭찬했다. 이렇게 맛있는 음식을 어떤 딸이 만들었느냐고 묻기도 했다. 그러자 베넷 부인은 잘못 알고 있다고 꼭 집어 말했다. 그녀는 못마땅한 투로 훌륭한 요리사를 따로 둘 만한 능력이 있고, 따라서 딸들이 굳이 부엌에 들어갈 일이 없다고 말했다. 콜린스는 부인의 기분을 상하게 했다면 용서하라고 말했다. 부인은 부드러운 목소리로 화난 게 아니라고 말했으나 그는 15분 동안이나 계속 사과했다.

14

저녁 식사를 하는 동안 베넷 씨는 거의 말을 하지 않았다. 그러나 하인들이 물러나자 손님과 이야기를 나눌 때라고 생각했다. 그는 좋은 후원자를 만났다며 콜린스가 뿌듯해할 만한 화제를 꺼냈다. 또한 캐서린 드 버그 귀부인이 친절하게도 그에게 관심을 가지고 특별히 배려해주는 것 같다고 말했다. 베넷 씨는 이보다 더 좋은 화제를 고를 수 없었을 것이다. 콜린스는 기다렸다는 듯이 귀부인에 대한 찬사를 줄줄 늘어놓았다. 그는 다른 때보다 엄숙하고 거만한 표정으로 지체 높은 사람들 중에 캐서린 귀부인처럼 다정하고 친절한 분을 한 번도 본 적이 없다고 열띤 목소리로 말했다. 그는 귀부인 앞에서 두 번이나 설교하는 영광을 누렸는데 두 번 다 찬사를 받았다고 했다. 귀부인은 또 로징스에서 두 번이나 식사에 초대했고, 지난 토요일 저녁에는 카드리유(카드 게임—옮긴이)를 하는데 인원수가 부족하다며 사람을 보냈다고도 했다. 많은 사람들이 캐서린 귀부인을 거만하다고 생각하지만 자신에게는 늘 정답게 대해준다고 했다. 귀부인은 자신에게도 다른 신사에게 하듯이 말씀하시고, 그가 근처 사교 모임에 나가거나 친척을 만나러 두어 주일 교구를 비워도 전혀 개의치 않았고, 심지어 콜린스가 신중하게 선택한다면 될 수 있는 한 빨리 결혼하라고 충고해주었다고 말했다. 한번은 보잘것없는 목사관을 방문했을 때 마침 그가 건물을 개조하고 있었는데 그것을 보고 기꺼이 승낙하시면서 2층 벽장에 선반을 몇 개 만드는 게 좋겠다는 제안까지 해주셨다고 했다.

"정말 사리가 밝고 친절하시네요. 아주 좋은 분이신 것 같아요. 지체 높은 귀부인들이 대체로 그분 같지 않은 게 안타까울 뿐이죠. 그분이 가까이 사시나요?"

베넷 부인이 물었다.

"보잘것없는 제 집 정원과 귀부인이 사시는 로징스 파크 저택 사이에 작은 길이 하나 있을 뿐입니다."

"미망인이라고 하셨죠? 가족이 있으신가요?"

"따님 한 분을 두셨는데 그분이 로징스 저택과 그 밖의 막대한 재산을 상속받을 겁니다."

"그렇군요. 그 딸은 세상 어느 아가씨들보다 부유하겠군요."

부인이 머리를 저으며 소리쳤다.

"어떤 분인가요? 예쁜가요?"

부인이 물었다.

"참 매력적인 아가씨예요. 캐서린 귀부인께서 말씀하시기를 진정한 아름다움으로 보면 드 버그 양은 얼굴이 가장 예쁜 여자보다 훨씬 낫다고 합니다. 용모가 훌륭한 집안의 여성답죠. 불행하게도 몸이 약해서 많은 재주를 익히지는 못했죠. 이 얘기는 그 집에 함께 살면서 그분 교육을 맡고 있는 부인한테 들었습니다만, 건강만 허락했다면 충분히 많은 재주를 갖췄을 거랍니다. 하지만 아주 상냥하고 친절한 숙녀예요. 이따금 조랑말 두 필이 끄는 사륜마차를 타고 보잘것없는 제 처소에 들르곤 하시죠."

"그 아가씨는 폐하를 배알하셨나요? 궁을 드나드는 귀부인들 사이에서 이름을 들어본 적이 없는 것 같은데."

"건강이 안 좋아서 불행하게도 런던에 가기는 힘듭니다. 요전에 캐서린 귀부인께도 말씀드렸지만 영국 왕실은 가장 빛나는 장식 하나를 잃은 셈이죠. 귀부인께서도 이 얘기를 듣고 흐뭇해하시더군요. 짐작하셨겠지만 저는 기회 있을 때마다 세심한 찬사로 부인을 즐겁게 해드린답니다. 캐서린 귀부인께 따님은 공작부인이 되기 위해 태어났고, 신분 높은 공작이 따님의 품격을 높여주기보다 따님 덕분에 그분이 더욱 빛날 거라고 여러 번 말씀드렸어요. 부인은 이런 소소한 이야기들을 좋아하십니다. 이런 찬사야말로 제가 마땅히 해야 할 일이죠."

"현명하시구려. 세심하게 사람의 비위를 맞추는 재주가 있으면 여러모로 도움이 되지요. 상대가 좋아할 만한 말이 그때그때 순간적으로 떠오르는지, 아니면 미리 고심한 건지 물어봐도 되겠소?"

베넷 씨가 물었다.

"주로 그때그때 떠오릅니다. 때로는 언제 어디서나 누구에게든

할 수 있는 멋지고 우아한 찬사의 말을 미리 생각해두죠. 하지만 그 렇더라도 미리 준비한 것처럼 보이지 않게 말한답니다."

콜린스는 베넷 씨의 기대에 딱 들어맞았다. 엉뚱한 사람이었던 것이다. 베넷 씨는 매우 흥미롭게 그의 이야기에 귀를 기울였다. 간혹 엘리자베스에게 눈길을 보내는 것 말고는 전혀 내색하지 않고 혼자 그 재미를 만끽했다.

차 마실 시간이 되어서야 충분히 즐겼다고 여긴 베넷 씨는 손님을 응접실로 데리고 왔다. 차를 마신 후 그는 콜린스에게 딸들을 위해 책을 읽어달라고 청했다. 콜린스는 흔쾌히 건네주는 책을 받아들었다. 그러나 그는 책을 보는 순간 깜짝 놀라 한 걸음 물러나더니 (그것은 분명 순회도서관에서 빌린 것이었다) 자기는 소설을 읽지 않는다고 양해를 구했다. 키티는 그를 뚫어지게 쳐다보았고 리디아는 탄성을 질렀다. 그는 다른 책들을 살펴보고 포다이스(18세기 스코틀랜드 장로교 목사이자 시인 제임스 포다이스―옮긴이)의 설교집을 집었다. 그가 책을 펴자마자 리디아가 하품을 했다. 그러고는 세 쪽도 미처 다 읽기 전에 그의 단조롭고 엄숙한 낭독을 잘라버렸다.

"어머니, 필립스 이모부가 리처드를 내쫓겠다고 하시는데 알고 계세요? 그렇게 되면 포스터 소령이 채용할 거래요. 토요일에 이모한테 들었어요. 내일 메리턴에 가서 그 얘기도 더 듣고 데니 씨가 런던에서 언제 돌아오는지 물어봐야겠어요."

손위 두 언니는 리디아에게 조용히 하라고 주의를 주었지만 이미 기분이 상한 콜린스는 책을 놓고 말했다.

"저는 자신들에게 이로운 내용밖에 없는데도 진지한 책에는 도무지 관심이 없는 젊은 아가씨들을 종종 봤습니다. 참으로 놀라운 일입니다. 교훈만큼 유익한 것도 없을 텐데 말이에요. 그러나 어린 사촌에게 굳이 강요하지는 않겠습니다."

그러고는 베넷 씨를 돌아보며 주사위놀이 상대가 되어주겠다고 말했다. 베넷 씨는 딸들끼리 사소하게 즐기도록 내버려두는 게 현명하다며 그의 도전을 받아들였다. 베넷 부인과 딸들은 리디아가 방해해서 미안하다고 정중하게 사과했다. 그리고 다시는 그런 일이 없도록 할 테니 계속 책을 읽어달라고 했다. 콜린스는 불쾌하지 않으며 모욕을 느끼거나 화가 난 것도 아니라고 그들을 안심시켰다. 그러고는 베넷 씨와 함께 다른 탁자에 앉아 주사위놀이를 준비했다.

15

콜린스는 분별 있는 사람이 아니었다. 교육을 받거나 사람들을 사귐으로써 부족한 점을 채울 기회도 갖지 못했다. 무식하고 인색한 아버지 밑에서 자란 데다 대학을 다니기는 했지만 그저 필요한 학점을 채웠을 뿐 자신에게 도움을 줄 만한 사람을 사귀는 재주도 없었기 때문이다. 그의 아버지는 아들에게 복종을 강요했는데, 그 때문에 그는 비굴한 사람이 되었다. 그러나 아둔하고 사람들과 잘 어울리지 않아 자만심이 커진 데다 어쩌다 일찍 성공해 자부심까지 가지게 되면서 비굴한 성격이 상당히 줄어들었다. 그는 헌스퍼드의 목사 자리가 비었을 때 마침 운 좋게 캐서린 드 버그 귀부인의 눈에 띄어 추천을 받았다. 그 바람에 높은 신분에 대한 지나친 존경심, 후원자에 대한 숭배, 자신감, 목사의 권위와 교구 목사의 권리가 가져다준 자부심까지 더해 오만함과 아첨, 거만함, 비굴함이 한데 뒤섞인 인물이었다.

그는 이제 좋은 집을 가졌고 수입도 넉넉했기 때문에 결혼할 때가 되었다고 생각했다. 롱본의 가족에게 화해를 청한 것도 결혼을 염두에 둔 것이었다. 이 집 딸들이 소문대로 예쁘고 사랑스럽다면 그중 하나를 골라 결혼할 속셈이었다. 이것이 바로 아버지의 재산을 상속받는 것에 대해 자신이 계획한 보상이었다. 그는 이것을 적절하고 타당하며 훌륭한 것, 즉 자기 입장에서 대단히 너그럽고 욕심 없는 훌륭한 계획이라고 생각했다.

콜린스의 계획은 딸들을 만난 후에도 바뀌지 않았다. 베넷 양의 아름다운 얼굴을 보자 옳은 생각이었다는 것을 확인했고, 무슨 일이 있어도 서열은 꼭 지켜야 한다고 다짐했다. 그래서 첫날 이미 제인을 점찍었다. 그러나 다음 날 아침에 바로 상대가 바뀌었다. 아침 식사를 하기 전에 그는 베넷 부인과 15분 동안 마주 앉아 목사관 이야기부터 꺼내면서 자연스럽게 그곳 안주인이 될 사람을 롱본에서 찾고 싶다고 말했다. 그러자 부인은 미소 지으며 상냥한 목소리로 격려하면서 그가 이미 점찍은 제인은 안 된다고 주의를 주었다.

"아래 딸들은 뭐라고 확실히 말할 수 없지만…… 사람이 있는 것 같지는 않아요. 하지만 맏딸에 대해서는 미리 말씀드려야겠는데…… 곧 약혼할지도 모른답니다."

이제 콜린스는 제인에서 엘리자베스로 바꾸기만 하면 되었다. 그래서 베넷 부인이 잠깐 불을 지피는 사이 그렇게 해버렸다. 엘리자베스는 태어난 순서나 아름다움에서 모두 제인 다음이었기 때문에 언니 뒤를 잇는 것도 당연했다.

베넷 부인은 은근히 내비친 그의 속내를 가슴에 새기며 머지않아 두 딸이 결혼할 거라고 기대했다. 그러고 보니 전날까지 이름조차 듣기 싫던 남자가 이제 부인의 마음에 꼭 들었다.

메리턴으로 산책을 가자던 리디아의 제안을 모두 기억하고 있었고, 메리를 제외하고 나머지 자매들이 함께 가기로 했다. 콜린스도 따라가기로 했는데, 서재에 혼자 있고 싶어 미칠 지경이었던 베넷 씨가 그에게 권했던 것이다. 아침 식사 후 콜린스가 주인을 따라 서재에 들어와 겉으로는 책을 읽겠다며 가장 큰 책을 꺼내 펼쳐놓고, 실제로는 헌스퍼드의 집과 정원에 대해 쉴 새 없이 이야기하는 바람에 베넷 씨는 몹시 귀찮았다. 그 집에서 베넷 씨가 평화로움과 안온함을 만끽하는 곳은 오직 서재뿐이었다. 엘리자베스에게 늘 말하듯이 집 안의 다른 방에서는 어리석은 짓이나 잘난 체하는 꼴을 참고 볼 각오를 하고 있으나 서재에서만큼은 누구의 방해도 받지 않았다. 그래서 베넷 씨는 콜린스에게 딸들과 함께 산책을 나가는 것이 좋겠다고 정중하게 청했던 것이다. 책 읽는 것보다 걷는 것이 훨씬 잘 어울렸던 콜린스는 대단히 기뻐하며 큰 책을 덮고 나갔다.

콜린스는 사소한 것을 크게 부풀려 말하고 사촌들이 공손하게 맞장구를 치며 걸어갔다. 어느덧 메리턴에 도착하자 어린 딸들은 이미 그에게 관심을 끊었다. 두 여자의 눈은 즉시 장교들을 찾느라 거리로 향했고, 그렇지 않으면 상점 진열장에 있는 멋진 모자와 최근 새로 나온 모슬린에 시선이 쏠렸다.

그러나 얼마 안 가서 그들 모두 처음 보는 어느 청년에게 마음이 끌렸다. 아주 점잖게 생긴 그 남자는 길 건너편에서 한 장교와 함께 걷고 있었다. 장교는 바로 리디아가 런던에서 언제 돌아오는지 알아봐야겠다던 데니였는데, 그는 아가씨들을 보고 목례하며 지나갔다. 아가씨들 모두 처음 보는 남자가 누구인지 궁금했다. 키티와 리디아는 그것을 알아내기로 결심하고 건너편 상점에 살 게 있다는 핑계를 대고 길을 건너갔다. 그리고 그들이 건너편 보도에 다다랐을 때 마침 두 신사도 가던 길을 되돌아와 같은 지점에 이르렀다. 데니는 그녀들에게 얼른 인사하며 친구 위컴을 소개했다. 위컴은 전날 런던에서 같이 왔는데 자기 부대에 장교로 임관되었다고 했다. 그것은 정말 좋은 소식이었다. 군복만 입혀놓으면 그는 완벽하게 매력적인 남자가 될 것이기 때문이었다. 위컴은 누구나 호감을 느낄 만한 미남의 조건을 다 갖추고 있었다. 빼어난 이목구비에 늘

씬한 몸매, 게다가 말솜씨까지 좋아서 상대를 유쾌하게 만들었다. 그는 소개가 끝나자 곧바로 예의 바르고 겸손하게 대화를 이끌어갔다. 그렇게 서서 기분 좋게 이야기를 나누고 있을 때 말발굽 소리가 들려왔다. 다름 아닌 다아시와 빙리가 말을 타고 거리를 지나가고 있었다. 그들은 숙녀들을 알아보고 이내 다가와 늘 그렇듯 정중하게 인사했다. 주로 빙리가 말했는데, 대부분 제인에게 건넨 것이었다. 빙리는 마침 제인을 문병하러 롱본에 가는 길이었다고 했다. 다아시도 그렇다는 듯 고개를 끄덕였으나 애써 엘리자베스를 보지 않으려고 고개를 돌리다가 위컴을 보고 눈길을 멈췄다. 엘리자베스는 시선이 마주친 순간 그들의 표정을 보고 깜짝 놀랐다. 두 남자 모두 안색이 싸늘하게 변했던 것이다. 한 사람은 하얗게 질렸고 또 한 사람은 벌게졌다. 잠시 후 위컴은 모자에 손을 대는 정도로 인사를 건넸고, 다아시는 마지못해 답례했다. 도대체 왜 그러는지 영문을 알 수 없었다. 빙리는 방금 무슨 일이 일어났는지 눈치채지 못한 듯했다. 그는 인사를 하고 친구와 함께 말을 몰고 갔다.

데니와 위컴은 숙녀들과 함께 필립스 씨 집 문 앞까지 갔다. 그리고 리디아가 같이 들어가자고 간청하고 필립스 부인이 거실 창을 열고 들어오라고 소리치는데도 인사를 하고 떠났다.

필립스 부인은 조카딸들을 만나면 항상 즐거웠다. 손위 두 조카는 근래 만나지 못해 특히 반가웠다. 부인은 호들갑을 떨면서 둘이 갑자기 집으로 돌아갔다는 얘기를 듣고 놀랐다고 말했다. 자기네

마차를 쓰지 않아서 전혀 모르고 있다가 거리에서 우연히 존스 씨네 점원을 만나 알게 되었다고 했다. 점원이 베넷 씨 딸들이 집으로 돌아갔으니 이제 네더필드로 약을 보내지 않아도 된다고 말했다는 것이다.

그때 제인이 콜린스를 소개하자 두 사람이 서로 인사를 나누었다. 부인은 예의를 갖춰 맞이했고 그도 부인보다 몇 배 더 정중하게 답례했다. 그는 안면도 없이 불쑥 찾아와 폐를 끼치게 된 것을 사과드리며 숙녀들과 친척관계이니 용서해주시리라 믿는다고 말했다. 필립스 부인은 그가 지나치게 예의를 차리자 놀라는 한편 위축되었다. 그러나 이 사람을 계속 신경 쓸 새가 없었다. 조카딸들이 오늘 처음 본 남자가 너무 멋있다고 감탄하며 그에 대해 이것저것 물어보았기 때문이다. 그러나 부인은 조카딸들도 이미 알고 있는 사실, 즉 런던에서 데니와 함께 왔으며 ○○부대에 중위로 임관할 거라는 소식 말고는 알려줄 게 없었다. 부인은 조금 전까지 창밖을 지켜보았는데 그가 한 시간 동안이나 거리를 돌아다녔다고 했다. 그때 위컴이 나타났다면 아마 키티와 리디아도 분명 창밖을 내다보았을 것이다. 그러나 불행하게도 위컴에 비하면 어리벙벙하고 얼굴도 볼 것 없는 장교 몇 명만 지나갔다. 그들 중 몇 명은 다음 날 필립스 씨 집에서 함께 저녁 식사를 할 예정이었다. 이모는 롱본 가족이 온다면 이모부를 보내 위컴도 초대하겠다고 약속했다. 조카들은 기꺼이 오겠다고 말했다. 필립스 부인은 재미있게 제비뽑기 놀이를 하고 나서 따뜻한 저녁 식사나 간단히 하자고 말했다. 그들은 내일 저녁 시간을 즐겁게 보낼 생각에 몹시 마음이 들떠 기분 좋게 헤어졌다. 콜린스는 현관을 나갈 때도 거듭 사과했으나 부인은 연신 정중한 태도로 그렇게까지 할 필요 없다고 말했다.

집으로 돌아오는 길에 엘리자베스는 제인한테 두 신사가 서로 눈이 마주친 순간 몹시 껄끄러워했다고 말했다. 제인은 그들이 뜻밖의 표정을 지은 데는 이유가 있을 거라고 말했다. 둘 다 아니면 적어도 어느 한쪽은 말이다. 하지만 동생과 매한가지로 그녀도 그럴 만한 이유가 딱히 떠오르지 않았다.

집으로 돌아온 콜린스는 필립스 부인처럼 예의 바른 분을 본 적이 없다고 칭찬을 해댔다. 베넷 부인은 그 말에 매우 흡족해했다. 그는 그녀가 캐서린 귀부인과 그 딸 다음으로 기품 있는 여성이라고 말했다. 자기를 더할 나위 없이 정중하게 맞이해주었고 처음 만난 사이였는데도 다음 날 저녁 식사에 초대한 걸 보면 알고도 남는다는 것이었다. 물론 자기가 베넷 집안과 친척관계여서 그랬겠지만 그렇더라도 지금까지 살아오면서 그처럼 마음씨 고운 사람은 처음 본다고 했다.

16

베넷 씨 부부는 이모와 딸들의 약속을 허락했다. 콜린스는 손님으로 와서 하룻밤일지언정 베넷 부부만 남겨두고 외출하는 것이 마음에 걸린다고 했다. 베넷 씨 부부는 아무 걱정 말라고 일렀고, 다음 날 콜린스와 다섯 사촌들은 저녁 시간에 맞춰 마차를 타고 메리턴으로 향했다. 응접실에 들어간 아가씨들은 위컴이 와 있다는 말을 듣고 기뻤다.

잠시 후 모두 자리에 앉자 콜린스가 여유 있게 천천히 주위를 돌아보며 감탄했다. 그는 방의 크기와 가구에 몹시 감동받아 로징스의 작은 여름용 응접실에 있는 것 같다고 했다. 필립스 부인은 이런 비유에도 별 감흥이 없었다. 그러나 로징스가 어떤 저택이며 주인이 어떤 사람인지, 덧붙여 응접실 하나를 설명하면서 벽난로 선반만 8백 파운드라고 콜린스가 말하자 비로소 얼마나 대단한 칭찬인지 깨달았다. 그 뒤부터는 아마 자기 집 응접실을 로징스의 하녀 방에 견줬더라도 기분 나빠하지 않았을 것이다.

콜린스는 다른 신사들이 합석할 때까지 즐겁게 캐서린 귀부인과 로징스 저택 이야기를 했다. 그리고 중간 중간 하찮은 자기 처소를 자신이 직접 멋들어지게 개조했다며 자랑했다. 필립스 부인은 그의 말에 귀를 기울였는데, 들으면 들을수록 그가 대단해 보여서 이웃 사람들에게 빨리 이야기해줘야겠다고 마음먹었다. 참을성 없는 사촌들은 콜린스의 이야기를 듣는 둥 마는 둥 하며 벽난로 선반에 놓인, 자신들이 만든 볼품없는 도자기 모조품을 살펴보거나 음악이나 연주했으면 했다. 마침내 지루한 기다림 끝에 신사들이 들어왔다.

엘리자베스는 어제도 느낀 것이지만 위컴을 보고 새삼 멋있다고 생각했다. ○○부대 장교들은 대체로 신사적이고 괜찮은 사람들인데, 여기 모인 사람들은 그중 가장 나았다. 또한 위컴은 그들 중에서도 외모며 풍채며, 게다가 몸가짐이나 걸음걸이까지 특출했다. 그것은 다른 장교들과 필립스 씨를 비교하는 것만큼이나 큰 차이였다. 입으로 포도주 냄새를 내뿜으며 장교들을 따라 들어오는 나부대대하고 뚱뚱한 필립스 씨 말이다.

위컴이 모든 여성의 시선을 한 몸에 받은 행복한 남자였다면 엘리자베스는 그런 위컴이 다가와 옆에 앉은 행복한 여자였다. 비록 저녁에 비가 오고 장마가 질 것 같다는 이야기뿐이었지만 위컴은 몹시 친근하게 말을 걸었다. 엘리자베스는 흔해빠지고 따분하며 케케묵은 이야기라도 어떻게 말하느냐에 따라 얼마든지 재미있을 수 있다는 것을 새삼 느꼈다.

위컴과 다른 장교들이 나타나자 숙녀들은 콜린스에게 조금도 관심을 기울이지 않았다. 그는 초라한 신세로 전락하는 듯했다. 그러나 필립스 부인은 여전히 친절하게 그와 이야기를 주고받았고, 계속 관심을 기울이면서 커피와 머핀을 부지런히 가져다주었다. 카드 테이블이 준비되자 콜린스는 부인이 신경 써준 것에 보답하고자 선뜻 휘스트(2명씩 패가 되어 4명이 하는 카드 게임—옮긴이)를 같이 하겠다고 말했다.

"어떻게 하는지 잘 모르지만 기꺼이 배우겠습니다. 저와 같은 사람은······."

필립스 부인은 여간 고맙지 않다고 인사했지만 그 이유를 들을
겨를이 없었다.

위컴은 휘스트에 끼지 않고 엘리자베스와 리디아가 앉아 있는
탁자로 다가와 그들 사이에 앉았다. 두 사람은 위컴을 반갑게 맞았
다. 처음에는 리디아가 그를 독차지할 것처럼 보였다. 리디아는 말
솜씨가 좋아서 한번 시작하면 아무도 끼어들지 못했다. 그러나 그
녀는 제비뽑기 놀이를 수다만큼 좋아했다. 결국 그녀는 내기에 빠
져서 소리를 질러대느라 한 사람에게 주의를 기울일 수 없었다. 그
래서 위컴은 엘리자베스와 여유 있게 이야기를 나눌 수 있었다. 엘
리자베스는 그의 이야기를 기꺼이 들어줄 생각이었다. 그녀가 가장
궁금해하는 이야기, 즉 그가 다아시와 어떻게 아는 사이인지 말해
줄 거라고 기대하지는 않았지만 말이다. 하지만 감히 입 밖으로 꺼
내기도 힘들었던 궁금증이 뜻하지 않게 풀렸다. 위컴 스스로 그 이
야기를 꺼냈던 것이다. 그는 메리턴에서 네더필드까지 거리가 얼마
나 되느냐고 물었다. 대답을 듣고 나서는 머뭇머뭇하더니 다아시가
네더필드에 얼마나 머물렀는지 물었다.

"한 달쯤 됐어요."

엘리자베스는 대답하고 나서 그 이야기를 이대로 끝내고 싶지 않
아 덧붙였다.

"그분은 더비셔에 굉장히 많은 재산이 있다더군요."

"네. 엄청나게 많은 토지를 소유하고 있죠. 연 수입이 만 파운드나 되니까요. 그에 관해 저만큼 잘 아는 사람도 없을 겁니다. 어렸을 때부터 그 집안과 각별하게 지냈으니까요."

엘리자베스가 놀란 표정을 지었다.

"놀라시는 게 당연합니다. 어제 우리가 만났을 때 싸늘한 표정을 보셨을 테니까요. 다아시 씨와는 잘 아는 사이입니까?"

"그분과 나흘을 한집에서 지냈으니 조금은 안다고 할 수 있죠. 그런데 아주 불쾌한 분인 것 같던데요."

엘리자베스가 달뜬 목소리로 말했다.

"저는 그에 대해 불쾌하니 어쩌니 말씀드릴 수 없습니다. 그런 말을 할 자격이 없다고 해야겠죠. 오래전부터 알고 지낸 사이라 공정하게 말할 수 없으니까요. 그렇게 말씀하시면 다른 사람들은 굉장히 놀랄 것 같은데, 다른 곳에서는 그처럼 심하게 말씀하시지 않겠죠? 여기서는 가족끼리 있으니까 그런 거고요."

위컴이 말했다.

"아니요. 네더필드라면 몰라도 우리 동네 어느 곳이라도 지금처럼 말 못 할 이유가 없죠. 하트퍼드셔 사람들은 모두 그분을 싫어해요. 그의 오만한 태도에 기분이 상했거든요. 오히려 저만큼 좋게 말하는 사람도 없을 거예요."

"다아시 씨든 누구든 간에 실제보다 더 높이 평가받지 못한다고 해서 제가 안타까울 이유가 없지요. 그러나 그는 실제보다 낮게 평가되는 경우가 거의 없는 것 같더군요. 그의 재산과 신분에 눈이 멀어서인지 아니면 도도하고 고압적인 태도에 주눅 들어서인지 그가 원하는 대로 평가하더군요."

위컴이 말했다.

"저는 그분을 조금밖에 모르지만 성품이 좋지 않은 건 확실해요."

위컴은 말없이 고개를 젓더니 말할 틈이 생기자 물었다.

"그 사람이 이 지역에 오래 머물 것 같습니까?"

"모르겠어요. 하지만 네더필드에 머물 때 다른 곳으로 가신다는 얘기는 못 들었어요. 그분들이 근처에 계셔서 당신이 ○○부대에 체류하는 데 불편하지 않으면 좋겠군요."

"불편할 게 뭐가 있겠습니까? ……제가 다아시 씨에게 쫓겨갈 이유가 없는데요. 나를 보고 싶지 않으면 본인이 떠나야죠. 우리는 서로 껄끄러운 사이입니다. 그래서 그 사람하고 부딪히는 게 너무너무 힘듭니다. 그러나 그를 피할 이유는 없죠. 당당히 말할 수 있는 점은 그동안 그 사람한테 부당한 대우를 받았다는 것이고, 그런 사람이라는 사실이 안타까울 뿐이라는 것입니다. 베넷 양, 돌아가신 그 사람 아버지는 참 훌륭하고 성실한 분이셨습니다. 그 아들과 함께 있으면 그 아버지께서 애정을 가지고 대해주셨던 수많은 기억이 떠올라 몹시 슬프답니다. 저에게 너무나 수치스러운 짓을 저질렀으니까요. 자기 부친의 뜻을 저버리지 않고 그분의 명예를 욕되게 하지 않았다면 그 사람을 용서했을 겁니다."

엘리자베스는 너무나 흥미로워 열심히 귀 기울였다. 그러나 민감한 문제여서 더 자세히 물어볼 수 없었다.

위컴은 메리턴과 그 근처, 그리고 사교계 같은 좀더 일상적인 이야기로 화제를 바꾸었다. 그는 이 지역 모든 것이 마음에 드는 듯했고 특히 점잖게 사교계에 관심을 보였다.

"제가 이 부대에 오기로 한 건 이곳에 훌륭한 사교 모임이 끊이지 않는다고 들었기 때문입니다. 또한 평판이 좋고 지내기 편하다더군요. 메리턴 주변에 훌륭한 사람들이 많고 장교들에게 우호적이라는 이야기를 친구 데니에게 듣고 더욱 솔깃했죠. 저는 사교 모임이 필요한 사람이거든요. 큰 좌절을 겪었기 때문에 외로움을 스스로 이겨내기 힘들답니다. 그래서 일과 사교 모임이 꼭 필요하죠. 사실 군생활을 원했던 건 아니었어요. 그저 사정이 있어서 택한 것뿐이죠. 목사가 되었어야 했는데. ……원래 성직자 교육을 받았거든요. 방금 얘기했던 그 신사만 허락했다면 지금쯤 성직자가 되었을 겁니다. 고정 수입도 꽤 많았을 테고요."

"세상에!"

"맞아요. ……돌아가신 그의 아버지께서 당신의 증여권 안에서 가장 좋은 교구의 목사직을 저에게 넘겨주라고 유언을 남기셨죠. 그분은 저의 대부이셨고 저를 무척 아끼셨거든요. 저에게 베푼 친절을 말로 다 표현하기 힘들 정도입니다. 제가 넉넉하게 살 수 있도록 배려해주신 건데, 목사 자리가 비자 다른 사람에게 넘어가버렸죠."

"정말 안타깝네요! 하지만 어떻게 그럴 수 있죠? 유언을 무시하다니……. 왜 법에 호소하지 않았나요?"

"유언장에 명시된 것이 아니라서 법적으로 따질 수 없었죠. 명예를 중시하는 사람이라면 고인의 유지를 의심하지 않았겠지만 다아시 씨는 그렇지 않았답니다. 그걸 단순히 조건부로 해석하며 저를 사치스럽다느니 몰상식하다느니 온갖 이유를 들먹이며 권리가 없다고 주장했습니다. 2년 전 제가 맡을 만한 나이가 되었을 때 마침 그 목사직이 비었는데도 다른 사람에게 줘버린 겁니다. 아무리 생각해봐도 제가 그 자리를 물려받지 못할 이유가 없었는데 말이에요. 제가 곧잘 흥분하고 조심스럽지 못해 그 앞에서 그에 대한 의견을 거침없이 늘어놓은 적은 있지만, 그 이상 나쁜 짓을 하지는 않았습니다. 그러나 중요한 건 우리는 서로 성향이 너무 다르고 그가 저를 몹시 미워한다는 겁니다."

"정말 놀랍네요. 그분이야말로 사람들 앞에서 망신을 당해봐야겠네요."

"언젠가는 그렇게 되겠죠. 하지만 제가 망신을 주고 싶지는 않군요. 그 아버지의 은혜를 잊어버리기 전까지는 그와 싸우거나 실체를 폭로할 수 없습니다."

엘리자베스는 그의 마음씨를 칭찬했다. 그리고 속으로는 선한 마음씨 때문에 그가 한결 더 멋져 보인다고 생각했다.

"그런데 도대체 이유가 무엇이었을까요? 그런 잔인한 행동을 하게 된 이유가 있을 것 아니에요?"

"그냥 제가 싫어서 그런 거겠죠. 아마도 저를 질투한 것 같습니다. 돌아가신 그의 아버지께서 저를 조금만 덜 아꼈더라도 그처럼 심하게 행동하지 않았을 겁니다. 그의 아버지가 저를 각별히 사랑했으니 어려서부터 그 아들이 저에게 화가 난 거죠. 그 친구는 저에게 일종의 경쟁심을 느낀 것 같아요. 종종 저를 편애하시곤 했는데, 그걸 참을 수 없었던 거죠."

"다아시 씨가 그렇게 나쁜 분인 줄은 전혀 몰랐어요. 좋게 보지도 않았지만 그렇다고 나쁜 사람이라고 생각하지는 않았거든요. 친구들을 깔보는 줄은 짐작했어요. 그렇지만 악의적으로 복수를 하거나 부당하고 몰인정한 행동을 할 만큼 비열한 사람이라고 생각하지는 않았거든요."

엘리자베스는 몇 분 동안 생각에 잠겼다가 말했다.

"그러고 보니 생각나네요. 언젠가 그분이 네더필드에서 한번 화나면 잘 안 풀리는 성격이고 쉽게 용서하지 못하는 편이라고 자랑하듯 말했어요. 그러고 보니 정말 못된 사람이네요."

"그 문제는 지금 뭐라고 말하기가 그러네요. 저는 그 친구에 대해 공정하게 말할 입장이 아니니까요."

엘리자베스는 다시 생각에 잠겼다가 외쳤다.

"아버지의 대자이자 특별히 아낀 사람을 그렇게 취급하다니!"

그녀는 '게다가 딱 봐도 선한 사람을'이라고 말하고 싶었지만, 그

낭 "게다가 어렸을 때부터 그렇게 가까이 지낸 친구를 말이죠."라고 말했다.

"우리는 같은 장원 같은 교구에서 태어나 어린 시절 대부분을 같이 지냈죠. 같은 집에서 똑같이 부친의 보살핌 속에서 함께 살았습니다. 제 아버지는 당신의 이모부이신 필립스 씨가 훌륭히 해나가시는 그 직업으로 인생을 출발하셨죠. 그러나 돌아가신 다아시 씨께 힘이 되고자 모든 것을 버리고 펨벌리의 재산을 관리하는 데 일생을 바쳤죠. 아버지는 돌아가신 다아시 씨의 두터운 신임을 받았고 두 분은 아주 친밀한 사이였습니다. 다아시 씨는 재산을 철저하게 관리해주어서 고맙다고 하시며 종종 그에 보답하겠다고 말씀하셨죠. 그래서 아버지가 돌아가시기 직전에 제가 먹고살 수 있도록 해주겠다고 약속하셨어요. 아마도 그것은 저에 대한 애정의 표현이자 제 아버지의 노고에 대한 보상이었겠죠."

"어쩜 그럴 수가! 다아시 씨는 자존심을 지키기 위해서라도 공정하게 대했을 텐데 그러지 않았다는 게 정말 이상해요. 워낙 자존심이 강한 분이라서 더한 이유로도 그처럼 그릇된 행동을 할 수 없었을 텐데요."

엘리자베스가 말했다.

"이해할 수 없는 일이기는 합니다. 그의 행동은 자존심 빼고 설명할 수 없으니까요. 자존심은 그의 가장 큰 벗이기도 하죠. 그나마 선행을 베푸는 것도 자존심 때문이니까요. 하지만 완벽하게 일관성을 보이는 사람이 어디 있겠습니까? 더구나 저에게 한 행동은 자존심보다 훨씬 더 강한 충동에 이끌린 것이고요."

위컴이 말했다.

"그런 분별없는 자존심이 무슨 득 될 게 있다고 그랬을까요?"

"있고말고요. 자존심 때문에 인심이 후하거든요. 돈을 아낌없이 주고 친절하게 대해주고 곤경에 빠진 소작인들을 도와주고 가난한 사람을 구제해주죠. 그렇게 해서 가문에 대한 자부심, 말하자면 그분 아들이라는 자부심을 지키는 겁니다. 아버지의 업적에 대한 자부심이 대단하니까요. 가문의 명예를 더럽히지 않고 사회적으로 인정받으며 펨벌리 가의 위세를 유지하기 위해서라면 무슨 일이든 할 겁니다. 또한 책임감이 강한 오빠이기도 하죠. 후견인으로서 누이동생을 잘 돌보고 있거든요. 사람들은 종종 동생을 몹시 아끼는 훌륭한 오빠라고 칭찬하곤 합니다."

"그분 누이동생은 어떤 분이죠?"

위컴이 머리를 흔들었다.

"상냥하다고 말할 수 있으면 좋겠네요. 그 집안사람을 나쁘게 얘기하고 싶지 않지만 그 아가씨도 오빠를 닮아서 자존심이 무척 세답니다. 어렸을 때는 상냥하고 저를 잘 따랐죠. 저는 많은 시간을 그녀와 함께 보내며 즐겁게 해주었거든요. 그렇지만 아무 소용 없어요. 지금 열대여섯 살쯤 됐을 텐데 아름답고 교양을 갖춘 아가씨예요. 부친이 돌아가신 후 런던 자택에서 교육을 맡은 부인과 함께 지내죠."

엘리자베스는 이따금 말을 멈추었다가 다시 다른 이야기를 했지만 결국 맨 처음 했던 이야기로 돌아가지 않을 수 없었다.

"그분이 빙리 씨와 친한 게 이상하군요. 빙리 씨처럼 쾌활하고 상냥한 분이 어떻게 그런 사람하고 친구가 될 수 있죠? 두 분이 잘 맞는다는 게 이상하군요. 빙리 씨를 아시나요?"

"전혀 모릅니다."

"예의 바르고 상냥하며 매력적인 분이에요. 그분이 다아시 씨의 실체를 모를 리 없잖아요."

"모를 수도 있습니다. 다아시 씨는 마음에 드는 사람에게는 호의적이니까요. 그만한 능력도 있고요. 그럴 가치가 있다고 생각하면 재미있게 대화를 나누죠. 사회적 지위가 대등한 사람들에게는 그렇지 않은 사람과 전혀 다르게 대하거든요. 그렇다고 자존심을 버리지는 않지만, 부유한 사람들 앞에서는 재산과 신분에 따라 너그럽고 공정하며 지각 있고 합리적이며 고결한 사람이 되죠. 아마 상냥하게 굴기도 할 겁니다."

그때 휘스트 게임을 하던 무리들이 자리를 떠나 다른 탁자 주위로 모여들었다. 콜린스는 엘리자베스와 필립스 부인 사이에 앉았다. 부인이 그에게 얼마나 땄느냐고 묻자 따기는커녕 다 잃었다고 말했다. 필립스 부인이 걱정하자 그는 엄숙한 표정으로 괜찮다고 말하며 돈 같은 건 중요하게 생각하지 않으니 걱정 말라고 했다.

"부인, 카드 테이블에 앉으면 돈을 잃을 각오를 해야 한답니다. 그리고 저는 다행히 5실링을 꼭 따야 할 만큼 곤궁하지 않답니다. 물론 이렇게 말할 수 있는 사람도 많지 않겠지만, 저는 캐서린 드 버그 귀부인 덕택에 사소한 일에 마음 쓰지 않아도 된답니다."

그 말에 위컴이 고개를 들었다. 그는 잠깐 콜린스를 살펴보더니 낮은 목소리로 엘리자베스에게 그가 드 버그 일가와 가까운 사이냐고 물었다.

"캐서린 드 버그 귀부인이 최근 콜린스 씨한테 교구 목사직을 주셨어요. 그 부인을 어떻게 알게 되었는지는 잘 모르지만 아무튼 오래 알고 지낸 사이는 아닐 거예요."

엘리자베스가 대답했다.

"캐서린 드 버그 귀부인과 앤 다아시 귀부인이 자매간, 즉 캐서린 귀부인이 다아시 씨의 이모라는 건 알고 계시죠?"

"아니요, 전혀 몰랐어요. 캐서린 귀부인의 친척이 누구인지 전혀 몰라요. 그런 분이 계시다는 것도 그제 알았거든요."

"그분의 따님 드 버그 양은 어마어마한 재산을 물려받을 겁니다. 따님과 그 사촌 다아시 씨가 결혼해서 두 집안의 재산을 합칠 거라는 소문이 있더군요."

엘리자베스는 이 말을 듣고 가여운 빙리 양을 떠올리며 미소 지었다. 그동안 보여주었던 빙리 양의 지나친 친절이 헛수고가 될 것이 분명했기 때문이다. 다아시의 짝이 이미 정해졌다면 그의 누이에게 보낸 애정이나 찬사도 다 소용없는 것 아닌가.

"콜린스 씨는 캐서린 귀부인과 그 따님을 무척 좋게 말씀하시더군요. 그러나 자세히 들어보면 너무 고마운 마음에 좋은 사람이라고 착각하고 있는 것 같아요. 콜린스 씨의 후원자이기는 하지만 귀부인은 거만하고 위세 떠는 분인 것 같더군요."

"저도 그렇게 생각합니다. 오랫동안 못 만났지만 별로 좋은 기억이 없거든요. 고압적이고 이기적이죠. 똑똑하고 현명하다는 평판이 있지만 일부 사람들이 그분의 지위와 재산, 명령적인 태도에 눌려 그렇게 말하는 것일 테고, 자기 친척이라면 모두 일류라고 생각하는 조카의 자존심이 그렇게 만든 것이겠죠."

엘리자베스는 꽤 일리 있는 설명이라고 생각했다. 저녁 식사 시간이 되어 카드놀이를 끝낸 다른 여자들에게 위컴이 관심을 돌릴 때까지 두 사람은 서로 만족스럽게 이야기를 나누었다. 저녁 식사를 할 때는 시끄러워서 대화를 나눌 수 없었다. 위컴은 예의 바른 태도로 사람들의 호감을 샀다. 그는 무슨 말이든 재미있게 잘했고, 무엇을 해도 멋있었다.

엘리자베스는 집으로 돌아오는 동안 온통 위컴 생각뿐이었다. 위컴과 그가 들려준 이야기 말고 다른 생각을 할 수 없었다. 그러나 리디아와 콜린스는 그녀가 위컴 얘기를 꺼낼 새도 없이 잠시도 멈추지 않고 계속 떠들어댔다. 리디아는 제비뽑기에서 자기가 얼마나 잃고 얼마나 땄는지 쉴 새 없이 이야기했다. 콜린스는 필립스 부인이 너무 친절하게 대해주었으며 휘스트 게임에서 돈을 잃은 것쯤은 아무것도 아니라고 큰소리쳤다. 그리고 저녁 식탁에 요리가 몇 가지나 올라왔는지 일일이 열거하는가 하면 자기 때문에 비좁지 않느냐고 계속 걱정했다. 그는 마차가 롱본 집 앞에 도착할 때까지도 할 말을 미처 다 못 할 지경이었다.

17

이튿날 엘리자베스는 제인에게 위컴과 주고받은 이야기를 들려주었다. 제인은 놀라기도 하고 걱정도 하면서 귀 기울였다. 그녀는 다아시가 빙리와 우정을 나눌 사람이 못 된다는 사실을 믿을 수 없었다. 그렇다고 위컴처럼 상냥한 청년이 거짓말을 하고 있다고 의심할 성격도 아니었다. 그녀는 위컴이 몰인정한 취급을 받았을지도 모른다는 것만으로 안쓰러워했다. 따라서 제인은 두 남자 모두 각자 나름의 이유가 있어서 그렇게 행동했을 것이고, 납득할 수 없는 부분은 어쩌다 우연히 그렇게 되었거나 오해가 있는 것 같다고 결론 내렸다.

"내 생각에는 둘 다 오해하고 있는 것 같아. 우리가 알 수 없는 이유 때문에 서로 그렇게 믿고 있는 거야. 어쩌면 이해관계가 얽힌 사람들이 두 사람을 이간질한 건지도 몰라. 그들 사이가 벌어진 원인이나 상황을 추측하다 보면 어느 한쪽을 탓할 수밖에 없잖아."

"그럴 수도 있겠지. 그렇다면 언니, 이해관계에 얽혀 둘을 갈라놓은 사람들은 어떻게 두둔할 거야? 그들도 이유가 있을 것 아냐. 그렇지 않으면 나쁜 사람이 있을 수밖에 없으니까 말이야."

"비웃고 싶으면 비웃으렴. 아무리 그래도 내 생각은 변함없어. 리지, 생각해보렴. 자기 아버지가 특별히 아껴서 먹고살게 해주겠다고 약속한 사람을 그렇게 대하는 건 굉장히 불명예스러운 일이야. 그럴 리 없어. 적어도 사람이라면, 인격을 조금이라도 갖춘 사람이라면 절대 그런 짓 못 해. 가장 가까운 친구들이 어떻게 그 사람을 정반대로 잘못 볼 수 있겠니? 도저히 그럴 수는 없잖아."

"어젯밤 위컴 씨가 털어놓은 이야기, 그러니까 이름이나 사실을 모두 꾸며냈다고 하기는 어려워. 그보다는 빙리 씨가 다아시 씨에게 속고 있다고 하는 게 더 편해. 위컴 씨가 거짓말을 했다면 다아시 씨한테 증명해보라고 하지, 뭐. 게다가 위컴 씨는 매우 진실해 보였어."

"정말 어렵구나. 안타까운 일이야. 어떻게 생각해야 할지 모르겠어."

"안됐지만…… 어떻게 생각해야 할지 너무 뻔한데?"

그러나 제인은 한 가지만은 분명하다고 생각했다. 빙리가 속고 있는 게 맞다면 진실이 드러났을 때 몹시 괴로워할 거라는 점이었다.

관목 숲에서 그런 이야기를 주고받던 두 아가씨는 지금까지 이야기하던 화제의 당사자들이 방문했다는 소식을 듣고 집으로 돌아갔다. 고대하던 네더필드의 무도회에 초대하려고 빙리와 그의 누이들이 직접 온 것이었다. 무도회 날짜는 다음 주 화요일이라고 했다. 빙리 자매는 제인에게 다시 만나서 기쁘고 지난번 만난 것이 마치 옛날 같다며 그동안 어떻게 지냈냐고 재차 물었다. 다른 식구들은 신경도 쓰지 않았다. 될 수 있으면 베넷 부인과 마주치지 않으려 했고 엘리자베스에게는 형식적인 인사만 건넸으며 나머지 사람들에게는 아예 한마디도 하지 않았다. 그들은 잠시 머물다 돌아갔다. 그녀들이 갑자기 일어나는 바람에 빙리는 깜짝 놀랐다. 빙리 자매는 마치 베넷 부인의 정중한 인사를 피하려는 듯 급히 집을 나섰다.

베넷 집안 모든 여자들은 네더필드의 무도회를 상상하는 것만으로 기대에 부풀었다. 베넷 부인은 제인을 위해 여는 무도회라고 멋대로 생각하며 즐거워했고, 초대장을 보내지 않고 빙리가 직접 와서 초대했다고 의기양양했다. 제인은 두 친구를 만나고 그 오빠와 저녁 시간을 보낼 생각에 행복했다. 엘리자베스는 위컴과 실컷 춤을 추고, 그날 다아시의 표정과 행동을 살펴보면 모든 사실을 알 수 있을 거라고 생각하니 즐거웠다. 캐서린과 리디아는 어느 한 가지 일이나 특정한 사람을 기대하지 않았다. 그들은 엘리자베스와 마찬가지로 무도회의 절반은 위컴과 춤을 출 예정이지만 명색이 무도회인 만큼 파트너로 위컴만 염두에 두는 것은 아니었다. 심지어 메리도 이번 무도회가 싫지 않다고 말했다.

"저녁 식사 전까지만 시간을 뺏기지 않으면 괜찮아요. 이따금 저녁 모임에 참석하는 것을 희생이라고 생각하지 않아요. 누구나 사교 모임이 필요하니까요. 가끔은 오락과 놀이를 즐기는 것도 좋다고 생각해요."

엘리자베스는 무도회에 대한 기대에 들떠서 웬만하면 말을 걸고 싶지 않았던 콜린스에게 빙리의 초대를 받아들일 것인지, 그렇다면 그날 밤 춤을 추며 즐겨도 괜찮은지 물었다. 그녀는 그의 대답을 듣고 놀라지 않을 수 없었다. 그는 조금도 주저하지 않았고, 춤을 춘다고 해서 대주교나 캐서린 드 버그 귀부인한테 책망을 들을까 봐 걱정하지도 않았던 것이다.

"젊고 훌륭한 신사가 격조 있는 사람들을 위해 베푸는 무도회를 좋아하지 않을 까닭이 무엇이겠습니까? 그리고 저는 춤추는 것을 꺼리지도 않습니다. 오히려 아름다운 사촌들과 한 번씩 손을 잡아보는 영광을 누리고 싶군요. 특히 엘리자베스 양께 처음 두 번의 춤을 청하고 싶습니다. 그리고 제인 양께 먼저 청하지 않은 것을 이해해주십시오. 당신을 무시해서가 아니라 그럴 만한 이유가 있기 때문이니까요."

콜린스의 말에 엘리자베스는 꼼짝 못 하고 당한 느낌이었다. 그녀는 위컴과 추려고 단단히 벼르고 있었는데 그와 추게 되어 난감했다. 그녀는 쾌활한 성격으로 나서다가 되레 뒤통수를 맞은 셈이었다. 그러나 할 수 없는 일이었다. 위컴과 함께하는 행복은 잠시 미루고 콜린스의 청을 상냥하게 받아들일 수밖에 없었다. 그녀는 콜린스가 춤을 청한 데는 다른 의도가 숨어 있음을 눈치채고 마음이 혼란스러웠다. 그제야 베넷 집안 자매들 중 자신이 헌스퍼드 목사관의 여주인이 될 사람으로, 로징스에 손님이 적게 와서 카드놀이를 하는 데 부족한 머릿수를 채울 사람으로 뽑혔다는 생각이 들었던 것이다. 그녀는 콜린스가 자신을 더욱 살갑게 대하고 또 자신의 기지와 쾌활한 태도를 몇 번이고 칭찬하는 것을 보고 이 생각이 틀림없다고 확신했다. 그녀는 자신의 매력이 이런 결과를 초래한 것에 만족하기는커녕 어이가 없었다. 하지만 그녀의 어머니는 두 사람이 결혼하면 너무너무 기쁘겠다고 넌지시 말했다. 그러나 엘리자베스는 어머니의 말을 못 들은 척했다. 대꾸하다 보면 말다툼이 일어날 게 뻔했던 것이다. 그리고 콜린스가 청혼하지 않을지도 모르는데 괜히 그 사람 때문에 말다툼하는 것도 우스운 일이었다.

네더필드 무도회에 대해 이야기하거나 준비할 일이 없었다면 베넷 가의 맨 아래 두 딸은 몹시 처량했을 것이다. 왜냐하면 초대받은 날부터 무도회 당일까지 날마다 비가 와서 메리턴에 한 번도 가지 못했기 때문이다. 이모나 장교를 만나지도 못했으니 새로운 소식도 듣지 못했다. 무도회에 신고 갈 구두에 달 꽃 모양 리본 장식도 하인이 대신 사 왔다. 엘리자베스조차 날씨가 자신의 인내심을 시험하는 게 아닌가 하는 생각이 들 정도였다. 비가 와서 한 번도 위컴을 만나지 못했던 것이다. 그나마 화요일 무도회라는 큰 행사가 없었다면 키티와 리디아는 금요일부터 그다음 월요일까지 나흘을 끔찍하게 보냈을 것이다.

18

엘리자베스는 네더필드에 도착하자마자 응접실로 들어가 붉은 제복을 입은 무리 속에서 위컴을 찾았다. 그때까지 그가 초대받지 않았을지도 모른다는 생각은 전혀 하지 못했다. 그와 나눈 대화를 조금이라도 생각해보면 그런 낌새를 알아차렸을 텐데도 그가 무도회에 안 올지도 모른다는 의심을 조금도 하지 않았다. 그녀는 평소보다 옷차림에 더욱 신경 썼고 그날 밤 위컴의 마음을 모조리 사로잡으리라 다짐했다. 그러나 불현듯 빙리가 다아시를 생각해서 위컴을 빼고 다른 장교들에게만 초대장을 보냈을 거라는 끔찍한 의문이 들었다. 아니나 다를까 바로 그 이유는 아니었으나 위컴이 오지 않는다는 소식을 들었다. 리디아가 한껏 들떠서 묻자 데니가 위컴은 볼일이 생겨 전날 런던에 갔는데 아직 돌아오지 않았다고 했던 것이다. 그리고 의미심장한 미소를 지으며 덧붙였다.

"어떤 신사를 피하고 싶은 게 아니라면 하필 때맞춰 일이 생길 리가 없잖아요."

리디아는 이 말을 듣지 못했으나 엘리자베스의 귀에는 분명히 들렸다. 짐작한 이유는 아니었지만 다아시 때문에 위컴이 오지 않은 것이 분명했다. 엘리자베스는 실망한 나머지 기분이 상했다. 그래서 다아시가 다가와 인사하는데도 정중하게 답례할 수 없었다. 그에게 관심을 기울이고 너그럽게 대하는 것은 곧 위컴을 모욕하는 일인

듯 느껴졌던 것이다. 그래서 그녀는 다아시와 어떤 이야기도 나누지 않겠다고 결심하고 불쾌한 기분으로 돌아섰다. 그러나 이런 기분은 빙리와 대화할 때도 완전히 사그라지지 않았다. 빙리가 맹목적으로 다아시를 좋아한다는 생각에 화가 났던 것이다.

그러나 엘리자베스는 불쾌한 기분을 계속 간직하는 성격이 아니었다. 그날 밤 기대했던 것들이 모두 틀어졌지만 그렇다고 해서 계속 기분이 상한 채로 있을 수는 없었다. 그녀는 일주일 동안 만나지 못했던 샬럿 루카스에게 속상한 일들을 모두 털어놓더니 성격이 이상하다는 것부터 시작해 콜린스 이야기만 했다. 기분이 풀리는 듯하더니 그와 두 번째 춤을 추고 나서 또다시 언짢아졌다. 춤추는 게 고역이었던 것이다. 콜린스는 서투른 데다 점잔을 빼느라 제대로 추지도 못했고, 잦은 실수에도 뭐가 잘못되었는지 몰랐다. 게다가 상대를 배려하기는커녕 변명만 늘어놓았다. 재미도 없는 파트너와 두 번이나 춤추는 동안 엘리자베스는 끔찍하고 괴로운 심정에 휩싸였다. 그에게서 벗어나는 순간 살 것만 같았다.

그다음 엘리자베스는 어느 장교와 춤을 추었다. 위컴 이야기를 하면서 모든 사람들이 그를 좋아한다는 말을 듣고 기분이 좋아졌다. 춤이 끝나고 그녀가 샬럿 루카스와 이야기하고 있을 때 갑자기 다아시가 다가와 춤을 청했다. 생각지도 못한 일에 놀란 그녀는 얼떨결에 승낙하고 말았다. 그는 곧 그 자리를 떠났고 그녀는 자신이 정신을 못 차리고 있다며 짜증을 냈다. 그러자 샬럿이 위로했다.

"알고 보면 틀림없이 좋은 사람일 거야."

"말도 안 돼. 그거야말로 가장 큰 불행이지. 미워하려고 마음먹은 상대가 알고 보니 좋은 사람이라니…… 악담도 그런 악담이 어딨니?"

다시 춤이 시작되자 다아시가 엘리자베스에게 다가왔다. 샬럿은 친구에게 위컴이 마음에 든다고 해서 그보다 10배나 신분이 높은 남자를 불쾌하게 만드는 것은 어리석은 짓이라고 귓속말로 주의를 주었다. 엘리자베스는 대꾸하지 않고 춤추는 무리에 합류했다. 그녀는 다아시의 파트너가 되어 춤을 출 때 자신도 모르게 신분이 상승한 듯한 느낌을 받고 놀랐다. 주위 사람들도 그것을 느끼고 놀랐다는 것을 그들의 표정으로 알 수 있었다. 다아시와 엘리자베스는 한마디도 주고받지 않았다. 그녀는 두 번 춤추는 내내 침묵이 이어질 것이며 자신이 먼저 말을 걸지 않겠다고 다짐했다. 그런데 문득 이야기하고 싶지 않은 사람에게는 말을 거는 게 오히려 더 큰 벌이라는 생각이 들어 춤에 대해 몇 마디 건넸다. 다아시는 한마디 대꾸하고 나서 다시 입을 다물었다. 몇 분 뒤 엘리자베스가 또다시 말을 걸었다.

"이번에는 다아시 씨가 말씀하실 차례예요. 제가 춤 얘기를 했으니 다아시 씨는 방 크기나 몇 쌍이 춤을 추는지 등 뭐라도 말씀하셔야죠."

그가 미소 지으며 무엇이든 시키는 대로 하겠다고 말했다.

"좋아요. 우선 그걸로 충분해요. 이따가 사적인 무도회가 공적인 무도회보다 훨씬 유쾌하다고 말할지도 몰라요. 하지만 지금은 입을 다물고 있어도 좋아요."

"춤출 때 그렇게 규칙을 정해놓고 얘기하십니까?"

"그럴 때도 있어요. 전혀 말을 안 할 수는 없잖아요. 30분 동안 춤을 추면서 말 한마디 안 하는 것도 이상하니까요. 하지만 사람에 따라 가능한 한 말을 적게 하는 게 더 나을 수도 있어요."

"지금은 당신 내키는 대로 하는 겁니까, 아니면 제 기분에 맞추는 것입니까?"

"둘 다예요. 저와 다아시 씨의 취향이 비슷하다고 늘 느꼈거든요. 둘 다 사교적이지 않고 말하는 것을 좋아하지도 않죠. 방 안에 있는 모든 사람들이 깜짝 놀랄 만한 것이나 명언이나 속담처럼 후세에 길이 남을 만한 얘기가 아니면 굳이 할 필요 없다고 생각하죠."

엘리자베스가 능글맞게 대답했다.

"당신 성격하고는 맞는 것 같군요. 하지만 제 성격하고 맞는지는 잘 모르겠네요. 하지만 당신은 맞다고 생각하시겠죠?"

"내가 한 말을 나 스스로 평가할 수는 없어요."

다아시는 더 이상 아무 말도 하지 않았다. 말없이 춤을 추는데 느닷없이 그가 자매들이 메리턴에 자주 산책 나가지 않느냐고 물었다. 그녀는 그렇다고 대답하고 유혹을 물리치지 못하고 덧붙였다.

"지난번 거기서 뵈었을 때 마침 새로 온 분을 소개받고 있었죠."

효과는 바로 나타났다. 더욱 짙은 오만의 그림자가 그의 얼굴을 뒤덮었던 것이다. 그러나 그는 아무 말도 하지 않았다. 엘리자베스는 더 나아가지 못하는 자신을 책망하면서도 대화를 이어갈 수 없었다. 마침내 그가 굳은 표정으로 말했다.

"위컴은 원래 붙임성이 좋아서 친구를 잘 사귀죠. ……하지만 친구들과 끝까지 잘 지내는지는 잘 모르겠군요."

"불행하게도 두 분이 계속 친구 사이로 남지 못한 건 사실이죠. 그 때문에 그분은 평생 괴로워하실 거예요."

엘리자베스가 힘주어 말했지만 다아시는 아무 대답도 하지 않았다. 그는 다른 이야기를 하고 싶은 듯했다. 그때 마침 윌리엄 루카스 경이 춤추는 무리를 지나 맞은편으로 가면서 그들 옆을 지나갔다. 그는 다아시를 보자 걸음을 멈추고 한결 정중하게 인사하며 그의 춤과 파트너를 칭찬했다.

"정말 보기 좋습니다. 사실 이렇게 훌륭한 춤은 자주 보기 힘들죠. 다아시 씨만큼 춤을 잘 추는 사람도 드물 겁니다. 하지만 파트너도 다아시 씨 못지않게 춤 솜씨가 뛰어나군요. 이런 즐거움을 자주 선사해주시면 고맙겠습니다. 일라이자 양, 앞으로 뭔가 축하할 일이 (그의 언니와 빙리를 힐끔 쳐다보면서) 생기겠죠? 정말 경사스러운 일이에요. 다아시 씨께 간절히 부탁드립니다. 하지만 더 이상 방해하지 않겠습니다. 젊은 여성과 매혹적인 이야기를 나누는데 방해가 되면 안 되겠죠. 게다가 일라이자 양이 반짝이는 눈빛으로 나를 나무라네요."

다아시는 마지막 말을 거의 듣지 못했다. 그러나 윌리엄 경이 빙리에 대해 넌지시 한 말이 몹시 마음에 걸리는 듯 춤을 추고 있는 빙리와 제인을 심각한 표정으로 바라보았다. 그러나 곧 정신을 차리고 파트너를 바라보며 말했다.

"윌리엄 경이 방해하는 바람에 무슨 얘기를 하고 있었는지 잊어버렸군요."

"아무 얘기도 안 했답니다. 이 방에서 윌리엄 경이 방해한 사람들 중에 우리만큼 서로 할 말 없는 사람들도 없을 거예요. 이미 두세 가지 이야기를 꺼내다 말아서 더 이상 무슨 얘기를 해야 할지 모르겠군요."

"책은 어떻습니까?"

다아시가 미소 지으며 말했다.

"책이요? 그건 아니라고 생각해요. 우리가 같은 책을 읽었을 리도 없고, 설사 그렇다 해도 느낀 점이 전혀 다를 테니까요."

"그렇게 생각하시다니 유감이군요. 하지만 적어도 이야깃거리는 되지 않겠습니까? 서로의 의견을 비교할 수 있으니까요."

"무도회장에서는 책 이야기하기 힘들어요. 제 머릿속은 다른 것들로 꽉 차 있거든요."

"이런 곳에서는 현재 상황에 집중한다는 말씀이신가요?"

그가 의아한 표정으로 말했다.

"그래요. 언제나 그렇죠."

엘리자베스는 딴생각에 빠져 무의식적으로 대답했다. 그러고는 난데없이 소리쳤다.

"다아시 씨, 언젠가 한번 화나면 잘 안 풀리는 성격이고 쉽게 용서 못 하는 편이라고 말씀하셨죠? 그러면 화내기 전에는 꽤 신중하겠군요."

"네, 그렇습니다."

그가 단호하게 말했다.

"그리고 편견에 사로잡히지도 않겠죠?"

"그랬으면 합니다."

"자신의 의견을 절대 바꾸지 않는 사람들은 처음부터 올바른 판단을 할 줄 알아야 한다고 생각해요."

"그런 질문을 하는 이유가 무엇인지 여쭤봐도 될까요?"

"당신의 성격을 알아보려고 그러는 거예요. 어떤 성격인지 말이에요."

그녀는 심각해 보이지 않으려고 애쓰면서 말했다.

"그래서 얻은 것이 있나요?"

그녀가 머리를 흔들었다.

"전혀요. 아무것도 얻지 못했어요. 다아시 씨에 관해서는 엇갈리는 얘기가 너무 많아서 갈피를 못 잡겠어요."

"저에 대해 전혀 다른 평판이 떠돈다는 것은 짐작하고 있습니다. 하지만 베넷 양, 제 성격을 알려고 하지 말았으면 합니다. 서로에게 아무 도움이 안 될 테니까요."

그가 엄숙하게 말했다.

"하지만 이런 좋은 기회가 두 번 다시 안 올지도 몰라요."

"그렇다면 굳이 말리지 않겠습니다."

다아시가 냉담하게 말했다. 엘리자베스는 더 이상 아무 말도 하지 않았다. 두 사람은 춤이 끝나자 말없이 헤어졌다. 정도는 달랐지만 둘 다 기분이 상했다. 엘리자베스를 좋아하는 다아시는 곧 그녀를 용서하는 대신 다른 사람에게 화풀이를 했다.

얼마 지나지 않아 빙리 양이 엘리자베스에게 다가와 경멸하는 눈빛으로 새침하게 말했다.

"일라이자 양, 조지 위컴 씨를 좋아하신다죠? 당신 언니가 그 사람 얘기를 하면서 이것저것 묻더군요. 그런데 그 사람이 다른 얘기는 다 하면서 정작 자기 아버지가 돌아가신 다아시 씨의 집사였다는 얘기는 안 한 모양이에요. 친구로서 충고하는데, 그 사람 얘기 무조건 다 믿으면 안 돼요. 다아시 씨가 그 사람을 부당하게 대했다는 건 거짓말이에요. 오히려 다아시 씨가 그를 배려해줬다고요. 그 사람이 다아시 씨에게 얼마나 염치없이 굴었는데요. 자세한 건 모르지만 다아시 씨는 아무 잘못 없어요. 그 사람 이름조차 듣고 싶어 하지 않는 건 사실이죠. 그리고 오빠가 그 사람만 빼고 초대장을 보낼 수도 없었는데, 알아서 오지 않은 걸 다행으로 여겼죠. 그 사람이 이 지역에 온 것 자체가 잘못이에요. 어떻게 감히 그런 생각을 했는지 참 뻔뻔해요. 일라이자 양, 당신이 좋아하는 사람을 안 좋게 얘기해서 미안해요. 하지만 그 사람 혈통을 생각하면 더 기대할 게 없을 거예요."

"마치 그런 혈통을 가진 사람은 잘못을 저지를 수밖에 없다는 말로 들리네요. 게다가 그가 저지른 가장 큰 잘못이 다아시 씨 집안의 집사 아들이라는 점인 것 같군요. 미안하지만 그 얘기는 이미 그분한테 들었어요."

엘리자베스가 화난 목소리로 말했다.

"괜한 참견을 해서 미안하군요. 나는 생각해서 한 말인데."

빙리 양이 조소를 띠며 돌아섰다.

"주제넘기는! 그 정도로 내 마음을 움직일 수 있다고 생각했다면 큰 오산이지. 오히려 네가 편협한 데다 아무것도 모른다는 사실과 다아시 씨의 못된 심보만 드러났을 뿐이야."

엘리자베스는 혼자 중얼거리고 나서 언니한테 갔다. 언니는 지금까지 같은 문제를 빙리에게 묻고 있었다. 제인은 기분이 좋은지 미소를 짓고 있었다. 표정만 보면 꽤 흡족한 게 분명했다. 엘리자베스는 언니가 행복해하는 모습을 보는 순간 위컴에 대한 동정이나 그의 적들에 대한 분노 같은 것들이 모두 사라지고, 제인이 잘되면 좋겠다는 희망이 가득 차올랐다.

엘리자베스도 웃으며 언니에게 말했다.

"언니, 위컴 씨에 대해 무슨 얘기 들었어? 하지만 언니는 너무 재미있어서 다른 사람 생각을 할 틈이 없었겠지. 그렇더라도 내가 용서할게."

"아니, 잊지 않고 있었어. 하지만 속 시원한 얘기가 없네. 빙리 씨는 그분에 대해 잘 몰라. 특히 다아시 씨가 무슨 일로 그에게 화가 났는지는 전혀 모른대. 하지만 자기 친구가 훌륭한 성품을 가졌으며 성실하고 명예를 존중한다는 점은 보증할 수 있대. 그리고 위컴 씨가 한 짓에 비하면 다아시 씨가 많이 배려해줬을 거라고 확신하더구나. 미안한 얘기지만 빙리 씨와 그분 누이동생이 말한 것으로 봐서는 위컴 씨가 좋은 사람이 아닌 것 같다. 경솔하게 처신해서 다아시 씨의 신뢰를 저버린 것 같아."

"언니, 빙리 씨가 위컴 씨를 직접 아는 건 아니지?"

"응, 지난번 메리턴에서 처음 봤대."

"그럼 빙리 씨가 알고 있는 얘기는 모두 다아시 씨한테 들은 거네? 이제 알겠어. 그런데 목사직에 대해서는 뭐래?"

"그건 다아시 씨한테 여러 번 듣긴 했는데 기억이 잘 안 난대. 하지만 그 자리는 조건부였던 것 같대."

"빙리 씨가 거짓말을 할 리는 없겠지. 하지만 그렇다고 해서 내 생각이 바뀌지는 않아. 빙리 씨 같은 사람이 변호하는데 안 믿을 수 없지. 하지만 그분은 이 일에 대해 잘 모르고 그나마 친구한테 들은 게 전부이니 위컴 씨와 다아시 씨에 대한 생각을 바꿀 수가 없어."

엘리자베스가 흥분해서 말했다. 이쯤에서 그녀는 둘 다 관심을 가지고 생각을 공유할 수 있는 이야기로 바꾸었다. 제인은 빙리가 호의를 베풀어주어서 무척 행복하고 더 가까이 지내고 싶다고 조심스럽게 말했다. 엘리자베스는 기쁜 마음으로 들어주며 언니에게 자신감을 북돋워주었다. 그때 빙리가 그들 사이에 끼어들었기 때문에 엘리자베스는 루카스 양한테 갔다. 루카스 양은 엘리자베스에게 파트너와 어땠냐고 물었다. 하지만 그녀가 대답하기도 전에 콜린스가 다가와 몹시 흥분한 목소리로 굉장한 사실을 알게 되었다고 말했다.

"정말 신기하지 않습니까? 바로 이 방에 제 후원자의 가까운 친척이 계시더군요. 그 신사가 이 집 여주인인 빙리 양한테 당신의 사촌인 드 버그 양과 그의 모친인 캐서린 귀부인에 대해 말하는 것을 우연히 들었습니다. 정말 놀라워요. 이런 곳에서 캐서린 드 버그 귀부인의 조카 되시는 분을 만나게 될 줄 상상이나 했겠습니까? 이제라도 알게 되어서 얼마나 다행인지 모릅니다. 지금 가서 인사해도 늦지 않겠죠? 진작 그러지 못한 것을 이해하시겠죠? 전혀 모르고 있었으니까요."

"설마 다아시 씨께 직접 자신을 소개할 생각은 아니시죠?"

엘리자베스가 말했다.

"그럴 겁니다. 직접 가서 진작 인사드리지 못한 것을 이해해달라고 말할 겁니다. 그분은 캐서린 귀부인의 조카이니 귀부인께서 일주일 전까지 아주 건강하셨다고 말씀드리는 게 당연하죠."

엘리자베스는 콜린스를 말리느라 무척 애썼다. 그녀는 직접 자기 소개를 하면 다아시는 이모에 대한 존경심을 표한다기보다 오히려 무례하다고 여길 것이고, 굳이 직접 가서 인사할 이유도 없을뿐더러 그렇다 하더라도 지위가 높은 그가 먼저 알아보고 말을 거는 게 마땅하다고 말했다. 그러나 콜린스는 자기 생각대로 하겠다며 단호한 태도를 보였다. 그녀가 말을 마치자 콜린스가 말했다.

"일라이자 양, 당신이 아는 범위 안에서는 모든 것을 현명하게 판단하리라 믿습니다. 그러나 일반인이 지켜야 할 예의와 성직자들이 취해야 할 격식은 큰 차이가 있습니다. 이런 말씀을 드리기는 뭣하지만 성직자는 이 나라의 가장 높은 직위와 맞먹는다고 생각합니다. 물론 겸손한 태도를 갖춰야 하지요. 제 양심에 따르면 이것은 제가 마땅히 해야 할 일입니다. 그러니 제 의무를 다하도록 양해해주십시오. 당신의 충고를 저버리는 것을 이해해주시기 바랍니다. 다른 문제라면 기꺼이 따르겠지만 이 문제는 교육이나 경험으로 볼 때 당신처럼 젊은 아가씨보다는 제가 더 잘 판단할 것입니다."

콜린스는 고개 숙여 인사하고 다아시를 공략하러 갔다. 엘리자베스는 다아시가 어떻게 그의 인사를 받아들이는지 유심히 살펴보았는데 놀란 표정이 역력했다. 그녀의 사촌은 고개 숙여 정중하게 인사하고 이야기하기 시작했다. 무슨 말을 하는지는 전혀 들리지 않았지만 다 알아들을 수 있을 것 같았다. 입 모양을 보니 '사죄', '헌스퍼드', '캐서린 드 버그 귀부인'이라고 말하는 듯했다. 엘리자베스는 그가 다아시 같은 사람에게 그처럼 행동하는 것을 보고 마음이 상했다. 다아시는 황당한 표정을 지으며 콜린스를 빤히 쳐다보았다. 그러고는 마침내 콜린스가 말을 멈추자 예의를 갖추면서도 냉랭하게 대답했다. 그러나 콜린스는 그 정도로 말을 멈출 사람이 아니었다. 다아시는 콜린스가 계속 이야기할수록 점점 더 경멸스러운 표정을 짓는 듯했다. 콜린스가 말을 끝내자 다아시는 살짝 고개 숙여 인사하고 다른 자리로 갔다. 콜린스는 엘리자베스에게 돌아와 말했다.

"다아시 씨는 내 인사가 몹시 마음에 드신 것 같습니다. 굉장히 기뻐하시더군요. 아주 정중하게 대답하셨고, 캐서린 귀부인은 신중한 분이시니 그만한 자격이 있는 사람을 성직에 추천했을 거라고 칭찬하셨습니다. 참 좋은 분이십니다. 인사하길 정말 잘했어요."

엘리자베스는 더 이상 자기가 상관할 일이 없어서 언니와 빙리한테 주의를 돌렸다. 관찰해본 결과 기분 좋은 기대를 하게 되어 언니만큼이나 행복했다. 그녀는 언니가 진정한 사랑으로 결혼해 무도회가 열리는 이 집에서 행복하게 사는 광경을 그려보았다. 그렇게 된다면 빙리의 두 자매를 좋아할 수도 있을 것 같았다. 그녀는 어머니도 자기와 같은 생각을 하고 있다는 것을 알 수 있었다. 그래서 주책이 심한 어머니의 수다를 듣지 않으려면 아예 가까이 가지 말아야겠다고 마음먹었다. 그런데 모두 저녁을 먹으려고 식탁에 앉았을 때 불행한 일이 벌어지고 말았다. 자신과 어머니가 한 사람을 사이에 두고 앉았는데 그녀가 바로 루카스 부인이었던 것이다. 엘리자베스는 어머니가 그녀에게 대놓고 제인이 머지않아 빙리와 결혼할 거라는 이야기만 하는 바람에 어쩔 줄을 몰랐다. 하지만 베넷 부인에게는 그것이야말로 가장 신나는 이야깃거리였다. 그녀는 지치지도 않는지 그 결혼이 성사되면 얼마나 좋은 일이 많은지 계속 늘어놓았다. 가장 좋은 점은 빙리가 인정 많고 부자인 데다 3마일밖에 떨어지지 않은 곳에 살고 있다는 사실이었다. 그리고 빙리 자매가 제인을 굉장히 좋아하기 때문에 자기와 마찬가지로 이 결혼을 원하고 있으니 여간 다행이 아니라고 했다. 또한 제인이 결혼하면 동생들도 부잣집 남자를 만날 기회가 많이 생길 테니 다른 딸들도 잘될 것이라고 했다. 마지막으로 자기 나이에 시집 안 간 딸들을 제인한테 맡기고 내키지 않은 파티에는 가지 않아도 되니 얼마나 좋겠냐고 했다. 하지만 이건 그냥 하는 말이었다. 사실 베넷 부인은 파티에 나가지 않고 집에만 있을 사람이 아니었다. 아무리 나이가 들어도 말이다. 그녀는 루카스 부인도 곧 그런 행운을 누리기를 바란다고 여러 번 말했다. 속으로는 그럴 일이 없을 거라고 우쭐해하면서 말이다.

엘리자베스는 어머니에게 좀 천천히 말하고 남들 귀에 들리지 않게 목소리를 낮추는 게 좋겠다고 말했다. 정말 어이없게도 어머니의 이야기를 맞은편에 앉은 다아시가 다 듣고 있었던 것이다. 하지만 어머니는 딸의 말을 듣기는커녕 그럴 필요가 뭐 있냐고 되레 딸을 나무랐다.

"다아시 씨와 내가 무슨 상관이라고 그러니? 내가 왜 그 사람 눈치를 봐야 하지? 무슨 죄를 지었다고 그 사람이 싫어할 말을 하지 말라는 거야?"

"어머니, 제발 목소리 좀 낮추세요. ……다아시 씨를 불쾌하게 만들어서 좋을 게 뭐가 있어요. 괜히 그러면 그분 친구한테 좋지 않은 인상만 주게 돼요."

그러나 어머니한테는 무슨 말도 소용없었다. 그녀는 여전히 다들리게 큰 소리로 떠들었다. 엘리자베스는 부끄럽고 당황스러워서 얼굴을 붉혔다. 그리고 자기도 모르게 다아시의 표정을 계속 살펴보았는데 그때마다 자신이 걱정하던 일이 벌어지고 있음을 알 수 있었다. 다아시는 어머니를 보고 있지는 않았으나 그녀의 말을 다듣고 있었던 것이다. 처음에는 경멸스럽고 화난 표정을 짓더니 나중에는 표정이 더욱 굳어졌다.

마침내 베넷 부인은 할 말을 다 했는지 입을 다물었다. 자신과 아무 상관 없는 일을 끊임없이 자랑하는 통에 진작부터 하품을 해대던 루카스 부인은 그제야 식은 햄과 치킨을 먹었다. 엘리자베스도 이제 살 것 같았다. 그러나 평온함은 오래가지 못했다. 저녁 식사를 마치자 모두 노래를 듣자고 말했고, 그때 누가 시키지도 않았는데 메리가 먼저 나섰던 것이다. 엘리자베스는 창피한 마음에 몇 번이나 눈짓을 했지만 메리는 전혀 눈치채지 못했다. 자신의 실력을 뽐낼 기회가 생겨 여간 행복한 게 아니었던 메리는 드디어 노래를 부르기 시작했다. 엘리자베스는 괴로운 표정으로 동생을 바라보며 노래가 끝나기만을 기다렸다. 그러나 참고 들어준 보답은 지독했다. 메리는 사람들이 고맙다고 인사를 하고 언뜻 한 번 더 불러달라는 소리가 들리자 30초도 틈을 두지 않고 다시 노래를 시작했던 것이다. 메리의 노래 실력은 자랑할 정도는 아니었다. 목소리가 작고 몸짓도 요란했다. 엘리자베스에게는 정말 고통스러운 시간이었다. 언니가 어떻게 참고 있는지 보려고 제인을 보았으나 그녀는 아무렇지도 않게 빙리와 이야기를 나누고 있었다. 엘리자베스는 빙리 자매를 보았다. 두 사람은 비웃는 표정으로 그렇지 않냐는 듯 다아시를 쳐다보았다. 그러나 다아시는 무슨 생각을 하고 있는지 계속 심각한 표정만 짓고 있었다. 엘리자베스는 이제 메리가 밤새 노래하지 못하게 말려달라는 표정으로 아버지를 바라보았다. 아버지는 그녀의 표정을 읽었는지 메리가 두 번째 노래를 끝내자 큰 소리로 말했다.

"참 잘했다. 그만하면 사람들도 충분히 즐거웠을 거다. 이제 다른 아가씨들한테도 기회를 드리자꾸나."

메리는 못 들은 척했지만 조금 당황한 듯했다. 엘리자베스는 문득 동생도 안쓰럽고 그렇게 말씀하신 아버지도 안쓰러웠다. 그래서 자신이 괜한 걱정을 한 게 아닌가 하는 생각마저 들었다. 이제 모두 다른 사람에게 노래를 청했다.

그때 콜린스가 나서서 말했다.

"제가 노래를 잘 부른다면 기꺼이 한 곡 불러드렸을 겁니다. 음악은 순수하고 성직자에게는 완벽한 오락이니까요. 그렇다고 너무 많은 시간을 음악에 빼앗겨서는 안 되지만요. 교구 목사에게는 해야 할 일이 아주 많으니까요. 우선 자신에게 이로울 뿐만 아니라 후원자가 기분 상하지 않을 만큼 십일조를 거둬야 합니다. 설교문도 지어야 하고요. 그러고도 남는 시간에는 교구에서 맡은 일을 수행하고 처소를 살펴야 합니다. 될 수 있는 한 편안한 곳으로 가꿔야 하니까요. 그리고 모든 사람, 특히 저에게 성직을 맡겨준 사람들에게 마음을 쓰고 필요한 일을 도와주는 것 또한 소홀히 해서는 안 됩니다. 그것은 교구 목사의 의무이기도 하니까요. 그 가족과 친척에게 경의를 표할 기회가 생겼는데도 그냥 지나치는 것은 매우 경솔한 행동이라고 생각합니다."

콜린스는 다아시에게 목례하고 말을 마쳤는데, 목소리가 너무 커서 그곳에 있던 사람들 절반이 들을 정도였다. 많은 사람들이 무슨 일인가 하고 그를 쳐다보다가 미소 지었다. 가장 재미있어한 것은 베넷 씨였고, 그의 부인은 그가 참 지당한 말을 했다고 진지하게 칭찬했다. 그녀는 루카스 부인의 귀에 대고 콜린스가 아주 총명하고 훌륭한 청년이라고 말했다.

엘리자베스는 그날 밤 자기 가족 모두 약속이나 한 듯 망신당하기로 작정한 것보다 더한 행동을 했다고 생각했다. 설령 그랬다 하더라도 각자 모두 이보다 훌륭하게 해내지는 못했을 것이다. 빙리가 이런 모습을 미처 다 보지 못했고, 가족이 주책 떠는 모습을 봤다 해도 크게 신경 쓰지 않는 성격이라는 게 그와 언니에게는 다행이라고 생각했다. 그러나 빙리 자매와 다아시에게 자신의 가족이 비웃음거리가 된 것에 몹시 속상했다. 말없이 경멸한 다아시와 대놓고 빈정거리는 표정을 짓는 빙리 자매 중 어느 쪽이 더 견딜 만한지 말하기 힘들 지경이었다.

엘리자베스는 그날 저녁 남은 시간이 조금도 즐겁지 않았다. 콜린스가 끈질기게 옆에 붙어 귀찮게 했던 것이다. 그는 그녀와 한 번 더 춤을 추지도 못했고, 그녀가 다른 사람하고 춤추는 것도 방해했다. 엘리자베스가 다른 아가씨를 소개해줄 테니 그녀와 춤을 추라고 해도 막무가내였다. 그는 사실 춤에는 관심이 없고 오로지 그녀의 마음에 들고 싶을 뿐이니 저녁 내내 곁에 있을 거라고 말했다. 이미 그렇게 마음먹었다니 뭐라고 할 수도 없었다. 엘리자베스를 구해준 것은 루카스 양이었다. 그녀는 고맙게도 두 사람 곁에 자주 다가와 콜린스와 얘기를 나눴던 것이다.

엘리자베스는 다아시가 말을 걸지 않는 게 그나마 다행이었다. 그는 조금 떨어져서 주로 혼자 서 있었고 가까이 다가와 말을 걸지도 않았다. 그녀는 아마도 위컴 얘기를 해서 그런가 보다 생각하고 흡족해했다.

롱본 가족은 맨 마지막까지 남아 있었다. 베넷 부인이 계책을 꾸민 덕분에 사람들이 다 돌아가고 난 뒤에도 마차를 기다리며 15분이나 더 머물렀다. 네더필드 식구 몇몇은 그들이 떠나기를 무척 바라는 눈치였다. 허스트 부인과 빙리 양은 입만 열면 고단하다며 어서 빨리 자기들끼리만 있고 싶다는 내색을 했다. 베넷 부인이 말을 걸었지만 번번이 외면하는 바람에 모두 지루한 시간을 보냈다. 콜린스가 나서서 빙리와 그의 자매에게 품격 있는 파티를 열어주고 손님들을 정중히 환대해주어 고맙다고 장황하게 이야기했으나 별 도움이 못 되었다. 다아시는 아무 말도 하지 않았다. 베넷 씨도 묵묵히 그 광경을 즐겼다. 빙리와 제인은 다른 사람들과 조금 떨어져 둘만 이야기를 나눴다. 엘리자베스는 허스트 부인이나 빙리 양 못지않게 입을 꾹 다물고 있었다. 리디아마저 지칠 대로 지쳐 몹시 고단하다며 하품을 해댔다.

드디어 그들은 일어나 인사를 했다. 베넷 부인은 머지않아 롱본에서 뵙고 싶다고 정중하게 말했다. 특히 빙리에게 초대장을 보내지 않더라도 아무 때나 와서 함께 식사한다면 정말 기쁠 거라고 했다. 빙리는 기쁘고 감사하다고 말했다. 그리고 다음 날 잠시 런던에 갈 일이 있는데 돌아오는 대로 곧 찾아뵙겠다고 약속했다.

베넷 부인은 더없이 흡족했다. 그녀는 새 마차며 예복 등 결혼식에 필요한 것들은 넉넉잡아 서너 달이면 준비할 수 있을 테니 그즈음이면 딸이 네더필드의 안주인이 되어 있을 거라고 확신하며 기쁜 마음으로 그 집을 나섰다. 또 다른 딸도 콜린스와 결혼할 거라고 확신했는데 제인의 결혼만큼은 아니었지만 이 또한 기뻤다. 베넷 부인은 딸들 중 엘리자베스에 대한 애정이 가장 덜했다. 그래서 그만

하면 엘리자베스에게는 괜찮은 혼처라고 생각했다. 그러나 빙리와 네더필드에 비할 것은 아니었다.

19

다음 날 롱본에서 새로운 사건이 일어났다. 콜린스가 정식으로 청혼한 것이다. 그는 돌아오는 토요일이면 휴가가 끝나므로 시간을 헛되이 보내지 말아야겠다고 마음먹었다. 그는 청혼하는 순간에도 주저하거나 망설이지 않고 마치 임무를 수행하듯 절차를 밟아나갔다. 아침 식사를 하고 나서 베넷 부인과 엘리자베스, 동생이 거실에 같이 있을 때 그는 어머니에게 말했다.

"부인, 오전에 엘리자베스 양과 둘이 얘기를 나누고 싶은데 괜찮으시겠습니까?"

엘리자베스가 놀라서 미처 말을 못 하고 얼굴만 붉히고 있는데 베넷 부인이 재빨리 대답했다.

"그럼요. 리지도 좋아할 거예요. 거절할 리 없죠. 키티야, 너는 2층에 올라가 있으렴."

그러고는 뜨개질감을 급히 챙겨 나가려는데 엘리자베스가 큰 소리로 말했다.

"어머니, 가지 마세요. 제발 가지 마세요. 콜린스 씨도 이해해주세요. 저한테만 할 얘기도 없을 테니 저도 나가겠어요."

"리지, 그건 안 된다. 너는 여기 있으렴."

엘리자베스가 안절부절못하고 나가려 하자 어머니가 소리쳤다.

"리지, 여기서 콜린스 씨 얘기를 들어라. 알겠니?"

엘리자베스는 더 이상 어머니 말을 거역할 수 없었다. 그리고 생각해보니 오히려 빨리 얘기를 끝내는 게 낫겠다 싶었다. 그녀는 다시 자리에 앉아 괴롭기도 하고 우습기도 해서 뜨개질에 몰두했다. 베넷 부인과 키티가 방을 나가자마자 콜린스가 말했다.

"엘리자베스 양, 당신의 겸손한 태도로 다른 장점이 더욱 돋보이는군요. 진심입니다. 약간 머뭇거리는 모습이 더욱 사랑스러워 보입니다. 그러나 경애하는 당신 어머니께 허락을 받고 말씀드린다는 것을 알아주십시오. 원래 섬세하신 분이니 제가 무슨 말을 하려는지 알고 계실 것입니다. 제가 당신에 대해 어떤 마음을 가지고 있는지 내비쳤으니 말입니다. 이 집에 들어서자마자 당신을 미래의 동반자로 선택했습니다. 그러나 감정에 사로잡히기 전에 제가 결혼하려는 이유, 아내를 고르기 위해 하트퍼드셔에 온 이유를 먼저 말씀드리는 것이 좋을 것 같군요."

엘리자베스는 엄숙하고 점잖은 콜린스가 감정에 사로잡히는 모습이 떠올라 웃음을 터뜨릴 뻔했다. 그 바람에 콜린스가 잠시 말을 멈췄을 때 그만하라고 말하지 못했다.

"제가 결혼하려는 첫 번째 이유는 저처럼 편안한 환경에 있는 목사라면 제 교구에서 결혼 생활의 모범을 보여주어야 한다고 생각하기 때문입니다. 두 번째 이유는 결혼하면 더욱 행복하리라 믿기 때문입니다. 그리고 세 번째는…… 어쩌면 이것을 먼저 말씀드렸어야 했는지 모릅니다. 바로 제 후원자이신 고귀한 귀부인께서 특별히 충고하고 권했기 때문입니다. 그분은 친절하게도 두 번이나 빨리 결혼하라고 권했답니다. 제가 먼저 여쭤본 것도 아닌데 말이에요. 헌스퍼드를 떠나기 전 토요일 밤이었습니다. 카드놀이를 하는 도중 젠킨슨 부인이 드 버그 양의 발판을 놓을 때 말씀하셨지요. '콜린스 씨, 결혼하세요. 당신 같은 성직자는 당연히 결혼해야 해요. 배우자를 잘 골라야 해요. 나를 위해 좋은 집안 아가씨를 고르고, 당신을 위해서는 일도 잘하고 유능한 아가씨를 고르세요. 사치스럽지 않고 적은 수입으로 알뜰히 사는 여자 말이에요. 진심으로 충고하는 거예요. 될 수 있는 한 빨리 그런 여자를 찾아서 헌스퍼드로 데려오세요. 그럼 내가 만나러 갈 테니.' 엘리자베스 양, 감히 말씀드리지만 캐서린 드 버그 귀부인의 특별한 친절은 저와 결혼했을 때 누릴 수 있는 적지 않은 이점 중 하나입니다. 당신은 말로 다 표현할 수 없을 만큼 정중한 귀부인의 모습을 보고 감탄할 것입니다. 귀부인께서도 당신의 쾌활한 성격을 마음에 들어 하실 테고요. 근엄하고 존경할 만한 높은 분 앞에서는 당신도 쾌활한 성격을 자제하게 마련이니까요. 제가 결혼하려는 이유는 이렇습니다. 이제 주위에 괜찮은 여성이 많은데도 굳이 롱본을 찾아온 이유를 말씀드리겠습니다. 사실 당신의 부친께서 돌아가시면 (물론 오래 사실 겁니다) 제가 이 댁의 토지를 상속받기로 정해졌기 때문에 따님을 아내로 맞이하면 최대한 상처를 덜 받으실 것입니다. 그러지 않고서는 제 마음이 편치 않답니다. 물론 조금 전에도 말씀드렸듯이 아버님께서는 오래 사실 겁니다. 엘리자베스 양, 이것이 제가 여기 온 동기입니다. 그리고 이런 말씀을 드린다고 해서 저에 대한 존경심이 줄어들지는 않겠지요. 이제 저의 애정을 생생하게 전하는 일만 남았네요. 저는 재산에 전혀 관심도 없고 당신 부친께 아무것도 요구하지 않을 겁니다. 그만한 능력이 없다는 것을 잘 알고 있으니까요. 그리고 당신의 재산 역시 모친께서 돌아가신 후에야 받게 될 연 4퍼센트 이율의 1천 파운드짜리 공채뿐이라는 것을 잘 알고 있습니다. 따라서 재산 문제에 대해서는 앞으로 한마디도 꺼내지 않을 것입니다. 결혼 후에도 재산에 대해 매정하게 비난하는 일은 없을 것이라고 다짐합니다."

이제는 정말 그의 말을 끊어야 했다.

"콜린스 씨, 너무 성급하시군요. 제가 아직 대답하지 않았다는 것을 잊으셨나 봐요. 시간 끌지 않고 바로 말씀드리죠. 저를 그렇게 칭찬하시니 뭐라고 감사해야 할지 모르겠군요. 그리고 당신의 청혼이 얼마나 영광스러운 일인지 잘 알고 있어요. 하지만 저는 청혼을 받아들일 수 없어요."

엘리자베스가 큰 소리로 말했다.

"보통 젊은 여자들은 처음에 남자가 청혼하면 마음속으로는 받아들이면서도 일단은 거절한다는 것을 잘 알고 있습니다. 두세너

번 거절하기도 한다죠. 그래서 지금 하신 말씀에 낙담하지 않습니다. 머지않아 함께 결혼식장으로 들어가리라는 희망을 버리지 않으니까요."

콜린스가 점잖게 손을 저으며 대답했다.

"딱 잘라 거절했는데도 희망을 버리지 않는다는 게 이상하군요. 분명히 말씀드리지만 저는 두 번째 청혼에 자신의 행복을 걸 만큼 무모한 여자가 아니에요. 그런 아가씨들이 있는지는 모르겠지만요. 저는 진심으로 거절한 겁니다. 당신은 저를 행복하게 해줄 수 없어요. 저 또한 당신을 행복하게 해드릴 수 없답니다. 정말이에요. 캐서린 드 버그 귀부인께서 저를 아신다면 제가 모든 점에서 그런 자리에 맞지 않는다고 생각하실 겁니다."

"귀부인께서 그렇게 생각하신다면……. 하지만 당신이 그분 마음에 들지 않을 거라고 생각하지 않습니다. 그분을 만나면 당신의 겸손한 태도나 알뜰한 성품 등 좋은 점들을 최대한 칭찬할 테니 걱정 말아요."

콜린스가 진지하게 말했다.

"콜린스 씨, 그분 앞에서 저를 칭찬할 필요 없어요. 제 자신은 제가 판단할 테니까요. 그리고 저를 위한다면 제 말을 믿어주세요. 저는 콜린스 씨가 부디 행복하고 풍요롭게 잘사시기를 바라기 때문에 청혼을 거절하는 거예요. 저한테 청혼한 것으로 우리 가족에게 보상하셨다고 생각하세요. 언젠가 롱본의 땅을 상속받더라도 미안한 마음 가질 필요 없고요. 그러니까 이 일은 이것으로 매듭짓는 게 좋겠어요."

이미 일어나 있었던 엘리자베스는 말을 마치자마자 나가려고 했다. 그러나 콜린스가 다시 말했다.

"다음에 이 문제를 다시 말씀드리고 싶군요. 그때는 지금보다 더 반가운 대답을 듣기를 바라겠습니다. 그렇다고 지금 말씀이 가혹하다고 나무라는 것은 아닙니다. 처음 청혼을 받았을 때는 거절하는 게 여자들의 관례라는 것을 잘 압니다. 지금도 여성스러운 섬세함으로 한 번 더 청혼하도록 의욕을 북돋워주신 것이라고 할 수 있으니까요."

"콜린스 씨, 정말 답답하군요. 제 말을 격려로 받아들이셨다니 도대체 어떻게 말씀드려야 할지 모르겠네요. 어떻게 해야 제 거절을 진심으로 믿으시겠어요?"

엘리자베스가 화난 목소리로 말했다.

"친애하는 사촌 엘리자베스 양, 거절도 청혼을 받아들이는 하나의 과정이라고 믿고 싶습니다. 제가 그렇게 믿는 이유는 제 청혼이 그만한 가치가 있기 때문입니다. 다시 말해 제 수입이 결코 거절할만한 게 아니라는 말입니다. 그건 분명한 사실이니까요. 그리고 저의 사회적 지위나 드 버그 가족과의 친밀한 관계, 그리고 당신 가족과의 인연 등이 저한테는 아주 유리한 조건입니다. 그리고 당신은 많은 매력을 가졌지만 남자들이 당신에게 청혼할지는 잘 모르겠군요. 불행하게도 얼마 안 되는 유산 때문에 당신의 사랑스러운 장점들이 매력을 잃을지도 모르니까요. 그러므로 제 청혼을 거절한 것은 진심이 아니라고 생각할 수밖에 없군요. 말하자면 교양 있는 여자들이 흔히 그러듯 일단 퉁겨서 제 감정을 더욱 자극하려고 말입니다."

"아니에요, 콜린스 씨. 저는 점잖은 남자를 괴롭히는 그런 교양 같은 건 모르는 여자예요. 저를 칭찬하시지만 말고 제 진심을 믿어주세요. 청혼해주신 점은 진심으로 고맙게 생각해요. 하지만 도저히 받아들일 수 없어요. 아무리 생각해봐도 마음이 허락하지 않는군요. 좀더 솔직히 말씀드려도 될까요? 다시는 제가 당신을 괴롭히는 교양 넘치는 여자라고 생각지 말아주세요. 다만 진심을 말할 줄 아는 이성적인 여자라고 생각해주시기 바랍니다."

"당신은 정말 매력적인 분입니다. 당신의 훌륭하신 부모님께서 제 청혼을 허락하신다면 당신도 받아들일 거라고 믿습니다."

그는 남자답게 보이려고 어색하게 소리쳤다.

엘리자베스는 자기기만에 빠져 헤어나지 못하는 콜린스에게 더 말해봤자 소용없다는 것을 깨닫고 아무 말 없이 나와버렸다. 그녀는 몇 번이나 거절했는데도 계속 믿지 않는다면 아버지께 말씀드릴 수밖에 없었다. 아버지는 더욱 강하게 거절할지 모르고, 그러면 적어도 교양 있는 여성의 가식이나 교태로 치부하지는 않을 것이다.

20

콜린스는 자신의 성공적인 사랑에 대해 조용히 생각할 시간을 갖지 못했다. 이야기가 어떻게 끝났는지 궁금해 현관에서 서성이고 있던 베넷 부인이 엘리자베스가 문을 열고 빠른 걸음으로 옆을 지나 계단으로 가자 얼른 거실로 들어갔던 것이다. 그녀는 콜린스에게 자신과 더 가까운 사이가 될 거라며 열렬하게 축하하고 또 너무너무 기쁘다며 자축했다. 콜린스도 부인과 똑같이 축하한 다음 엘리자베스와 나눈 대화를 전했다. 사촌이 계속 청혼을 거절했는데 수줍고 겸손하며 섬세한 엘리자베스의 성격으로 보아 자연스러운 것이니 충분히 이해하고 만족한다고 말했다.

그러나 베넷 부인은 그 말을 듣고 깜짝 놀랐다. 딸이 상대를 더욱 자극하려고 청혼을 거절한 게 맞다면 부인도 만족했을 것이다. 그러나 그렇지 않다는 것을 너무나 잘 알고 있었다.

"하지만 리지도 깨닫게 될 거예요. 내가 직접 얘기해야겠어요. 그애는 고집이 세고 세상 물정을 잘 몰라서 자신한테 얼마나 이로운 일인지 잘 몰라요. 그것을 가르쳐줘야겠어요."

"저, 말씀 중에 죄송하지만, 정말 고집이 세고 세상 물정을 잘 모른다면 행복한 결혼 생활을 원하는 저 같은 남자한테 좋은 아내가 될 수 있을지 의문이군요. 제 청혼을 계속 거절할 생각이라면 억지로 강요하지 않는 게 낫겠습니다. 그런 성격이라면 제가 꿈꾸는 행복한 생활에 별 도움이 안 될 테니까요."

"콜린스 씨, 그건 오해예요. 리지는 이 일에만 고집을 부리는 거예요. 다른 점에서는 얼마나 착한 아이인데요. 지금 당장 그 애 아버지한테 가서 이 문제를 매듭지어야겠어요."

베넷 부인이 당황해서 말했다. 부인은 콜린스가 대답할 새도 없이 곧장 서재로 달려가 문을 열면서부터 큰 소리로 말했다.

"여보, 큰일 났어요. 당신이 어떻게 좀 해봐요. 리지와 콜린스 씨를 결혼시키려고 하는데 그 애가 싫다고 고집을 부리네요. 서두르지 않으면 그 양반 마음이 변할 거예요."

책을 읽고 있던 베넷 씨는 아내가 들어오자 고개를 들고 무심한 표정으로 바라보았다. 한동안 아무 말 없더니 아내의 말이 끝나자 입을 열었다.

"도대체 무슨 말을 하는지 모르겠구려. 무슨 얘기를 하는 거요?"

"콜린스 씨하고 리지 말이에요. 리지는 콜린스 씨의 청혼을 거절했고, 콜린스 씨는 그런 리지에게 더 이상 강요하지 않겠대요."

"그래서 나더러 어쩌란 말이오?"

"당신이 리지한테 결혼해야 한다고 말씀하세요. 당신이 원한다고요."

"리지를 불러요. 내 생각을 말할 테니."

베넷 부인이 벨을 눌러 하인을 불렀다. 곧 엘리자베스가 서재로 내려왔다.

"이쪽으로 오렴."

딸이 들어오자 아버지가 큰 소리로 말했다.

"중요한 문제로 너를 불렀다. 콜린스 씨가 너한테 청혼을 했다던데 정말이냐?"

엘리자베스가 그렇다고 대답했다.

"좋아……. 그래, 거절했다고?"

"네."

"그래, 그런데 진짜 중요한 문제는 어머니는 네가 청혼을 받아들여야 한다고 말씀하시는 거란다. 여보, 맞소?"

"네, 거절하면 다시는 안 볼 거예요."

"엘리자베스, 너는 어느 쪽을 택해도 불행할 수밖에 없구나. 오늘 이후부터 너는 아버지와 어머니 중 한쪽하고 남남이 되어야 하니 말이다. 네가 콜린스 씨하고 결혼하지 않으면 어머니는 너를 안 볼 것이고, 결혼하면 이 아버지가 너를 안 볼 테니까."

엘리자베스는 아버지가 말을 꺼낼 때와는 전혀 다른 분위기로 매듭짓자 웃지 않을 수 없었다. 반면 남편이 이 문제에 대해 자신과 생각이 같다고 믿었던 베넷 부인은 크게 실망했다.

"여보, 그렇게 말하면 어떻게 해요? 결혼해야 한다고 말하기로 했잖아요."

"여보, 나에게는 두 가지 작은 소원이 있소. 하나는 지금 이 문제를 내가 자유롭게 판단하는 것이고, 다른 하나는 서재를 내 마음대로 사용하는 것이오. 그러니 되도록 빨리 서재에서 나가주면 좋겠소."

남편에게 실망했지만 베넷 부인은 아직 포기하지 않았다. 그녀는 엘리자베스를 달래기도 하고 윽박지르기도 하면서 계속 설득했다. 부인은 제인을 자기편으로 끌어들이려고 했다. 그러나 제인은 부드럽게 이 문제에 간여하지 않겠다고 말했다. 엘리자베스는 그런 어머니의 공격에 때로는 진지하게 설명하고, 때로는 장난스럽게 맞받았다. 다양한 태도를 보였지만 그녀의 결심만은 흔들리지 않았다.

그러는 동안 콜린스는 이 일을 곰곰이 생각해보았다. 자신이 너무 잘난 사람이라고 생각하는 그는 대체 엘리자베스가 왜 청혼을 거절하는지 이해할 수 없었다. 자존심이 상하기는 했지만 그렇다고 괴로운 것은 아니었다. 그가 엘리자베스에게 품은 사랑은 피상적인 것이었다. 그래서 그녀가 어머니에게 시달리는 것을 보고도 전혀 안쓰럽지 않았다.

집안이 이렇게 어수선할 때 샬럿 루카스가 놀러 왔다. 리디아는 현관에서 샬럿을 보자마자 달려가 사뭇 속삭이듯 외쳤다.

"잘 왔어요. 우리 집에 일이 있었거든요. 오늘 아침에 무슨 일이 있었는지 알아요? 콜린스 씨가 리지 언니한테 청혼을 했어요. 그런데 언니가 거절한 거예요."

샬럿이 대답하기도 전에 키티가 끼어들더니 똑같은 이야기를 들려주었다. 그들이 거실로 들어가자 혼자 있던 베넷 부인 역시 그 이야기를 꺼내며 루카스 양의 얼굴을 살폈다. 그리고 리지가 청혼을 받아들이도록 설득 좀 해달라고 애걸했다.

"샬럿, 내가 특별히 부탁할게. 아무도 내 편을 들어주지 않아. 날 좀 도와줘. 모두 너무 심하게 대해. 아무도 내 생각은 하지 않아."

어머니가 침울한 투로 말했다.

그때 제인과 엘리자베스가 들어와서 샬럿은 굳이 대답하지 않아도 되었다.

"마침 장본인이 오는군. 아무 일도 없었던 것처럼 시치미를 떼네. 우리 같은 건 눈에 보이지도 않는 모양이야. 하지만 내 말 잘 들으렴, 리지. 이렇게 청혼마다 죄 거절하면 시집가기 힘들어. 아버지가 돌아가시면 누가 너를 먹여 살리니? 난 너 먹여 살릴 힘이 없단다. 그러니까 내 말 들으란 말이야. 안 그러면 난 오늘부터 널 안 볼 거다. 아까 서재에서도 말했지만 다시는 너하고 얘기 안 할 거야. 내가 그 말을 얼마나 잘 지키는지 두고 보렴. 불효자식하고는 말도 섞기 싫단다. 나처럼 신경이 예민한 사람은 시시콜콜 얘기하고 싶어 하지도 않아. 내가 얼마나 고통스러워하는지 아무도 몰라. 하지만 밤낮 이런 식이야. 불평하지 않으며 아무도 동정하지 않지."

딸들은 설득하거나 위로하면 어머니가 더욱 짜증 부린다는 것을 알기 때문에 그녀의 불평을 그저 묵묵히 듣기만 했다. 따라서 부인은 아무런 방해도 받지 않고 계속 툴툴거렸다. 그때 콜린스가 당당한 모습으로 들어왔다. 그를 보자 베넷 부인이 딸들에게 말했다.

"모두 다 입 꼭 다물어라. 난 콜린스 씨하고 얘기 좀 할 테니."

엘리자베스는 가만히 방을 나갔고 제인과 키티도 조용히 그 뒤를 따라 나갔다. 그러나 리디아는 무슨 이야기를 하는지 궁금해서 나가지 않고 있었다. 콜린스가 샬럿을 보고 인사하며 가족의 안부를 자세히 묻는 바람에 그녀는 나가지도 못하고 있었다. 그러나 이내 호기심이 발동해 창가로 걸어가 안 듣는 척하며 서 있었다. 베넷 부인은 애조 띤 목소리로 말했다.

"아, 콜린스 씨."

"부인, 이 일에 대해서는 더 이상 말하지 않는 게 좋겠습니다. 물론……."

그가 불쾌한 투로 다시 말을 이었다.

"따님의 태도에 기분이 상한 것은 아닙니다. 좋지 않은 일은 피할 수 없다면 받아들여야 합니다. 이것은 저처럼 운이 좋아서 젊은 나이에 성직에 임명된 청년이라면 특별히 갖춰야 할 덕목이죠. 이제 저는 단념했습니다. 설령 따님이 허락했다고 해도 행복할지 의문이기 때문에 더욱 그렇습니다. 축복이라고 생각한 일을 거절당하고 나서 사실은 별것 아니었다고 느낄 때 비로소 완벽하게 포기한 것이죠. 제가 댁의 따님에게 실례를 범했다고 생각하지 마시기 바랍니다. 두 분께 도와달라고 말씀드리지 않고 이렇게 단념하는 것도 말입니다. 따님의 말만 듣고 거절을 받아들인 제 행동이 못마땅할지도 모르겠습니다. 그러나 인간은 누구나 실수를 하게 마련이죠. 사실 저는 좋은 의도로 한 것인데 이렇게 되고 말았습니다. 저는 나름대로 댁에 조금이나마 보탬이 되는 방향으로 배우자를 얻고자 깊이 생각해서 청혼한 것이었습니다. 그러니 제 행동이 조금이라도 불손했다면 용서하십시오."

21

콜린스의 청혼을 둘러싼 논란은 그럭저럭 끝이 났다. 엘리자베스는 당연히 불편했지만 크게 내색하지 않았고, 가끔 화가 난 어머니의 잔소리를 참고 들어야 했다. 그런가 하면 콜린스는 당황하거나 낙심하지 않았을 뿐 아니라 엘리자베스를 피하지도 않았다. 그는 딱딱하게 행동했고 말없이 시무룩한 표정으로 자신의 기분을 드러냈으며 엘리자베스에게는 말을 걸지 않았다. 그 뒤부터 콜린스는 의식적으로 하루 종일 루카스 양한테 주의를 기울였다. 그녀는 그의 말에 정중하게 귀를 기울여주었기 때문에 여러 사람, 특히 엘리자베스한테 큰 도움이 되었다.

다음 날도 베넷 부인은 못마땅하고 몸이 개운치 않았다. 콜린스는 여전히 자존심이 상해 표정이 굳어 있었다. 엘리자베스는 그가 원래 머물기로 한 것보다 좀더 빨리 떠나기를 바랐다. 그러나 그는 그런 기분이 들었다고 해서 계획을 바꿀 사람이 아니었다. 그는 여전히 토요일까지 묵을 심산이었다.

아침 식사 후 위컴이 돌아왔는지도 알아보고 네더필드 무도회에 그가 오지 않아 섭섭했다는 말을 전하려고 아가씨들은 메리턴으로 산책을 갔다. 시내에 들어섰을 때 위컴을 만나 그들 모두 이모 댁까지 함께 갔다. 거기서 그가 파티에 가지 못해 섭섭하고 마음이 아팠다는 이야기, 그리고 모두 걱정했다는 이야기를 천천히 주고받았다. 그러나 엘리자베스한테는 런던에 볼일이 있다는 것은 핑계였고 일부러 참석하지 않았다고 말했다.

"저는 시간이 다가올수록 다아시 씨를 만나지 않는 것이 좋겠다고 생각했습니다. 오랜 시간 그 사람과 같은 방, 같은 무리에 함께 있는 상황을 견디지 못할 것 같았죠. 그런 모습을 보면 다른 사람들도 불쾌할 것입니다."

엘리자베스는 위컴에게 적절히 잘 조절했다고 칭찬했다. 롱본으로 돌아갈 때는 위컴과 또 다른 사관이 함께 갔다. 덕분에 여유를 가지고 그 점에 대해 충분히 이야기하고 서로 정중하게 칭찬했다. 위컴은 유독 엘리자베스에게만 말을 걸었다. 그녀는 두 가지 점에서 그가 함께 가는 것이 좋았다. 위컴이 자신에게 호의적이라는 것을 알게 되었고, 그를 부모님께 소개하기에 가장 좋은 기회라고 생각했던 것이다.

그들이 집으로 돌아온 지 얼마 안 되어 제인에게 편지가 왔다. 네더필드에서 온 것인데 그녀는 받자마자 바로 뜯어보았다. 봉투 속에는 여자의 아름다운 필체로 쓴 예쁘고 조그만 편지 한 장이 들어 있었다. 엘리자베스는 언니가 편지를 읽으면서 차츰 표정이 바뀌는 것을 보았다. 특히 어느 부분에서는 오래 들여다보기까지 했다. 제인은 퍼뜩 정신을 차리고 편지를 치운 뒤 여느 때와 같이 쾌활하게 그들과 이야기를 나누려고 노력했다. 엘리자베스는 보통 일이 아니라는 생각이 들어 위컴한테 신경을 쓸 수 없었다. 그녀가 위컴과 작별 인사를 하자마자 제인이 2층으로 따라오라고 눈짓을 했다. 방에 들어가자 제인이 편지를 꺼내며 말했다.

"캐롤라인 빙리한테 온 편지야. 내용을 보고 너무 놀랐어. 모두 지금쯤 네더필드를 떠나 런던으로 가고 있는 중일 거야. 그런데 다시 돌아오겠다는 얘기가 없어. 캐롤라인의 말을 들어보렴."

그러고는 첫 부분을 소리 내어 읽었다. 빙리 자매가 오빠를 따라 런던에 가기로 결정했으며, 그날 허스트 씨 집이 있는 그로스브너 가에서 식사를 할 예정이라는 것이었다. 다음은 이런 내용이었다.

하트퍼드셔를 떠나는 것은 전혀 서운하지 않지만 당신을 만나지 못하게 되어 무척 애석하게 생각합니다. 그러나 언젠가는 예전처럼 즐겁게 우정을 나눌 수 있으리라 믿습니다. 그때까지 편지로 속마음을 털어놓으며 헤어지는 슬픔을 잊었으면 합니다. 꼭 그렇게 해주시리라 믿습니다.

엘리자베스는 미사여구가 오히려 가식적으로 느껴져 냉담한 반응을 보였다. 그들이 갑자기 떠났다는 사실에 놀라기는 했으나 그다지 섭섭하지는 않았다. 그들이 네더필드에 없다고 해서 빙리가 안 올 것도 아니라고 생각했기 때문이다. 그러므로 빙리 자매를 만나지 못한다 해도 빙리를 만나다 보면 제인은 머지않아 그들 생각은 하지 않을 것이라고 엘리자베스는 확신했다.

"언니가 섭섭하겠네."

잠시 뒤 엘리자베스가 말을 이었다.

"인사도 못 하고 친구들이 떠나서 말이야. 하지만 빙리 씨 누이동생 말처럼 다시 행복하게 만날 날이 의외로 빨리 올 수도 있고, 친구 관계가 시누이 올케라는 훨씬 더 가까운 사이로 발전할 거라고 기대하면 무리일까? 빙리 씨가 누이들 때문에 일부러 런던에 머물지는 않을 거야."

"이번 겨울에는 하트퍼드셔에 아무도 오지 않을 거라고 캐롤라인이 확실하게 말했어. 읽어줄게……."

어제 오빠가 런던으로 떠날 때는 사나흘이면 일이 끝날 거라고 생각했어요. 그러나 우리는 그렇지 않을 거라고 확신한 데다 오빠가 일단 런던에 도착하면 금방 돌아오기 힘들다는 것을 잘 알기 때문에 다음 날 뒤따라가기로 결심했죠. 그러면 호텔에서 오빠 혼자 쓸쓸히 있지 않아도 되니까요. 가까이 지내던 분들이 런던에서 겨울을 보내려고 벌써 많이 와 있어요. 당신도 그중 한 사람이 되고 싶다는 소식을 듣고 싶군요. 하지만 그럴 가망은 없겠죠? 하트퍼드셔에서 유쾌하고 즐거운 크리스마스 보내시기를 진심으로 바랍니다. 당신을 칭송하는 남자들이 많이 나타나서 우리가 떠난 빈자리를 대신 채워주기를 바랄게요.

"확실한 건 이번 겨울에는 그분이 돌아오지 않는다는 거야."
제인이 덧붙였다.
"확실한 건 빙리 양이 오빠를 못 오게 할 거라는 거지."
"왜 그렇게 생각해? 그분 스스로 결정한 게 틀림없어. 자기 일은 스스로 알아서 할 나이잖아. 그리고 네가 모르는 게 있어. 특히 내 마음을 괴롭히는 부분을 읽어줄게. 너한테는 감추고 싶지 않아."

다아시 씨는 누이동생을 몹시 보고 싶어 합니다. 그리고 솔직히 우리 역시 그분 누이동생을 한 번 더 만나고 싶어요. 조지애나 다아시 양은 비할 데 없이 우아하고 교양 있는 숙녀예요. 루이자 언니와 나에 대한 그분의 애정을 보면 무언가 좀더 흥미로운 일로 발전할 것 같은 생각이 들어요. 언젠가 올케가 될 거라는 희망 말이에요. 이런 제 마음을 말씀드렸는지 모르겠군요. 어쨌든 그 이야기를 하지 않고는 이 동네를 떠날 수가 없네요. 당신은 제 말을 못마땅하게 여기지 않으리라 믿어요. 오빠가 이미 다아시 양을 무척 좋아하고 있는 데다 그쪽 집안에서도 우리만큼이나 혼담을 원하는 터라 가까이 지내면서 종종 만날 기회가 생긴 거죠. 그리고 저는 오빠가 어떤 여자든 마음을 사로잡을 수 있다고 생각해요. 이건 결코 동생이라서 하는 말이 아니에요. 이처럼 애정에 유리한 조건을 모두 갖췄고 아무런 장애도 없으니 여러 가지 행복한 사건이 일어나기를 희망해도 되겠죠?

"리지, 너는 이 내용을 어떻게 생각하니? 확실하지 않니? 캐롤라인은 나를 올케가 될 사람으로 전혀 생각하지 않고 또 바라지도 않는다고 분명히 말하고 있어. 자기 오빠가 나한테 관심이 없다고 믿고 있어. 그리고 친절하게도 내가 그분에게 남다른 감정을 품고 있다면 포기하라고 미리 말해주는 거야. 달리 생각할 수 있겠니?"

제인이 말했다.

"내 생각은 전혀 달라. 들어볼래?"

"그래, 해봐."

"간단하게 말할 수 있어. 빙리 양은 자기 오빠가 언니를 좋아하는 것을 알고 있지만 다아시 씨의 누이동생하고 결혼하기를 바라는 거야. 뒤따라가서 오빠를 런던에 붙잡아두고 언니한테는 자기 오빠가 아무 관심 없다고 설득하는 거지."

제인이 머리를 흔들었다.

"정말이야, 언니. 내 말을 믿어. 언니하고 그분이 같이 있는 모습을 본 사람이라면 누구든 그분의 애정을 의심할 수 없어. 빙리 양도 바보가 아닌 한 분명히 알고 있을 거야. 그녀는 다아시 씨가 그 반만이라도 자신을 사랑한다고 느낀다면 아마 당장 결혼 예복부터 주문할걸. 하지만 사실은 이런 거야. 우리는 그들과 어울릴 만큼 부자도 아니고 신분이 높지도 않다는 거지. 그리고 자기 오빠가 다아시 양과 결혼하기를 원하는 진짜 이유는 일단 두 집안 사이에 혼사가 맺어지면 두 번째 혼사는 더 쉽기 때문이지. 이 일은 무척 교묘해서 어쩌면 성공할지도 몰라. 드 버그 양만 방해하지 않는다면 말이야. 하지만 빙리 양이 자기 오빠가 다아시 양을 무척 좋아한다고 말했다고 해서 그분이 화요일에 헤어질 때보다 언니의 좋은 점을 조금이라도 덜 느꼈다고 할 수는 없잖아. 더구나 빙리 양은 자기 오빠가 사실은 언니가 아니라 다아시 양을 좋아한다고 설득할 수 없어."

"빙리 양에 대해 나도 너처럼 생각한다면…… 네 의견을 듣고 마음이 편할 거야. 하지만 네 생각은 근본적으로 틀렸어. 캐롤라인은 누구를 고의로 속이는 사람이 아냐. 그러니까 내가 생각할 수 있는 건 캐롤라인 스스로 착각하고 있다는 거야."

"그래, 그럼 그렇게 생각할 수밖에 없지. 내 말은 위로가 안 될 테니까. 언니는 빙리 양이 착각하고 있다고 믿어. 그러면 고민할 필요 없이 계속 그녀를 좋게 생각할 수 있으니까."

"하지만 그의 누이들이나 친구들 모두 그가 다른 사람하고 결혼하기를 바라는 마당에 내가 그분과 결혼한다고 해서 행복할까?"

"그건 언니 스스로 결정할 문제야. 잘 생각해봐. 두 자매의 뜻을 거슬렀을 때 드는 비참함이 그분과 결혼했을 때 얻는 행복보다 크다면 그분을 버려야겠지."

엘리자베스가 말했다.

"어떻게 그런 말을 하니? 그의 누이들이 반대하는 건 괴롭지만 고민할 일이 아니라는 것을 잘 알면서."

제인이 희미하게 미소 지으며 말했다.

"나도 그럴 거라고 생각했어. 그러니 언니를 안쓰러워할 필요도 없어."

"하지만 그분이 이번 겨울에 돌아오지 않는다면 내가 선택할 일도 없지. 여섯 달은 수많은 일들이 일어나고도 남는 시간이니까."

엘리자베스는 빙리가 돌아오지 않을 거라는 생각은 아예 하지도 않았다. 그녀는 그것이 단지 캐롤라인의 이기적인 소망일 뿐이라고 생각했다. 또한 그런 소망을 노골적으로 드러내든 교묘하게 표현하든 누구한테도 구속받지 않는 젊은이에게 영향을 미칠 리 없다고 생각했다.

엘리자베스는 자기가 느낀 점을 강한 어조로 세세하게 설명했고, 그 결과 드디어 효과가 나타났다. 사랑에 빠진 사람이 으레 그렇듯 소심하게 생각하기는 했지만 애를 태우며 걱정하는 성격이 아니었던 제인은 빙리가 네더필드로 돌아와 모든 바람을 들어줄 거라는 희망을 조심스럽게 품었다.

자매는 베넷 부인에게 빙리 얘기를 하지 않기로 했다. 놀랄 것이 뻔했으니 말이다. 대신 그 집 가족이 모두 떠났다는 사실만 알리기로 했다. 그러나 이 소식만으로도 베넷 부인은 걱정이 태산이었다.

친해지려고 하는데 다른 곳으로 가버려 너무 섭섭하다고 한탄했다. 그러나 한참 슬퍼하더니 얼마 지나지 않아 빙리가 돌아올 것이고 곧 롱본에서 함께 식사할 거라고 생각하며 스스로 마음을 달랬다. 그리고 기분이 좋아진 베넷 부인은 비록 가족 식사이기는 하지만 정식 코스를 두 번 내야겠다고 말했고, 그렇게 해서 이 문제가 일단 락되었다.

22

그날 베넷 가족은 루카스 가족과 저녁 식사를 했다. 루카스 양은 그날 내내 콜린스의 말에 친절하게 귀를 기울였다. 엘리자베스는 기회를 봐서 고맙다고 인사했다.

"덕분에 저 사람 기분이 나아진 모양이야. 무슨 말로 고마운 마음을 전해야 할지 모르겠구나."

샬럿은 잠깐 시간을 낸 것뿐인데 도움이 되었다면 그걸로 충분하다고 아주 상냥하게 말했다. 그러나 샬럿이 친절을 베푼 진짜 이유를 엘리자베스는 전혀 눈치채지 못했다. 그녀는 콜린스가 엘리자베스에게 다시 청혼하지 않고 자신에게 청혼하도록 관심을 끌었던 것이다. 그녀의 그럴듯한 계획은 순조롭게 진행되는 듯했다. 그래서 그녀는 저녁에 헤어질 때쯤 콜린스가 그렇게 빨리 하트퍼드셔를 떠나야 할 사정이 생기지 않았다면 틀림없이 성공했을 거라고 느꼈다. 그러나 그녀는 콜린스가 매우 정열적이고 지극히 독단적이라는 것을 미처 깨닫지 못했다. 다음 날 아침 그는 아주 교묘하게 롱본 저택을 빠져나와 루카스 씨 저택으로 달려가 그녀에게 청혼했던 것이다. 그는 엘리자베스 자매들 눈에 띌까 봐 노심초사했다. 그가 나가는 것을 보면 그녀들이 눈치챌 게 분명했던 것이다. 그는 자신의 계획이 성공하기 전에 알려지는 것을 원치 않았다. 샬럿이 상당히 호의적이었기 때문에 성공할 거라고 확신했지만, 수요일 사건 이후로 그는 적이 의기소침했다. 그러나 그는 더할 나위 없이 융숭한 영접을 받았다. 루카스 양이 그가 자기 집 쪽으로 걸어오는 것을 2층 창에서 보고 얼른 밖으로 나와 좁은 길에서 우연히 만난 척했던 것이다. 그러나 그녀는 그렇게 굉장한 사랑과 열변이 그곳에 기다리고 있을 줄은 미처 몰랐다.

콜린스의 긴 연설로 모든 일이 짧은 시간에 모두에게 만족스러운 방향으로 결정되었다. 그는 집 안으로 들어서자마자 자기를 가장 행복한 남자로 만들어줄 날을 빨리 정해달라고 진심으로 간청했다. 샬럿은 이 문제를 결정하기에 너무 이르다고 생각했지만 그렇다고 상대방의 행복이 달린 문제를 가지고 밀고 당기기를 하고 싶지도 않았다. 그는 원래 우둔한 편이어서 매력적인 청혼을 하지는 못했다. 그래서 여자들이 청혼을 받았을 때 으레 그러듯 결정을 좀 미루어볼까 하고 고민할 필요도 없었다. 게다가 루카스 양은 결혼했을 때 얻게 될 지위와 재산만을 보았기 때문에 그의 청혼을 빨리 받아들여도 상관없었다.

그들은 곧 윌리엄 경과 루카스 부인에게 허락을 구했다. 두 사람은 아주 흔쾌히 승낙했다. 콜린스의 조건으로 보면 물려줄 재산이 거의 없는 딸에게 아주 훌륭한 신랑감이었다. 게다가 장래에 부자가 될 가능성도 있었으니 더할 나위 없었다. 루카스 부인은 베넷 씨가 앞으로 몇 해나 더 살 수 있을지 진지하게 따져보기도 했다. 윌리엄 경은 콜린스가 롱본의 토지를 소유하게 되면 부부가 세인트 제임스 궁에 들어가 국왕을 알현해야 한다고 말했다. 요컨대 모든 가족이 나름의 이유로 기뻐했다. 여동생들은 1, 2년 빨리 사교계로 나갈 수 있으리라 기대했고, 남동생들은 누나가 노처녀로 자신들에게 얹혀살면 어쩌나 하는 걱정에서 벗어났다. 정작 샬럿은 꽤 침착했다. 그녀는 목적을 달성했기 때문에 그에 대해 좀더 여유를 가지고 생각해보았다. 그 결과 대체로 만족했다. 콜린스는 확실히 현명하지도 않고 같이 있으면 기분이 좋은 사람도 아니었다. 그와 함께하는 삶은 지루할 것이고 애정 또한 상상 속에서나 있을 것이다. 그렇더라도 남편이 생기는 것이다. 샬럿은 남자든 결혼이든 좋게 생각하지 않으면서도 늘 결혼이 목표였다. 교육을 받았지만 재산이 별로 없는 처녀에게는 결혼만이 먹고살 수 있는 유일한 길이었기 때문이다. 결혼해서 행복할지는 모르겠지만 가난을 벗어나는 가장 좋은 방법인 것은 틀림없었다. 스물일곱 살이라는 적지 않은 나이에 예쁘지도 않은데 이런 행운을 차지하다니 운이 좋다는 생각이 들었다.

　그러나 샬럿의 마음에 걸리는 것이 하나 있었다. 바로 자신이 결혼한다는 이야기를 듣고 놀랄 엘리자베스 베넷이었다. 그녀는 다른 누구보다 엘리자베스와의 우정을 소중하게 여겼다. 엘리자베스는 분명 이상하게 여길 것이고 어쩌면 비난할지도 모른다. 그렇다고 마음이 바뀌지는 않겠지만 그런 비난을 들으면 틀림없이 마음 상할 것이다. 그녀는 이 소식을 직접 알리기로 결심했다. 그래서 콜린스에게 저녁을 먹으러 롱본으로 돌아가면 베넷 가족들에게 결혼 이야기를 하지 말라고 부탁했다. 그는 충실한 연인답게 비밀로 하겠다고 약속했다. 그는 그것을 지키기가 무척 힘들었다. 그가 오랫동안 보이지 않아 무슨 일이 있는지 궁금하던 차에 그가 돌아오자마자 가족들이 어디 갔다 왔느냐고 물어보았던 것이다. 그는 요령 있게 대답을 피해야 했고, 더구나 자신의 사랑을 자랑하고 싶은 마음을 억누르느라 엄청난 자제력이 필요했다.

　콜린스는 다음 날 아침 일찍 아무도 일어나지 않았을 때 떠날 예정이었다. 그래서 여자들이 잠자러 가기 전에 미리 작별 인사를 했다. 베넷 부인은 다정하고 간곡하게 언제든 대환영이니 롱본에 올 일이 있으면 들르라고 말했다.

　"초대해주셔서 정말 감사합니다. 저도 바라던 바입니다. 될 수 있는 한 빨리 다시 찾아뵙도록 하겠습니다."

　그의 말에 가족 모두 놀랐다. 베넷 씨도 그렇게 빨리 오는 것이

탐탁지 않아 재빨리 말했다.

"하지만 캐서린 귀부인이 허락하지 않을지도 모르네. 괜히 후원자의 비위에 거슬리는 행동을 하느니 차라리 친척을 소홀히 하는 게 낫지."

"그렇게 말씀해주시니 정말 감사합니다. 안심하십시오. 귀부인 허락 없이 제 마음대로 행동하지는 않을 겁니다."

"조심할수록 좋지. 그분의 비위를 거스르느니 차라리 다른 모험을 하는 게 나을 거야. 이곳을 다시 방문한다고 했을 때 그분이 싫은 내색을 보이면, 아무래도 그럴 것 같아서 하는 말인데, 가만히 집에 있는 게 좋겠네. 우리는 신경 쓰지 말고."

"그렇게까지 친절하게 주의를 주시다니 정말 고맙습니다. 염려하지 마십시오. 이 일은 물론 하트퍼드셔에 있는 동안 보여주신 모든 호의에 감사하는 마음으로 도착하자마자 편지를 드리겠습니다. 머지않아 다시 찾아뵐 것이니 따님들께는 굳이 따로 인사할 필요 없지만 그래도 건강과 행복을 빕니다. 물론 엘리자베스 사촌에게도요."

사촌들도 예의를 갖춰 인사하고 물러갔다. 하지만 머지않아 다시 찾아온다는 말에 모두 놀랐다. 베넷 부인은 콜린스가 어린 딸들 중 한 명에게 청혼할 거라고 생각하며 은근히 메리를 점찍었다. 메리는 다른 딸들보다 콜린스의 능력을 높이 평가했고, 건전한 사고를 가졌다고 생각했다. 또한 결코 자기만큼 똑똑하지는 않지만 자기를 따라 책을 읽고 수양을 하면 아주 좋은 배필이 될지도 모른다고 생각했다. 그러나 다음 날 아침 이런 희망이 완전히 무너지고 말았다. 아침 식사를 한 지 얼마 안 되어 루카스 양이 찾아와 엘리자베스에게 전날 있었던 일을 모두 이야기해주었다.

엘리자베스는 며칠 전 콜린스가 샬럿을 사랑하고 있다고 착각하는 게 아닌가 하는 생각을 잠깐 한 적이 있다. 그러나 자신이 그에게 용기를 줄 수 없었던 것처럼 샬럿도 그럴 가능성이 없다고 생각했다. 엘리자베스는 너무 놀라 예의를 차릴 겨를도 없이 소리쳤다.

"콜린스 씨와 약혼했다고? 샬럿, 어떻게 그럴 수 있니?"

담담하게 이야기하던 루카스 양은 대놓고 비난하자 잠시 당황했다. 하지만 이미 예상했던 터라 얼마 지나지 않아 다시 침착하게 대답했다.

"일라이자, 왜 그렇게 놀라니? 콜린스 씨가 너에게 청혼했다가 거절당했다고 해서 다른 여자의 호감을 못 살 거라고 생각하니?"

엘리자베스는 마음을 가라앉혔다. 그리고 애써 이 결혼은 참 기쁜 일이며 행복을 빈다고 말했다.

"네 기분은 알겠어. 많이 놀랐을 거야. ……며칠 전만 해도 콜린스 씨가 너랑 결혼하고 싶어 했으니까. 하지만 곰곰이 생각해보면 너도 내가 잘했다고 여길 거야. 알다시피 난 낭만적인 여자가 아니잖니. 그런 적도 없고. 난 다만 안락한 가정이 필요할 뿐이야. 콜린스 씨의 성격이나 친척, 지위를 생각하면 다른 사람들 못지않게 우리도 행복할 수 있다고 믿어."

"물론 그렇겠지."

엘리자베스가 낮은 목소리로 대답했다.

두 사람은 잠시 말없이 어색하게 있다가 함께 다른 가족이 있는 곳으로 갔다. 샬럿은 오래 머물지 않고 돌아갔다. 엘리자베스는 비로소 샬럿한테 들은 이야기를 곰곰이 생각해보았다. 그리고 한참 후에야 어울리지 않는 그들의 결혼을 기정사실로 받아들였다. 콜린스가 사흘 동안 두 번이나 청혼했다는 것은 어이없는 일이었지만 샬럿이 승낙한 것에 비하면 아무것도 아니었다. 결혼에 대한 생각이 서로 다르다는 것은 알고 있었지만 세속적인 이익을 위해 모든 것을 희생할 줄은 상상도 못 했다. 콜린스의 아내 샬럿, 이것은 아무리 생각해도 수치스러운 그림이었다. 엘리자베스는 친구가 스스로 품위를 떨어뜨렸고 그로 인해 우정이 깨진 데다 친구가 선택한 삶이 그다지 행복할 것 같지 않아 괴로웠다.

23

엘리자베스는 어머니와 자매들과 함께 앉아 있는 동안 샬럿 이야기를 떠올리며 식구들에게 알려도 될지 고민했다. 그때 윌리엄 루카스 경이 찾아왔다. 딸의 약혼을 직접 알리러 온 것이었다. 그는 깍듯이 예우하고 두 가정이 인연을 맺게 되어 기쁘고 감사하다고 말했다. 듣고 있던 사람들은 의아해할 뿐만 아니라 믿지도 않았다.

베넷 부인은 예의 따위는 잊어버린 채 아무래도 뭔가 오해하고 있는 것 같다고 딱 잘라 말했다. 늘 경솔하고 버릇없는 리디아는 요란스럽게 말했다.

"윌리엄 선생님, 어떻게 그런 말씀을 하세요? 콜린스 씨는 리지 언니에게 청혼했어요. 그걸 모르시나요?"

윌리엄 경은 궁정 신하로서 정중하고 은근한 태도가 몸에 배어 있지 않았다면 이러한 취급을 참지 못했을 것이다. 그러나 덕망 높은 윌리엄 경은 모든 상황을 점잖게 끌고 나갔다. 모든 이야기가 사실이니 믿어달라고 정중하게 청하면서도 그들의 불손한 말을 끝까지 참고 들었다.

불쾌한 상황에서 그를 구해야 한다는 책임감을 느낀 엘리자베스는 샬럿에게 직접 들어 알고 있다고 말하며 어머니와 동생들을 달래려고 애썼다. 그래서 윌리엄 경에게 진심으로 축하한다고 말했다. 제인도 축하의 말을 전했다. 또 그녀는 이 결혼으로 두 사람이 행복할 것이며, 콜린스가 훌륭한 성품을 가졌고, 헌스퍼드가 런던에서 가까운 거리에 있다는 등 이런저런 이야기를 늘어놓았다.

베넷 부인은 너무 어이가 없었는지 윌리엄 경이 머무는 동안 별다른 말을 하지 않았다. 그러나 그가 가고 나서 부인의 감정이 폭발했다. 우선 그가 한 이야기를 절대 믿지 않았다. 두 번째로 콜린스가 분명 속은 것이라고 말했다. 세 번째로 그들이 결혼해도 결코 행복하지 않을 것이라고 말했다. 네 번째로 이 혼담이 깨질지도 모른다고 했다. 그러고 나서 두 가지 결론을 내렸다. 하나는 이 모든 것이 엘리자베스 때문에 일어난 일이고, 또 하나는 사람들이 자기를 너무 가혹하게 대한다는 것이었다. 부인은 그날 내내 이 두 가지 이야기만 되풀이했다. 무엇으로도 그녀를 위로하거나 달랠 수 없었다. 부인의 감정은 다음 날까지 사그라들지 않았다. 엘리자베스의 얼굴을 보고도 잔소리하지 않기까지 일주일이 걸렸고, 실례를 범하지 않고 윌리엄 경 내외와 대화하기까지 한 달이 걸렸으며, 샬럿을 용서하기까지 수개월이 걸렸다.

반면 베넷 씨는 그다지 동요하지 않았을 뿐 아니라 오히려 재미있다고 여겼다. 그는 꽤 현명하다고 생각했던 샬럿 루카스가 자기 아내만큼이나 어리석고 자기 딸들보다 훨씬 더 어리석다는 것을 알게 된 것만으로 만족했다.

제인은 이 혼담 소식을 듣고 조금 놀랐다. 그러나 그녀는 놀랐다는 말보다 두 사람이 행복하기를 바란다는 말을 더 많이 했다. 엘리자베스가 그럴 수 없다고 아무리 말해도 제인은 믿지 않았다. 키티와 리디아는 루카스 양을 조금도 부러워하지 않았다. 콜린스는 그저 목사일 뿐이었기 때문이다. 그들에게 이 사건은 메리턴에 퍼트릴 만한 소문이라는 것 말고 별다른 의미가 없었다.

루카스 부인은 베넷 부인에게 자랑할 기회를 놓치지 않았다. 딸이 여러모로 좋은 점이 많은 결혼을 하게 되었다고 말이다. 그녀는 자신이 얼마나 기쁘고 행복한지 과시하려고 다른 때보다 더 자주 롱본에 찾아왔다. 그때마다 베넷 부인은 무뚝뚝한 표정으로 행복한 기분이 달아날 만큼 악의에 찬 말을 퍼부었는데도 말이다.

엘리자베스와 샬럿은 이 일에 대해 서로 침묵했다. 엘리자베스는 이제 샬럿에게 마음을 터놓고 이야기할 수 없을 것 같았다. 샬럿에게 실망한 그녀는 예전보다 더 부드럽고 존경하는 마음으로 언니를 대했다. 정직하고 섬세한 언니에 대한 믿음은 흔들리지 않았다. 그러나 요즘 언니의 행복 때문에 더욱 조바심이 났다. 빙리가 런던으로 떠난 지 일주일이 지났는데도 돌아온다는 소식이 없었던 것이다.

제인은 일찌감치 캐롤라인에게 답장을 보내고 나서 또 다른 소식이 오기를 기다렸다. 화요일에 콜린스가 약속한 감사의 편지가 아버지 앞으로 왔다. 그는 편지에 1년 정도 머물렀을 때나 할 법한 감사의 말을 늘어놓았다. 그런 다음 이웃의 사랑스러운 루카스 양의 애정을 얻어 행복하다고 열렬하게 표현했다. 이렇게 해서 자신의 양심을 달랜 후 롱본에 오면 다시 들르라던 친절한 말씀을 쾌히 승낙한 것은 루카스 양을 만나고 싶기 때문이라고 했다. 그는 2주일 뒤 월요일에 다시 오겠다고 했다. 캐서린 귀부인은 결혼을 진심으로 찬성했으며 될 수 있는 한 빨리 식을 올리기를 바라고 있다고 했다. 또한 다정한 샬럿이 자기를 가장 행복한 남자로 만들어줄 날을 앞당겨주리라 믿는다고 했다.

베넷 부인은 콜린스가 하트퍼드셔에 오는 게 조금도 달갑지 않았다. 오히려 남편 못지않게 화가 났다. 그가 루카스 로지에 가지 않고 롱본에 오는 것은 말이 안 되며 몹시 거북하고 불편하다고 했다. 그리고 몸이 좋지 않을 때 손님을 맞기 싫다, 연인이야말로 가장 불쾌한 족속이라는 둥 계속 불평을 해댔다. 불평하지 않을 때는 빙리가 돌아오지 않는다는 말을 듣고 실망할 때뿐이었다.

제인과 엘리자베스도 빙리 일로 기분이 좋지 않았다. 겨울 동안 그가 네더필드에 오지 않을 것이라는 소문만 파다한 채 하루하루가 지나갔다. 베넷 부인은 이 소문을 들을 때마다 몹시 분개하며 말도 안 되는 중상모략이라고 대꾸했다.

엘리자베스마저 불안하기 시작했다. 빙리가 제인을 멀리하는 것이 아니라 그의 누이들이 언니로부터 그를 떼어놓는 데 성공할지도 모를 일이었다. 제인의 행복이 깨지고 불명예스럽게도 그의 마음이 쉽게 변할 수 있다는 생각을 하고 싶지는 않았으나 그럴지도 모른다는 생각이 계속 떠오르는 것은 어쩔 수 없었다. 그의 무정한 누이들과 친구가 합심해서 애쓰고 거기다 다아시 양의 매력과 런던 생활의 즐거움이 더해지면 언니를 향한 그의 애정도 힘을 쓰지 못할 거라는 걱정이 들었다.

기약 없는 기다림 속에서 제인은 엘리자베스보다 더 불안하고 고통스러웠다. 하지만 가능한 내색하지 않으려고 애썼다. 그래서 제인과 엘리자베스는 둘 다 이 이야기를 꺼내지 않았다. 그러나 어머니를 어떻게 할 방법은 없었다. 세심한 배려라고는 눈곱만큼도 없는 그녀는 거의 한 시간마다 빙리 이야기를 했고, 그가 빨리 돌아오면 좋겠다고 간절하게 말하면서도, 제인한테는 그가 돌아오지 않으면 갖고 논 것이나 마찬가지라고 몰아붙였다. 원래 온순한 제인도 이런 공격적인 말 앞에서는 끊임없이 인내해야 했다.

콜린스는 정확히 2주일 뒤 월요일에 어김없이 롱본을 방문했다. 처음 왔을 때만큼 환영받지는 못했지만, 너무나 행복했던 그는 크게 마음 쓰지 않았다. 게다가 연애하느라 베넷 가족을 볼 시간이 없었다. 그는 대부분의 시간을 루카스 로지에서 보냈는데, 롱본 가족이 잠자리에 들기 전, 그것도 오래 외출해서 미안하다고 변명할 만큼 짧은 시간만 남겨놓고 돌아왔다.

베넷 부인은 그야말로 비참했다. 이 혼담 이야기만 나오면 부인은 불쾌하고 고통스러웠다. 어디를 가나 그 이야기뿐이었다. 부인은 루카스 양을 보는 것조차 끔찍했다. 그녀가 자기 집안의 상속인이라는 사실에 질투와 증오심을 느꼈다. 그녀가 놀러 오기만 해도 롱본을 차지할 때를 기다리고 있다고 여겼다. 그녀와 콜린스가 낮은 소리로 이야기하면 두 사람이 롱본의 토지 이야기를 하는 것이며, 남편이 죽기 무섭게 자기와 딸들을 이 집에서 내쫓을 거라고 믿었다. 부인은 이런 생각을 남편에게 털어놓으며 불평했다.

"여보, 샬럿 루카스가 이 집 주인이 된다니 생각만 해도 끔찍해요. 내가 그 아이에게 쫓겨나고 그 아이가 내 자리를 차지하는 꼴을 보고 살아야 하다니……"

"여보, 그렇게 안 좋은 쪽으로만 생각하지 말아요. 좀더 좋은 쪽으로 생각하면 마음이 편해질 거요. 이를테면 내가 당신보다 더 오래 살지도 모른다고 말이오."

이 말은 베넷 부인에게 별 위로가 되지 못했다. 그녀는 이 말에는 대꾸하지 않고 조금 전 이야기를 계속했다.

"그들이 우리 집이랑 토지를 몽땅 차지할 거라고 생각하면 참을 수가 없어요. 한정상속만 아니면 신경도 안 쓸 텐데."

"뭘 신경 쓰지 않는다는 말이오?"

"무엇이든 다 말이에요."

"당신이 그런 무신경한 상태에 빠지지 않은 것만도 고마운 일이라고 생각합시다."

"여보, 나는 한정상속과 관련된 일은 무엇이든 고마워할 수 없어요. 양심도 없지. 어떻게 우리 딸들이 물려받을 집과 땅을 남한테 빼앗기냐고요? 나는 정말 이해할 수 없어요. 그것도 콜린스 씨한테 말이에요. 도대체 무슨 근거로 그 사람이 우리 재산을 차지하느냐 말이에요."

"당신 마음대로 생각하구려."

베넷 씨가 말했다.

제2부

1

빙리 양의 편지가 도착하자 모든 의문이 풀렸다. 편지 서두에 모두 겨울을 런던에서 보낼 것이라고 했다. 그리고 오빠가 하트퍼드셔를 떠나기 전에 친구들에게 작별 인사를 하지 못한 것을 매우 섭섭하게 생각한다고 편지를 끝맺었다.

희망은 물거품이 되어 완전히 사라졌다. 제인은 정신을 차리고 편지를 끝까지 읽었지만 빙리 양의 형식적인 애정 표현 말고는 어떤 위로의 말도 없었다. 편지 내용은 다아시 양에 대한 찬사가 대부분이었다. 그녀가 얼마나 매력적인지 세세히 썼던 것이다. 캐롤라인은 자기들이 점점 친해지고 있어서 기쁘고, 먼저 보낸 편지에서 언급한 희망이 이루어질 것 같다고 예언하기도 했다. 그녀는 또 오빠가 다아시 집에 머물게 되어 정말 좋고, 다아시가 새 가구를 들여놓기로 했다며 신이 나서 썼다.

엘리자베스는 제인한테 모든 이야기를 듣고 화가 났으나 말없이 꾹 참았다. 그녀의 가슴속은 언니에 대한 걱정과 다른 모든 사람에 대한 분노로 가득 찼다. 자기 오빠가 다시 양에게 마음을 두고 있다는 캐롤라인의 주장은 처음부터 믿지 않았다. 그녀는 전과 마찬가지로 빙리가 제인을 좋아한다는 것을 조금도 의심하지 않았다. 그녀는 늘 빙리를 좋게 생각했지만 그가 그렇게 마음이 약하고 결단력이 없다는 사실에 경멸감마저 들었다. 빙리는 주변 사람들이 꾸민 술책에 넘어가 자기 행복을 걷어차고 있는 것이 아닌가. 그나마 자기 행복만 잃어버리고 만다면 상관없을 것이다. 그러나 언니의 행복마저 거기에 휩쓸려 들어갔고, 그 사실을 빙리도 알고 있을 것이다. 요컨대 이것은 아무리 고민해본들 해결할 수 없는 문제였다. 엘리자베스는 다른 생각을 할 수 없었다. 그러나 빙리가 더 이상 제인을 사랑하지 않는 것인지, 아니면 주위의 간섭으로 감정을 억누르고 있는 것인지, 제인이 자기를 사랑하고 있다는 사실을 알고 있는지, 아니면 미처 깨닫지 못했는지, 사정이 어떻든 간에 그녀는 빙리를 완전히 다르게 볼 것이다. 그러나 그렇다고 해서 언니의 상황이 달라지는 것은 아니며, 마음의 평화는 이미 깨져버렸다.

제인은 2, 3일이 지나서야 엘리자베스에게 자기 마음을 털어놓았다. 베넷 부인이 네더필드와 그 주인에 대해 다른 때보다 한층 더 불평을 늘어놓다가 두 딸을 남겨두고 나가자 드디어 입을 열었다.

"어머니가 제발 진정하시면 좋겠어. 자꾸 그분 얘기를 하면 내가 더 힘들다는 것을 모르시나 봐. 하지만 못마땅하게 여기지 않을래. 머잖아 그분을 잊으실 거야. 그렇게 되면 우리 모두 예전으로 돌아가겠지."

엘리자베스는 걱정스럽고 불안한 표정으로 언니를 보았으나 아무 말도 하지 못했다.

"내 말을 의심하는구나."

제인이 얼굴을 살짝 붉히며 바라보다가 말을 이었다.

"정말이야. 물론 내가 가장 사랑했던 사람으로 기억하겠지. 하지만 그뿐이야. 더 바랄 것도 없고 두려워할 것도 없어. 그분을 원망하지도 않아. 그나마 다행인 것은 실연의 고통이 없다는 거야. 그러니까 조금만 지나면 괜찮아질 거야. ……꼭 이겨내야지."

제인은 잠시 뒤 더욱 힘주어 말했다.

"차라리 잘됐어. 나 혼자 착각한 것뿐이니 말이야. 그리고 나 말고는 그 일로 상처받은 사람이 없으니 더 잘된 일이고."

"제인 언니, 언니는 너무 착해. 언니는 너그럽고 욕심이 없어서 꼭 천사 같아. 뭐라고 말해야 좋을지 모르겠어. 난 지금까지 언니가 이렇게 착한 사람인 줄 몰랐어. 언니를 제대로 위해준 적이 없는 것 같아."

제인은 과찬이라며 오히려 동생의 따뜻한 마음을 칭찬했다.

"아냐, 이건 정말 불공평해. 언니는 세상 사람들이 모두 선하고 도덕적이라고 생각해. 내가 남을 욕하면 오히려 언짢아하지. 나는 언니야말로 완벽하다고 생각해. 언니는 아니라고 하지만 말이야. 내가 지나치게 칭찬한다거나 또 언니처럼 모든 사람들을 좋게만 본다고 생각하지는 마. 그럴 필요 없어. 내가 정말 사랑하는 사람은 극소수이고 내가 훌륭하다고 생각하는 사람은 그보다 훨씬 더 적으니까. 갈수록 세상이 못마땅해. 날이 갈수록 인간의 성격은 한결같지 않고 겉으로 보이는 좋은 행실이나 분별력도 거의 믿을 게 못 된다는 생각만 확고해지니까. 최근에 그런 사례를 두 번이나 경험했어. 하나는 말하지 않기로 하고, 또 하나는 샬럿의 결혼이야. 참 알 수가 없어. 아무리 생각해도 알 수가 없어."

"리지, 그런 감정을 품는 것은 좋지 않아. 그 때문에 네가 행복하지 못하면 어떡하니. 사람마다 입장이 다르다는 것을 참작해야지. 콜린스 씨의 사회적 지위와 샬럿의 신중하고 착실한 성격을 생각해 봐. 샬럿이 대가족의 딸이라는 것을 잊어서는 안 돼. 그런 데다 재산으로 보면 딱 알맞은 결혼이잖니. 샬럿이 콜린스 씨를 공경할 수도 있다고 믿으렴. 그게 모두를 위하는 일이야."

"언니를 위해서라면 뭐든 믿고 싶어. 하지만 그런다고 해서 사람들에게 도움이 되는 것은 아니잖아. 샬럿이 콜린스 씨를 조금이라도 공경한다고 믿는다는 것은 곧 샬럿이 좀 모자라다고 생각한다는 뜻이야. 지금 내가 그녀의 감성이 무디다고 생각하는 것 이상으로 말이야. 언니, 콜린스 씨는 잘난 체나 하고 편견이 심한 데다 몹시 우둔한 사람이야. 언니도 그렇게 생각할 거야. 정신이 똑바로 박힌 여자라면 그런 사람하고 결혼하지 않을 거라고 말이야. 아무리 샬럿 루카스라도 예외는 아냐. 한 사람 때문에 원칙이나 도덕적인 기준을 바꿀 수는 없어. 또 이기적인 행동을 신중하다고, 위험한 짓을 행복이 보장된 것이라고 스스로 믿는다거나 나에게 믿으라고 설득하지 마."

"두 사람에 대해 너무 지독하게 말하는구나. 나중에 두 사람이 행복하게 사는 것을 보고 너도 그렇게 믿으면 좋겠다. 하지만 이 얘기는 그만하자. 넌 다른 예를 언급했어. 두 가지 예라고 그랬지? 네 말뜻은 알겠는데 제발 그분을 비난하거나 실망했다고 말하지 마. 내가 너무 괴로우니까. 상대가 고의로 우리에게 상처를 입혔다고 단정할 수는 없어. 한창 젊은 청년이 언제나 신중하고 올바르게 행동하는 것은 아니니까. 우리는 대부분 자신의 허영심 때문에 잘못 판단할 때가 많아. 여자들은 남자들의 관심을 실제보다 더 의미 있게 받아들이고 더 부풀려 상상하거든."

"남자들이 그렇게 생각하도록 행동하잖아."

"물론 네 말처럼 계획적이라면 용납할 수 없지. 그렇지만 세상에는 몇몇 사람들이 상상하는 것처럼 나쁜 의도를 가지고 행동하는 사람들이 그렇게 많지 않아."

"나는 빙리 씨가 계획적이었다고 생각지 않아. 그렇지만 의도하지 않아도 실수할 수 있고 비참한 일이 일어날 수 있지. 생각이 모자라거나 다른 사람의 감정을 신경 쓰지 않는다거나 결단력이 부족할 때 그런 결과가 빚어지지."

"그래서 넌 그중 하나가 이번 일의 원인이라고 생각하는 거니?"

"응, 맨 마지막 말이 그 이유지. 하지만 계속 얘기하면 언니가 좋아하는 사람들을 내가 어떻게 생각하는지 말할 것이고, 그러면 언니 기분만 나빠질 거야. 그러니 하지 말라고 하면 안 할게."

"그럼 넌 지금도 누이들이 그분을 움직였다고 생각하니?"

"응, 그분 친구와 함께 말이야."

"그건 믿을 수 없어. 무엇 때문에 그러겠어? 그분이 행복하기만을 바랄 텐데. 그리고 그분이 나를 사랑한다면 다른 여자가 그분을 차지할 수 없어."

"언니의 첫 번째 가정이 틀렸어. 그들은 행복 말고 다른 것을 바라는지도 몰라. 그분이 더 많은 재산을 가지고 더 높은 지위에 오르기를 바라는 건지도. 돈과 영향력 있는 친척, 자부심 같은 걸 구비한 여자하고 결혼하기를 원할지도 모르지."

"물론 그들은 그분이 다아시 양을 선택하기를 바라지. 하지만 네가 생각하는 것보다 더 좋은 동기가 있는지도 몰라. 그분들은 나보다 다아시 양을 더 오래 알고 지냈으니까. 그러니까 나보다 그녀를 더 좋아한다고 해서 이상할 게 없지. 그러나 무엇을 바라든 간에 누이들이 그분의 뜻에 반하는 행동을 했을 리는 없어. 상대 여자에게 큰 문제가 없는 한 누가 그런 짓을 하겠니? 빙리 씨가 나를 사랑하고 있다는 것을 안다면 우리 둘을 떼어놓으려고 하지 않을 거야. 정말 사랑한다면 그들이 원하는 대로 되지 않을 테니까. 그럴 수도 있다고 생각하면 인정머리 없고 잘못한 게 맞지. 하지만 그렇게 생각하면 오히려 내가 더 불행해져. 그러니 제발 그런 생각으로 나를 괴롭히지 마. 난 내가 착각한 것을 창피하게 여기지 않아. 그분이나 그 누이들을 나쁘게 생각할 때에 비하면 아무것도 아니지. 내가 이 일을 좋게 생각하고 이해할 수 있도록 도와줘."

엘리자베스는 언니의 이런 바람까지 탓할 수는 없었다. 그래서 그 뒤로 둘이 있을 때는 빙리의 이름을 거의 입에 올리지 않았다.

베넷 부인은 여전히 빙리가 오지 않는다고 투덜댔다. 거의 매일 엘리자베스가 설명했지만 부인은 이런 상황을 받아들일 기미가 보이지 않았다. 엘리자베스는 빙리가 제인에게 베푼 친절은 흔히 있는 일시적인 호의였을 뿐이며 제인을 만나지 않으니 그 호의도 자연스럽게 사라진 것이라고, 자기도 믿지 않는 이야기를 하며 어머니를 설득했다. 하지만 어머니는 그때만 일리 있다고 이해할 뿐이었다. 따라서 엘리자베스는 날마다 똑같은 이야기를 되풀이해야 했다. 베넷 부인에게 가장 큰 위안은 여름에 빙리가 올지 모른다는 기대였다.

베넷 씨는 그 문제를 조금 다르게 받아들였다. 어느 날 그가 엘리자베스에게 말했다.

"리지, 네 언니는 사랑에 실패한 거야. 오히려 잘됐어. 여자애들은 이따금 실연을 결혼만큼 좋아하거든. 추억거리도 되고 또 친구들 사이에서 특별한 존재가 되거든. 네 차례는 언제니? 너는 제인이 앞서 가는 것을 가만히 두고 볼 애가 아니잖니. 이제 네 차례가 되겠구나. 메리턴에는 이 동네 모든 젊은 여자들이 실연의 상처를 입을 만큼 장교들이 넘쳐나지. 네 상대로 위컴은 어떠냐? 사람도 괜찮고 아주 멋지게 너를 차버릴 것 같은데."

"아버지, 고맙습니다. 하지만 그렇게 좋은 남자가 아니어도 좋아요. 아무나 제인 언니와 같은 행운을 기대할 수는 없으니까요."

"그렇고말고. 그러나 네가 어떤 남자한테 차이든 정 많은 네 어머니가 일을 크게 만들어줄 거라고 생각하니 위안이 되는구나."

위컴과의 만남은 최근 롱본 가족이 고약한 일을 겪고 우울해진 기분을 떨치는 데 큰 역할을 했다. 그들은 종종 그를 만났다. 그렇지 않아도 장점이 많은 그는 모든 사람들에게 솔직하다는 또 다른 장점을 보여주었다. 다아시에게 받은 부당한 대우와 그로 인한 고통 등 엘리자베스가 이미 들은 이야기를 모두에게 말해주었다. 이제 그 이야기는 모든 사람들 입에 오르내렸다. 사람들은 아무것도 모를 때부터 다아시를 싫어했다는 사실을 떠올리면서 만족스러워했다.

오직 제인만이 하트퍼드셔 사람들이 모르는 어떤 사정이 있을 거라고 생각했다. 착하고 신중한 그녀는 사정을 참작해야 한다거나 혹은 오해가 있었는지도 모른다면서 쉽게 단정 짓지 않는 게 좋다고 말했다. 그러나 다른 사람들은 다아시를 천하의 못된 인간이라고 단정해버렸다.

2

사랑을 속삭이고 행복한 결혼을 계획하면서 일주일을 보낸 뒤 토요일이 되자 콜린스는 다정한 샬럿을 떠나야 했다. 그러나 신부를 맞이할 준비로 떨어져 있는 고통을 덜 수 있었다. 다음번에 오면 자신을 세상에서 가장 행복한 남자로 만들어줄 날을 잡겠다는 뜻을 내비쳤던 것이다. 그는 롱본의 친척들에게 앞서와 같이 엄숙하게 작별 인사를 했다. 어여쁜 처녀들의 건강과 행복을 다시 한번 빌어주었고 그들의 아버지에게는 감사의 편지를 보내겠다고 약속했다.

그다음 주 월요일에 베넷 부인은 동생 내외를 반갑게 맞이했다. 그들은 늘 하던 대로 롱본에서 크리스마스를 보내려고 온 것이었다. 가드너 씨는 성품이나 지적인 수준이 누이보다 훨씬 뛰어났고, 현명하고 분별 있는 신사였다. 네더필드의 빙리 자매가 그를 봤다면 자신의 상점만 왔다 갔다 하는 남자가 이렇게 예의 바르고 상냥할 수 있다는 사실을 믿기 힘들었을 것이다. 베넷 부인과 필립스 부인보다 나이가 더 아래인 가드너 부인은 상냥하고 총명하며 품위가 있어서 롱본의 조카들 모두 좋아했다. 특히 맨 위 두 조카딸들과는 각별한 정을 나누었다. 제인과 엘리자베스는 종종 런던에 갈 때마다 그녀의 집에 묵었다.

가드너 부인은 도착하자마자 맨 먼저 선물을 나누어주고 최신 유행을 들려주었다. 그다음에는 나설 필요도 없이 그녀가 이야기를 들어줄 차례였다. 베넷 부인이 별별 소리를 다 하며 불평을 늘어놓았기 때문이다. 지난번 헤어진 이후 온갖 몹쓸 일을 당했으며, 두 딸의 결혼이 모두 성사되기 직전에 허사가 되고 말았다고 전했다.

"제인은 나무라지 않아. 제인은 마음만 먹으면 빙리 씨를 붙잡을 수 있으니까. 하지만 리지는 어떤지 알아? 저만 고집부리지 않았으면 지금쯤 콜린스 부인이 됐을 거야. 그 사람이 바로 이 방에서 청혼을 했거든. 그걸 리지가 거절했지. 그래서 어떻게 됐는지 알아? 루카스 부인이 나보다 먼저 딸을 결혼시키게 됐고 결국 롱본의 재산은 한정상속으로 남게 됐지. 루카스 집안은 아주 교활한 사람들이야. 손에 들어오는 건 뭐든 놓치는 법이 없거든. 그 사람들을 이렇게 얘기하는 건 유감이지만 사실이야. 우리 집 사람들은 나를 전혀 생각하지 않고 이웃 사람들은 자기 욕심만 채우니 내 신경이 날카로워지고 몸이 아플 수밖에. 어쨌든 마침 잘 왔어. 와줘서 얼마나 위로가 되는지 몰라. 유행한다는 긴소매 이야기도 정말 재미있네."

가드너 부인은 제인과 엘리자베스가 편지로 소식을 알려줘서 대부분 알고 있었다. 그래서 시누이 말에 간단히 대답하고 조카들이 안쓰러워 화제를 바꿨다.

나중에 엘리자베스와 단둘이 남게 되자 부인이 그 문제에 대해 이야기했다.

"제인한테는 좋은 신랑감이었나 보네. 성사되지 못해 안타깝구나. 하지만 그런 일은 아주 흔하지 않니? 빙리 씨 같은 사람은 2, 3

주일 동안 예쁜 여자하고 쉽게 연애하다가 어쩌다 떨어져 있다 보면 언제 그랬냐는 식으로 쉽게 잊어버리는 부류지. 쉽게 변하고 변덕을 잘 부리지."

"그렇게 생각하면 마음이 편하겠죠. 그러나 저희에게는 해당되지 않아요. 저희는 어쩌다 일어난 일이 아니거든요. 주위 사람들이 나서서 자기 재산이 충분히 있는 청년을 설득해 며칠 전까지만 해도 그가 열렬히 사랑하던 여자한테서 떼어놓는 경우는 그리 흔하지 않죠."

엘리자베스가 말했다.

"하지만 열렬하게 사랑한다는 표현은 케케묵고 모호하잖니. 그 말은 진정한 애정에도 쓰지만 사귄 지 30분밖에 안 된 사람들도 그런 표현을 종종 쓰거든. 그래, 빙리 씨의 사랑이 얼마나 열렬했는데 그러니?"

"그보다 더 좋아할 수 없었죠. 다른 여자들은 거들떠보지도 않고 언니한테 푹 빠져 있었어요. 만날 때마다 점점 더 눈에 띌 정도였죠. 그분이 연 무도회에서 춤을 청하지 않아 화가 난 여자들도 두서너 명 있었어요. 저도 두 번이나 말을 걸었지만 대답하지 않았고요. 그보다 확실한 증거가 어디 있어요? 다른 사람한테는 미처 예의를 못 차릴 정도로 상대에게 빠지는 것이 진짜 사랑 아닌가요?"

"그래, 그 사람이 제인에게 그런 사랑을 느꼈다는 거구나. 가여운 제인, 안됐네. 그 정도라면 쉽게 마음을 추스르기 어렵겠어. 차라리 네가 그런 일을 당하는 게 나을 뻔했다. 너라면 그냥 웃어넘기고 금방 잊어버렸을 테니 말이다. 그런데 내가 제인을 데리고 런던에 가면 어떨까? 집을 떠나 있는 것도 도움이 될 것 같은데."

엘리자베스는 이 말을 듣고 몹시 기뻤다. 언니도 순순히 응할 거라고 믿었다.

"제인이 그 사람 때문에 망설이지 않으면 좋겠구나. 같은 런던이라도 사는 지역이 전혀 다르고 드나드는 사람들도 다르단다. 그리고 너도 잘 알다시피 우리는 외출도 거의 안 하잖니. 그러니까 빙리 씨가 일부러 찾아오지 않는 한 둘이 만날 일은 없을 거야."

"그럴 일은 없어요. 그분은 지금 친구 집에 머물고 있는데 다아시 씨는 그분이 외숙모 댁으로 언니를 찾아가는 것을 두고 보지 않을 거예요. 외숙모는 어떻게 그런 생각을 하셨어요? 다아시 씨는 그레이스처치 가를 알고 있는지는 몰라도, 그곳에 가면 아마 한 달 동안 목욕을 해도 더러움을 씻어내지 못할 거라고 생각할 거예요. 그런데다 빙리 씨는 그분이 동행하지 않는 한 어디든 가지 않을 테니 걱정할 것 없어요."

"그거 잘됐네. 두 사람은 아예 안 만나는 게 나아. 그런데 제인은 그 사람 누이동생하고 편지를 주고받지 않니? 그럼 찾아가지 않을 수 없을 텐데?"

"언니는 더 이상 그들을 만나지 않을 거예요."

엘리자베스는 언니가 그들과 더 이상 교류하지 않을 것이고, 빙리가 주변의 방해로 언니를 못 만날 거라고 단정하면서도 이 문제가 마음에 걸렸다. 곰곰이 생각해보니 전혀 가능성이 없는 것도 아니었다. 빙리의 애정이 되살아나면 주변 사람들의 영향력이 제인의 매력 앞에서 자연히 힘을 못 쓸 것이고, 어떻게 보면 그렇게 될 수도 있다는 생각이 들었다.

제인은 외숙모의 초대를 흔쾌히 받아들였다. 또한 캐롤라인은 자기 오빠와 떨어져 지내고 있으니 그를 마주칠 걱정 없이 가끔 오전에 그녀를 만나 시간을 보낼 수 있겠다는 것 말고 별다른 생각은 하지 않았다.

가드너 부부는 일주일 동안 롱본에 머물렀다. 필립스 집안과 루카스 집안 사람들, 또 장교들 때문에 매일 모임을 가졌다. 베넷 부인은 동생 내외를 위해 연회를 베푸느라 한 번도 가족끼리 식사한 적이 없었다. 집에서 연회가 있을 때는 으레 장교 몇 명이 참석하곤 했는데, 그때마다 위컴이 함께했다. 가드너 부인은 엘리자베스가 열심히 위컴 칭찬을 하는 것에 의아해하며 두 사람을 눈여겨보았다. 두 사람이 진지하게 사귀는 것 같지는 않았으나 서로 호감을 가지고 있는 것을 보니 조금 불안했다. 그래서 부인은 하트퍼드셔를 떠나기 전에 그 문제를 엘리자베스한테 이야기하고, 그러한 호감을 키우는 것이 얼마나 분별없는 짓인지 말해주어야겠다고 마음먹었다.

하지만 위컴은 다른 것 말고도 가드너 부인의 마음에 들 수 있는 한 가지 무기를 가지고 있었다. 그녀가 결혼하기 10여 년 전에 바로 위컴의 고향 더비셔에서 오랫동안 살았던 것이다. 그래서 그들

둘 다 아는 사람들이 꽤 있었다. 위컴은 5년 전 다아시의 아버지가 세상을 떠난 이후 그곳에 간 적이 없지만 부인의 옛 친구들 소식을 웬만큼 전해줄 수 있었다.

가드너 부인은 펨벌리 저택을 본 적이 있을 뿐 아니라 돌아가신 다아시 씨의 성품도 익히 알고 있었다. 따라서 그에 관한 이야기가 끊이지 않았다. 부인은 자신이 기억하는 펨벌리와 위컴의 상세한 묘사를 비교하고 고인의 인품에 찬사를 보내면서 그와 즐겁게 이야기를 나눴다. 그녀는 다아시가 위컴을 어떻게 대했는지 이야기를 듣고 나서 다아시가 아주 어렸을 때 좋지 않은 평판을 들은 적이 있는지 생각해내려고 애썼다. 그래서 결국 피츠윌리엄 다아시가 몹시 거만하고 못된 소년이라는 말을 들은 것 같기도 하다고 말했다.

3

가드너 부인은 엘리자베스와 단둘이 이야기를 나눌 때 차분히 알아듣게 말했다. 그녀는 자신의 생각을 솔직하게 말하고 나서 이렇게 덧붙였다.

"리지, 너는 분별 있는 애니까 하지 말란다고 더욱 사랑에 빠지는 그런 짓은 안 하겠지. 그래서 마음 놓고 얘기하는데 신중하게 생각하렴. 재산이 변변치 않은 사람에게 마음을 주거나 아니면 상대의 마음을 빼앗는 것이야말로 경솔한 짓이란다. 사람만 보면 괜찮아.

정말 호감 가는 청년이더구나. 원래 가지기로 했던 수입만 있었다면 그만한 사람도 없지. 하지만 현실은 그렇지 않으니 괜히 감정이 앞서면 안 된단다. 너는 지각 있는 아이니까 잘 판단할 거라고 믿는다. 아버지께서도 네가 단호하고 반듯하게 행동할 거라고 믿고 계셔. 아버지를 실망시켜서는 안 돼."

"외숙모, 너무 진지해요."

"그래, 그러니까 너도 진지하게 생각하렴."

"걱정하지 마세요. 저도 주의하고 위컴 씨도 신경 쓸게요. 할 수만 있다면 그 사람이 저를 사랑하지 못하게 할게요."

"농담으로 들리는구나?"

"죄송해요. 다시 진심으로 말씀드릴게요. 지금은 위컴 씨를 사랑하지 않아요. 확실해요. 하지만 이제까지 만난 어떤 사람보다 마음이 가는 사람이에요. 하지만 그 사람이 정말 저한테 마음이 있다 해도 그러지 않기를 바라요. 저도 그게 낫다고 생각하거든요. 정말 경솔한 짓이죠. 아, 괘씸한 다아시 씨. 아버지께서 저를 믿어주시는 것을 자랑으로 여기고 있는데, 그걸 잃어버린다면 정말 비참할 거예요. 하지만 아버지도 위컴 씨를 좋아하세요. 외숙모, 저는 어른들이 슬픔에 빠지는 것을 원치 않아요. 하지만 젊은 사람들은 일단 사랑에 빠지면 재산이 없다고 해서 약혼을 망설이거나 하지 않아요. 그런 일들이 매일 일어나잖아요. 저도 사랑에 빠지면 그런 사람들과 달리 약게 행동할 거라고 장담할 수는 없어요. 감정에 반하는 행동을 하는 게 현명한 짓인지도 모르겠고요. 외숙모께 약속드릴 수 있는 것은 서두르지 않겠다는 거예요. 그 사람이 가장 사랑하는 사람이 저라고 경솔하게 믿지 않을게요. 그 사람과 함께 있더라도 기대하지 않을게요. 어쨌든 최대한 노력할게요."

"그 사람이 이곳에 자주 못 오게 하는 것도 좋은 방법이다. 적어도 네 어머니가 그 사람을 초대하지 않게 하렴."

"지난번에 그랬던 것처럼 말이죠?"

엘리자베스가 알겠다는 듯이 미소 지었다.

"정말 그렇게 하는 게 현명할 거예요. 하지만 생각하시는 것처럼 그 사람이 자주 오는 건 아니에요. 이번 주에 여러 번 온 건 외숙모 때문이에요. 외숙모도 알다시피 어머니는 친척들이 우리 집에 머물면 항상 손님을 불러야 한다고 생각하시잖아요. 어쨌든 제 명예를 걸고 현명하게 처신할 테니 염려 마세요. 이제 만족하시겠죠?"

외숙모는 만족한다고 말했다. 엘리자베스는 충고해주어 감사하다고 말하고 두 사람은 헤어졌다. 외숙모는 상대가 불쾌하지 않도록 충고하는 게 어떤 것인지 잘 보여주었다.

가드너 부부와 제인이 떠난 지 얼마 되지 않아 콜린스가 다시 찾아왔다. 그러나 그는 루카스 댁에 머물렀기 때문에 베넷 부인이 불편할 일이 없었다. 그의 결혼은 급속도로 진전되었다. 베넷 부인도 마침내 그 결혼을 기정사실로 받아들이고 빈정거리는 투로 "잘살아보라지!"라고 말했다. 결혼식은 목요일에 올릴 예정이었다. 수요일에 루카스 양이 작별 인사를 하러 찾아왔다. 엘리자베스는 어머니가 무뚝뚝한 투로 마지못해 인사하는 것 같아 부끄럽기도 하고 측은한 마음이 들기도 해서 문밖까지 나와 친구를 배웅했다. 함께 계단을 내려오는데 샬럿이 말했다.

"일라이자, 자주 편지할 거지?"

"그래야지."

"부탁이 또 있어. 나를 만나러 와주면 좋겠구나."

"하트퍼드셔에 자주 오면 만날 수 있잖아."

"당분간은 켄트를 못 떠날 것 같아서 그래. 그러니까 네가 헌스퍼드로 와줘."

엘리자베스는 가고 싶지 않았지만 거절할 수 없었다.

"3월에 아버지하고 마리아가 올 거야. 그때 같이 오면 좋겠다. 정말이야, 일라이자. 아버지와 마리아 못지않게 환영할게."

신랑 신부는 결혼식을 마치고 교회 문을 나서자마자 켄트로 떠났다. 늘 그렇듯이 사람들 사이에 그 결혼이 주된 이야깃거리였다. 며칠 후 샬럿이 엘리자베스 앞으로 보낸 편지가 도착했다. 그들은 전과 마찬가지로 편지를 정기적으로 빈번하게 주고받았다. 하지만 예전처럼 속을 터놓지는 못했다. 엘리자베스는 편지를 쓸 때마다 편하게 마음을 털어놓지 못한다는 것을 새삼 느꼈다. 그런데도 편지 쓰는 일을 소홀히 하지 않는 것은 현재보다 과거의 우정 때문이었다. 그녀는 샬럿의 첫 번째 편지를 받았을 때 무척 호기심이 당겼다. 샬럿이 새 가정에 대해 어떻게 이야기할지, 캐서린 귀부인을 좋아하게 되었는지, 행복하다고 말하는지 궁금했던 것이다. 편지를 읽어보니 샬럿은 모든 점에서 예상했던 대로 쓰고 있었다. 문체로도 경쾌함을 느낄 수 있었고 모든 게 편안하고 좋다는 말밖에 없었다. 가구, 이웃, 길 등 모든 게 마음에 든다는 것이었다. 또 캐서린 귀부인이 친절하고 상냥하게 대해준다고 했다. 웬만큼 완화하기는 했지만 콜린스가 헌스퍼드와 로징스를 묘사한 것과 거의 같았다. 그래서 엘리자베스는 다른 것을 알려면 그곳에 직접 가봐야겠다고 생각했다.

제인은 런던에 무사히 도착했다는 소식을 몇 자 적어 보냈다. 엘리자베스는 언니가 다음 편지에는 빙리 남매 소식을 쓸 수 있기를 바랐다.

엘리자베스는 두 번째 편지를 초조하게 기다렸다. 하지만 으레 그렇듯 간절한 기다림 뒤에는 실망이 따랐다. 제인은 런던에 간 지 일주일이 다 되도록 캐롤라인을 만나기는커녕 아무 소식도 듣지 못했다. 그러나 제인은 런던으로 가기 전 마지막으로 부친 편지가 분실된 것 같다고 썼다. 엘리자베스가 보기에는 그렇게 이해하고 싶은 듯했다. 다음 내용은 이랬다.

외숙모께서 내일 그쪽으로 가실 거야. 그래서 나도 이 기회에 그로스브너 가(상류층이 사는 지역―옮긴이)를 구경할까 해.

제인은 빙리 양을 찾아가 만난 뒤 편지에 이렇게 썼다.

캐롤라인은 기운이 없어 보였어. 하지만 나를 보고 기뻐서 어쩔 줄을 모르더구나. 런던에 온다는 소식을 왜 전하지 않았냐고 책망했어. 그러니까 내 짐작이 틀리지 않은 거였지. 내 편지를 못 받은 거야. 물론 빙리 씨 안부도 물어보았단다. 그분은 잘 지내고 있대. 그런데 항상 다아시 씨와 시간을 보내느라 남매들이 자주 못 만나나 봐. 그날 저녁에는 다아시 양이 저녁 식사를 하러 오기로 했대. 나도 그녀를 만나보고 싶었는데 캐롤라인과 허스트 부인이 외출한다길래 더 있을 수가 없었어. 아마 곧 그들이 나를 보러 오겠지.

엘리자베스는 편지를 읽고 머리를 흔들었다. 빙리 양이 그런 태도를 보였다면 우연히 마주치지 않는 한 언니가 런던에 있다는 것을 빙리가 알 리 없었던 것이다.

그렇게 4주일이 지나갔다. 그러나 제인은 빙리의 그림자도 보지 못했다. 제인은 섭섭한 마음을 애써 억누르려고 했다. 그러나 빙리 양이 더 이상 자신에게 관심이 없다는 것을 인정할 수밖에 없었다. 아침이 되면 기다리고 저녁이 되면 무슨 일이 생겨 못 왔겠거니 하며 지내기를 보름, 드디어 캐롤라인이 방문했다. 그러나 잠깐 있다 돌아갔고, 그녀의 태도가 돌변한 것을 보고 제인은 더 이상 스스로를 속일 수 없었다. 캐롤라인이 다녀간 직후 제인이 동생에게 쓴 편지에는 그때의 기분이 고스란히 담겨 있었다.

사랑하는 리지, 지금까지 빙리 양이 보여준 호의에 내가 깜빡 속았다고 말해도 네 생각이 옳았다고 우쭐하거나 나의 어리석음을 비웃지는 않겠지? 네가 옳았다는 것은 인정해. 하지만 네가 그녀의 행동을 보고 의심했듯이 나도 그녀의 행동을 보고 믿을 수밖에 없었어. 내가 고집부리고 있다고 생각지는 말렴. 나는 빙리 양이 왜 나에게 그런 애정을 보였는지 이유를 모르겠어. 그러니 똑같은 상황이 벌어지더라도 또다시 속고 말 거야. 캐롤라인은 어제야 나를 찾아왔어. 그동안 쪽지 한 장 안 보냈고. 오고 싶어서 온 것도 아니라는 것을 알 수 있었지. 좀 더 일찍 찾아오지 못해 미안하다고 변명만 늘어놓더니 다시 만나자는 말 한마디 없이 가버렸어. 완전히 딴사람처럼 굴어서 그녀가 외숙모 집을 나설 때 더 이상 만나지 않겠다고 결심했어. 그녀를 비난할 수밖에 없지만 한편으로는 안됐다는 생각도 들어. 나를 특별히 친근하게 대한 건 그녀 잘못이야. 먼저 가까이 다가온 것은 분명 그녀였으니까. 그래도 그녀가 안됐다고 생각해. 본인도 자기 행동이 잘못됐다는 것을 알 것이고, 순전히 오빠를 걱정하는 마음에서 그런 것이니까. 더 이상 설명할 필요 없을 것 같아. 우리야 쓸데없는 걱정이라는 것을 알지만, 그녀 입장에서는 그럴 수도 있지. 동생이 오빠를 염려하는 건 당연하니까. 하지만 아직까지 그런 걱정을 한다는 건 이상해. 빙리 씨가 조금이라도 내 생각을 했다면 우리는 벌써 만났을 테니 말이야. 캐롤라인의 말로 짐작해보면 내가 런던에 있다는 것을 빙리 씨가 알고 있는 게 분명해. 그리고 그녀는 마치 자기 오빠가 다아시 양을 좋아하고 있다고 믿고 싶은 것 같았어. 정말 이해할 수 없어. 아무래도 속고 있는 게 아닌가 하는 생각이 들어. 하지만 괴로운 생각을 떨쳐버리고 나를 행복하게 하는 것들, 너의 애정, 외삼촌과 외숙모의 변함없는 배려만 생각할래. 빨리 답장해주렴. 캐롤라인은 자기 오빠가 다시는 네더필드에 가지 않을 것이고 세 계약도 해지할 거라더구나. 그러나 확실한 건 아닌가 봐. 그러니 이 얘기는 그만하는 게 좋겠지. 헌스퍼드의 친구에게 좋은 소식을 들었다니 기쁘구나. 윌리엄 경과 마리아가 갈 때 같이 가서 만나보렴. 거기서 편안하게 지낼 수 있을 거야.

언니

엘리자베스는 이 편지를 읽고 마음이 아팠다. 그러나 언니가 더 이상 빙리 양에게 기만당하지 않을 거라고 생각하니 위안이 되었다. 이제 빙리 씨에게 아무 기대도 하지 않을 것이고, 그의 애정이 되살아나기를 바라지도 않을 것이다. 그녀는 생각할수록 빙리의 인격이 실망스러웠다. 그래서 차라리 빙리가 다아시의 누이동생과 결혼하기를 바랐다. 위컴의 말이 맞다면 빙리가 다아시 양과 결혼하면 자신이 버린 것을 몹시 아쉬워할 테니 말이다. 그렇게 되면 결국 빙리는 벌을 받는 셈이고, 비로소 언니의 가치를 깨닫게 될 것이다.

이즈음 가드너 부인은 위컴에 대해 약속한 것과 더불어 엘리자베스에게 소식을 물었다. 엘리자베스는 자신보다 오히려 외숙모가 더 좋아할 만한 소식을 전했다. 위컴이 관심을 뚝 끊었던 것이다. 그는 이제 다른 여자에게 애정을 쏟고 있었다. 그에게 관심이 있었던 엘리자베스는 자연스럽게 모든 과정을 지켜볼 수 있었다. 그렇다고 마음이 아프지는 않았다. 그 이야기를 편지에 쓸 때도 마찬가지로 덤덤했다. 그녀는 자신에게 재산만 있었다면 그가 자기를 선택했을 거라고 믿으며 허영심을 채웠다. 위컴이 정성을 쏟고 있는 사람은 최근 갑자기 1만 파운드를 상속받은 젊은 여성이었다. 이것은 그야말로 매력적인 조건이었다. 엘리자베스는 어느새 분별력이 사라졌는지 재산 때문에 결혼하려는 위컴을 샬럿만큼 비난하지 않았다. 오히려 당연하다고 생각했다. 그리고 그가 자기를 포기할 때 마음이 괴로웠을 것이며, 모두를 위해 차라리 현명한 일이라고 너그럽게 받아들였다. 그리고 진심으로 그가 행복하기를 바랐다.

그녀는 가드너 부인에게 편지를 쓰면서 이 모든 사연을 적었다. 그녀는 상황을 설명하고 나서 이렇게 썼다.

외숙모, 알고 보니 저는 사랑에 푹 빠진 게 아니었어요. 진정으로 순수하고 열정적으로 사랑했다면 지금 그 사람 이름조차 듣기 싫을 것이고 그에게 온갖 증오의 말을 퍼부었겠죠. 그러나 저는 그 사람뿐 아니라 킹 양에게도 아무런 감정이 없어요. 그녀를 미워한다거나 이상한 여자일 거라고 폄하하고 싶지도 않아요. 정말 사랑했다면 이럴 수 없겠죠. 조심하길 잘했어요. 그와 미친 듯이 연애했다면 사람들은 저를 흥미롭게 바라보았겠죠. 하지만 그러지 못했다고 해서 섭섭하지도 않아요. 주목을 받으려면 그만큼 대가를 치러야 하니까요. 아직 세상이 어떻게 돌아가는지 잘 모르는 키티와 리디아는 위컴 씨의 배신에 저보다 더 슬퍼해요. 못생긴 청년뿐 아니라 잘생긴 청년도 먹고살 재산이 있어야 한다는 사실을 아직 모르는 거죠.

4

롱본 집안에 더 이상 큰 사건은 일어나지 않았다. 그나마 진흙투성이가 되거나 추위에 떨면서 메리턴까지 산책하는 것 말고 별다른 할 일 없이 그럭저럭 1월과 2월을 보냈다. 엘리자베스는 3월에 헌스퍼드를 방문할 예정이었다. 처음에는 가고 싶은 마음이 없었다. 그러나 샬럿이 자기를 기다리고 있고, 곰곰이 생각해보니 재미있을 것 같았다. 오랫동안 못 만난 샬럿이 보고 싶기도 했고 콜린스를 싫어하는 마음도 희미해졌다. 어쨌든 신선한 계획인 데다 어머니나 동생들하고는 말이 통하지 않아 집에 있는 것도 편하지 않았으니 얼마간 변화를 가질 수 있는 것만으로 만족스러웠다. 뿐만 아니라 가는 길에 제인을 만날 수도 있었다. 심지어 그녀는 날짜가 다가올수록 오히려 연기될까 봐 걱정했다. 하지만 여행 계획은 별 차질 없이 진행되었고, 샬럿이 처음 계획한 대로였다. 윌리엄 경과 그의 둘째 딸과 함께 가기로 했고, 런던에서 하룻밤 지내게 되어 더 바랄 것이 없었다.

엘리자베스는 단 한 가지가 마음에 걸렸다. 바로 아버지와 떨어져 지내는 것이었다. 아버지는 분명 엘리자베스를 그리워할 것이다. 아버지는 막상 떠나는 날이 되자 무척 서운했는지 편지를 보내라고 당부하면서 꼭 답장을 보내겠다는 다짐까지 했다.

엘리자베스는 위컴과 밝은 표정으로 인사했다. 위컴이 더 다정하게 굴었다. 그가 지금은 다른 사람에게 애정을 쏟고 있지만 자기의 관심을 끌었고 또한 그만한 자격을 갖춘 여자는 엘리자베스가 처음이었으니 그럴 만도 했다. 또한 처음으로 자기 말에 귀 기울여주고 자신의 딱한 처지를 진심으로 동정해주었으며 자기가 마음을 기울인 여자였으니 말이다. 그는 즐거운 시간 보내라고 인사했다. 그리고 캐서린 드 버그 귀부인에게 기대할 만한 것을 귀띔해주었다. 그는 귀부인에 대해, 아니 모든 사람에 대해 자신과 그녀가 늘 똑같은 견해를 가질 거라고 확신했다. 그녀는 관심을 가지고 세심하게 배려하는 이런 태도 때문에 그에게 마음이 끌릴 수밖에 없다고 생각했다. 그녀는 헤어지면서 그가 결혼을 하든 독신으로 있든 늘 다정하고 호감 가는 남자의 표본으로 남을 거라고 확신했다.

다음 날 함께 여행을 떠난 일행은 엘리자베스의 머릿속에서 위컴의 자리를 대신할 만큼 호감 가는 사람들이 아니었다. 윌리엄 루카스 경이나 착하기는 하지만 그 아버지 못지않게 지식이 부족한 마리아의 이야기는 들을 만한 게 하나도 없었다. 두 사람의 이야기는 덜컹거리는 마차 소리나 다름없이 조금도 즐겁지 않았다. 엘리자베스는 재미있는 이야기를 좋아하기는 했지만 윌리엄 경은 한참 해묵은 이야기만 해댔다. 궁정의 알현식과 기사 작위 수여식의 경이로운 광경을 묘사하기도 했는데 이야기를 전개하는 방식이나 내용도 전혀 새로울 게 없었고 지루하기만 했다.

여행이라지만 24마일(약 39킬로미터─옮긴이)밖에 안 되는 데다 아침 일찍 출발해 정오 무렵 그레이스처치 가에 도착했다. 마차가 가드너 씨 집 문 앞으로 가고 있을 때 거실 창밖으로 지켜보고 있던 제인이 현관 밖으로 마중 나왔다. 언니의 얼굴을 유심히 살펴보던 엘리자베스는 변함없이 건강하고 아름다운 모습에 기뻤다. 계단 위에는 어린 사촌들이 모여 있었다. 소년 소녀들은 어서 빨리 사촌이 보고 싶어서 거실에 가만있지 못하고 나와 있었던 것이다. 하지만 1년 만에 만나다 보니 그새 낯을 가려 계단에서 내려오지 않았다. 모두 기뻐하며 정겹게 맞아주었다. 낮에는 정신없이 쇼핑을 하고 저녁에는 극장에 다녀온 사이 하루가 유쾌하게 지나갔다.

극장에서 엘리자베스는 일부러 외숙모 옆에 앉았다. 그들은 제인 얘기부터 했다. 엘리자베스는 외숙모에게 이것저것 자세히 물어보았다. 제인이 늘 명랑하게 지내려고 애쓰지만 가끔 울적해한다는 말을 듣고 그녀는 놀라기보다 안쓰러웠다. 그런 상태가 오래가지 않기를 바랄 수밖에 없었다. 가드너 부인은 빙리 양이 그레이스처치 가를 찾아왔을 때 일이며, 제인과 주고받은 이야기를 자세히 들려주었다. 제인은 더 이상 빙리 양을 만나지 않기로 결심한 게 틀림없었다.

그러고 나서 가드너 부인은 위컴에게 차이니 어떠냐고 놀리면서도 잘 견디는 것을 보니 기특하다고 칭찬했다.

"그런데 킹 양은 어떤 여자니? 우리의 친구가 돈만 밝히는 사람이라니 씁쓸하구나."

"외숙모, 재산만 보고 결혼하는 것과 신중하게 결혼하는 것의 차이가 뭐죠? 어디까지가 신중한 것이고 어디서부터 탐욕이죠? 지난 크리스마스 때는 그 사람하고 결혼할까 봐 걱정하셨잖아요. 경솔한 짓이라고. 하지만 지금은 1만 파운드를 상속받은 여자와 결혼하려든다고 돈만 밝히는 사람이라고 말씀하시잖아요."

"킹 양이 어떤 여자인지 말해주면 판단해볼게."

"좋은 여자일 거예요. 나쁜 소문은 못 들었어요."

"하지만 그 여자가 할아버지 재산을 상속받기 전에는 위컴 씨가 관심을 보이지 않았잖아."

"그렇죠. 뭐하러 그러겠어요? 돈이 없기 때문에 그 사람이 저한테 구애해서는 안 된다고 하셨잖아요. 그 말씀대로라면 마음에 들지도 않고 저처럼 재산도 없는 여자에게 관심을 쏟을 이유가 없죠."

"하지만 그 여자가 재산을 상속받는 즉시 관심을 돌린 것은 천박한 짓이지."

"가난한 남자는 그렇지 않은 사람들처럼 고상하고 우아하게 예의를 차릴 여유가 없는 거겠죠. 킹 양이 좋다면 우리가 문제 삼을 이유 없어요."

"킹 양이 좋다고 해서 위컴 씨가 떳떳한 건 아니야. 그래도 좋다면 킹 양은 아무래도 생각이 없거나 감성적으로 문제가 있는 게 분명해."

"외숙모 마음대로 생각하세요. 위컴 씨는 돈만 밝히고 킹 양은 어수룩하다고요."

엘리자베스가 큰 소리로 말했다.

"아니, 내 마음은 그렇지 않아. 그렇게 생각하고 싶지 않단다. 너도 그렇겠지만 더비셔에서 그렇게 오래 살았던 청년을 나쁘게 말하는 것도 썩 내키지 않는 일이지."

"그런 거라면 저는 더비셔에 사는 젊은 남자들을 안 좋게 생각하는데요. 하트퍼드셔에 사는 그들의 친한 친구들도 별반 나을 게 없고요. 모두 지긋지긋해요. 다행이네요. 내일 가는 곳에서는 좋아할 만한 구석이 하나도 없는 남자가 기다리고 있어서요. 매너도 형편없고 지각도 없죠. 결국 알고 지낼 만한 남자들은 다 어리석은가 봐요."

"리지, 몹시 절망적으로 들리는구나. 하지만 너무 낙심하지 말렴."

연극이 끝나고 엘리자베스는 예기치 않은 초대를 받았다. 외숙모와 외삼촌이 여름 여행을 떠날 계획인데 함께 가자고 했던 것이다.

"어디로 갈지는 아직 정하지 않았단다. 아무래도 호수 지방(더비셔

위쪽으로 호수가 많은 관광지—옮긴이)까지 갈 것 같구나."

가드너 부인이 말했다.

엘리자베스에게 그보다 더 유쾌한 계획은 없었다. 그녀는 몹시 기뻐하며 선뜻 받아들였다. 그녀는 한껏 들뜬 목소리로 "고마워요, 외숙모."라고 외쳤다.

"너무 기뻐요. 얼마나 좋은지 모르겠어요. 외숙모 덕분에 활기를 되찾았어요. 이제 실망감이나 우울한 기분은 모두 씻어버릴 수 있어요. 바위나 산에 비하면 남자들은 아무것도 아니죠. 얼마나 신날까요. 다른 사람들처럼 여행하면서 본 것도 제대로 설명 못 하는 그런 여행자가 되지는 않을 거예요. 가는 곳마다 속속들이 다 들여다보고 모든 것을 또렷하게 머릿속에 담을 거예요. 호수와 강과 산이 기억 속에서 뒤죽박죽되면 안 되잖아요. 경치를 묘사할 때도 어디에 뭐가 있었는지 헷갈리지 말아야 해요. 우리가 맨 먼저 터뜨리는 기쁨의 탄성도 다른 여행객들보다 훨씬 기발해야 하고요."

5

다음 날 엘리자베스는 모든 것이 새롭고 흥미롭게 느껴졌다. 마음의 여유가 생겼기 때문이다. 언니도 건강해 보여서 더 이상 걱정할 게 없었고, 북부 지방으로 여행을 떠난다는 기대감에 부풀어 하루 종일 즐거웠다.

마차가 큰 도로를 벗어나 헌스퍼드로 가는 좁은 길로 들어서자 일행은 저마다 목사관을 찾아 두리번거렸다. 꺾어진 길을 돌아갈 때마다 행여 보일까 기대했다. 길 한쪽으로 이어진 로징스 파크의 울타리를 보고 엘리자베스는 그 저택 사람들 이야기를 떠올리며 미소 지었다.

마침내 목사관이 보였다. 집 건물과 길 쪽으로 기울어진 정원, 초록색 울타리와 월계수 담장, 이 모든 것들로 보아 목적지가 분명했다. 문 앞에 콜린스와 샬럿이 나와 있었다. 마차는 작은 문 앞에서 멈췄다. 그 문에서 집까지 자갈길이 짧게 이어져 있었다. 일행은 눈짓을 주고받으며 미소 지었고, 기뻐하며 마차에서 내렸다. 콜린스 부인은 너무너무 반갑게 친구를 맞이했다. 엘리자베스는 그런 샬럿을 보면서 정말 오길 잘했다고 생각했다. 그리고 콜린스가 결혼한 후에도 전혀 변하지 않았음을 확인했다. 격식 차리기 좋아하는 건 여전해서 몇 분이나 엘리자베스를 문 앞에 세워놓고 베넷 집안사람들 안부를 일일이 물어보았던 것이다. 그런 다음 그는 잊지 않고 깔끔한 입구를 구경시키고 나서 사람들을 집 안으로 안내했다. 거실에 들어가자마자 그는 또 한 번 격식을 차려 누추한 곳을 방문해주어 고맙다고 인사했다. 하다못해 아내가 손님들에게 마실 것을 권할 때마다 그 말까지 그대로 따라 했다.

콜린스가 우쭐해할 거라고 짐작한 엘리자베스는 마음의 준비를 하고 있었다. 아니나 다를까 균형 잡힌 방 구조와 아름다운 가구 배치를 자랑했는데, 자신의 청혼을 거절해서 잃은 게 무엇인지 보여주려는 듯 유난히 엘리자베스를 의식했다. 모든 것이 깔끔하고 편안해 보인 것은 사실이었지만, 그가 기분 좋으라고 후회하는 척할수는 없었다. 오히려 이런 남편과 살면서도 그렇게 쾌활할 수 있는친구를 다시 보게 되었다. 콜린스는 낯부끄러운 말을 많이 했는데,엘리자베스는 그때마다 자기도 모르게 샬럿을 보았다. 그녀는 한두번 얼굴을 붉히기는 했지만 현명하게도 대부분 못 들은 척했다.

　한동안 거실에 앉아 찬장을 비롯해 벽난로 망에 이르기까지 모든가구를 일일이 칭찬하고, 오는 길이나 런던에서 있었던 일들을 모두 이야기하고 나서 콜린스가 정원에 산책을 나가자고 했다. 그가직접 가꾸었다는 넓은 정원은 잘 정리되어 있었다. 그는 자신의 가장 고상한 취미 중 하나가 정원 가꾸기라고 말했다. 그러자 샬럿이운동도 되고 건강에도 좋아서 남편에게 정원 가꾸는 일을 적극 권한다고 말했다. 그런 말을 아무렇지도 않게 하는 샬럿을 보고 엘리자베스는 감탄하지 않을 수 없었다. 콜린스는 정원의 산책로와 갈림길로 안내하면서 자신이 그토록 듣고 싶어 하는 칭찬을 하기도전에 모든 것을 설명해주었다. 하나하나 세세히 설명하느라 아름다운 경치를 감상할 틈이 없었다. 그는 사방 어디에 밭이 있는지, 가장 먼 숲에 나무가 몇 그루 있는지도 다 알고 있었다. 그러나 이 정원, 이 지방, 아니 이 나라의 그 어떤 경관도 로징스에 비할 바 아니라고 말했다. 그의 집 바로 맞은편으로 정원을 둘러싸고 있는 나무들이 보였고, 그 사이로 언덕 위에 솟은 웅장하고 현대적인 로징스 저택이 보였다.

정원을 둘러본 다음 콜린스는 손님들에게 풀밭 두 곳도 보여주고 싶었다. 그러나 여자들은 그 신발로 서리 내린 풀밭을 걸을 수가 없어서 집으로 돌아왔고, 윌리엄 경만 그를 따라갔다. 샬럿은 남편이 없을 때 집을 보여줄 기회가 생겨 무척 기분 좋은 듯했다. 집은 작은 편이었지만 편리한 구조로 튼튼하게 지어져 있었다. 모든 것이 깔끔하고 조화로우며 잘 정돈되어 있었다. 엘리자베스는 모든 게 샬럿의 솜씨라고 생각했다. 콜린스를 지워버리니 그 집이 정말 편안해 보였다. 샬럿이 그 분위기를 즐기는 것을 보니 그녀도 종종 콜린스를 지워버리는 게 분명했다.

엘리자베스는 캐서린 귀부인이 런던에 가지 않고 로징스에 살고 있다는 것을 이미 들어 알고 있었다. 그런데 저녁 식사 때 콜린스가 또 그 얘기를 했다.

"엘리자베스 양, 이번 일요일에 교회에서 캐서린 드 버그 귀부인을 만날 수 있을 겁니다. 말씀드리지 않아도 아시겠지만 당신도 분명 그분을 좋아할 겁니다. 친절하고 겸손하신 귀부인은 예배가 끝나면 인사를 건넬 기회를 주실 겁니다. 귀부인께서 저희를 초대할 때 우리 손님들도 빼놓지 않고 초대할 거라고 감히 말씀드립니다. 그분은 아내에게 무척 잘해주시죠. 우리는 매주 두 번 로징스에서 저녁 식사를 하는데 그때마다 그냥 보내지 않는답니다. 꼭 마차로 데려다 주시죠. 마차 중 하나라고 해야겠네요. 여러 대 가지고 계시니까요."

"캐서린 귀부인은 정말 점잖고 생각이 깊은 분이야. 이웃에 관심도 많고."

샬럿이 말했다.

"내 말이 그 말이오. 아무리 존경해도 모자랄 정도지."

콜린스가 덧붙였다.

그날 저녁에는 주로 편지에 이미 썼던 하트퍼드셔 소식을 주고받았다. 그런 뒤 엘리자베스는 자기 방에 혼자 남아 샬럿이 얼마나 행복할지 곰곰이 생각해보았다. 샬럿이 집을 구경시키면서 했던 말이나 참을성 있게 남편을 대하는 모습을 이해하려고 노력하니 모든 것이 잘되었다는 생각이 들었다. 그녀는 이곳의 하루하루가 어떨지도 생각해보았다. 조용히 쉬는 날이 많겠지만 가끔 콜린스 때문에 귀찮을 것이고, 로징스 사람들을 만나면 꽤 떠들썩할 것이다. 그녀는 그 모든 것을 순식간에 생생하게 그려보았다.

다음 날 정오경 엘리자베스가 산책 나갈 준비를 하고 있을 때 갑자기 아래층에서 시끄러운 소리가 들리더니 집 안이 떠들썩했다. 귀를 기울여보니 누군가 요란하게 계단을 올라오면서 큰 소리로 그녀를 부르고 있었다. 그녀가 재빨리 문을 열어보니 층계참에서 마리아가 숨을 헐떡이며 흥분한 목소리로 소리쳤다.

"일라이자, 어서 식당으로 내려가 봐. 굉장한 광경이야. 미리 얘기 안 할 테니 직접 가서 봐."

엘리자베스가 무슨 일인지 물어보았지만 마리아는 그 이상 말하지 않았다. 그녀는 굉장한 광경을 보려고 아래층으로 뛰어 내려가 오솔길 쪽으로 창이 나 있는 식당으로 뛰어들어갔다. 그러고는 소리쳤다.

"겨우 이거야? 난 또 정원에 돼지라도 몰려온 줄 알았네. 캐서린 귀부인하고 따님이잖아."

마리아가 깜짝 놀라며 말했다.

"캐서린 귀부인이 아니야. 나이 드신 분은 그 집에 함께 사는 젠킨슨 부인이야. 젊은 아가씨는 드 버그 양이고. 잘 봐. 정말 작지 않아? 저렇게 마르고 작을 줄은 정말 몰랐어."

"바람이 이렇게 찬데 샬럿을 밖에 세워두다니, 저 사람들 너무 무례한 것 아냐. 왜 안 들어오고 그러지?"

"샬럿 언니가 그러는데 원래 집 안에는 안 들어온대. 드 버그 양이 들어오는 건 엄청나게 후의를 베푸는 거래."

"생긴 건 마음에 드네. 병약하고 신경질적으로 보여. 그 사람하고 딱 맞겠네. 잘 어울릴 거야."

엘리자베스가 말했다.

콜린스와 샬럿은 정원 입구에서 마차에 앉은 여자들과 이야기를 주고받았다. 윌리엄 경은 현관 앞에 정중하게 서서 드 버그 양이 자기 쪽을 볼 때마다 연신 고개 숙여 인사했다. 엘리자베스는 그 모습이 꽤 재미있게 느껴졌다.

드디어 이야기가 끝났는지 두 사람은 마차를 몰고 떠났다. 밖에 있던 사람들은 집 안으로 들어왔다. 콜린스는 엘리자베스와 마리아를 보자마자 운이 참 좋다며 축하한다고 말했다. 그러자 샬럿이 다음 날 로징스의 저녁 식사에 모두 초대받았다고 설명해주었다.

6

저녁 초대를 받자 콜린스는 더할 나위 없이 우쭐했다. 자신의 후원자가 얼마나 고귀하고 대단한지 자랑하면 손님들이 탄복하고, 그 후원자가 자기 부부를 얼마나 신경 쓰는지를 통해 자신의 능력을 보여주는 것이야말로 그가 바라던 일이었다. 그는 그런 기회를 이렇게 빨리 마련해준 것이야말로 아무리 칭송해도 모자란 캐서린 귀부인의 하해와 같은 배려라고 생각했다.

"귀부인께서 일요일 저녁에 로징스에서 차나 한잔하자고 했다면 이렇게 놀라지 않았을 것입니다. 다정한 분이어서 그 정도는 기대했으니까요. 하지만 이런 친절을 베푸실 줄은 정말 몰랐습니다. 손님들이 도착하자마자 이렇게 빨리 저녁 식사에 초대하실 줄은 정말 상상도 못 했습니다."

"나는 그다지 놀랍지 않네. 나 정도 지위에 있는 사람은 귀족들의 예의범절을 익히 알고 있거든. 궁정과 가까운 신분사회에서는 그처럼 품격 있는 예의범절을 흔히 볼 수 있지."

윌리엄 경이 말했다.

그날 내내, 그리고 다음 날 아침까지 그들은 로징스를 방문하는 이야기만 했다. 콜린스는 로징스에서 얼마나 대단한 것들을 보게 될지 미리 하나하나 알려주었다. 손님들이 훌륭한 방과 엄청나게 많은 하인들, 화려한 만찬에 주눅 들지 않도록 말이다.

여자들이 옷을 갈아입으려고 일어나자 콜린스가 엘리자베스에게 말했다.

"옷차림은 신경 쓸 것 없답니다. 캐서린 귀부인은 우리가 자신이나 따님처럼 우아하게 차려입어야 한다고 생각하지 않으니까요. 그저 가지고 있는 옷 중에 가장 좋은 것을 입으면 됩니다. 그 이상은 필요 없습니다. 캐서린 귀부인은 소박한 옷차림을 흉볼 분이 아닙니다. 오히려 신분에 맞게 입는 것을 좋아하지요."

여자들이 옷을 갈아입는 동안 콜린스는 두세 차례 방문을 두드리며 서두르라고 재촉했다. 캐서린 귀부인이 저녁 식사가 늦어지는 것을 몹시 싫어한다는 것이었다. 사교 모임에 익숙하지 않은 마리아는 귀부인의 엄격한 생활 방식에 잔뜩 겁을 먹었다. 그녀는 자기 아버지가 세인트 제임스 궁 알현식에 참석했을 때와 똑같이 떨리는 마음으로 귀부인을 찾아뵐 일을 기대했다.

화창한 날씨여서 장원을 가로질러 0.5마일(약 8백 미터─옮긴이)가량 걷는 것도 상쾌하고 즐거웠다. 어느 장원이나 나름대로 경치가 아름답게 마련이었다. 엘리자베스는 장원 곳곳이 참 아름답다고 생각했지만 콜린스가 당연히 그렇게 느껴야 한다고 기대하는 만큼 홀딱 반하지는 않았다. 또한 저택 앞 유리창을 세고 나서 루이스 드 버그 경이 그 유리창에 얼마나 많은 돈을 들였는지 이야기했지만 썩 감탄스럽지 않았다.

현관 앞 계단을 하나씩 올라갈 때마다 마리아는 점점 더 떨었고, 윌리엄 경도 침착할 수만은 없었다. 그러나 엘리자베스는 씩씩했다. 그녀는 캐서린 귀부인이 특별한 재능과 남다른 덕망을 갖추었다는 얘기를 들었다면 경외심이 생겼을 것이다. 그러나 돈과 지위만 믿고 위세를 부릴 뿐이라면 두려워할 이유가 없다고 생각했다.

현관으로 들어서자 콜린스는 한껏 흥분한 목소리로 뛰어난 구도와 세련된 장식을 한번 보라고 말했다. 그들은 하인들을 따라 대기실을 지나 캐서린 귀부인과 그녀의 딸, 그리고 젠킨슨 부인이 있는 방으로 들어갔다. 캐서린 귀부인은 자리에서 일어나 그들을 맞이했는데, 이것은 굉장히 호의적인 대우였다. 그러자 콜린스 부인은 남편과 의논하더니 자신이 손님들을 소개했다. 콜린스라면 감사의 인사와 사과의 말을 늘어놓았을 텐데 그녀는 적절하게 소개만 하고 끝냈다.

윌리엄 경은 세인트 제임스 궁에서 국왕을 알현한 경험이 있는데도 당당한 위세에 완전히 기가 눌려 한마디도 못 하고 허리를 굽혀 절을 하더니 자리에 앉았다. 그의 딸은 얼빠진 사람처럼 시선을 어디에 둘지 몰라 쩔쩔매면서 의자 끝에 간신히 걸터앉았다. 별 문제 없었던 엘리자베스는 차분히 앉아 세 여자를 주의 깊게 뜯어보았다. 키가 크고 몸집이 큰 캐서린 귀부인은 젊었을 때는 이목구비가 뚜렷하고 아름다웠을 것이다. 썩 온화해 보이지도 않았고 사람을 대하는 태도도 고압적이어서 손님들이 자신의 신분이 낮다는 것을 느끼고도 남았다. 한마디로 경외심을 불러일으키는 사람은 아니었다. 늘 자신의 신분을 의식하고 있는 듯 권위적으로 말하는 것을 보고 엘리자베스는 곧 위컴의 말이 떠올랐다. 그날 하루 동안 종합적으로 살펴보니 위컴이 말한 그대로였다.

엘리자베스는 캐서린 귀부인의 겉모습이나 태도에서 다아시와 닮은 데가 있다는 것을 알 수 있었다. 그 딸에게 눈길을 돌린 그녀는 몹시 여위고 왜소한 모습에 마리아만큼이나 놀랐다. 몸매도 그렇고 얼굴도 그렇고 모녀는 닮은 구석이 전혀 없었다. 드 버그 양의 얼굴은 환자처럼 창백했고, 못생긴 건 아니었지만 뛰어나지도 않았다. 한마디로 평범하게 생긴 아가씨였다. 드 버그 양은 크게 말하지 않고 젠킨슨 부인 귀에 속삭이기만 했다. 젠킨슨 부인 역시 눈에 띌 만한 외모는 아니었다. 그녀는 드 버그 양의 말에 귀를 기울이고, 그녀의 눈에 햇빛이 비치지 않도록 가리개 위치를 바꾸느라 여념이 없었다.

잠시 앉아 있던 그들은 바깥 경치를 구경하라고 권하자 창가로 갔다. 콜린스가 아름다운 경치를 설명했고, 캐서린 귀부인은 여름에는 더 볼 만하다고 친절하게 알려주었다.

정말 훌륭한 정찬이었고, 하인들이나 요리 등 콜린스가 말한 대로였다. 캐서린 귀부인은 콜린스가 짐작한 대로 그에게 식탁 맞은편 주빈 자리에 앉으라고 청했다. 그는 마치 생애 최고의 순간이라도 되는 듯한 표정을 지었다. 신이 난 그는 가벼운 손놀림으로 고기를 썰어 먹으며 칭찬을 아끼지 않았다. 윌리엄 경은 긴장이 조금 풀렸는지 사위가 하는 말을 앵무새처럼 따라 했다. 엘리자베스는 캐서린 귀부인이 이런 꼴을 보고도 아무렇지도 않은지 궁금했다. 그러나 그녀는 두 사람의 격찬이 무척 마음에 드는 듯했다. 그들이 생전 처음 보는 요리라고 말할 때 특히 부드러운 미소를 지었다. 식사를 하는 동안에는 많은 대화가 오가지 않았다. 엘리자베스는 대화를 나눌 마음이 있었지만 샬럿과 드 버그 양 사이에 앉는 바람에 그럴 기회가 없었다. 샬럿은 주로 캐서린 귀부인의 얘기를 듣느라 여념이 없었고, 드 버그 양은 식사가 끝날 때까지 한마디도 하지 않았다. 젠킨슨 부인은 계속 드 버그 양이 먹는 것을 지켜보며 이것저것 음식을 권하고 먹지 않으면 입맛이 없는 게 아닌가 하고 걱정했다. 마리아는 감히 말을 건넬 생각조차 못 했고, 남자들은 먹고 칭찬하느라 바빴다.

응접실에서 여자들은 캐서린 귀부인의 이야기를 듣기만 했다. 그녀는 커피가 나올 때까지 쉬지 않고 이야기했는데, 어떤 것이든 자기 의견을 단호하게 말하는 것을 보면 다른 사람의 의견을 좀처럼 듣지 않는 게 분명했다. 샬럿에게 집안 살림을 어떻게 하는지 하나하나 물어보았는데 마치 자기 살림인 양 상세하게 파고들었다. 그러고는 어떻게 해야 하는지 일일이 충고했다. 식구가 적은 집에서 살림을 꾸려나가는 방법은 물론 소와 닭을 기르는 방법까지 일러주었다. 엘리자베스는 이 부인이 기회만 있으면 어떤 일이든 명령하고도 남을 거라고 생각했다. 귀부인은 콜린스 부인에게 이야기하는 중간 중간 마리아와 엘리자베스에게도 이것저것 물어보았다. 특히 엘리자베스에게 관심을 보였는데, 콜린스 부인에게 어떤 집안 아가씨인지는 모르겠지만 그만하면 단정하고 예쁘다고 말했다. 그녀는 엘리자베스에게 자매가 몇인지, 언니와 동생이 몇 명인지, 곧 시집을 갈 만한 사람은 누구인지, 예쁜지, 어디서 교육받았는지, 아버지는 어떤 마차를 가지고 계신지, 어머니의 처녀 때 성이 무엇인지 등을 간간이 물었다. 엘리자베스는 이런 질문을 하는 것 자체가 무례하다고 생각했지만 그래도 침착하게 대답했다.

"베넷 양 아버지 재산이 콜린스 씨에게 한정상속 된다고 했죠?"

캐서린 귀부인이 샬럿을 보며 말했다.

"당신에게는 참 잘된 일이에요. 하지만 나로서는 딸들에게 상속하지 않는 이유가 뭔지 모르겠군요. 루이스 드 버그 경 집안은 그럴 이유가 없다고 여겼지. 참, 베넷 양은 피아노 연주와 노래를 하나요?"

"조금 합니다."

"아, 그래요! 그럼 언제 좀 들려주면 좋겠군요. 우리 집에 아주 홀륭한 피아노가 있지요. 그보다 더 훌륭한 건 없을 거예요. 자매들도 연주를 하나요?"

"한 사람만 합니다."

"왜 다 배우지 않았나요? 모두 배웠어야 했는데. 웨브 씨 댁 딸들은 모두 할 줄 알거든요. 웨브 씨 수입도 베넷 양 아버지만큼 많지 않은데……. 미술 공부도 했나요?"

"아뇨, 전혀."

"아무도 안 했어요?"

"네."

"정말 이상하군요. 기회가 없었나 봐요. 어머니께서 매년 봄 런던에 아이들을 데리고 가서 훌륭한 선생님한테 수업을 받았어야 했는데."

"어머니는 그러고 싶었겠지만 아버지께서 런던을 몹시 싫어하셨거든요."

"가정교사는 이제 안 쓰시나요?"

"저희는 가정교사를 둔 적이 없어요."

"가정교사를 둔 적이 없다고? 어떻게 그럴 수 있죠? 딸 다섯이 가정교사도 없이 집에서 교육받다니! 정말 처음 듣는 얘기군요. 어머니께서는 따님들 교육에 완전히 매어 있었겠네요."

엘리자베스는 사실은 그렇지 않았다고 말하며 웃지 않을 수 없었다.

"그럼 누가 가르쳤죠? 누가 챙겨주고? 가정교사가 없으면 방관할 수밖에 없었을 텐데."

"다른 집에 비하면 그럴지도 모르죠. 하지만 배우고 싶은 건 다 배웠어요. 항상 책을 많이 읽으라고 말씀하셨고 필요한 선생님은 모두 구해주셨으니까요. 물론 게으름 피우고 싶을 때는 얼마든지 그럴 수도 있었고요."

"물론이에요. 가정교사가 있으면 게으름을 못 피우죠. 내가 베넷 양 어머니하고 아는 사이였다면 가정교사를 꼭 두어야 한다고 말했을 텐데. 내가 늘 주장하는 것이지만 규칙적으로 꾸준히 가르쳐야 교육이 제대로 이루어지죠. 가정교사가 있어야 그렇게 할 수 있고요. 내가 얼마나 많은 집에 가정교사를 소개해주었다고요. 젊은 사람들에게 좋은 자리를 구해주는 것도 흐뭇한 일이죠. 젠킨슨 부인의 조카딸 넷도 내가 좋은 자리를 잡아주었죠. 며칠 전에도 우연히 들은 젊은 사람을 소개해주었는데 그 집에서 여간 흡족해하지 않았어요. 콜린스 씨, 어제 메트캐프 부인이 고맙다는 인사를 하러 왔다는 얘기를 했던가요? 포프 양을 두고 '캐서린 귀부인, 저에게 보물을 하나 주셨더군요'라고 말하더군요. 베넷 양 동생들은 사교계에 나왔나요?"

"네, 모두 나갔습니다."

"모두라고! 아니, 다섯 모두? 참 이상하군요! 엘리자베스 양은 둘째 딸 아닌가요? 언니들이 시집가기도 전에 동생들이 모두 사교계에 나가다니! 아직 어릴 텐데."

"네, 막냇동생은 아직 열여섯 살이 안 되었어요. 어리긴 하죠. 하지만 언니들이 아직 결혼할 능력이 못 되고 그럴 생각도 없는데 동생들이 그 때문에 사교계에 나가지 못하는 건 너무하잖아요. 가장 늦게 태어난 사람이든 가장 먼저 태어난 사람이든 모두 젊음을 즐길 권리가 있으니까요. 언니들보다 늦게 태어났다는 이유만으로 사교계에 나가지 못하는 것은 말이 안 돼요. 그렇게 되면 자매간의 우애도 안 좋을 거예요."

"어쩜, 자기 생각을 거리낌 없이 말하는군요. 몇 살이나 됐죠?"

캐서린 귀부인이 물었다.

"다 큰 동생을 셋이나 둔 제가 나이를 말씀드릴 거라고 생각하시는 건 아니겠죠?"

엘리자베스가 미소 지으며 말했다.

캐서린 귀부인은 바로 대답하지 않자 놀란 표정을 지었다. 엘리자베스는 위세 당당하고 거만한 캐서린 귀부인의 질문을 농담조로 받아넘긴 사람은 아마 자기가 처음일 거라고 생각했다.

"내가 보기에 스무 살이 넘지는 않았을 거예요. 그러니까 나이를 숨길 필요는 없지요."

"아직 스물한 살이 안 되었어요."

남자들이 들어와 함께 차를 마시고 나서 카드 테이블이 마련되었다. 캐서린 귀부인과 윌리엄 경, 콜린스 부부가 카드리유를 시작했다. 드 버그 양이 카지노를 하자고 해서 두 아가씨는 젠킨슨 부인과 함께 판을 벌였다. 아가씨들 테이블은 전혀 재미가 없었다. 카드놀이에 관한 얘기 말고는 한마디도 하지 않았던 것이다. 젠킨슨 부인은 드 버그 양이 너무 덥거나 춥지 않을까 또는 열기가 너무 강하거나 약한 건 아닌가 걱정하는 것 말고 다른 말은 하지 않았다. 다른 테이블에서는 훨씬 많은 이야기가 오고 갔는데 주로 말한 것은 캐서린 귀부인이었다. 그녀는 다른 세 사람의 실수를 꼬집거나 자신이 겪은 재미있는 이야기를 들려주었다. 콜린스는 부인의 말에 무조건 맞장구를 쳤으며 점수를 딸 때마다 그녀에게 고맙다고 말했고, 너무 많이 땄다 싶으면 사과하느라 바빴다. 윌리엄 경은 귀족들의 이름과 일화를 머릿속에 담느라 말할 여유가 없었다.

캐서린 귀부인과 그 딸이 실컷 즐기고 나서야 카드놀이가 끝났다. 귀부인은 콜린스 부인에게 마차를 타고 가라고 제안했고 부인은 고맙다고 말했다. 귀부인은 곧바로 마차를 불렀다. 마차가 도착할 때까지 사람들은 벽난로 주위에 모여 서서 캐서린 귀부인의 얘기를 들었다. 내일 날씨가 어떨 거라는 등 가르치는 듯한 귀부인의 이야기를 듣는 동안 마차가 도착했다. 로징스 저택을 떠나는 순간까지 콜린스는 연신 감사하다고 인사하고 윌리엄 경은 사위 못지않게 계속 굽실거렸다. 출발하자마자 콜린스가 엘리자베스에게 로징스에 와본 소감이 어떤지 물어보았다. 그녀는 샬럿을 생각해서 실제로 느낀 것보다 훨씬 좋게 말했다. 그러나 무척 심혈을 기울인 그녀의 찬사에도 만족하지 못한 콜린스는 이내 캐서린 귀부인을 칭송하기 시작했다.

7

윌리엄 경은 헌스퍼드에 일주일밖에 머물지 않았지만 딸이 편안하게 잘 지내고 있으며 그만한 남편과 이웃을 가지기도 쉽지 않다는 것을 충분히 느꼈다. 윌리엄 경이 머무는 동안 콜린스는 날마다 장인을 이륜마차에 태우고 그 지역을 구경시켜주었다. 윌리엄 경이 떠나고 온 식구가 일상으로 돌아가자 엘리자베스는 콜린스를 보는 시간이 줄어들어 기뻤다. 그는 아침 식사를 끝내고 점심때까지 정원을 가꾸거나 책을 읽고 글을 썼다. 그렇지 않을 때는 서재에서 창밖으로 도로를 내다보며 시간을 보냈다. 여자들은 집 뒤쪽으로 난 방에서 시간을 보냈다. 처음에 엘리자베스는 샬럿이 평소에 식당 겸 응접실을 사용하지 않는 것을 이상하게 여겼다. 그 방이 더 크고 전망도 훨씬 좋았는데도 말이다. 그러나 그녀는 곧 그 이유를 알았다. 그들이 콜린스의 서재만큼 좋은 방에서 지내면 그가 굳이 자기 서재에 있으려고 하지 않을 게 뻔했다. 정말 현명한 샬럿이었다.

여자들이 머무는 방에서는 집 앞 좁은 도로가 전혀 보이지 않았으나 여자들은 누구의 마차가 지나갔는지, 특히 드 버그 양이 탄 사륜마차가 몇 번이나 지나갔는지 알 수 있었다. 콜린스가 알려주었던 것이다. 드 버그 양은 매일 그곳을 지나다니는데도 콜린스는 그때마다 한 번도 빼놓지 않고 알려주었다. 드 버그 양은 종종 목사관 앞에 멈춰서 마차에 탄 채로 샬럿과 이야기를 나누었다. 하지만 집안에 들어오는 법은 없었다.

콜린스와 그의 아내는 로징스에 거의 매일 들르다시피 했다. 엘리자베스는 그 집에서 녹봉을 따로 더 주는 건지도 모른다는 생각이 떠오르기 전까지 왜 그렇게 많은 시간을 할애하는지 이해할 수 없었다. 가끔 황송하게도 캐서린 귀부인이 이들을 방문하기도 했다. 머무는 동안 그녀는 하나도 빼놓지 않고 주의 깊게 들여다보았다. 그들이 일하는 모습을 살펴보며 옳으니 그르니 참견했고, 만든 물건을 뜯어보면서 그렇게 하지 말고 이렇게 해보라고 충고했다. 가구를 잘못 배치했다고 꼬집었고, 가정부가 신경 쓰지 못한 것들을 찾아내기도 했다. 그리고 가볍게 식사라도 할라치면 콜린스 부인이 식구에 비해 고기를 너무 많이 쓴다고 잔소리를 했다.

엘리자베스는 곧 캐서린 귀부인이 공식적으로 그 마을의 치안을 맡은 것은 아니지만 그 교구에서 가장 활발하게 치안판사 노릇을 하고 있다는 사실을 알았다. 콜린스는 아무리 사소한 일이라도 귀부인에게 전했다. 소작인들 중 누군가 불만을 품고 말썽을 피우거나 서로 싸울 때면 마을로 가서 호되게 꾸짖어 싸움을 중재하고 불만을 가라앉혔다.

콜린스 집 사람들은 일주일에 두 번 정도 로징스에서 만찬을 즐겼다. 윌리엄 경이 빠지고 카드 테이블이 하나만 마련되는 것 말고 처음 만찬 때와 별반 다를 게 없었다. 다른 집안사람들을 만나는 일도 거의 없었다. 이웃 사람들의 생활수준이 콜린스 부부가 도저히 따라갈 수 없는 정도였기 때문이다. 그러나 엘리자베스는 그렇기 때문에 오히려 편하게 지낼 수 있어서 좋았다. 30분씩 샬럿과 얘기를 나누고 가끔 봄 날씨가 좋을 때 밖에 나가는 것도 즐거웠다.

다른 사람들이 캐서린 귀부인을 방문하러 간 동안 엘리자베스는 가장 좋아하는 산책로를 걸었다. 그것은 장원 한쪽의 탁 트인 작은 나무숲을 따라 난 좁은 길로 호젓하고 그늘져서 쾌적했다. 이 산책로가 얼마나 좋은지 다른 사람들은 모르는 듯했다. 호기심 많은 캐서린 귀부인의 눈길도 여기까지 미치지 않은 모양이었다.

부활절이 점점 다가오는 가운데 2주일이 조용히 지나갔다. 부활절 전주에는 로징스에 가족이 한 사람 더 늘어났다. 교제의 폭이 아주 좁은 사람들에게 그것은 꽤 중요한 일이었다. 엘리자베스는 이곳에 도착한 직후 다아시가 2, 3주일 안에 로징스에 올 예정이라는 소식을 들어 알고 있었다. 그녀는 다아시만큼 반갑지 않은 사람도 없었지만 그가 오면 로징스 모임이 좀더 새로울 거라고 생각했다. 게다가 캐서린 귀부인이 자기 딸과 다아시를 맺어주려고 마음먹고 있으니 그가 드 버그 양을 어떻게 대하는지 보면 빙리 양의 계획이 얼마나 가능성 없는 일인지 확인할 수 있을 것이다. 귀부인은 아주 흡족한 표정으로 그가 온다는 소식을 알리면서 더할 나위 없이 그를 칭찬했다. 그러나 콜린스 부인과 엘리자베스가 그를 여러 번 만난 적이 있다고 말하자 화가 난 듯했다.

목사관에서는 그가 도착했다는 사실을 곧바로 알았다. 콜린스가 아침 내내 왔다 갔다 하면서 헌스퍼드로 들어오는 길목을 내다보고 있었던 것이다. 그는 가장 먼저 다아시를 목격하고 싶었다. 마차가 길을 돌아 장원으로 들어가자 그쪽을 향해 인사하고 곧장 집으로 달려와 그 대단한 소식을 전했다. 이튿날 아침 그는 인사를 하러 서둘러 로징스에 갔다. 그가 인사를 할 사람은 캐서린 귀부인의 조카 둘이었다. 다아시가 백부의 둘째 아들 피츠윌리엄 대령과 함께 왔기 때문이다. 그리고 콜린스가 집으로 돌아왔을 때 모두 깜짝 놀랐다. 두 신사가 따라 들어왔던 것이다. 샬럿은 마침 남편 서재에 있다가 그들이 길을 건너오는 것을 보고 급히 엘리자베스와 마리아 방으로 뛰어갔다. 그러고는 두 사람에게 굉장한 영광을 누리게 되었다고 말했다.

"엘리자베스, 저 사람들이 우리 집을 방문하는 것은 순전히 네 덕이야. 다아시 씨가 나를 보려고 저렇게 서둘러 오지는 않을 테니 말이야."

엘리자베스가 자신에게 고마워할 일이 아니라고 대답하기도 전에 벌써 초인종이 울렸고, 곧이어 신사 셋이 방으로 들어왔다. 맨먼저 들어온 피츠윌리엄 대령은 서른 살가량 되는 듯했고 잘생기지는 않았지만 태도나 말투가 정말 신사다웠다. 다아시는 하트퍼드셔에서 본 모습 그대로였다. 언제나 그렇듯 콜린스 부인에게 짧게 인사했다. 그리고 어떤 감정이든 간에 침착하게 그녀의 친구를 대했다. 엘리자베스는 한마디도 하지 않고 살짝 인사만 했다.

신사다운 피츠윌리엄 대령은 여유로운 몸짓으로 자연스럽게 이야기를 꺼내며 분위기를 유쾌하게 이끌어갔다. 그러나 다아시는 콜린스 부인에게 집과 정원에 대해 몇 마디 하고 난 뒤에는 아무 말 없이 앉아 있었다. 그러나 계속 침묵하는 것은 예의가 아니라고 생각했는지 엘리자베스에게 가족들이 어떻게 지내는지 물었다. 그녀는 평소대로 대답하고 잠시 뒤 덧붙였다.

"언니가 석 달째 런던에 머물고 있는데 혹시 못 만나셨나요?"

그녀는 그가 언니를 만나지 않았다는 것을 잘 알고 있었다. 다만 그가 빙리 남매와 언니의 일을 알고 있다는 것을 언뜻 내비치지 않을까 하고 슬쩍 떠보았던 것이다. 다아시는 아쉽게도 못 만났다고 말하면서 조금 당황하는 듯 보였다. 그녀는 더 이상 그 이야기를 하지 않았다. 두 신사는 곧 목사관을 떠났다.

8

목사관 사람들 모두 피츠윌리엄 대령을 칭찬했다. 여자들은 저녁 모임을 기대하며 그 사람이 있으면 제법 재미있을 거라고 생각했다. 그러나 로징스로부터 초대받은 것은 며칠이 지난 뒤였다. 손님이 있으니 그들이 굳이 필요 없었던 것이다. 그것도 신사들이 도착한 지 거의 일주일 만인 부활절에 영광스러운 초대를 받았는데, 예배하고 나오면서 저녁을 함께 보내자고 말한 게 다였다. 지난 일주일 동안 그들은 캐서린 귀부인이나 그 딸을 거의 보지 못했다. 그동 안 피츠윌리엄 대령은 몇 번 목사관을 다녀갔지만 다아시는 교회에 서 만난 게 전부였다.

초대를 받은 목사관 식구들은 제시간에 맞춰 캐서린 귀부인의 응 접실에 모였다. 귀부인은 정중하게 그들을 맞이했지만 손님이 없을 때만큼 반갑지는 않은 게 눈에 보였다. 실제로 귀부인은 조카들하 고만 이야기했는데, 다아시에게는 특히 더했다.

피츠윌리엄 대령은 손님들이 찾아와서 정말 기쁜 듯했다. 로징스 에서는 새로운 일이라면 무조건 반가웠고, 콜린스 부인의 예쁜 친 구도 꽤 마음에 들었다. 그는 엘리자베스 옆에 앉아서 유쾌하게 켄 트와 하트퍼드셔에 관한 이야기며, 여행과 일상생활, 새로 나온 책 과 음악 이야기를 했다. 엘리자베스는 그들이 오기 전 로징스의 모 임이 지금의 절반도 재밌지 않았다고 새삼 느꼈다. 그들이 거리낌 없이 신나게 이야기를 주고받자 다아시는 물론 캐서린 귀부인까지 주목했다. 다아시는 몹시 궁금한 눈빛으로 그들을 바라보았다. 잠 시 뒤 같은 심정이었던 캐서린 귀부인이 조금도 망설이지 않고 큰 소리로 말했다.

"피츠윌리엄, 무슨 얘기를 그렇게 재미있게 하니? 베넷 양하고 무슨 얘기를 하는 거야? 나도 좀 들어보자꾸나."

"음악 이야기를 하고 있었어요."

대답하지 않을 수가 없어서 그가 말했다.

"음악이라고! 그러면 큰 소리로 말해보렴. 난 어떤 것보다 음악을 좋아하니까. 나도 같이 이야기를 나누고 싶구나. 잉글랜드에서 나만큼 음악을 즐기고 음악적 감성이 뛰어난 사람도 없을 거다. 아마 정식으로 공부했다면 뛰어난 음악가가 되었을 텐데. 앤도 그렇고. 몸만 건강했어도 훌륭한 연주가가 되었을 거야. 다아시, 조지애나는 실력이 좀 늘었니?"

다아시는 애정 어린 표정으로 동생 실력이 대단하다며 칭찬했다.

"그렇다니 참으로 다행이구나. 하지만 열심히 연습하지 않으면 뛰어난 연주가가 될 수 없다고 전해주렴."

"이모님, 그런 충고는 필요 없을 것 같은데요. 그 애는 아주 부지런히 연습하거든요."

"그렇다면 다행이다. 연습을 너무 많이 해서 손해 볼 일은 없단다. 다음 편지에 절대 연습을 게을리해서는 안 된다고 적어야겠다. 내가 늘 젊은 사람들에게 하는 말이지만 음악은 꾸준히 연습하지 않으면 터득하기 어려워. 베넷 양한테도 몇 번이나 말했단다. 더 연습하지 않으면 잘할 수 없다고 말이야. 콜린스 부인도 집에 피아노가 없으니 매일 우리 집에 와서 쳐도 좋단다. 젠킨슨 부인 방에서 치면 전혀 방해될 게 없거든."

다아시는 이모의 무례한 말에 약간 창피한 생각이 들었는지 아무 대꾸도 하지 않았다.

차를 마시고 나서 피츠윌리엄 대령이 엘리자베스에게 약속한 대로 피아노를 쳐달라고 말했다. 그녀가 곧 피아노 앞에 앉자 그는 가까이 의자를 끌어당겼다. 캐서린 귀부인은 반쯤 듣다가 다아시에게 다시 말을 걸었다. 잠시 후 그는 이모 곁을 떠나 언제나 그렇듯이 정중한 태도로 피아노 쪽으로 가서 연주하는 사람의 아름다운 얼굴을 마주 보고 섰다. 엘리자베스는 그가 움직이는 것을 보고 연주 중 쉬는 틈을 타서 짓궂은 미소를 띠며 말했다.

"다아시 씨, 수준 떨어지는 제 연주를 그렇게 듣고 계시면 제가 겁먹을 줄 알고 그러시는 거죠? 하지만 누이동생이 그렇게 연주를 잘한다 해도 눈 하나 깜짝하지 않는답니다. 저는 워낙 고집이 세서 겁을 준들 꿈쩍도 안 하거든요. 그럴수록 더 의욕이 생기죠."

"오해라고 말하지는 않겠습니다. 제가 일부러 당신을 겁주려 했다고 생각지 않을 테니까요. 웬만큼 알고 지내다 보니 당신이 종종 본마음과 다르게 말한다는 것을 알겠더군요."

다아시가 말했다.

엘리자베스는 자기를 이렇게 말하는 게 재미있어서 크게 웃었다. 그리고 피츠윌리엄 대령에게 말했다.

"다아시 씨는 저를 아주 좋게 얘기할 거예요. 그리고 제가 하는 말은 하나도 믿지 말라고 일러줄 거예요. 저는 정말 운이 없네요. 다른 동네에 와서 좋은 사람으로 보이고 싶었는데 어쩌다 저분을 만나 정체가 탄로 났으니 말이에요. 다아시 씨, 하트퍼드셔에서 알게 된 제 약점을 여기서 다 폭로하시다니 정말 인정머리 없으시군요.

하지만 잘못 건드리신 거예요. 저도 가만히 있을 수 없죠. 복수할 수밖에요. 친척들이 들으면 깜짝 놀랄 만한 일들을 터트려볼까요?"

그러자 다아시가 웃으며 말했다.

"조금도 두렵지 않습니다."

그때 피츠윌리엄 대령이 소리쳤다.

"다아시가 무엇을 잘못했는지 듣고 싶은데요. 낯선 사람들 앞에서 어떻게 행동했는지 궁금하군요."

"그렇다면 말씀드리죠. 단단히 마음먹어야 할 거예요. 엄청나게 놀랄 테니까요. 알다시피 다아시 씨를 처음 만난 것은 하트퍼드셔 무도회였어요. 거기서 어떻게 했는지 아세요? 춤이라고는 네 번밖에 안 췄답니다. 충격이 크시겠지만 사실이랍니다. 신사들이 모자랐는데도 네 번밖에 안 췄거든요. 분명히 말씀드리지만 파트너가 없어서 춤을 못 추고 앉아 있는 여자가 한둘이 아니었어요. 다아시 씨, 아니라는 말씀은 못 하시겠죠?"

"그때는 같이 갔던 사람들 말고 아는 여자분이 없었습니다."

"맞아요. 그리고 무도회에서 소개받는 것은 있을 수도 없는 일이었고요. 피츠윌리엄 대령님, 이번에는 어떤 곡을 칠까요? 제 손가락이 당신의 분부를 기다리고 있어요."

그러자 다아시가 말했다.

"물론 소개해달라고 하는 게 옳았을지도 모릅니다. 하지만 저는 낯선 사람들에게 먼저 다가가는 성격이 못 됩니다."

"그 이유가 무엇인지 대령님의 사촌께 한번 물어볼까요?"

엘리자베스는 여전히 피츠윌리엄 대령에게 말했다.

"지성과 교양을 두루 갖추고 세상 경험도 많은 분이 어째서 처음 보는 사람들에게 먼저 다가가지 못하는지 말이에요."

"그건 제가 대답하죠. 다아시에게 물어볼 필요도 없습니다. 그러고 싶지 않으니까 그런 거예요."

피츠윌리엄 대령이 말했다.

"확실히 저에게는 그런 재주가 없습니다. 처음 보는 사람한테는 쉽게 말을 못 걸죠. 그들 대화에 끼이지도 못할뿐더러 맞장구를 친다거나 그들의 대화가 흥미로운 척하지도 못하죠. 다른 사람들은 잘하는데 말이에요."

다아시가 말했다.

"저는 피아노를 능숙하게 치지 못해요. 많은 여자들이 그렇게 잘 치는데도 말이에요. 손가락 힘도 없고 빨리 치지도 못하고 표현력도 떨어지죠. 하지만 저는 항상 제 잘못이라고 생각해요. 그만큼 열심히 연습하지 않았으니까요. 제 손가락이 본래부터 둔하다고 생각하지는 않아요."

엘리자베스의 말에 다아시가 미소 지으며 말했다.

"맞습니다. 당신은 시간을 훨씬 더 유용하게 쓴 것입니다. 당신의 연주를 들은 사람은 누구나 당신이 피아노를 잘 못 친다고 생각하지 않을 테니까요. 당신은 낯선 사람들 앞에서 연주하지 않고, 저는 낯선 사람들과 어울리지 않죠."

여기까지 말했을 때 캐서린 귀부인이 무슨 이야기를 하느냐고 큰 소리로 물었다. 엘리자베스는 다시 피아노를 치기 시작했다. 캐서린 귀부인은 가까이 다가와 잠시 연주를 듣다가 다아시에게 말했다.

"베넷 양은 좀더 연습하고 런던에서 개인 교습을 받았다면 꽤 잘 쳤을 거다. 손가락을 아주 능숙하게 움직이니 말이다. 표현력은 앤 을 못 따라가지만. 몸만 허락했다면 앤도 아주 훌륭한 연주가가 되 었을 거야."

엘리자베스는 다아시를 바라보았다. 그가 사촌을 칭찬하는 말에 얼마나 적극적으로 동의하는지 보고 싶었던 것이다. 그러나 그때나 다른 때나 그가 사촌 누이를 아끼는 듯한 모습을 엿볼 수 없었다. 드 버그 양에 대한 그의 태도를 보고 엘리자베스는 빙리 양에게 위 안이 될 만한 결론을 내렸다. 즉, 빙리 양이 그의 친척이었다면 그 와 결혼할 가능성이 드 버그 양만큼 되었을 것이라고 말이다.

캐서린 귀부인은 엘리자베스의 연주를 계속 논평했다. 그리고 연 주법과 표현력에 대해 이것저것 충고해주었다. 엘리자베스는 애써 예의를 차리고 들었다. 그리고 그들을 데려다 줄 귀부인의 마차가 준비될 때까지 신사들의 요청으로 계속 피아노를 연주했다.

9

이튿날 아침, 샬럿과 마리아가 볼일을 보러 마을에 나가고 없을 때 엘리자베스는 혼자 앉아 제인에게 편지를 쓰고 있었다. 그때 손님이 왔는지 현관 초인종이 울렸다. 엘리자베스는 마차 소리가 들리지는 않았으나 캐서린 귀부인이 아니라고 장담할 수도 없어서 반쯤 쓰다 만 편지를 치웠다. 예의 없이 이것저것 물어볼 게 뻔했던 것이다. 하지만 문을 열고 들어온 사람은 다아시였다. 그것도 혼자서 말이다.

다아시 역시 엘리자베스 혼자 있는 것을 보고 놀란 눈치였다. 다 있는 줄 알았다면서 불쑥 찾아온 것을 양해해달라고 말했다.

자리에 앉자 엘리자베스가 먼저 로징스 식구들 안부를 물었다. 그러나 그다음에는 할 말이 없어서 입을 다물고 있었다. 그녀는 침묵에 빠지지 않으려면 무슨 말이든 생각해내야 했다. 그때 하트퍼드셔에서 마지막으로 다아시를 보았을 때의 일이 떠올랐다. 그녀는 그들이 급히 떠난 것에 대해 다아시가 뭐라고 말하는지 듣고 싶었다.

"다아시 씨, 지난 11월에는 모두 왜 그렇게 갑자기 네더필드를 떠나셨나요? 빙리 씨는 다아시 씨가 뒤따라오신 것을 보고 꽤 놀라셨겠어요. 제 기억으로 빙리 씨는 다아시 씨보다 꼭 하루 먼저 떠났으니까요. 런던을 떠나실 때 빙리 씨와 그 동생들은 안녕하셨나요?"

"네, 별고 없었습니다. 감사합니다."

엘리자베스는 별다른 말이 더 나올 것 같지 않아 잠시 뒤 계속 말했다.

"빙리 씨는 네더필드로 돌아갈 생각이 없는 거죠?"

"직접 그런 말을 하지는 않았지만 적어도 네더필드에서 지낼 시간이 거의 없을 것 같습니다. 런던에 친구들도 많고, 또 한창 사람들을 사귈 나이니까요."

"빙리 씨가 네더필드에서 지낼 생각이 아니라면 아예 다른 사람한테 내놓는 것이 이웃에게도 좋을 텐데요. 다른 사람이 이사 올 수도 있으니까요. 물론 빙리 씨가 그 집을 빌렸으니 거기에 머물든 떠나든 그분 마음이겠지만요."

"적당한 사람이 나타나면 곧바로 내놓는다고 해도 놀랄 일이 아닐 겁니다."

엘리자베스는 대답하지 않았다. 더 이야기하기가 두려웠던 것이다. 그녀는 별달리 할 얘기도 없어서 이야깃거리를 찾아내는 수고를 다아시에게 떠넘길 참으로 말없이 가만히 있었다.

다아시가 눈치를 챘는지 이내 말을 꺼냈다.

"참 아늑한 집입니다. 콜린스 씨가 처음 헌스퍼드에 오셨을 때 캐서린 귀부인께서 신경을 많이 쓰셨다더군요."

"그런가 봐요. 그리고 친절한 대우에 콜린스 씨만큼 고마워할 사람도 아마 없을 거예요."

"콜린스 씨는 결혼을 아주 잘한 것 같습니다."

"그럼요. 콜린스 씨 친구분들이 기뻐할 만하죠. 그런 분을 받아들일 만한, 또는 받아들인다 하더라도 행복하게 해줄 만큼 지각 있는 여자는 드물거든요. 다행히 그런 여자를 만났으니 얼마나 좋겠어요. 샬럿은 이해심이 많거든요. 저는 샬럿이 콜린스 씨와 결혼한 것을 슬기로운 결정이라고 생각하지는 않아요. 하지만 본인이 무척 행복해 보이니 이해관계로 따지면 결혼을 잘한 게 맞죠."

"또 친정이나 친구들과 가까이 사니 그것도 아주 좋을 것 같습니다."

"가깝다고요? 50마일(약 80킬로미터―옮긴이)이나 되는데요?"

"길만 괜찮으면 50마일이 대수인가요? 반나절 남짓 거리인데요. 그만하면 가까운 거리입니다."

"저는 친정에서 50마일 거리에 산다고 해서 이 결혼이 유익하다고 생각하지는 않아요. 게다가 친정과 가깝다고 할 수도 없어요."

"이것이 바로 엘리자베스 양이 하트퍼드셔에 집착하는 증거입니다. 제가 보기에 롱본과 이웃하지 않으면 어디든 멀게 느끼시는 것 같습니다."

이때 다시 입가에 미소가 번졌다. 엘리자베스도 그 미소가 무엇을 뜻하는지 알았다. 그는 자신이 제인과 네더필드를 생각하는 줄 짐작하고 있는 게 틀림없었다. 그녀는 얼굴을 붉히며 대답했다.

"꼭 친정과 가까이 사는 게 좋다는 말은 아니에요. 멀고 가까운 것은 상대적인 문제이고 상황에 따라 다르겠죠. 즉, 여행 경비쯤 신경 쓰지 않을 만큼 재산이 많은 사람은 조금 멀다고 해서 나쁠 것도 없죠. 하지만 지금 샬럿의 상황은 그렇지 않거든요. 고정 수입은 있지만 자주 여행할 만큼은 아니라는 말이에요. 그래서 지금의 절반 이하가 아니라면 친정과 가까이 산다고 할 수 없다는 거죠."

다아시는 의자를 엘리자베스 쪽으로 조금 옮기고 말했다.

"그렇게 고향에 집착하실 필요 없습니다. 평생 롱본에서만 사실 것도 아닐 텐데요."

그녀가 놀란 표정을 짓자 그도 어떤 감정을 느꼈는지 의자를 다시 뒤로 물렸다. 그러고는 책상 위에 놓인 신문을 들고 훑어보다가 침착하게 말했다.

"켄트 지방이 마음에 드십니까?"

두 사람은 차분하게 앉아 켄트 지방에 관해 이야기를 나누었다. 그러나 몇 마디 나누기도 전에 일을 마치고 샬럿과 마리아가 들어오자 대화가 중단되었다. 샬럿과 마리아는 단둘이 이야기하는 그들의 모습을 보고 놀랐다. 다아시는 엘리자베스가 혼자 있는 줄 모르고 불쑥 찾아와 방해했다고 말했다. 그리고 아무 말도 하지 않고 몇 분 있다가 나갔다.

그가 나가자마자 샬럿이 엘리자베스에게 말했다.

"분명 뭔가 있어, 일라이자. 그가 너를 사랑하는 게 아닐까? 그렇지 않다면 이렇게 스스럼없이 우리 집에 올 리 없잖아."

그러나 엘리자베스는 그가 아무 말도 하지 않았다고 말했다. 샬럿이 생각하기에도 그럴 리 없는 듯했다. 결국 그들은 그가 딱히 할 일이 없어서 여기까지 온 거라고 추측했다. 지금은 1년 중에서도 가장 재미없는 계절이므로 여러 가지 추측 가운데 가장 설득력이 있었다. 야외에서 운동을 하기도 그렇고, 로징스에 캐서린 귀부인과 책과 당구대가 있었지만, 남자들이 하루 종일 집 안에만 틀어박혀 있을 수는 없었다. 목사관이 근처에 있기 때문인지, 혹은 거기까지 이어진 산책로가 좋은지, 또는 목사관에 사는 사람들이 마음에 들어서 그런지는 모르겠지만, 어쨌든 두 사촌은 거의 매일 목사관까지 산책하고 싶었다. 그들은 오전에 대중없이 방문했는데 때로는 따로 따로, 때로는 두 사람이 함께, 또 가끔은 캐서린 귀부인과 함께 왔다. 피츠윌리엄 대령은 그들을 만나면 늘 즐거워했다. 그래서 목사관 사람들 모두 그를 좋아했다. 엘리자베스는 그가 자기에게 호감을 갖고 있고 자기도 그와 함께 있으면 즐거웠기 때문에 예전에 좋아했던 조지 위컴이 생각났다. 그가 위컴보다 매력적이거나 상냥하지는 않았지만 그만큼 아는 것이 많은 사람도 없는 듯했다.

그러나 다아시가 목사관에 자주 들르는 이유는 도저히 짐작할 수 없었다. 사람들을 만나는 게 즐거운 것 같지는 않았다. 10분씩이나 말없이 그냥 앉아 있을 때도 많았고, 어쩌다 말할 때도 마음이 내켜서라기보다 어쩔 수 없이 하는 듯했다. 말하자면 예의상 몇 마디 꺼내는 게 전부였다. 게다가 활기찬 모습을 보인 적도 없었다. 샬럿은 다아시의 태도를 어떻게 받아들여야 할지 몰랐다. 그에 대해 잘 모르니 알 수는 없지만 피츠윌리엄 대령이 가끔 멍하니 있는 다아시를 놀려대는 것으로 보아 항상 그런 것 같지는 않았다. 그래서 자기 친구를 사랑하기 때문이라고 믿고 열심히 그 단서를 찾아보았다. 그녀는 목사관 식구들이 로징스를 방문했을 때나 다아시가 목사관에 왔을 때 그를 눈여겨보았으나 별다른 점을 찾지 못했다. 그가 엘리자베스를 자주 쳐다보는 것은 분명했지만 표정이 애매했다. 늘 진지하고 변함이 없어서 흠모하는 빛을 찾기는 어려웠고, 때로는 그저 멍하니 있는 것으로 보였다.

샬럿은 한두 번 엘리자베스에게 다아시가 그녀를 흠모하고 있는지도 모른다고 귀띔해주었다. 하지만 그때마다 엘리자베스는 그냥 웃어넘겼다. 샬럿은 실망으로 끝나기 쉬운 일에 괜히 기대를 걸게 될까 봐 더 이상 그 일을 파고들지 않기로 했다. 왜냐하면 엘리자베스는 다아시가 자신을 흠모하고 있다는 것을 아는 순간 그를 더 이상 증오하지 않을 게 분명했기 때문이다.

어떻게 하면 엘리자베스가 잘될지 이것저것 상상해보던 샬럿은 그녀가 피츠윌리엄 대령과 결혼하면 좋겠다는 생각에 이르렀다. 그는 누구보다 유쾌한 사람이었다. 그가 엘리자베스에게 호감을 가지고 있는 게 분명했고 조건도 딱 맞았다. 그러나 다아시에게는 그가 가지고 있지 않은 한 가지가 있었다. 바로 다른 모든 조건을 상쇄하고도 남을 성직 임명권이었다.

　엘리자베스는 장원을 산책하다가 우연히 다아시를 만났다. 그것도 한 번이 아니라 여러 번 마주쳤다. 그녀는 아무도 오지 않는 곳에 그가 나타나다니 운도 지지리 없다고 생각했다. 더 이상 부딪히고 싶지 않았던 그녀는 그에게 이 산책로는 자기가 즐겨 다니는 곳이라고 주의를 주었다. 그러므로 이런 일이 또다시 일어난다면 그것은 참으로 이상한 일일 것이다. 그러나 그녀는 그를 또 만났다. 그것도 세 번이나. 그녀가 보기에 그것은 일부러 심술을 부리는 게 아니라면 고행을 자처한 것이었다. 왜냐하면 그가 인사를 하고 어색하게 잠시 머뭇거리다 가버리는 것이 아니라 길을 돌아서서 그녀와 함께 걸었기 때문이다. 그는 많은 말을 하지 않았고, 그녀도 말을 많이 하거나 그가 말을 건네기를 바라지도 않았다. 그러나 두 사람이 세 번째 만났을 때 그녀는 그가 서로 아무 계연성도 없는 질문들을 하고 있다는 것을 깨닫고 의아했다. 그는 헌스퍼드에서 지내는 게 즐거운지, 홀로 걷는 게 좋은지, 콜린스 부부가 행복하다고 생각하는지 등을 물었다. 그리고 그녀가 아직 로징스 저택에 대해 다 알지 못한다고 말할 때는 켄트에 다시 오면 로징스에 머물기를 바라는 듯했다. 그녀는 그가 피츠윌리엄 대령과 자신 사이에 일어날지도 모르는 일을 예상하고 그런 말을 하는 게 아닌가 생각했다. 이런 생각을 하느라 머릿속이 복잡했던 그녀는 목사관 맞은편 울타리 입구에 이르자 마음이 편했다.

그러던 어느 날 엘리자베스는 얼마 전에 받은 제인의 편지를 다시 읽어보면서 산책하고 있었다. 제인이 풀이 죽어 있을 때 쓴 구절을 읽으며 곰곰이 생각에 잠겨 걷고 있을 때 이번에는 다아시가 아니라 피츠윌리엄 대령이 나타나 인사했다. 깜짝 놀란 그녀는 얼른 편지를 접고 애써 미소 지었다.

"이 길을 산책하실 줄은 정말 몰랐어요."

"장원을 둘러보고 있었습니다. 해마다 그랬거든요. 그런 다음 목사관에 들를 생각이었죠. 그런데 계속 산책하실 건가요?"

"아니에요. 이제 돌아가야죠."

두 사람은 나란히 목사관으로 걸어갔다.

"토요일에 정말 켄트를 떠나세요?"

엘리자베스가 먼저 입을 열었다.

"네, 다아시가 또 연기하지 않으면요. 저는 그가 하자는 대로 할 테니까요. 그는 마음 내키는 대로 일정을 짜거든요."

"그리고 자기 계획에 만족하지는 못해도, 적어도 마음 내키는 대로 하면서 쾌감을 느끼겠네요. 저는 그분처럼 자기 하고 싶은 대로 할 수 있는 사람을 보지 못했어요."

"다아시는 자기 뜻대로 하고 싶어 하죠. 하지만 누구나 다 그렇지 않나요? 다만 그는 부유하기 때문에 다른 사람들보다 자기 마음대로 할 수 있는 수단이 많을 뿐이죠. 진심으로 말씀드리는데 알다시피 장남이 아닌 한 자기 자존심을 버리고 의존하는 데 익숙해야 한 답니다."

"백작의 차남 정도면 그런 것을 모르실 것 같은데요. 솔직히 말씀 해보세요. 대령님은 자존심을 버리고 의존해본 적이 있으세요? 돈 이 없어서 가고 싶은 곳을 못 갔다거나 마음에 드는 것을 가지지 못 한 적이 있나요?"

"날카로운 질문이군요. 말씀하신 그런 어려움을 경험한 적은 없지 만 좀더 중대한 문제에서는 돈이 없어서 힘들 때도 있을 것입니다. 장남이 아니면 좋아하는 여자하고 결혼도 마음대로 못 하거든요."

"상대가 재산이 없는 여자라면 그렇겠죠. 하지만 그런 남자들은 대부분 부유한 여자를 좋아하지 않나요?"

"돈 씀씀이도 우리를 의존하게 만듭니다. 그래서 저 같은 신분에 돈에 구애받지 않고 결혼할 만큼 여유 있는 사람은 흔하지 않죠."

'나를 두고 하는 말인가?'

그녀는 이런 생각을 하며 얼굴을 붉혔다. 그러나 다시 마음을 가 라앉히고 명랑하게 말했다.

"그렇다면 백작의 차남은 값이 얼마나 되나요? 장남이 중병에 걸 리지 않는 한 5만 파운드는 넘지 않을 것 같은데요?"

그도 장난스럽게 대꾸했으나 곧 이야기가 뚝 끊어졌다. 그녀는 계속 침묵하면 조금 전 이야기로 언짢아하고 있다고 생각할까 봐 이렇게 말했다.

"다아시 씨는 자기 마음대로 하려고 대령님을 데리고 왔나 봐요. 차라리 결혼을 하면 자기 마음대로 할 수 있는 사람을 늘 옆에 둘 수 있을 텐데요. 하지만 당분간은 누이동생으로 충분하겠네요. 동생한테는 오빠 하나밖에 없으니 자기 마음대로 하지 않겠어요."

"그렇지 않습니다. 그 일은 다아시하고 제가 나누어 하고 있습니다. 다아시 양의 후견인은 다아시하고 저 두 사람이죠."

"그래요? 그럼 후견인은 무슨 일을 하죠? 피후견인을 감당하기 힘들지 않나요? 그 또래 아가씨들은 다루기가 좀 힘들 텐데요. 게다가 그 아가씨도 한 핏줄이니 오빠처럼 자기 마음대로 하려고 들 텐데요."

그때 그녀는 피츠윌리엄이 자신을 뚫어지게 바라보고 있다는 것을 느꼈다. 그가 왜 다아시 양이 자기들을 힘들게 할 거라고 생각하느냐고 묻자 그녀는 자신의 예상이 맞았다고 확신했다. 그녀는 즉시 이렇게 말했다.

"그렇게 놀라실 것 없어요. 다아시 양을 비방하는 얘기를 듣고 그러는 건 아니니까요. 사실 그녀는 세상에서 가장 온순한 사람일 가능성이 크죠. 제가 잘 아는 허스트 부인과 빙리 양이 매우 좋아하더군요. 대령님도 이분들을 아신다고 하셨던 것 같은데요."

"조금 압니다. 빙리 씨는 유쾌하고 신사답죠. 다아시와 아주 친한 사이고요."

"다아시 씨는 빙리 씨한테 굉장히 친절하고 지나치리만큼 잘 챙기시더군요."

그녀가 무심한 목소리로 말했다.

"잘 챙긴다고요? 맞아요. 다아시는 그 친구를 아주 많이 챙기는 것 같더군요. 필요할 때는 특히요. 여기 오는 길에 다아시에게 들은 말이 생각나는군요. 빙리 씨에게 큰 도움을 줬나 봐요. 꼭 빙리 씨라고 말한 것은 아니지만 말이에요. 그건 단지 제 추측일 뿐이니 오해는 하지 마세요."

"무슨 말씀이시죠?"

"다아시는 그 일이 남들에게 알려지는 것을 원치 않는답니다. 그 아가씨의 가족이 알면 기분 나빠할 일이거든요."

"절대 아무에게도 말하지 않을게요."

"그럼 그 사람이 빙리 씨라는 것은 전적으로 제 추측이라는 점을 명심하고 들으셔야 합니다. 다아시가 말하기를 얼마 전 자기 친구가 신중하지 못한 결혼을 하려고 했는데 그것을 못 하게 자신이 말렸다더군요. 그래서 아주 기쁘다고요. 그랬다면 아마 그 친구는 곤경에 처했을 거라더군요. 그러나 누구라고 말하지 않았고 그 이상 자세히 말하지도 않았습니다. 저는 단지 빙리 씨 성격으로 보아 그럴 만했고, 지난여름 두 사람이 같이 있었으니 그가 아닌가 추측한 겁니다."

"다아시 씨는 왜 결혼을 반대했는지 이유를 말씀하셨나요?"

"여자 쪽에 그럴 만한 이유가 있었던 모양입니다."

"다아시 씨가 두 사람을 어떻게 갈라놓았나요?"

"어떤 방법으로 했는지는 말하지 않았습니다. 그저 아까 말씀드린 게 전부입니다."

피츠윌리엄이 미소 지으며 말했다.

엘리자베스는 화가 나서 가슴이 터질 것 같아 아무 말 없이 걸었다. 피츠윌리엄은 그녀를 잠시 바라보더니 왜 그렇게 심각하냐고 물었다.

"방금 하신 말씀에 대해 생각하는 중이에요. 다아시 씨의 행동이 마음에 들지 않아서요. 무엇 때문에 다아시 씨는 남의 일에 참견하는 거죠?"

"다아시가 주제넘는 행동을 했다고 생각하시는군요."

"다아시 씨가 무슨 권리로 친구의 감정을 가지고 옳으니 그르니 하는지 의문이네요. 과연 친구의 행복을 자기 마음대로 판단하고 강요할 권리가 있는지 이해할 수 없어요. 물론 자세한 상황을 모르니 무조건 그분을 비난해서는 안 되겠죠. 아무래도 당사자들이 서로 깊이 사랑하지 않았나 보죠."

엘리자베스가 흥분을 가라앉히면서 말했다.

"그럴 수도 있겠네요. 하지만 그렇다면 제 사촌이 특별히 잘했다고 자랑할 일은 아닌 것 같군요."

그녀는 농담으로 한 그의 말이 다아시의 행동을 잘 꼬집었다는 생각에 별다른 대꾸를 하지 않았다. 그녀는 갑자기 화제를 바꿔 목사관에 도착할 때까지 소소한 이야기만 했다. 그녀는 피츠윌리엄과 헤어지고 나서 곧장 자기 방으로 들어가 그에게 들은 이야기를 곰곰이 따져보았다. 다아시가 말한 인물이 다른 사람일 리는 없었다. 이 세상에서 그가 그렇게 큰 영향력을 발휘할 만한 사람이 또 있을 리 없었다. 빙리와 제인을 떼어놓는 일에 그가 간여하지 않았다고 생각해본 적도 없었다. 그러나 그 일을 주도한 사람은 빙리 양일 거라고 생각했다. 그가 자신이 큰일을 한 것처럼 부풀려서 말한 게 아니라면 제인을 고통에 빠뜨린 건 다름 아닌 바로 그의 오만함과 변덕이었다. 그는 세상에서 가장 상냥하고 마음씨 고운 여자의 행복을 송두리째 앗아갔다. 그 상처가 얼마나 오래갈지는 아무도 모를 일이었다.

"여자 쪽에 그럴 만한 이유가 있었던 모양입니다."라고 피츠윌리엄 대령이 말했다. 그것은 분명 지방 변호사인 이모부와 런던에서 장사를 하는 외삼촌을 두고 하는 말일 것이다. 그녀는 큰 소리로 외쳤다.

"언니 하나만 보면 반대할 이유가 없지. 얼마나 사랑스럽고 착한데! 얼굴이랑 몸매도 매력적이고 마음이 넓은 데다 교양 있고 똑똑하잖아. 아버지 탓도 없어. 성미가 좀 괴팍하긴 해도 다아시 씨가 업신여기지 못할 만큼 품격 있는 분이니까 아버지 때문은 절대 아니야."

그러나 어머니를 떠올렸을 때 그녀는 한풀 꺾였다. 하지만 어머니의 인격 때문에 다아시가 그토록 강하게 반대했을 리는 없었다. 그녀는 빙리의 처가가 될 사람들이 지각없이 군다는 사실보다 지위가 낮다는 사실 때문에 다아시가 그처럼 오만한 행동을 했다고 믿었다. 결국 그녀는 오만한 성격과 빙리를 누이동생 곁에 두고 싶은 마음에 그가 두 사람의 결혼을 그토록 강력하게 반대했다고 결론지었다.

그녀는 이 문제를 생각하다가 화를 참지 못하고 눈물을 흘리다 보니 두통까지 생겼다. 그렇지 않아도 다아시를 보기 싫은 판국에 저녁 무렵 두통이 더욱 심해져 집에 머물기로 했다. 다른 사람들과 함께 차를 마시러 로징스에 가기로 약속했던 것이다. 샬럿은 엘리자베스가 정말 아픈 것을 보고 억지로 권하지 않았고, 남편이 강하게 권하지 못하도록 말려주었다. 그러나 콜린스는 엘리자베스가 오지 않으면 캐서린 귀부인의 마음이 상하지 않을까 심히 걱정했다.

11

그들이 떠나자 엘리자베스는 마치 다아시에게 한껏 화풀이라도 하듯 켄트에 머무는 동안 받은 언니의 편지를 전부 꺼내 다시 읽어보았다. 실제로 불평하는 말도 없었고, 지나간 일을 떠올리거나 현재 괴롭다는 말도 없었다. 그러나 언니 특유의 밝은 문체는 찾아볼 수 없었다. 불만 없는 평온한 마음으로 누구에게나 친절하며 밝고

238

유쾌한 성품, 지금까지 한 번도 그늘진 적 없는 밝고 쾌활한 분위기를 전혀 느낄 수 없었던 것이다. 처음 읽었을 때는 잘 몰랐는데 지금 다시 읽어보니 문장 곳곳에서 불안한 마음이 엿보였다. 다아시가 뻔뻔하게도 다른 사람을 슬픔에 빠뜨리고 기뻐했다는 말을 듣고 나니 언니의 고통이 더욱 가슴에 와닿았다. 모레 그가 로징스를 떠난다고 하니 조금은 위안이 되었다. 더욱이 보름 뒤에 언니를 만나면 힘닿는 데까지 기운을 북돋워줄 거라고 생각하니 더욱 위안이 되었다.

엘리자베스는 피츠윌리엄도 다아시와 함께 켄트를 떠날 거라는 사실을 떠올렸다. 그는 그녀에게 청혼할 뜻이 없다고 분명히 밝혔다. 그녀는 유쾌한 그가 마음에 들었지만 그가 떠난다고 해서 우울하지는 않았다.

엘리자베스가 이런저런 생각에 골몰하고 있을 때 현관 초인종이 울렸다. 그녀는 피츠윌리엄 대령이 아닐까 하는 생각에 마음이 조금 들떴다. 언젠가 그가 저녁 늦게 들른 적이 있었기 때문이다. 어쩌면 몸이 좀 어떤지 알아보려고 왔는지도 모를 일이었다. 그러나 놀랍게도 방에 들어선 사람은 다아시였다. 그 순간 그녀의 머릿속에서 피츠윌리엄 생각이 싹 사라지면서 기분도 완전히 바뀌었다. 그는 대뜸 몸이 좀 어떠냐고 묻더니 좀 나아지지 않았을까 기대하며 왔다고 말했다. 그녀는 예의를 차리면서도 쌀쌀맞게 대답했다. 그는 몇 분 앉아 있다가 다시 일어서서 이리저리 왔다 갔다 했다.

그녀는 놀랐지만 한마디도 하지 않았다. 다시 몇 분간 침묵이 흐르고 나서 그가 그녀에게 다가가 감정이 복받친 목소리로 말했다.

"제 자신과 힘들게 싸워보았지만 소용없었습니다. 제 감정을 자제하려고 노력했지만 잘 안 되더군요. 고백하건대 저는 당신을 사랑합니다."

엘리자베스는 너무 놀라 무슨 말을 해야 할지 몰랐다. 그녀는 자신의 귀를 의심하며 눈을 동그랗게 뜨고 다아시를 바라보다가 말없이 얼굴만 붉혔다. 그는 그녀의 태도에 더욱 자극을 받았는지 오래 전부터 품어왔던 감정을 고백하기 시작했다. 그는 말을 잘했다. 그러나 그는 진심 어린 사랑 말고도 다른 감정에 대해 세세하게 이야기했고, 특히 자존심에 대해 말할 때는 열변을 토했다. 그녀가 자기보다 신분이 낮아 결혼하면 가문에 부끄러운 일이며, 사랑하면서도 그녀의 집안을 생각하며 이성적으로 자제했다는 등 열띤 목소리로 설명했다. 스스로 깎아내리고 있는 자신의 높은 신분 때문에 그런 것이겠지만 청혼에는 별 도움이 되지 않았다.

엘리자베스는 그에 대해 뿌리 깊은 증오심을 품고 있었지만 영광스럽게도 그처럼 신분 높은 사람이 청혼하는 데는 무덤덤할 수 없었다. 그렇다고 청혼을 받아들이고 싶은 것은 아니었지만 그가 괴로워할 것을 생각하니 안타까운 마음이 들었다. 그러나 뒤이은 그의 말에 다시 분노가 치밀어 안타까운 마음이 일시에 사라졌다. 그녀는 그가 말을 마치고 나면 대답하려고 꾹 참았다. 그는 온갖 갈등을 겪으며 노력했는데도 억제할 수 없는 것을 보면 자신의 사랑이 얼마나 강한지 알 수 있으며, 부디 그녀가 청혼을 받아들여 자신의 애정에 보답해주기 바란다는 말로 끝을 맺었다. 그는 그녀가 자신의 사랑을 받아들일 거라고 확신했다. 말로는 불안하고 염려된다고 했지만 얼굴 표정은 조금도 의심하지 않는 게 분명했다. 그녀는 그런 모습에 더욱 화가 났다. 그가 말을 끝냈을 때 그녀의 얼굴은 상기되어 있었다.

"이런 경우 일단 제 감정은 전혀 다르다 할지라도 먼저 감사하다고 말씀드리는 것이 관례라고 생각합니다. 아니, 감사하게 생각하는 게 당연하겠죠. 제 마음도 당신과 똑같다면 감사한 마음을 표현할 거예요. 그러나 저는 다아시 씨가 저를 좋아하기를 바란 적이 없어요. 분명 당신도 원하지 않던 일이고요. 제가 당신을 괴롭혔다면 정말 죄송해요. 하지만 그것은 제가 미처 몰랐던 일이고, 그런 괴로움은 시간이 지나면 곧 사라질 거예요. 말씀하신 대로 당신이 저에 대한 애정을 오랫동안 억눌러왔고 이제 제 답을 들었으니 어렵지 않게 괴로움을 극복할 수 있을 거라고 생각합니다."

벽난로 선반에 기대어 엘리자베스의 얼굴을 뚫어지게 바라보던 다아시는 그녀의 한 마디 한 마디에 놀라기보다 분노를 느끼는 듯했다. 그의 안색은 창백했고 어찌할 줄 모르는 표정이 역력했다. 그는 마음을 가라앉히려고 무척 애를 썼으며 냉정을 되찾을 때까지 입을 열지 않았다. 엘리자베스는 그 침묵을 견디기가 힘들었다. 드디어 그가 가라앉은 목소리로 말했다.

"고작 이것이 제가 그토록 기다린 대답이군요. 청혼을 거절하시는 이유를 묻고 싶군요. 중요한 문제는 아닙니다만 공손한 척도 하지 않고 거절하시는 이유를 말입니다."

"그렇다면 저도 물어보고 싶군요. 어째서 저에게는 불쾌하고 모욕적인 일이라는 것을 알면서 자신의 의사와 이성, 심지어 인격을 거스르면서까지 저를 사랑한다고 고백하셨나요? 제가 무례했다면 이것으로 약간의 변명이 되지 않을까 합니다. 이유는 또 있어요. 물론 다아시 씨도 아실 거예요. 제가 설령 다아시 씨를 싫어하지 않더라도, 혹은 별다른 감정이 없더라도, 심지어 좋아한다 하더라도, 제가 가장 사랑하는 언니의 행복을 깨뜨린 사람의 사랑을 받아들일 거라고 생각하셨나요?"

그녀의 말에 잠시 다아시의 얼굴빛이 변했다. 그러나 그녀가 계속 말하자 가만히 귀를 기울였다.

"제가 당신을 좋아하지 않는 이유는 많아요. 특히 어떤 이유에서건 당신이 언니에게 부당하고 비열한 행동을 했다는 데는 변명의 여지가 없을 거예요. 어쨌든 덕분에 한 사람은 변덕스럽고 결단력이 없다는 비난을 샀고, 한 사람은 헛된 희망을 품었다며 비웃음거리가 되었죠. 설령 당신 혼자 저지른 짓이 아니라고 해도 두 사람을 비참하게 만든 장본인이라는 것을 부인하지는 않겠죠. 절대 그러지 못할 거예요."

그녀는 잠깐 말을 멈췄다. 그리고 미안한 기색도 없이 아무렇지도 않은 표정을 짓고 있는 그를 보고 화가 치밀었다. 그는 도무지 알 수 없다는 표정으로 미소 지으며 그녀를 바라보았다.

"아니라고 할 수 있나요?"

그녀가 재차 묻자 그는 짐짓 차분하게 대답했다.

"저는 제 친구를 제인 양한테서 떼어놓으려고 최선을 다했고 결국 그렇게 되어서 기뻤던 것은 사실입니다. 그 점은 부인하지 않겠습니다. 비록 저는 그렇게 못 하지만 빙리만이라도 그렇게 만든 거니까요."

엘리자베스는 그럴싸한 마지막 말을 들은 척도 하지 않았다. 하지만 무슨 뜻인지는 알았으므로 화가 누그러지지 않았다. 그녀는 계속 말했다.

"어쨌든 제가 싫어하는 이유가 그것만은 아니에요. 이 일이 일어나기 훨씬 전부터 당신에 대한 제 감정은 이미 굳어졌어요. 당신이 어떤 사람인지는 몇 달 전 위컴 씨한테 자세히 들었거든요. 이 점에 대해 하실 말씀 없으세요? 없던 우정까지 끄집어내서 둘러대실 건가요? 혹은 사실과 다른 이야기를 꾸며내 사람들을 속이실 건가요?"

"그 친구에게 관심이 많은 모양이군요."

얼굴이 상기된 다아시가 조금 동요한 목소리로 말했다.

"그분이 어떤 불행한 일을 겪었는지 아는 사람치고 그분에게 관심을 갖지 않을 사람이 누가 있겠어요?"

"불행한 일이라고요? 그렇죠. 정말 엄청난 불행이었죠."

그가 경멸하는 투로 되풀이했다. 그러자 엘리자베스가 힘주어 말했다.

"당신이 그렇게 만들었죠. 당신이 그분을 비참한 상황으로 내몬 거라고요. 물론 상대적으로 비참하다는 뜻이지만요. 당신은 위컴 씨 앞으로 마련된 재산을 빼앗았죠. 그분 인생에서 가장 중요한 시기에 누리기로 되어 있는 경제적 자립을 박탈한 거예요. 바로 당신이 말이에요. 게다가 당신은 이 모든 일을 벌이고도 그분의 불행을 멸시하고 비웃는군요."

다아시는 빠른 걸음으로 방 안을 걸으며 응수했다.

"이제 당신이 저를 어떻게 생각하고 어떻게 평가하는지 알겠군요. 자세히 말씀해주셔서 고맙습니다. 당신 말대로라면 정말 저의 죄가 크군요."

그는 걸음을 멈추고 엘리자베스를 돌아보며 다시 말했다.

"제가 그동안 청혼을 망설일 수밖에 없었던 이유를 솔직하게 털어놓아 당신의 자존심을 상하게 하지 않았다면 저의 잘못을 모른 척 눈감아주었겠죠. 당신의 마음에 거슬리지 않도록 제가 어떤 심적 갈등도 없었고 이성적으로 곰곰이 생각해봐도 아무 문제 없이 오로지 사랑하는 마음만으로 청혼하는 척했다면 이렇게 신랄한 비난을 받지는 않았겠죠. 그러나 저는 위선을 누구보다 경멸하는 사람입니다. 아무리 좋은 의도라도 말이죠. 당신을 사랑하면서 여러 가지 감정이 들었다고 고백한 것을 조금도 부끄러워하지 않습니다. 제가 수준이나 신분이 낮은 당신 집안을 기꺼이 받아들일 거라고 기대하셨나요? 제가 사회적인 조건이나 지위가 한참 떨어지는 사람들과 가족이 되는 것을 기뻐하리라 생각하셨나요?"

엘리자베스는 그의 말 한 마디 한 마디에 점점 더 화가 났지만 흥분하지 않으려고 꾹 참으며 말했다.

"다아시 씨, 당신의 태도로 저의 대답이 달라졌을 거라고 생각하셨다면 오해예요. 당신이 좀더 신사답게 청혼했다면 거절하면서 매우 미안한 마음이 들었을 겁니다. 하지만 그랬다 하더라도 달라질 건 없어요."

그녀의 말에 그는 깜짝 놀랐지만 한마디도 하지 않았다. 그녀가 계속 말했다.

"당신이 어떻게 청혼하든 받아들이지 않았을 거예요."

그는 또 한 번 놀랐다. 그는 믿지 못하겠다는 표정으로 화가 난 듯 그녀를 바라보았다. 그녀가 계속 말했다.

"당신을 처음 만났을 때 저는 당신이 오만하고 잘난 체하며 다른 사람의 감정 따위는 전혀 배려하지 않는 이기주의자라는 인상을 받았어요. 이러한 토대 위에 잇따라 여러 가지 일들이 일어나면서 싫은 감정이 싹텄다고 할까요? 그러다 보니 당신을 알게 된 지 한 달도 채 안 되어 당신 같은 사람하고는 절대 결혼하지 않을 거라고 생각했죠."

"그만하면 엘리자베스 양의 마음을 충분히 이해했습니다. 이제 제 감정을 부끄럽게 여기는 일만 남았군요. 많은 시간을 빼앗은 것 같아 죄송합니다. 부디 건강하고 행복하시기 바랍니다."

다아시는 그렇게 말하고 급히 방을 나갔다. 잠시 뒤 그가 현관문을 열고 나가는 소리가 들렸다.

엘리자베스는 몹시 괴롭고 혼란스러웠다. 그녀는 몸을 가누기조차 힘들어 의자에 쓰러지듯 앉아 30분 동안이나 울었다. 조금 전에 일어난 일을 생각하면 생각할수록 더욱 놀라웠다. 다아시가 청혼하다니! 그가 수개월 전부터 자신을 사랑하고 있었다니! 자기 친구와 언니의 결혼을 반대했던 것과 같은 이유, 그 못지않게 자신에게 불리한 그 모든 이유를 물리치고 결혼하고 싶을 만큼 열렬히 사랑하고 있다는 사실이 도저히 믿어지지 않았다. 자기도 모르게 그렇게 강렬한 애정을 불러일으켰다니 한편으로는 기분이 좋았다. 그러나 얄미울 정도로 오만한 태도, 제인에게 저지른 짓을 조금도 부끄러워하지 않는 뻔뻔함, 변명도 하지 않고 자기의 소행을 인정하는 이해할 수 없는 당당함, 위컴 이야기를 할 때의 싸늘한 표정이나 그를 모질게 대했다는 것을 부인하지 않는 태도……, 이런 것들로 인해 그의 애정을 생각할 때 잠시 떠올랐던 동정심은 이내 사라졌다. 이런 생각을 하며 마음을 가라앉히지 못하고 있을 때 캐서린 귀부인의 마차 소리가 들렸다. 엘리자베스는 샬럿이 자기를 보면 평소와 다른 것을 눈치챌 것 같아 급히 자기 방으로 갔다.

12

다음 날 아침 엘리자베스가 잠을 깼을 때 지난밤 잠들 때까지 매달렸던 생각이 계속 머릿속을 맴돌았다. 그녀는 여전히 충격에서 헤어나지 못하고 있었다. 그녀는 다른 생각은 물론 아무것도 할 수 없을 것 같아 아침을 먹고 나서 곧바로 산책을 나가기로 마음먹었다. 즐겨 다니던 산책로로 곧장 걸어가던 그녀는 문득 다아시가 가끔 온다는 사실이 떠올라 걸음을 멈췄다. 그러고는 장원으로 들어가지 않고 큰 도로에서 멀리 떨어진 곳으로 이어진 오솔길로 들어갔다. 장원 울타리는 오솔길의 한쪽 경계를 따라 이어졌고, 조금 뒤 그녀는 장원으로 들어가는 문 앞을 지나갔다.

오솔길을 두세 번 걷고 나서 장원의 상쾌한 모습에 이끌린 그녀는 문 앞에 서서 장원 안을 들여다보았다. 그녀가 켄트에서 지내는 5주일 동안 자연 풍광이 크게 달라졌다. 조금 이르기는 했지만 수목은 나날이 짙어갔다. 그녀가 계속 걸으려고 할 때 장원을 둘러싼 관목 숲 사이로 한 남자가 자신을 향해 다가오는 것이 얼핏 보였다. 그녀는 다아시인지도 모른다는 생각에 얼른 발길을 돌렸다. 그러나 걸음이 빠른 남자는 어느새 누구인지 알아볼 만큼 가까이 다가오면서 그녀의 이름을 불렀다. 그녀는 다아시가 자기를 부른다는 것을 알면서도 장원 입구로 갔다. 두 사람은 문 앞에서 맞닥뜨렸고, 다아시가 편지를 내밀자 그녀는 자기도 모르게 받아 들었다. 그는 조금 거만하면서도 담담하게 말했다.

"뵙기를 바라면서 숲을 걷고 있었습니다. 그 편지를 꼭 읽어주시기 바랍니다."

그러고는 가볍게 인사하고 관목 숲으로 들어가더니 곧 사라졌다.

엘리자베스는 기분 좋은 내용을 기대하지는 않았지만 몹시 궁금해하며 편지를 열어보았다. 겉장은 물론 그 속에 든 편지지 두 장에도 놀라울 정도로 빽빽하게 글이 적혀 있었다. 그녀는 오솔길을 걸어가면서 편지를 읽었다. '로징스에서 아침 8시'라고 적혀 있었다.

이 편지를 읽으면서 어젯밤의 불쾌한 감정을 다시 끄집어내거나 또 다시 청혼할까 봐 두려워하지 않아도 됩니다. 우리 둘 다 빨리 잊어버리는 게 좋은 일들을 군이 길게 써서 당신을 괴롭히거나, 또는 제 스스로 구차해지고 싶지 않으니까요. 제 성격 때문에 어쩔 수 없이 이런 편지를 쓰게 된 것을 용서하세요. 그렇지 않았다면 당신이 수고스럽게 편지를 읽지 않아도 되었을 테니 말입니다. 당신은 이 편지를 읽고 싶지 않을 것입니다. 하지만 이것은 공정한 판단과 관련된 중요한 문제이니 꼭 읽어주시기 바랍니다.

지난밤 당신은 제가 성질과 중요도가 전혀 다른 두 가지 잘못을 저질렀다고 비난했습니다. 하나는 제가 빙리와 당신 언니의 감정은 생각하지 않고 둘 사이를 갈라놓았다는 것이었고, 다른 하나는 명예와 인정을 저버리고 위컴이 당연히 누려야 할 권리를 빼앗아 그의 행복을 깨뜨리고 앞날을 망쳤다는 것이었습니다. 내 젊은 시절 친구이자 내 아버지가 특히 아끼던 사람, 우리 집안이 도와주지 않으면 의지할 데라고는 없는, 그래서 그것만 기대하며 성인이 된 그 젊은이의 앞길을 아무 이유 없이 일부러 막아버렸다면 그야말로 부도덕한 소행일 것입니다. 겨우 수주일밖에 안 되는 빙리와 당신 언니의 사랑을 갈라놓은 일과는 비교할 수 없는 악행이죠. 하지만 제가 왜 그런 행동을 했는지를 읽고 난 뒤에는 두 가지 일에 대해 지난밤과 같은 가혹한 비난을 거두어주시기 바랍니다. 설명하다 보면 당신의 심기를 건드릴 만한 말이 튀어나올 수밖에 없을 것입니다. 그 점에 대해서는 죄송하다는 말씀밖에 못 드리겠군요. 불가피한 일을 가지고 용서를 구하는 것도 우스운 일이겠지요.

다른 사람들과 마찬가지로 저 역시 하트퍼드셔에 간 지 얼마 안 되어 빙리가 롱본의 많은 여성 중 당신 언니를 좋아한다는 것을 알았습니다. 그의 애정이 진실하다는 것을 확신한 것은 네더필드의 무도회에서였습니다. 그가 그전에도 가끔 사랑에 빠진 적이 있으니까요. 그날 밤 무도회에서 영광스럽게도 당신과 춤추는 동안 우연히 윌리엄 루카스 경의 말을 듣고 빙리가 당신 언니에게 관심을 가지는 것을 알고 주변에서 결혼을 기대하고 있다는 것을 알았습니다. 루카스 경은 날만 잡지 않았다 뿐이지 결혼이 확실한 것처럼 말했습니다. 그때부터 저는 제 친구의 행동을 주의 깊게 살펴보았는데, 베넷 양에 대한 그의 사랑은 과거에 보았던 것 이상임을 알 수 있었습니다. 그래서 당신 언니도 주의해서 살펴보았습니다. 그녀가 솔직하고 쾌활하며 매력적이라는 것은 느꼈지만, 빙리에게 특별한 호감을 갖고 있는 것 같지는 않았습니다. 그날 저녁 자세히 관찰해본 결과 비록 베넷 양이 빙리의 호의를 기분 좋게 받아들이고 있지만 빙리와 같은 감정은 아니라는 것을 확신했습니다. 이 점에 대해서는 당신이 잘못 본 것이 아니라면 제가 잘못 생각한 것이겠죠. 당신 언니는 저보다 당신이 더 잘 아실 테니 아마도 제가 잘못 생각한 것이 아닐까 생각합니다. 그렇다면 저의 잘못된 판단으로 당신 언니께 고통을 주었으니 당신이 울분을 터트리는 게 당연할 것입니다. 그러나 당신 언니는 표정과 태도가 한결같이 차분하고 침착해서 가장 예리한 눈빛을 가진 사람조차 그녀가 아무리 상냥한 성품을 가졌다 해도 누군가를 쉽게 좋아할 사람은 아니라고 확신했을 것입니다. 제인 양이 빙리에게 관심이 없다고 믿고 싶었던 것도 사실입니다. 그러나 저는 바람이나 우려에 따라 무언가를 관찰하고 판단하지는 않는다고 감히 말씀드립니다. 제인 양이 빙리에게 관심이 없다고 믿은 것은 제 바람 때문만은 아니었습니다. 나름대로 객관적인 근거가 있었습니다. 그러기를 바란 데도 합리적인 근거가 있었듯이 말입니다.

지난밤 말씀드렸듯이 굳건한 사랑으로 극복할 수 있는 이유만으로 두 사람의 결혼을 반대한 것은 아니었습니다. 당신의 집안이 훌륭하지 않다는 사실이 빙리에게는 저만큼 문제가 되지 않습니다. 제가 두 사람의 결혼을 완강하게 반대한 이유는 또 있습니다. 빙리나 저나 똑같이 난처한 이유들이 있지만 저는 아직 눈앞에 닥친 일이 아니었으므로 굳이 생각하지 않으려고 했습니다. 간단하게나마 그 이유를 말씀드려야겠습니다. 당신 어머니 집안의 신분도 문제지만 어머니와 세 동생이 늘 교양 없이 행동하는 것에 비하면 아무것도 아닙니다. 가끔 아버지조차 그러시곤 하죠. 기분 상하셨다면 용서하세요. 저 역시 괴롭습니다. 가족의 흠을 듣고 언짢으셨다면, 당신과 당신 언니만은 비웃음을 살 만한 행동을 하지 않았고, 또 사람들이 두 분의 지성과 성품에 매료되어 칭찬을 아끼지 않았다는 것으로 위안을 삼으시기 바랍니다. 저는 무도회가 있던 날 밤 당신 가족에 대한 저의 생각이 옳았다는 것을 확인했고, 빙리가 불행한 결혼을 할지 모른다는 것을 뼈저리게 느꼈습니다. 그래서 무슨 일이 있어도 막아야겠다고 마음먹었습니다. 당신도 기억하고 있을 것입니다. 그다음 날 빙리는 곧 돌아오겠다며 런던으로 떠났습니다.

이제부터 제가 한 일을 말씀드리겠습니다. 저와 마찬가지로 빙리의 누이들도 불안했던 모양입니다. 우리는 서로 같은 생각을 하고 있다는 것을 알았습니다. 그래서 빙리를 한시라도 빨리 제인 양한테서 떼어놓기로 하고 뒤따라 런던으로 떠났습니다. 거기서 저는 빙리에게 이 결혼이 해가 될 뿐이라는 것을 깨우쳐주려고 노력했습니다. 어떤 해로운 점이 있는지 하나하나 설명해주고 강조했죠. 이런 설득으로 그가 망설일 수는 있었겠죠. 하지만 당신 언니가 자기에게 관심이 없다고 강하게 주장하지 않았다면 그의 결심을 막을 수 없었을 것입니다. 그때까지 빙리는 제인 양이 자신만큼, 아니면 그 비슷한 정도로 애정을 품고 있다고 믿었습니다. 그러나 그는 천성이 겸손해서 자기 자신보다 저의 판단을 더 믿었습니다. 그래서 그가 잘못 알고 있다고 설득하기는 어렵지 않았죠. 제 말을 믿는 순간 그는 한순간에 하트퍼 드셔로 돌아갈 생각을 접더군요. 여기까지는 저의 행동이 잘못되었다고 생각하지 않습니다. 다만 한 가지 마음에 걸리는 것은 갖은 방법으로 빙리에게 제인 양이 런던에 머문다는 사실을 숨겼다는 것입니다. 빙리 양이나 저는 그녀가 런던에 온 것을 알고 있었지만 빙리는 아직까지 모르고 있습니다. 그들이 만났더라도 결과가 달라지지 않았을 수도 있겠죠. 하지만 제인 양을 만나도 아무렇지 않을 만큼 그의 애정이 충분히 식은 것 같지 않았습니다. 그런 식으로 숨기는 것은 저답지 않은 비열한 행동일지 모르지만 최선이라고 믿었기 때문에 그렇게 했습니다. 이 문제에 대해서는 더 이상 드릴 말씀이 없습니다. 당신 언니가 상처받을 줄은 몰랐습니다. 또한 제 행동이 비록 당신에게는 부당해 보일 수도 있지만 저는 왜 비난받아야 하는지 아직까지 모르겠습니다. 그리고 위컴에게 해를 끼쳤다는 더 심각한 비난을 반박하려면 먼저 저의 가족과 그의 관계를 모두 말씀드려야겠군요. 그가 무슨 일로 저를 비난했는지는 모르지만, 지금부터 제가 하는 이야기는 모두 사실이며 의심스럽다면 진실을 증명해줄 사람을 내세울 수도 있습니다.

위컴의 아버지는 매우 훌륭한 분이었습니다. 그분은 여러 해 동안 펨벌리의 재산을 너무나 잘 관리해주었기 때문에 아버지는 그분에게 도움을 주고 싶어 하셨고, 그 때문에 그의 아들인 조지 위컴을 아끼며 친절을 베풀었죠. 제 부친은 그의 중등교육은 물론 케임브리지대학까지 보내주셨습니다. 위컴은 제 부친의 도움으로 비로소 교육을 받을 수 있었습니다. 아내가 워낙 돈을 헤프게 쓰는 터에 늘 가난했던 그의 아버지는 자식을 신사로 키울 수가 없었거든요. 제 부친은 예의 바르고 사람들의 마음을 끄는 이 젊은이와 종종 이야기를 나누며 즐거워하셨죠. 또 그가 목사가 되기를 바라시고 그에게 성직을 마련해줄 생각이셨습니다. 하지만 저는 여러 해 전부터 전혀 다른 시각으로 그를 보기 시작했습니다. 제 부친 앞에서는 철저히 감추고 있었던 나쁜 성품 말입니다. 저는 아버지와 달리 그와 나이가 거의 같다 보니 그가 방심하고 있을 때의 행동이 눈에 잘 띄더군요. 여기서 또 당신을 괴롭혀야겠군요. 그 괴로움이 얼마나 큰지는 당신만이 알겠지요. 하지만 당신이 위컴에 대해 어떤 감정을 가지고 있었든 간에 그의 본성을 밝혀야겠습니다.

저의 아버지께서는 5년 전쯤 돌아가셨습니다. 그분은 마지막까지 위컴을 변함없이 아끼셨죠. 그래서 저에게 그의 직업으로 가장 높은 자리까지 오를 수 있도록 최대한 도와주고, 그가 성직에 나가면 수입이 좋은 목사직이 비는 대로 그에게 주라고 유언을 남기셨습니다. 그것 말고도 그에게 1천 파운드를 따로 남기셨고요. 그의 아버지도 저의 아버지가 돌아가신 뒤 얼마 안 되어 돌아가셨습니다. 그런데 이런 일들이 있은 지 반년도 못 되어 위컴은 성직자가 되지 않기로 했으니 자기가 받기로 한 목사직을 포기하는 대신 돈을 받고 싶으며, 이것을 부당한 요구라고 생각하지 말아달라는 편지를 저에게 보냈습니다. 또한 그는 법학을 공부할 생각인데 유산 1천 파운드에 붙는 이자로는 부족하다는 것을 알지 않느냐고 덧붙였습니다. 저는 그가 진심으로 하는 말이라고 믿었다기보다 오히려 믿고 싶었습니다. 하지만 어쨌든 그의 요구를 들어주기로 했습니다. 그와 같은 사람이 목사가 되어서는 안 된다고 생각했으니까요. 일은 잘 마무리되었습니다. 그리고 그는 목사직이 비더라도 그에 관한 권리를 포기하겠다는 조건으로 3천 파운드를 받아갔습니다. 이것으로 우리의 관계가 끝났다고 여겼습니다. 저는 그의 인품을 믿지 않았기 때문에 그를 펨벌리에 초대하지 않았을 뿐만 아니라 런던의 집에 오는 것도 허락하지 않았습니다. 그는 주로 런던에서 살았던 걸로 알고 있는데 법학 공부를 한다는 것은 핑계였다고 합니다. 아무런 제약이나 구속도 받지 않고 게으르고 방탕한 생활에 빠져 있었다고 합니다. 3년간 그의 소식을 못 들었습니다.

그러던 어느 날 원래 그에게 주기로 했던 교구의 목사가 사망하자 그는 자기를 임명해달라고 편지를 보내왔습니다. 자기가 곤궁에 처해 있다고 했는데 그거야 충분히 그럴 만했죠. 그리고 그는 법학이라는 것이 자기와는 맞지 않는 학문임을 깨달았다면서 추천해준다면 목사가 되겠다고 했습니다. 그리고 제가 그렇게 해주리라 믿는다고 했습니다. 목사직에 딱히 추천할 만한 사람도 없고 제가 선친의 유지를 잊을 리 없다고 말이죠. 당신은 이런 부탁을 거절했다고 해서, 또는 거듭되는 부탁을 무시했다고 해서 저를 책망하지는 않겠지요. 그는 곤궁에 처할수록 저를 더욱 원망했고, 제 앞에서 저를 비난할 때처럼 무척 신랄하게 저를 헐뜯고 다녔습니다. 그 후 저는 그와의 모든 인연을 끊었습니다. 그가 어떻게 살았는지 전혀 모릅니다.

그러나 지난여름 그는 다시 제 앞에 나타나 저를 큰 고통에 빠뜨렸습니다. 이제는 잊고 싶고, 지금처럼 어쩔 수 없는 상황만 아니라면 누구에게도 말하고 싶지 않은 사정을 말씀드리겠습니다. 이렇게 말씀드렸으니 비밀을 지켜주시리라 믿습니다. 저에게는 열 살 어린 누이동생이 있는데 어머니의 조카인 피츠윌리엄 대령과 제가 후견인을 맡고 있습니다. 1년 전쯤 동생이 학업을 마치고 나서 런던에 집을 한 채 마련해 그곳에서 지내게 했습니다. 지난여름 동생은 자신의 교육을 담당하는 영 부인과 함께 램스게이트에 갔습니다. 그런데 위컴이 그곳에 따라갔습니다. 그 부인과 전부터 아는 사이였다는 점으로 미뤄볼 때 미리 계획했던 모양입니다. 어쨌든 그 부인한테 우리는 비참하게 속았습니다. 이 부인의 도움으로 그는 조지애나와 친해졌고 급기야 동생은 그를 사랑한다고 믿었습니다. 그는 둘이 도망가자고 설득했고 동생도 그러겠다고 했습니다. 동생은 정이 많은 데다 어린 시절 그가 다정하게 대해줬던 기억이 있었던 겁니다. 그때 동생의 나이가 겨우 열다섯 살이었으니 사리 분별을 못 하는 어린 나이라는 게 핑계라면 핑계일 수 있겠죠. 하지만 조심성이 없던 어린 동생이 다행히 그 사실을 저에게 말했습니다. 둘이 떠나기로 한 날 하루 전에 정말 우연히 제가 이틀간 램스게이트에서 지내게 되었는데, 이때 조지애나는 거의 아버지처럼 존경하는 오빠가 슬퍼하고 분노할 거라고 생각하니 견딜 수가 없어서 모든 이야기를 털어놓았습니다. 제 감정이 어땠고 또 어떻게 행동했을지는 아마 아실 것입니다. 동생의 명예와 감정을 존중해서 그 사실을 일절 입 밖에 내지는 않았지만, 곧 여기를 떠나라는 편지를 위컴에게 보냈고 그 부인도 해고했습니다. 위컴의 목적은 3만 파운드나 되는 조지애나의 재산이었습니다. 저에 대한 원한도 강력한 이유였겠지요. 정말이지 완벽하게 복수할 뻔했습니다.

엘리자베스 양, 지금까지 우리 두 사람이 계속 신경 썼던 일들을 모두 사실대로 말씀드렸습니다. 제 말을 믿으신다면 위컴을 잔인하게 대했다는 오해는 더 이상 하지 않을 것입니다. 그가 어떤 방법으로, 또 어떤 거짓의 탈을 쓰고 당신을 속였는지는 모르겠습니다. 그러나 그가 당신을 속이기는 어렵지 않았을 것입니다. 당신은 과거에 어떤 사건이 있었는지 전혀 몰랐으니 무엇이 거짓인지도 알 수 없었고 아무 근거 없이 사람을 의심할 수도 없었을 것입니다.

왜 이 모든 것을 지난밤에 말씀드리지 않았는지 궁금하시겠지요. 그때는 제 감정이 너무 격해서 어디까지 이야기해야 할지 몰랐습니다. 지금 말씀드린 모든 것이 진실이라는 점은 저의 가까운 친척이자 지인이며, 또 아버지의 유언을 집행한 한 사람으로서 이 사건의 전말을 자세히 알고 있는 피츠윌리엄 대령이 증명해줄 것입니다. 당신이 저를 미워한 나머지 저의 주장을 믿지 못하시더라도 피츠윌리엄 대령의 이야기를 들어보는 것은 어렵지 않겠지요. 당신이 그와 이야기를 나누려면 오늘 아침 이 편지를 당신에게 전해야겠지요.

하느님의 축복이 내리기를 바라며.

피츠윌리엄 다아시 올림

13

엘리자베스는 다아시에게 편지를 받았을 때 그가 다시 구혼하지 않을까 하는 생각은 했지만, 이런 내용이 들어 있을 것이라고는 전혀 예상하지 못했다. 따라서 그녀는 정신없이 편지를 읽어 내려갔으며 여러 가지 모순된 감정에 휩싸였다. 편지를 읽으면서 그녀는 뭐라고 표현할 수 없는 씁쓸한 기분에 사로잡혔다. 처음에 다아시가 모든 상황을 설명하겠다는 말에 놀랐다. 그다음에는 부끄러운 짓을 했다고 느낀다면 감히 꺼내지 못할 그런 변명 정도겠지 싶었다. 그래서 그가 무슨 말을 하는지 어디 한번 들어나 보자는 마음으로 읽었다. 네더필드에서 있었던 일들을 설명하는 대목을 읽을 때는 다음 내용이 너무너무 궁금해서 한 문장을 미처 이해하기도 전에 다음 문장으로 넘어갔다. 그녀는 언니가 빙리에게 관심이 없었다는 그의 생각은 틀렸다고 단정했다. 그리고 그가 두 사람의 결혼을 반대한 가장 큰 이유를 읽을 때는 너무 화가 나서 그의 생각이 옳을지도 모른다는 일말의 생각조차 들지 않았다. 그는 일이 이렇게 되어서 안됐다느니 유감스럽다느니 하는 말은 전혀 하지 않았다. 그는 자신의 잘못을 깨닫기는커녕 단호했으며 오만불손하기 짝이 없었다.

그러나 엘리자베스는 위컴에 대해 이야기하는 대목에서는 좀더 마음을 가라앉히고 주의 깊게 읽었다. 그의 말이 사실이라면 위컴에 대한 견해를 완전히 뒤집어야 했다. 게다가 위컴이 얘기한 것과 놀라우리만큼 비슷했다. 그녀는 몹시 괴로운 가운데 뭐라고 표현할 수 없는 묘한 감정에 휩싸였다. 놀라움과 두려움과 공포가 그녀의 마음을 짓눌렀다. 그녀는 "거짓말이야! 그럴 리 없어! 그것도 아주 졸렬한 거짓말이야!"라고 소리치면서 믿지 않으려 했다. 결국 마지막 한두 쪽은 자세히 읽지도 않고 편지를 접어버리고는 다시는 읽지 않겠다고 다짐했다.

감정이 북받친 그녀는 어찌할 줄 모르고 서성거렸다. 그러나 계속 그렇게 있을 수는 없었다. 그녀는 30초도 안 되어 편지를 다시 펼쳤다. 그리고 최대한 마음을 가라앉히고 위컴에 관한 대목을 자세히 읽어나가면서 문장의 의미를 하나하나 생각해보았다. 위컴과 다아시 집안의 관계나 돌아가신 다아시 씨가 위컴에게 친절을 베풀었다는 사실은 위컴이 이야기한 것과 똑같았다. 비록 편지를 읽기 전에는 어느 정도 친절을 베풀었는지 몰랐지만 말이다. 거기까지는 두 사람의 말이 사실이라는 것을 확인할 수 있었다. 그러나 유언에 관한 내용은 완전히 달랐다. 엘리자베스는 위컴이 목사직에 대해 이야기해준 것을 단어 하나까지 모두 기억하고 있었기 때문에 둘 중 한쪽은 거짓말을 하고 있었다. 그녀는 자신이 잘못 판단한 게 아니라고 생각했다. 그러나 곧이어 위컴이 목사직에 대한 모든 권리를 포기하는 대신 3천 파운드라는 거액을 받았다는 대목을 주의 깊게 읽으면서 갈등하지 않을 수 없었다. 그녀는 그 부분을 읽고 또 읽었다. 그녀는 편지를 내려놓고 중간자 입장에서 두 사람의 이야기가 각각 얼마나 타당한지 따져보았으나 소용없었다. 둘 다 증거 없는 주장일 뿐이었던 것이다. 엘리자베스는 편지를 세 번이나 읽었다. 그러나 한 문장 한 문장 읽어 내려갈수록 자신의 믿음만 퇴색될 뿐이었다. 아무리 논리적으로 설명해도 몰인정하다고 할 수밖에 없는 다아시의 행동이 사건 전체를 놓고 보면 크게 잘못한 것도 아니라는 사실만 더욱 뚜렷해졌던 것이다.

위컴이 낭비와 방탕을 일삼았다고 설명한 대목을 읽었을 때 엘리자베스는 큰 충격을 받았다. 그럴 리가 없다고 반박할 만한 근거가 없었기 때문에 더욱 그랬다. 그를 만나기 전에 어떻게 살았는지 들어본 적도 없고, 런던에서 우연히 한두 번 만난 적 있는 한 청년이 소개해서 ○○부대에 들어갔다는 것 말고 아는 것이 없었다. 그가 직접 말한 것 말고 그의 과거에 대해 알려진 것이 없었다. 설령 그가 어떤 사람인지 알아볼 수 있었다 해도 그럴 생각조차 하지 않았을 것이다. 그의 생김새와 목소리, 태도만 보고 좋은 사람이라고 단정해버렸던 것이다. 엘리자베스는 다아시의 반박을 방어할 만한 그의 정직하고 선한 행동을 떠올려보려고 애썼다. 훌륭한 사람도 실수를 하게 마련이니 적어도 뛰어난 미덕을 보여준 적이 있다면 여러 해에 걸쳐 나태하고 방탕하게 생활한 것도 잠깐의 실수로 설명할 수 있기 때문이다. 그러나 도무지 떠오르는 것이 없었다. 그의 풍채와 태도가 매력적이며 뛰어난 언변과 남다른 사교술로 이웃 사람들의 호감을 샀다는 것 말고 덕행이라고 할 만한 행동이 딱히 떠오르지 않았다. 한참 생각한 후 그녀는 다시 편지를 읽었다. 그러나 안타깝게도 위컴이 재산을 노리고 다아시 양에게 접근했다는 대목은 바로 전날 아침 피츠윌리엄 대령이 이야기했던 것과 어느 정도 맞아떨어졌다. 마지막에는 의심스러우면 피츠윌리엄 대령한테 직접 확인해보라고 씌어 있었다. 피츠윌리엄 대령은 사촌에 관한 일은 뭐든 다 안다고 이야기한 적이 있는데, 그의 인격을 의심할 이유가 없었다. 잠시 정말 그에게 물어볼까 하는 생각도 들었지만 몹시 어색할 것 같아 그만두기로 했다. 사촌이 자신의 말을 증명해줄 거라는 자신이 없었다면 그런 제안을 했을 리 없기 때문이다.

엘리자베스는 필립스 이모부 댁에서 위컴을 처음 만난 날 저녁에 그와 어떤 이야기를 나눴는지, 그리고 그가 어떤 표현을 했는지 모두 생생하게 기억하고 있었다. 그녀는 그제야 처음 만난 사람에게 서슴없이 할 이야기가 아니라는 것을 깨달았다. 오히려 자신이 지금까지 그런 생각을 하지 못했다는 사실이 놀라웠다. 비로소 그가 자신에 대해 말한 것도 신중하지 못한 행동이며 무엇보다 언행이 일치하지 않았다는 것을 깨달았다. 다아시를 만나는 게 전혀 두렵지 않다고 말하고, 오히려 다아시가 자기를 피해 떠나면 떠났지 자기는 그 고장에 머물 거라고 말하더니 그다음 주 네더필드에서 열린 무도회에 참석하지 않은 일, 또 네더필드 사람들이 그곳을 떠나기 전까지는 자기한테만 했던 이야기를 그들이 떠나자 바로 다른 사람들에게 말했던 것, 그리고 다아시의 부친을 존경하기 때문에 그의 악행을 세간에 폭로하지 못한다고 하면서도 서슴없이 그의 인격을 깎아내렸던 것을 생각해냈다.

이제는 위컴에 관한 모든 것이 달라 보였다. 킹 양을 쫓아다닌 것도 오로지 돈 때문이었다. 그 여자가 상속받은 유산이 많지 않다는 것을 알면서도 그녀에게 구애한 것은 욕심이 없어서가 아니라 그 무엇이라도 붙잡아야 할 만큼 절박했기 때문이다. 엘리자베스는 이제 그가 어떤 속셈으로 자신을 대했는지 의심스러웠다. 아마도 그녀가 재산이 많은 줄 알았거나, 지금 깨달은 것이지만 그녀가 경솔하게 호감을 보이자 그것을 더욱 부추겨 허영심을 채우려 했던 것이 분명했다. 위컴을 좋게 생각하려 했지만 마음은 점점 멀어졌다. 반면 다아시가 옳다는 것을 인정할 수밖에 없는 예들이 떠올랐다. 오래전 제인이 빙리에게 그 사건에 대해 물어보았을 때 그는 다아시의 결백을 주장했다. 또한 비록 다아시가 오만하고 냉담하기는 했지만 그와 알고 지내는 동안 파렴치하다거나 정직하지 못하다고 느낀 적이 없었으며, 불경하고 부도덕하게 행동하는 것을 본 적도 없었다. 최근에는 성품을 파악할 만큼 가까이에서 볼 기회가 많았는데도 말이다. 적어도 그가 친척이나 주변 사람들로부터 존경받고 있는 것은 틀림없었다. 위컴조차 훌륭한 오빠라고 말했다. 엘리자베스도 무척 애정 어린 표정으로 누이동생 이야기를 하는 다아시를 보고 그도 누군가를 사랑할 줄 아는구나 하고 생각했다. 또 그가 위컴의 말대로 나쁜 사람이라면 그런 끔찍한 행위가 세상에 드러나지 않았을 리 없었다. 그리고 빙리처럼 좋은 사람과 우정을 나눌 리도 없었다.

엘리자베스는 점점 자신이 부끄러웠다. 다아시든 위컴이든 생각할수록 자신이 편파적이었고 편협했으며 어리석었다는 것을 통감했다.

그녀는 부르짖었다.

"어쩜 이렇게 한심할 수 있지! 누구보다 판단력이 뛰어나고 똑똑하다고 자신했던 내가 말이야! 언니가 너무 관대하고 사람들을 좋게만 본다고 비웃으면서 정작 나는 허영에 사로잡혀 아무나 의심했던 거야. 이제야 깨닫다니. 이 얼마나 부끄러운 일인가. 하지만 부끄러워하는 게 당연해. 사랑에 빠졌다고 해도 이처럼 눈이 멀지는 않았을 거야. 난 허영에 빠져 눈이 멀었던 거야. 나에게 호감을 보여주면 좋아하고 나를 무시하면 화가 나고 불쾌했어. 그래서 처음부터 아무것도 모르면서 편견에 사로잡힌 시선으로 두 사람을 바라보며 분별력을 잃어버린 거야. 지금까지 나는 스스로에 대해 너무 몰랐던 거야."

엘리자베스는 스스로를 돌아보다 제인과 빙리 생각을 했다. 그들 문제에 대한 다아시의 설명이 너무 부족하다는 생각이 들어 편지를 꺼내 그 부분을 다시 읽었다. 두 번째 자세히 읽어보니 처음 읽을 때와는 전혀 다르게 느껴졌다. 위컴에 대한 다아시의 주장을 믿게 되었으니 어떻게 또 다른 주장을 믿지 않을 수 있겠는가. 그는 제인이 빙리를 좋아하고 있다는 것을 전혀 느끼지 못했다고 말했다. 그 말과 관련해 엘리자베스는 샬럿이 했던 말을 떠올렸고, 그가 그렇게 생각한 것도 무리는 아니라고 인정했다. 제인은 비록 열렬히 사랑하기는 했지만 자신의 감정을 거의 드러내지 않았다. 또 제인은 상대가 호감을 보이든 보이지 않든 한결같이 상냥하게 대하는 것도 사실이었다.

엘리자베스는 화가 나기는 했지만 가족을 비난한 대목에서 말할 수 없는 수치심을 느꼈다. 비난받아 마땅하다는 것을 부정할 수 없었다. 네더필드 무도회에서 다아시도 그녀의 가족을 받아들이기 어렵다고 생각했지만 그녀도 그 못지않게 문제가 많다고 생각했던 것이다. 자신과 언니를 칭찬한 대목은 진심이 느껴져서 웬만큼 위로가 되었다. 그러나 가족 때문에 마음이 상하는 것은 어쩔 수 없었다. 그리고 제인이 실연한 것도 따지고 보면 가장 가까운 가족 때문이었고, 또 가족들 때문에 언니와 자신의 체면이 얼마나 깎였을까 생각하니 그녀는 일찍이 느껴보지 못한 우울한 기분에 빠졌다.

그녀는 지금까지 있었던 일들을 다시 생각해보고 타당성이 있는지 판단해보았다. 그리고 갑자기 일어난 중대한 변화에 적응하려고 오솔길을 무려 2시간이나 서성거렸다. 피곤하기도 하고 너무 오래 산책했다는 생각이 들어 집으로 발길을 돌렸다. 그녀는 사람들과 대화를 나눌 때 방해가 될지 모르니 일단 복잡한 생각은 접어두기로 굳게 마음먹고 여느 때와 다름없이 애써 유쾌한 표정을 지으며 집 안으로 들어갔다.

집에 들어서자마자 그녀는 로징스에서 두 사람이 따로따로 찾아왔었다는 말을 들었다. 한 사람은 다아시인데 겨우 몇 분 있다 갔고, 또 한 사람은 피츠윌리엄 대령으로 한 시간이나 그녀를 기다리다 갔는데 장원에 나가 직접 찾아볼까 말하기도 했다는 것이다. 그녀는 그를 못 만나 매우 안타까운 척했지만 내심 기뻐했다. 그에게 관심을 둘 여유가 없었던 것이다. 그녀의 머릿속은 온통 편지 생각뿐이었다.

14

다음 날 아침 두 신사는 로징스를 떠났다. 콜린스는 소작인들의 오두막집 근처에서 그들을 기다렸다가 작별 인사를 하고 돌아왔다. 그는 돌아와서 두 사람이 건강하고 로징스의 친척과 아쉬운 이별을 하는 것치고는 명랑해 보였다는 기쁜 소식을 전해주었다. 그러고는 캐서린 귀부인과 그 따님을 위로하기 위해 곧 로징스로 갔다. 그리고 매우 흡족한 표정으로 돌아와 귀부인이 너무 지루하니 모두 함께 저녁 식사를 하고 싶어 한다고 전했다.

엘리자베스는 캐서린 귀부인을 보자 자신이 원하기만 했다면 지금쯤 미래의 조카며느리로 인사했을 거라는 생각이 들었다. 그랬다면 부인이 얼마나 노했을까 생각하니 웃지 않을 수 없었다. '귀부인은 뭐라고 말했을까? 나를 어떻게 대했을까?' 이런 생각을 하니 재미있었다.

그들은 맨 먼저 두 사람이 로징스를 떠나 식구가 줄었다는 이야기를 했다.

"누가 왔다 가고 나면 너무 허전해. 아마 나만큼 절실하게 느끼는 사람도 없을 거야. 게다가 그들은 내가 특별히 아끼는 아이들이지. 물론 그 애들도 나와 같은 마음일 테고. 걔들이 가고 나니 많이 섭섭하네. 그들도 늘 떠나는 것을 아쉬워했는데 이번에는 더 심하더군. 그래도 대령은 집을 나설 때까지 생기 있었는데 다아시는 작년보다 더 많이 아쉬워하는 것 같았어. 해가 갈수록 로징스가 더욱 애착이 가는 거지."

콜린스가 자기가 보기에도 그렇다며 캐서린 귀부인의 말에 맞장구를 치자 귀부인과 그 딸은 온화한 미소를 지었다.

저녁 식사를 마치고 캐서린 귀부인은 엘리자베스에게 기분이 안 좋아 보인다며 집으로 돌아가기 싫어서 그런 것 아니겠냐고 마음대로 추측하더니 덧붙였다.

"그럼 어머니께 좀더 있겠다고 편지를 보내는 건 어때요? 콜린스부인도 분명 그러기를 바랄 테니까."

"친절한 말씀 감사합니다. 하지만 그러기는 어려울 것 같습니다. 다음 토요일까지 런던에 가야 하거든요."

엘리자베스가 대답했다.

"그럼 6주밖에 머물지 않은 셈이군요. 난 두 달은 머물 거라고 기대했는데. 엘리자베스 양이 오기 전에 콜린스 부인에게도 그렇게 말했고. 이렇게 빨리 갈 필요 없지 않나? 어머니 입장에서는 아가씨가 보름 정도 더 있다 가도 별 문제 없을 텐데."

"아버지께서 섭섭해하실 거예요. 지난주에 빨리 오라고 편지까지 보내셨거든요."

"어머니가 별말 안 하면 아버지도 괜찮을 거예요. 아버지에게 딸이 뭐 그리 중요하다고. 그리고 한 달 더 머문다면 둘 중 한 명은 런던까지 데려다 줄 수 있어요. 6월 초에 일주일 정도 런던에 다녀와야 하거든. 도슨은 사륜마차 마부석에 앉으면 되니까 한 명쯤은 더 탈 수 있지. 날씨가 선선하면 둘 다 탈 수 있고. 둘 다 몸집이 크지 않으니까."

"말씀은 감사합니다만 아무래도 계획대로 해야 할 것 같습니다."

이 말에 캐서린 귀부인도 더 이상 권하지 않았다.

"콜린스 부인, 두 분이 갈 때 하인을 한 명 딸려 보내세요. 난 항상 솔직하다는 거 아시죠? 젊은 아가씨 단둘이 역마차를 타고 가는 걸 도저히 두고 볼 수 없어. 교양 없는 짓이지. 내가 가장 싫어하는 일이기도 하고. 그러니 누구든 딸려 보내세요. 젊은 여자들은 지위에 따라 적절히 보호받고 누군가가 시중을 들어주어야 해. 지난여름 조카인 조지애나가 램스게이트에 갈 때도 하인 둘을 딸려 보냈지. 펨벌리의 돌아가신 다아시 씨와 앤 귀부인의 영애가 하인도 없이 여행한다는 것은 말이 안 되지. 난 이런 일에 특히 신경 쓰는 편이거든. 콜린스 부인, 존을 함께 보내세요. 마침 생각나서 다행이군. 그냥 보냈다면 부인 체면이 말이 아니었을 테니."

"외삼촌이 하인을 보내주실 거예요."

"아, 외삼촌? 그분이 하인을 데리고 있으신가 보군. 가족 중에 이런 생각을 할 줄 아는 분이 계시다니 다행이군. 말은 어디에서 바꿀 거죠? 참, 물론 브럼리겠지. 벨 식당에 가서 내 얘기를 하면 잘해줄 거예요."

캐서린 귀부인은 그들의 여행에 관해 이것저것 물어보았다. 엘리자베스는 자기한테 묻는 것도 미처 듣지 못할 때가 있어서 주의를 기울여야 했다. 하지만 그게 오히려 나았다. 그렇지 않았다면 온통 편지 생각으로 자기가 어디에 있는지조차 잊어버렸을 것이다. 생각은 혼자 있을 때 해야 하는 법이다. 엘리자베스는 혼자 있을 때마다 마음껏 생각에 잠겼다. 그녀는 하루도 빼놓지 않고 혼자 산책했으며 그때마다 불쾌한 일들을 실컷 떠올렸다.

그녀는 다아시의 편지를 거의 다 외울 지경이었다. 문장을 하나하나 살펴볼 때마다 그에 대한 감정이 그때그때 달랐다. 그가 구혼했을 때의 말투가 떠오를 때면 여전히 기분이 상했고, 자기가 또 얼마나 그를 부당하게 헐뜯고 비난했는지 생각하면 스스로에게 화가 났다. 또 그가 낙심했을 것을 생각하면 안타까웠다. 그의 애정에 고마움을 느끼고 존경할 만한 사람이라는 것은 알지만 그의 마음을 받아들일 수 없었다. 청혼을 거절한 것을 한순간도 후회하지 않았으며, 더구나 그를 만나고 싶지도 않았다. 다만 지난날 자신의 행동을 후회하며 괴로워했고, 자기 가족의 한심한 행동을 생각하면 가슴이 답답했다. 어떻게 고칠 방법이 없었기 때문이다. 그녀의 아버지는 농담거리로 삼을 뿐 젊은 딸들의 무모하고 경솔한 행동을 고쳐보려고 하지 않았다. 어떻게 처신하는 것이 옳은지를 전혀 모르는 어머니는 문제가 있다는 것조차 몰랐다. 그녀는 종종 제인과 함께 캐서린과 리디아가 경솔하게 행동할 때마다 제지하곤 했다. 하지만 어머니가 아무렇지 않게 생각하니 좀처럼 고쳐지지 않았다. 심지가 굳지도 않고 성미가 급하며 리디아 말만 듣는 캐서린은 언니들이 충고할 때마다 화를 냈다. 제멋대로 행동하고 경솔한 리디아는 언니들의 말을 들은 체 만 체했다. 동생들은 무식하고 게으른 데다 허영에 들떠 있었다. 메리턴에 부대가 주둔하는 한 그들은 장교들과 어울릴 것이고, 롱본에서 메리턴까지 걸어갈 수 있는 한 계속 그들을 만나러 갈 것이다.

엘리자베스의 머릿속에서 떠나지 않는 또 한 가지 생각은 제인이었다. 언니의 일이 너무나 안타까웠던 것이다. 다아시의 편지를 읽고 나서 그녀는 다시 빙리를 좋은 사람이라고 생각했다. 제인이 그런 사람을 놓쳤다고 생각하니 무척 속상했다. 빙리는 진심으로 제인을 사랑했다. 그는 친구의 말을 무조건 믿은 것 말고는 흠잡을 데가 없었다. 제인이 어리석고 무례한 가족 때문에 어느 모로 보나 바람직하고 조건도 좋으며 행복할 수 있는 결혼을 놓쳤다고 생각하니 그녀는 너무 괴로워 견딜 수가 없었다. 설상가상으로 위컴에게 속은 것을 생각하면 늘 긍정적이고 유쾌한 엘리자베스도 우울한 기분을 도저히 감출 수가 없었다.

엘리자베스가 헌스퍼드에 머무는 마지막 일주일은 처음 왔을 때처럼 자주 로징스에서 시간을 보냈다. 마지막 날 저녁에도 로징스에 갔는데 귀부인은 그들의 여행에 대해 이것저것 상세하게 물어보았고 짐을 꾸리는 좋은 방법을 알려주었다. 특히 야회복은 자기가 말한 대로 꼭 해야 한다고 어찌나 강조했던지 마리아는 목사관에 돌아가면 아침 내내 꾸려놓은 짐을 풀고 다시 싸야겠다고 생각했다.

로징스를 나서는데 캐서린 귀부인이 겉으로는 친절하게 즐거운 여행이 되기를 바란다고 인사하고 내년에 또 오라고 초대했다. 드버그 양은 무릎까지 굽히며 인사하고 손을 내밀었다.

　토요일 아침 엘리자베스와 콜린스는 다른 사람들이 들어오기 몇 분 전에 식당에서 마주쳤다. 그는 꼭 하고 싶었던 작별 인사를 할 좋은 기회라고 생각했다.

　"엘리자베스 양, 누추한 우리 집을 찾아주신 데 대해 아내가 감사의 마음을 표시했는지 모르겠군요. 아직 하지 않았다면 떠나시기 전에 할 겁니다. 우리 집을 방문해주신 것을 진심으로 감사하게 생각합니다. 이렇게 보잘것없고 변변치 못한 집에 기꺼이 오셨으니 말입니다. 소박한 살림과 옹색한 방, 몇 안 되는 하인, 게다가 사교 모임도 거의 없어서 당신처럼 젊은 아가씨는 무척 지루했을 것입니다. 그러나 이렇게 찾아주어서 감사하고, 유쾌한 시간을 보낼 수 있도록 최선을 다했다는 것만은 알아주시기 바랍니다."

　엘리자베스도 6주일 동안 아주 즐겁고 행복했다고 말했다. 그녀는 샬럿과 함께 지낼 수 있어서 좋았고 여러모로 친절을 베풀어주어 오히려 자기가 감사하다고 말했다. 콜린스는 매우 만족한 표정으로 미소를 띠며 점잖게 말했다.

　"마음에 드셨다니 무척 기쁩니다. 사실 우리는 최선을 다했습니다. 그리고 귀한 분들께 당신을 소개하고 우리와 인연이 깊은 로징스 댁을 자주 방문할 수 있어서 헌스퍼드에 머무는 동안 지루하기만 하지는 않았을 것입니다. 사실 캐서린 귀부인 일가와 가까이 지내는 것은 아주 예외적인 일이자 큰 축복이며 자랑입니다. 여러 가지 이로운 점이 많으니까요. 이제 우리가 로징스 댁과 얼마나 허물 없이 지내는지 아셨을 겁니다. 사실 이 누추한 목사관이 불편하기는 하지만 로징스 댁과 교제할 수 있는 한 결코 동정할 일만은 아니라고 생각합니다."

콜린스는 자신의 격앙된 감정을 말로 다 표현할 수 없었는지 방을 이리저리 걸었다. 그사이 엘리자베스는 짧은 말로 예의 있게 진심을 표현하려고 애썼다. 그가 다시 말을 이었다.

"하트퍼드셔에 돌아가시면 우리가 아주 잘 지낸다고 전해주시겠죠? 당신은 캐서린 귀부인이 제 아내를 얼마나 친절하게 배려하는지 거의 매일 보았으니 그렇게 하시리라 믿습니다. 저는 아내가 불행한 선택을 하지 않았다고…… 그러나 지금은 이런 말을 하지 않는 게 좋겠지요. 다만 당신의 결혼에도 우리와 같은 행운이 따르기를 진심으로 기원합니다. 사랑하는 아내와 저는 마음과 가치관이 잘 맞는답니다. 성격은 물론 이상이 놀라울 정도로 비슷하죠. 우리는 정말 천생연분인 것 같습니다."

엘리자베스는 그러니 얼마나 행복할 것이며 두 사람이 행복한 것을 보니 자기도 기쁘다고 말했다. 그러자 콜린스는 자신이 얼마나 행복한지 일일이 얘기하려고 했다. 그때 행복의 원천인 샬럿이 들어오는 바람에 그는 이야기를 중단했다. 하지만 엘리자베스는 더 듣지 못한 것이 조금도 아쉽지 않았다. 가여운 샬럿! 엘리자베스는 이런 곳에 그녀를 두고 갈 생각을 하니 슬펐다. 그러나 이것은 그녀가 이성적으로 선택한 삶이었다. 샬럿은 그들이 떠나는 것을 몹시 섭섭해했지만 동정받고 싶지는 않은 것 같았다. 그녀의 가정과 살림살이, 교구 일과 가축을 키우는 일, 그 밖에 자질구레한 일들이 아직은 싫지 않았던 것이다.

마침내 마차가 도착했다. 하인은 트렁크를 묶고 작은 짐들을 마차에 실었다. 친구와 애달프게 작별 인사를 한 후 엘리자베스는 콜린스의 배웅을 받으며 마차로 향했다. 정원을 걸어갈 때 그는 그녀의 가족에게 경의를 표하며 지난겨울 롱본에서 베풀어준 친절에 감사하다는 말과 안부를 전해달라고 했다. 그리고 안면은 없지만 가드너 부부에게도 안부 전해달라고 부탁했다. 엘리자베스와 마리아는 그의 부축을 받아 마차에 올라탔다. 마차 문을 닫으려는 순간, 그가 갑자기 당황한 표정으로 그들이 로징스의 귀부인과 딸에게 인사말을 남기지 않았다고 일러주었다.

"그분들이 베풀어준 친절에 감사하다는 말과 아울러 작별 인사를 전하고 싶으시겠죠?"

엘리자베스도 그의 말에 동의했다. 그제야 문이 닫히고 마차가 출발했다. 출발한 지 몇 분 뒤 마리아가 침묵을 깨고 말했다.

"정말 이상해. 여기 온 지 하루 이틀밖에 안 된 것 같아. 그동안 얼마나 많은 일이 일어났는데!"

"정말 많은 일이 일어났지."

엘리자베스가 한숨을 쉬며 말했다.

"로징스에서 차를 두 번 마셨고 저녁 식사를 아홉 번이나 했어. 사람들에게 해줄 말이 얼마나 많은지 몰라!"

'나는 또 숨길 일이 얼마나 많은지……'

엘리자베스가 속으로 중얼거렸다.

여행길에 별다른 대화도 없었고 또 이렇다 할 위험한 일도 없었다. 헌스퍼드를 떠난 지 4시간 만에 그들은 가드너 씨 댁에 도착했다. 여기서 며칠 묵기로 했던 것이다.

제인은 괜찮은 듯했다. 그러나 친절하게도 외숙모가 각종 모임에 데리고 다니는 바람에 엘리자베스는 언니의 기분을 살필 겨를이 없었다. 그녀는 제인과 함께 롱본으로 돌아갈 예정이었으므로 집에 가서 여유 있게 살펴볼 작정이었다.

그러나 롱본에 돌아갈 때까지 언니한테 다아시가 청혼한 이야기를 하고 싶은 걸 참느라 여간 힘든 게 아니었다. 제인이 들으면 깜짝 놀랄 만한 이야기인 데다 아직 남아 있는 자신의 허영심을 충족할 만한 일이었기 때문이다. 엘리자베스는 모든 것을 털어놓고 싶어 미칠 지경이었다. 그러나 어디까지 이야기해야 할지 몰랐고 또 일단 이야기를 꺼내면 빙리를 언급하지 않을 수 없으니 언니가 마음이 아플까 봐 참았다.

16

5월 둘째 주, 젊은 아가씨 셋이 그레이스처치 가를 출발해 하트 퍼드셔의 ○○읍으로 향했다. 베넷 씨의 마차가 마중 나오기로 약속한 여관에 도착하자 2층 식당에서 밖을 내다보고 있는 키티와 리디아가 보였다. 마부가 제시간에 온 모양이었다. 두 아가씨는 한 시간 넘게 기다리는 동안 맞은편 모자 가게에도 들르고, 근무 중인 보초병을 구경하기도 하고, 오이 샐러드를 만들기도 하면서 재미있게 보냈다.

그들은 언니들을 맞이하고 흡족한 표정으로 여관 식당에서 흔히 주는 냉육을 차려놓은 식탁을 가리키며 소리쳤다.

"근사하지? 이런 선물이 기다리고 있을 줄은 미처 생각 못 했을 거야."

그러고는 리디아가 덧붙였다.

"내가 살게. 하지만 저 가게에서 돈을 다 써버렸으니 좀 빌려줘."

그러고는 가게에서 산 것을 보여주었다.

"이 보닛 좀 봐. 썩 예쁘지는 않지만 사두는 게 좋을 것 같아서. 집에 가서 근사하게 다시 꾸미려고."

언니들이 모자가 별로라고 하는데도 그녀는 신경 쓰지 않았다.

"저 가게에서는 그나마 이게 좋은 편이야. 예쁜 비단으로 새로 장식하면 괜찮을 거야. 어차피 부대가 메리턴을 떠나니 올여름에는 아무거나 쓰고 다녀도 돼. 2주일 뒤에 떠난대."

"정말?"

엘리자베스가 너무 기뻐서 소리쳤다.

"브라이턴 부근에 주둔할 건가 봐. 이번 여름에 아버지가 브라이턴에 데려가 주면 얼마나 좋을까. 정말 재미있겠지? 비용도 별로 안 들 거야. 어머니는 아마 먼저 나서서 가려고 할걸. 그렇게라도 하지 않으면 이번 여름은 엄청 따분할 거야."

엘리자베스는 생각했다.

'그래, 확실히 좋은 계획이지. 우리한테 그만한 일이 또 어디 있겠어. 보잘것없는 민병대와 한 달에 한 번 열리는 메리턴의 무도회만으로 난리법석을 떨던 우리에게 군인들이 북적거리는 브라이턴이라니!'

모두 식탁에 둘러앉자 리디아가 또 입을 열었다.

"그런데 언니들한테 들려줄 소식이 있는데 알아맞혀 봐. 굉장히 흥미롭고 중요한 소식이야. 우리 모두 좋아하는 사람 얘기거든."

제인과 엘리자베스가 서로 마주 보았다. 그러고는 웨이터에게 나가도 좋다고 말했다. 그러자 리디아가 웃으면서 말했다.

"하여튼 언니들은 너무 신중한 게 탈이야. 웨이터는 우리 얘기 신경도 안 써. 그리고 웨이터는 지금 내가 말하려는 것보다 더한 이야기도 많이 들을걸? 어쨌든 못생겨서 싫었는데 잘 내보냈어. 저렇게 턱이 긴 사람은 난생처음 봐. 그건 그렇고…… 내가 들려줄 소식이란 위컴 씨 얘기야. 웨이터가 듣기에 너무 좋은 소식 아닌가? 위컴 씨는 메리 킹과 결혼할 위기에서 벗어났대. 어때? 놀라운 소식이지? 메리는 리버풀에 있는 삼촌 댁으로 영영 가버렸대. 이제 위컴 씨는 염려 없어."

"메리 킹 또한 염려 없지. 경솔한 결혼을 면했으니 말이야."

엘리자베스가 덧붙였다.

"위컴 씨를 좋아하면서도 떠나다니 정말 어리석지 않아?"

"둘 다 애정이 없었나 보지."

제인이 말했다.

"위컴 씨가 애정이 없었던 건 분명해. 메리를 조금도 신경 쓰지 않았거든. 그렇게 성질 사납고 주근깨 많은 조그만 여자를 누가 좋아하겠어?"

엘리자베스는 이 말을 듣고 몹시 놀랐다. 그처럼 심하게 말한 것은 아니었지만 감정적으로는 지난날 자신도 그와 다를 바 없었던 것이다. 겉으로 내뱉지는 않았지만 마음속으로 그런 감정이 생기는 것도 굳이 억누르지 않았다는 생각이 들었다.

식사가 끝나자 언니들은 계산을 하고 곧 마차를 불렀다. 그들은 이리저리 궁리한 끝에 상자들과 반짇고리, 짐 꾸러미, 또 키티와 리디아가 산 달갑잖은 물건들을 싣고 드디어 마차에 올랐다. 그러자 리디아가 소리를 질렀다.

"아주 미어터지겠어."

리디아는 계속 조잘거렸다.

"이 모자 정말 잘 산 것 같아. 모자를 하나 더 갖다 놓는 것 말고 별다른 재미는 없지만 말이야. 그건 그렇고 집에 도착할 때까지 재밌게 얘기하면서 가자. 우선 그동안 무슨 일이 있었는지 언니들부터 얘기해줘. 멋진 남자들 좀 만났어? 연애는 안 했어? 돌아올 때는 누구든 신랑감을 찾아서 오기를 바랐는데. 큰언니는 조금 있으면 노처녀야. 벌써 스물셋이잖아. 맙소사! 나는 스물세 살까지 결혼 못 하면 엄청 창피할 거야. 필립스 이모가 언니들이 시집가기를 얼마나 고대하는지 몰라. 이모는 리지 언니가 콜린스 씨 청혼을 받아들였어야 했대. 하지만 너무 재미없는 사람이잖아. 아이, 내가 언니들보다 먼저 결혼할까? 그래서 내가 언니들을 데리고 무도회에 가는 거야. 아 참, 지난번 포스터 소령 댁에서 아주 재미있게 놀았어. 그날 낮에 키티와 둘이 갔는데 포스터 부인이 저녁에 간단한 무도회를 열겠다고 약속했어. 포스터 부인이랑 꽤 친해졌거든. 곧바로 해링턴 댁의 두 딸을 오라고 불렀는데, 글쎄 해리엇이 아픈 바람에 펜 혼자 온 거야. 그래서 우리가 어떻게 했는지 알아? 챔벌레인에게 여자 옷을 입혔어. 그가 여자 행세를 했는데 얼마나 웃겼는지 몰라. 포스터 소령이랑 부인, 키티랑 나 말고는 아무도 몰랐다니까. 아 맞다, 이모는 가운을 빌리는 바람에 알게 됐지. 어쨌든 얼마나 그럴싸했는지 언니들은 상상도 못 할 거야. 세상에, 데니 씨와 위컴 씨, 프랫 씨, 그리고 남자들이 두셋 더 왔는데 아무도 못 알아봤어. 나랑 포스터 부인은 웃다가 거의 쓰러질 지경이었어. 너무 웃으니까 그제야 남자들이 눈치챈 거야. 그래서 곧 들통 나고 말았지."

리디아는 언니들을 즐겁게 해주려고 가는 내내 파티와 재미있는 이야기, 그리고 자기들이 겪은 이야기들을 들려주었다. 키티도 귀띔해주면서 한두 마디씩 거들었다. 엘리자베스는 대부분 귓등으로 흘렸지만 여러 번 튀어나온 위컴이라는 이름을 듣지 않을 수 없었다.

집에 도착하자 부모님이 무척 다정하게 그들을 맞아주었다. 베넷 부인은 제인이 여전히 아름답다며 기뻐했고, 베넷 씨는 저녁을 먹는 동안 엘리자베스에게 몇 번이나 돌아와서 기쁘다고 말했다.

마리아한테 소식을 들으려고 루카스 댁 식구들까지 와 있어서 사람들이 꽤 많이 모였다. 이야깃거리도 가지가지였다. 루카스 부인은 식탁 맞은편에 앉은 마리아에게 샬럿이 잘 지내는지, 닭과 오리는 어떤지 물었다. 베넷 부인은 조금 아래쪽에 앉은 제인에게 최근 유행을 물어보고 자기가 들은 것을 다시 루카스 댁 어린 딸들에게 얘기해주느라 정신이 없었다. 리디아는 누구보다 큰 목소리로 오전에 있었던 재미있는 일들을 이야기했다.

"메리 언니, 언니도 우리랑 같이 갔으면 좋았을걸. 얼마나 재미있었다고. 갈 때는 마차 안에 아무도 없는 것처럼 보이려고 차일을 전부 내렸어. 키티 언니가 멀미만 안 했어도 계속 그러고 갔을 거야. 조지 여관에서는 멋지게 한턱냈지. 언니들과 마리아에게 근사한 냉육을 대접했거든. 언니도 갔으면 우리가 함께 대접했을 텐데. 돌아올 때도 얼마나 재미있었다고. 글쎄 짐이 많아 마차에 다 탈 수 있을까 했는데 꾸역꾸역 다 탔지 뭐야. 나는 우스워 죽는 줄 알았어. 집에 오는 내내 얼마나 재미있었는데. 어찌나 큰 소리로 웃고 떠들었는지 아마 10마일 밖까지 들렸을 거야."

이 말을 듣고 메리가 진지하게 대답했다.

"리디아, 난 그런 게 하나도 즐겁지 않단다. 물론 그런 즐거움을 폄하하는 건 절대 아니야. 보통 여자들은 대부분 그런 걸 좋아하니까. 하지만 나는 그보다 책이 훨씬 더 좋단다."

그러나 리디아는 한마디도 듣지 않았다. 그녀는 원래 누구 말이든 30초 이상 들어본 적이 없는 데다 메리가 뭐라든 아예 관심도 없었다.

오후가 되자 리디아는 장교들이 모두 어떻게 지내는지 보러 메리턴까지 산책을 나가자고 졸랐다. 그러나 엘리자베스는 극구 반대했다. 베넷 집안 딸들이 집에 돌아온 지 반나절도 안 되어 장교들을 쫓아다닌다는 얘기를 들을 수 없다는 것이 이유였다. 이유는 또 있었다. 그녀는 위컴을 만날까 봐 두려웠다. 그래서 가능한 한 마주치지 않으려고 했다. 부대가 곧 옮겨간다는 소식을 듣고 그녀는 이루 말할 수 없이 기뻤다. 2주일 뒤에 부대가 떠나면 더 이상 위컴을 신경 쓰지 않아도 될 테니 말이다.

집에 돌아온 지 몇 시간 뒤 엘리자베스는 여관에서 리디아가 말했던 브라이턴 여행에 대해 부모님들이 자주 이야기를 나눈다는 것을 알았다. 아버지는 승낙할 생각이 전혀 없었다. 그러나 애매하게 말하는 바람에 어머니는 낙심하면서도 기어이 계획을 실행하고 말겠다는 희망을 버리지 않았다.

17

엘리자베스는 그동안 일어났던 일들을 더 이상 제인에게 감출 수 없었다. 그래서 다음 날 아침 놀라지 말라고 운을 떼면서 제인과 관련된 일만 빼고 다아시와 자기 사이에 있었던 일들을 간략하게 이야기했다.

제인은 소스라치게 놀랐지만 곧 마음을 가라앉혔다. 누구보다 동생을 아끼는 마음이 컸기 때문에 동생이 사랑받는 것이 당연하다고 생각했던 것이다. 그녀는 상상도 못 했던 이야기를 듣고 무척 놀랐지만 곧 다른 감정을 느꼈다. 다아시가 그처럼 서툴게 자신의 감정을 고백했다는 것이 몹시 안타까웠고, 엘리자베스가 거절해서 그가 상처받았을 거라고 생각하니 그 또한 딱했다.

"청혼을 받아들일 거라고 확신한 게 잘못이야. 그렇게 보여서는 안 되는 거였어. 하지만 그만큼 실망이 컸겠네."

제인의 말에 엘리자베스가 대답했다.

"다아시 씨한테는 미안한 마음이 들어. 진심으로 말이야. 하지만 나에 대한 애정을 상쇄하고도 남을 다른 감정들도 있었으니 괜찮

280

아. 그건 그렇고 언니는 그분의 청혼을 거절했다고 나를 꾸짖지는 않겠지?"

"꾸짖다니, 절대 그렇지 않아."

"하지만 흥분하면서 위컴 씨 이야기를 한 일은 그렇지 않을걸?"

"아니, 네가 무슨 잘못을 했다는 건지 잘 모르겠구나."

"그다음 날 있었던 일을 말해줄게. 그럼 알게 될 거야."

엘리자베스는 다아시가 건네준 편지 내용을 들려주었다. 조지 위컴에 관한 이야기는 두 번이나 되풀이했다. 가엾게도 제인은 큰 충격을 받았다. 이 세상에 그처럼 사악한 짓을 저지르는 사람은 있을 수가 없다고 생각하는 제인이니 말이다. 제인은 다아시가 누명을 벗게 되어 기쁘기는 했지만 엄청난 발견 앞에서 충격이 쉽게 가시지 않았다. 그녀는 어떤 오해가 있었을 거라고 말하며 한쪽을 배제하고 다른 한쪽을 변명해보려고 애썼다.

"소용없어. 아무리 머리를 굴려봐도 둘 다 좋은 사람이 될 수는 없어. 한 사람을 선택하는 것으로 만족할 수밖에. 둘의 관계에서는 한쪽만 좋은 사람이 될 뿐이야. 요즘은 번갈아가면서 어느 한쪽으로 몰리지. 나는 다아시 씨가 좋은 사람이라고 믿고 싶어. 하지만 언니는 언니 마음대로 생각해."

제인은 한참 후에야 미소를 지으며 말했다.

"이렇게 충격적인 일도 없을 거야. 위컴 씨가 그렇게 나쁜 사람이라니 믿어지지 않아. 다아시 씨도 너무 안됐다. 리지, 그가 얼마나 괴로웠을지 한번 생각해봐. 얼마나 실망했을까. 네가 자기를 나쁘게 생각하고 있다는 것을 알았으니 말이야. 게다가 말하고 싶지 않은 누이동생 얘기까지 꺼냈으니…… 정말 가슴 아프다. 너도 그렇겠지."

"아니, 언니가 안타까워하고 동정하는 것을 보니 오히려 그런 감정들이 싹 사라지는데. 언니가 그 사람을 안쓰러워할수록 난 점점 더 무덤덤해져. 그리고 언니가 너무 동정하니까 오히려 나는 덜하게 돼. 가엾고 불쌍하다고 계속 말해봐. 그러면 내 마음은 깃털처럼 가벼워질 거야."

"가여운 위컴 씨! 얼마나 잘생기고 선해 보였는데……. 정말 쾌활하고 예의 바른 사람이었는데."

"두 사람 다 교육을 잘못 받은 게 분명해. 한 사람은 모든 미덕을 갖추었고, 또 한 사람은 겉으로 좋은 것을 다 가졌으니 말이야."

"다아시 씨의 겉모습도 위컴 못지않은 것 같은데."

"난 그분을 딱 잘라서 싫다고 말하면 똑똑해 보인다고 생각했나봐. 아무 이유 없이 말이야. 혐오감을 가지면 타고난 감각이나 재능이 자극을 받아서 재치 있는 말이나 행동이 많이 떠오르지. 옳은 소리는 한마디도 못 하고 험담만 늘어놓을 수도 있지만 계속 비웃다보면 재치 있는 말이 튀어나올 때가 있거든."

"리지, 너도 편지를 처음 읽었을 때는 지금처럼 이렇지 않았을 거야."

"물론 그랬지. 난 마음이 불편했어. 아니 불편했다기보다 불행했다고 하는 게 맞겠지. 그때는 내 기분을 말할 사람도 없었지. 언니처럼 나를 위로해주고, 결코 의지가 약하고 허영심 많고 어리석은 게 아니라고 말해줄 사람이 한 명도 없었지. 그때 언니가 옆에 있었으면 하고 얼마나 바랐는지 몰라."

"너는 다아시 씨한테 위컴 씨 얘기를 할 때 항상 너무 심했어. 그 말들이 틀렸다는 게 드러났으니 얼마나 창피하고 속상했겠니?"

"맞아. 다아시 씨를 그렇게 혹독하게 대했으니 말이야. 다 내가 저지른 짓이니 망신을 당해도 싸지. 지독한 편견에 사로잡혔으니. 그런데 언니 의견을 듣고 싶은 게 하나 있어. 우리가 아는 사람들한테 위컴 씨가 본래 어떤 사람인지 알려야 할까?"

제인이 잠깐 생각하더니 대답했다.

"폭로할 필요는 없다고 생각하는데 네 생각은 어때?"

"내 생각도 그래. 다아시 씨는 자기가 한 말을 사람들에게 알려도 좋다고 말하지는 않았어. 오히려 누이동생 일은 비밀을 지켜달라고 했어. 하지만 그 일을 빼고 말하면 아무도 믿지 않을 거야. 다아시 씨에 대한 편견이 너무 심해서 어설프게 말했다가는 아마 착한 메리턴 사람들 절반이 죽일 듯이 달려들 거야. 내가 어떻게 그걸 감당하겠어. 곧 위컴 씨가 떠나면 본래의 인격이 어떻든 간에 이곳 사람들하고는 아무 상관도 없는 일이지. 언젠가는 진실이 밝혀지겠지. 그때 가서 바보같이 그것도 몰랐냐고 비웃어주면 되니까. 지금은 아무 말도 하지 않는 게 나을 것 같아."

"그래. 지금 위컴 씨의 행실을 사람들에게 폭로하면 그 사람은 영원히 파멸하고 말 거야. 어쩌면 그 사람도 지금은 과거에 저지른 일을 후회하면서 명예를 회복하려고 애쓰고 있는지도 몰라. 그 사람을 절망에 빠뜨려서는 안 돼."

거세게 동요하던 엘리자베스의 마음은 언니와 대화를 나누면서 가라앉았다. 그녀는 2주일 동안이나 마음을 억압했던 두 가지 비밀을 털어놓았다. 이제는 말하고 싶을 때마다 제인이 기꺼이 귀 기울여줄 것이다. 그러나 조심스러워서 아직 꺼내지 못한 말이 있었다. 그녀는 제인에게 편지의 나머지 내용을 감히 말할 엄두가 나지 않았다. 더구나 빙리가 제인을 얼마나 사랑했는지는 더더욱 말할 수 없었다. 그것은 정말 아무에게도 말할 수 없는 일이었다. 제인과 빙리 두 사람 사이에 완전히 오해가 풀렸을 때 비로소 털어놓을 수 있을 것이다.

'그럴 가망이 거의 없지만 그때는 굳이 내가 말하지 않아도 되겠지. 빙리 씨가 훨씬 더 잘 설명할 테니 말이야. 비밀을 말해도 될 때는 더 이상 비밀이 아니지.'

엘리자베스는 혼자 속으로 중얼거렸다.

그녀는 집으로 돌아오니 제인의 기분이 어떤지 여유 있게 살펴볼 수 있었다. 제인은 괜찮아 보이지 않았다. 그녀는 아직도 빙리를 깊이 사랑하고 있었다. 그전까지 사랑에 빠지는 게 어떤 건지 상상조차 해본 적 없던 제인은 첫사랑의 정열에 사로잡혀 있었다. 게다가 나이도 있고 성격도 그랬으니 더욱 진실하고 깊었다. 또한 빙리와 함께했던 추억을 너무나 소중히 간직하고 있었고 그가 더할 나위 없이 좋은 사람이라고 생각했다. 제인이 회한에 빠지지 않으려면 무엇보다 그녀가 분별 있게 행동해야 하고 주위 사람들의 배려가 필요했다. 탄식하며 하루하루를 보낸다면 자신의 건강도 해치고 주위 사람들도 힘들어질 테니 말이다.

하루는 베넷 부인이 엘리자베스에게 말했다.

"리지, 넌 언니 일을 어떻게 생각하니? 나는 이제 더 이상 그 이야기를 하지 않기로 했단다. 지난번 네 이모한테도 그렇게 말했지. 그런데 제인은 런던에서 그 사람을 만나기는 했는지 도무지 알 수가 없구나. 하여튼 정말 형편없는 사람이야. 제인이 그 사람이랑 결혼하기는 이미 글렀어. 알 만한 사람들한테 다 물어봤는데 이번 여름에 네더필드에 온다는 말은 전혀 없더구나."

"네더필드에서 계속 살 것 같지 않던데요."

"알아서 하겠지. 그런 인간을 기다리는 사람도 없는데, 뭘. 어쨌든 난 그 인간이 내 딸을 망쳐놓았다고 두고두고 얘기할 거다. 내가 제인이라면 난 가만히 안 있을 거야. 제인이 가슴이 터져서 죽고, 그놈이 후회하는 꼴을 봐야 속이 후련할 거다."

엘리자베스는 아무 대꾸도 하지 않았다. 그런다고 해서 마음이 편할 것 같지 않았기 때문이다. 그러자 베넷 부인이 다시 말했다.

"그런데 콜린스 부부는 잘산다고 했지? 나도 그들이 오래 행복하게 잘살기를 바라지. 그런데 식탁은 뭘로 차리던? 샬럿이야 훌륭한 살림꾼이지. 자기 어머니의 반만큼이라도 알뜰하면 아마 재산을 꽤 모을 거다. 낭비라고는 모를걸, 아마?

"네, 전혀요."

"틀림없이 잘살 거다. 들어오는 돈보다 더 많이 쓰지도 않을 거고. 돈이 없어서 전전긍긍하는 일은 없을 거야. 잘됐지, 뭐. 그런데 네 아버지가 돌아가시면 롱본이 자기들 차지가 된다는 얘기를 종종 하지 않던? 롱본이 벌써부터 자기들 것이나 되는 것처럼 말이다."

"제 앞에서 어떻게 그러겠어요."

"그렇지. 하는 게 이상하지. 하지만 자기네들끼리는 종종 그런 얘기를 할 거다. 그러라고 해. 남의 재산을 아무렇지도 않게 챙기고도 남을 사람들이니 말이다. 나 같으면 한정상속으로 재산을 물려받는 다는 것 자체가 부끄러울 거다."

18

제인과 엘리자베스가 집으로 돌아온 후 첫 주가 금방 지나가고 둘째 주가 시작되었다. 부대가 메리턴에 주둔하는 마지막 주라서 이웃 마을의 모든 젊은 처녀들이 갑자기 상심에 빠졌다. 그러나 베 넷 가의 손위 두 딸들은 아무렇지도 않게 여전히 먹고 마시고 잠자 며 일상을 즐겼다. 극도로 비탄에 빠진 키티와 리디아는 너무 무관심한 것 아니냐고 비난했다. 그들은 이렇게 인정머리 없게 구는 두 언니들을 도무지 이해할 수 없었다.

"이제 우리는 어떻게 되는 거지? 어떻게 하면 좋아? 리지 언니, 언니는 어쩜 그렇게 웃을 수가 있어?"

두 아가씨는 슬픔에 못 이겨 가끔 이렇게 부르짖었다.

정이 많은 어머니는 그들과 슬픔을 나누었다. 25년 전 그와 비슷한 일을 겪고 괴로워했던 기억이 떠올랐던 것이다.

"나도 밀러 대령의 부대가 떠났을 때 이틀 내내 울었단다. 가슴이 미어졌지."

"지금 제가 그래요. 가슴이 찢어질 것 같다고요."

리디아가 말했다.

"브라이턴에 가면 정말 좋으련만."

베넷 부인이 말했다.

"정말, 브라이턴에 갈 수만 있다면 얼마나 좋을까요? 하지만 아버지가 반대하시니……."

"해수욕만 해도 힘이 날 텐데."

"필립스 이모가 그러는데 나한테는 해수욕이 정말 좋을 거래요."

키티가 맞받았다.

롱본 집안에는 이런 한탄이 끊임없이 울려 퍼졌다. 엘리자베스도 기분을 바꿔보려고 그들과 어울렸지만 즐겁기는커녕 부끄러울 뿐이었다. 그녀는 다아시가 반대할 만하다는 것을 다시 한번 느꼈고,

그가 빙리를 설득한 것을 그 어느 때보다 용서하고 싶었다.

리디아의 앞날에 드리웠던 구름은 얼마 안 되어 완전히 걷혔다. 포스터 소령의 부인이 브라이턴에 같이 가자고 리디아를 초대했던 것이다. 리디아의 소중한 친구는 얼마 전에 결혼한 젊은 여자였다. 둘 다 명랑하고 쾌활해서 두 사람은 만난 지 석 달밖에 안 되었는데 벌써 둘도 없는 친구가 되었다.

리디아는 기뻐 날뛰며 포스터 부인을 칭찬했고 베넷 부인도 무척 기뻐했다. 반면 키티는 분한 마음을 감추지 못했다. 세 사람의 기분은 뭐라고 표현하기 힘들 지경이었다. 리디아는 너무 기쁜 나머지 키티의 기분은 아랑곳하지 않고 축하해달라고 호들갑을 떨며 온 집 안을 뛰어다녔다. 그녀의 웃음소리와 떠드는 소리에 집 안이 온통 들썩였다. 실망한 키티는 응접실에 앉아 칭얼거리는 투로 말도 안 되는 소리를 늘어놓았다.

"포스터 부인이 왜 나는 초대하지 않는 거지? 리디아만큼 친하지는 않지만 나도 초대받을 권리가 있어. 왜냐하면 내가 두 살 더 많으니 오히려 나를 초대해야지."

엘리자베스가 알아듣게 말하고 제인이 달래보았으나 소용없었다. 솔직히 엘리자베스는 어머니와 리디아처럼 기뻐하기는커녕 이번에 가면 리디아에게 남아 있는 한 가닥 상식마저 사라지고 말 거라고 여겼다. 나중에 자기가 그랬다는 게 알려지면 무슨 소리를 들을지 모르지만 우선 아무도 모르게 아버지한테 리디아를 못 가게 해달라고 말했다. 그녀는 아버지에게 리디아가 제멋대로 행동하는 데다 포스터 부인 같은 여자와 가까이 지내봐야 득 될 게 없으며, 정신을 빼앗길 거리가 집보다 더 많은 브라이턴 같은 곳에서는 더욱 천방지축으로 날뛸 거라고 말했다. 베넷 씨는 귀를 기울이고 나서 이렇게 말했다.

"리디아는 많은 사람들 틈에 있는 것이 성미에 맞는 애란다. 게다가 돈도 안 들고 가족들이 귀찮을 일도 없는 이런 기회도 드물지 않겠니?"

"리디아가 사람들 앞에서 경거망동하면 우리 가족 모두 피해를 입게 되잖아요. 이미 피해를 입고 있지만요. 그러니 다시 생각해주세요."

"이미 피해를 입고 있다고? 아니, 리디아를 보고 놀라서 도망친 네 애인이 몇이나 된단 말이냐? 그렇다면 안됐구나, 리지. 하지만 낙담하지 마라. 좀 생각 없는 가족 하나 때문에 결혼 못 하겠다고 그러는 까탈스러운 인간이 뭐가 아쉽다고 그러니. 그래, 리디아 때문에 도망간 쩨쩨한 친구가 누구냐? 이름이나 한번 들어보자."

"그건 아니에요. 제가 무슨 피해를 입은 건 아니니까요. 제가 지금 말씀드리는 건 특별히 나쁜 일을 당한다는 게 아니라 일반적으로 해가 된다는 말이에요. 리디아가 밖에 나가서 방종하고 경박하고 염치없고 제멋대로 굴면 우리 가족의 평판이 떨어지고 무시당할 수 있다는 거죠. 너무 솔직하게 말씀드리는 걸 용서하세요. 아버지께서 리디아가 방종하게 굴지 못하도록 말리고, 그렇게 남자들만 쫓아다녀서는 안 된다고 깨우쳐주지 않으면 리디아는 인생을 그르치고 말 거예요. 그런 성격이 굳어버리고 열여섯 살에 자기 자신과 가족을 욕 먹이는 바람둥이가 된다고요. 그것도 가장 어리석고 천박한 바람둥이 말이에요. 젊다는 것과 반반한 얼굴 말고는 아무 매력도 없고, 사람들 눈에 띄고 싶어서 안달이 난 애를 누가 제대로 봐주겠어요. 같잖게 여기기 십상이죠. 무식하고 머리가 텅 비어서 사람들이 깔보는데도 조금 자제해야겠다는 생각도 못 할 거예요. 물론 방법도 모를 거고요. 키티도 위험해요. 키티는 리디아가 하는 대로 따라 하니까요. 허영 덩어리에다 무식하고 게으름뱅이에 버릇 없이 굴잖아요. 아버지, 그래도 괜찮다고 생각하세요? 그렇게 행동 하는데도 사람들이 걔들을 비웃고 업신여기지 않을 거라고 말이에요. 언니랑 제가 동생들 때문에 욕먹을 일은 없을 거라고, 정말 그렇게 생각하시냐고요?"

베넷 씨는 엘리자베스의 머릿속이 온통 이 문제로 꽉 차 있음을 알았다. 그는 딸의 손을 다정하게 잡으면서 말했다.

"리지야, 너무 걱정하지 말렴. 너와 제인은 어디를 가든 대접받고 사랑받을 거다. 어리석은 동생이 두엇 있다고 해서 너희가 해를 입지는 않을 거다. 어쨌든 리디아는 브라이턴에 못 가면 롱본이 조용하지 않을 거야. 그러니 그냥 가게 내버려두자꾸나. 포스터 소령은 지각 있는 사람이니까 리디아가 사고치지 않게 살펴줄 거다. 리디아는 가진 재산도 없어서 누가 건드리지도 않을 거야. 또 브라이턴에서는 바람둥이 짓도 못 할 거다. 장교들이 리디아보다 더 나은 여자를 찾을 테니 말이다. 그곳에는 더 멋진 여자들이 많지 않겠니? 그러니 리디아가 거기에서 자신이 얼마나 보잘것없는 존재인지 깨닫기를 바라자. 그래도 더 심해지면 그때는 리디아를 평생 가둬둘 수밖에."

엘리자베스는 아버지 말에 만족할 수밖에 없었다. 하지만 그렇다고 생각이 바뀐 것은 아니었다. 그래서 섭섭하고 실망스러운 기분으로 방을 나왔다. 그러나 그녀는 계속 집착하며 더욱 괴로워하는 성격이 아니었다. 자기는 할 만큼 했다고 여겼다. 더 이상 어찌할 수 없는 일을 가지고 애를 태우거나 불안과 걱정에 빠지는 것은 그녀의 적성에 맞지 않았다.

그녀가 아버지와 이런 일을 상의했다는 사실을 리디아와 어머니가 알면 자신들의 수다를 합해도 분노를 다 표현하지 못할 것이다. 리디아에게 브라이턴 여행은 지상 최대의 행복이었다. 그리고 장교들이 우글거리는 해변에서 모르는 장교 수십 명이 자기를 쳐다보는 즐거운 환상에 빠졌다. 그녀는 또 진영의 화려한 광경을 그려보았다. 막사가 아름답게 줄지어 있고, 눈부시게 빨간 군복을 입은 젊고 씩씩한 장교들이 잔뜩 모여 있었다. 마지막으로 그 막사 밑에서 장교 6명에 둘러싸여 웃으며 이야기를 나누는 자신의 모습을 그려보았다.

언니가 자신이 그토록 바라고 기다리던 현실을 무참히 깨뜨리려 했다는 사실을 리디아가 알았다면 어땠을까? 그 기분은 오직 어머니만이 알 수 있을 것이다. 리디아와 똑같은 기분에 빠질 테니 말이다. 남편이 브라이턴에 갈 생각이 조금도 없다는 것을 알게 된 부인은 리디아가 가게 되어 그나마 위안이 되었다. 엘리자베스가 그런 일을 벌였다는 것을 상상도 하지 못했던 두 사람은 리디아가 떠나는 그날까지 한껏 들떠 있었다.

엘리자베스는 마지막으로 위컴을 만났다. 집에 돌아온 후로 위컴과 함께하는 자리가 종종 있었기 때문에 어수선한 마음이 웬만큼 가라앉았고, 지난날의 설렘이나 애정은 조금도 남아 있지 않았다. 처음에는 그의 상냥한 태도에 기분이 좋아졌지만 지금은 신선하지도 않고 가식적으로 느껴져서 지긋지긋하고 짜증스러웠다. 더욱이 지금 자신을 대하는 태도도 불쾌했다. 처음 만났을 때처럼 그녀의 호감을 사려 들었던 것이다. 하지만 많은 일을 겪은 그녀는 그저 귀찮기만 했다. 그녀는 자기가 무의미하고 천박한 연애 상대라는 것을 느낀 순간 그에 대한 관심이 싹 사라져버렸다. 그리고 그가 어떤 이유로 얼마나 오랫동안 관심을 끊었는지는 상관없이 언제라도 다시 관심을 보이면 자기가 허영에 들떠 다시 호감을 품을 거라고 믿는 데는 어느 정도 자신의 책임이 있다는 생각이 들었다.

부대가 메리턴에 머무는 마지막 날, 위컴은 다른 장교들과 함께 롱본에서 식사를 했다. 엘리자베스는 위컴과 기분 좋게 헤어지고 싫은 마음이 전혀 없었다. 그래서 그가 헌스퍼드에서 어떻게 지냈 냐고 물었을 때 피츠윌리엄 대령과 다아시가 로징스에서 3주일을 머물렀다고 이야기하며 대령을 아느냐고 물어보았다.

위컴은 몹시 놀라고 당황한 기색이었다. 그러나 얼른 마음을 가 다듬고 미소 지으면서 전에 종종 만난 적이 있다고 말했다. 아주 신 사다운 사람이라며 어떤 인상을 받았느냐고 그녀에게 물었다. 그녀 가 아주 좋은 분인 것 같았다고 대답하자 그는 아무렇지도 않게 말 했다.

"그가 로징스에 얼마나 머물렀다고 하셨죠?"

"3주일 정도요."

"자주 만나셨나요?"

"네, 매일 보다시피 했죠."

"사람됨이 사촌과는 사뭇 다를 겁니다."

"네, 완전히 다르더군요. 하지만 다아시 씨도 자주 만나다 보니 점점 괜찮던데요."

"그렇군요!"

위컴이 소리쳤다. 엘리자베스는 그 순간 그의 표정을 놓치지 않았다.

"그런데, 저……."

위컴이 얼른 표정을 가다듬고 밝은 목소리로 말했다.

"말투가 그렇다는 건가요? 아니면 말투는 그대로인데 좀더 정중 하게 대하던가요?"

위컴은 좀더 낮은 목소리로 말했다.

"본성이 나아질 리는 없으니까요."

"물론이죠. 본성은 예전과 조금도 다를 바 없죠."

위컴은 그녀의 말을 그대로 믿어야 할지, 아니면 뭔가 다른 뜻이 있는지 헷갈리는 것 같았다. 그녀의 얼굴 표정을 보면 무언가 두렵고 불안해서 주의를 기울여야 했다. 그녀가 계속 말했다.

"제 말은 그분의 마음이나 태도가 나아졌다는 뜻이 아니라 그분을 알고 나니 그분의 성격을 이해하게 되었다는 뜻이에요."

위컴은 너무 놀란 나머지 얼굴을 붉혔다. 그는 눈동자를 이리저리 굴리며 몇 분 동안 아무 말도 하지 않았다. 그는 당황한 표정을 지우고 그녀를 바라보며 그윽한 목소리로 말했다.

"그가 겉으로나마 올바르게 처신하려고 했다니 정말 기쁩니다. 제가 다아시 씨를 어떻게 생각하는지 잘 아시니까 진정으로 얼마나 기뻐하는지 아실 것입니다. 그의 오만한 태도가 바뀐다면 자기 자신은 아니더라도 다른 사람에게는 도움이 될 것입니다. 왜냐하면 저한테 한 것과 같은 부당한 짓을 더 이상 하지 않을 테니까요. 다만 이모를 방문할 때만 조심스럽게 행동하는 게 아닌지 염려되는군요. 그는 누구보다 이모를 어려워하고 잘 보이고 싶어 하니까요. 드버그 양과 결혼하고 싶기 때문이겠지요. 그 결혼을 상당히 마음에 두고 있으니까요."

엘리자베스는 고소를 띠지 않을 수 없었다. 그러나 대답하지 않

294

고 고개만 끄덕였다. 그녀는 위컴이 해묵은 원한을 다시 끄집어내려 한다는 것을 알았으나 그 이야기를 들어줄 기분이 아니었다. 그날 저녁 이후 그는 평소처럼 명랑한 척했지만 특별히 그녀의 관심을 끌려고 하지 않았다. 두 사람은 마침내 서로 다시는 만나지 않기를 바라는 마음으로 정중하게 예의를 지키며 헤어졌다.

모임이 끝나자 리디아는 포스터 부인과 함께 메리턴으로 갔다. 거기서 이튿날 아침 일찍 출발할 예정이었다. 베넷 가족들은 이별하면서 아쉬워하기보다 오히려 떠들썩했다. 눈물을 흘린 것은 키티뿐이었는데, 그나마도 분하고 샘나서 우는 것이었다. 베넷 부인은 행복을 빈다는 말을 한참이나 하더니 기회 있을 때 실컷 즐기라고 거듭 당부했다. 리디아는 이 충고가 무엇보다 마음에 들었다. 리디아가 하도 큰 소리로 수선을 떨며 작별 인사를 하는 통에 언니들의 작별 인사는 아예 묻히고 말았다.

19

엘리자베스의 사고가 자기 가족을 바탕으로 형성되었다면 그녀는 행복한 결혼이나 편하고 즐거운 가정을 그릴 수 없었을 것이다. 그녀의 아버지는 젊고 아름다우며 착해 보이는 여인에게 반해 결혼했다. 물론 젊고 아름다운 여자는 착해 보이게 마련이다. 하지만 결혼하고 나서 아내가 이해심이 부족하고 현명하지 못하다는 것을 깨달았다. 그래서 아내에 대한 애정이 신혼 때 이미 식어버렸다. 존경심과 믿음 또한 사라졌고 행복한 가정에 대한 모든 기대가 무너졌다. 어리석은 사람들은 불행한 일을 겪으면 술이나 도박으로 마음의 위안을 얻지만, 베넷 씨는 자신의 경솔한 행동에서 비롯된 실망감을 그런 것으로 보상받는 사람이 아니었다. 그는 전원생활과 책에서 즐거움을 찾았다. 말하자면 부인의 무지와 어리석음 덕택에 그런 즐거움을 얻을 수 있었던 것이다. 물론 보통 남자들이라면 부인한테서 이런 종류의 즐거움을 기대하지는 않을 것이다. 그러나 달리 즐거움을 찾을 길이 없다면 주어진 환경에서 얻는 것이 진정 현명한 일일 것이다.

엘리자베스는 아버지의 행동이 남편으로서 적절하지 않다는 것을 잘 알고 있었다. 그녀는 그 점이 늘 괴로웠다. 그러나 아버지의 능력을 존중하고 자신을 아껴주는 것에 감사하며 묵과해서는 안 되는 일들을 그냥 지나쳐버렸다. 자식이 어머니를 무시하는데도 가만히 있는 아버지가 못마땅했지만 그냥 참았다. 또한 부부간의 의무나 예의를 늘 저버린다는 사실도 잊으려고 애썼다. 결혼한 부부의 의무나 서로 간에 예의조차 사라진 현실을 아예 외면했던 것이다. 그러나 잘못된 결혼이 자식들에게 얼마나 큰 영향을 미치는지 지금처럼 통감한 적이 없었다. 능력을 엉뚱한 방향으로 발휘하는 것이 얼마나 해로운 일인지 절실히 느꼈다. 아버지가 자신의 능력을 올바른 곳에 썼다면 비록 아내의 이해심이 넓어지지는 않았을망정 적어도 딸들을 남부끄럽지 않게 키웠을 것이다.

엘리자베스는 위컴이 떠나서 기뻤다. 그러나 그것 말고는 부대가 떠나서 좋을 게 별로 없었다. 파티가 줄어들자 어머니와 동생이 집에만 있으려니 따분하다고 징징거리는 통에 집안 분위기마저 착 가라앉았다. 키티는 어수선하고 뒤숭숭하게 만들던 것들이 사라졌으니 곧 정신을 차릴 것이다. 그러나 그렇잖아도 천방지축이어서 더 큰 짓을 저지르고도 남을 리디아는 해수욕장과 부대 주둔지라는 두 가지 위험에 빠져서 더 어리석고 염치없게 굴 것 같았다. 예전에도 느낀 것이지만 몹시 초조하게 기다리던 일도 막상 일어나고 보면 기대했던 것만큼 만족스럽지 않다는 것을 새삼 깨달았다. 따라서 또 다른 날을 기약해야 한다. 그때 바라고 꿈꾸던 일들이 이루어져서 진정한 행복을 누리기를 기대하며 위안을 삼고, 또 다른 실망에 대비할 수밖에 없는 것이다. 이제 엘리자베스에게 가장 행복한 일은 호수 지방으로 여행을 떠나는 것이었다. 어머니와 키티가 투덜거리는 통에 도무지 마음이 편치 않던 차에 여간 위안이 되는 게 아니었다. 제인도 같이 갈 수 있다면 더욱 완벽할 것이다.

'조금 부족한 게 나아. 모든 게 완벽하면 실망하게 마련이니까. 언니가 함께 못 가서 아쉬운 마음이 한구석에 계속 남아 있을 테니 다른 건 기대한 만큼 즐겁겠지. 즐겁기만 한 완벽한 계획이란 있을 수 없어. 뭔가 부족한 점이 조금이라도 남아 있으면 완전히 실망하지는 않을 거야.'

리디아는 떠나기 전에 어머니와 키티에게 자주 편지를 보낼 것이며 그것도 아주 상세하게 쓰겠다고 약속했다. 그러나 편지가 오기까지 오랜 시간이 걸렸고 그나마도 짤막했다. 어머니 앞으로 보낸 편지에는 도서관에서 이러저러한 장교와 함께 있다가 방금 돌아왔는데, 거기서 깜짝 놀랄 만한 아름다운 장식물을 보았다고 했다. 또 가운과 파라솔을 새로 샀는데 더 자세히 쓰고 싶지만 포스터 부인이 불러서 가봐야 하고, 부대로 들어갈 거라는 이야기밖에 없었다. 키티에게 보낸 편지는 들을 내용이 더 없었다. 어머니에게 쓴 것보다 조금 더 길기는 했지만 다른 사람한테는 말하지 말라는 뜻으로 단어 밑에 잔뜩 줄을 그어놓았던 것이다.

리디아가 떠난 지 2, 3주일쯤 지나자 롱본에 다시 활기가 넘쳤다. 모든 것이 한층 행복해 보였다. 겨울 동안 런던에 가 있던 가족들도 이미 돌아왔고, 여름옷과 파티로 이야기꽃을 피웠다. 베넷 부인은 기운을 되찾아 다시 수다를 떨기 시작했고, 키티도 6월 중순쯤에는 정신을 차려서 더 이상 징징거리지 않고 메리턴에 갔다. 엘리자베스는 육군성이 심술궂게 메리턴에 또 다른 부대를 주둔시키지 않는 한 다가오는 크리스마스에는 키티가 하루에 한 번 이상은 장교 이름을 꺼내지 않을 정도로 정신을 차릴 거라고 기대했다.

북부 호수 지방으로 여행을 떠나기로 한 날이 차츰 다가와 겨우 2주일밖에 남지 않았을 때 가드너 부인한테 편지가 왔다. 출발일을 연기하게 되었고 일정도 줄어들었다는 것이었다. 가드너 씨가 사업상 2주일 더 늦은 7월까지는 출발할 수 없으며, 또 한 달 안으로 런던에 돌아와야 한다고 했다. 일정이 너무 짧아서 멀리 갈 수도 없고, 애초 계획했던 곳을 다 둘러볼 수도 없으며, 또 여유를 가지고 편하게 구경할 수도 없을 테니 호수 지방은 포기할 수밖에 없다는 것이었다. 그래서 지금 계획으로는 더비셔 북쪽으로는 갈 수 없다는 것이었다. 그렇지만 더비셔에도 볼 만한 곳이 많아 다 보려면 꼬박 3주일은 걸릴 것이며 가드너 부인은 특히 가고 싶다고 했다. 그곳에서 몇 년 지낸 적이 있고 이번에 며칠 머물기로 한 도시가 매틀록이나 채스워스, 도브데일이나 피크 등 다른 관광지 못지않게 궁금하다고 했다.

하지만 엘리자베스는 실망이 이만저만이 아니었다. 호수 지방을 구경한다는 기대에 잔뜩 부풀어 있었기 때문이다. 그리고 호수 지방을 충분히 둘러볼 수도 있다고 생각했다. 그러나 그녀는 그것으로 만족할 수밖에 없었다. 모든 일에 긍정적인 엘리자베스였기 때문에 곧 행복한 기분을 되찾았다.

더비셔라고 하면 떠오르는 것이 많았다. 그녀는 펨벌리와 그 주인을 생각하지 않을 수 없었다.

'그의 고장에 들어간다고 처벌받는 것도 아니잖아. 다시 씨 몰래 들어가서 모양 있는 돌 몇 개는 가져올 수 있을 거야.'

엘리자베스는 생각했다. 그렇게 해서 기다리는 시간이 2배로 늘어났고, 가드너 부부가 도착하기까지 4주일이나 남았다. 그러나 시간은 쉬이 지나갔다. 드디어 가드너 부부가 아이 넷을 데리고 롱본에 도착했다. 여섯 살짜리와 여덟 살짜리 여자아이 둘, 그리고 그밑에 남동생 둘은 제인이 맡아주기로 했다. 아이들 모두 제인을 가장 좋아했고, 그녀는 언제나 상냥하게 대해주고 아이들을 예뻐하며 잘 가르쳐주고 잘 놀아주니 그들을 돌보는 데 제격이었다.

가드너 부부는 롱본에서 하룻밤을 지내고 이튿날 아침 엘리자베스와 함께 새롭고 즐거운 여행길에 올랐다. 그들은 무엇보다 마음맞는 사람끼리 여행하는 즐거움 하나만은 확실하게 누릴 수 있었다. 마음이 맞는다는 것은 불편함을 잘 견디는 건강한 심신과 즐거운 분위기를 만드는 유쾌한 성격, 밖에서는 실망스러운 일을 겪더라도 자기들끼리는 재미있게 지내면서 서로 아끼며 슬기롭게 처신하는 것을 말한다.

더비셔나 경치 좋기로 이름난 곳을 소개하는 것이 이 책의 목적은 아니다. 게다가 옥스퍼드나 블레넘, 워릭, 케닐워스, 버밍엄 등은 너무나 잘 알려져 있다. 지금 얘기하려는 곳은 더비셔의 일부분이다. 유명한 곳을 모두 둘러보고 나서 일행은 램턴이라는 작은 마을로 발길을 돌렸다. 그곳은 가드너 부인이 한때 살았던 곳으로, 아직도 아는 사람이 몇 명 있다는 것을 얼마 전에 알았다. 엘리자베스는 램턴에서 5마일(약 8킬로미터─옮긴이)도 안 되는 곳에 펨벌리가 있다는 것을 가드너 부인한테 들었다. 가는 중간에 바로 펨벌리가 있는 것은 아니었지만, 그렇다고 길목에서 1, 2마일 이상 가야 하는 것도 아니었다. 하지만 지난밤 여정을 상의할 때 가드너 부인이 펨벌리에 다시 가보고 싶다고 하자 가드너 씨도 기꺼이 찬성했고 엘리자베스도 그러자고 했다.

"얘, 너는 귀가 따갑도록 들었을 텐데 가보고 싶지 않니? 그곳과 관련된 사람들을 여럿 알고 있잖니. 너도 알다시피 위컴 씨가 어린 시절을 보낸 곳이야."

외숙모의 말에 엘리자베스는 몹시 난처했다. 그녀는 펨벌리에 꼭 가야 할 이유도 없다고 생각했기 때문에 내키지 않는 척했다. 덧붙여 거대한 호화 주택은 이제 싫증이 났고, 하도 많이 돌아다녀서 훌륭한 양탄자며 새틴 커튼 같은 것은 더 이상 흥미롭지 않다고 했다.

가드너 부인은 어리석은 생각이라며 나무랐다.

"호화 가구가 잔뜩 들어찬 웅장한 저택은 나도 관심 없어. 하지만 장원이 아주 멋지단다. 이 고장에서 가장 훌륭한 숲들이 있거든."

엘리자베스는 더 이상 아무 말도 하지 않았다. 그러나 정말 내키지 않았다. 다아시를 만날지도 모른다는 생각이 퍼뜩 들었던 것이다. 끔찍한 일이었다. 그녀는 생각만으로 얼굴을 붉혔다. 그래서 위험을 무릅쓰고 가느니 차라리 외숙모한테 털어놓는 게 낫다고 생각했다. 그러나 그 또한 만만치 않았다. 그래서 다아시가 펨벌리에 있는지 슬쩍 알아보고, 있다고 하면 그때 최후의 수단으로 말할 작정이었다.

그날 저녁 엘리자베스는 자기 방으로 돌아가서 객실 담당 하녀에게 펨벌리가 정말 좋은 곳인지, 주인 이름은 무엇인지, 또 약간 가슴을 졸이며 가족이 여름을 나러 왔는지 물어보았다. 마지막 질문에 대한 답은 다행히 '아직 오지 않았다'는 것이었다. 걱정거리가 사라지고 마음의 여유가 생기자 그녀는 비로소 펨벌리를 보고 싶은 마음이 생겼다. 이튿날 아침 외삼촌 내외가 다시 의향을 물어보았을 때 그녀는 언제 그랬냐는 듯 정말 가기 싫어서 그랬던 건 아니라고 말했다. 그리하여 그들은 펨벌리를 향해 길을 떠났다.

제3부

1

마차를 타고 가는 내내 엘리자베스는 마음이 복잡하고 뒤숭숭했다. 펨벌리의 숲이 나타나기를 기다리다가 마침내 장원에 들어서자 설레기 시작했다.

장원은 굉장히 넓고 기복이 심한 지형이었다. 마차는 가장 낮은 곳으로 들어가더니 넓게 뻗은 아름다운 숲길을 한참이나 달렸다.

엘리자베스는 말할 수 없을 만큼 가슴이 벅찼다. 그래서 아무 말도 하지 않고 멀리 내다보이는 경치를 유심히 바라보며 감상했다. 비탈진 언덕을 0.5마일(약 8백 미터 — 옮긴이)쯤 올라가자 꽤 높은 언덕배기에서 숲이 끝나더니 길이 급하게 굽이진 골짜기 건너편으로 펨벌리 저택이 불쑥 나타났다. 비탈진 곳에 크고 아름다운 석조 건물이 위풍당당하게 자리 잡고 있었다. 저택 뒤로는 숲이 울창한 산마루가 둘러싸고, 집 앞으로 흐르는 개울은 원래보다 조금 더 넓혀놓았는데 사람이 손을 댄 것 같지 않았다. 둑도 쓸데없이 있는 것 같지 않고 꾸밈없이 자연스러웠다. 엘리자베스는 감동했다. 그녀는 어설프게 손대지 않은 자연 그대로의 아름다움이 이렇게 잘 보존된 곳을 일찍이 본 적이 없었다. 일행 모두 펨벌리의 경치에 크게 감탄하며 찬사를 늘어놓았다. 그 순간 엘리자베스는 펨벌리의 안주인이 된다는 것이 대단한 일일 수도 있다는 것을 느꼈다.

마차는 다시 언덕을 내려가 다리를 건너 정문 쪽으로 달려갔다. 엘리자베스는 가까이 다가가 저택을 바라보니 다아시를 만나지 않을까 하는 두려움이 되살아났다. 객실 하녀가 잘못 알고 있는지도 모른다는 생각이 문득 들었던 것이다. 일행이 집 안을 구경하고 싶다고 말하자 현관으로 안내해주었다. 엘리자베스는 하녀장을 기다리는 동안 비로소 마음이 느긋해졌다. 자신이 펨벌리에 있다고 생각하니 기분이 이상야릇했다.

나이가 지긋하고 정중해 보이는 하녀장이 들어왔는데, 엘리자베스가 생각한 만큼 우아하지는 않았지만 굉장히 상냥했다. 일행은 하녀장을 따라 응접실로 들어갔다. 넓은 방에는 필요한 것들이 모두 완비되어 있을 뿐 아니라 알맞게 잘 놓여 있었다. 엘리자베스는 가볍게 방을 둘러보고 나서 창가로 다가가 창밖 경치를 즐겼다. 그들이 조금 전 내려온 숲이 무성한 언덕은 꽤 비탈지고, 멀리서 바라보니 마치 예술작품을 세워놓은 듯했다. 지형도 나무랄 데 없었다. 엘리자베스는 유쾌한 기분으로 개울, 둑 위에 산재한 나무들, 굽이진 계곡 등 눈길 닿는 데까지 바라보았다. 다른 방으로 들어가면 또 다른 경치가 펼쳐졌으며 어느 창으로 바라보든 아름다운 풍경이었다. 우아하고 아름답게 꾸며진 방에는 재력가에 걸맞은 가구들이 놓여 있었는데 겉만 번지르르하다거나 지나치게 화려하지도 않았다. 엘리자베스는 다아시의 뛰어난 미적 감각에 놀랐다. 로징스의 가구보다 화려하지는 않았지만 더 고상하고 아름다웠다.

'이곳의 안주인이 될 뻔했지. 그랬다면 지금쯤 이 방들에 익숙했겠지. 구경하는 손님이 아니라 내 것으로 사용하면서 외삼촌과 외숙모를 손님으로 맞이했겠지.'

그녀는 잠시 생각에 잠겼다가 정신을 차렸다.

'아냐, 그런 일은 있을 수 없을 거야. 외삼촌 내외분과 인연이 끊어졌을 거야. 초청을 허락하지도 않을 테니 말이야.'

이런 생각이 들어서 다행이었다. 하마터면 후회할 뻔했으니 말이다.

엘리자베스는 하녀장에게 정말 주인이 없느냐고 물어보고 싶었으나 차마 용기가 나지 않았다. 그런데 마침 외삼촌이 그것을 물어보았다. 레이놀즈 부인은 "안 계세요."라고 말하더니 "하지만 내일 친구분들과 함께 오실 거예요."라고 덧붙였다.

엘리자베스는 흠칫했다. 그리고 일정이 하루 더 연기되지 않은 게 얼마나 다행인지 몰랐다.

그때 가드너 부인이 엘리자베스를 부르더니 벽난로 위에 걸려 있는 그림 하나를 가리켰다. 가까이 가서 보니 몇 개의 초상화와 함께 위컴의 초상화가 있었다. 외숙모는 웃으면서 어떠냐고 물었다. 이때 하녀장이 다가와 그것은 주인어른의 집사 아들이라며, 돌아가신 주인어른이 이 신사의 교육비를 모두 대주었다고 설명했다. 그러더니 "지금은 군대에 들어갔는데 몹시 방탕하게 산다는 소문이 들리더군요."라고 덧붙였다.

가드너 부인은 엘리자베스를 보며 웃었으나 그녀는 마주 보고 웃을 수가 없었다. 레이놀즈 부인은 다른 초상화를 가리키며 말했다.

"이분이 저희 주인님이십니다. 실물하고 똑같죠. 8년 전쯤에 저 그림하고 같이 그린 것이죠."

"주인 되시는 분 인물이 좋다는 말을 많이 들었습니다. 정말 미남이시네요. 리지, 너는 저 그림하고 실제 인물하고 닮았는지 안 닮았는지 알겠구나."

가드너 부인이 그림을 보면서 말하자, 레이놀즈 부인은 엘리자베스가 자기 주인을 알고 있다는 듯한 이 말을 듣고 그녀에게 관심을 보였다.

"아가씨께서 저희 주인님을 아시나요?"

"네, 조금요."

엘리자베스가 얼굴을 붉히며 말했다.

"정말 잘생기지 않았나요?"

"네, 아주 미남이세요."

"정말 그렇게 멋진 분도 없을 거예요. 2층 화랑에 이것보다 더 크고 멋진 그림이 있답니다. 이 방은 돌아가신 주인어른께서 좋아하시던 곳이어서 초상화들도 살아 계실 때 그대로예요. 이 그림들을 무척 좋아하셨죠."

엘리자베스는 그제야 위컴의 초상화가 왜 여기에 함께 걸려 있는지 알게 되었다.

레이놀즈 부인은 이제 다시 양의 여덟 살 때 초상화를 가리켰다.

"다아시 양도 오빠만큼 예쁜가요?"

가드너 씨가 물었다.

"그럼요. 제가 본 아가씨들 중에 가장 예쁘죠. 재주도 많아요. 하루 종일 피아노를 치며 노래를 부르죠. 다음 방에 가면 주인님이 아가씨께 선물한 새 피아노가 있지요. 아가씨도 내일 주인님과 함께 오십니다."

가드너 씨가 편하게 물어보기도 하고 맞장구도 치자 레이놀즈 부인은 더욱 신이 나서 말했다. 그녀는 자부심이건 애착이건 주인과 그 누이동생에 대해 이야기하는 것을 좋아하고 흐뭇해했다.

"주인께서 펨벌리에 머무는 날이 많은가요?"

"1년에 절반은 이곳에서 지내실 거예요. 저야 더 오래 머물렀으면 하죠. 아가씨는 여름이면 항상 내려오십니다."

'램스게이트에 갈 때 말고는 그렇겠지.'

엘리자베스는 생각했다.

"주인께서 결혼하시면 여기 오래 머무시겠네요."

"그렇죠. 하지만 언제쯤 그렇게 될지 모르겠어요. 그분께 어울릴 만한 훌륭한 분이 있어야 말이죠."

가드너 부부가 미소 지었다. 그러나 엘리자베스는 이렇게 대꾸했다.

"굉장히 좋은 분이라는 말로 들리는군요."

"사실이 그러니까요. 그분을 아는 사람들은 모두 하나같이 그렇게 말한답니다."

레이놀즈 부인이 대답했다. 칭찬이 과하다고 생각하던 엘리자베스는 뒷말을 듣고 더욱 놀랐다.

"주인님이 네 살 때부터 지금까지 쭉 모시고 있지만 한 번도 저에게 화내신 적이 없답니다."

엘리자베스의 생각과 정반대되는 이 칭찬은 더욱 의외였다. 다아시가 성격이 부드럽지는 않다고 생각했던 것이다. 호기심이 당겨 좀더 듣고 싶었는데 외삼촌이 고맙게도 이렇게 말했다.

"그만한 찬사를 받는 분도 드물죠. 그런 주인을 모시고 계시다니 정말 좋으시겠습니다."

"그럼요. 저도 그렇게 생각합니다. 이 세상 어디를 가더라도 그보다 더 좋은 분을 만나지 못할 겁니다. 그분을 보면서 늘 이런 생각을 한답니다. 어렸을 때 좋은 성품이 커서까지 이어진다고요. 그분은 어릴 때부터 더할 나위 없이 부드럽고 너그러웠어요."

엘리자베스는 눈을 동그랗게 뜨고 레이놀즈 부인을 쳐다보았다. '정말 다아시 씨를 두고 하는 말인가?'라고 의아했던 것이다.

"부친도 훌륭한 분이셨다죠?"

가드너 부인이 물었다.

"네, 정말 훌륭한 분이셨죠. 주인님도 아버님을 꼭 닮아서 가난한 사람들에게 많이 베푸신답니다."

주의 깊게 듣고 있던 엘리자베스는 점점 더 놀라고 의아했으며 더 듣고 싶어 안달이 날 지경이었다. 다른 이야기에는 관심도 없었다. 레이놀즈 부인이 그림의 주제라든가 방의 크기, 가구의 값이 얼마라고 얘기할 때는 귓등으로 흘렸다. 가드너 씨는 이 가문에 대한 유별난 충성심으로 주인을 지나치게 찬양하는 레이놀즈 부인이 너무너무 재미있었다. 그래서 그는 곧 이야기를 그쪽으로 바꾸었다. 그러자 레이놀즈 부인은 큰 층계를 함께 올라가면서 주인 칭찬을 늘어놓았다.

"주인님은 가장 훌륭한 주인이자 지주이시죠. 자기밖에 모르고 제멋대로 구는 요즘 젊은이 같지 않아요. 소작인이나 하인들 모두 그분을 칭송한답니다. 거만하다고 하는 사람도 간혹 있지만 저는 그런 모습을 한 번도 본 적이 없어요. 다른 청년들과는 다르게 과묵해서 그렇게 비치는 것이지 절대 그런 분이 아니에요."

'그렇다면 다아시 씨가 좋은 사람이 맞네.'라고 엘리자베스는 생각했다.

"그렇게 훌륭한 사람이라니, 딱한 그 친구한테 저지른 짓이랑 영 다른데?"

외숙모가 걸어가면서 속삭였다.

"우리가 속고 있는지도 모르죠."

"그렇지는 않은 것 같다. 다른 데서 듣기로도 좋은 사람이라더 구나."

일행은 2층의 넓은 복도를 지나 아래층 방들보다 더 아름답고 환하게 꾸며진 거실로 안내되었다. 이곳은 지난번 다아시 양이 펨벌리에 왔을 때 너무너무 좋아하길래 오빠가 동생을 기쁘게 해주려고 최근 다시 꾸몄다고 했다.

"좋은 오빠인 건 틀림없군요."

창문으로 다가가면서 엘리자베스가 말했다.

레이놀즈 부인은 다아시 양이 이 방에 들어서면서 기뻐할 모습을 기다리고 있다고 말했다.

"주인님은 늘 그래요. 동생이 기뻐하는 일이라면 무엇이든 당장 하시죠. 동생을 위해서라면 무슨 일이든 할 겁니다."

이제 남은 것은 화랑과 침실 두서너 개뿐이었다. 화랑에는 훌륭한 그림이 많이 있었다. 하지만 엘리자베스는 그림에 문외한이었다. 아래층에서 본 것과 비슷한 그림보다 다아시 양이 크레용으로 그린 그림들이 훨씬 더 볼 만했다. 주제가 재미있고 이해하기도 쉬웠기 때문이다.

화랑에는 가족과 조상들의 초상화도 여러 점 있었지만 손님들의 눈길을 끌지 못했다. 엘리자베스는 아는 얼굴이 있는지 찾아보며 천천히 걸었다. 드디어 어느 그림 앞에서 그녀는 걸음을 멈췄다. 그것은 실제 얼굴과 거의 흡사하게 그려놓은 다아시의 초상화였다.

그림 속의 다아시는 자기를 바라볼 때 가끔 지은 적이 있는 미소를 띠고 있었다. 그녀는 깊은 생각에 잠긴 채 한동안 그 그림을 유심히 바라보았다. 그리고 일행이 화랑을 나가기 전에 또다시 그림 앞으로 갔다. 레이놀즈 부인이 선친께서 살아 계실 때 그린 것이라고 설명해주었다.

그 순간 다아시에 대한 엘리자베스의 감정은 그들이 한창 만날 때보다 더욱 녹녹했다. 주인에 대한 레이놀즈 부인의 칭찬은 결코 대수롭게 여길 일이 아니었다. 똑똑하고 슬기로운 하인의 칭찬만큼 가치 있는 것이 있을까? 오빠로서, 지주로서, 주인으로서 그가 얼마나 많은 사람의 행복을 지켜주고 있는지 생각해보았다. 얼마나 많은 즐거움이나 괴로움이, 또 얼마나 많은 선행과 악행이 그의 손에 달려 있는가? 레이놀즈 부인의 말을 들어보면 그가 얼마나 좋은 사람인지 알 수 있었다. 초상화 앞에 서서 그의 두 눈을 바라보며 엘리자베스는 자신을 좋아하는 그의 마음이 그 어느 때보다 고맙게 느껴졌다. 그의 열렬한 고백을 떠올리며 불쾌했던 표현마저 부드럽게 받아들였다.

일반 사람들에게 개방하고 있는 공간을 다 둘러보고 나서 일행은 아래층으로 다시 내려왔다. 거기서 레이놀즈 부인과 인사하고 현관에서 다음 안내를 맡은 정원사를 만났다.

잔디밭을 가로질러 개울 쪽으로 걸어갈 때 엘리자베스는 저택을 돌아보았다. 가드너 부부도 걸음을 멈췄다. 저 건물은 언제 지은 것일까 생각하고 있을 때 마구간으로 통하는 길목에서 그 건물의 주인이 불쑥 나타났다.

둘 사이의 거리가 채 20야드(약 18미터 — 옮긴이)도 되지 않은 데다 다아시가 갑자기 나타나는 바람에 엘리자베스는 그의 시선을 미처 피하지 못했다. 눈이 마주친 순간 두 사람의 얼굴이 빨개졌다. 다아시는 너무 놀라 꼼짝도 하지 않았다. 하지만 곧 정신을 가다듬고 일행에게 다가와 태연한 것은 아니었지만 예의를 갖춰 엘리자베스에게 인사했다.

그녀는 처음에 본능적으로 돌아섰다. 그러나 다아시가 다가오자 당황한 표정을 감추지 못한 채 그의 인사에 응했다. 그를 처음 보는 가드너 부부는 조금 전에 본 초상화와 닮았다는 생각을 했지만 같은 사람인 줄은 미처 몰랐다. 그보다는 정원사가 그를 보고 놀란 표정을 짓자 곧 알아차렸다. 그들은 다아시가 엘리자베스에게 인사를 건네는 동안 조금 떨어져 있었다. 그녀는 너무 놀라고 당황스러워 거의 눈을 들지도 못했고, 그가 정중하게 가족의 안부를 묻는데도 뭐라고 대답해야 할지 몰랐다. 지난번 헤어진 뒤로 그의 태도가 완전히 바뀌어서 한 마디 한 마디에 더욱 당황스러울 뿐이었다. 그리고 자신이 그곳에 나타난 것이 잘못이라는 생각이 자꾸 들었다. 그녀는 이제까지 살아오면서 그와 마주 서 있는 그 몇 분만큼 거북한 순간도 없었다. 그도 꽤 불편한 듯 보였다. 평소와 같이 차분한 목소리도 아니었고, 롱본에서 언제 출발했는지, 더비셔에는 얼마나 머물지 자꾸 묻는 것을 보면 머릿속이 혼란스러운 게 분명했다. 그는 결국 무슨 말을 해야 할지 떠오르지 않는지 잠시 침묵하더니 갑자기 인사를 하고 가버렸다.

가드너 부부는 엘리자베스에게 다가와 다아시가 참 잘생겼다고 칭찬했다. 그러나 그녀의 귀에는 아무 말도 들리지 않았다. 그녀는 자기 생각에 빠져 말없이 걷기만 했다. 그녀는 놀라고 부끄러워서 어찌할 줄을 몰랐다. 자신이 펨벌리에 오다니 이렇게 분별없는 짓이 또 어디 있겠는가! 게다가 다아시와 마주치다니, 어쩜 이렇게 재수가 없단 말인가! 그가 얼마나 이상하게 볼까? 누구보다 자만심이 강한 그 남자가 얼마나 우습게 생각할까? 내가 일부러 자기 앞에 나타났다고 생각할지도 모른다. 내가 뭐하러 여기 왔을까? 그 사람은 내일 온다더니 왜 하필 오늘 나타난 거야? 10분만 서둘렀어도 그와 마주치지 않았을 것이다. 그때 막 도착해 말이나 마차에서 내렸으니 말이다. 엘리자베스는 몇 번이고 이 심술궂은 만남을 생각하면서 얼굴을 붉혔다. 그런데 그의 태도가 바뀐 이유가 뭘까? 그가 먼저 말을 건넨 것 자체가 의외였다. 더구나 그처럼 정중하게 가족의 안부까지 묻다니. 조금 전 우연히 만났을 때만큼 그가 거만하지 않았던 적도 없다. 게다가 그렇게 상냥하게 말한 적도 없다. 로징스에서 엘리자베스의 손에 편지를 건네며 말하던 모습과 너무나 달랐다. 그녀는 이 모든 것을 어떻게 생각하고, 어떻게 이해해야 할지 알 수 없었다.

일행은 개울가의 아름다운 산책로로 들어섰다. 걸어갈 때마다 언덕의 풍경이 더욱 아름다워 보였고 숲으로 다가갈수록 더 멋진 풍광이 나타났다. 하지만 엘리자베스는 한동안 아무것도 느끼지 못했다. 가드너 부부가 계속 말을 걸어도 건성으로 대답했고, 그들이 가리키는 곳을 바라보기는 했으나 어떤 풍경도 눈에 들어오지 않았다. 그녀의 머릿속은 온통 펨벌리의 저택 어딘가에 있을 다아시 생각뿐이었다. 둘이 마주쳤을 때 그가 무슨 생각을 했는지, 자기를 어떻게 생각하고 있는지, 또 다른 것은 다 제쳐놓더라도 여전히 자기에게 마음이 있는지 너무너무 궁금했다. 마음을 정리했기 때문에 정중하게 대할 수 있었던 게 아닐까? 하지만 그의 목소리는 아무렇지 않은 것 같지 않았다. 그가 자기를 보고 더 괴로웠는지 아니면 더 기뻤는지는 알 수 없었다. 하지만 그의 마음이 평온하지 않은 것만은 확실했다.

가드너 부부가 왜 정신 나간 사람처럼 그러느냐고 하자 엘리자베스는 그제야 정신을 차리고 평소처럼 행동해야겠다고 생각했다.

일행은 개울을 벗어나 숲으로 들어갔다. 더 높은 곳으로 올라가면서 나뭇가지 사이로 계곡의 경치와 드넓은 숲이 펼쳐진 맞은편 언덕을 바라보았다. 간간이 시냇물이 보이기도 했다. 가드너 씨는 장원을 모두 돌아보고 싶지만 걸어갈 거리는 아닌 것 같다고 말했다. 정원사는 의기양양한 미소를 띠며 둘레가 10마일(약 16킬로미터─옮긴이)쯤 된다고 말했다. 그들은 그 한마디로 이 문제를 매듭짓고 길을 따라 계속 걸어갔다. 잠시 뒤 그들은 내리막길을 내려가 폭이 가장 좁은 냇가에 이르러 경치와 잘 어울리는 수수한 다리를 건넜다. 그곳은 지금까지 본 어느 곳보다 꾸밈이 없었고, 굉장히 좁은 계곡에는 개울을 따라 덤불숲 옆에 좁은 산책로가 겨우 있을 뿐이었다. 엘리자베스는 굽은 계곡을 따라 계속 걸어가고 싶었다. 그러나 그들이 다리를 건너고 나서 저택에서 너무 멀리 왔다는 것을 깨달았다. 원래 잘 못 걷는 가드너 부인은 더 이상 발을 떼지 못하고 빨리 마차로 돌아가고 싶은 생각밖에 없었다. 엘리자베스는 외숙모 생각을 따를 수밖에 없었다.

마침내 그들은 개울 건너편 저택을 향해 발길을 돌렸다. 그러나 자주 하는 것은 아니지만 낚시를 꽤 좋아하는 가드너 씨가 가끔 물에 송어가 비칠 때마다 정원사와 이야기를 주고받느라 좀처럼 속도가 나지 않았다. 이렇게 더디기만 한 걸음으로 천천히 나아가고 있을 때 그리 멀지 않은 곳에서 다아시가 다가오는 것을 보고 그들은 또 한 번 놀랐다. 엘리자베스는 조금 전과 마찬가지로 깜짝 놀랐다. 이쪽 길은 건너편보다 트여 있어서 가까이 오기 전에 그가 보였다. 엘리자베스는 비록 놀라기는 했지만 조금 전보다는 마음의 준비가 되어 있었다. 그녀는 그와 또다시 마주친다면 침착하게 행동하리라 다짐했다. 그녀는 잠시 그가 어쩌면 다른 길로 갈지 모른다고 생각했다. 산책로 모퉁이로 다가갈 때는 그가 보이지 않았던 것이다. 그러나 모퉁이를 돌자 바로 앞에 그가 나타났다. 엘리자베스는 곧바로 그가 조금 전과 마찬가지로 정중하고 침착하다는 것을 느꼈다. 그녀도 그와 마주치자마자 정중하게 펨벌리의 경치를 칭찬했다. 그러나 "정말 멋진 곳이에요." 혹은 "너무너무 아름다워요."라는 말밖에 하지 못했다. 칭찬이 어쩌면 나쁜 뜻으로 받아들여질지도 모른다는 불길한 생각이 문득 들었던 것이다.

가드너 부인은 조금 뒤에 서 있었다. 엘리자베스가 갑자기 표정이 바뀌면서 입을 다물자 다아시는 그녀에게 일행을 소개해달라고 청했다. 전혀 예상치 못한 일이었다. 지난번 자신에게 청혼할 때 자존심이 허락하지 않는다던 바로 그 사람들을 소개받으려 하다니, 그녀는 미소를 짓지 않을 수 없었다. 엘리자베스는 '그들이 누구인지 알면 아마 깜짝 놀랄걸. 상류층 사람인 줄 아는 모양인데.'라고 생각했다.

어쨌든 엘리자베스는 그들을 소개했다. 외삼촌과 외숙모라고 말하면서 그가 어떤 표정을 짓는지 슬쩍 보았다. 그런 사람들을 소개받고 수치스러워서 재빨리 도망가지 않을까 하는 생각도 없지 않았다. 그는 확실히 놀란 듯했지만 변함없이 침착한 태도를 보였다. 도망가기는커녕 돌아서서 외삼촌과 이야기를 나누었다. 엘리자베스는 몹시 기쁘고 으쓱했다. 자기에게도 창피하지 않은 친척이 있다는 것을 그가 알게 되어 마음이 편했다. 그녀는 두 사람의 대화에 귀를 기울였다. 그리고 외삼촌이 한 마디 한 마디 할 때마다 지적인 표현과 예의 바른 태도에 뿌듯함을 느꼈다.

그들의 대화는 곧 낚시 이야기로 넘어갔다. 다아시가 고기가 가장 많이 잡히는 곳을 가리키면서 "낚시 도구를 빌려드릴 테니 이 근처에 머무시는 동안 언제든 낚시를 하셔도 좋습니다."라고 정중하게 말하는 소리를 엘리자베스는 들었다. 그녀와 팔짱을 끼고 걷던 가드너 부인은 의아한 눈빛으로 그녀를 보았다. 엘리자베스는 아무 말도 하지 않았지만 자기 때문에 그런 친절을 베푸는 거라고 생각하니 흐뭇했다. 그러나 한편으로는 더욱 놀랍기도 했다. 그래서 계속 이런 생각을 했다.

'저 사람이 왜 저렇게 변한 걸까? 이유가 뭘까? 나 때문일까? 아냐, 그럴 리 없어. 헌스퍼드에서 내가 험한 소리를 했다고 이렇게 변할 수는 없지. 그가 아직도 나를 사랑하고 있을 리 없어.'

한동안 두 여자는 앞에서, 두 남자는 뒤에서 걸었다. 그러나 그들이 기묘한 수중식물을 좀더 자세히 보려고 개울가로 내려갔을 때 변화가 생겼다. 하루 종일 너무 많이 걸어서 지친 가드너 부인이 엘리자베스의 팔에 의지하는 것으로는 몸을 부지하기 힘들어 남편의 팔짱을 끼었다. 그 바람에 다아시는 엘리자베스와 나란히 걷게 되었다. 잠시 침묵이 흘렀다. 먼저 입을 연 것은 엘리자베스였다. 그가 없는 줄 알고 여기 왔다는 말을 하려고 그녀는 그가 나타날 줄은 전혀 몰랐다는 말부터 꺼냈다.

"레이놀즈 부인 말로는 내일 오실 거라더군요. 그래서 저희가 베이크웰을 떠나기 전에 오실 줄은 정말 생각도 못 했어요."

다아시는 그러려고 했는데 식품 조달 문제로 집사와 의논할 일이 있어서 다른 사람들보다 먼저 왔다고 말했다.

"다른 사람들은 내일 아침에 올 겁니다. 엘리자베스 양도 잘 아시는 빙리와 그 누이들도요."

엘리자베스는 대답 대신 고개를 약간 숙였다. 그러나 빙리의 이름을 듣자마자 생각이 과거로 내달렸다. 그들이 마지막으로 빙리를 언급하던 때가 떠올랐던 것이다. 다아시의 표정을 보니 그도 같은 생각을 하고 있는 듯했다. 잠시 뒤 그가 말했다.

"일행 중에 특히 엘리자베스 양을 무척 만나고 싶어 하는 사람이 있습니다. 저, 당신이 램턴에 머무는 동안 제 동생을 소개해드려도 될까요? 혹시 부담스러우시면 말씀해주세요."

엘리자베스는 무척 놀랐다. 어떤 의미로 받아들여야 할지 몰랐기 때문이다. 다아시 양이 자기를 만나고 싶어 하는 것은 다름 아닌 오빠 때문이라고 직감했다. 그녀는 그 모든 것이 만족스러웠다. 더구나 자기에게 앙심을 품고 나쁘게 생각하지 않을까 걱정했는데 그렇지 않다는 것을 알고 흐뭇했다.

두 사람은 생각에 잠겨 아무 말 없이 걸었다. 엘리자베스의 마음은 편치 않았다. 편할 수가 없었다. 그러나 한편으로는 뿌듯하고 좋았다. 그가 동생을 소개해주겠다는 것은 최고의 경의를 표하는 것이었기 때문이다. 두 사람은 이내 가드너 부부를 크게 앞질러갔다. 그들이 마차 있는 곳에 도착했을 때 가드너 부부는 0.12마일(약 2백

미터—옮긴이) 정도 뒤처져 있었다. 다아시가 집으로 들어가자고 청했으나 엘리자베스가 피곤하지 않다고 해서 두 사람은 잔디밭에 그냥 서 있었다. 이런 때일수록 말을 많이 해야 한다. 말이 없으면 더욱 어색해지기 쉬우니 말이다. 그녀는 무슨 얘기든 하고 싶었지만, 어떤 주제든 말하면 안 될 것 같았다. 마침내 자신이 여행 중이라는 것을 상기하고 그들은 매틀록이며 도브데일에 관해 띄엄띄엄 이야기를 나누기 시작했다. 그러나 외숙모의 걸음이 너무 느려서 그들이 오기도 전에 엘리자베스의 끈기와 생각이 거의 바닥나고 말았다. 가드너 부부가 도착하자 다아시는 다 함께 집으로 들어가서 뭐라도 좀 마시자고 간곡히 권했으나 일행은 기어이 사양했다. 그들은 서로 공손하게 작별 인사를 했다. 다아시는 두 여자를 부축해 마차에 태웠다. 마차가 떠나자 그는 천천히 집으로 걸어갔다. 엘리자베스는 그의 뒷모습을 바라보았다.

가드너 부부는 느낀 점을 이야기하기 시작했다. 두 사람은 이구동성으로 다아시가 예상했던 것과 달리 너무너무 훌륭한 청년이라고 칭찬했다.

"더할 나위 없이 훌륭하고 예의 바르고 겸손하구나. 나무랄 데가 없어."

가드너 씨의 말에 부인이 되받았다.

"위세 당당한 면이 있더구나. 하지만 겉모습이 그렇다는 거고, 그게 또 잘 어울려. 이제는 나도 레이놀즈 부인처럼 말할 수 있을 것 같구나. 거만하다고 말하는 사람도 간혹 있지만 나는 그런 모습을 한 번도 본 적이 없다고 말이야."

"나는 우리를 대하는 태도에 아주 놀랐어. 정말 정중한 것을 넘어서서 아주 친절하더군. 굳이 그렇게까지 할 필요 없는데 말이야. 엘리자베스와 아는 사이라지만 특별히 친분이 있는 것도 아니잖아."

가드너 씨가 말했다.

"리지, 다아시 씨가 위컴 씨만큼 잘생긴 건 아니더구나. 위컴 씨보다는 덜 잘생겼다는 거지. 하지만 이목구비는 훤하고 멀끔하더구나. 그런데 넌 왜 그 사람이 기분 나쁘다는 거니?"

외숙모의 말에 엘리자베스는 변명을 늘어놓았다. 켄트에서 만났을 때는 그 전보다 더 좋아 보였고, 자기도 오늘만큼 상냥한 모습은 처음 본다고 말했다. 그러자 외삼촌이 대꾸했다.

"그런데 말이나 행동이 조금 변덕스러울지도 모르겠구나. 상류층 사람들은 으레 그렇거든. 그래서 낚시하러 오라는 말을 곧이곧대로 받아들이지 않을 거다. 언제 또 마음이 변해서 나를 몰아낼지 모르잖니. 자기 땅에서 나가라고 말이야."

엘리자베스는 외숙모 내외가 다아시의 성격을 많이 오해하고 있다는 것을 알면서도 아무 말 하지 않았다.

가드너 부인이 말을 받았다.

"본 대로 말하자면 불쌍한 위컴 씨에게 한 것처럼 잔인한 짓을 저지를 사람은 아닌 것 같더구나. 악한 인상이 아니야. 오히려 말할 때 입가에 부드러운 미소까지 짓던데. 기품이 있어서 막돼먹은 사람이라는 생각은 전혀 안 들던데 말이야. 하지만 집을 안내하던 레이놀즈 부인은 과장이 심하더구나. 어떤 때는 나도 모르게 웃음이 터져 나올 뻔했어. 여하튼 너그러운 주인인 건 분명한가 보더라. 하인의 눈에는 그게 전부 아니겠니."

엘리자베스는 위컴을 그렇게 대할 수밖에 없었던 다아시를 변호해주어야 한다는 생각이 들었다. 그러려면 무슨 말이든 해야 했다. 그래서 조심스럽게 켄트에서 그의 친척에게 들었다며 이야기를 해주었다. 그의 행동은 상황에 따라 다르게 비칠 수 있다는 것, 그리고 하트퍼드셔에서도 생각처럼 그렇게 못되게 굴었던 것도 아니고, 위컴도 썩 좋은 사람은 아니라고 말했다. 이름을 말하지는 않았지만 믿을 만한 사람에게 들었다고 하면서 두 사람 사이에 얽혀 있던 금전적인 사건을 상세하게 들려주었다.

가드너 부인은 놀라는 한편 걱정스러운 표정을 지었다. 그러나 옛날 즐겁게 보내던 곳이 가까워지자 다른 생각은 모두 떨쳐버리고 추억에 잠겼다. 그녀는 흥미로운 곳을 하나하나 가리키며 남편에게 보여주느라 여념이 없었다. 오전 내내 산책하느라 피곤할 텐데도 가드너 부인은 점심 식사를 마치자마자 옛 친구들을 찾아 나섰다. 그리고 오랫동안 끊어졌던 우정을 다시 이으며 흡족하게 저녁을 보냈다.

엘리자베스는 그날 일어난 일들을 생각하느라 새로 만난 사람들한테 관심을 두지 못했다. 그녀는 다아시의 친절한 말과 행동에 온통 마음이 쏠려 있었다. 그와 더불어 무엇보다 그가 여동생을 소개해주고 싶다는 것이 어떤 의미인지 생각하느라 아무것도 할 수 없었다.

2

엘리자베스는 다아시 양이 펨벌리에 도착하면 그다음 날 다아시가 그녀를 데리고 찾아오겠거니 생각했다. 그래서 그날 아침에는 여관 근처에 있어야겠다고 마음먹었다. 그러나 이런 생각은 빗나가고 말았다. 일행이 램턴에 도착한 바로 다음 날 오전에 방문객들이 찾아온 것이다. 그날 아침 일행은 새로 만난 친구들 몇 명과 함께 주위를 산책하고 그들과 함께 식사를 하러 여관으로 돌아왔다. 옷을 갈아입고 있을 때 마차 소리가 들려서 창밖을 내다보니 신사 한 명과 숙녀 한 명을 태운 이륜마차가 길을 따라 올라오고 있었다. 엘리자베스는 즉각 하인의 의복을 알아보고 무슨 일이 벌어지고 있는지 짐작했다. 그녀가 곧바로 친척들에게 영예로운 소식을 알리자 그들은 크게 놀라면서도 반겼다. 외삼촌과 외숙모는 지금 그 상황과 엘리자베스가 당황하는 모습, 그리고 어제 일들로 미루어 이 문제를 새로운 시각으로 보게 되었다. 그 전에는 전혀 눈치채지 못했으나, 이 정도로 관심을 보이는 것은 조카딸에 대한 애정의 표현이라고밖에 달리 해석할 길이 없었던 것이다. 새로운 생각들이 가드너 부부의 머릿속을 스치는 동안 엘리자베스는 점점 더 안절부절못했다. 그녀는 우선 자신의 마음이 조마조마하다는 사실에 놀랐다. 그리고 자기를 사랑하는 마음에 동생한테 좋은 말만 한 것은 아닌지 특히 두려웠다. 또한 손님에게 잘 보이려고 평소보다 더 긴장한 나머지 오히려 실수하면 어떡하나 하는 걱정까지 들었다.

그녀는 다아시 남매가 볼까 봐 곧 창가에서 물러섰다. 그리고 방안을 서성거리면서 마음을 가라앉히려고 애썼는데, 자신을 바라보는 외삼촌과 외숙모의 의아한 표정과 놀란 눈빛을 본 순간 진정되기는커녕 되레 더 불안했다.

마침내 다아시 양과 그 오빠가 나타났고 그토록 두려워하던 소개가 이루어졌다. 엘리자베스는 다아시 양도 자기만큼 당황하고 있다는 것을 알고 무척 놀랐다. 램턴에서는 그녀가 굉장히 거만하다는 말을 들었다. 그러나 몇 분밖에 보지 않았지만 그녀가 수줍음 많은 소녀라는 것을 알 수 있었다. 그녀의 입에서 단음절 이상의 단어가 나오지 않았던 것이다.

다아시 양은 키와 몸집이 엘리자베스보다 컸다. 나이는 열다섯 살 남짓했지만 이미 성숙할 대로 성숙했고 여성스러우며 아름다웠다. 얼굴은 오빠만 못했지만 똑똑하고 선한 인상을 풍겼으며 아주 겸손하고 예의 바르며 나긋나긋했다. 다아시 양도 이전에 다아시가 그랬던 것처럼 침착하게 앉아 날카로운 시선으로 주위를 관찰할 거라고 예상했던 엘리자베스는 전혀 다른 모습을 보고 크게 마음이 놓였다.

함께한 지 얼마 안 되어 다아시가 빙리도 올 거라고 말했다. 엘리자베스가 환영한다며 또 다른 손님을 맞이할 준비도 하기 전에 빠른 걸음으로 계단을 올라오는 소리가 들리더니 곧 빙리가 방으로 들어왔다. 엘리자베스는 그에 대한 노여움이 이미 사라진 지 오래였지만, 설령 조금 남아 있다고 해도 그녀를 보자마자 가식적이지 않고 진실하게 대하는 그의 모습을 보고 그런 감정이 싹 사라졌을 것이다. 누구나 하는 인사지만 빙리는 정감 있게 가족의 안부를 물었고 편안한 눈빛과 싹싹한 말투는 여전했다.

가드너 부부도 그녀 못지않게 빙리에게 관심이 많았다. 그들은 예전부터 그를 보고 싶어 했다. 사실 빙리뿐만 아니라 그들 앞에 있는 사람들 모두 굉장히 관심을 끄는 인물들이었다. 다아시와 엘리자베스 사이가 심상치 않다며 의심스러워하던 가드너 부부는 신중하게 두 사람을 살펴보았다. 그 결과 적어도 둘 중 한 사람은 상대를 사랑하고 있다고 확신했다. 여자 쪽의 감정은 아직 어떤 건지 의심스러웠지만, 남자 쪽은 연모의 정이 넘치는 게 눈에 보였다.

엘리자베스는 할 일이 많았다. 그녀는 손님들의 기분을 헤아리고, 자신의 마음을 가라앉혀서 모두를 다정하게 대하고 싶었다. 그녀는 가장 걱정한 두 번째 목표를 이룰 거라고 확신했다. 잘 보이고 싶었던 사람들 모두 처음부터 그녀 편이었기 때문이다. 빙리는 언제라도 좋아할 준비가 되어 있었고, 조지애나도 그러고 싶은 마음이 간절했으며, 다아시는 이미 그랬던 것이다.

빙리를 보면서 엘리자베스는 자연히 언니가 떠올랐다. 그녀는 빙리도 자기와 같은 생각을 하고 있는지 무척 궁금했다. 이따금 그의 말수가 줄었다는 생각도 들었고, 자기를 바라볼 때면 언니의 모습을 떠올리는 거라고 생각하며 즐거워했다. 그러나 이런 것은 비록 상상일 뿐이지만 제인의 연적이었던 다아시 양을 빙리가 어떻게 생각하는지는 오해의 여지가 없었다. 둘 다 서로에게 특별히 호감을 보이지 않았던 것이다. 두 사람 사이에서는 빙리 양의 소원을 이루어줄 만한 어떤 일도 일어나지 않았다. 이 점은 안심할 만했다. 그리고 그런 기대를 가지고 해석한 것이기는 하지만, 떠나기 전에 몇 번 제인과의 애틋한 추억을 떠올리는 듯했고 그녀 이야기가 나왔으면 하는 눈치였다. 다른 사람들이 이야기를 나누는 동안 빙리가 진심으로 후회하는 듯한 목소리로 제인을 만나는 기쁨을 누린 지 너무 오래됐다고 말했다.

"벌써 8개월이 넘었군요. 작년 11월 26일 네더필드에서 함께 춤을 춘 이후로 만나지 못했으니까요."

엘리자베스는 빙리가 정확하게 기억하고 있는 것에 기뻤다. 그는 다른 사람들이 따로 얘기할 때 그녀에게 지금 자매들 모두 롱본에 있느냐고 물었다. 이 말이나 앞에 했던 말이나 특별할 것은 없었지만 그의 표정과 태도에는 깊은 뜻이 담겨 있었다.

엘리자베스는 다아시를 계속 바라볼 수는 없었지만, 슬며시 볼 때마다 그의 표정이 온화하다는 것을 확인했다. 거만하거나 주위 사람들을 경멸하는 말투도 찾아볼 수 없었다. 어제의 바뀐 태도가 적어도 하루 이상 지속되고 있는 것만은 분명했다. 수개월 전에는 사귀는 것 자체를 창피하게 여겼던 사람들과 사귀고 싶어 했고, 그들에게 좋은 인상을 남기려 애썼으며, 또 자기한테나 다른 사람들 앞에서 대놓고 멸시한 바로 자기 친척들을 공손하게 대했다. 헌스퍼드 목사관에서 거세게 충돌했던 때를 생각하면 그가 너무 많이 변해서 엘리자베스는 충격과 놀라움을 감출 수 없었다. 네더필드의 친한 친구들이나 로징스의 지체 높은 친척들과 함께 있을 때도 그가 지금처럼 사람들과 잘 어울리는 모습을 본 적이 없었다. 거만한 태도로 고집스럽게 입을 다물고 있지도 않았다. 게다가 지금 애써 사람들의 호감을 산다고 해서 딱히 얻을 것도 없었고, 사귀려고 하는 상대도 네더필드와 로징스의 여자들이 들으면 비웃을 만한 사람들인데도 말이다.

일행은 30분 넘게 머물다 자리에서 일어났다. 다아시는 떠나기 전에 동생한테 가드너 부부와 엘리자베스를 펨벌리의 저녁 식사에 초대하자고 했다. 초대하는 일이 아직 서툰 다아시 양은 수줍어하며 머뭇거리기는 했지만 흔쾌히 오빠의 의견을 따랐다. 가드너 부인은 이번 초대의 주인공이나 마찬가지인 엘리자베스가 어떻게 생각하는지 알아보려고 그녀를 쳐다보았다. 그때 엘리자베스는 고개를 돌려버렸다. 그러나 부인은 그녀가 거절하는 것이 아니라 잠시 당황해서 그런 것뿐이라고 생각했고, 사람들과 어울리는 것을 좋아하는 남편도 기꺼이 갈 것이므로 초대에 응하겠다고 약속했다. 만찬은 이틀 뒤였다.

빙리는 엘리자베스에게 아직 할 얘기도 많이 남았고, 하트퍼드셔에 있는 모든 친구들의 안부도 궁금했는데 다시 만날 수 있다니 무척 기쁘다고 말했다. 그녀도 그가 언니 소식을 듣고 싶다는 뜻으로 받아들이고 기뻤다. 다른 이유도 있었지만 특히 이것 때문에 다아시 일행이 떠난 후 매우 흡족한 만남이었다고 생각했다. 정작 그때는 아무 생각도 못 했지만 말이다. 엘리자베스는 혼자 있고 싶기도 하고, 외삼촌과 외숙모가 이것저것 묻거나 어떤 내색이라도 할까 싶어, 두 사람이 빙리를 칭찬하는 것까지만 듣고 옷을 갈아입어야겠다는 핑계를 대고 얼른 나와버렸다.

그러나 그녀는 가드너 부부가 뭔가 알고 싶어 할까 봐 두려워할 필요 없었다. 그들은 그녀에게 억지로 물어볼 생각이 없었기 때문이다. 그들은 엘리자베스와 다아시가 생각했던 것보다 훨씬 더 친하다는 것을 확인했다. 또 그가 엘리자베스를 깊이 사랑하고 있는 것도 분명했다. 이렇게 알아차린 것은 많았지만 대놓고 물어볼 수는 없었다.

가드너 부부는 이제 다아시를 좋아하지 않을 수 없었다. 직접 만나 얘기를 나눠보니 나무랄 데가 없었다. 겸손하고 예의 바른 태도도 너무너무 마음에 들었다. 그들 스스로 느끼고 펨벌리에서 일하는 사람들이 말한 대로 그의 성격을 묘사한다면, 하트퍼드셔 사람들은 그것이 다아시라고 여기지 않을 것이다. 어쨌든 레이놀즈 부인을 믿고 싶었고, 다아시가 네 살 때부터 함께 지낸, 예의 바른 하녀장의 말을 쉽게 무시할 일은 아니라고 생각했던 것이다. 램턴에 사는 친구들의 말을 들어보아도 하녀장의 말을 깎아내릴 이유가 없었다. 친구들은 그가 자만심이 강하다는 것 말고는 흠잡을 데 없다고 했다. 실제로 자만심이 강한 듯도 했고, 그렇지 않더라도 그의 집안사람들을 본 적도 없는 작은 시가지에서는 그런 말들이 나오게 마련이었다. 그러나 그가 마음이 넓어서 가난한 사람들에게 많이 베푼다는 점은 모두 인정하는 사실이었다.

그들은 이곳에서 위컴의 평판이 좋지 않다는 것을 알았다. 위컴과 다아시 사이에 무슨 일이 있었는지는 자세히 알려지지 않았지만, 그가 더비셔를 떠날 때 많은 빚을 진 상태였고 다아시가 그것을 갚아주었다는 것은 익히 알려진 사실이었다.

엘리자베스는 어제저녁보다 오늘 밤에 펨벌리 생각이 더욱 간절했다. 밤이 더 길게 느껴졌지만 펨벌리에 있는 '한 사람'에 대해 자기가 어떤 감정을 가지고 있는지 알 수가 없었다. 그녀는 잠도 자지 않고 꼬박 2시간 동안 자신의 감정을 생각해보았다. 그를 싫어하는 것은 아니었다. 미워하는 감정은 이미 사라진 지 오래였고, 혐오했다는 사실 자체를 부끄러워하고 있었다. 좋은 점을 보면서 존경심이 드는 것을 처음에는 할 수 없이 인정했지만 지금은 흔쾌히 받아들였다. 시간이 지날수록 그를 멀리하고 싶은 마음도 사라졌고, 비록 어제 일이지만 다른 사람들이 그를 칭찬하며 매우 친절한 사람이라고 하자 마음이 열린 것이다. 그러나 그를 좋아하게 된 이유 중에 존경하는 마음보다 더 간과할 수 없는 것이 하나 있었다. 바로 감사하는 마음이었다. 한때 자기를 사랑했다는 것에 감사했고, 청혼했을 때 잔뜩 화가 나서 무례하게 쏘아붙이듯이 거절하고 아무런 근거도 없이 신랄하게 비난했는데도 그 모든 것을 용서하고 아직도 자기를 사랑하고 있다는 것에 감사했다. 자기를 원수 대하듯 할 거라고 여겼던 그가 우연한 재회를 통해 자기와 몹시 가까워지기를 바라는 듯했다. 그리고 특별히 관심을 보이거나 대놓고 애정을 표현하지 않고, 오히려 자기 친척들에게 좋은 인상을 남기려 하고, 자기를 동생에게 소개해주었다. 그렇게도 자만심 강한 사람이 이렇게 변하다니 놀라울 뿐 아니라 고맙기까지 했다. 그것은 분명 사랑, 열렬한 사랑 때문일 것이다. 비록 정확히 표현할 수는 없지만 변화된 그의 모습이 기분 나쁘지 않았고 고무적인 느낌이 들었다. 그녀는 그를 존경하고 높이 평가했으며, 그에게 감사하고, 그가 진정으로 행복하기를 바랐다. 이제 그녀는 그 행복이 자신에게 달려 있기를 얼마나 원하는지 궁금했다. 또한 그에게서 다시 청혼을 이끌어 낼 매력이 남아 있는 만큼 그것을 발휘하면 과연 두 사람이 행복할지 알고 싶었다.

그날 저녁 가드너 부부와 엘리자베스는 다음과 같이 결정했다. 다아시 양이 늦은 아침을 먹을 시간에 펨벌리에 도착했는데도 그날 바로 그들을 방문한 것은 예외적인 친절이었다. 따라서 아무리 예의를 갖춰도 그에 버금갈 수는 없지만 비슷하게나마 답례하는 것이 마땅하니 다음 날 아침 펨벌리를 방문하자는 것이었다. 엘리자베스는 이유를 알 수는 없었지만 어쨌든 기뻤다.

다음 날 가드너 씨는 아침 식사를 마치자마자 밖으로 나갔다. 어제 새로운 계획을 세웠는데, 펨벌리의 신사들을 만나 정오까지 낚시를 하기로 약속했던 것이다.

3

엘리자베스는 빙리 양이 자기를 싫어하는 것은 질투 때문이라고 확신했다. 따라서 펨벌리에 가면 그녀가 얼마나 반갑지 않은 기색으로 자기를 대할지, 다시 만나게 되었으니 얼마나 예의를 갖출지 자못 궁금했다.

펨벌리 저택에 도착하자 엘리자베스와 가드너 부인은 안내를 받아 현관 홀을 지나 응접실로 들어갔다. 그곳은 북향이라 시원해서 여름에 지내기 좋은 곳이었다. 정원 쪽으로 난 창문 너머로 저택 뒤쪽의 숲이 울창한 높은 언덕과 잔디밭 위로 드문드문 솟은 아름다운 참나무와 스페인 밤나무들이 무척 상쾌해 보였다.

다아시 양이 두 사람을 맞이했다. 그녀는 허스트 부인과 빙리 양,
또 런던에서 같이 사는 부인과 함께 앉아 있었다. 조지애나는 엄숙
하게 그들을 맞이하면서도 부끄러운 기색이 역력했다. 워낙 수줍음
이 많아 실수할까 봐 긴장해서 그런 것인데 신분이 낮은 사람들은
자못 거만하고 사람들 만나기를 싫어한다고 오해할 만했다. 그런
사실을 잘 알고 있는 가드너 부인과 엘리자베스는 오히려 그녀를
딱하게 여겼다.

허스트 부인과 빙리 양은 그저 가볍게 인사만 했다. 두 사람이 자
리에 앉자 잠시 어색한 침묵이 흘렀다. 먼저 침묵을 깬 것은 점잖고
성격 좋아 보이는 앤즐리 부인이었다. 대화를 나누려고 애쓰는 것
으로 보아 다른 두 사람보다 훨씬 더 지각 있는 부인이라는 것을 알
수 있었다. 앤즐리 부인과 가드너 부인은 서로 대화를 나누었고 가
끔 엘리자베스도 몇 마디 했다. 다아시 양도 이 대화에 끼어들고 싶
어 했으나 용기가 안 나는지 가끔 사람들이 자기 말에 거의 신경 쓰
지 않을 듯할 때 짧게 한마디씩 하곤 했다.

엘리자베스는 빙리 양이 자기를 유심히 살펴보고 있었고, 특히
다아시 양에게 한마디라도 할라치면 금방 귀를 쫑긋 세운다는 것을
눈치챘다. 엘리자베스는 그녀를 신경 쓰지 않고 다아시 양과 대화
를 나눌 수도 있었지만 그러기에는 거리가 너무 멀었다. 하지만 얘
기를 많이 나눌 수 없다고 해서 조금도 섭섭하지 않았다. 그녀는 자
기 생각을 하느라 여념이 없었기 때문이다.

엘리자베스는 신사들이 언제 불쑥 들어올지 모른다고 생각했다. 이 저택의 주인도 그들 틈에 있었으면 하는 마음이 드는 한편 그럴까 봐 두렵기도 했다. 그녀는 어느 쪽이 더 강한지 가늠할 수 없다. 그녀는 빙리 양의 냉담한 목소리를 듣고 정신을 차렸다. 15분 동안이나 한마디도 하지 않던 빙리 양이 갑자기 그녀에게 가족의 안부를 물었던 것이다. 그녀가 간단하게 대답하자 빙리 양은 더 이상 아무 말도 하지 않았다.

하인들이 냉육과 케이크, 온갖 종류의 제철 과일을 들고 들어오자 비로소 분위기가 바뀌었다. 그나마 이것도 앤즐리 부인이 미소를 지으며 다아시 양에게 몇 번이나 눈짓을 보내 주인 역할을 상기시키고 나서였다. 이제 모두에게 할 일이 생겼다. 다 함께 이야기를 나누기는 힘들었지만 다 함께 먹을 수는 있었던 것이다. 그들은 포도와 복숭아가 피라미드처럼 쌓인 식탁 주위에 둘러앉았다.

음식을 먹으면서 엘리자베스는 자신이 다아시가 나타나기를 바라는지 아니면 두려워하는지 비로소 알게 되었다. 그가 방에 들어왔을 때 한 가지 느낌이 확실하게 들었던 것이다. 조금 전만 해도 그가 나타나기를 더 바란다고 생각했는데, 막상 들어오자 썩 반갑지 않았다.

저택을 방문한 신사 몇 명과 함께 한창 낚시를 즐기던 가드너 씨를 만나 같이 있던 다아시는 가드너 부인과 엘리자베스가 그날 아침 조지애나를 방문할 거라는 말을 듣고 집으로 돌아왔다. 그녀는 그가 나타나자마자 침착하고 여유 있게 행동하기로 마음먹었다. 모든 사람들이 둘 사이를 수상하게 여기고 있었고, 그가 들어오자 모든 눈이 그를 주시했기 때문이다. 그러나 꼭 필요한 상황일수록 그만큼 지키기가 쉽지 않았다. 특히 그 방에서 빙리 양만큼 호기심에 찬 표정을 짓는 사람도 없었다. 그러나 아직은 질투에 사로잡혀 필사적인 상태가 아니었고 다아시에게 여전히 호감을 품고 있었기 때문에 그녀는 그에게 말을 건넬 때마다 한껏 미소를 지었다. 조지애나는 오빠가 들어오자 말을 좀더 많이 하려고 애썼다. 엘리자베스는 다아시가 동생과 자기가 친해지기를 간절히 바랐고, 두 사람이 이야기를 나눌 수 있도록 애쓴다는 것을 알았다. 빙리 양도 이 모든 것을 알아차렸다. 그래서 화가 난 그녀는 말할 틈이 생기자마자 냉큼 찬웃음을 머금고 말했다.

"일라이자 양, ○○부대가 메리턴을 떠났다죠? 당신 가족에게는 큰 타격이었겠군요."

그녀가 다아시 앞에서 감히 위컴의 이름을 꺼내지는 않았지만 엘리자베스는 분명 그를 염두에 두고 한 말이라는 것을 알았다. 순간 엘리자베스는 여러 가지 기억이 떠올라 어쩔 줄을 몰랐다. 그러나 이 심술궂은 공격에 맞서 아무렇지도 않은 투로 대답했다. 그때 얼핏 보니 다아시는 얼굴을 붉힌 채 자기를 유심히 바라보고 있었고, 다아시 양은 너무 당황해서 눈을 떨구고 있었다. 빙리 양이 자기가 좋아하는 사람을 자신이 얼마나 괴롭히고 있는지 안다면 그런 얘기를 꺼내지 않았을 것이다. 그녀는 오직 엘리자베스가 그를 좋아하는 줄 알고 불쾌하게 만들 작정으로 그런 말을 한 것이었다. 그러면 그녀는 다아시가 싫어할 만한 감정을 표출할 것이고, 그는 그녀의 가족들이 군인들을 자주 만나 교양 없고 무분별하게 행동한다는 사실을 떠올릴 거라고 생각했던 것이다. 빙리 양은 조지애나가 위컴과 도망가려고 했다는 사실을 전혀 모르고 있었다. 다아시가 엘리자베스 말고 아무에게도 말하지 않았던 것이다. 그녀가 오래전부터 짐작한 대로 이다음 조지애나가 빙리 가의 한 사람이 되기를 바라는 마음에서 다아시는 특히 빙리 가족에게 이 사실을 숨기고 싶었다. 하지만 이 계획 때문에 친구와 제인을 떼어놓는 데 앞장선 것은 아니라 해도, 이런 생각이 있었기 때문에 친구의 행복을 위해 좀더 적극적이었을 것이다.

그러나 엘리자베스가 침착하게 행동하자 다아시는 곧 마음을 가라앉혔다. 빙리 양도 실망한 나머지 감히 위컴 이름을 언급하지 못하자 조지애나도 금세 나아졌다. 입을 굳게 다물어버렸지만 말이다. 그녀는 겁이 나서 오빠와 눈을 마주치지 않으려고 했는데 정작 다아시는 동생과 관련된 이야기라고 생각지 못했다. 엘리자베스에게 향한 다아시의 관심을 돌리려고 빙리 양이 꼼수를 부린 것인데, 오히려 그로 인해 그는 더욱 즐겁게 그녀에게 매료되었다.

가드너 부인과 엘리자베스의 방문은 이 질문과 대답이 오간 지 얼마 되지 않아 끝났다. 다아시가 마차까지 두 사람을 배웅하는 동안 빙리 양은 엘리자베스의 외모며 행동이나 옷차림을 헐뜯으면서 울분을 달랬다. 그러나 조지애나는 맞장구를 치지 않았다. 오빠가 직접 소개했다는 것만으로 그녀를 좋아하기에 충분했던 것이다. 오빠가 사람을 잘못 볼 리도 없었고, 오빠의 말을 들어보면 그녀가 사랑스럽고 상냥한 사람이라고 생각할 수밖에 없었다. 다아시가 응접실로 돌아오자 빙리 양은 조지애나에게 했던 말을 큰 소리로 또다시 되풀이했다.

"다아시 씨, 일라이자 베넷 양은 얼굴이 좀 안 좋아 보이더군요. 지난겨울 이후로 그렇게 변하다니. 그런 사람 정말 처음 봐요. 많이 그을고 까칠하더라고요. 루이자 언니와 저는 차라리 안 만나는 게 나을 뻔했다고 말하고 있었어요."

이런 말을 듣고 다아시의 기분이 좋을 리 없었다. 그러나 그는 조금 그을기는 했지만 그것 말고는 달라진 게 없어 보이고, 여름에 여행하다 보면 그럴 수밖에 없지 않냐고 무뚝뚝하게 대답했다.

그러자 빙리 양이 대꾸했다.

"저는 솔직히 엘리자베스 양이 어디가 예쁘다는 건지 전혀 모르겠어요. 얼굴도 너무 여윈 데다 윤기도 없잖아요. 이목구비도 예쁜 구석이라고는 없어요. 코는 너무 평범하고 콧날도 오똑하지 않아요. 이는 꽤 가지런하지만 그저 그런 정도고, 사람들이 굉장히 아름답다고 하는 눈도 어디가 그렇다는 건지 잘 모르겠어요. 날카롭고 심술궂은 눈빛이 딱 질색이에요. 행동거지는 또 어떻고요. 꼴에 자존심은 있어 가지고. 차마 못 봐주겠어요."

다아시가 엘리자베스를 좋아한다는 것을 알고 있는 빙리 양이 이렇게 말하는 것은 결코 자신을 추어올리는 가장 좋은 방법이 아니었다. 물론 화가 났을 때는 현명하게 굴기 어려운 법이다. 다아시가 자극을 받은 듯한 표정을 지었으니 빙리 양이 의도한 대로 된 셈이었다. 그러나 그는 내내 아무 말도 하지 않았다. 그래서 그의 입을 열려고 빙리 양은 계속 말했다.

"우리가 하트퍼드셔에서 처음 그녀를 만났을 때 사람들이 미인이라고 하는 소리를 듣고 모두 의아했잖아요. 어느 날 밤인가 네더필드에서 저녁 식사를 마치고 나서 다아시 씨가 '저 여자가 미인이라고? 차라리 저 여자의 어머니를 재사(才士)라고 하지그래'라고 말씀하셨잖아요. 하지만 그 뒤로는 그녀를 점점 좋게 보신 것 같아요. 한때는 꽤 예쁘다고 생각하신 것 같은데."

다아시는 더 이상 참을 수가 없었다.

"네, 맞아요. 하지만 그렇게 생각한 건 처음 만났을 때뿐이었어요. 그 뒤로 지금까지 수개월 동안 내가 아는 사람들 가운데 가장 아름다운 여성이라고 생각해왔으니 말입니다."

다아시는 이렇게 말하고는 바로 나가버렸다. 그의 입에서 오직 빙리 양 혼자만 괴로울 뿐인 그런 말이 튀어나왔으니, 그녀는 괜한 말을 꺼냈다며 씁쓸한 기분을 곱씹어야 했다.

가드너 부인과 엘리자베스는 숙소로 돌아와 방문했던 일들을 이야기했다. 그러나 두 사람 모두 관심을 쏟았던 한 가지는 남겨두었다. 모든 사람들의 표정과 태도를 가지고 이러쿵저러쿵했지만 가장 신경 썼던 그 사람은 잠시 밀쳐놓았다. 그의 동생과 친구들, 그의 집과 과일 등 '그'만 빼고 모든 이야기를 했다. 그러나 엘리자베스는 가드너 부인이 다아시를 어떻게 생각하는지 몹시 궁금했다. 가드너 부인 또한 엘리자베스가 먼저 그 얘기를 꺼냈으면 했다.

4

엘리자베스는 처음 램턴에 도착했을 때 제인한테 편지가 오지 않아 몹시 실망했다. 그리고 그 실망은 다음 날까지 이어졌다. 사흘째 되는 날 제인의 편지를 두 통이나 받고 나서야 비로소 투덜거리지 않았다. 편지 하나는 딴 곳으로 잘못 배달되었다는 꼬리표가 붙어 있었다. 제인이 주소를 제대로 쓰지 않았던 것이다.

편지는 모두 함께 산책 나갈 준비를 하고 있을 때 도착했다. 가드너 부부는 혼자 조용히 읽으라며 엘리자베스를 남겨두고 둘만 나갔다. 그녀는 엉뚱한 곳으로 갔다가 돌아온 편지부터 읽었다. 그것은 닷새 전에 쓴 것이었는데, 처음에는 작은 파티와 모임 등 일상적인 소식들을 일일이 적고 있었다. 하지만 그다음 날짜가 적힌 뒷부분은 몹시 혼란스러운 상태에서 썼다는 것을 금방 알 수 있어서 좀더 주의 깊게 읽었다.

사랑하는 리지, 위의 글을 쓰고 나서 예기치 못한 심각한 일이 일어났단다. 몸은 다 건강하니 그 점은 안심하렴. 내가 말하려는 것은 가여운 리디아 이야기란다. 어젯밤 12시경, 모두 잠자리에 들었는데 속달 우편이 왔단다. 포스터 소령이 보낸 것인데 리디아가 장교 한 사람하고 스코틀랜드로 도망을 갔다는 거야. 숨기지 않고 말할게. 바로 그 장교가 글쎄 위컴 씨라는구나. 우리가 얼마나 놀랐는지 몰라. 그런데 키티는 전혀 예상 못 한 일도 아닌 모양이더구나. 너무 속상해. 어쩜 그리 경솔한 결혼이 다 있니? 하지만 잘될 거라고 생각해야지. 그리고 그의 인격을 우리가 오해한 것이기를 바라야지. 아무 생각 없이 경솔한 짓을 저지를 사람이라고 생각할 수 없어. 이런 짓을 저질렀다고 해서 못된 인간이라고 단정할 수는 없잖아. (그 점을 기쁘게 생각하자.) 적어도 간사한 마음을 품지 않은 건 맞잖니. 아버지께서 리디아한테 물려줄 게 전혀 없다는 것을 그도 잘 알 테니 말이야. 가여운 어머니는 무척 슬퍼하고 계셔. 아버지는 그래도 무던히 견디시는 편이야. 지금 생각하면 그에 관한 안 좋은 얘기를 부모님한테 말씀드리지 않은 게 얼마나 다행인지 모르겠다. 우리도 그 일은 잊어버리자. 두 사람은 아마 토요일 밤 12시경에 떠난 모양이야. 하지만 어제 아침 8시까지 아무도 몰랐다는구나. 그때 알고 곧바로 속달을 보낸 거래. 둘은 우리 집에서 10마일도 떨어지지 않은 곳을 지나갔을 텐데. 그래서 포스터 소령이 곧 롱본에 오시겠다는구나. 리디아가 떠나면서 소령 부인한테 앞으로 어떻게 할지 몇 자 적어놓고 간 모양이야.

사랑하는 리지, 그만 줄여야겠다. 불쌍한 어머니를 오래 혼자 내버려둘 수 없구나. 아직 뭐가 뭔지 잘 모르겠지? 나도 내가 뭐라고 썼는지 잘 모르겠다.

엘리자베스는 생각할 겨를도 없었다. 편지를 읽고 나서 자신의 감정을 헤아릴 틈도 없이 곧바로 다른 편지를 뜯었다. 이것은 앞의 편지 뒷부분을 쓴 다음 날 적은 것이었다.

사랑하는 리지, 지금쯤 지난번에 급하게 써서 보낸 편지를 읽었겠구나. 이번에는 좀더 이해하기 쉽게 쓰고 싶은데 시간이 촉박한 것도 아니건만 머릿속이 어찌나 어지러운지 두서가 잡힐지 모르겠다.

사랑하는 리지, 무슨 말을 써야 할지 모르겠지만, 아무튼 나쁜 소식이 있단다. 시간을 지체할 수 없는 일이란다. 우리는 비록 지각 없는 짓이기는 해도 두 사람이 결혼하기를 간절히 바라고 있단다. 그런데 어쩌면 그들이 스코틀랜드로 가지 않았을지 모른다는 말이 있어서 걱정이야. 포스터 소령은 그제 브라이턴을 출발해서 어제 속달 편지가 도착한 지 몇 시간 만에 도착하셨어. 리디아가 포스터 부인한테 남긴 편지로는 그들이 그레트나그린(스코틀랜드에서는 미성년자도 부모 동의 없이 결혼할 수 있었기 때문에 잉글랜드 사람들은 몰래 결혼할 때 가장 가까운 그레트나그린에 갔다.—옮긴이)으로 갈 줄 알았는데, 데니 씨 말로는 위컴 씨는 그곳에 갈 생각도 없을뿐더러 리디아와 결혼할 생각도 없다는 거야. 포스터 소령도 이 말을 듣고 깜짝 놀라서 두 사람을 쫓아갈 요량으로 브라이턴을 출발한 거래. 하지만 클래펌까지밖에 못 갔대. 그곳에서 두 사람이 엡섬에서 타고 온 마차를 돌려보내고 삯마차로 바꿔 탄 모양이야. 이 일이 있은 후 런던으로 가는 길에서 그들을 봤다는 소식밖에 없단다. 난 어떻게 생각해야 할지 모르겠다. 포스터 소령은 런던에서 백방으로 수소문하다 하트퍼드셔에 오셨어. 바넷과 햇필드에 있는 통행세 받는 곳과 여관을 다 가봤지만 소용없었어. 그들을 본 사람이 없다는 거야. 롱본까지 와주시고 너무 친철한 분이야. 진심으로 걱정해주고 말이야. 포스터 소령과 그 부인을 생각하면 마음이 안 좋아. 어떻게 그분들을 탓할 수 있겠니? 사랑하는 리지, 우리는 몹시 큰 슬픔에 빠져 있단다. 아버지와 어머니는 최악의 경우까지 생각하고 계시지만, 나는 위컴 씨가 그렇게 나쁜 사람이라고 생각하지 않을래. 사정이 생겨서 처음 계획을 바꿔 런던에서 비밀리에 결혼하는 게 낫다고 생각했는지 모르잖아. 그럴 리는 없지만 설령 그가 집안 있는 여자를 가지고 음모를 꾸몄다 해도 리디아가 아무것도 모른다는 게 말이되니? 도저히 그럴 수는 없어. 하지만 포스터 소령은 두 사람이 결혼했을 리 없다고 하시니 마음이 아프구나. 내가 바라는 것을 말하니까 그분은 고개를 저으며 위컴 씨는 믿을 만한 사람이 못 된다는 거야. 어머니는 몹시 편찮으셔서 방에서 나오지도 못하셔. 기운을 내시면 좋으련만 도무지 안 되겠나 봐. 아버지도 이번처럼 괴로워하시는 모습을 본 적이 없어. 두 사람 관계를 숨겼다고 키티를 크게 꾸짖었지. 하지만 키티도 그런 은밀한 일을 어떻게 섣불리 짐작했겠니.

사랑하는 리지, 너라도 비탄에 빠진 상황을 직접 겪지 않아서 다행이다. 하지만 지금쯤 충격이 가라앉았을 테니 집으로 돌아오면 좋겠구나. 어렵다면 강요하지는 않을게. 그럼 이만 안녕!

리지, 강요하지 않으려고 했는데 그럴 수가 없어서 다시 펜을 들었다. 상황이 상황이니만큼 모두 다 가능한 빨리 오기를 간절히 바란다. 외삼촌과 외숙모께 부탁드리고 싶은 게 있단다. 좋은 분들이니 서슴없이 얘기할게. 아버지께서 포스터 소령과 함께 리디아를 찾으러 곧 런던에 가실 거야. 어떻게 하실 건지는 잘 모르겠지만 몹시 괴로운 상태이시니 가장 안전한 방법을 강구할 여유가 없으실 것 같아. 더구나 포스터 소령은 내일 저녁까지 브라이턴으로 돌아가야 한대. 이런 급박한 상황에서는 외삼촌의 조언과 도움이 무엇보다 절실하단다. 외삼촌은 내 마음을 충분히 이해하시고 도와주실 거라고 믿는다.

"아! 외삼촌, 어디 계시는 건가요?"

엘리자베스는 편지를 다 읽자마자 자리에서 벌떡 일어나 외삼촌을 찾아 나서려고 했다. 그러나 문 앞에 이르렀을 때 하인이 문을 열더니 다아시를 안내했다. 그는 창백한 얼굴로 급박하게 서두르는 그녀의 모습을 보고 크게 놀랐다. 그가 무슨 일인지 물어보기도 전에 리디아의 일에 정신을 모두 빼앗긴 엘리자베스가 급히 소리쳤다.

"미안해요. 지금 나가봐야겠어요. 외삼촌을 찾아야 해요. 시간이 없어요."

"도대체 무슨 일입니까?"

다아시가 소리쳤다. 예의를 차릴 상황이 아니었던 것이다.

"시간을 지체하자는 것이 아닙니다. 하지만 저나 하인이 외삼촌 내외분을 찾아보는 게 어떨까요? 몸이 안 좋아 보이는데 혼자 못 갑니다."

엘리자베스는 결정하지 못하고 망설였다. 하지만 다리가 마구 떨려서 자신이 나가봐야 소용없다는 것을 깨달았다. 그녀는 하인을 불러 숨을 몰아쉬며 빨리 가서 가드너 부부를 찾아오라고 했다.

하인이 나가자 그녀는 의자에 털썩 주저앉았다. 몸을 가누지 못했던 것이다. 다아시는 얼굴이 창백한 그녀를 혼자 두고 떠날 수가 없었다. 그는 연민 어린 목소리로 조용히 말했다.

"하녀를 부를까요? 뭐라도 좀 드시면 나아지지 않을까요? 포도주라도 한 잔 드시겠습니까? 몸이 안 좋은 것 같은데."

그녀는 힘을 내려고 애쓰며 대답했다.

"아니요, 몸은 괜찮아요. 방금 롱본에서 온 편지를 읽고 너무 괴로워서 그래요. 끔찍한 소식을 들었거든요."

그녀는 울음을 터뜨렸다. 그녀는 몇 분 동안 한마디도 할 수 없었다. 다아시는 무슨 일인지 몰라 답답한 나머지 걱정하는 말을 알아듣지 못하게 중얼거리고는 안쓰러운 눈빛으로 물끄러미 바라볼 수밖에 없었다. 마침내 그녀가 다시 입을 열었다.

"제인한테 편지를 받았는데 끔찍한 일이 생겼더라고요. 숨길 수 없는 일이에요. 막냇동생이 가족과 친구들을 모두 버리고 떠나버렸대요. 위컴 씨에게 몸을 맡겼답니다. 둘이 브라이턴에서 도망을 쳤다는군요. 그를 잘 아시니까 나머지는 충분히 짐작하시겠죠. 리디아는 돈도 없고 자랑할 만한 친척도 없어요. 그를 유혹할 만한 게 아무것도 없어요. 이제 그 애 인생은 끝이에요."

다아시는 너무 놀라서 아무 말도 할 수 없었다. 그녀는 더욱 떨리는 목소리로 말했다.

"제가 막을 수도 있었다고 생각하면 가슴이 미어져요. 위컴 씨가 어떤 사람인지 조금이라도 가족에게 말해줬더라면, 본래 성격만이라도 알고 있었다면 이런 일은 일어나지 않았을 거예요. 하지만 이미 늦었어요."

"정말 슬프고 놀라운 일입니다. 충격적이에요. 그게 확실한가요? 정말 그런 겁니까?"

"네, 확실해요. 토요일 밤에 둘이 브라이턴을 떠났대요. 런던으로 가는 길에서 본 사람이 있다는데 그것 말고는 종적을 확인할 수 없나 봐요. 스코틀랜드로 가지 않은 건 분명해요."

"그렇다면 동생을 어떻게 찾을 거죠? 무슨 계획이라도 있습니까?"

"아버지께서 런던으로 가셨대요. 언니는 외삼촌이 도와주기를 바라고 있어요. 그래서 제 생각인데 30분 내로 떠날까 해요. 하지만 소용없을 거예요. 위컴 씨 같은 사람의 마음을 어떻게 돌리겠어요.

두 사람을 찾을 수나 있을까요? 희망적인 생각이 전혀 안 드네요. 아, 끔찍한 일이에요."

다아시는 말없이 고개만 저었다.

"어떤 사람인지 분명히 알았을 때 용기를 내서 마땅히 알렸어야 했는데. 그랬어야 했는데. 이렇게 될 줄 정말 몰랐어요. 그런 얘기를 꺼내기가 두려웠거든요. 엄청난 실수를 저지른 셈이 되었죠."

다아시는 아무 대꾸도 하지 않았다. 그녀의 말을 듣지 않는 듯 미간을 찌푸리고 침울한 표정으로 생각에 잠겨 방 안을 서성거렸다. 엘리자베스는 그 모습을 보고 그가 어떤 생각을 하는지 곧바로 떠올랐다. 그녀의 매력이 사라지고 있었던 것이다. 집안의 결함과 치욕이 드러난 지금 모든 것이 무너지고 있었다. 그러나 놀라울 것도 없고 비난할 수도 없었다. 그가 감정을 자제하고 있다는 생각이 들었지만, 그렇다고 위안이 되지 않았을 뿐 아니라 덜 괴롭지도 않았다. 그보다는 자신이 원하는 것이 무엇인지 깨달았다. 그리고 모든 사랑이 허무하게 끝나버린 지금 이 순간 처음으로 다아시를 진심으로 사랑할 수 있다고 느꼈다.

하지만 엘리자베스는 자기 생각에 계속 빠져 있지는 않았다. 리디아가 저지른 짓으로 수치스럽고 비참한 심정에 빠져서 모든 사사로운 걱정들이 솟아날 틈이 없었다. 그녀는 몇 분 동안 손수건으로 얼굴을 가린 채 다른 일들은 다 잊어버리고 있다가 옆에 있는 사람의 목소리를 듣고서야 자신이 어떤 상황인지 알아차렸다.

"아까부터 제가 가주기를 바라는 것은 아닌가 하는 걱정이 들었습니다. 걱정하는 것밖에 달리 할 수 있는 일도 없으니 여기 남아 있을 이유도 없겠죠. 이렇게 슬픈 일을 당하셨는데 무슨 말로 위로를 해드려야 할지 모르겠습니다. 안 하느니만 못한 위로의 말로 당신을 불편하게 만들고 싶지 않습니다. 자칫 생색이나 내려나 보다고 생각할 수 있으니까요. 그러면 오늘 누이동생이 펨벌리에서 당신을 만날 수 없겠군요."

"네, 동생분께 저 대신 죄송하다고 전해주세요. 급한 일이 생겨서 집으로 돌아가게 되었다고요. 우선 이 일을 비밀로 해주세요. 머잖아 다 알게 되겠지만요."

다아시는 비밀을 지키겠다고 약속했다. 그리고 그녀가 몹시 슬퍼하니 자신도 슬프고, 지금 바라는 것보다 더 좋게 마무리되기를 바라며, 가족들에게 안부 전해달라고 했다. 그는 진지한 눈빛으로 그녀와 한 번 눈을 마주치더니 방을 나갔다.

그가 떠나자 엘리자베스는 이제 더 이상 더비셔에서 몇 번 만났을 때처럼 서로 따뜻한 정을 품고 다시 만나기는 틀렸다고 느꼈다. 언뜻 모순과 변화로 가득했던 지난 만남들이 머릿속을 스쳐갔다. 예전 같으면 그와 더 이상 만나지 않게 되어 기뻤겠지만 이제는 계속 만나기를 원하니, 변덕스러운 자신의 감정에 한숨이 나왔다.

감사하는 마음과 존경심을 가지고 애정을 키워나가는 것이 바람직하다면 엘리자베스처럼 감정이 바뀔 수도 있고 잘못된 것도 아니다. 그러나 그렇지 않다면, 즉 한두 마디 건네기도 전에 상대방을 보자마자 첫눈에 반하는 그런 사랑에 비해 부조리하고 자연스럽지도 않다면 엘리자베스를 두둔할 수 없을 것이다. 자신이 위컴을 좋아해서 후자의 방법을 시험해보다 실패하고는 조금 느낌이 다른 방식으로 애정을 키워나가게 되었다는 것 말고는 변명할 말이 없었다. 아무튼 엘리자베스는 몹시 아쉬운 마음으로 돌아서는 다아시의 모습을 바라보았다. 그리고 제멋대로 경솔하게 구는 리디아 때문에 이렇게 빨리 피해를 본다고 생각하니 더욱 괴로웠다. 제인이 보낸 두 번째 편지를 읽고 나서 엘리자베스는 위컴이 리디아와 결혼하지 않을 거라고 생각했다. 제인이라면 몰라도 그런 희망을 위안으로 삼는 사람은 없을 것이다. 일이 이렇게 진전된 것은 놀랄 일이 아니었다. 첫 번째 편지를 읽었을 때는 그저 놀랄 뿐이었다. 위컴이 돈 한 푼 없는 리디아와 결혼할 생각을 했다는 것에 너무나 놀랐고, 리디아가 도대체 위컴 같은 남자를 어떻게 사로잡았는지 이해할 수 없었다. 하지만 이제는 모든 것을 이해할 수 있었다. 이런 사랑이라면 리디아도 상대를 사로잡을 만큼 충분히 매력적이었다. 따라서 결혼할 생각도 없이 도피했다고 생각하지는 않았지만, 리디아의 성품이나 분별력으로 볼 때 희생양으로 삼기 쉽다는 생각이 들었다.

엘리자베스는 부대가 하트퍼드셔에 주둔하는 동안 리디아가 위컴을 좋아한다는 사실을 전혀 몰랐다. 하지만 동생이 자기한테 조금이라도 호감을 보이면 금방 그 사람한테 빠진다는 것은 알고 있었다. 그녀에게 관심을 많이 보일수록 더 높이 평가하며 그때마다 다른 장교들을 좋아했으니 말이다. 이 사람을 좋아했다 저 사람을 좋아했다 하며 대상이 매번 바뀌기는 했지만 누군가를 좋아하지 않은 적이 없었다. 이런 소녀를 내버려둔 죄가 얼마나 큰지 엘리자베스는 이제야 절실히 깨달았다.

그녀는 집으로 몹시 돌아가고 싶었다. 현장에 직접 가서 상황을 지켜보고 이야기를 들어봐야 할 것 같았다. 하루아침에 난리를 만나 모든 집안일을 떠맡고 있을 제인의 짐을 덜어주고 싶었다. 아버지도 집을 비웠고 기운도 못 차리는 어머니는 누군가 보살펴주어야 한다. 리디아 일은 이제 어쩔 수 없겠다 싶으면서도 무엇보다 외삼촌이 나서야 한다는 생각이 들었다. 외삼촌이 방에 들어서는 순간까지 그녀는 이루 말할 수 없이 초조하고 괴로웠다. 가드너 부부는 하인의 전갈을 받고 엘리자베스가 갑자기 병이 난 줄 알고 놀라서 급히 달려왔다. 그녀는 우선 그건 아니라고 안심시킨 다음 편지 두 통을 소리 내어 읽었다. 그리고 떨리는 목소리로 두 번째 편지의 추신을 강조해서 읽으며 그들을 부른 이유를 설명했다. 가드너 부부는 리디아를 썩 좋게 생각하지는 않았지만 걱정하지 않을 수 없었다. 리디아 한 사람이 아니라 모든 가족과 친척이 관련된 일이었기 때문이다. 가드너 씨는 너무 놀라고 어안이 벙벙해서 탄식만 내뱉더니 기꺼이 도와주겠다고 약속했다. 엘리자베스는 그러리라 믿고 있었지만 눈물을 흘리며 감사하다고 말했다. 세 사람은 남은 일정을 신속하게 정리하고 되도록 빨리 떠나기로 했다. 이때 가드너 부인이 외쳤다.

"그런데 펨벌리에는 뭐라고 하지? 존의 말로는 우리를 찾으러 나설 때 다아시 씨가 왔었다던데? 정말이니?"

"네, 그분한테 약속을 지킬 수 없게 되었다고 말씀드렸어요. 그쪽은 다 해결되었으니 걱정하지 않으셔도 돼요."

"다 해결되었다고?"

가드너 부인이 짐을 챙기려고 자기 방으로 뛰어가면서 이 말을 중얼거렸다.

"아니, 그새 그런 이야기까지 하는 사이란 말이지. 도대체 어떻게 돌아가고 있는지 궁금해 죽겠네."

그러나 그런 기대도 다 쓸데없는 것이었다. 기껏해야 바삐 서두르는 시간 동안 그나마 그 생각을 하며 즐거웠던 게 다였다. 엘리자베스도 한가할 때라면 자기처럼 비참한 사람은 아무것도 할 수 없다고 생각했을 것이다. 하지만 외숙모 못지않게 할 일이 많았고, 램턴에 있는 친구들에게 다른 구실을 대며 갑자기 떠나게 되어 미안하다는 편지까지 써야 했다. 모든 일이 한 시간 안에 끝났다. 가드너 씨가 여관비를 계산하자 이제 떠나기만 하면 되었다. 아침 내내 비탄에 빠져 있던 엘리자베스는 생각보다 일찍 롱본으로 떠나는 마차에 올라탔다.

5

마차가 마을을 벗어날 즈음 가드너 씨가 말했다.

"엘리자베스, 다시 한번 진지하게 생각해봤는데 아무래도 제인의 생각이 맞는 것 같구나. 도대체 어떤 젊은이가 보호자와 친척이 버젓이 살아 있고, 더구나 자기 상관의 집에 묵고 있는 소녀를 상대로 그런 나쁜 짓을 꾸민단 말이니? 있을 수 없는 일이지. 그래서 나도 두 사람이 정식으로 결혼할 거라고 생각한다. 그 친구도 우리 가족들이 가만있지 않을 거라는 것쯤은 잘 알 거 아니니? 또 자기 상관에게 그런 무례한 짓을 저지르고도 다시 부대로 돌아갈 수 있겠니? 그러니까 그런 위험을 무릅쓰고 할 짓은 못 된다는 거지."

"정말 그럴까요?"

엘리자베스가 조금 희망적인 목소리로 말했다. 가드너 부인이 말했다.

"나도 네 외삼촌과 같은 생각이다. 명예와 위신이 깎일 뿐 아니라 득 될 게 전혀 없는데 왜 그런 짓을 저지르겠니? 난 위컴 씨가 그렇게 나쁜 사람이라고는 생각할 수 없구나. 리지, 넌 어떠니? 그런 일을 저지를 만한 사람이라고 생각하니?"

"이득은 챙기려고 하겠죠. 그건 잃지 않으려고 할 거예요. 그러나 그것 말고는 신경 쓰지 않는 사람이에요. 말씀하신 대로 된다면 좋겠지만 그렇게 될 것 같지 않아요. 그렇다면 왜 스코틀랜드로 가지 않았겠어요?"

"아직 스코틀랜드로 가지 않았다는 확실한 증거도 없잖니?"

가드너 씨가 반문했다.

"그렇지만 그들이 삯마차로 갈아탄 걸로 봐서는 확실해요. 더구나 바넛으로 가는 길목을 다 살펴봤는데도 두 사람이 지나간 흔적이 없다잖아요."

"그래, 그럼 런던에 있다고 가정해보자. 별다른 목적도 없으니 거기 숨어 있는지도 모르지. 두 사람 다 돈이 많지 않을 테니 스코틀랜드보다 런던에서 결혼하는 게 더 경제적이라고 생각했는지 모르지. 더 빠르지는 않더라도."

"그렇다면 몰래 도망갈 이유가 뭐죠? 왜 사람들 눈을 피해 숨는 거죠? 왜 아무도 모르게 자기들끼리 비밀리에 결혼해야 하냐고요. 아니에요. 절대 그럴 리 없어요. 언니도 편지에 적었듯이 그 사람 친구가 그는 리디아와 결혼할 생각이 전혀 없다고 말했다잖아요. 위컴 씨는 재산 한 푼 없는 여자랑 결혼할 사람이 아니에요. 본인한테 돈이 없으니까요. 솔직히 리디아는 젊고 명랑하다는 것 말고 볼 게 아무것도 없잖아요. 재산 있는 여자랑 결혼해서 한몫 챙기려는 사람이 그런 기회들을 다 내팽개치고 리디아를 선택할 만큼 걔한테 무슨 가치나 이득이 있냐고요. 부대 내에서 위신과 명예가 깎일까 봐서라도 리디아와 도망칠 생각은 하지 않는다고요? 글쎄, 그런 행동을 하면 어떻게 되는지 모르니까 판단할 수가 없네요. 외삼촌이 말씀하신 다른 의견도 그럴듯하지 않아요. 리디아에게는 그런 일에 나설 만한 남자 형제도 없어요. 그리고 그 사람은 평소 태도로 보면 아버지가 집안 문제를 등한시하고 아예 관심도 없으니 나서기는커녕 별로 신경 쓰지 않을 거라고 생각했는지도 모르죠. 아버지들이 이런 일에 다들 좀 그러잖아요."

"그렇다고 리디아가 그 사람을 붙잡으려고 모든 것을 버렸다고 생각할 수 있겠니? 결혼식도 안 올리고 그 사람하고 살림을 차릴 만큼 사랑 하나에 모든 것을 걸었다고 말이야."

그러자 엘리자베스가 눈물을 글썽이며 대답했다.

"동생의 성적 소양을 의심해야 하다니 가슴이 미어질 것 같아요. 하지만 저로서는 말 못 하겠어요. 제가 리디아를 잘못 알고 있는지도 모르죠. 하지만 그 애는 어려서 아직 신중하게 생각할 줄 몰라요. 그리고 지난 반년, 아니 1년 내내 쾌락과 허영만 좇았어요. 게으름이나 피우고 경거망동을 일삼으면서 제멋대로 굴었어요. 부대가 메리턴에 주둔하고 나서부터 그 애 머릿속은 온통 사랑, 연애, 장교뿐이었어요. 그 일만 생각하고 그런 얘기만 지껄이니, 안 그래도 감성적으로 왕성한 애가, 뭐랄까, 연애질에 매진했다고 할까요. 그런데다 여자들이 폭 빠질 만큼 위컴 씨가 잘생기고 말을 잘한다는 건 다 아시잖아요."

"하지만 제인은 위컴 씨가 그런 짓을 저지를 만큼 나쁜 사람은 아니라고 생각하잖니?"

가드너 부인이 말했다.

"언니가 누구든 나쁘게 생각하는 거 보셨어요? 과거에 어떤 행동을 했든 간에 말이에요. 온 세상에 다 알려지지 않는 한 그런 짓을 할 사람이네 어쩌네 그런 말을 하는 사람이 아니잖아요. 하지만 언니도 저 못지않게 위컴 씨가 어떤 사람인지 잘 알고 있어요. 말 그대로 바람둥이에 건달 짓이나 하고 불성실한 데다 염치도 없다는 것을요. 알랑거릴 줄이나 알았지 거짓말만 늘어놓고 남을 속이려드는 사람이라는 것도요."

"아니, 정말 잘 알아보고 하는 말이니?"

가드너 부인은 그녀가 어떻게 알게 되었는지 궁금해서 소리쳤다. 그러자 그녀가 얼굴을 붉히며 대답했다.

"네. 지난번에 그 사람이 다아시 씨에게 파렴치한 짓을 저질렀다고 말씀드린 적이 있잖아요. 그리고 지난번 롱본에 오셨을 때 꾹 참고 끝까지 자기한테 은혜를 베풀어준 사람을 그가 어떻게 말하는지 들으셨잖아요. 그리고 얘기할 수 없는 일들이 또 있어요. 말할 가치도 없지만요. 어쨌든 그는 펨벌리 집안에 대해 거짓말만 했어요. 그의 말만 듣고 저는 조지애나 양이 오만불손하며 까탈스러운 여자라고 생각했어요. 그 말을 믿었죠. 그런데 그 사람은 정반대로 말했던 거예요. 우리도 봤듯이 다아시 양이 꾸밈없고 얌전한 여자라는 것을 잘 알면서 말이에요."

"그런데 너와 제인이 그렇게 잘 알고 있는 것을 리디아는 왜 모르니? 어떻게 전혀 모를 수가 있지?"

"그러게 말이에요. 그게 가장 큰 문제였던 거죠. 켄트에서 다아시와 그의 친척인 피츠윌리엄 대령을 만나기 전까지는 저도 전혀 몰랐어요. 집에 돌아오니까 부대는 1, 2주일 내로 메리턴을 떠난다더라고요. 언니한테는 얘기했는데 언니나 저나 굳이 사람들에게 알릴 필요 없다고 생각했죠. 이웃 사람들 모두 그를 좋은 사람이라고 생각하는 마당에 폭로해서 좋을 게 없잖아요. 어차피 떠날 사람이었으니까요. 그리고 리디아가 포스터 부인을 따라가기로 했을 때도 위컴 씨의 인격을 알려야겠다는 생각은 못 했어요. 리디아가 그런 꾐에 넘어갈 줄 누가 알았겠어요? 정말 이런 일이 일어날 줄은 꿈에도 몰랐어요."

"부대가 브라이턴으로 떠날 때까지도 두 사람이 서로 좋아한다고 눈치챌 만한 것이 전혀 없었다는 얘기지?"

"네, 전혀요. 양쪽 다 그런 징후는 없었던 것 같아요. 그런 기미가 조금이라도 있었다면 가족이 그냥 넘어갔을 리 없죠. 위컴 씨가 임관했을 때 리디아도 그를 칭찬했지만 우리 모두 그랬거든요. 메리턴이나 이웃 마을 모든 아가씨들이 처음 두 달 동안은 그에게 푹 빠져 있었어요. 하지만 그가 리디아한테 특별히 호감을 보이지도 않았고, 앞뒤 없이 반하던 시기가 조금 지나자 더 이상 관심도 없었어요. 자기에게 더 호감을 보이는 다른 장교들을 좋아했거든요."

이 문제는 아무리 얘기해봐도 걱정, 희망, 추측에 도움될 만한 새로운 것이 떠오르지 않았다. 하지만 집으로 돌아가는 내내 이 얘기를 하지 않을 수 없었다. 가끔 다른 이야기를 꺼내기도 했지만 금방 이 문제로 돌아왔다. 엘리자베스는 온통 이 생각뿐이었다. 쓰라린 고통과 자책감에 사로잡혀 한순간도 마음이 편하지 않았다.

그들은 최대한 빨리 달려 마차에서 하룻밤을 보내고 이틀날 저녁 식사 때쯤 롱본에 도착했다. 제인이 기다리다 지쳤을까 봐 걱정하던 엘리자베스는 비로소 마음이 놓였다.

가드너 부부의 자녀들은 계단에 서서 일행이 마당으로 들어서는 것을 목을 빼고 쳐다보았다. 마차가 문 앞에 서자 아이들은 환하게 웃으며 좋아서 깡충깡충 뛰었다. 즐거운 첫 번째 환영이었다.

엘리자베스는 마차에서 뛰어내려 아이들 모두에게 얼른 입맞춤을 하고 현관으로 뛰어갔다. 베넷 부인의 방에 있던 제인은 벌써 아래층으로 뛰어 내려오고 있었다. 두 사람은 얼싸안고 눈물을 흘렸다. 엘리자베스는 곧바로 도망간 사람들 소식은 없냐고 물었다.

"아직 없어. 하지만 이제 외삼촌이 오셨으니 잘되겠지."

"아버지는 런던에 계시는 거야?"

"편지에 쓴 대로 화요일에 가셨어."

"소식은 수시로 오는 거야?"

"한 번밖에 없었어. 수요일에 짤막하게 무사히 도착하셨다는 것과 머물고 계신 곳 주소를 적어 보내셨어. 내가 꼭 알려달라고 말씀드렸거든. 그리고 이제는 별다른 소식 없으면 편지 안 하시겠다고 하셨어."

"어머니는 좀 어떠셔? 동생들은?"

"아직도 상심이 크지만 웬만큼 기운 차리셨어. 2층에 계셔. 너랑 외삼촌 외숙모를 보면 굉장히 반가워하실 거야. 아직 침실 밖으로 못 나오셔. 메리와 키티는 다행히 괜찮아."

"언니는 좀 어때? 안색이 안 좋은데. 많이 힘들었지?"

제인은 무탈하다는 말로 동생을 안심시켰다. 두 사람이 서로의 안부를 묻는 동안 가드너 부부는 아이들을 먼저 챙겼다. 제인은 외삼촌과 외숙모가 다가오자 달려가 눈물을 글썽이면서도 웃으며 인사하고 감사하다고 덧붙였다.

그들은 모두 함께 거실로 들어갔다. 당연히 가드너 부부는 엘리자베스가 물어본 것을 또 물었고, 별다른 소식이 없다는 말을 들었다. 그러나 이해심 많고 너그러운 제인은 희망을 버리지 않고 있었다. 모든 일이 잘될 거라고 믿었고, 매일 아침이 되면 리디아나 아버지로부터 두 사람이 결혼했다거나 일이 어떻게 돌아가고 있다는 소식이 올 거라고 기대했다.

몇 분간 이야기를 나눈 뒤 그들은 베넷 부인의 방으로 갔다. 부인은 예상했던 대로 그들을 맞이했다. 회한의 눈물을 흘리며 탄식했고, 어쩜 그렇게 야비한 짓을 저지를 수 있냐며 위컴 욕을 해댔다. 무엇보다 자기가 제멋대로 구는 딸을 감싸고 도는 바람에 그런 짓을 저지른 줄은 모르고, 자기 빼고 다른 모든 사람들을 책망했다.

"내 말을 들었어야지. 처음에 다 같이 브라이턴에 가자고 했잖니. 그렇게 했으면 이런 일도 없었을 거야. 아무도 우리 불쌍한 리디아를 돌봐주지 않았어. 도대체 포스터 부부는 뭘 한 거지? 애가 어떻게 하든 말든 신경도 안 쓴 거야. 관심을 가지고 봐주면 절대 그런 짓을 저지를 애가 아니거든. 처음부터 포스터 부부한테 리디아를 맡기는 게 마땅찮았는데, 내 말은 번번이 무시하지. 불쌍한 내 딸! 이제 아버지도 떠났어. 위컴을 만나면 당장 결투를 벌일 것이고, 남편은 죽게 될 거야. 그러면 우리는 어떻게 되는 거지? 그의 육신이 식기도 전에 콜린스가 우리를 내쫓겠지. 동생네마저 외면하면 우리는 정말 어떡하지?"

모두 그런 끔찍한 생각은 하지도 말라고 야단이었다. 가드너 씨는 베넷 부인과 가족을 누구보다 아낀다고 말한 다음 이튿날 런던으로 가서 매형을 도와 힘닿는 데까지 리디아를 찾아보겠다고 말했다. 그러고는 덧붙였다.

"쓸데없는 걱정은 마세요. 물론 최악의 상황에 대비하는 것은 좋지만 극단적으로 생각할 필요는 없어요. 두 사람이 브라이턴을 떠난 지 일주일도 안 되었잖아요. 조금 있으면 소식이 올 거예요. 두 사람이 결혼하지 않았고, 결혼할 의사가 없다는 게 확실하지 않는 한 포기하지 마세요. 런던에 도착하면 바로 매형을 찾아가서 그레이스처치 가에 있는 집으로 모시고 갈게요. 거기서 앞으로 어떻게 할지 의논해볼게요."

그러자 베넷 부인이 말했다.

"그래, 내가 바라던 것도 그거야. 런던에 가거든 걔들이 어디 있는지 꼭 찾아봐줘. 아직 결혼하지 않았거든 결혼시키고. 예복 같은 거 맞춘다고 미루지 말고 결혼부터 하라고 해. 리디아한테는 결혼하면 사고 싶은 거 다 사주겠다고 하고. 그리고 무엇보다 네 매형이 결투 같은 거 못 하게 말려줘. 내가 어떤 지경인지 알려주고. 너무 놀라서 혼이 나갈 정도야. 온몸이 떨리고 옆구리에 경련까지 일어나거든. 게다가 머리도 아프고 가슴이 뛰어서 낮이든 밤이든 잠시도 편치 않아. 리디아한테는 나를 만날 때까지 예복을 사지 말라고 해. 그 애는 어느 가게가 가장 좋은지 모르거든. 너는 자상하니까 잘해줄 거라고 믿는다."

가드너 씨는 또 한 번 최선을 다하겠다고 약속했다. 그러고 나서 걱정이든 희망이든 지나친 것은 좋지 않다고 했다. 누나를 보니 그런 말을 하지 않을 수 없었던 것이다. 이런 이야기를 주고받다가 저녁 식사가 준비되자 모두 어머니를 두고 방을 나왔다. 그동안 베넷 부인은 딸들 대신 시중들던 가정부에게 자기 감정을 있는 대로 쏟아냈다.

가드너 부부는 베넷 부인이 혼자 방에 있을 필요가 없다고 생각했지만 굳이 함께 나가자고 권하지 않았다. 베넷 부인이 식사 시중을 드는 하인들 앞에서 말을 가려서 할 만큼 분별 있는 사람이 아니라는 것을 알고 있었고, 그녀의 온갖 걱정과 넋두리를 가장 믿을 만한 가정부 혼자 듣는 게 오히려 낫다고 생각했기 때문이다.

그들은 식당에서 메리와 키티를 만났다. 메리는 책을 보느라, 키티는 화장을 하느라 이제야 나타난 것이다. 둘 다 얼굴은 아무렇지 않은 듯 보였고, 달라진 점도 찾아볼 수 없었다. 다만 키티는 사랑하는 동생을 잃은 때문인지, 아니면 화가 나서인지 다른 때보다 짜증스러운 투로 말했다. 모두 식탁에 둘러앉자 메리가 사뭇 어른인 양 진지한 표정으로 엘리자베스에게 속삭였다.

"굉장히 불행한 사건이 일어나고 말았어. 사람들 대부분 이러쿵저러쿵 말들이 많겠지. 그럴수록 우리 자매들은 밀려드는 악의의 물결을 막고 서로 마음의 상처에 위로의 향유를 부어주어야 해."

엘리자베스가 대꾸할 생각도 안 하는 듯하자 메리가 다시 말했다.

"리디아한테는 분명 불행한 사건이지만, 우리는 여기서 몇 가지 교훈을 얻을 수 있어. 여자는 한번 순결을 잃으면 회복할 수 없다는 것, 한번 발을 잘못 들여놓으면 영원히 빠져나올 수 없다는 것, 여자의 평판은 중요한 만큼 무너지기도 쉽다는 것, 가치 없는 남성 앞에서 반드시 몸조심을 해야 한다는 거지."

엘리자베스는 깜짝 놀라 눈을 치켜떴다. 하지만 너무 어이가 없어서 아무 말도 나오지 않았다. 그러나 메리는 재미있는지 도덕적인 교훈들을 계속 끄집어냈다.

제인과 엘리자베스는 오후가 되어서야 약 30분 정도 단둘이 이야기를 나눌 수 있었다. 엘리자베스는 이것저것 물어보았고 제인도 충실하게 대답해주었다. 엘리자베스는 틀림없이 끔찍한 결말을 보게 될 거라고 확신했다. 제인도 그렇지 않다고 단정하지는 못했다. 두 사람은 한숨을 쉬다가 엘리자베스가 다시 말했다.

"이 일에 대해 전부 말해줘. 내가 이미 알고 있는 것 말고. 좀 상세하게 듣고 싶어. 포스터 소령은 뭐래? 둘이 도망가기 전에 그런 기미 못 느꼈대? 두 사람이 계속 같이 있었을 거 아냐."

"포스터 소령 말로는 종종 리디아가 좋아하는 것 같기는 했지만 걱정할 정도는 아니었대. 그분께는 참 죄송해. 정말 신중하고 친절한 분이야. 두 사람이 스코틀랜드로 가지 않았다고 생각하기도 전에 이미 여기로 오고 있었지. 자기가 계속 신경 쓰고 있다고 말해주려고 말이야. 주위 사람들이 그런 걱정을 하기 시작하니까 더 서둘러 오신 거고."

"데니 씨는 정말 위컴 씨가 결혼할 생각이 없다고 했대? 둘이 도망칠 걸 알고 있었대? 포스터 소령이 데니 씨를 만난 거야?"

"만났대. 그런데 포스터 소령이 물어보니까 두 사람이 어떻게 할지는 전혀 모르겠다면서 자기 생각을 그대로 말하지는 않았나 봐. 결혼하지 않을 거라는 생각 말이야. 그래서 말인데, 혹시 그 사람이 잘못 생각한 게 아닐까? 물론 내 바람이기도 하고."

"그러니까 포스터 소령이 오기 전까지는 아무도 의심을 안 했다는 거야? 두 사람이 결혼을 안 했을지도 모른다고 말이야."

"어떻게 그런 생각을 할 수 있겠니? 그냥 리디아가 위컴 씨하고 결혼해서 행복할까 하는 걱정을 좀 했지. 그가 예전에 잘못된 행동을 했다는 것을 알고 있었으니까 말이야. 부모님은 그 사실을 전혀 모르니까 그 결혼이 무분별한 짓이라는 생각만 했지. 그때 키티가 저만 알고 있었던 게 스스로 대견스러웠는지 으스대면서 말했어. 자기는 리디아가 마지막에 보낸 편지를 읽고 이럴 줄 짐작했다는 거야. 키티는 두 사람이 여러 주 전부터 사귀고 있었다는 것을 알았나 봐."

"리디아가 브라이턴으로 가기 전에 그런 건 아니겠지?"

"그렇지는 않을 거야."

"포스터 소령도 위컴 씨를 안 좋게 생각해? 본래 어떤 사람인지 알고 계시나?"

"사실 포스터 소령도 썩 좋게 말하지는 않았어. 위컴이 경솔하고 돈 씀씀이가 헤프다고 하더구나. 이 사건이 일어난 이후로 그가 빚을 잔뜩 지고 메리턴을 떠났다는 소문이 들렸어. 사실이 아니면 좋겠다."

"제인 언니, 우리가 숨기지 않고 다 말했다면 이런 일이 일어나지 않았겠지?"

"아마 이렇게 되지는 않았겠지. 하지만 그때는 현재 그가 어떤 사람인지는 아랑곳하지 않고 과거의 잘못을 만천하에 알리는 것은 도리가 아니라고 생각했지. 우리는 좋은 뜻으로 그런 거야."

"리디아가 포스터 부인한테 남긴 편지에 뭐라고 썼는지 포스터 소령이 자세히 얘기해줬어?"

"직접 가져오셨어."

제인은 수첩에 끼워둔 편지를 꺼내 엘리자베스에게 주었다.

해리엇 언니께

제가 어디로 갔는지 아시면 엄청 웃으실 거예요. 내일 아침 제가 없어진 걸 알고 언니가 얼마나 놀랄까 생각하니 저도 웃음이 나오네요. 저는 그레트나그린으로 갈 거예요. 제가 누구랑 같이 가는지 모르신다면 언니는 정말 바보예요. 제가 사랑하는 오직 단 한 분, 나의 천사! 저는 그이 없이 행복할 수 없어요. 그래서 이렇게 떠나는 것도 나쁘지 않다고 생각해요. 내키지 않으면 제 소식을 롱본에 전하지 않아도 괜찮아요. 제가 직접 편지를 보내면 더 놀랄 테니까요. 리디아 위컴이라고 서명해서 말이죠. 정말 재미있지 않아요? 웃느라 글을 못 쓰겠네요. 프랫 씨한테는 약속 못 지켜서 미안하다고 좀 전해주세요. 오늘 밤 같이 춤추기로 했거든요. 사실대로 얘기하면 이해하겠죠. 그리고 다음에 만나면 꼭 같이 춤추겠다고 전해주세요. 제 옷을 가지러 롱본에 사람을 보낼 거예요. 그러니까 샐리한테 수놓은 모슬린 가운의 찢어진 부위를 수선해서 함께 짐을 싸달라고 전해주세요. 안녕히 계세요. 소령님께도 안부 전해주시고, 우리 두 사람의 여행을 위해 축배를 들어주세요.

언니의 귀여운 리디아 베넷

엘리자베스는 편지를 다 읽고 큰 소리로 말했다.

"아무리 철이 없어도 그렇지, 이런 편지를 쓰고 싶을까? 그거 하나는 알겠네. 리디아가 여행 목적 하나는 진지하게 생각했다는 거야. 나중에 위컴 씨가 어떻게 꾀어낼지 모르지만 이런 경솔한 짓을 리디아가 꾸민 건 아니야. 아버지가 안됐어. 어떤 심정이셨을까?"

"사람이 그렇게 충격받은 모습 처음 봤어. 10분간 입을 꾹 다물고 계셨지. 어머니는 바로 앓아누우셨고, 온 집안이 발칵 뒤집혔어."

"그럼, 그날 이 일을 하인들이 다 알았겠네?"

"모르겠어. 그러지 않았기를 바라지만 그런 상황에서 밖으로 새어 나가지 않기가 어디 쉽겠니? 어머니는 히스테리를 부렸고, 난 나대로 하느라 했지만 제대로 못 한 것 같아. 더 잘해드렸어야 했는데. 무슨 끔찍한 일이라도 일어날까 봐 너무 무서워서 꿈쩍도 할 수 없었단다."

"언니 혼자 어머니를 보살펴드리는 건 무리야. 언니도 얼굴이 안 돼 보여. 내가 있었으면 좀 나았을 텐데. 언니 혼자 걱정하랴 돌보랴 얼마나 힘들었겠어."

"메리와 키티도 마음 많이 썼지. 무슨 일이든 돕고 싶었겠지만 걔들한테는 차마 힘든 일을 못 맡기겠더라. 키티는 몸도 약한 데다 너무 가냘프고, 메리는 그렇지 않아도 공부하느라 힘든 애를 쉬지도 못하게 시간을 뺏을 수는 없잖아. 화요일에 아버지가 떠나시자 필립스 이모가 오셔서 고맙게도 목요일까지 계셨지. 많은 도움과 위안이 되었단다. 루카스 부인도 정말 잘해주셨어. 수요일 아침에 우리 마음을 달래주려고 여기까지 걸어오셨어. 그리고 도움이 필요하면 딸들도 기꺼이 나서겠다고 말씀해주셨지."

그러자 엘리자베스가 큰 소리로 말했다.

"호의야 고맙지만 그분은 그냥 가만히 계시는 게 도와주는 거지. 이런 불상사를 당했을 때는 될 수 있는 한 이웃 사람들을 안 만나는 게 좋아. 도움은커녕 위로도 안 되거든. 차라리 멀찍이 떨어져서 우월감에 젖어 있는 게 낫지."

그리고 그녀는 아버지가 런던에서 어떻게 리디아를 찾을 건지 물었다.

"아마도 두 사람이 마차를 바꿔 탄 엡섬에 가서 마부들을 만나 무슨 단서를 얻으려고 하시는 것 같았어. 클래펌에서 두 사람을 태우고 간 삯마차 번호를 알아내시려는 거겠지. 마차는 런던에서 손님을 태우고 왔으니까 두 젊은 남녀가 마차를 갈아타는 걸 기억할 거라고 여기시고 클래펌에서 이곳저곳 다니며 물어보실 모양이야. 마부가 런던에서 온 손님들을 어느 집까지 태워줬는지만 알아내면 거기서 수소문할 작정이시지. 그러면 마차 차고와 번호를 알아낼 수 있다고 생각하시나 봐. 또 다른 계획이 있는지는 잘 모르겠어. 하도 어쩔 줄을 모르고 급하게 가시는 바람에 이만큼 알아내기도 힘들었단다."

6

다음 날 아침 온 식구가 베넷 씨의 편지를 기다렸으나 우체부는 단 한 통도 가져오지 않았다. 모두 베넷 씨가 평소 편지 쓰는 것을 싫어하고 한 번 쓰는 데도 무척 시간이 많이 걸린다는 것은 알고 있었지만 이런 상황에서는 애를 좀 썼으면 했던 것이다. 결국 그들은 별 좋은 소식이 없는 것이라고 결론 내리면서도 그거라도 확인했으면 하는 심정이었다. 가드너 씨도 편지만 기다리다 집을 나섰다.

그가 떠나자 모두 이제는 일이 어떻게 돌아가는지 알 수 있겠다고 생각했다. 또 가드너 씨는 떠나면서 될 수 있는 한 빨리 매형을 롱본으로 돌려보내겠다고 약속했다. 남편이 결투에서 죽임을 당하지 않으려면 그 방법밖에 없다고 생각했던 베넷 부인은 그제야 마음이 놓였다.

가드너 부인은 조카들을 위해 아이들과 함께 하트퍼드셔에 며칠 더 머물기로 했다. 그녀는 조카들과 같이 베넷 부인을 보살펴주었고, 시간 날 때마다 틈틈이 그들을 위로해주었다. 조카들은 외숙모가 옆에 있어서 큰 위안이 되었다. 이모도 종종 들렀다. 그러나 그녀는 말로는 조카들의 마음을 달래주려고 왔다지만 올 때마다 위컴의 새로운 비행을 전해주는 바람에 그녀가 가고 나면 식구들은 더 답답하고 우울했다.

메리턴 사람들은 석 달 전만 해도 거의 빛의 천사였던 남자를 이제 헐뜯기 바빴다. 대부분의 상인들이 그에게 돈을 빌려주고 못 받은 상태였고, 사악한 속셈으로 그 가족들에게까지 유혹의 손길을 뻗쳤다는 것이다. 모두 한결같이 위컴을 세상에서 가장 파렴치한 인간이라고 말하며, 겉으로는 선량해 보이지만 전혀 믿지 않았다고 했다. 엘리자베스는 이런 소문을 절반도 믿지 않았다. 하지만 리디아의 인생이 망가졌다는 생각은 한층 더 굳어졌다. 더 안 믿었던 제인마저 이제는 거의 절망적이었다. 그녀는 두 사람이 스코틀랜드에 갔을 거라는 생각을 어느 정도는 하고 있었다. 하지만 그랬다면 지금쯤 무슨 소식이 있어야 하는데 깜깜소식이니 더욱 절망할 수밖에 없었다.

일요일에 가드너 씨가 롱본을 떠나고 며칠 뒤 화요일에 그가 가드너 부인 앞으로 편지를 보내왔다. 그가 런던에 도착하자마자 매형을 찾아 그레이스처치 가로 모시고 왔고, 자기가 런던에 도착하기 전에 매형이 엡섬과 클래펌에 갔다 왔는데 아무것도 알아내지 못했다고 적혀 있었다. 그리고 지금부터 런던의 주요 호텔들을 찾아다니며 알아볼 예정이라고 했다. 두 사람이 런던에서 묵을 곳을 구하기 전에 호텔에서 지냈을지 모른다고 매형이 말했다는 것이다. 자기는 별 소용 없을 것 같지만 매형이 너무 열심히 나서니 도와줄 수밖에 없다는 것이다. 그리고 매형은 당분간 런던을 떠날 생각이 전혀 없으며, 곧 다시 편지하겠다고 약속했다. 그리고 추신을 덧붙였다.

나는 포스터 소령에게 부대에서 위컴과 친했던 사람을 찾아 그가 런던 어디에서 지내는지 알 만한 친척이 있는지 알아봐달라고 편지를 보냈소. 그럴 만한 사람을 아는 것만으로 우리에게는 큰 소득이요. 지금으로서는 알아볼 데가 전혀 없으니 말이오. 소령이 최선을 다해 도와줄 거라고 믿지만, 한편으로 위컴의 친척은 누구보다 리지가 더 잘 알 것 같구려.

엘리자베스는 외삼촌이 무슨 근거로 자기가 그 집 사정을 잘 알 거라고 말하는지 충분히 알고 있었다. 그러나 그녀는 만족할 만한 정보를 줄 수 없었다. 왜냐하면 위컴의 부모님은 이미 수년 전에 돌아가셨고 친척이 있다는 말을 들어본 적이 없기 때문이었다. 그러나 부대에 있는 친구라면 더 자세한 것을 알고 있을지도 모를 일이었다. 그녀는 별 기대는 하지 않았지만 알아볼 만하다고 생각했다.

롱본에서는 하루하루가 초조한 기다림의 연속이었다. 특히 우체부가 올 시간에는 애가 타고 가슴이 조마조마했다. 그들은 매일 아침마다 마음 졸이며 편지를 기다렸다. 좋은 소식이든 나쁜 소식이든 편지가 와야 알 수 있으니 내일은 혹시 중요한 소식을 담은 편지가 오지 않을까 생각했던 것이다.

그러나 기다리던 가드너 씨의 편지는 오지 않고 엉뚱하게도 콜린스가 아버지 앞으로 보낸 편지가 도착했다. 제인이 그 편지를 읽었다. 아버지는 떠나기 전에 자기 앞으로 오는 편지를 모두 뜯어보라고 제인에게 일러두었다. 콜린스의 편지야말로 워낙 유별나고 흥미롭다는 것을 알고 있는 엘리자베스는 어깨너머로 함께 읽었다.

　삼가 올립니다.
　저는 우리의 관계를 생각할 때 현재 겪고 계신 슬픔을 위로해드리는 것이 제가 할 도리라고 여겨 펜을 들었습니다. 저희는 어제야 하트퍼드셔에서 온 편지를 받고 알게 되었습니다. 아내와 저는 지금 고통에 빠지신 존경하는 어르신과 가족에게 심심한 동정을 표하는 바입니다. 영원히 지워지지 않을 일을 당하셨으니 이보다 더한 고통이 또 어디 있겠습니까? 그러한 비극을 조금이라도 덜어드릴 수만 있다면, 부모로서 말로 다 표현할 수 없을 만큼 큰 고통에 빠져 있을 어르신께 조금이라도 위로가 된다면, 무슨 말이라도 해드릴 것입니다. 그런 의미에서 본다면 차라리 따님이 죽는 것이 오히려 축복일 것입니다. 제 아내 말로는 따님이 그처럼 제멋대로 행동하게 된 데는 너무 오냐오냐한 탓도 있다고 하니 더욱 한탄할 일입니다. 하지만 두 분께 위안을 드리고 싶은 것은 저는 따님이 원래 못된 성격을 타고났다고 생각한다는 것입니다. 그렇지 않으면 어린 나이에 어떻게 그런 끔찍한 짓을 저지를 수 있겠습니까? 어쨌든 누구보다 어르신께 심심한 동정의 뜻을 표하는 것이 마땅하다고 생각합니다. 제 아내와 캐서린 귀부인, 그리고 그 따님 또한 같은 마음입니다. 그분들은 따님 한 분의 잘못이 다른 따님들의 앞길에도 큰 해를 입힐 거라는 제 의견에 동감했습니다.

캐서린 귀부인께서는 누가 그런 집안과 인연을 맺겠느냐고 말씀하셨습니다. 이런 생각으로 돌이켜보니 작년 11월의 일이 더없이 만족스럽더군요. 일이 다른 방향으로 흘렀다면 지금쯤 저도 어르신과 마찬가지로 치욕의 고통에 빠져 있을 테니까요. 그래서 저는 어르신께서 마음을 다잡아 아무 쓸모 없는 따님으로부터 부녀의 정을 떼어내고, 따님이 자신이 뿌린 죄의 열매를 스스로 거두는 것이 타당하다고 감히 권하는 바입니다.

콜린스 올림

가드너 씨는 포스터 소령에게 답장을 받고 나서 롱본에 편지를 보냈으나 기대하던 소식은 전혀 없었다. 위컴에게 연락하고 지내는 친척이 있는지 아는 사람이 단 한 명도 없었고, 가까운 친척도 전혀 없다는 것이었다. 전에 알고 지내던 사람은 많지만 입대하고 나서는 특별히 친한 사람이 없었다고 했다. 한마디로 지금 그의 소식을 알 만한 사람이 딱히 없었다. 또 리디아의 친척들에게 들키는 것도 문제지만, 무엇보다 파산 위기에 몰려 숨을 수밖에 없었다고 했다. 그가 거액의 노름빚을 지고 도망갔다는 것이다. 브라이턴에서 진 빚만 무려 1천 파운드가 넘는 것 같다고 했다. 상인들한테 빚진 돈도 크지만 도박판에서 훨씬 더 큰 빚을 졌다는 것이다. 가드너 씨는 이 모든 소식을 숨기지 않고 상세하게 전했다. 제인은 기가 막힐 지경이었다.

"노름꾼이라니. 이럴 줄은 정말 몰랐어. 꿈에도 생각 못 했어."

가드너 씨는 매형이 다음 날인 토요일에 롱본으로 돌아갈 것이라고 덧붙였다. 아버지는 모든 것이 허사로 돌아가자 크게 실망했다. 그래서 알아볼 게 있으면 더 알아볼 테니 뒷일은 자기한테 맡기고 그만 집으로 돌아가라는 처남의 권유를 따르기로 한 것이다. 베넷 부인은 이 소식을 듣고 자매들이 예상했던 만큼 기뻐하지 않았다. 남편이 죽을까 봐 그렇게나 걱정하던 사람이 말이다. 그녀는 큰 소리로 외쳤다.

"뭐라고? 리디아도 안 데리고 혼자 오신다고? 걔들을 찾기 전에 런던을 떠나면 안 될 텐데. 그 양반이 와버리면 누가 위컴과 결투해서 리디아를 결혼시키겠니?"

가드너 부인은 베넷 씨가 집으로 온다고 하니 이제 런던으로 돌아가고 싶었다. 그래서 그녀가 아이들과 함께 마차를 타고 첫 번째 역까지 가면 거기서 베넷 씨가 그 마차를 타고 롱본에 오기로 했다.

가드너 부인은 더비셔에서부터 엘리자베스와 다아시의 관계를 수상하게 여겼지만 그에 대해 아무것도 알아내지 못하고 롱본을 떠났다. 엘리자베스는 그녀 앞에서 다아시의 이름을 한 번도 꺼내지 않았다. 게다가 그가 엘리자베스에게 편지를 보낼지도 모른다고 은근슬쩍 기대했는데, 집으로 돌아온 뒤 펨벌리로부터 편지가 단 한 통도 오지 않았다.

집안에 불행이 닥친 상황에서 엘리자베스가 다른 이유로 침울할

리 없었다. 따라서 가드너 부인은 그녀의 기분으로 무언가를 짐작할 수는 없었다. 비록 그녀가 지금은 다아시에 대한 자신의 감정이 어떤 것인지 어느 정도 알게 되었고, 다아시를 몰랐다면 리디아 일을 지금처럼 걱정하지 않았겠지만 말이다. 그랬다면 밤잠 못 이루는 날이 절반은 줄었을 거라고 그녀는 생각했다.

마침내 베넷 씨가 집으로 돌아왔다. 그는 마치 속세를 초월한 사람처럼 침착해 보였다. 여전히 말수가 적었고 집을 떠날 수밖에 없었던 그 일에 대해 한마디도 하지 않았다. 딸들은 한참이 지나서야 용기를 내어 아버지에게 물었다.

오후에 차를 마실 때 엘리자베스가 먼저 말을 꺼냈다. 먼저 아버지가 고생하셨을 거라고 생각하니 너무 가슴이 아프다고 말하자 베넷 씨가 말했다.

"그럴 필요 없다. 내가 아니면 누가 하겠니. 모두 내 잘못이고 내 책임이니 괴로워하는 것도 당연하지."

"너무 자책하지 마세요."

엘리자베스가 말했다.

"그런 말도 어폐가 있단다. 인간이란 원래 자책에 빠지기 쉬우니 말이다. 하지만 내 평생 처음으로 내가 얼마나 큰 잘못을 했는지 뼈저리게 느끼고 있으니 나를 그냥 내버려두렴. 이런 기분에 빠지는 것도 괜찮아. 곧 지나갈 일이니 말이다."

"아버지는 리디아와 위컴 씨가 런던에 있다고 생각하세요?"

"그래. 아니면 어디서 그렇게 감쪽같이 숨어 있겠지."

"리디아는 항상 런던에 가고 싶어 했어요."

옆에 있던 키티가 거들었다.

"그럼 행복하겠구나. 거기서 꽤 오래 살겠어."

베넷 씨가 태연하게 말하고는 잠시 침묵하다가 다시 말을 이었다.

"리지, 지난 5월에 말했던 너의 충고가 옳았다. 하지만 그렇다고 해서 못마땅하거나 하지는 않는단다. 이 일을 겪고 보니 네가 얼마나 생각이 깊은 아이인지 알겠더구나."

그때 제인이 베넷 부인의 차를 가지러 오자 두 사람은 대화를 멈췄다.

"위세깨나 떠는구나. 불행이 무슨 훈장이라도 된다더냐. 언젠가 나도 똑같이 해봐야겠어. 나이트캡에 나이트가운 차림으로 하루 종일 서재에 앉아 귀찮게 할 거다. 물론 키티가 도망갈 때까지는 그러지 말아야겠지만."

베넷 씨가 언짢은 듯 큰 소리로 말했다.

"저는 도망 같은 거 안 가요, 아버지. 브라이턴에 가도 리디아보다 얌전하게 있을 거예요."

키티가 대뜸 말했다.

"네가 브라이턴에 간다고? 50파운드를 준다고 한들 이스트본까지도 안 보낼 거다. 절대 안 된다, 키티. 아버지는 이제 주의해야 한다는 것을 깨달았단다. 그래서 이제 너부터 단속할 거야. 앞으로 다시는 장교 따위 내 집에 들이지 않을 거다. 동네를 지나가는 것도 용납 못 한다. 언니들을 동반하지 않는 한 무도회에 절대 못 갈 줄 알아라. 매일 10분 동안 이성적인 행동을 했다는 것을 보여줘야 할 거야. 그렇지 않으면 집 밖으로 한 발짝도 못 나간다."

키티는 아버지 말을 곧이곧대로 믿고 울음을 터뜨렸다. 그러자 베넷 씨가 말했다.

"그렇게 슬퍼할 것 없다. 앞으로 10년만 착하게 굴면 다시 생각해보마."

7

베넷 씨가 돌아오고 이틀 뒤, 제인과 엘리자베스가 집 뒤쪽 관목숲을 거닐고 있을 때 가정부가 그들에게 다가오는 것이 보였다. 어머니가 부르는 줄 알고 다가가자 그녀가 뜻밖의 소식을 전했다.

"방해해서 죄송해요. 런던에서 무슨 좋은 소식이라도 들었는지 궁금해서 결례라는 걸 알면서도 여쭤보려고 왔어요."

"힐, 무슨 말이에요? 런던에서는 아무 소식도 없는데요."

힐 부인이 깜짝 놀라며 소리쳤다.

"가드너 씨가 주인어른한테 속달을 보내왔는데 모르셨어요? 30분 전에 우체부가 왔다 갔어요. 주인어른은 벌써 편지를 받았고요."

두 사람은 서로 말할 겨를도 없이 정신없이 뛰어갔다. 현관을 지나 식당으로, 식당에서 다시 서재로 가보았으나 아버지는 보이지 않았다. 그들은 어머니와 같이 계신가 하고 2층으로 가려다 집사와 마주쳤는데 그가 이렇게 말했다.

"주인어른 찾으세요? 저쪽 작은 숲으로 가셨어요."

이 말을 듣자마자 그들은 다시 현관을 지나 잔디밭을 가로질러 달려갔다. 아버지는 작은 숲으로 유유히 걸어가고 있었다.

엘리자베스만큼 몸이 가볍지도 않고 잘 달리지도 못하는 제인은 곧 뒤처졌다. 그러나 애가 타는 엘리자베스는 숨을 헐떡이며 아버지한테 뛰어가 소리쳤다.

"아버지, 무슨 소식 있어요? 외삼촌한테 편지가 왔다면서요?"

"그래, 속달로 왔더구나."

"그런데 좋은 소식이에요, 나쁜 소식이에요?"

"좋은 소식이랄 게 있겠니? 너도 읽어보렴."

아버지가 주머니에서 편지를 꺼내자마자 엘리자베스가 뺏다시피 받아 쥐었다. 어느새 제인도 다가왔다.

"소리 내어 읽어보렴. 나는 무슨 말인지 잘 모르겠으니."

그레이스처치 가에서

8월 2일, 월요일

존경하는 매형께

드디어 리디아 소식을 전하게 되었네요. 대체로 만족하실 거라고 믿습니다. 토요일에 매형께서 떠나신 직후 다행히 런던에서 두 사람이 있는 곳을 알아냈습니다. 자세한 내용은 만나뵙고 말씀드리겠습니다. 우선 그들을 찾았고 두 사람 다 만나보았다는 소식을 전합니다.

그쯤 읽었을 때 제인이 소리쳤다.
"내가 바라던 대로 결혼한 모양이야."
엘리자베스가 계속 읽었다.

둘은 아직 결혼하지 않았고, 결혼할 의사가 있는지도 모르겠습니다. 그러나 제가 매형 대신 약속한 것이 있는데, 그것을 이행하신다면 아마 머지않아 두 사람이 결혼할 것입니다. 바로 매형과 누님이 돌아가시면 자녀들이 물려받을 5천 파운드를 똑같은 지분으로 리디아에게도 주고, 또 매형께서 살아 계신 동안 매년 1백 파운드를 주겠다고 약속하시는 것입니다. 모든 것을 고려해본 뒤에 우선 매형 대신 이 두 가지 조건을 받아들였습니다. 저에게 그만한 권한은 있다고 생각했으니까요. 속달로 보내니 곧바로 답을 주시기 바랍니다. 이제 위컴 군의 재정 상태가 세간에 떠도는 소문처럼 그렇게 심각하지 않다는 것을 아셨을 것입니다. 약간 오해가 있는 듯합니다. 빚을 다 갚고도 돈이 조금 남아 리디아가 재산을 더 챙길 수 있다는군요. 정말 기쁜 일입니다. 그러시리라 믿습니다만 모든 권한을 저에게 위임해주신다면 곧 변호사 해거스턴에게 양도 절차를 밟으라고 지시하겠습니다. 그러면 매형께서는 군이 런던에 오실 필요 없이 집에서 편히 계시면 됩니다. 제가 성실하게 책임을 다할 테니 말입니다. 되도록 빨리 회답을 주시고, 명확하게 의사를 밝혀야 한다는 점 유의하세요. 저희는 리디아가 우리 집에 머물면서 결혼하는 것이 가장 좋다고 생각하는데, 매형께서도 같은 생각일 거라고 믿습니다. 리디아는 오늘 우리 집으로 올 예정입니다. 다른 일이 결정되는 대로 다시 편지드리겠습니다.

에드워드 가드너 올림

"어떻게 이럴 수가 있지? 위컴 씨가 리디아와 결혼한다고?"

편지를 다 읽고 나서 엘리자베스가 외쳤다.

"거봐, 위컴 씨는 우리가 생각했던 것처럼 그렇게 나쁜 사람이 아니라니까. 아버지, 축하드려요."

제인이 말했다.

"아버지, 답장은 보내셨어요?"

엘리자베스가 물었다.

"아니, 곧 보내야지."

그녀는 더 지체하지 말고 빨리 답장을 보내라고 간곡히 말했다.

"아버지, 빨리 집으로 가서 답장을 쓰세요. 일분일초가 급하다고요."

"쓰기 싫으시면 제가 대신 쓸게요."

제인이 말했다.

"아닌 게 아니라 쓰기 싫구나. 그래도 써야겠지."

베넷 씨는 바로 돌아서서 집으로 걸어갔다.

"그런데 아버지, 그 조건은 들어줘야겠죠?"

엘리자베스가 물었다.

"들어만 주겠니? 부끄러울 정도로 적어서 탈이다."

"그런 사람이라도 결혼해야겠죠?"

"결혼해야지. 별수 없잖니. 그러나 궁금한 게 두 가지 있구나. 하나는 이 결혼을 성사하려고 네 외삼촌이 돈을 얼마나 썼느냐 하는 것이고, 또 하나는 내가 그 돈을 언제 다 갚느냐 하는 것이다."

"외삼촌이 돈을 썼다고요? 그게 무슨 말씀이세요?"

제인이 소리쳤다.

"정신이 나가지 않고서야 겨우 그 정도 조건에 넘어가 리디아와 결혼하겠냐 말이다. 내가 살아 있는 동안 매년 1백 파운드를 받고, 죽고 나서는 50파운드밖에 못 받는데 말이다."

"듣고 보니 정말 그러네요. 미처 그런 생각을 못 했어요. 빚을 다 청산하고도 남는다니 말이 안 되잖아요. 모두 외삼촌이 하신 일이군요. 정말 너그러운 분이세요. 난처하게 되지는 않으신 건지 모르겠네요. 한두 푼으로 해결할 수 있는 일도 아니었을 테고."

엘리자베스가 말했다.

"그러게 말이다. 리디아를 데려가면서 1만 파운드에서 한 푼이라도 적게 받는다면 바보지. 사위로 맞을 놈을 이렇게 헐뜯어서 안됐다만."

"1만 파운드라고요? 맙소사! 그 절반이라도 갚기 힘들 텐데요?"

베넷 씨는 대답하지 않았다. 그들은 제각기 생각에 빠져 묵묵히 집까지 걸어갔다. 베넷 씨는 편지를 쓰려고 서재로 들어가고, 제인과 엘리자베스는 식당으로 들어갔다. 단둘이 남게 되자 엘리자베스가 먼저 소리쳤다.

"둘이 결혼을 하다니! 어떻게 이런 일이 있지? 게다가 고맙게 생각해야 한다니. 행복할 리 없는 결혼을 하는 것도 기가 막힌데, 파렴치한 인간을 기쁘게 맞아들여야 하다니. 아, 리디아, 정말!"

"나는 위컴 씨가 리디아를 정말로 사랑하지 않는다면 절대 결혼하지 않을 거라고 생각해. 그래서 위안이 돼. 고마운 외삼촌이 위컴 씨의 빚을 갚아주신 모양이지만, 만 파운드나 그러지는 못하셨을 거야. 믿을 수가 없어. 아이들도 있고 또 더 낳을지도 모르는데 그 절반이라도 내놓을 수 있겠니?"

"위컴 씨의 빚이 총 얼마나 되고, 또 리디아의 몫이 그 밑으로 얼마나 들어갔는지 알면 외삼촌이 얼마나 쓰셨는지 정확히 알 수 있을 텐데. 위컴 씨한테는 단 돈 6펜스도 없을 테니까. 외삼촌과 외숙모의 친절에 어떻게 보답해야 할지. 리디아까지 데려다 돌봐주시고 희생을 무릅쓰고 도와주셨으니 평생을 두고 감사해도 모자랄 거야. 지금쯤 리디아가 외삼촌 댁에 있겠네. 그렇게 베풀어줬는데도 자기 잘못을 못 느낀다면 행복할 자격도 없어. 외숙모를 보고 어떤 기분이었을까?"

"이제 우리는 두 사람이 저지른 짓을 모두 잊어야 해. 나는 두 사람이 행복하기를 바라. 또 그렇게 믿고. 리디아와 결혼하기로 했다는 것은 그가 올바른 길로 들어섰다는 증거라고 생각할래. 서로를 사랑하다 보면 바른길로 가게 될 거야. 조용히 가정을 꾸려서 이성적으로 생활하다 보면 경솔했던 지난 행동도 곧 잊혀질 거라고 생각할래. 나는 그렇게 믿고 싶어."

제인이 말했다.

"그들의 행동은 잊혀질 수 있는 그런 게 아냐. 언니나 나나, 다른 누구라도 말이야. 얘기해 뭐하겠어."

이제 그들은 어머니가 이 일을 전혀 모르고 있을 거라는 생각이 들었다. 그들은 곧 서재로 가서 아버지에게 이 일을 어머니한테 알려도 되는지 물어보았다. 편지를 쓰고 있던 베넷 씨는 고개도 들지 않고 냉랭하게 말했다.

"마음대로 하려무나."

"어머니께 외삼촌 편지를 읽어드려도 되죠?"

"뭐든 가지고 나가주렴."

엘리자베스는 아버지의 책상에 놓인 편지를 집어 들고 제인과 함께 2층으로 올라갔다. 메리와 키티가 어머니 방에 있었기 때문에 한 번만 얘기하면 되었다. 먼저 좋은 소식이라고 말하고 나서 제인이 편지를 읽었다. 베넷 부인은 가만있지 않았다. 머지않아 두 사람이 결혼할 거라는 대목에서는 너무 기뻐서 소리를 질렀고 편지를 읽어 내려갈수록 점점 더해 미친 듯이 기뻐했다. 그전에 놀라고 화가 나서 가만히 있지 못할 때처럼 이제는 너무너무 기뻐서 어쩔 줄을 몰랐다. 리디아가 결혼할 거라는 말만으로 충분했다. 그녀가 과연 행복할까 걱정한다거나 못된 짓을 저질렀다는 사실을 창피하게 여기지도 않았다. 그녀는 흥분해서 큰 소리로 계속 떠들었다.

"사랑스러운 리디아! 결혼을 하다니 정말 잘된 일이다. 이제 걔를 다시 보겠구나. 열여섯 살에 결혼하다니. 고맙고 친절한 내 동생 에드워드! 내 이럴 줄 알았어. 모든 걸 잘 처리할 줄 알았지. 리디아가 너무너무 보고 싶구나. 위컴도 보고 싶고. 그나저나 예복을 어떻게 한담. 올케한테 편지를 보내야겠다. 리지, 아버지한테 가서 리디아에게 얼마나 주실 건지 여쭤보렴. 아니, 아니다. 내가 가마. 키티, 벨을 눌러서 힐 좀 오라고 하렴. 옷은 금방 입을 테니까. 오, 내 귀여운 리디아! 그 애를 만나면 얼마나 즐거울까?"

제인은 너무 흥분해서 정신을 못 차리는 어머니를 진정시키려고, 외삼촌이 가족들에게 얼마나 큰 도움을 줬는지 얘기했다.

"모두 외삼촌 덕분에 일이 잘 풀린 거예요. 외삼촌께서 자기 돈으로 위컴 씨를 도와주신 것 같아요."

"그래? 장하구나. 네 외삼촌이 아니면 누가 그러겠니? 외삼촌한테 가족이 없었다면 그 재산은 모두 나와 너희가 가질 텐데, 뭐. 솔직히 선물 말고 받은 게 없잖니. 이번이 처음이야. 어쨌든 기쁘구나. 이제 곧 딸 하나를 결혼시키겠구나. 위컴 부인이라, 근사하네. 지난 6월에 겨우 열여섯 살이 됐는데 벌써 결혼하다니. 제인, 너무 흥분했더니 가슴이 뛰어서 도저히 못 적겠다. 내가 불러줄 테니 대신 좀 적으렴. 돈 문제는 나중에 네 아버지랑 얘기하고 주문부터 해야겠어."

그러고 나서 부인은 캘리코를 비롯해 모슬린, 하얀 캠브릭 등 세세한 것까지 죄 늘어놓았다. 제인이 나서서 조금 기다렸다가 시간 나면 아버지와 상의하자고 겨우 설득했다. 그렇지 않았다면 벌써 엄청나게 많은 주문 목록을 적었을 것이다. 제인이 하루쯤 늦어도 상관없다고 말하자 부인도 기분이 좋아서 그런지 평소처럼 고집을 부리지 않았다. 잠시 뒤 그녀는 다른 계획이 떠올라 이렇게 말했다.

"옷 입는 대로 메리턴에 가야겠다. 네 이모에게 이 좋은 소식을 전해야지. 오는 길에 루카스 부인과 롱 부인 댁도 들르고. 키티, 내려가서 마차 좀 부르렴. 나는 바람을 좀 쐬야 해. 얘들아, 내가 메리턴에 가서 너희를 위해 해줄 일이 없겠니? 힐이 오는군. 힐, 소식 들었지? 글쎄, 우리 리디아가 결혼을 한다네. 파티 때 자네들한테도 펀치 한 잔씩 돌릴게."

힐 부인도 곧바로 축하 인사를 하기 시작했다. 엘리자베스는 다른 가족과 함께 듣고 있다가 이런 어리석은 행동에 염증을 느끼고 혼자 조용히 생각 좀 하려고 자기 방으로 가버렸다.

리디아가 여전히 불쌍한 처지에 놓여 있는 것은 사실이었지만 더 나빠질 일이 없어서 그나마 다행이었다. 엘리자베스는 그것만으로도 감사할 일이라고 생각했다. 동생의 앞날을 생각하면 정상적인 가정에서 행복을 누리거나 영화롭게 살 수는 없겠지만, 불과 2시간 전만 해도 무엇을 두려워했는지 생각해보면 그나마 이것도 분에 넘치는 일이었다.

8

베넷 씨는 그 나이가 되기 전에 자녀들과 아내가 자기보다 더 오래 살 경우를 대비해 매년 수입에서 일정 금액을 따로 떼어내 저축했더라면 좋았을걸 하는 생각을 자주 했다. 그리고 바로 지금 그렇게 했다면 얼마나 좋았을까 하는 생각에 무척 안타까웠다. 그랬더라면 지금 리디아가 외삼촌한테 폐를 끼치지 않아도 될 것이다. 돈만 있으면 명예든 신용이든 다 사줄 수 있으니 말이다. 그랬다면 대영제국에서 가장 형편없는 녀석을 설득해 사위로 삼고 나서 제대로 만족감을 누렸을지도 모른다.

그는 아무 가치도 없는 이런 일을 처남이 다 떠맡아 처리했다는 사실이 계속 마음에 걸렸다. 그래서 그가 얼마나 썼는지 알아내서 가능하면 빨리 빚을 갚아야겠다고 마음먹었다.

베넷 씨가 결혼했을 당시에는 당연히 아들을 낳을 거라고 예상했기 때문에 절약 같은 것을 생각할 필요도 없었다. 아들이 성인이 되어 한정상속이 해제되면 아내와 자식들이 그걸로 먹고살 테니 말이다. 그러나 아들은커녕 딸만 내리 다섯을 낳았다. 리디아를 낳은 후로도 수년 동안 베넷 부인은 아들을 낳을 수 있다고 믿었다. 그러나 결국 이런 희망은 수포로 돌아갔고, 그때는 이미 저축하기에 너무 늦은 뒤였다. 게다가 부인은 절약할 줄을 몰랐다. 남편의 자주적인 성격 덕분에 들어오는 돈보다 더 많이 쓰지 않는 게 다였다.

혼인계약서에는 5천 파운드를 부인과 자녀들에게 나눠주기로 되어 있었지만 각각의 비율은 전적으로 부모가 결정하기 나름이었다. 리디아의 문제로 결정할 것은 이것뿐이었으므로 베넷 씨는 망설이지 않고 제안을 받아들였다. 먼저 친절을 베풀어주어서 고맙다고 간단하게 쓰고, 모든 조치에 전적으로 동의한다는 것, 자기 대신 약속한 것들을 기꺼이 이행하겠다고 썼다. 베넷 씨는 위컴을 설득해 리디아와 결혼시키면서 자기 돈이 이 정도밖에 들지 않을 줄은 상상도 못 했다. 사실 리디아에게 매년 1백 파운드를 주더라도 1년에 줄어드는 수입은 고작 10파운드도 안 되었다. 왜냐하면 리디아에게 들어가는 식비나 용돈, 또 어머니를 통해 들어가는 돈을 합치면 그녀 밑으로 1년에 거의 그 정도는 들어갔기 때문이다.

또 한 가지 정말 잘됐다 싶은 것은 별 힘 들이지 않고 일이 해결되었다는 것이었다. 지금 그가 가장 원하는 것은 이 문제로 더 이상 성가신 일이 생기지 않았으면 하는 것이었다. 리디아를 찾아 나설 수밖에 없었을 때 머리끝까지 치솟았던 분노가 사그라지자, 그는 어느새 나태한 본래 모습으로 돌아갔다. 그는 곧바로 편지를 부쳤다. 일을 시작하기까지는 시간이 좀 걸렸지만 일단 시작하면 빨리 해치웠다. 편지에서 그는 처남에게 돈을 얼마나 썼는지 상세한 금액을 알려달라고 간곡하게 부탁했다. 하지만 화가 치밀어 리디아 얘기는 한마디도 쓰지 않았다.

기쁜 소식은 곧 온 집안에 퍼졌고 자연히 이웃에도 알려졌다. 이웃 사람들은 이 소식을 썩 달가워하지 않았다. 수다를 떨기에는 리디아가 창녀라도 되어 런던에 있다는 소식이 더 좋을 것이다. 아니면 임신을 해서 멀리 떨어진 어느 농가에 숨어 있다는 소식이라면 신나게 떠들어댔을 것이다. 그러나 리디아의 결혼에 말들이 많은 것도 사실이었다. 메리턴의 수다쟁이 부인들이 리디아가 사라졌을 때 잘살기를 바란다고 좋은 말들을 많이 했는데, 상황이 바뀐 지금도 여전히 그런 말들을 늘어놓았다. 그런 남자와 결혼해봤자 불행하기는 마찬가지라고 생각했던 것이다.

베넷 부인은 거의 보름 동안 아래층에 내려오지 않다가 이렇게 기쁜 날을 맞이해서 다시 팔팔하게 식탁의 상석을 차지했다. 그녀는 창피한 기색이라고는 없이 기세등등하게 만족스러운 표정을 지었다. 제인이 열여섯 살이 된 이후로 그녀가 가장 바라던 딸의 결혼이 드디어 이루어지게 된 것이다. 그녀의 머릿속은 온통 우아한 결혼식과 아름다운 모슬린 옷, 새 마차와 하인들로 가득 차 있었다. 그녀는 이웃을 통해 리디아가 살 만한 신혼집이 있는지 물색하기 바빴다. 두 사람의 수입이 얼마나 되는지도 모르면서 몇 군데를 둘러보면서 좁다느니 불편하겠다느니 하며 퇴짜를 놓았다.

"굴딩네가 이사를 간다면 헤이파크도 괜찮은데. 그렇잖으면 스토크에 있는 집도 거실만 좀 크면 쓸 만하겠어. 애시워스는 너무 멀어. 여기서 10마일 이상 떨어진 곳은 안 돼. 퍼비스 로지는 다락이 별로야."

베넷 씨는 하인들이 옆에 있을 때는 아내가 뭐라고 지껄이든 내버려두었다. 그러나 하인들이 물러가자 아내에게 말했다.

"여보, 그 애들에게 그런 집 하나를 얻어주든 아니면 다 얻어주든 그 전에 한 가지 분명히 짚고 넘어갈 게 있소. 나는 그 아이들을 이 근처 집에는 발도 못 들이게 할 거요. 그 애들이 더 이상 뻔뻔해지는 꼴은 못 보겠으니까."

이렇게 선언하는 바람에 두 사람은 한동안 말다툼을 했다. 그러나 베넷 씨는 끄떡도 하지 않았다. 게다가 베넷 부인은 남편이 딸아이 옷을 사는 데 돈을 한 푼도 주지 않겠다고 하자 기겁을 했다. 베넷 씨는 이 결혼을 맞아 리디아에게 그 어떤 애정 표시도 하지 않을 거라고 딱 잘라 말했다. 부인은 도무지 이해할 수 없었다. 남편이 얼마나 화가 났길래 결혼 때가 아니면 누릴 수 없는 특권을 주지 않겠다는 것인지 부인은 도저히 납득할 수 없었다. 더구나 그런 특권도 없다면 결혼을 했다고도 할 수 없는데 말이다. 그녀는 리디아가 결혼식도 올리지 않고 위컴과 도망가서 보름이나 동거했다는 것을 부끄러워하기보다 딸이 새 옷도 안 입고 결혼하게 된다면 체면이 말이 아닐 거라고 걱정했다.

엘리자베스는 이런 모습을 보고 너무 속상해서 다아시에게 리디아 때문에 집안에 우환이 생겼다고 말한 것을 뼈저리게 후회했다. 리디아의 도피 행각은 결혼으로 마무리되었으니 현장에서 직접 보지 못한 사람은 어떤 일이 벌어졌는지 모르게 할 수도 있었던 것이다.

그녀는 다아시가 이 소문을 퍼트릴 거라는 걱정은 하지 않았다. 그만큼 입이 무거운 사람도 없을뿐더러 동생의 잘못된 행실이 알려지면 누구보다 원망스러워할 사람도 그였다. 물론 그 일로 자신이 어떤 피해를 입을 거라는 걱정 때문은 아니었다. 두 사람 사이에는 건널 수 없는 심연이 가로놓여 있으니 말이다. 아무리 리디아가 명예롭게 결혼한다 해도, 마음에 들지 않는 것밖에 없는 데다 자신이 경멸할 수밖에 없는 사람을 가족으로 맞이하는 그런 집안과 다아시가 혼인을 맺을 리 없었다.

엘리자베스는 그가 그렇다고 해도 이상할 것 없다고 생각했다. 더비셔에서 그의 감정이 어떤지 알게 된 그녀로서는 이런 충격적인 일을 보고도 그가 여전히 자기의 사랑을 갈구하리라는 기대는 도저히 할 수 없었다. 그녀는 자신이 너무 보잘것없게 느껴졌다. 뭐가 그런지는 모르겠지만 아무튼 몹시 후회스러웠다. 그가 여전히 자신을 좋아했으면 싶었다. 더 이상 그런 것을 기대할 수 없는 지금 무척이나 그가 그리웠다. 이제 소식을 들을 수도 없고, 그를 만날 기회조차 거의 사라진 바로 지금, 그와 함께라면 행복할 수 있을 거라고 생각했다.

4개월 전만 해도 거만하게 그의 청혼을 거절하던 여자가 지금은 기쁘고 감사한 마음으로 받아들일 거라는 사실을 알면 그는 얼마나 의기양양할까 하는 생각을 그녀는 종종 했다. 누구보다 마음이 넓은 다아시도 사람인 이상 승리감을 느끼지 않을 수 없을 것이다.

그녀는 이제 성품이나 재능으로 보아 자신과 가장 잘 어울리는 사람이 바로 다아시라는 것을 깨달았다. 지식과 기질은 서로 다르지만 그녀가 바라는 것들을 모두 채워줄 것이다. 두 사람이 인연을 맺으면 틀림없이 둘 모두에게 유익할 것이다. 그녀의 여유 있고 쾌활한 성격으로 그의 마음이 부드러워질 것이고, 그의 판단력과 교양, 세상 경험과 식견으로 그녀는 중요한 것들을 많이 얻게 될 것이다.

그러나 이제 자신들을 우러러보는 사람들에게 결혼의 진정한 행복을 가르쳐줄 수 없게 되었다. 두 집안과 관련된 또 다른 결혼이 성사되면서 두 사람이 결혼할 가능성이 점점 희박해지고 있으니 말이다. 그녀는 위컴과 리디아가 다른 사람들에게 기대지 않고 자기들 힘으로 살아갈 수 있다고 생각할 수 없었다. 그러나 도덕심을 누르고 오직 감정 하나로 결합된 부부의 행복이 오래 지속될 수 없다는 것은 짐작하고도 남았다.

가드너 씨는 베넷 씨에게 다시 편지를 보냈다. 모든 가족이 점점 더 행복하기를 바란다며 고맙다는 매형의 인사에 간단히 답례했다.

그리고 이 문제는 두 번 다시 꺼내지 말라고 간곡하게 말했다. 이번 편지는 주로 위컴이 민병대를 떠난다는 내용이었다. 가드너 씨는 다음과 같이 덧붙였다.

저는 결혼이 결정되는 대로 그가 부대를 떠나기를 바라고 있었습니다. 그것이 그 자신이나 리디아에게도 바람직한 일이라고 생각합니다. 매형도 같은 생각일 거라고 믿습니다. 위컴 군은 정규군에 들어가고 싶어 하는데 옛 친구 중에 육군 쪽으로 기꺼이 도와주겠다고 나선 사람이 있나 봅니다. 그는 현재 북부에 주둔한 ○○ 장군의 연대에서 기수 직위를 얻을 예정입니다. 여기서 멀리 떨어진 곳이어서 더욱 좋습니다. 그가 기꺼이 약속하고 또 저도 바라는 것이기도 한데, 사람들 앞에서 체면 차리고 살기 위해서라도 두 사람 다 좀더 신중하게 행동할 것입니다. 포스터 소령에게도 편지를 보내 현재 상황을 알려주고, 브라이턴과 그 인근에 있는 위컴 군의 채권자들에게 제가 책임지고 곧 빚을 갚을 테니 걱정 말라는 말을 전해달라고 부탁했습니다. 이 청산 문제는 제가 서약을 했습니다. 그러니 매형께서도 번거롭겠지만 메리턴에 있는 위컴 군의 채권자들에게 그렇게 말씀해주시기 바랍니다. 채권자 명단은 위컴 군에게 알아보고 첨부하겠습니다. 위컴 군이 채무가 얼마나 되는지 알려주었는데, 적어도 이것만은 속이지 않았기를 바랍니다. 해거스턴 변호사가 우리를 도와주고 있는데 일주일이면 다 처리될 것입니다. 그다음 롱본에서 두 사람을 부르지 않는다면 바로 연대 있는 곳으로 갈 것입니다. 아내 말로는 리디아가 떠나기 전에 롱본의 가족을 몹시 보고 싶어 한답니다. 리디아는 건강하게 잘 있고, 매형과 누님께 안부를 전해달라고 합니다.

에드워드 가드너 올림

베넷 씨와 딸들은 가드너 씨와 마찬가지로 여러 가지 점에서 위컴이 브라이턴의 부대를 떠나는 것이 좋다고 생각했다. 그러나 베넷 부인은 탐탁지 않았다. 두 사람의 결혼을 자랑스러워하는 데다 하트퍼드셔에서 같이 살 계획을 접지 않았던 부인은 리디아가 북부로 떠날 거라는 말을 듣고 크게 실망했다. 게다가 좋아하는 사람들도 많고 모두 알고 지내는 부대를 떠나야 하는 리디아가 몹시 가여웠다. 부인은 이렇게 말했다.

"리디아가 포스터 부인을 얼마나 좋아하는데. 리디아가 떠나면 몹시 서운해할 거야. 또 걔가 엄청 좋아하는 청년들도 몇 있는데. 북부의 그 부대 장교들이 별로 재미없으면 어떡하니."

리디아가 북부로 출발하기 전에 집에 다녀가라고 하자는 딸들의 요청(요청이라고 하는 게 맞을 것이다)을 베넷 씨는 예상대로 단호하게 거절했다. 그러나 제인과 엘리자베스는 리디아의 기분도 그렇고 무엇보다 장래를 위해 부모님께 결혼한다고 인사는 해야 하지 않겠냐는 데 의견을 모으고 아버지를 설득했다. 두 사람이 결혼식을 올리는 대로 롱본에 불러들이는 게 낫다면서 합리적인 이유를 대며 부드럽게 간청하자 베넷 씨도 고개를 끄덕이며 원하는 대로 하라고 허락했다. 베넷 부인은 막 결혼한 딸이 북부로 쫓겨가기 전에 이웃 사람들에게 보여줄 수 있어서 매우 기뻤다. 베넷 씨는 두 사람이 롱본에 오는 것을 허락한다는 편지를 가드너 씨에게 보냈다. 그리하여 결혼식을 마치자마자 두 사람은 곧바로 롱본에 오기로 했다. 엘리자베스는 위컴이 롱본에 올 생각을 했다는 것 자체가 놀라웠다. 그녀의 감정대로 한다면 절대 위컴을 만나고 싶지 않았다.

9

드디어 리디아가 결혼하는 날이 되었다. 제인과 엘리자베스는 리디아보다 더 감회가 남달랐다. 마차가 두 사람을 데리러 떠났고, 그들은 저녁 식사 시간에 맞춰 오기로 했다. 제인과 엘리자베스는 그들이 온다고 하니 내심 두려웠다. 특히 제인은 자기가 그런 짓을 저질렀다면 당연히 품었을 감정을 리디아도 느낄 거라고 생각하고 얼마나 힘들까 하며 몹시 가여워했다.

마침내 두 사람이 도착했다. 온 가족이 거실에 모여 그들을 기다리고 있었다. 마차가 문 앞에 다다르자 베넷 부인이 환하게 웃었다. 베넷 씨는 감정을 내비치지 않고 그저 진지한 표정만 지었다. 딸들은 가슴이 조마조마했다.

현관에서 리디아의 목소리가 들렸다. 문이 홱 열리더니 리디아가 뛰어들어왔다. 베넷 부인은 몇 발짝 걸어가 그녀를 껴안고 더할 나위 없이 기뻐했다. 그리고 애정 어린 미소를 지으며 뒤따라 들어온 위컴에게 손을 내밀었다. 그녀는 두 사람이 행복하지 않을 거라고는 조금도 의심하지 않는 듯 대뜸 축하부터 했다.

그리고 두 사람은 베넷 씨를 향해 돌아섰다. 그는 그들을 반갑게 맞이하지 않았다. 그의 얼굴은 점점 굳어졌고 아무 말도 하지 않았다. 마치 아무 일도 없었다는 듯이 행동하는 두 사람을 보고 화가 났던 것이다. 엘리자베스도 기분이 좋지 않았고 제인은 충격을 받았다. 리디아는 예전 그대였다. 기분 내키는 대로 굴었고, 창피한 줄 몰랐으며, 조심성이나 분별도 없었고, 수다스럽고, 무서운 것도 없었다. 그녀는 언니들 앞으로 다가가서 축하해달라고 졸라댔다. 모두 자리에 앉자 방 안을 주의 깊게 둘러보더니 어디가 조금 변했다고 콕 집어내고는 활짝 웃으면서 정말 오랜만이라고 했다.

위컴도 리디아 못지않게 태연했다. 하지만 그는 늘 그렇듯 기분 좋게 사람을 대했다. 그가 올바른 성품을 가졌고 도리에 맞게 결혼했다면 가족들과 자연스럽게 어울리며 미소 짓고 부담 없이 얘기할 때 모두 즐거워했을 것이다. 하지만 엘리자베스도 그가 이렇게 뻔뻔한 사람인 줄은 상상도 못 했다. 그래서 가만히 앉아 뻔뻔한 인간은 끝도 없이 뻔뻔하다고 생각했다. 그녀는 물론 제인도 얼굴을 붉혔다. 그러나 정작 그들을 당황스럽게 만든 두 사람은 얼굴색 하나 변하지 않았다.

이야깃거리는 넘치고 또 넘쳤다. 신부와 그 어머니는 그렇게 말이 빠를 수가 없었다. 엘리자베스 가까이 앉은 위컴은 이웃 사람들의 안부를 물었다. 그녀는 그처럼 편하게 대답할 수 없었다. 리디아와 위컴의 머릿속에는 가장 행복한 기억만 들어 있는 것 같았다. 그들은 과거의 일이 조금도 괴롭지 않은 듯했다. 리디아는 제인과 엘리자베스가 절대 꺼내고 싶지 않은 이야기를 먼저 들췄다.

"집을 떠난 지 벌써 석 달이나 지났다는 게 믿어지지 않아. 보름밖에 안 된 것 같은데. 그런데 그동안 너무 많은 일이 있었지. 세상에! 떠날 때 결혼해서 집에 돌아오리라고는 꿈에도 생각 못 했어. 그러면 정말 재미있겠다는 생각은 했지만."

그때 베넷 씨가 눈을 치켜떴다. 그것을 보고 제인은 몹시 당황했고, 엘리자베스는 의미 있는 눈빛으로 얼른 리디아를 쏘아보았다. 그러나 리디아는 자기가 신경 쓰고 싶지 않은 것에는 전혀 관심을 두지 않는 성격이라 아무것도 눈치채지 못하고 쾌활하게 계속 지껄여댔다.

"아, 그리고 어머니, 이 동네 사람들이 제가 오늘 결혼한 걸 아나요? 모를까 봐 걱정했어요. 오는 길에 윌리엄 굴딩의 이륜마차를 앞질러가면서 결혼 사실을 알려주려고 그의 마차 옆으로 가서 창문을 내리고 장갑을 벗어 손을 창턱에 걸쳤어요. 반지를 보여주려고요. 그런 다음 인사하고 웃어줬어요."

엘리자베스는 더 이상 참을 수가 없어서 일어나 나가버렸다. 그러고는 모두 식당으로 가는 소리를 듣고 다시 돌아왔다. 그녀가 들어가자마자 리디아는 어머니 오른편에 앉아 제인에게 자랑하듯 말했다.

"제인 언니, 이제는 내가 언니 자리를 차지해야겠는걸. 이제 언니는 내 밑이야. 난 결혼했으니까."

리디아는 집에 도착했을 때부터 당황한 기색이라고는 없더니 시간이 지나도 바뀌지 않았다. 부끄러워하기는커녕 점점 더 스스럼없고 팔팔했다. 그녀는 필립스 부인과 루카스 가족을 비롯해 이웃 사람들을 보고 싶어 했다. 그들한테 '위컴 부인'이라는 호칭을 듣고 싶었던 것이다. 우선 식사를 마치자 그녀는 힐 부인과 하녀 둘에게 반지를 보여주며 결혼했다고 자랑했다.

모두 다시 거실로 돌아오자 리디아가 또 떠들었다.

"그런데 어머니는 제 남편을 어떻게 생각해요? 매력적이지 않아요? 언니들은 나를 무지무지 부러워할 거야. 내 반만이라도 운이 따르면 좋겠어. 그러니까 언니들도 브라이턴에 가야 해. 남편감을 얻기에 정말 좋은 곳이거든. 우리 모두 갔어야 했는데. 안 그래요, 어머니?"

"그렇고말고. 내 계획대로 모두 갔으면 좋았을걸. 그런데 리디아, 난 네가 떠나는 게 너무 싫구나. 꼭 가야 하는 거니?"

"아이, 가야죠. 뭐 어때요. 난 너무 좋아요. 어머니랑 아버지랑 언니들이랑 우리를 보러 와야 해요. 겨울 동안 계속 뉴캐슬에 머물 거예요. 아마 무도회도 많을 테니까 언니들한테 멋진 파트너를 많이 소개해줄게."

"그러면 정말 좋겠구나."

"어머니가 다녀가실 때 언니 한둘은 더 머물다 가세요. 겨울이 가기 전에 신랑감을 얻어줄 테니."

그러자 엘리자베스가 말했다.

"호의는 고맙다만 너처럼 남편을 얻고 싶지는 않구나."

두 사람은 이곳에 열흘도 채 머물지 않았다. 위컴이 런던을 떠나기 전에 이미 임명받았고, 보름 후에 부임해야 했다.

베넷 부인 말고는 그들이 짧게 머물다 가는 것을 서운하게 생각하는 사람이 없었다. 부인은 최대한 시간을 내서 리디아와 함께 이웃 사람들을 찾아가거나 집에서 모임을 가졌다. 모임은 가족 모두 좋아했다. 생각이 있는 사람들이라면 집안 식구만 있는 것보다 그게 훨씬 나았던 것이다.

위컴의 애정은 엘리자베스가 예상한 그대로였다. 리디아의 애정은 그에 비할 바 아니었다. 위컴이 사랑에 빠진 것이 아니라 리디아가 위컴을 사랑한 나머지 함께 도피 행각을 벌였다는 사실은 굳이 더 확인할 필요도 없었다. 위컴이 파산 지경에 처해 도망갈 수밖에 없었다는 사실을 몰랐다면, 어째서 그렇게 사랑하지도 않는 리디아와 함께 도망을 갔는지 의아했을 것이다. 그런 상황에서 함께 가겠다는 사람이 나섰는데 싫다고 할 위컴이 아니었다.

리디아는 위컴을 너무너무 좋아한 나머지 말끝마다 '내 사랑 위컴'이라고 말했다. 그녀에게 그는 누구와도 비교할 수 없는 사람이었다. 무엇이든 그가 세상에서 최고였다. 무슨 일이든 그보다 더 잘하는 사람이 없었다. 그래서 9월 1일 사냥이 시작되는 날, 그 지방에서 그가 새를 가장 많이 잡을 거라고 리디아는 확신했다.

그들이 도착한 지 얼마 지나지 않은 어느 날 아침, 제인과 엘리자베스와 함께 앉아 있던 리디아가 엘리자베스에게 말했다.

"리지 언니는 내 결혼식 얘기 못 들었지? 어머니랑 다른 식구들한테 얘기할 때 언니만 없었잖아. 궁금하지 않아?"

"아니, 전혀. 그 얘기는 가능한 듣고 싶지 않구나."

"어머! 언니는 정말 이해할 수 없어. 하지만 난 얘기해야겠어. 언니도 알다시피 우리는 세인트 클리먼트 교회에서 결혼식을 올렸어. 위컴 씨의 숙소가 그 지역에 있었거든. 우리는 11시까지 거기에 모이기로 했어. 외삼촌과 외숙모가 나하고 같이 가기로 했고, 다른 사람들은 교회에서 만나기로 했지. 그런데 토요일 아침이 되니까 가슴이 조마조마한 거 있지. 무슨 일이 일어나서 결혼식이 연기될까봐 걱정돼서 말이야. 그랬다면 아마 난 미쳐버렸을 거야. 외숙모는 내가 옷을 입고 있는데 옆에서 계속 설교를 늘어놓는 거야. 무슨 설교문이라도 읽는 줄 알았다니까. 하지만 내 귀에는 열 마디 중 한 마디도 들리지 않았어. 언니도 알잖아. 나는 내 사랑 위컴 씨 생각뿐이었거든. 그가 푸른 제복을 입고 결혼식을 올릴 건지 그게 너무너무 궁금해 죽겠더라고. 아무튼 우리는 평소처럼 10시에 아침을 먹었는데 식사가 영영 안 끝나는 줄 알았다니까. 언니들도 나중에 알게 되겠지만 거기 있는 동안 외삼촌하고 외숙모가 너무너무 마음에 안 들었어. 정말 말 그대로 보름 동안 문밖으로 한 발짝도 못 나갔다니까. 파티 한 번 없었고, 구경 한 번 안 나갔어. 런던이 비교적 조용하기는 했지만 소극장은 열려 있었거든. 그건 그렇고 결혼식 당일 마차가 문 앞에 도착했는데 글쎄 갑자기 외삼촌이 스톤(변호사 해거스턴을 말한다.—옮긴이)인가 뭔가 하는 그 지긋지긋한 사람하고 볼일이 있다는 거야. 두 사람 얘기는 끝날 줄을 모르고, 나는 조바심이 나서 어쩔 줄을 몰랐다니까. 식장에서 외삼촌이 나를 위컴 씨한테 넘겨주기로 하셨는데 말이야. 정해진 시간에 못 가면 그날은 결혼을 못하는 거였어. 다행히 외삼촌이 10분 뒤에 돌아오셔서 모두 함께 출발했지만. 그런데 나중에 보니 외삼촌이 못 가게 되었더라도 결혼식을 연기할 필요가 없었겠더라고. 다아시 씨가 있었으니 말이야."

"다아시 씨?"

엘리자베스가 깜짝 놀라서 소리쳤다.

"응. 그분도 위컴 씨하고 같이 오기로 했거든. 아 참, 내가 무슨 말을 한 거야. 깜박했네. 그 얘기는 절대 안 하기로 약속했는데. 위컴 씨가 뭐라고 하면 어쩌지? 정말 비밀이었는데."

"비밀이라면 더 이상 말하지 마. 나도 묻지 않을 테니까."

제인이 대꾸했다. 엘리자베스도 너무 놀라고 궁금해서 얼굴이 화끈거릴 지경이었지만 이렇게 말했다.

"그래, 그래야지. 물어보지 않을게."

"고마워. 언니들이 물어보면 난 다 불어버리고 말 거야. 그러면 위컴 씨가 몹시 화내겠지."

이 말이 오히려 궁금증을 더욱 부추겼다. 엘리자베스는 물어보지 않고 배길 수가 없을 것 같아 차라리 그 자리를 떠나버렸다.

그러나 엘리자베스는 그 일을 모른 척 그냥 넘어갈 수 없었다. 그보다는 알아보려고 하지 않을 수 없었다. 다아시가 리디아의 결혼식에 왔었다니! 자기와는 아무 상관도 없고 가고 싶지도 않은 곳에 가서 사람들과 함께 어울렸다니! 그것이 어떤 의미인지 온갖 추측들이 빠르게 머릿속을 스쳤지만 만족할 만한 것이 떠오르지 않았다. 그의 고결한 인격 탓으로 돌리는 게 가장 마음에 들었지만 이것이야말로 가장 허황된 추측 같았다. 그녀는 마음 졸이고 있을 수만은 없어서 급히 편지지 한 장을 꺼내 외숙모에게 짤막한 편지를 썼다. 비밀을 지키기로 했다니 더 많은 것을 묻지 않고 리디아가 말한 부분만 설명해달라고 했다. 그리고 이렇게 덧붙였다.

외숙모께서는 우리와 아무 상관도 없는 사람이, 굳이 말하자면 우리 집안과는 아무 관계 없는 사람이 어떻게 그때 그 자리에 오게 되었는지 제가 얼마나 궁금해할지 잘 아실 거예요. 부디 빨리 답장 보내주세요. 도대체 무슨 일인지 알려주세요. 리디아도 그랬지만 정말 비밀로 해야 할 일이라면 저도 그냥 모르는 채 지내야겠지만요.

"아니, 그럴 수 없어요. 외숙모께서 위신이 깎일까 봐 아무 말도 안 해준다면 저는 무슨 계략을 써서라도 알아내고 말 거예요."

편지를 다 쓰고 나서 엘리자베스는 혼잣말을 중얼거렸다.

품위를 지킬 줄 아는 제인은 리디아가 생각 없이 흘린 말을 엘리자베스에게 굳이 꺼내지 않았다. 그녀는 그래서 좋았다. 답장을 받고 정확한 상황을 알기 전에는 비밀 얘기를 하지 않는 게 나았다.

10

엘리자베스는 기대했던 만큼 빠른 회답을 받았다. 편지를 받자마자 그녀는 방해하는 사람이 없는 작은 숲으로 달려갔다. 그리고 벤치에 앉아 행복감에 젖을 준비를 했다. 편지가 두꺼운 것으로 보아 외숙모가 사실대로 털어놓은 게 확실했던 것이다.

그레이스처치 가에서

9월 6일

사랑하는 일라이자

방금 네 편지를 받았단다. 답장을 다 쓰려면 아마 오전 내내 꼬박 걸릴 거야. 몇 줄로는 다 못 쓸 테니까. 네가 그걸 물어볼 줄은 몰랐던 터라 솔직히 꽤 놀랐단다. 그렇다고 화가 난 건 아니니 걱정하지 말거라. 네가 그것을 물어볼 필요가 없을 거라고 생각했다는 뜻이니까. 무슨 말인지 이해할 수 없다면, 내가 괜한 생각을 한 것이니 용서하렴. 네 외삼촌도 나 못지않게 놀랐단다. 당연히 네가 이 일에 간여하고 있다고 생각했으니 말이야. 하지만 네가 정말 그 일을 모르고 있었다면 내가 명확하게 얘기해주어야겠구나.

내가 롱본에서 집으로 돌아온 그날, 뜻밖의 손님이 네 외삼촌을 찾아왔단다. 바로 다아시 씨였어. 그는 네 외삼촌과 단둘이 몇 시간 동안 얘기를 나눴지. 내가 도착하기 전에 모든 얘기가 끝났기 때문에 너처럼 호기심에 괴로울 정도로 애가 타지는 않았지. 다아시 씨는 네 외삼촌한테 자신이 리디아와 위컴 씨가 있는 곳을 알아냈을 뿐만 아니라 두 사람을 만나보았고, 리디아와는 한 번, 위컴 씨와 여러 번 이야기를 나눴다고 했단다. 내가 듣기로 다아시 씨는 우리가 더비셔를 떠난 바로 다음 날, 두 사람을 찾으러 런던에 왔다더구나. 위컴 씨가 형편없는 인간이라는 것을 다른 사람들에게 알렸다면 양갓집 아가씨가 그런 사람을 사랑하거나 믿는 그런 일은 일어나지 않았을 거라고 하면서 다 자기 탓인 것 같아 그랬다는구나. 그는 겸손하게도 모든 것이 다 자기의 자존심 때문이라며 지금까지 위컴 씨의 사적인 행동을 폭로하는 것은 체통 없는 짓이라고 여겼다는 거야. 위컴 씨의 못된 성품이 자연스럽게 드러날 줄 알았다는 거지. 그래서 자기 때문에 좋지 않은 일이 일어났으니 마땅히 자기가 나서서 바로잡아야 한다고 생각했대. 또 다른 이유가 있다 해도 결코 그의 체면이 깎일 만한 것은 아닐 거라고 나는 믿는다. 다아시 씨는 런던에 도착하고 며칠 뒤에 두 사람을 찾았대. 어디로 갔는지 알아낼 어떤 실마리가 있었나 보더라. 그것을 알고 있었기 때문에 우리를 뒤쫓아 런던으로 올 결심을 했다는 거야.

예전에 영 부인이라는 여자가 다아시 양의 가정교사로 있었나 봐. 그녀가 무슨 일인지는 모르겠지만 아무튼 안 좋은 일로 해고되고 나서 에드워드 가에 큰 집을 마련해 하숙을 치면서 생활했대. 다아시 씨는 그녀가 위컴 씨와 친하다는 것을 알고 있었기 때문에 런던에 도착하자마자 그녀를 찾아가 그의 소식을 알아보았대. 계속 말 안 하다가 2, 3일 지나서 원하는 정보를 주더라는데, 내 생각에 아무래도 돈을 주고 설득한 모양이야. 결국 그녀는 두 사람이 어디에 있는지 알고 있었으니 말이야. 위컴 씨는 런던에 도착하자마자 곧바로 그 여자를 찾아갔대. 그녀의 집에 남는 방이 있었다면 두 사람은 아마 거기 머물렀을 거야. 어쨌든 우리 친절한 다아시 씨는 두 사람이 머물고 있는 ○○ 가의 주소를 알아냈어. 그는 먼저 위컴 씨를 만난 다음 리디아를 만나게 해달라고 했대. 리디아를 만나 떳떳하지 못한 이런 짓은 그만 접고 가족들 품으로 돌아가라고 설득할 작정이었다는 거야. 가족들이 기꺼이 받아주도록 자기가 도와줄 테니 그렇게 하라고 말이야. 그런데 리디아는 그곳에서 계속 살기로 결심했다고 하더래. 리디아는 가족도 필요 없고 다아시 씨의 도움도 바라지 않더래. 더구나 위컴 씨를 떠나라는 말은 귓등으로도 듣지 않더라는 거야. 그 애는 반드시 위컴 씨하고 결혼할 거라고 하더래. 언제 할지는 뭐가 중요하냐면서 말이야. 그래서 다아시 씨는 리디아의 감정이 그런 마당에 서둘러 결혼하는 수밖에 없다고 생각했대. 그는 위컴 씨를 만났을 때 이미 그가 결혼할 생각이 조금도 없다는 것을 알았다는구나. 위컴 씨는 빚쟁이들한테 시달리다 못해 할 수 없이 부대를 떠났다는 거야. 게다가 리디아가 도망쳐서 이런 일이 생긴 것은 순전히 어리석은 그 애 탓이라고 했대. 위컴 씨는 장교직도 당장 그만둘 거라고 하면서도 앞으로 어떻게 해야 할지 아무런 계획도 없다고 하더래. 어디든 가긴 가야 하는데 어디로 갈지도 모르겠고 먹고살 방법이 없다는 것도 잘 알고 있더래.

다아시 씨는 위컴 씨에게 왜 리디아와 결혼하지 않느냐고 물었대. 베넷 씨가 부자는 아니지만 뭐라도 해줄 것이고, 결혼하면 상황이 나아질 거라고 하면서 말이야. 하지만 그의 대답을 듣고 그 사람의 진짜 의중을 알았대. 위컴 씨는 다른 지방에 가서 결혼으로 한몫 챙길 생각이었던 거지. 아직도 그런 희망을 버리지 않았던 거야. 그러나 워낙 위급한 상황이라서 위컴 씨도 당장 위기에서 벗어날 수 있도록 도와주겠다는 말에 넘어가지 않을 수 없었나 봐. 두 사람은 여러 번 만났대. 처음에 위컴 씨가 지나치게 많은 것을 원했나 봐. 하지만 결국 적절한 선에서 타협한 모양이야. 두 사람 일이 정해지자 다아시 씨는 그 사실을 네 외삼촌한테 알려주려고 찾아온 거야. 그가 그레이스처치 가에 처음 들른 것은 내가 집에 오기 전날 저녁이었어. 그러나 그날은 네 외삼촌을 만나지 못했대. 너희 아버지께서 아직 우리 집에 계시고 다음 날 아침에 떠나신다는 것을 알게 된 모양이야. 그는 이 일을 의논하기에는 너희 아버지보다 네 외삼촌이 더 낫다고 판단했지. 그래서 네 외삼촌을 만나는 일은 네 아버지가 떠나신 뒤로 미루기로 했대. 이름도 남기지 않아서 사업상 누가 찾아왔었다고 들었을 뿐 누구인지는 다음 날까지 몰랐대.

다아시 씨는 토요일에 다시 왔단다. 네 아버지께서 떠나시고 네 외삼촌은 집에 있었어. 처음에 적은 대로 두 사람은 오랫동안 이야기를 나눴단다. 두 사람이 일요일에 다시 만났을 때는 나도 다아시 씨를 보았지. 그리고 월요일에 모든 게 결정되고 나서 바로 롱본에 속달을 보낸 거야. 다아시 씨는 몹시 고집이 세더구나. 성격적 결함이라는 생각이 들 정도로 말이다. 이런저런 이유로 비난을 받아왔지만, 고집 센 성격이야말로 진짜 단점이더구나. 자기 도움 없이는 안 된다는 식으로 계속 고집을 피웠단다. 하지만 나는 다아시 씨가 도와주지 않았더라도 네 외삼촌이 모든 일을 알아서 잘 해결했을 거라고 믿는다(너희한테 고맙다는 말을 들으려고 하는 말이 아니니 신경 쓰지 마라).

두 사람 사이에 한동안 의견 다툼이 있었단다. 일을 저지른 두 사람한테는 분에 넘치는 일이지만 말이다. 그러나 결국 네 외삼촌이 양보할 수밖에 없었어. 그래서 외삼촌은 실제로 리디아를 위해 아무것도 하지 않았는데 마치 다 한 것처럼 명예만 갖게 되었단다. 네 외삼촌은 자기 성격상 받아들이기 힘든 일인 만큼 많이 속상해했단다. 그래서 오늘 아침 네 편지를 보고 너희 외삼촌이 기뻐했으리라 믿는다. 덕분에 자신이 하지도 않은 일로 더 이상 생색낼 필요도 없고 마땅히 칭찬 받아야 할 사람이 따로 있다고 말할 수 있으니 말이다. 리지, 이 일은 너만 알고 있거라. 제인은 어쩔 수 없지만 나머지는 안 된다.

다아시 씨가 위컴 씨를 어떻게 도와줬는지 너도 잘 알고 있겠지. 내 생각에는 1천 파운드가 넘는 빚을 갚아주었고, 리디아가 집에서 물려받는 재산에다 1천 파운드를 더 보태주고, 장교직도 돈을 주고 산 모양이다. 다아시 씨가 이 일을 혼자 책임지고 떠맡은 이유는 내가 앞에서 말한 것과 같단다. 위컴 씨가 지금처럼 사람들과 어울리면서 좋은 사람이라고 인정받게 된 것은 그의 본성을 다른 사람들이 잘 모르기 때문인데 그게 다 자기 책임이라는 거야. 자기가 진실을 말하지 않은 잘못이 크다는 거지. 틀린 말도 아닌 것 같다. 하지만 그나 아니면 다른 누군가가 그런 말을 하지 않았다고 해서 책임져야 할 문제인지는 잘 모르겠다. 정말 훌륭한 사람이야. 그러나 이 사건이 다아시 씨와 또 다른 이해관계가 있다고 생각하지 않았다면 네 외삼촌은 결코 양보하지 않았을 거다. 믿어도 좋아.

모든 일이 결정되자 다아시 씨는 친구들이 아직도 머물고 있는 펨벌리로 돌아갔단다. 결혼식에 다시 와서 모든 돈 문제를 완전히 정리하기로 합의했던 거야.

이 정도면 내가 할 이야기는 다 한 것 같구나. 기분 상하지 않았기를 바란다. 리디아가 우리 집에 와 있을 때 위컴 씨한테도 매일 와도 좋다고 말했단다. 위컴 씨는 내가 하트퍼드셔에서 본 그대로더구나.

하나도 달라진 게 없었어. 사실 리디아가 우리 집에 있을 때 얼마나 마음에 안 들었는지 얘기 안 하려고 했단다. 하지만 제인의 편지를 받고 얘기하고 말고 할 것도 없겠다는 생각이 들었단다. 집에 가서도 마찬가지였다고 하니 말이다. 나는 몇 번이나 진지하게 그 아이가 얼마나 큰 잘못을 저질렀고, 가족들한테 얼마나 불행한 일인지 이야기했단다. 하지만 리디아는 내 말을 귓등으로도 듣지 않더구나. 듣기라도 하면 그나마 다행이지. 정말 어떤 때는 너무 화가 나서 어떻게 해야 할지 모르겠더구나. 그때마다 우리 귀여운 엘리자베스와 제인을 생각해서 참았지만 말이다.

다아시 씨는 어김없이 와서 리디아가 너에게 말한 대로 결혼식에 참석했지. 다음 날 우리와 같이 저녁 식사를 했고, 수요일이나 목요일쯤 런던을 떠났어. 리지, 지금 내가 다아시 씨를 얼마나 좋아하는지(전에는 이런 말을 할 생각도 못 했지만) 말하면 나한테 화낼 거니? 더비셔에서 그랬던 것처럼 그는 우리를 정말 친절하게 대해주었단다. 그의 소신 있고 분별 있는 모습이 다 마음에 든단다. 한 가지 바라는 게 있다면 조금 더 쾌활했으면 하는 것뿐이야. 그런 건 아내를 잘 얻으면 그 아내가 충분히 가르쳐줄 수 있을 거야. 다아시 씨는 꽤 능청스럽더구나. 네 이름은 한 번도 꺼내지 않았으니 말이다. 요즘은 능청스럽게 구는 게 유행인가 보다. 내가 너무 나섰다면 용서해다오. 용서 못 하더라도 나를 P(펨벌리를 지칭—옮긴이)에서 쫓아내지는 말아줘. 그 장원을 하나도 빠짐없이 다 구경하기 전까지는 완전한 행복을 느끼지 못할 것 같으니까. 예쁜 조랑말 한 쌍이 끄는 낮은 사륜마차가 딱일 텐데.

이제 그만 써야겠다. 30분 전부터 아이들이 계속 찾는구나.

외숙모

편지를 다 읽고 엘리자베스는 마음이 들뜨고 두근거렸다. 그녀의 가슴속에 자리 잡고 있는 것이 즐거움인지 혹은 괴로움인지 알 수가 없었다. 그녀는 편지를 받기 전까지 다아시가 리디아의 결혼을 성사하려고 어떤 일을 했을 거라는 의심이 어렴풋하게 들어서 불안했다. 그리고 너무 과분한 친절이라서 차마 그렇게 생각하지 못하면서도 그에게 폐를 끼치지나 않았나 하고 두려웠다. 그런데 그 모든 의구심이 사실로 드러나고 말았다. 다아시는 그들을 찾으러 런던에 갔고 모멸감을 참으면서 그 일을 해결하려고 온갖 애를 썼던 것이다. 그는 자신이 증오하고 경멸하는 여자에게 부탁했고, 만나고 싶지 않을뿐더러 이름을 입에 올리기조차 고통스러웠던 남자를 계속 만나 그의 상황을 알아보고 설득하는 것도 모자라 그의 마음을 돌려놓으려고 돈까지 썼다. 그것도 좋아하지도 않고 존중할 가치도 없는 여자를 위해서 말이다.

엘리자베스의 마음은 그가 자기를 위해 그 모든 일을 한 것이라고 속삭이고 있었다. 그러나 다른 생각이 떠오른 순간 그런 기대는 곧 좌절되고 말았다. 그녀가 아무리 허황된 기대를 품고 있다 하더라도 자신의 청혼을 거절했던 여자를 사랑한다는 것 하나만으로 그가 혐오감을 극복할 수 없다는 생각이 들었던 것이다. 위컴과 친척이 된다는 사실이 몸서리칠 정도로 싫을 테니 말이다. 다아시의 자존심으로는 도저히 받아들일 수 없을 것이다. 그는 굉장히 큰일을 해냈다. 그것을 생각하면 엘리자베스는 낯이 뜨거웠다. 그러나 그는 자신이 나설 수밖에 없는 이유를 말해주었고 그것을 못 믿을 이유도 없었다. 다 자기 탓이라고 느끼는 것은 그만큼 도리를 알고 너그럽기 때문이었다. 게다가 너그러움을 베풀 만한 수단과 능력이 있었다. 그녀는 그가 자기 때문에 그런 일을 했다고 주장하고 싶지는 않았다. 그러나 자신에 대한 미련이 마음의 갈등을 일으키는 이 일을 하는 데 조금이나마 영향을 미쳤을지도 모른다고 생각하고 싶었다. 그러나 신세를 지고도 보답할 수 없는 것만큼 괴로운 일도 없었다. 그 덕분에 동생이 돌아왔고 명예를 회복했다. 그녀는 그에 대해 좋지 않은 감정을 품었던 것이나 주제넘게 험한 말을 내뱉었던 것을 마음 깊이 뉘우쳤다. 그녀의 자만심은 한풀 꺾였지만 동정을 베풀고 명예를 지키기 위해 개인적인 감정을 극복한 그가 자랑스러웠다. 그녀는 외숙모가 그를 칭찬한 대목을 몇 번이고 읽었다. 턱없이 부족한 칭찬이었지만 그래도 기쁘고 뿌듯했다. 그녀는 외삼촌과 외숙모가 그와 자기가 애정과 신뢰를 이어가고 있다고 믿는 것을 알고 안타까워하면서도 한편으로는 좋았다.

이런 생각에 잠겨 있던 엘리자베스는 누군가 다가오는 기척에 놀라 자리에서 일어났다. 그녀가 미처 다른 길로 들어서기 전에 위컴이 다가와 함께 걸으며 말했다.

"혼자 산책하시는데 방해가 되었나 보군요?"

"그런 것 같네요. 하지만 계속 혼자 있겠다는 뜻은 아니에요."

엘리자베스가 웃으면서 대답했다.

"방해했다면 정말 죄송합니다. 우리는 좋은 친구였는데 이제 더 가까운 사이가 되었네요."

"그렇군요. 다른 사람들도 나오나요?"

"모르겠습니다. 장모님하고 아내는 마차로 메리턴에 갈 거라더군 요. 저⋯⋯, 외삼촌 내외분께 들으니 펨벌리에 가보셨다고요?"

그녀가 그렇다고 대답했다.

"부럽군요. 하지만 저는 가볼 엄두가 나지 않네요. 그렇잖으면 뉴캐슬에 가는 길에 잠시 들러 즐기다 갈 텐데 말입니다. 하녀장도 보셨겠군요. 불쌍한 레이놀즈 부인, 항상 저한테 잘해주셨죠. 하지만 그분이 제 얘기를 하지는 않았겠죠?"

"아뇨, 얘기하던데요."

"그래요? 뭐라고 하던가요?"

"위컴 씨가 입대했다고요. 그런데 잘 지내는 것 같지 않다고 염려하더군요. 하지만 그 정도 떨어진 거리에서는 가끔 터무니없는 소문이 돌게 마련이죠."

"그렇기는 하죠."

위컴은 입술을 지그시 깨물면서 대답했다. 그녀는 이제 위컴이 입을 다물겠거니 했다. 그런데 곧바로 다시 말했다.

"지난달 런던에서 다아시 씨를 만나고 깜짝 놀랐습니다. 몇 번 서로 스쳤는데 런던에서 뭘 하는지 모르겠어요."

"드 버그 양과 결혼할 준비를 하는지도 모르죠. 요즘 같은 때에 런던에 간 걸 보면 무슨 특별한 일이 있는 것 아니겠어요?"

"그렇겠죠. 램턴에 가셨을 때 그를 만나셨나요? 외삼촌 내외분께 들으니 그랬다던데."

"네, 만났어요. 동생도 소개해주더군요."

"그녀가 마음에 들던가요?"

"네, 무척 마음에 들더군요."

"최근 1, 2년 사이에 많이 나아졌다더군요. 제가 마지막으로 봤을 때만 해도 기대하기 힘들었는데 말입니다. 아무튼 마음에 드셨다니 다행이군요. 저도 그녀가 잘되기를 바랍니다."

"잘될 것 같아요. 가장 방황하는 나이가 지났으니까요."

"킴프턴이라는 마을을 지나가셨나요?"

"그런 기억이 없는데요."

"제가 살았어야 했던 곳이죠. 정말 아름다운 곳이에요. 멋진 목사관도 있고요. 어느 모로 보나 저한테 꼭 맞는 곳이었죠."

"설교를 좋아했을까요?"

"물론입니다. 무척 좋아했을 거예요. 제 의무라고 여기고 어렵지 않게 해나갔을 겁니다. 불만을 토로하는 게 아닙니다. 그저 저한테 꼭 맞는 곳이라는 얘기입니다. 얽매이는 것 없이 조용하고 한가롭게 살아가는 데서 행복을 느끼는 저한테는 만족스러운 곳이죠. 하지만 일이 잘 안 되었죠. 켄트에 계실 때 다아시 씨가 그런 얘기를 하던가요?"

"신뢰할 만한 사람한테 들었어요. 목사직은 조건부로 주는 것이었고, 누구에게 줄지는 현재 후원자의 의사에 달린 것이었다고요."

"들으셨군요. 그렇기도 하죠. 기억하실지 모르겠지만 처음에 제가 그렇게 말씀드렸죠."

"그분이 이런 말도 하시더군요. 그때는 방금 말씀하신 것처럼 설교가 썩 적성에 맞지 않았다고요. 그러더니 성직에 임하지 않겠다는 결심을 피력하셔서 적절히 잘 정리되었다고요."

"그래요? 전혀 근거 없는 말도 아닙니다. 우리가 처음 그 얘기를 했을 때도 제가 그런 얘기를 했는데 기억하시는지 모르겠네요."

어느새 두 사람은 집 문 앞에 이르렀다. 그녀는 그와 함께 있고 싶지 않아서 빨리 걸었던 것이다. 그녀는 동생을 생각해서라도 위컴을 자극하고 싶지 않아서 애써 부드러운 미소를 머금고 말했다.

"위컴 씨, 당신도 알다시피 우리는 이제 한 가족이에요. 그러니까 지나간 일로 얼굴 붉히지 않기로 해요. 앞으로는 한마음으로 잘 지내기를 바랄게요."

그녀가 손을 내밀었다. 그는 그녀와 시선을 제대로 마주치지 못했다. 그러나 곧 정중한 태도로 그녀의 손에 부드럽게 입을 맞췄다.

두 사람은 집으로 들어갔다.

11

위컴은 엘리자베스와 대화를 나누고 흡족했는지 두 번 다시 그 얘기를 꺼내지 않았다. 그리하여 스스로 난처한 입장에 놓인다거나 처형의 신경을 건드리는 일도 없었다. 엘리자베스도 위컴이 그쯤에서 입을 다물자 만족했다.

위컴과 리디아가 떠날 날도 얼마 남지 않았다. 베넷 부인은 온 가족이 다 같이 뉴캐슬에 가자고 제안했으나 남편은 아무 대꾸도 하지 않았다. 결국 족히 열두 달은 헤어져 있어야 한다는 사실을 받아들였다.

"리디아, 우리 언제 또 만나겠니?"

"아이, 저도 몰라요. 아마 2, 3년은 못 만날 것 같아요."

"편지 자주 해야 한다. 알았지?"

"네, 자주 할게요. 하지만 결혼한 부인은 편지 쓸 시간이 그리 많지 않다는 것쯤 어머니도 잘 아시죠? 언니들은 별로 할 일이 없을 테니 자주 편지 보내줘."

위컴이 리디아보다 훨씬 더 살갑게 작별 인사를 했다. 미소를 띠는 그는 멋있었으며 기분 좋은 말들을 쏟아냈다.

그들이 출발하자마자 베넷 씨가 말했다.

"내 생전에 저렇게 멋진 인간은 처음 본다. 넉살 좋고 느물거리고, 아무한테나 곰살궂으니. 어찌나 자랑스러운지 말이야. 윌리엄 루카스 경도 위컴보다 더 잘난 사위는 못 얻을 거다."

베넷 부인은 딸이 떠나고 며칠 동안 무척 우울하게 지냈다.

"같이 살던 사람하고 헤어지는 것처럼 슬픈 일도 없다는 생각이 드는구나. 사랑하는 리디아가 없으니 너무 쓸쓸하구나."

부인의 말에 엘리자베스가 말했다.

"딸을 시집보내는 게 다 그렇죠, 뭐. 그래도 아직 넷이나 남았으니 그나마 덜하잖아요."

"결혼했다고 그러는 게 아니야. 리디아가 결혼해서 그런 게 아니라 남편 부대가 너무 먼 곳에 있어서 그런 거지. 부대가 좀 가까운 곳에 있었다면 그렇게 빨리 가지 않아도 되었을 텐데."

그러나 베넷 부인은 얼마 지나지 않아 우울한 기분을 떨칠 수 있었다. 새로운 소식이 들려와 다시 희망에 차올랐던 것이다. 바로 네더필드의 가정부가 주인 맞을 준비를 하고 있다는 것이었다. 빙리가 하루 이틀 내로 도착하는데 몇 주일 머물면서 사냥할 거라고 했다. 이 소식을 들은 부인은 제인을 바라보며 웃다가 머리를 흔들었다가 하며 가만히 있지를 못했다.

베넷 부인은 이 소식을 처음 가져온 필립스 부인에게 말했다.

"뭐? 빙리 씨가 네더필드에 온다고? 잘됐네. 좋은 일이야. 나랑 별 상관 없는 일이지만 말이야. 그 사람하고 아무 관계도 없으니까.

게다가 그 사람을 보고 싶은 것도 아니고. 하지만 자기가 오고 싶어서 오는 건데 내가 뭐라고 할 수 있나. 그리고 무슨 일이 있을지 누가 알겠어? 그러나 그것도 우리하고 상관없는 일이지. 우리는 이미 예전부터 그 얘기를 꺼내지 않기로 했거든. 자네도 알지? 그런데 진짜 오는 거야?"

필립스 부인이 대답했다.

"그럼요, 틀림없어요. 니콜스 부인이 어젯밤에 메리턴을 지나가길래 나가서 직접 물어봤다니까요. 네더필드에 오는 게 맞대요. 아마 수요일이나, 늦어도 목요일에는 도착할 거래요. 자기는 수요일에 올 것 같대요. 그래서 그날에 맞춰 고기를 주문하려고 푸줏간에 가는 길이랬어요. 그리고 마침 오리도 적당한 게 있어서 여섯 마리 주문했대요."

제인은 빙리가 온다는 말을 듣고 얼굴을 붉혔다. 수개월 동안 엘리자베스 앞에서 빙리의 이름을 꺼내지 않던 그녀가 단둘이 있을 때 말했다.

"이모가 소식을 전해줄 때 나를 유심히 보더구나. 편해 보이지 않았을 거야. 그렇게 보였다는 거 나도 알아. 하지만 어리석은 생각을 하고 있다고 여기지는 말렴. 사람들이 나를 눈여겨보는 것 같아서 잠시 당황했을 뿐이야. 난 정말 기쁘지도 않고 괴롭지도 않아. 혼자 온다니 그건 반가운 일이야. 그만큼 부딪힐 일이 없을 테니 말이야. 내 마음이 아니라 다른 사람들 입에 오르내릴까 봐 그게 두려운 것뿐이야."

엘리자베스는 이 사실을 어떻게 받아들여야 할지 몰랐다. 더비셔에서 그를 만나지 않았다면 알려진 대로 사냥을 하러 오는 것이라고 생각했을지 모른다. 그러나 그녀가 보기에 빙리는 아직도 제인을 사랑하고 있는 듯했다. 그래서 그가 오는 것을 친구가 허락했는지, 아니면 허락 없이 혼자 용기를 내서 오는 것인지 알 수 없었다. 그녀는 가끔 이런 생각을 했다.

'합법적으로 임대한 자기 집에 온다는데 아무 근거도 없이 별의별 추측을 다 하다니 너무하는 거 아냐! 나라도 가만히 있어야지.'

빙리가 온다고 한 날이 다가올수록 제인은 평소 같지 않게 불안해 보였다. 그녀는 자신이 아무렇지도 않다고 믿었고 동생한테도 그렇게 말했다. 하지만 엘리자베스는 언니의 마음이 흔들리고 있음을 쉽게 알 수 있었다.

1년 전쯤 베넷 씨와 베넷 부인 사이에 뜨거운 논쟁을 불러일으켰던 주제가 다시금 떠올랐다.

베넷 부인이 말했다.

"여보, 빙리 씨가 오는 대로 방문하시겠죠?"

"아니! 가지 않을 거요. 작년에도 억지로 가보라고 하면서 내가 찾아가기만 하면 그가 우리 딸 중 하나랑 결혼할 거라고 큰소리치지 않았소. 하지만 헛짓만 한 셈이었지. 그런 어리석은 짓은 다시는 안 할 거요."

베넷 부인은 빙리가 네더필드에 오면 이웃 남자들이 방문해 인사하는 것이 예의 아니겠냐고 주장했다.

"그런 겉치레가 바로 웃긴다는 거요. 사귀고 싶으면 그 사람더러 찾아오라고 해요. 그도 우리 집을 알지 않소? 떠났다가 돌아온 이웃을 찾아가는 데 내 시간을 빼앗기고 싶지 않으니까."

"어쨌든 분명한 건 당신이 그를 찾아가지 않는 것은 큰 실례라는 거예요. 하지만 그렇더라도 식사 초대는 할 거예요. 그러기로 했거든요. 롱 부인이랑 굴딩 씨 부부도 부를 거예요. 그러면 우리를 합해서 13명이니까 빙리 씨만 오면 자리가 딱 맞네요."

베넷 부인은 이웃의 모든 사람들이 자기들보다 먼저 빙리를 만날거라고 생각하면 분했다. 그러나 그를 초대하겠다는 결심으로 위안을 얻으니 남편의 무례한 처사를 참을 만했다. 그가 도착할 날이 다가오자 제인이 엘리자베스에게 말했다.

"이제는 그가 온다고 하니 기분이 안 좋아. 별일도 아니니 아무렇지도 않게 그분을 대할 수 있어. 하지만 어머니가 그 사람 얘기를 하는 건 차마 못 듣겠어. 별 뜻 없이 하시는 말씀이겠지만 그 말을 들으면 내가 얼마나 괴로운지 모르실 거야. 어머니뿐만 아니라 아무도 모르겠지. 차라리 빙리 씨가 영영 네더필드를 떠나면 좋겠어."

"무슨 말로 언니를 위로해야 할지 모르겠어. 딱히 할 말이 없네. 내가 어떻게 할 수도 없고. 사람들은 보통 괴로워하는 사람한테 좀더 참아보라고 타이르는데 나는 그렇게 못 하겠어. 언니는 너무 참아서 탈이니까."

드디어 빙리가 도착했다. 베넷 부인은 하인들을 통해 그 소식을 맨 먼저 들었다. 하지만 그럴수록 애타게 가슴 졸이는 시간만 더 길어질 뿐이었다. 부인은 며칠이나 더 있어야 초대장을 보낼 수 있을지 날짜를 세어보았다. 그 전에 그를 만나리라고는 생각지도 못하면서 말이다. 그런데 그가 하트퍼드셔에 도착하고 사흘째 되는 날 아침이었다. 부인은 자기 옷방 창문으로 빙리가 말을 타고 목장에 들어서서 집을 향해 오고 있는 것을 보았다.

부인은 너무 기뻐서 득달같이 딸들을 불렀다. 제인은 탁자 앞에 그대로 앉아 있었으나 엘리자베스는 어머니의 기분을 맞춰주려고 창가로 다가갔다. 그러나 다아시와 빙리가 함께 오는 것을 보자마자 제인 옆으로 와서 앉았다.

"어머니, 빙리 씨가 다른 사람이랑 같이 오는데 누굴까요?"

키티가 물었다.

"뭐, 그냥 아는 사람이겠지. 나도 잘 모르겠다."

"보세요, 전부터 빙리 씨랑 항상 붙어다니던 그 사람 같아요. 이름이 뭐였더라……. 왜 키 크고 잘난 체하는 사람 있잖아요."

"세상에! 다아시 씨 아니니? 맞아, 그 사람이야. 아무튼 빙리 씨 친구라면 모두 대환영이지. 그것만 아니면 꼴도 보기 싫지만."

제인은 놀라고 걱정스러운 표정으로 엘리자베스를 쳐다보았다. 그녀는 더비셔에서 다아시와 동생이 만난 줄은 몰랐다. 그의 해명

414

편지를 받은 이후 오늘 처음 그를 만나는 줄 알고 동생이 얼마나 껄끄러울까 걱정했던 것이다. 제인이나 엘리자베스 모두 거북하고 괴로웠다. 두 사람은 자신뿐 아니라 서로를 딱하게 여겼다. 다아시가 보기 싫기는 하지만 빙리의 친구이니 깍듯이 대접하겠다는 어머니의 말도 두 사람 귀에는 들리지 않았다. 사실 엘리자베스에게는 마음이 편치 않은 이유가 따로 있었다. 그것은 제인도 전혀 모르는 일이었다. 그녀는 외숙모가 보낸 편지를 언니한테 보여주거나, 다아시에게 예전과 다른 감정을 품고 있다고 말할 용기가 나지 않았다. 제인은 다아시를 동생이 썩 좋아하지 않고, 그래서 청혼을 거절한 사람으로 여길 뿐이었다. 그러나 더 많은 것을 알고 있는 엘리자베스에게 그는 온 가족이 크게 신세 진 사람이었다. 또한 제인이 빙리를 생각하는 만큼 다정한 감정은 아니라도 그 못지않게 사리에 어긋나지 않는 적절한 관심을 품고 있는 사람이었다. 그녀는 다아시가 네더필드와 롱본으로 자기를 찾아온 것을 보고, 더비셔에서 그의 변한 모습을 처음 보았을 때만큼이나 놀랐다.

하얗게 질렸던 엘리자베스의 얼굴빛은 30초 만에 제 빛깔을 찾으며 더욱 환하게 빛났다. 그 짧은 시간에 그의 사랑과 바람이 변함없다는 생각이 들었기 때문이다. 그녀의 입가에 회심의 미소가 떠오르면서 두 눈이 빛났다. 그러나 그녀는 마음을 놓지 않았다. 그녀는 속으로 중얼거렸다.

'그가 어떻게 하는지 보고 나서 기대해도 늦지 않아.'

엘리자베스는 침착하자고 다짐하고 일단 눈을 내리깔고 하던 일에 전념했다. 그리고 하인이 문으로 다가가자 호기심 어린 시선으로 제인의 얼굴을 쳐다보았다. 그녀는 평소보다 조금 더 창백해 보였으나 생각보다 침착했다. 두 손님이 방에 들어서자 엘리자베스의 얼굴은 상기되었다. 그러나 어색하지 않은 태도로, 싫은 기색이나 그렇다고 지나치게 예의를 차리지도 않고 그들을 맞이했다.

그녀는 결례를 범하지 않는 정도로 최대한 말을 아꼈고, 다시 자리에 앉아 유난히 하던 일에 열중했다. 그녀는 딱 한 번 슬쩍 다아시를 쳐다보았는데, 그는 늘 그렇듯 엄숙한 표정을 지었다. 펨벌리보다 하트퍼드셔에서 보았던 모습이었다. 그녀는 어머니가 있어서 외삼촌이나 외숙모와 함께 있을 때처럼 행동하지 못하는 거라고 생각했다. 마음이 편치는 않았지만 얼토당토않은 추측은 아니었다.

그녀는 빙리의 얼굴도 슬쩍 보고는 그가 좋으면서도 초조한 표정을 짓고 있다는 것을 알아챘다. 베넷 부인은 빙리를 그야말로 극진하게 대했는데, 다아시에게는 형식적인 인사만 하고 딱딱하게 대하는 것과는 너무나 달라서 두 딸은 몹시 부끄러웠다. 어머니가 그토록 사랑하는 딸을 불명예의 구렁텅이에서 구해준 사람이 바로 다아시라는 것을 알고 있는 엘리자베스는 이 말도 안 되는 차별 대우를 지켜보고 있자니 몹시 괴로웠다.

다아시가 가드너 부부의 안부를 묻자 엘리자베스는 대답하면서 안절부절못했다. 그러고 나서 그는 거의 말이 없었다. 그녀는 자기 옆에 앉지 못해서 그런지도 모른다고 생각했지만 더비셔에서는 그렇지 않았다. 그곳에서는 그녀가 아니면 가드너 부부와 이야기했는데, 지금은 몇 분이 지나도록 그의 목소리를 들을 수 없었다. 엘리자베스가 호기심을 이기지 못해 이따금 눈을 들어보면 그는 제인이든 자기든 딱히 누군가를 더 많이 쳐다보지도 않았고, 종종 방바닥을 내려다보고 있었다. 지난번 만났을 때보다 생각이 더 많아 보였고, 사람들과 즐겁게 이야기하고 싶지도 않은 게 분명했다. 그녀는 그 모습에 실망했는데, 그런 자신에게 오히려 화가 났다. 그녀는 혼자 속으로 중얼거렸다.

'도대체 뭘 기대하는 거야? 그렇다면 여기에 왜 온 거지?'

그녀는 다아시 말고는 이야기하고 싶지 않았다. 하지만 말을 건넬 엄두가 나지 않았다. 기껏해야 조지애나의 안부를 물어본 것이 다였다.

"빙리 씨, 뵌 지 꽤 오래됐죠?"

베넷 부인이 묻자 빙리가 그렇다고 대답했다.

"난 빙리 씨가 다시 안 올 줄 알고 걱정했답니다. 사람들은 빙리 씨가 미가엘 축일에 네더필드를 아주 떠날 거라고 했지만 저는 사실이 아니기를 바랐죠. 빙리 씨가 떠나고 나서 정말 많은 일이 있었답니다. 루카스 양이 결혼했고, 내 딸 하나도 결혼했죠. 들으셨죠? 그래 맞아, 신문에서 봤는지도 모르겠네. 〈타임스〉와 〈쿠리어〉에 났거든요. 내용이 너무 없어서 좀 그랬지만. '조지 위컴 씨와 리디아 베넷 양 결혼', 이것뿐이었거든요. 신부의 아버지 이름이나 어디 사는지는 하나도 안 나오고 말이죠. 내 동생이 작성했는데, 왜 그렇게 대충 했는지 모르겠어요. 혹시 보셨나요?"

빙리가 봤다고 대답하고 축하 인사를 전했다. 엘리자베스는 고개를 들지 않고 있었기 때문에 그때 다아시의 표정이 어땠는지 보지 못했다.

베넷 부인이 말을 이었다.

"딸이 시집을 잘 가면 부모로서 확실히 뿌듯하답니다. 그러나 그딸을 멀리 떠나보내고 나니 참 쓸쓸하네요. 두 사람은 북쪽으로 멀리 뉴캐슬까지 가버렸지 뭐예요. 사위 부대가 거기 있거든요. 거기서 얼마나 살지도 몰라요. 참, 위컴이 이전 부대에서 나와 정규군에들어간 건 아시죠? 얼마나 다행인지 몰라요. 도움을 줄 친구가 좀있었으니 말이에요. 성품으로 봐서는 그런 친구가 더 많은 게 당연하지만요."

이 말을 듣고 엘리자베스는 너무 부끄러워서 쥐구멍에라도 들어가고 싶은 심정이었다. 다아시가 들으라고 한 말이었기 때문이다. 아무 말도 하지 못하고 있던 그녀는 이런 상황에서 무슨 말이라도해야겠다는 생각이 들었다. 그녀는 빙리에게 네더필드에 얼마나 머물 거냐고 물었다. 그는 몇 주일 있을 거라고 대답했다.

그러자 베넷 부인이 또 거들고 나섰다.

"빙리 씨, 네더필드의 새를 다 잡고 나면 롱본으로 오세요. 바깥

양반 장원에서 실컷 사냥하세요. 바깥양반도 아주 좋아할 거예요. 아마 빙리 씨를 위해 최고로 멋진 새들만 남겨둘걸요."

　어머니가 이렇게 아무 의미도 없는 친절을 베풀어대자 엘리자베스는 더욱 처참한 심정에 빠졌다. 제인과 빙리가 현재 1년 전과 똑같이 장밋빛 기대에 부풀어 있다 해도 결국은 그때와 같이 어이없이 끝날 거라는 생각이 들었다. 그 순간 그녀는 앞으로 수년 동안 행복을 만끽한다 해도, 지금 언니와 자기가 느끼는 당혹스러운 고통을 다 보상받지 못할 거라고 생각했다. 그녀는 다시금 생각했다.

　'앞으로 제발 저 두 사람 중 어느 한 사람이라도 같이 있는 순간이 없기를 진심으로 바라. 이분들을 만나봐야 비참한 기분을 떨쳐버릴 만큼 재미있는 일도 없을 거야. 이제 더 이상 안 만나면 좋겠어.'

　그러나 수년의 행복으로도 보상받지 못할 만큼 비참한 기분에 빠져 있던 그녀는 곧 마음의 위안을 얻었다. 제인의 아름다운 모습을 보고 빙리의 마음속에 다시금 사랑의 불길이 타오르고 있다는 것을 확인했던 것이다. 그는 집에 들어와서 처음에는 별로 말을 걸지 않았다. 그러나 제인을 대하는 태도가 5분이 다르게 달라졌다. 점점 더 관심을 보였던 것이다. 그는 제인이 여전히 아름답고 1년 전보다 말수는 적었으나 늘 그렇듯 부드럽고 순수하다는 것을 느꼈다. 한편 제인은 예전처럼 행동하려고 애쓰면서 자신이 말을 많이 하고 있다고 여겼다. 그러나 생각이 너무 많아서 순간순간 자신도 모르게 침묵에 빠지곤 했다.

두 사람이 가야 한다며 일어서자 베넷 부인은 예의를 차린답시고 미리 세워둔 계획을 잊지 않고 얘기했다. 그들을 만찬에 초대했던 것이다. 그렇게 해서 두 사람은 수일 내로 롱본에서 점심 식사를 하기로 약속했다.

"아 참, 빙리 씨. 나한테 갚아야 할 게 하나 있어요. 지난겨울 런던에 가시면서 돌아오는 대로 우리와 식사하기로 약속했잖아요? 난 아직 잊어버리지 않았답니다. 돌아오지도 않고 약속도 안 지켜서 얼마나 실망했는지 몰라요."

그 순간 빙리는 얼떨떨한 표정을 짓더니 일이 생겨서 오지 못했다고 사과했다. 그리고 두 사람은 떠났다.

베넷 부인은 마음 같아서는 더 있다가 저녁 식사까지 하고 가라고 하고 싶은 것을 간신히 참았다. 그러나 자기네 식사가 늘 푸짐하기는 하지만 마음에 둔 사윗감과 연 수입이 1만 파운드나 되는 그 친구의 식성과 격에 맞춰 대접하려면 두 코스 요리는 부족하다고 생각했다.

12

두 사람이 떠나자 엘리자베스는 마음을 추스르려고 산책을 나갔다. 솔직히 말하면 생각할수록 맥 빠지는 문제들을 혼자 깊이 생각해보려고 나간 것이다. 그녀는 다아시의 태도에 놀라는 한편 화가 났다.

'말도 없이 냉담하게 앉아 있기만 할 거면 도대체 왜 온 거야?'

그녀는 아무리 생각해도 그럴듯한 이유가 생각나지 않았다.

'런던에서 외삼촌 내외분 앞에서는 그렇게 상냥하고 말도 잘했다면서 나한테는 왜 그러지? 나를 대하기 어렵다면 왜 온 거야? 더 이상 나를 좋아하지 않는다면 왜 아무 말도 안 하는 거지? 아, 머리 아파. 그 사람 생각은 이제 그만하자.'

이런 결심을 하고 있는데 제인이 행복한 표정을 지으며 그녀에게 다가왔다. 그녀는 두 사람의 방문이 만족스러운 듯 말했다.

"그분을 만나고 나니 마음이 한결 편해. 난 내가 이렇게 잘 견딜 줄 몰랐어. 이제는 그분을 또 만나더라도 절대 당황하지 않을 거야. 화요일에 점심 식사를 하러 오신다니 잘됐어. 사람들도 우리가 특별한 사이가 아니라는 것을 알게 될 테니까."

"맞아, 아무 사이도 아니지."

엘리자베스가 웃으며 말하더니 "조심하라는 말이야."라고 덧붙였다.

"리지, 너는 내가 또다시 그런 위험에 빠질 정도로 나약하다고 생각하니?"

"그보다 언니가 빙리 씨를 사랑에 빠뜨릴 위험이 예전만큼이나 큰 것 같은데."

그들은 화요일에 두 사람을 다시 만났다. 베넷 부인은 빙리가 예전과 다름없이 쾌활하고 공손하게 대하자 그들이 방문한 지 30분 만에 머릿속으로 행복한 계획들을 잔뜩 세우며 한껏 기대에 부풀었다.

그날 롱본에 많은 사람들이 모였는데, 모두 조마조마한 마음으로 두 사람을 기다렸다. 그들은 사냥을 즐기는 사람들답게 시간을 잘 지켰다. 제시간에 도착한 그들이 식당으로 들어서자 엘리자베스는 빙리가 예전에 늘 앉던 대로 언니 옆에 앉는지 유심히 살펴보았다. 철두철미한 베넷 부인도 똑같은 마음으로 그를 지켜보았다. 생각 같아서는 자기 옆에 앉히고 싶었지만 꾹 참았다. 빙리는 식당에 막 들어섰을 때는 머뭇거리는 듯했으나 생긋 웃으며 사람들을 둘러보는 제인과 어쩌다 눈이 마주친 순간 곧바로 그녀 옆에 가서 앉았다.

엘리자베스는 흐뭇해하며 그의 친구를 바라보았다. 그는 아무 관심 없는 표정으로 정중하게 서 있었다. 하지만 그때 빙리가 걱정스러운 미소를 지으며 다아시에게 시선을 돌리는 것을 보았다. 그것을 미처 못 보았다면 그녀는 빙리가 다아시에게 자신이 행복한 길로 가도 좋다는 허락을 받았다고 생각했을 것이다.

빙리는 예전보다 좀더 신중하기는 했지만 제인을 사랑하고 있다는 것을 충분히 알 수 있었다. 엘리자베스는 누가 간섭하지만 않는다면 빙리와 제인이 행복한 결말을 맺을 거라고 생각했다. 완전히 확신할 수는 없었지만 빙리의 태도를 보고 있으면 기분이 좋았다. 자신을 생각하면 기분이 썩 좋지 않았지만 빙리를 보면 기운이 났다.

다아시는 엘리자베스 맞은편으로 그녀와 가장 멀리 떨어진 베넷 부인 옆자리에 앉았다. 그녀는 그렇게 앉아 있으면 그나 어머니 둘 다 즐겁지도 않고 득 될 것도 없다는 것을 알았다. 그녀는 너무 멀어서 두 사람이 무슨 얘기를 나누는지 알 수 없었다. 하지만 얘기도 거의 나누지 않을뿐더러 하더라도 형식적인 대화만 몇 마디 주고받을 뿐이라는 것을 알 수 있었다.

그녀는 온 가족이 다아시에게 은혜를 입은 상황에서 어머니가 예의 없이 대하는 것을 보니 더욱 가슴 아팠다. 그래서 그가 얼마나 큰 친절을 베풀었는지 모든 가족이 다 모르는 것은 아니라고 말할 수만 있다면 자신의 모든 것을 바칠 수도 있겠다 싶었다.

여자들이 거실로 자리를 옮기고 나서 그녀는 이제 그와 얘기를 나눌 수 있지 않을까 기대했다. 형식적인 인사만 하고 모임이 끝날까 봐 걱정했던 것이다. 그녀는 애가 타고 가슴이 조마조마한 나머지 신사들이 나타날 때까지 너무 지루하고 답답해서 예의를 차리기 힘들 지경이었다. 그날의 모든 즐거움이 그 순간에 달린 듯 초조하게 기다리며 속으로 중얼거렸다.

'다아시 씨가 내 옆으로 오지 않으면 영원히 그를 단념할 거야.'

마침내 신사들이 들어왔다. 그리고 다아시가 그녀의 간절한 바람에 응할 듯했다. 그러나 마침 그때 그녀가 있는 탁자 주위로 여자들이 몰려들었다. 제인이 차를 만들고, 엘리자베스가 커피를 따르고 있었던 것이다. 안타깝게도 그녀 옆에는 의자 하나를 갖다 놓을 공간도 없었다. 게다가 신사들이 다가오자 한 아가씨가 그녀에게 바

싹 붙어 앉으며 귀엣말을 했다.

"남자들이 우리를 갈라놓지 못하게 할 거야. 남자 따위는 필요 없으니까, 그렇지?"

다아시는 방 저쪽으로 가버렸다. 그녀는 그를 바라보며 그가 말을 건네는 모든 사람들을 부러워했다. 그런 판국에 사람들에게 커피나 따라주고 있으려니 짜증이 났고, 급기야 자신이 얼마나 못나게 구는지 깨닫는 순간 벌컥 화가 났다.

'이런 멍청이! 내가 거절한 남자잖아. 그런데 또다시 사랑을 기대해? 그게 말이 되니? 도대체 어떤 남자가 줏대도 없이 같은 여자에게 두 번이나 청혼하겠어? 굴욕도 그런 굴욕이 없는데 말이야.'

그러나 다아시가 찻잔을 들고 오자 기분이 조금 누그러졌다. 그녀는 이때를 놓치지 않았다.

"동생분은 지금도 펨벌리에 계세요?"

"네. 크리스마스 때까지 있을 예정입니다."

"혼자서요? 친구들은 다 떠났나요?"

"앤즐리 부인하고 같이 있죠. 다른 사람들은 3주일 전쯤 스카버러로 떠났습니다."

그녀는 무슨 말을 더 해야 할지 생각나지 않았다. 하지만 그가 원했다면 이야기를 더 나누었을 것이다. 그는 한동안 입을 다물고 서 있다가 결국 문제의 그 아가씨가 그녀에게 또다시 귀엣말을 하자 자리로 돌아가버렸다.

찻그릇을 치우고 카드 테이블이 준비되자 여자들 모두 자리에서 일어났다. 엘리자베스는 다아시와 이야기를 나눌 수 있겠다 싶었는데, 그런 기대는 이내 와르르 무너지고 말았다. 다아시는 휘스트 게임을 하려고 머릿수 채우는 데 열을 올리던 어머니한테 그만 붙들려서 그 무리와 함께 자리에 앉고 말았던 것이다. 그녀는 기쁨을 누릴 수 있다는 기대를 아예 접어버렸다. 그들은 저녁 내내 서로 다른 탁자에 붙들려 있었던 것이다. 이제 그녀는 그도 자기를 바라보느라 자신처럼 카드놀이를 제대로 하지 못했으면 하는 기대뿐이었다.

베넷 부인은 빙리와 다아시가 저녁 식사까지 하고 가도록 계속 붙들어둘 계획이었다. 그러나 불행하게도 그들의 마차가 맨 먼저 오는 바람에 말할 틈이 없었다.

사람들이 모두 돌아가고 가족들만 남자 베넷 부인이 말했다.

"애들아, 오늘 어땠니? 내 생각에는 전부 다 좋았던 것 같은데. 그렇고말고. 지금까지 가장 훌륭한 정찬이었으니. 사슴 고기도 제대로 구워졌고. 모두 그렇게 살진 허리 고기는 처음 본다더구나. 수프도 지난주 루카스 댁에서 먹은 것보다 50배는 더 맛있었고, 다아시 씨도 자고새 요리가 참 훌륭하다고 인정하더라. 그 사람 집에는 프랑스 요리사가 적어도 두셋은 있을 텐데 말이야. 그리고 제인, 넌 오늘처럼 예뻤던 적도 없을 거야. 롱 부인도 그러더라. 예쁘지 않냐고 내가 물어봤거든. 롱 부인이 또 뭐랬는지 아니? '베넷 부인, 마침내 제인이 네더필드로 가는군요'라더라. 난 정말 롱 부인보다 착한

사람을 본 적이 없단다. 그 조카들도 아주 얌전하더라. 예쁘지는 않
지만 그 애들이 너무너무 마음에 들어."

한마디로 베넷 부인은 굉장히 기분이 좋았다. 빙리가 제인을 대
하는 것을 보고 드디어 그를 잡을 수 있겠다고 확신했다. 그녀는 행
복에 젖어 지나치게 좋은 쪽으로만 생각하다가 다음 날 당장 그가
청혼하러 오지 않자 몹시 속상했다.

"오늘 하루 정말 즐거웠어. 초대한 손님들도 다 좋았고 두루두루
잘 어울리더구나. 자주 모임을 가지면 좋겠어."

엘리자베스는 언니의 말에 씩 웃었다.

"리지, 그러지 마. 왜 나를 의심하니? 난 그렇지 않아. 분명히 말
하지만 난 그저 빙리 씨를 상냥하고 식견이 뛰어난 청년으로 대하
면서 즐겁게 얘기를 나눴을 뿐이야. 그 이상 바라는 것도 없고. 더
구나 나한테 구애하고 싶은 마음이 없는 것 같아서 오히려 더 좋아.
그는 단지 다른 남자들보다 훨씬 더 상냥하게 말하고, 모든 사람들
을 친절하게 대하려고 애쓸 뿐이야."

"언니도 참 너무하네. 웃지 말라고 하면서 자꾸 웃게 만드니 말
이야."

"아무리 얘기해도 도무지 내 말을 믿지 않을 때가 있어."

"절대 그럴 수 없는 경우도 있지."

"그런데 넌 왜 내 감정을 네 생각대로 납득시키려고 하니? 나 스
스로 인정하는 것 이상으로 말이야."

"그 부분은 나도 뭐라고 대답해야 할지 모르겠어. 사람들이란 대개 알고 보면 아무 가치도 없는 것들을 굳이 가르치려 들잖아. 이해해줘. 그리고 아무 관심 없다고 계속 고집부릴 거면 나한테 터놓지도 말라고."

13

며칠 후 빙리 혼자 롱본에 다시 들렀다. 다아시는 그날 아침 런던으로 떠났고, 열흘 뒤에 다시 올 예정이라고 했다. 빙리는 한 시간 이상 그들과 함께 있었는데 무척 즐거워했다. 베닛 부인은 그에게 함께 식사를 하자고 청했다. 그러나 빙리는 수차례 미안하다며 약속이 있다고 말했다.

"그럼 다음에는 우리한테도 기회를 줘야 해요."

부인이 말했다. 빙리는 언제든 부르시면 기쁜 마음으로 찾아뵐 것이며, 허락만 한다면 곧 다시 방문하고 싶다고 말했다.

"내일 오시겠어요?"

그는 별다른 약속이 없다며 조금도 주저하지 않고 초대를 받아들였다.

다음 날 빙리가 왔다. 그런데 시간을 지키려다 보니 여자들이 옷을 제대로 갖춰 입기도 전에 도착했다. 베닛 부인은 가운을 걸친 채 머리를 만지다 말고 제인의 방으로 뛰어가 소리쳤다.

"제인, 빨리빨리 하고 어서 내려가 보렴. 정말 그 사람이 왔네. 빙리 씨가 왔어. 빨리 서둘러, 어서! 사라, 리지 머리는 그냥 두고 여기 와서 제인 옷 입는 거나 빨리 도와줘."

그러자 제인이 말했다.

"금방 내려갈 거예요. 그리고 키티가 우리보다 30분 전에 2층으로 올라왔으니까 더 빠를 거예요."

"나 참, 키티는 무슨. 걔가 무슨 볼일이 있다고! 그런 소리 말고 서두르기나 해. 빨리빨리. 허리띠는 어딨니?"

그러나 어머니가 나가자 제인은 동생들 중 누구라도 같이 가지 않으면 안 내려갈 기세였다.

베넷 부인은 그날 저녁에도 빙리와 제인 단둘이 남겨두려고 눈에 띄게 조바심을 냈다. 차를 마시고 나서 베넷 씨는 늘 그렇듯 서재로 가버렸고 메리는 피아노를 치러 2층으로 올라갔다. 거치적거리는 사람 둘이 사라지고 나서 부인은 엘리자베스와 키티를 보며 계속 눈짓을 했으나 두 사람은 꿈쩍도 하지 않았다. 엘리자베스는 일부러 모른 척했고 키티는 아주 천진난만하게 말했다.

"어머니, 왜 그러세요? 왜 자꾸 눈을 깜박거리는 거예요? 어쩌라고요?"

"아니다. 아무것도 아니야. 너한테 그런 게 아니다."

가만히 있던 베넷 부인은 5분쯤 뒤에 더 이상 소중한 시간을 그냥 흘려보내기가 너무너무 아까웠는지 벌떡 일어나서 키티에게 말했다.

"이리 오너라, 키티. 할 얘기가 있단다."

그러면서 키티를 데리고 방을 나갔다. 그 순간 제인은 엘리자베스를 바라보았다. 미리 맞춰놓은 듯한 상황에 몹시 당황하며 너만은 제발 나가지 말라고 애원하는 눈빛이었다.

몇 분 지나자 부인이 방문을 빼꼼히 열고 엘리자베스마저 불렀다.

"너한테도 할 얘기가 있다, 리지."

엘리자베스는 일어나지 않을 수 없었다. 복도로 나가자마자 어머니가 속삭였다.

"둘만 있는 게 좋지 않겠니? 키티와 나는 2층 내 옷방에 있을 거다."

엘리자베스는 가타부타 말을 하지는 않았지만 어머니와 키티가 보이지 않을 때까지 복도에 서 있다가 다시 거실로 돌아왔다.

이날 베넷 부인의 계획은 완전히 틀어지고 말았다. 그날 빙리는 다 좋았으나 공개적으로 제인을 사랑한다고 말하지 않았던 것이다. 여유 있고 쾌활한 빙리 덕분에 가족들은 저녁 시간을 매우 즐겁게 보냈다. 그는 쓸데없이 나서는 베넷 부인을 꿋꿋이 잘 받아주었고, 어리석은 얘기를 하는데도 불쾌한 기색 없이 잘 들어주었다. 제인은 이것이 여간 고마운 게 아니었다.

그들은 구태여 빙리에게 계속 있다가 저녁 식사까지 하고 가라고 권할 필요도 없었다. 또한 집을 나서기 전에는 마침 자신도 하고 싶고 어머니도 바라는 대로 이튿날 아침 베넷 씨와 사냥하기로 약속했다.

그날 이후 제인은 '관심 없다'는 말을 두 번 다시 꺼내지 않았다. 제인과 엘리자베스는 빙리에 대해 한마디도 하지 않았다. 그러나 엘리자베스는 다아시가 예정보다 빨리 오지만 않는다면 둘의 관계가 아주 빨리 마무리될 거라는 행복한 기대를 하며 잠자리에 들었다. 그러나 실상은 그가 동의했기 때문에 이 모든 일이 이루어졌다는 생각이 더 강했다.

다음 날 빙리는 약속한 시각에 도착했다. 베넷 씨와 빙리는 전날 약속한 대로 오전 내내 함께 보냈다. 베넷 씨는 꽤 붙임성 있게 빙리를 대했다. 깔보고 놀릴 만한 구석이 빙리한테는 없었고 건방지게 나서거나 생각 없이 행동하지도 않았기 때문이다. 빙리가 평소보던 모습과 달리 베넷 씨는 말도 잘하고 괴팍하지도 않았다.

빙리는 저녁 식사 시간에 맞춰 베넷 씨와 같이 돌아왔다. 차를 마시고 나서 베넷 부인은 또다시 다른 사람들을 모두 내보내고 두 사람만 남겨두고 싶은 마음이 발동했다. 엘리자베스는 지난번처럼 어머니의 계획을 방해하지 않아도 되었다. 써야 할 편지가 있어서 차를 마시자마자 다른 방으로 들어갔던 것이다. 그러나 다른 사람들은 모두 카드놀이를 하기로 했다.

편지를 다 쓰고 거실 문을 여는 순간 그녀는 어머니가 자신이 감히 쫓아갈 엄두도 나지 않을 만큼 눈치가 빠르고 머리가 비상하다는 것을 알고 무척 놀랐다. 빙리와 제인 두 사람만 남아 벽난로 앞에 서 있었던 것이다. 그들은 진지하게 이야기를 나누는 듯했다. 이 것만으로 확실하게 알 수 없다 하더라도 황급히 떨어지며 돌아서는 그들의 얼굴 표정이 모든 것을 말해주었다. 그들은 몹시 겸연쩍어 했다. 하지만 엘리자베스 입장에서는 자신이 더 겸연쩍었다. 세 사람 다 한마디도 하지 않았고, 엘리자베스가 다시 문을 닫고 나가려 하자 빙리가 얼른 제인에게 귓속말을 하더니 밖으로 나갔다.

제인은 늘 좋은 일이 있을 때마다 엘리자베스에게 숨기지 않고 털어놓았다. 그녀는 곧바로 엘리자베스를 포옹하며 한껏 흥분한 목소리로 세상에서 가장 행복한 사람은 바로 자기라고 말했다. 그러고는 이렇게 덧붙였다.

"정말 과분해. 너무 과분해서 감당하기 힘들 지경이야. 아, 정말 나처럼 행복한 사람은 없을 거야."

엘리자베스는 더할 나위 없이 기뻐하며 진심으로 열렬히 축하했다. 다정하게 한마디씩 건넬 때마다 제인은 새로운 행복을 느꼈다. 그러나 그녀는 엘리자베스와 계속 얘기를 나눌 수가 없었다. 그녀는 소리쳤다.

"빨리 어머니를 뵈어야겠어. 어머니가 그렇게 신경 쓰고 애써주셨는데 무시해서는 안 되지. 다른 사람한테 듣게 할 수는 없어. 내가 직접 말씀드리고 싶어. 빙리 씨는 이미 아버지께 말씀드리러 갔어. 리지, 이렇게 기쁜 일을 가족들한테 전하게 되다니! 너무 행복해서 가슴이 벅찰 지경이야!"

제인은 어머니한테 달려갔다. 베넷 부인은 이미 카드놀이를 그만 두고 키티와 함께 2층에 있었다.

혼자 남은 엘리자베스는 수개월 동안 가슴 졸이며 괴로워하던 일이 순식간에 마무리되었다고 생각하며 미소 지었다.

'다아시 씨가 그토록 걱정하며 신경 쓰던 일이 결국 이렇게 끝을 맺는군. 빙리 양이 온갖 거짓말로 농간을 부린 결말이기도 하고. 하지만 가장 행복하고 가장 현명하며 가장 합리적인 결말이지.'

잠시 뒤 빙리가 들어왔다. 아버지와 간단하게 얘기하고 끝낸 모양이었다.

"제인 양은 어디에 있습니까?"

그가 문을 열면서 급히 물었다.

"2층 어머니한테 갔어요. 곧 내려올 거예요."

그는 문을 닫고 그녀에게 다가와 처제로서 축하해달라고 말했다. 엘리자베스는 마음을 담아 형부가 되어주어서 정말 기쁘다고 말했다. 그리고 두 사람은 진심 어린 악수를 나누었다. 그리고 그녀는 제인이 내려올 때까지 그의 말을 들어주었다. 그는 자기가 정말 행복한 남자이고 제인은 정말 완벽한 여자라고 했다. 그는 사랑에 빠져 행복한 기대에 부풀어 있었다. 그녀는 그의 바람이 충분히 실현될 거라고 믿었다. 왜냐하면 확실한 근거가 있었기 때문이다. 제인의 드넓은 이해심, 더할 나위 없는 성품, 그리고 그녀와 빙리의 감정과 취향이 거의 비슷하다는 점이 그것이었다.

온 가족이 기쁜 마음으로 그날 저녁을 보냈다. 흐뭇한 기분에 젖은 제인은 얼굴이 부드럽게 빛났고 생기가 돌아 그 어느 때보다 아름다웠다. 키티는 생글생글 웃으면서 빨리 자기 차례가 왔으면 했다. 베넷 부인은 30분 동안이나 빙리를 붙들고 결혼을 허락한다는 말을 했지만 어떤 말도 성에 차지 않았다. 자신의 벅찬 감정을 이루 다 표현할 수 없었던 것이다. 저녁 식사를 하러 나온 베넷 씨도 목소리와 태도에서 정말 기뻐하고 있다는 것을 알 수 있었다. 하지만 늦은 밤 빙리가 떠날 때까지 그 일에 대해서는 한마디도 하지 않았다. 빙리가 문을 나서자마자 베넷 씨가 제인을 돌아보며 말했다.

"제인, 축하한다. 넌 정말 행복한 아내가 될 거야."

제인은 아버지한테 달려가 입맞춤을 하고 감사하다고 말했다.

"우리 착한 제인, 네가 그처럼 행복한 결혼을 하게 되다니 정말 기쁘구나. 나는 너희가 잘살 거라고 믿는다. 너희 둘은 성격이 너무 비슷해. 마음이 여리고 우유부단해서 결정하지도 못하고, 까다롭지 않으니 하인들한테 번번이 속아 넘어갈 거야. 그리고 씀씀이가 후하다 보니 항상 버는 것보다 더 많이 쓰겠지."

"그렇지 않을 거예요. 돈 문제를 가볍게 여긴다거나 무분별하게 쓰는 건 저도 용납 못 해요."

그때 베넷 부인이 소리쳤다.

"버는 것보다 더 많이 쓴다고요? 말도 안 돼요. 빙리의 연 수입이 4, 5천 파운드나 될 텐데. 아니 더 많을 거예요."

그러더니 제인에게 말했다.

"제인, 정말 기쁘구나. 오늘은 밤새 한숨도 못 잘 것 같다. 나야 이렇게 될 줄 알고 있었지만. 내가 항상 그랬잖니. 얼굴이 예쁘니 그만큼 잘될 거라고 확신했지. 작년에 그가 하트퍼드셔에 처음 왔을 때 보자마자 너랑 결혼할 사람이라고 생각했단다. 빙리처럼 잘생긴 남자를 본 적이 없었거든."

베넷 부인은 이제 위컴과 리디아는 깡그리 잊어버렸다. 그녀에게 제인은 둘도 없는 사랑스러운 딸이었다. 이 순간 다른 딸들은 안중에도 없었다. 메리와 키티는 나중에 언니가 자기들에게 해줄 수 있는 것들을 벌써부터 부탁하기 시작했다. 메리는 네더필드의 서재를 이용하게 해달라고 간청했고, 키티는 해마다 겨울에 무도회를 몇 차례 열어달라고 계속 요구했다.

말할 것도 없이 이제 빙리는 롱본에 매일 오다시피 했다. 아침 식사를 하기 전에 올 때도 많았고, 일단 오면 꼭 저녁까지 함께 보내고 돌아갔다. 괘씸하기 그지없는 이웃 사람이 무례함을 무릅쓰고 끈덕지게 초대하는 바람에 도저히 가지 않을 수 없는 경우를 빼고는 거의 그렇게 했다.

이제 엘리자베스는 제인과 이야기를 나눌 기회가 없었다. 빙리가 있을 때는 어느 누구도 제인의 눈에 들어오지 않았던 것이다. 그녀는 두 사람이 서로 떨어져 있을 때 자기가 그 두 사람에게 적잖이 도움이 된다는 것을 깨달았다. 제인이 자리를 비웠을 때 빙리는 어김없이 그녀에게 다가와 제인 이야기를 했고, 반대로 빙리가 가고 나면 제인도 마찬가지로 그녀에게 빙리 이야기를 하며 허전함을 달랬다.

어느 날 저녁 제인이 엘리자베스에게 말했다.

"내가 지난봄 런던에 있었다는 것을 정말 몰랐다는 얘기를 듣고 얼마나 기뻤는지 몰라. 난 여태까지 빙리 씨가 모를 리 없다고 생각했거든."

"나는 그럴 거라고 생각했어. 그런데 뭐라고 했어?"

"누이들이 그런 게 분명해. 그들은 내가 자기 오빠랑 가까이 지내는 것을 탐탁지 않게 여겼던 거지. 그럴 수도 있지. 그분은 어느 모로 보나 나보다 훨씬 더 훌륭한 여자를 만날 수 있을 테니까. 하지만 자기 오빠가 나와 결혼해서 행복하다는 것을 알게 되면 좋아하겠지. 난 그럴 거라고 믿어. 그러면 우리 사이도 다시 좋아지겠지. 비록 그전 같지는 않겠지만 말이야."

"지금까지 언니가 했던 말 중에 가장 야멸차네. 언니는 너무 착해서 탈이야. 언니가 또 친구인 척하는 빙리 양한테 속아 넘어가면 정말 속상할 거야."

"리지, 그가 작년 11월에 런던으로 떠날 때 이미 나를 진심으로 사랑하고 있었다는구나. 다시 돌아오지 않은 것은 단지 내가 자기한테 관심이 없다고 생각했기 때문이었대. 믿어지니?"

"빙리 씨가 약간 오해를 했네. 하지만 그것도 겸손하니까 그런 거야."

그러자 제인은 그가 매사에 신중하다는 둥 너무 겸손해서 자신의 좋은 점마저 별 대수롭지 않게 여긴다는 둥 빙리 칭찬을 잇따라 쏟아냈다.

빙리가 자신의 일에 다아시가 끼어들었다는 얘기를 제인한테 말하지 않은 것을 알고 엘리자베스는 마음이 놓였다. 아무리 너그러운 제인이라도 그 사실을 알면 색안경을 끼고 다아시를 볼 수밖에 없을 것이다.

"이 세상에 나처럼 운 좋은 여자도 없을 거야. 아, 리지, 어쩌다 가족 중에 나만 이렇게 큰 축복을 받는 거지? 너한테도 그분 같은 남자가 빨리 나타나서 나만큼 행복하면 정말 좋겠다."

제인이 큰 소리로 말했다.

"언니, 그런 남자 40명이 나타난다 해도 언니만큼 행복할 수 없을 거야. 언니처럼 아름다운 마음씨와 훌륭한 성품을 지니지 않는 한 절대 언니와 같은 행복을 느낄 수 없지. 내 일은 내가 알아서 해야지. 재수 좋으면 얼마 안 있어 콜린스 씨 같은 사람이 또 나타날지 누가 알겠어."

롱본 집의 경사는 비밀로 오래 남겨지지 못했다. 베넷 부인이 필립스 부인에게 속삭이는 특권을 누렸는데, 필립스 부인이 허락도 없이 메리턴의 이웃 사람들에게 똑같이 속삭였던 것이다.

수주일 전 리디아가 도망갔을 때만 해도 불행에 빠졌다는 소문이

쫙 퍼졌던 베넷 집안이 이제는 세상에서 가장 축복받은 집안으로 사람들 입에 오르내렸다.

14

빙리와 제인이 약혼한 지 일주일쯤 지난 어느 날 아침이었다. 빙리와 다른 식구들이 식당에 모여 있을 때 마차 소리를 듣고 모두 일제히 창 쪽을 쳐다보니 사두마차가 잔디밭을 달려오고 있었다. 손님이 오기에는 너무 이른 시간이었고, 마차도 이웃 사람들 것이 아니었다. 역마인 데다 하인의 복장도 익히 보지 못한 것이었다. 어쨌든 누군가 오고 있는 것이 틀림없었다. 빙리는 재빨리 제인에게 괜히 있다가 붙들리지 말고 관목 숲으로 산책이나 나가자고 설득했다. 두 사람은 곧바로 나갔고, 남아 있는 세 사람이 아무리 생각해보아도 딱히 떠오르는 사람이 없었다. 그때 문이 활짝 열리면서 방문객이 들어왔는데, 다름 아닌 캐서린 드 버그 귀부인이었다.

모두 놀랄 준비는 하고 있었는데도 너무 뜻밖의 사람이라 그 순간의 놀라움은 상상을 초월했다. 게다가 베넷 부인과 키티는 캐서린 귀부인이 누구인지도 모르면서 엘리자베스보다 더 놀랐다.

귀부인은 유난히 무례한 태도로 방에 들어서더니 엘리자베스가 인사를 하자 고개만 까딱할 뿐 아무 대꾸도 하지 않고 앉았다. 엘리자베스는 소개해달라고 하기도 전에 재빨리 어머니에게 그녀가 누구인지 알려주었다.

베넷 부인은 지체 높은 분이 방문하자 무척 놀라면서도 의기양양했으나 예의를 다해 맞이했다. 잠시 묵묵히 앉아 있던 캐서린 귀부인은 몹시 차갑게 엘리자베스에게 말했다.

"베넷 양, 잘 지냈겠죠? 저분이 어머니이신가 보군요?"

엘리자베스가 짧게 그렇다고 말했다.

"그리고 저 아가씨는 동생이고?"

"그렇습니다, 귀부인."

캐서린 귀부인한테 무슨 말이라도 건네고 싶었던 베넷 부인이 냉큼 끼어들어 대답했다.

"저 애는 끝에서 두 번째랍니다. 막내는 얼마 전에 결혼했고요. 그리고 맏딸은 곧 결혼할 젊은이하고 정원 어디에서 산책하고 있을 거예요."

캐서린 귀부인은 잠시 뜸을 들이더니 말했다.

"아주 작은 정원이네요."

"아유, 로징스에 비하면 정말 보잘것없죠. 하지만 윌리엄 루카스 경 댁보다는 훨씬 크답니다."

"모든 창이 서향이니 여름 오후에는 이 거실에 있기가 무척 불편하겠네요."

베넷 부인은 점심 식사 후에는 거실에서 시간을 보내지 않는다고 말하고 이렇게 덧붙였다.

"콜린스 씨 내외가 잘 지내는지 여쭤봐도 실례가 안 될까요?"

"네, 아주 잘 지내죠. 그제 밤에 만났거든요."

엘리자베스는 조금 있으면 샬럿이 자기 앞으로 쓴 편지를 귀부인이 꺼낼 거라고 생각했다. 그것 말고는 그녀가 여기까지 올 이유가 없었기 때문이다. 그러나 귀부인이 편지를 내놓지 않자 그녀는 몹시 당황했다. 영문을 알 수 없었던 것이다.

베넷 부인은 아주 공손하게 다과를 좀 들라고 권했다. 그러나 귀부인은 예의를 갖출 생각도 하지 않고 딱 잘라서 생각 없다고 말했다. 그러고는 일어나 엘리자베스에게 말했다.

"베넷 양, 잔디밭 저쪽에 아담한 숲이 있는 것 같던데 같이 좀 돌아보고 싶군요?"

그러자 베넷 부인이 먼저 나서서 큰 소리로 말했다.

"가보렴. 귀부인께 산책로를 구경시켜드려라. 작은 관목 숲을 마음에 들어 하실 거다."

엘리자베스는 별말 없이 따랐다. 그녀는 2층 자기 방에 가서 양산을 챙겨 다시 거실로 돌아와 귀부인을 모시고 밖으로 나갔다. 귀부인은 복도를 걸어가면서 식당과 응접실 문을 열어 안쪽을 슬쩍 둘러보고는 꽤 괜찮은 방이라고 한마디 했다.

귀부인의 마차는 여전히 문 앞에 있었다. 엘리자베스가 언뜻 보니 부인의 하녀가 그 안에 앉아 있었다. 그들은 아무 말도 하지 않고 작은 숲으로 이어진 자갈길을 걸어갔다. 엘리자베스는 평소보다 더 거만하고 기분 나쁘게 행동하는 사람에게 굳이 말을 걸지 않기로 했다.

'어떻게 이런 여자를 조카와 닮았다고 생각했을까?'

엘리자베스는 그녀의 얼굴을 보며 생각했다. 숲으로 들어서자 캐서린 귀부인이 먼저 입을 열었다.

"베넷 양, 내가 여기 온 이유를 알겠죠? 자신의 마음을 들여다보면, 아니 양심이 있다면 내가 왜 왔는지 알 테니까."

엘리자베스는 놀란 표정으로 그녀를 돌아보았다.

"아닙니다. 저는 귀부인께서 왜 여기 오셨는지 도무지 모르겠습니다."

"베넷 양!"

귀부인이 조금 성난 투로 말했다.

"나를 만만하게 봐서는 안 된다는 것을 명심해야 할 거예요. 아무리 대충 넘어가려고 해도 내가 그리 호락호락하지 않을 테니까. 나는 진실하고 솔직하기로 유명하지. 그리고 이런 일일수록 내 성격대로 할 거고. 이틀 전에 아주 충격적인 소문을 들었어요. 당신 언니도 이득이 많은 결혼을 하게 되었고, 엘리자베스 당신도 내 조카 다아시와 결혼할 거라고 말이지. 물론 악의적인 헛소문이라는 것을 모르는 게 아니에요. 더구나 사실일지도 모른다고 생각하는 것 자체가 조카한테는 수치스러운 일이라는 것도 알고. 하지만 그 소문을 듣고 내 기분이 어땠는지 당신도 알아야 할 것 같아서 말이지."

"사실이 아니라고 믿으신다면서 왜 굳이 힘들게 여기까지 오셨는지 저는 이해할 수 없네요. 무슨 이유로 여기 오신 건지요?"

놀라는 한편 모멸감이 든 엘리자베스는 얼굴을 붉히며 말했다.

"아무 근거 없는 헛소문이라는 것을 사람들에게 알리러 왔지."

"하지만 사람들은 저와 제 가족을 보러 롱본까지 오신 것을 보고 오히려 그 소문이 사실이라고 떠들어댈 겁니다. 그런 소문이 실제로 있다면 말이에요."

엘리자베스가 차갑게 말했다.

"있다면이라니? 알면서 모른 척 잡아뗄 건가? 베넷 양이 자기 입으로 직접 퍼뜨린 게 아니란 말인가? 그런 소문이 온 천지에 파다한데?"

"금시초문입니다."

"그럼 터무니없는 헛소문이라고 확실하게 말할 수 있나요?"

"저는 부인처럼 솔직하지 못합니다. 물어보는 것은 마음대로 하실 수 있지만 제가 반드시 대답할 필요는 없다고 생각해요."

"도저히 참을 수가 없군. 난 알아야겠어요. 내 조카가 결혼하자고 했나요?"

"있을 수도 없는 일이라고 말씀하셨잖아요."

"그야 물론이지. 이성이 있는 한 그럴 수는 없지. 하지만 베넷 양이 온갖 술수로 홀리면 정신이 나가서 자신의 본분과 집안에서의 의무를 망각할지도 모르지. 베넷 양이 그 애를 유혹할 수는 있지."

"제가 그랬다면 제 입으로 고백할 리 있겠어요?"

"베넷 양, 내가 누구인지 모르나? 내 앞에서 그 따위 말을 하다니. 나는 그 애의 가장 가까운 친척으로서 그 애 일이라면 무엇이든 알 권리가 있다고."

"그렇다고 제 일을 아실 권리까지 있는 것은 아니죠. 그리고 그런 식으로 물어보시면 한마디도 대답하지 않을 겁니다."

"잘 들어요. 분수에 맞지 않는 이 결혼은 절대 안 될 말이에요. 암, 그렇고말고. 절대 안 되지. 다아시는 내 딸하고 결혼하기로 약속했거든. 더 할 말 있나요?"

"한 가지만 여쭤보죠. 약혼했다면서 왜 그분이 저한테 청혼했을 거라고 생각하시는 거죠? 그럴 이유가 없지 않나요?"

캐서린 귀부인은 잠시 생각하더니 대답했다.

"그 애들의 약혼은 좀 달라요. 어렸을 때부터 맺어진 관계거든. 나도 그렇지만, 그 애 어머니도 그러기를 바랐지. 요람에 있을 때부터 부부의 연을 맺어주기로 약속했던 거지. 이제 우리 자매의 평생 소망이 이루어지려는 순간 웬 여자가 나타나 방해를 하다니. 집안도 볼품없고 신분도 낮은 데다 우리 가문하고는 아무 연고도 없는 그런 여자가 말이지. 당신은 그 애 친척들의 기대와 바람은 안중에도 없는 건가? 그 애와 우리 딸이 은연중에 맺은 약혼도? 도리나 품위는 아무것도 아니라는 건가? 그 애가 어릴 때부터 내 딸하고 인연을 맺기로 했다는 얘기 못 들었나요?"

"들어 알고 있습니다. 하지만 그게 저하고 무슨 상관이죠? 그분 어머니와 귀부인께서 드 버그 양과 그분을 맺어주고 싶어 했다는 것을 안다 해도 다른 문제가 없다면 그 때문에 양보하지는 않을 거예요. 두 분께서 오래전부터 두 사람의 결혼 계획을 세운 것은 알지만, 결국 결정은 당사자들이 하는 거잖아요. 다아시 씨가 드 버그 양을 사랑하는 것도 아니고 명예가 걸린 일도 아니라면 다른 여자를 선택 못 할 이유가 없잖아요? 그리고 만에 하나 저를 선택한다면 제가 받아들여서는 안 되는 이유가 뭐죠?"

"명예나 예의, 분별력 문제가 아니에요. 바로 이해관계가 얽혀 있기 때문이지. 다른 사람들은 안중에도 없이 계속 고집을 부린다 해도 그 애 가족이나 친척들이 받아들이지 않을 거야. 그건 각오해야 할걸. 그 애를 아는 모든 사람들이 당신을 손가락질하고 무시하고 비아냥거리겠지. 좋게 말하는 것 자체가 수치스러운 일이니 말이야. 어쩌면 베넷 양 이름을 아예 입에 올리지도 않을지 모르지."

"그처럼 불행한 일도 없겠군요. 하지만 다아시 씨 아내가 되는데 그쯤은 감수해야죠. 좋은 일이 더 많을 테니 후회하지는 않을 것 같네요."

"어쩜 이렇게 고집이 셀까! 내가 다 민망하군. 지난봄에 그렇게 친절하게 대해주었는데 이게 그 답례인가? 나는 무슨 일이 있어도 내 뜻을 관철하고 말겠다는 각오로 여기 왔어요. 절대 단념하지 않을 거라는 말이지. 나는 남의 말에 이리저리 휘둘리는 사람이 아니거든. 실망스러운 일을 그냥 두고 보지도 않고."

"그러시다니 더욱 안됐군요. 아무리 그러셔도 저한테는 소용없으니까요."

"내 말 자르지 말고 들어요. 그 애하고 내 딸은 하늘이 맺어준 연분이나 마찬가지예요. 둘 다 외가 쪽으로 귀족 혈통을 이어받았고, 친가 쪽은 작위는 못 받았지만 품격과 내력 있는 이름난 가문이지. 양쪽 다 재산도 어마어마하고. 양가 모든 친척들이 한목소리로 두 사람의 결혼을 주장하는 마당에 그들을 갈라놓으려고 하다니! 가문도 하잘것없고, 친척이든 재산이든 뭐 하나 볼 것 없는 아가씨가 주제넘게 나서는 것을 가만히 두고 볼 수는 없지. 절대 안 되지. 본인한테 어떤 것이 이로운 일인지 안다면 감히 자기 신분을 뛰어넘는 짓은 하지 않을 텐데?"

"다아시 씨의 아내가 되는 것이 신분을 뛰어넘는 짓이라고 생각하지 않아요. 저도 그분과 같은 신사의 딸이니까요. 대등한 관계라는 거죠."

"신사의 딸인 건 맞지. 하지만 베넷 양 어머니나 외삼촌, 외숙모는 어떡하지? 내가 그들의 신분을 모른다고 생각하는 건 아니겠지?"

"조카분이 괜찮다면 제 친척들 직업이 무엇이든 귀부인께서 간여할 문제가 아니라고 생각해요."

"어쨌든 그 애하고 결혼 약속을 했느냐 말이에요?"

"하지 않았습니다."

엘리자베스는 잠시 생각하더니 대답했다. 하지만 대답할 목적만으로 그렇게 말한 것은 아니었다.

캐서린 귀부인은 그제야 안심이 되는 듯했다.

"그렇다면 약속할 수 있나요? 그 애하고 약혼 같은 거 하지 않겠다고?"

"약속할 수는 없습니다."

"정말 대단하군. 그래도 생각이 있는 사람인 줄 알았는데. 그렇다고 내가 포기할 줄 아나? 약속하지 않으면 한 발짝도 안 움직일 테니."

"분명히 말씀드리죠. 그런 약속은 하지 않을 겁니다. 아무리 협박하셔도 부당한 처사를 받아들일 수는 없어요. 제가 약속한다고 해서 귀부인께서 원하시는 대로 다아시 씨와 따님이 결혼할 가능성이 더 커지나요? 그분이 저를 사랑한다면 제가 그분의 청혼을 거절했다고 해서 따님에게 구혼할까요? 이런 말씀을 드려서 죄송합니다만, 이건 정말 상식 밖의 요구예요. 게다가 말씀하시는 근거라는 것도 설득력이 약하고요. 그 정도로 제가 받아들일 거라고 생각하셨다면 저를 잘못 보셨어요. 조카분이 귀부인께서 자기 일에 개입하는 것을 얼마나 좋아할지는 모르겠지만 저한테 그러실 자격은 없습니다. 그러니 이 문제는 더 이상 말씀하지 말아주세요."

"급할 것 없어요. 내 말 아직 안 끝났으니. 지금까지 얘기한 것 말고 반대하는 이유가 한 가지 더 있어요. 난 베넷 양 막냇동생이 망신스럽게도 도피 행각을 벌였다는 것을 알고 있지. 처음부터 끝까지 말이야. 부친과 외삼촌이 돈으로 그자를 설득해서 결혼으로 마무리되었지, 아마. 그런 여자가 내 조카의 처제가 되고, 그 남편이 다아시의 동서가 된다고? 돌아가신 다아시 씨의 집사 아들이? 도대체 무슨 생각으로 그러는 거지? 펨벌리를 떠도는 영령들의 명예를 그렇게 짓밟아도 된다는 말인가?"

"이제는 하실 말씀 다 하셨죠? 모욕을 주실 만큼 충분히 주셨으니까요. 그만 집으로 돌아가면 좋겠군요."

몹시 화가 난 엘리자베스는 자리에서 벌떡 일어나며 말했다. 이내 캐서린 귀부인도 일어났는데, 그녀도 몹시 화가 나 있었다.

"그럼, 내 조카의 명예나 신망 같은 것은 상관없다는 말인가! 인정머리 없고 자기밖에 모르는 여자 같으니라고! 당신하고 결혼하는 것 자체가 다아시의 명예를 더럽히는 일이라는 것을 모르냐고?"

"더 이상 드릴 말씀이 없네요. 제 생각은 이미 충분히 말씀드렸으니."

"기어이 그 애를 가로채겠다는 말인가?"

"그런 말은 하지 않았습니다. 다만 저는 제 뜻대로 하겠다는 거예요. 귀부인이나 다른 사람 생각은 신경 쓰지 않을 겁니다. 무엇이 제가 행복한 길인지 제가 판단하고 행동할 겁니다."

"좋아. 내 말대로 하지 않겠다는 거군. 의무와 명예와 은공도 다 저버리겠다는 거야. 그 애가 친척들 앞에서 체면이 깎이고 세상의 웃음거리가 돼도 좋다는 거지. 아주 그러기로 작정을 했어."

"의무니 명예니 은공이니 이런 말로는 저를 설득할 수 없어요. 다아시 씨하고 결혼한다고 해도 그런 것들이 훼손되지는 않을 거예요. 가족의 울분이나 세상의 조롱 같은 것은 신경 쓰지 않아요. 저와 그분의 결혼으로 가족들이 아무리 노발대발해도 저는 눈 하나 깜짝하지 않겠어요. 그리고 세상 사람들도 생각이 있으면 저를 욕하고 나서지는 않을 거예요."

"그게 베넷 양의 본심이군요. 그러기로 작심했단 말이지? 좋아. 어떻게 해야 할지 이제 알겠네. 야욕을 채울 수 있으리라고 기대하지 않는 게 좋을 거예요. 사실은 한번 떠보려고 온 거니까. 분별없는 여자가 아니기를 바랐는데 유감이군. 아무튼 나는 기필코 내 뜻대로 하고 말겠어."

이렇게 말하는 동안 두 사람은 어느새 마차 앞까지 왔다. 귀부인은 휙 돌아서며 말했다.

"베넷 양, 작별 인사는 생략하죠. 어머니께도 인사 못 드리겠네. 받을 자격도 없으니. 불쾌하기 짝이 없군."

엘리자베스는 대꾸하지 않았다. 그리고 귀부인에게 집 안으로 들어가자는 인사치레 한마디 하지 않고 혼자 조용히 들어갔다.

그녀가 2층 층계를 올라가는데 마차 떠나는 소리가 들렸다. 애가 탄 어머니는 옷방 문 앞에서 딸을 붙잡고 귀부인이 왜 들어오지 않고 그냥 갔냐고 물었다.

"내키지 않는지 그냥 가시겠다네요."

"정말 고상하고 아름다운 분이야. 여기까지 찾아오다니 정말 친

절하구나. 콜린스 내외가 잘 있다는 소식을 전해주려고 온 거 아니
겠니. 어디 가는 길에 메리턴을 지나가다가 네 생각이 나서 일부러
오신 거지. 그래, 뭐라던? 별말 없었어?"

엘리자베스는 거짓말을 할 수밖에 없었다. 캐서린 귀부인과 주고
받은 이야기를 해줄 수는 없었으니 말이다.

15

뜻밖의 손님이 찾아오고 나서 엘리자베스는 심란한 마음을 쉽사
리 떨쳐버릴 수 없었다. 그녀는 몇 시간 동안이나 줄곧 그 생각만
했다. 캐서린 귀부인은 그녀와 다아시가 할 수도 있는 약혼을 막겠
다는 일념으로 로징스에서 여기까지 힘들게 온 모양이었다. 왜 그
런지는 그녀도 충분히 알 수 있었다. 그러나 그들이 약혼했다는 소
문이 어디서 어떻게 나왔는지 도무지 알 수가 없었다. 문득 한 쌍의
결혼이 결정되면 으레 또 다른 결혼 소식이 들리기를 바라며 이리
저리 추측해보게 마련이니 그런 게 아닌가 하는 생각이 들었다. 빙
리의 친구가 다아시이고 자기는 제인의 동생이니 말이다. 아닌 게
아니라 언니와 빙리가 결혼하면 그를 만나는 일도 잦을 거라는 생
각을 했다.

그래서 이웃에 사는 루카스 로지 사람들도 엘리자베스가 앞으로
그럴 수도 있겠다고 기대했던 그 일을 확실하게 곧 다가올 일이라

고 단정해버렸는지 모른다. 그녀는 서로 친척관계인 그들과 콜린스 집이 종종 편지로 소식을 주고받다 보니 그 소문이 자연스럽게 캐서린 귀부인 귀에까지 들어간 것이라고 판단했다.

그러나 캐서린 귀부인의 말을 곰곰이 다시 생각해보던 엘리자베스는 절대 물러서지 않겠다고 엄포를 놓고 간 귀부인이 계속 참견한다면 어떤 일이 벌어질지 조금은 불안했다. 그들의 결혼을 막을 결심으로 왔다고 한 것을 보면 틀림없이 다아시한테도 얘기할 것이다. 자기한테 말한 것과 같이 둘의 결혼에 따르는 해악들을 내세웠을 때 그가 어떻게 받아들일지는 섣불리 판단할 수 없었다. 이모에 대한 그의 애정이 어느 정도인지, 그리고 이모의 판단을 얼마나 존중하는지는 모르지만, 아무래도 자기보다 이모 쪽으로 더 기우는 게 당연했다. 귀부인은 틀림없이 수준 차이가 너무 많이 나는 집안 여자와 결혼하면 어떤 불행을 겪을지 일일이 예를 들면서 그의 가장 예민한 부위를 공략할 것이다. 체통과 품위를 중시하는 그는 자기가 보기에는 근거도 약하고 엉성하기만 한 귀부인의 주장을 근거가 탄탄하고 분별 있고 논리적이라고 생각할 수도 있다.

게다가 실제로 그런 듯하지만, 그가 어떻게 해야 할지 갈등하고 있다면 가까운 친척인 이모가 충고하고 간곡하게 설득했을 때 모든 의구심이 사라지고 집안의 명예를 지키기 위해서라도 단호하게 자기를 단념할 수도 있다. 그러면 그는 다시 돌아오지 않을 것이다. 캐서린 귀부인은 로징스로 돌아가는 길에 다아시를 만나려고 런던에 들를 것이고, 그러면 그는 빙리에게 다시 오겠다고 했던 약속을 지키지 않을 것이다. 그녀는 생각했다.

'수일 내로 그가 빙리 씨에게 약속을 못 지키게 되었다는 전갈을 보내면 결론이 났다는 뜻이지. 어느 쪽인지는 확인할 필요도 없고. 그때는 그의 마음이 변치 않을 거라는 모든 기대와 희망을 접어야지. 마음만 먹으면 내 사랑을 얻을 수 있었는데, 놓치기 아까운 여자지만 이쯤에서 물러나겠다고 한다면, 나도 더 이상 미련 떨지 않을 거야.'

가족들은 손님이 누구인지 알고 모두 깜짝 놀랐다. 그러나 그들은 베넷 부인과 같은 짐작을 하며 더 이상 알려고 들지 않았다. 엘리자베스로서는 고마운 일이었다. 다행히 그 일로 시달리지 않았던 것이다.

다음 날 아침, 엘리자베스는 아래층으로 내려오다 편지 한 통을 들고 서재에서 나오는 아버지와 맞닥뜨렸다.

"리지, 안 그래도 너 보러 가는 길이다. 내 방으로 좀 들어오렴."

그녀는 아버지를 따라 들어갔다. 뭔가 할 말이 있는 것 같은데, 분명 손에 쥐고 있는 편지와 관련이 있는 듯해 더욱 궁금했다. 그러다 문득 캐서린 귀부인이 편지를 보낸 건가 하는 생각이 스쳤다. 그 순간 온갖 변명을 늘어놓을 생각에 마음이 착잡했다. 그녀는 아버지를 따라 벽난로 옆에 앉았다. 베넷 씨가 말했다.

"오늘 아침에 편지 한 통을 받고 무척 놀랐단다. 근본적으로는 너와 관련된 일이니 너도 알아야 할 것 같구나. 난 내 딸들이 이렇게 한꺼번에 결혼할 줄은 꿈에도 몰랐다. 아주 대단한 사람을 사로잡았더구나. 축하한다, 리지."

그녀는 캐서린 귀부인이 아니라 다아시가 보낸 편지라는 생각이 스친 순간 얼굴이 빨개졌다. 그리고 그가 편지로 다시 구혼한 것을 기뻐해야 할지 아니면 자기에게 직접 보내지 않은 것을 기분 나쁘게 생각해야 할지 갈피를 잡을 수가 없었다. 그때 아버지가 계속 말했다.

"벌써 알고 있구나. 하긴 젊은 여자들은 이런 일에 굉장히 눈치가 빠르지. 하지만 아무리 똑똑한 너라도 너를 찬미하는 남자가 누구인지는 모를 거다. 이건 콜린스가 보낸 편지란다."

"콜린스 씨요? 그 사람이 무슨 할 말이 있어서."

"아주 많더구나. 먼저 얼마 남지 않은 제인의 결혼을 축하한다는구나. 아마 쓸데없이 수다를 떨어대는 루카스네로부터 들은 게지. 그 대목은 내가 굳이 읽지 않으마. 그러면 네가 속을 태우며 조바심을 낼 테니. 그런 걸 즐길 아비가 아니지. 너에 관한 사연부터 읽어주마."

귀댁에 기쁜 일이 생겼다니 아내와 함께 진심으로 축하드립니다. 아울러 또 다른 건에 대해서도 간단히 말씀드릴까 합니다. 물론 이 이야기도 같은 소식통으로 들은 것입니다. 다름이 아니라 엘리자베스 양도 언니의 뒤를 이어 곧 다른 성을 따르게 될 것이라는 점입니다. 더구나 연분을 맺게 될 사람은 이 나라에서도 손꼽을 만큼 뛰어난 분입니다.

"리지야, 누군지 너는 알겠니?"

이 젊은 신사는 만인이 부러워하는 모든 것을 갖춘 분입니다. 부유한 재산가에다 명문 혈족, 굉장히 넓은 범위까지 미치는 성직 임명권까지 소유하고 계시죠. 그러나 이렇게 모든 조건을 갖춘 사람이지만 저의 사촌 엘리자베스 양과 어르신께서는 이분의 청혼을 섣불리 받아들였다가는 어떤 불행한 일이 닥칠지 모르니 부디 신중하게 생각하시라는 말씀을 드리고자 합니다. 어르신께서 눈앞에 보이는 이익을 놓치고 싶지 않겠지만요.

"리지, 아직도 누군지 모르겠니? 하지만 이제 등장할 거다."

제가 이렇게 귀띔해드리는 데는 이유가 있습니다. 저희는 그분의 이모 되시는 캐서린 드 버그 귀부인께서 두 사람의 결혼을 순수하게 받아들이지 않는다고 생각합니다. 거기에는 그럴 만한 이유가 있으니까요.

"이제 알겠니, 리지? 바로 다아시 씨란다. 놀랐지? 콜린스나 루카스네나 달리 지목할 사람이 있겠니? 거짓말이라고 여길 게 뻔한 사람으로 그만한 사람도 없지. 다시 씨라니. 여자만 보면 한 가지라도 결점을 집어내고, 너는 거들떠보지도 않잖니! 참 재밌구나."

그녀는 웬만하면 아버지의 농담에 맞장구를 치고 싶었지만 씁쓸한 미소만 지을 뿐 뭐라고 할 말이 없었다. 아버지의 농담을 듣고 지금처럼 언짢았던 적도 없었다.

"재미없니?"

"아니에요. 계속 읽어주세요."

지난밤 귀부인께 이 결혼이 성사될 것 같다고 말씀드렸습니다. 그러자 늘 그렇듯 곧바로 이 결혼에 대한 자신의 생각을 밝히셨습니다. 귀부인께서는 사촌의 가족에게 몇 가지 문제가 있다는 이유로 수치스럽기 짝이 없는 이 결혼을 절대 승낙하지 않겠다고 분명히 말씀하셨습니다. 그래서 저는 이 사실을 최대한 빨리 사촌에게 알리고, 사촌과 그녀를 깊이 사모하는 고귀하신 그분이 자신들이 꾀하는 일이 어떤 결과를 초래할지 깨닫고 부디 승낙받지 못할 이 결혼을 서두르지 말라고 말씀드리는 것이 제 의무라고 생각했습니다.

"콜린스는 이런 말도 덧붙였단다."

리디아 양의 일이 잘 마무리되어 진심으로 기쁩니다. 다만, 두 사람이 결혼식을 올리기 전에 동거했다는 사실이 소문날까 걱정입니다. 저는 어르신께서 그들이 결혼하자마자 집에 들이셨다는 말을 듣고 무척 놀랐다는 말씀을 드리지 않을 수가 없네요. 그것이 목사로서 제 의무이기도 하니까요. 제가 롱본의 목사였다면 결사반대했을 것입니다. 그것은 부도덕한 행실을 권장할 우려가 있으니까요. 물론 기독교인으로서 그들을 용서해야 합니다. 그러나 사람들 앞에 내세운다거나 그들의 이름을 언급해서는 안 됩니다.

"이것이 그가 생각하는 기독교인의 용서구나. 나머지는 샬럿이 임신을 했고 아버지가 된다는 사연이다. 그런데 리지, 넌 전혀 재미있지 않은 모양이구나. 황당한 헛소문에 불쾌한 척 새초롬한 표정 짓지 말거라. 가끔 이웃의 놀림거리가 될 줄도 알고 또 그들을 놀리기도 하고 그러는 거지. 다 그런 낙으로 사는 거 아니겠니?"

"아버지, 저도 참 재미있기는 한데 놀라워요."

엘리자베스가 소리쳤다.

"바로 그래서 재미있는 거란다. 그들이 다른 사람을 골랐다면 아주 심심했을 거다. 하지만 너에게 아무 관심도 없을 뿐 아니라 몹시 싫어하는 사람을 갖다 붙이니 재미있는 거지. 있을 법하지 않으니 말이다. 편지는 너무너무 쓰기 싫지만 콜린스하고는 계속 편지를 주고받아야겠다. 그의 편지를 읽다 보면 아주 그냥 그를 좋아하지 않을 수가 없구나. 뻔뻔하고 위선으로 가득한 위컴도 대단하지만 콜린스는 더 출중하지. 그나저나 캐서린 귀부인은 이 소문에 대해 뭐라고 하시던? 찬성 못 한다는 말을 하려고 여기 온 것이냐?"

엘리자베스는 대답하지 않고 그저 웃기만 했다. 아버지가 조금도 의심하지 않았기 때문에 한 번 더 물어보았을 때도 당황하지 않았다. 그녀는 자신의 감정을 감추느라 지금처럼 힘들었던 적이 없었다. 울어도 성에 안 찰 판국에 웃어야 했으니 말이다. 더구나 다아시가 자기한테 아무 관심도 없다는 아버지의 말이 더 큰 마음의 상처가 되었다. 아버지가 원래 이렇게 눈치 없는 사람이었나 하는 생각마저 들었다. 그러나 한편으로는 아버지의 관찰력이 떨어지는 게 아니라 자기의 상상력이 너무 지나친 게 아닌가 하는 의구심이 생겼다.

16

엘리자베스는 다아시가 빙리한테 올 수 없게 되었다며 해명하는 편지를 보낼 거라고 예상했으나, 그와는 달리 캐서린 귀부인이 방문하고 며칠 뒤에 빙리가 다아시를 데리고 롱본에 왔다. 그들은 아침 일찍 도착했다. 엘리자베스는 어머니가 다아시에게 그의 이모가 왔다 갔다는 얘기를 할까 봐 가슴이 조마조마했다. 그러나 본격적으로 이야기를 나누기도 전에, 제인과 단둘이 있고 싶었던 빙리가 다 같이 산책을 나가자고 했다. 베넷 부인은 원래 산책을 싫어하고 메리는 그럴 시간이 없었기 때문에 둘을 빼고 나머지 5명이 함께 밖으로 나갔다.

빙리와 제인은 곧 뒤처져서 앞에 걸어가는 사람들과 한참 떨어져서 걸었다. 엘리자베스와 키티, 다아시 셋은 말없이 나란히 걸어갔다. 키티는 다아시를 어려워했기 때문에 말을 꺼낼 엄두도 내지 못했다. 엘리자베스는 마음속으로 인생에서 가장 중요한 결심을 하고 있었고, 다아시도 마찬가지였을 것이다.

키티가 마리아를 보러 가자고 해서 그들은 루카스네로 향했다. 그러나 셋 다 갈 필요가 없다고 생각한 엘리자베스는 키티를 먼저 보냈다. 그녀는 다아시와 단둘이 남게 되자 결심을 실천에 옮길 때라고 생각했다. 그녀는 주저하지 않고 용기를 내어 말했다.

"다아시 씨, 저는 정말 저밖에 모르는 여자인가 봐요. 당신이야 불쾌하든 말든 나만 좋으면 된다는 식이니까요. 변변찮은 동생에게 더할 나위 없는 친절을 베풀어주시다니 무슨 말로 감사해야 할지 모르겠군요. 그 사실을 알고 나서 언젠가는 꼭 고맙다는 말씀을 드리고 싶었답니다. 저희 가족도 그 사실을 알았다면 저와 마찬가지로 고마운 마음을 전했을 거예요."

"아닙니다. 제가 죄송합니다. 자못 기분 나쁘게 받아들이실 수도 있는 일이니 말입니다. 가드너 부인을 믿었는데 이러실 줄은 정말 몰랐습니다."

다아시가 놀라는 한편 감동받은 목소리로 말했다.

"외숙모 탓이 아니에요. 리디아가 그 이야기를 하면서 생각 없이 당신 이름을 흘렸거든요. 그리고 제가 자세한 내막을 알아보지 않고서는 가만히 있을 수가 없었죠. 어쨌든 우리 가족을 대표해서 동정 어린 배려에 다시 한번 감사하다는 말씀을 드립니다. 그들을 찾아내느라 그렇게 애쓰시고, 모멸감도 많이 느끼셨을 텐데."

"고맙다는 인사는 베넷 양만 하셔도 됩니다. 물론 다른 이유도 있었지만 당신을 기쁘게 해드리고 싶은 마음이 컸으니까요. 당신 가족은 저한테 아무런 신세도 지지 않았습니다. 그분들도 좋아하지만 오로지 당신만 생각했으니까요."

엘리자베스는 너무 놀라서 아무 말도 나오지 않았다. 잠시 후 다아시가 다시 말을 이었다.

"당신은 마음이 넓은 분이시니 제 진심을 아실 것입니다. 저에 대한 감정이 지난 4월과 조금도 달라지지 않았다면 말씀해주십시오. 저는 변함없이 당신을 사랑하고, 제 청혼을 받아주시기를 바라고 있습니다. 하지만 당신의 마음이 변함없다고 대답하신다면 앞으로 두 번 다시 이 문제를 꺼내지 않겠습니다."

그녀는 그가 몹시 긴장하고 겸연쩍어하는 듯 보여서 계속 입을 다물고 있을 수가 없었다. 그녀는 곧바로 지난 4월 이후로 자신의 마음이 완전히 바뀌어서 지금은 그의 청혼을 고맙고 기쁘게 받아들인다고 말했다. 대답을 들은 다아시는 일찍이 느껴보지 못한 행복감에 젖었다. 사랑에 푹 빠진 남자가 그렇듯 그는 온몸으로 자신의 열정을 표현했다. 그녀가 그를 똑바로 쳐다볼 수 있었다면 이루 말할 수 없는 기쁨으로 가득한 그의 얼굴이 더할 나위 없이 멋있다고 느꼈을 것이다. 그녀는 눈을 들지는 못했지만 귀로 들을 수 있었다. 그녀가 자신에게 얼마나 소중한 사람인지 그가 말하는 동안 그녀도 그에 대한 사랑을 점점 더 소중하게 여겼던 것이다.

그들은 자신들이 어디로 가는지도 모른 채 계속 걸었다. 생각하고 느끼고 말하느라 다른 데 신경 쓸 겨를이 없었던 것이다. 그녀는 곧 두 사람이 서로를 이해하게 된 것은 모두 캐서린 귀부인 덕택이라는 것을 알게 되었다. 귀부인은 돌아가는 길에 런던에 들러 다아시를 만났다. 그리고 그에게 무슨 일로 롱본에 갔다 왔는지, 엘리자베스하고 무슨 얘기를 했는지 모두 들려주었다. 더구나 엘리자베스가 했던 말을 그대로 전하면서 고집이 세고 염치없는 아가씨라고 강조했다. 그렇게 말하면 엘리자베스한테는 실패했지만 조카한테는 그녀와 결혼하지 않겠다는 약속을 받아낼 수 있을 거라고 생각했던 것이다. 그러나 안타깝게도 귀부인의 행보는 역효과를 가져오고 말았다.

"그 말을 듣고 오히려 기대할 만하다고 생각했습니다. 그때까지 그런 생각조차 못 했으니까요. 당신 성격으로는 거절하기로 마음먹었다면 캐서린 귀부인한테 확실하게 말했을 테니까요."

그 말을 듣는 순간 그녀의 얼굴이 빨개졌다. 그녀는 웃으며 말했다.

"맞아요. 제가 그만큼 솔직한 사람이라는 것을 당신도 잘 아실 거예요. 당신한테도 대놓고 비난하고 악담을 퍼부었는데, 친척들 앞에서 당신을 헐뜯는 것쯤은 아무것도 아니죠."

"당신 말이 모두 옳았습니다. 물론 오해에서 비롯된 터무니없는 비난이기는 했지만 저의 태도만 보면 지탄받을 만하죠. 정말 용서받지 못할 짓이죠. 지금도 그 생각을 하면 소름이 돋을 정도로 끔찍합니다."

"그날 밤 일에 대해 잘잘못을 따질 필요는 없어요. 엄밀히 말해서 둘 다 잘못했으니까요. 하지만 그 뒤에 서로 좀더 예의를 갖추게 되지 않았나요?"

"하지만 저는 쉽게 잊을 수가 없습니다. 제가 했던 말과 행동을 다시 생각해보면 지금도 못 견딜 만큼 괴롭습니다. 당신이 정곡을 찔렀기 때문에 잊혀지지 않는 겁니다. '좀더 신사답게 행동했다면' 이라고 하셨죠. 이 말이 얼마나 큰 상처가 되었는지 당신은 모를 겁니다. 상상도 못 하셨겠지요. 물론 한참 지나 분별력이 생겼을 때는 그 말이 맞다는 것을 깨달았지만요."

"제 말에 그렇게 큰 충격을 받았으리라고는 전혀 생각지 못했어요. 그렇게 느끼셨다니 정말 뜻밖이에요."

"이해합니다. 당신은 제가 올바른 사람이 아니라고 여겼으니까요. 제가 어떤 태도로 말하든 제 마음을 받아들이지 않을 거라고 말했을 때의 그 표정을 평생 잊을 수 없을 것입니다."

"더 이상 말씀하지 마세요. 지나간 일을 다시 생각해봤자 아무 도움이 안 돼요. 저는 오래전부터 그때 그렇게 말한 제 자신을 정말 부끄럽게 생각하고 있답니다."

다아시는 자신의 편지를 언급했다.

"그 편지를 읽고 저에 대한 좋지 않은 감정이 풀렸나요? 편지를 읽으면서 제 이야기가 믿어지던가요?"

그녀는 편지를 읽으면서 자신의 마음이 어떻게 바뀌었는지, 그에 대한 편견이 어떻게 사라졌는지 이야기해주었다.

"그 편지를 읽으면 당신이 분명 괴로워할 거라는 것을 잘 알고 있었지만 어쩔 수 없었습니다. 부디 그 편지를 찢어버렸기를 바랍니다. 특히 첫대목은 당신이 두 번 다시 읽지 않으면 좋겠군요. 아직도 기억하는데 저에 대한 혐오감을 불러일으킬 만한 구절이니까요."

"당신을 사랑하는 데 방해가 된다면 태워버릴게요. 하지만 제 마음이 움직인 것은 사실이지만 그렇다고 쉽게 변하지도 않는답니다."

"그 당시에는 담담하고 침착하게 편지를 써 내려갔다고 생각했습니다. 그러나 나중에 생각해보니 굉장히 불쾌한 기분으로 썼다는 것을 알겠더군요."

"처음에는 속상한 마음으로 쓰셨겠죠. 하지만 굉장히 부드러운 인사로 끝을 맺었어요. 어쨌든 그 편지 얘기는 더 이상 하지 않기로 해요. 편지를 쓴 사람이나 받은 사람의 마음이 현격하게 달라졌으니까요. 불쾌한 일들은 모두 잊어버려요. 평소 저의 인생철학이 뭔지 아세요? 좋은 일만 기억하라, 이거랍니다."

"그게 인생철학이라니 못 믿겠군요. 당신은 비난받을 일 같은 건 전혀 하지 않았을 테니까요. 그런 철학으로 행복을 얻은 것이 아니라 그럴 일이 아예 없었던 것입니다. 그게 더 맞죠. 하지만 저는 그렇지 않습니다. 잊어버릴 수도 없고, 잊어서도 안 되는 힘든 기억들이 늘 따라다니니까요. 평생 저는 이기적인 행동을 해서는 안 된다는 원칙을 세우고 있었지만 사실은 이기주의자였습니다. 어릴 때부터 무엇이 옳은 것인지는 배웠지만 성격을 고치라는 충고는 듣지 못했거든요. 저는 올바른 원칙을 가지고 있었지만 자만심 강하고 오만한 태도로 그 원칙을 지켰죠. 외아들로 태어난 것이 불행이었어요. 오랫동안 동생 없이 혼자였거든요. 부모님이 오냐오냐하는 바람에 버릇없이 굴었죠. 부모님 모두 훌륭한 분들이셨어요. 특히 아버지는 인자하시고 정이 많은 분이셨어요. 하지만 아들이 오만하고 이기적으로 행동하는데도 나무라지 않았습니다. 그런 성격을 바로잡으려고도 하지 않고 오히려 더욱 부추기셨죠. 우리 가문 말고 다른 집안은 안중에도 없고, 모든 사람들을 발아래로 보면서 천박하고 하잘것없다고 여기는데도 말입니다. 여덟 살부터 스물여덟 살까지 그렇게 살아왔습니다. 사랑하는 엘리자베스 당신이 아니었다면 지금도 그럴 것입니다. 당신에게 말로 다 할 수 없는 은혜를 입었습니다. 당신이야말로 저에게 훌륭한 교훈을 가르쳐준 사람이에요. 물론 처음에는 잔인하다고 느꼈지만 더할 나위 없이 유익한 교훈이었지요. 당신 덕분에 저는 겸손이라는 것을 알게 되었습니다.

저는 당연히 청혼을 받아줄 줄 알고 찾아갔습니다. 사랑받을 자격이 있는 여자를 기쁘게 해줄 모든 조건을 갖추었다고 자신했으니까요. 그러나 당신은 제 자신이 얼마나 부족한 사람인지 깨우쳐주었습니다."

"제가 정말 받아들일 거라고 생각하셨나요?"

"물론이죠. 자만심에 빠져 있었던 거죠. 제가 청혼하기를 당신이 바라고 있다고 생각했습니다."

"제 태도에도 문제가 있었어요. 그러나 일부러 그런 것은 절대 아니에요. 저는 당신에게 거짓말을 한 적은 없어요. 다만 감정을 그대로 표출하다 보면 비뚤어질 때가 많죠. 그날 저녁부터 제가 얼마나 미웠을까요!"

"천만에요. 그럴 리가 없습니다. 물론 처음에는 당신한테 화가 나기도 했지만 분노의 대상을 제대로 찾아가기 시작했죠."

"펨벌리에서 마주쳤을 때 저를 어떻게 생각하고 계셨는지 지금도 여쭤보기가 망설여지는군요. 속으로 저를 비난하셨죠?"

"아닙니다. 절대 그렇지 않아요. 단지 놀랐을 뿐입니다."

"저보다 더 놀라지는 않았을 거예요. 그런 곳에 나타났으니. 양심적으로 환대를 바랄 수도 없었으니까요. 주제넘게 대접받을 생각은 하지 않았어요."

"그때 저는 지난 일로 원망이나 품는 속 좁은 사람이 아니라는 것을 보여주고 싶었습니다. 그래서 최대한 정중하게 대했고요. 당신이 나쁘게 말한 점을 인정하고 달라진 모습을 보여주고 싶었습니다. 그렇게 하면 당신이 저를 용서해주고 오해를 풀 수도 있을 거라고 생각했죠. 언제부터 다른 소망을 품기 시작했는지는 모르겠습니다. 아마 당신을 만나고 30분쯤 지났을 때가 아닐지."

그리고 그는 조지애나가 엘리자베스를 얼마나 마음에 들어 하는지, 그리고 갑자기 떠나게 되어 얼마나 낙담했는지 말했다. 그리고 이 이야기는 자연스럽게 그녀가 갑자기 떠날 수밖에 없었던 이유로 이어졌다. 그는 여관에서 나오기 전에 이미 리디아를 찾기 위해 더비셔에서부터 그녀를 따라 나서기로 마음먹었다고 했다. 또한 여관에서 심각한 표정으로 생각에 잠겼던 것도 다름이 아니라 그 일을 하기 전에 여러 가지 따져봐야 할 문제들이 많았기 때문이었다고 했다. 그녀는 다시 한번 고맙다고 말했다. 그리고 두 사람 모두에게 괴로운 사건이었던 만큼 구체적인 얘기는 하지 않았다.

이야기를 나누면서 천천히 걷다 보니 어느새 몇 마일이나 걸어왔다. 그들은 시계를 들여다보고 나서야 집으로 돌아가야 할 시간이 지났음을 알았다.

그들은 문득 빙리와 제인은 어떻게 되었는지 궁금했다. 그러다 자연스럽게 그들 얘기를 했다. 다아시는 그들이 약혼한 것을 진심으로 기쁘게 생각했다. 빙리는 그 소식을 맨 먼저 다아시한테 알려주었다고 했다.

"놀라셨는지 여쭤봐도 될까요?"

"천만에요. 런던으로 떠날 때 이미 머지않아 그렇게 될 거라고 짐작했습니다."

"말하자면 당신이 허락한 거로군요. 저도 그런 줄 짐작했어요."

그는 허락이라는 말에 탄식을 내뱉었지만, 그녀는 그 말이 맞다는 것을 알았다.

"런던으로 떠나기 전날 밤 빙리한테 고백했습니다. 사실 오래전에 이미 그렇게 했어야 했죠. 친구의 일에 주제넘게 간섭했고 사실 아무 근거도 없이 그런 일을 벌였다고 말입니다. 빙리는 여간 놀라지 않더군요. 일말의 의심도 없었으니까요. 그리고 제인 양이 빙리한테 관심이 없다는 말도 사실은 제가 잘못 판단한 거라고 말했습니다. 제인에 대한 빙리의 사랑이 조금도 줄어들지 않았다는 것을 느꼈기 때문에 두 사람이 행복할 거라고 믿었습니다."

그녀는 그가 빙리를 너무나 잘 리드한다는 생각이 들어 미소 지었다.

"언니가 그분을 사랑한다는 것은 직접 보고 느끼신 건가요, 아니면 지난봄에 제가 말씀드린 것을 그대로 믿으신 건가요?"

"제 눈으로 직접 확인한 것입니다. 근래 이곳을 두 번 방문했을 때 언니분을 주의 깊게 살펴보고 빙리를 마음에 품고 있다는 것을 알았습니다."

"그럼 당신이 틀림없다고 말하니까 빙리 씨도 자신한 거군요."

"그렇죠. 빙리는 순수하고 겸손한 친구입니다. 대범하지를 못해서 조바심이 나거나 애가 탈수록 자신의 판단을 믿지 못하고 제 판단에 맡겨버리죠. 그러면 마음은 편하니까요. 그리고 빙리에게 고백한 것이 하나 더 있습니다. 그 일로 한동안 몹시 속상해했죠. 그럴 만도 하고요. 제인 양이 지난겨울 석 달 동안 런던에 머물 때 그것을 알면서도 일부러 숨겼다고 털어놓았죠. 빙리가 화를 내더군요. 그러나 계속 의심을 품고 있던 제인 양의 감정을 알고 나서 곧 누그러졌습니다. 이제는 저를 용서했습니다."

엘리자베스는 빙리는 정말 좋은 친구이고, 그런 친구가 쉽게 믿고 잘 따르는 당신도 진가를 헤아릴 수 없는 사람이라고 말해주고 싶었지만 참았다. 그가 자기만큼은 아니지만 빙리가 행복할 거라는 얘기를 하는 동안 어느새 집에 다다랐다. 두 사람은 현관에서 헤어졌다.

17

"리지, 대관절 어디 갔었니?"

엘리자베스가 방에 들어서자 제인이 물었다. 식탁에 앉자 식구들 모두 똑같은 질문을 했다. 그녀는 걷다 보니 자기도 모르게 멀리까지 갔다고 대답했다. 그렇게 말하는 그녀의 얼굴이 조금 빨개졌으나 이상하게 여기는 사람은 없는 듯했다.

그날 저녁은 이렇다 할 일 없이 그럭저럭 지나갔다. 공개적으로 인정받은 연인들은 웃으며 서로 속닥거렸고, 그렇지 못한 연인들은 조용히 앉아 있었다. 다아시는 행복하고 기뻤지만 흥분하는 성격이 아니었다. 반면 엘리자베스는 마음이 들뜨고 혼란스러워서 행복감을 제대로 느끼지 못했다. 바로 지금과 같은 상황도 당황스럽지만 넘어야 할 산이 많았다. 그녀는 가족들이 이 사실을 알면 어떤 반응을 보일지 생각해보았다. 제인 말고는 아무도 다아시를 좋아하지 않는데, 어쩌면 그의 재산과 신분으로도 상쇄되지 않을 만큼 몸서리치게 싫어할지도 모른다는 생각이 들자 두려웠다.

그날 밤 그녀는 제인에게 사실을 털어놓았다. 원래 의심이라고는 할 줄 모르는 제인도 도무지 믿을 수 없었던 모양이었다.

"설마 농담이겠지. 그게 말이 되는 소리니? 다아시 씨하고 결혼할 거라니! 농담하는 거지? 그럴 리가 없잖니? 있을 수도 없는 일이야."

"이제 시작인데 너무 심한 거 아냐, 언니? 언니는 믿었는데. 언니가 내 말을 안 믿어주면 도대체 누가 믿어주겠어? 난 진지하게 말하는 거야. 농담이 아니라고. 그분은 아직도 나를 사랑해. 그리고 우리는 결혼을 약속했어."

제인은 의심스러운 눈초리로 그녀를 보았다.

"아니, 리지. 안 될 일이야. 네가 그분을 얼마나 싫어하는지 누구보다 내가 잘 아는데."

"그건 다 지난 얘기야. 그동안 무슨 일이 있었는지 언니는 전혀 모르잖아. 물론 지금처럼 사랑하지 않았을 때도 있었지. 어쨌든 이런 경우에는 기억력이 좋은 게 죄야. 이제 앞으로 다시는 그 일을 떠올리지 않을 거야."

제인은 여전히 얼떨떨한 표정이었다. 엘리자베스는 좀더 진지하게 사실이라고 말했다.

"맙소사! 어떻게 그럴 수가 있니? 하지만 네 말을 믿을게. 아니 믿어. 리지, 정말 축하한다. 하지만 이런 걸 물어봐서 미안하지만 그분하고 정말 행복할 수 있다고 확신하니?"

"물론이야. 확신해. 우리는 벌써 이 세상에서 가장 행복한 부부가 되기로 약속했어. 언니는 어때? 동생 남편으로 마음에 들어? 기쁘냐고?"

"좋고말고. 너무 좋아. 빙리 씨나 나한테 이보다 더 기쁜 일이 어디 있겠니? 사실 우리도 그 문제를 진지하게 얘기해봤는데 있을 수 없는 일이라고 결론 내렸지. 너 정말 그분을 사랑하니? 리지, 사랑 없는 결혼은 안 돼. 그러니까 결혼을 약속할 만큼 사랑하느냐 말이야."

"그럼. 아마 언니는 내 얘기를 들으면 그 이상으로 내 사랑이 깊다는 것을 알게 될 거야."

"그게 무슨 말이야?"

"고백할게. 나는 언니가 빙리 씨를 사랑하는 것보다 더 다아시 씨를 사랑해. 화낼 건 아니지?"

"리지, 제발 농담 좀 하지 말고 진지하게 말해봐. 듣고 싶어. 어서 내가 모르는 일들을 다 얘기해줘. 그분을 언제부터 사랑한 거니?"

"언제부터 시작되었는지는 잘 모르겠어. 조금씩 천천히 진행된 거라서 말이야. 아마도 펨벌리에서 그분의 아름다운 장원을 구경했을 때부터 그런 감정이 싹트기 시작한 것 같아."

제인이 또다시 진지하게 말하라고 부탁하자, 엘리자베스는 차분한 말투로 자신이 다아시를 사랑하고 있다고 확신하기까지 모든 이야기를 들려주었다. 제인은 만족했고 더할 나위 없이 기뻐했다. 그녀는 말했다.

"이제 정말 행복하구나. 너도 나만큼 행복하다니. 난 항상 그분을 좋게 생각했어. 그분이 너를 사랑한다는 그 이유만으로 말이야. 이제 빙리 씨의 친구이자 네 남편이니 빙리 씨하고 너 다음으로 나한테 소중한 분이야. 하지만 리지, 생각해보니 너 참 앙큼하구나. 어떻게 나한테 한마디도 안 할 수 있니? 펨벌리와 램턴 이야기는 하나도 안 해주고 말이야. 그나마 내가 아는 것도 다른 사람한테 들은 거잖니."

엘리자베스는 비밀로 할 수밖에 없었던 이유를 말했다. 우선 언니 앞에서 빙리 이름을 말하고 싶지 않았고, 다아시에 대한 자기의 감정이 어떤 것인지도 확실하지 않아서 그의 이름 역시 말하고 싶지 않았다고 했다. 그러고 나서 리디아가 결혼하는 데 그가 어떤 도움을 줬는지 이야기해주었다. 자매는 그날 밤 얘기를 나누느라 거의 잠을 이루지 못했다.

"세상에!"

다음 날 아침 창가에 서 있던 베넷 부인이 외쳤다.

"저 기분 나쁜 다아시가 우리 사랑스러운 빙리하고 제발 같이 오지 않으면 좋겠구나. 대체 뭐하러 매일 여기 오는 거지? 지긋지긋하구나. 사냥을 해도 되고 아니면 다른 걸 찾아보든지 할 것이지, 왜 성가시게 빙리랑 붙어다니냐 말이야. 리지, 네가 같이 나가서 산책 좀 하렴. 빙리한테 걸리적거리지 않도록 말이다."

엘리자베스는 어머니가 때맞춰 적절한 제안을 하자 설핏 웃음이 나왔다. 하지만 어머니가 번번이 다아시 이름 앞에 그런 형용사를 붙이는 게 못마땅했다.

다아시와 함께 들어온 빙리는 의미 있는 눈빛으로 베넷 부인을 바라보았다. 그리고 그녀에게 다가가 모든 것을 알고 있다고 말하듯 힘차게 악수하고는 큰 소리로 말했다.

"베넷 부인, 리지 양이 어제처럼 길을 잃기 딱 좋은 좁은 길이 이 근처에 또 없을까요?"

"있고말고요. 그럼 다아시 씨와 리지, 키티는 아침에 오컴 언덕으로 산책을 나가는 게 어때요? 산책길로는 그만인데. 다아시 씨는 그쪽 경치를 아직 못 보셨으니 잘됐네요."

"두 분은 괜찮겠지만 키티 양한테는 힘들 것 같네요. 안 그래, 키티 양?"

빙리가 묻자 키티는 그냥 집에 있겠다고 말했다.

다아시가 오컴 언덕에서 경치를 내려다보고 싶다고 말하자 엘리자베스는 말없이 고개를 끄덕였다. 그녀가 나갈 준비를 하려고 2층으로 올라가는데 베넷 부인이 따라오며 말했다.

"리지, 미안하지만 저 기분 나쁜 사람을 네가 좀 맡아야겠다. 이게 다 언니를 위한 일이니 좀 참으렴. 너무 부담스럽게 생각할 필요 없단다. 그냥 말 걸면 몇 마디씩 대꾸하고 그러면 돼."

다아시와 엘리자베스는 걸으면서 저녁에 부모님의 허락을 구하기로 결정했다. 아버지한테는 다아시가 말하고, 어머니한테는 엘리자베스가 말하기로 했다. 그녀는 어머니가 어떻게 나올지 예측할 수가 없었다. 다아시가 가진 어마어마한 재산과 사회적 지위로 어머니의 혐오감을 잠재울 수 있을지 확신이 서지 않았던 것이다. 그러나 이 결혼을 결사적으로 반대하든 혹은 기뻐서 어쩔 줄을 모르든 어머니의 반응은 틀림없이 유별날 것이다. 어쨌든 그녀는 좋아해서든 싫어해서든 어머니의 경박한 모습을 다아시가 보게 될 거라고 생각하니 마음이 착잡했다.

저녁에 베넷 씨가 서재로 들어가자마자 다아시가 뒤따라갔다. 엘리자베스는 그것을 보고 가슴이 조마조마했다. 그녀는 아버지가 반대할까 봐 걱정하는 것이 아니었다. 그보다는 아버지가 슬퍼할까 봐, 자신이 가장 사랑하는 딸이 그런 선택을 했다는 사실에 마음 아파하고, 딸의 결혼으로 걱정과 탄식에 빠질까 봐 애가 탔다. 걱정스러운 마음으로 앉아 있는데 그가 들어왔다. 그의 미소를 보고 그녀는 마음이 조금 놓였다. 그는 그녀와 키티가 함께 앉아 있는 탁자로 다가와 언뜻 키티의 뜨개질을 칭찬하는가 싶더니 그녀에게 속삭였다.

"서재로 가보세요. 아버님께서 부르십니다."

그녀는 곧바로 일어나 서재로 갔다. 아버지는 답답하고 심란한 표정으로 이리저리 왔다 갔다 하고 있었다.

"리지, 어떻게 된 거냐? 네가 그런 사람을 받아들이다니. 넌 그 사람을 미워하지 않았니?"

그녀는 과거에 자신이 좀더 이성적으로 판단하고, 좀더 부드럽게 표현했다면 얼마나 좋았을까 하고 뼈저리게 느꼈다. 그랬다면 참을 수 없을 만큼 껄끄럽게 일일이 설명하지 않아도 될 것이다. 그러나 지금은 해명할 수밖에 없었다. 그녀는 조금 복잡한 심정으로 다아시를 사랑한다고 확실하게 말했다.

"그러니까 그 사람하고 결혼하기로 했다, 이 말이구나. 그 사람이 부자니까 네 언니보다 더 좋은 옷을 입고 더 좋은 마차를 타겠지. 하지만 그런다고 행복하겠니?"

"제가 그 사람을 사랑하지 않는다고 믿으시는군요? 그럼 다른 이유는 없는 거예요?"

"다른 이유는 없단다. 그가 오만하고 못마땅한 사람이라는 것을 모르는 사람이 없기는 하지만 네가 정말 그 사람을 사랑한다면 문제가 안 되지."

"저는 그 사람이 좋아요. 그 사람을 사랑해요. 사실 그 사람은 무턱대고 거만을 떠는 그런 사람이 아니에요. 정말 좋은 사람이에요. 아버지는 그 사람의 본모습을 몰라요. 그러니까 그 사람을 나쁘게 말하지 말아주세요. 제가 너무 괴로워요."

그녀가 눈물을 머금고 대답했다.

"리지, 그 사람한테 결혼해도 좋다고 말했단다. 직접 와서 겸손하게 청하는데 거절할 마음이 들겠니? 네가 정 그 사람하고 결혼하고 싶다면 너한테도 허락한다고 말하마. 그러나 좀더 신중히 생각해보거라. 난 너를 잘 알아. 너는 네 남편이 진정으로 존경할 만한 사람이 아니면 결코 행복할 수 없는 녀석이지. 그러니 너보다 성품이 더 뛰어난 사람하고 결혼해야 해. 너처럼 똑똑하고 쾌활한 애는 성격이 맞지 않는 사람하고 결혼하면 몹시 불행할 거야. 불명예스럽고 비극적인 결혼 생활을 하게 되지. 리지, 네가 존경하지도 않는 사람하고 평생을 함께 살아간다면 이 아버지는 너무너무 슬플 거다. 네가 지금 무슨 일을 하려는 건지 알고는 있니?"

아버지의 말에 마음이 더욱 불편했던 그녀는 다시 한번 진중하게 자신이 다아시를 선택했다고 말했다. 그리고 오래전부터 조금씩 그를 다르게 생각해왔다고 설명했다. 또 하루 이틀 만에 그를 사랑하게 된 것이 아니라 아무것도 정해지지 않은 상태에서 여러 달 숙고한 끝에 얻은 결론인 만큼 확실하다고 말했다. 그녀는 아버지의 걱정을 덜어드리려고 다아시의 장점을 수차례 강조했다. 그러자 드디

472

어 아버지가 의심을 거두고 그들의 결혼을 진심으로 받아들였다.

딸의 말이 끝나자 아버지가 말했다.

"알겠다, 리지. 이제 더 말할 필요 없겠구나. 네 말대로 그런 사람이 맞다면 너의 배필이 될 만하구나. 사실 그보다 못한 사람한테 너를 시집보낼 수가 없지."

그녀는 아버지가 다아시를 좋은 사람이라고 확신하도록, 그가 스스로 나서서 리디아 일을 해결해주었다고 말했다. 아버지는 크게 놀랐다.

"오늘 밤은 정말 놀랄 일만 있구나. 그래, 그게 다 다아시가 한 일이라고? 결혼을 설득하고, 돈을 주고, 빚을 갚아주고, 장교 자리를 마련해주다니, 정말 더할 나위 없구나. 이제 돈을 마련하는 문제는 신경 쓸 필요 없으니 말이다. 네 외삼촌이 자기 돈을 썼다면 당연히 갚아야지. 그러려고 했고. 그런데 그 모든 것이 한 젊은이가 사랑에 푹 빠진 나머지 스스로 한 일이란 말이지. 내일 다아시한테 그 돈을 갚겠다고 말해보마. 그러면 그 친구는 너를 사랑해서 한 일이라고 펄쩍 뛰면서 한사코 거절하겠지. 그걸로 그 문제는 해결되는 거고."

그러고 나서 그는 며칠 전 콜린스가 보낸 편지를 읽어주었을 때 몹시 난처했겠다며 한바탕 웃고 나서 이제 그만 나가보라고 말했다. 그녀가 방을 나가려고 돌아설 때 그가 말했다.

"어떤 젊은이가 와서 메리나 키티를 찾으면 나한테 보내거라. 지금은 내가 한가하니까."

엘리자베스는 마치 무거운 짐을 내려놓은 듯 홀가분했다. 그리고 자기 방에서 30분 정도 조용히 마음을 가라앉히고 나서야 다른 식구들과 어울릴 수 있었다. 결혼 승낙이 성사된 그날 밤은 기쁨을 누릴 새도 없이 조용히 지나갔다. 이제 더 이상 고민할 일도 없었다. 오로지 편안한 마음으로 가족들과 기쁨을 나누기만 하면 되었다.

늦은 밤 엘리자베스는 윗방으로 올라가는 어머니를 뒤따라가서 집안의 큰일을 알렸다. 어머니의 반응은 아주 유별났다. 딸이 얘기하자 처음에는 입을 뗄 생각도 못 하고 가만히 앉아 있었다. 잠시 동안 딸이 무슨 말을 하고 있는지 미처 깨닫지도 못했다. 자기 가족에게 득이 되는 일이나 훌륭한 사윗감은 잽싸게 알아보면서 말이다. 그러나 얼마 지나지 않아 베넷 부인은 특유의 반응을 보였다. 그녀는 가만히 있지 못하고 앉았다 일어났다 하더니 결국 털썩 주저앉으면서 기쁨의 탄성을 내질렀다.

"오, 하느님, 감사합니다! 맙소사! 다아시라니! 누가 상상이나 했겠니? 정말이니, 리지? 오, 사랑스러운 우리 리지, 이제 넌 어마어마한 부자가 되겠구나. 신분도 높아질 테고. 용돈이면 용돈, 보석이면 보석, 게다가 마차까지 갖고 싶은 건 다 가질 수 있다. 제인은 비교도 안 되는구나. 갖다 댈 게 아냐. 리지, 너무너무 기쁘고 행복하구나. 더구나 외모는 또 어떻고. 잘생겼지, 늘씬하지, 아주 매력이 철철 넘치는 남자다. 리지, 내가 싫어했던 거 미안하다고 전해주지 않겠니? 물론 그런 건 신경도 안 쓸 사람이지만 말이다. 오, 리지, 그 사람 런던에 집도 있지 않니! 도대체 없는 게 뭐니? 정말 이런 일도 다 있구나. 딸 셋이 연달아 결혼하다니! 1년에 만 파운드라니! 오, 하느님. 이거야 원, 정신을 못 차리겠구나."

엘리자베스는 이것으로 의심할 여지 없이 어머니가 승낙했다고 생각했다. 그녀는 어머니의 호들갑스러운 모습을 혼자 보게 되어 다행이라고 생각하며 방을 나갔다. 그러나 그녀가 자기 방에 들어온 지 3분도 안 되어 어머니가 뒤따라 들어왔다.

"리지, 다른 건 생각할 것도 없겠다. 1년에 만 파운드라니. 아마 그 이상일 거야. 그 정도면 왕족이나 매한가지지. 특별 허가(귀족에 한해서 행하는 주교나 추기경의 결혼 허가—옮긴이)도 있잖니. 넌 특별 허가를 받고 결혼하는 거야. 그건 그렇다 치고 다아시 씨는 무슨 음식을 좋아하니? 내일 만들어주려고 그러는데."

이것은 어머니가 다아시를 어떻게 대할지 암시하는 우울한 징조였다. 덕분에 그녀는 다아시의 열렬한 사랑을 얻었고, 부모님한테 결혼 승낙까지 받았는데도 마음 한구석이 썩 개운하지 않았다. 하지만 이튿날은 예상했던 것보다 무사히 지나갔다. 베넷 부인은 사위 될 사람을 어려워한 나머지 무척 조심스럽게 행동했던 것이다. 말도 제대로 건네지 못하고 기껏해야 공손하게 대접하고 그의 의견을 높이 평가하는 정도였다.

베넷 씨는 다아시를 친근하게 대하려고 애썼다. 그것을 보고 엘리자베스는 흐뭇했다. 그는 이내 다아시가 볼수록 훌륭한 사람이라고 말했다.

"사위 셋 다 하나같이 출중하구나. 그중에 위컴이 가장 마음에 든
다만. 그러나 제인의 남편 못지않게 네 남편을 좋아할 것 같구나."

18

엘리자베스는 금세 기운이 났다. 활기를 되찾은 그녀는 다아시에
게 어떻게 자기를 사랑하게 되었는지 얘기해달라고 졸랐다.

"사랑이 어떻게 시작되었죠? 시작한 다음부터는 멋지게 밀고 나
갔다는 건 알아요. 하지만 처음에 어떻게 마음이 움직였어요?"

"마음이 처음 움직였던 시각이나 장소, 얼굴 표정, 말, 이런 건 정
확히 모르겠습니다. 오래전 일이고, 상당한 시간이 지난 뒤에야 제
가 사랑하고 있다는 걸 알았죠."

"처음부터 제 외모를 마음에 들어 하지 않은 건 알아요. 더구나
제 태도로 말할 것 같으면 당신 앞에서는 최소한의 예의만 차릴 정
도였죠. 한마디라도 할라치면 그 자리에서 험하게 쏘아붙였죠. 이
제 말해보세요. 저의 도도한 모습이 마음에 들었나요?"

"활력 넘치는 모습이 보기 좋았습니다."

"건방진 모습이라고 해도 돼요. 그렇게 행동했으니까요. 사실 당
신은 예의와 존경의 표시, 쓸데없는 친절에 넌더리가 났던 거예요.
당신 마음에 들려고 애쓰는 여자들이 지긋지긋하던 터에 그런 여자

들과 다른 저를 보고 신선한 충격을 느꼈고 흥미가 끌렸던 거죠. 당신이 진짜 친절한 사람이 아니었다면 그런 저를 미워했을지도 몰라요. 자신의 감정을 드러내지 않으려고 했지만 당신의 감정은 늘 가치 있고 합당했죠. 마음속으로는 당신의 환심을 사려고 아등바등하는 사람들을 경멸했던 거지요. 어때요? 당신은 힘들게 더 설명 안 해도 되겠죠? 아무리 생각해봐도 합리적으로 잘 설명한 것 같아요. 당신이 저의 좋은 점을 발견한 건 아니에요. 하지만 그런 걸 생각하고 사랑에 빠지는 사람은 없을 거예요."

"제인 양이 네더필드에서 앓아누웠을 때 새벽같이 달려와서 돌봐주던 그 모습은 좋은 점이 아닐까요?"

"언니인데 그 정도는 누구나 하죠. 하지만 어쨌든 미덕을 갖춘 사람이라고 생각하세요. 제 장점은 당신이 보고 판단하기 나름이니 되도록 과대평가해주세요. 그럼 보답하는 마음으로 종종 당신한테 싸움을 걸어드리죠. 그럼 바로 질문할게요. 당신은 뭣 때문에 그렇게 속마음을 드러내지 않았죠? 결국은 이렇게 할 거면서 말이에요. 처음 방문했을 때나 여기에서 식사할 때 왜 그렇게 외면하셨나요? 특히 여기를 다시 방문했을 때 왜 저한테는 아무 관심도 없는 것처럼 냉담한 태도를 보였죠?"

"당신이 굳은 표정으로 입을 다물고 있어서 용기가 안 났던 겁니다."

"그때 저는 속으로 많이 당황했어요."

"저도 그랬습니다."

"점심 식사를 하러 왔을 때는 좀더 얘기할 수 있지 않았나요?"

"그 정도 감정이 아니었다면 그럴 수 있었겠죠."

"당신은 이치에 맞는 대답만 하고, 저는 또 그만큼만 받아들이니 우리가 힘들었던 거예요. 당신 혼자 어떻게 하든 수수방관했다면 언제까지 그러고 있었을지 궁금하네요. 제가 먼저 말을 건네지 않았다면 언제까지 말도 안 하고 있었을지 말이에요. 리디아 일을 도와주셔서 고맙다는 말을 전해야겠다고 마음먹기를 잘했던 것 같아요. 과분할 정도로 좋은 결과를 가져다줬으니까요. 원래 말하지 않기로 약속했는데, 약속을 지키지 않아서 행복해진 셈이네요. 도덕을 어기면 안 되는데 말이에요."

"너무 걱정 말아요. 도덕적으로는 아무 문제 없으니까요. 우리를 갈라놓으려고 했던 캐서린 귀부인의 부당한 처사를 보고 오히려 모든 의심이 사라졌습니다. 저에게 감사하다는 인사를 전하고 싶은 마음이 간절했기 때문에 지금 우리가 행복한 것이 아닙니다. 저는 그런 말을 기다릴 기분이 아니었거든요. 이모님 말씀을 듣고 희망을 가지게 되었죠. 그래서 당장 모든 것을 알아봐야겠다고 마음먹었던 것입니다."

"그렇게 큰 도움을 주시다니 귀부인께서도 행복하시겠어요. 사람들한테 늘 도움을 주고 싶어 하시니까요. 그런데 네더필드에는 무슨 일로 오신 거죠? 말을 타고 롱본에 오셔서 어쩔 줄 모르고 앉아 계시려고 그런 건가요? 아니면 중대한 계획이 있었나요?"

"진정한 목적은 당신이 제 사랑을 받아들일지 알아보려고 왔습니다. 하지만 표면상으로는 제인 양이 아직도 빙리를 연모하는지 살펴보자는 생각이었죠. 그렇다면 이미 그랬듯이 빙리에게 모든 것을 고백하려고요."

"캐서린 귀부인께 앞으로 일어날 일을 말씀드릴 용기가 있으세요?"

"용기보다는 시간이 필요할 것 같군요. 어차피 아셔야 할 일이니 말씀드려야지요. 편지지 한 장 주시면 바로 하죠."

"저도 할 일이 없다면 누구처럼 당신 옆에 앉아서 글씨도 어쩜 그리 고르게 잘 쓰냐는 둥 칭찬해드리고 싶네요. 하지만 저도 섭섭하게 해드릴 수 없는 외숙모가 한 분 계셔서 그분께 편지를 써야 한답니다."

엘리자베스는 다아시와 자신이 외숙모가 생각하는 것만큼 가까운 사이가 아니라는 말을 하고 싶지 않아서 그녀의 긴 편지에 대한 답장을 아직 보내지 않았다. 그러나 몹시 기뻐할 소식이 생긴 지금으로서는 당장 쓰지 않을 수 없었다. 외숙모와 외삼촌이 이렇게 행복한 소식을 사흘이나 까맣게 모르고 있다는 생각이 들었던 것이다. 그녀는 죄송한 마음으로 편지를 썼다.

외숙모, 우선 며칠 전 자세한 편지 주셔서 감사합니다. 진작 답장을 보냈어야 했는데 당시에는 외숙모께서 실제 이상으로 생각하시는 것 같아 난감해서 편지를 쓰지 못했습니다. 그러나 지금은 마음대로 생각하셔도 좋아요. 공상에 빠져도 상관없어요. 무슨 상상을 하시든 다 맞을 테니까요. 제가 실제로 결혼했다는 것만 빼고 말이에요. 이번에 답장을 보내실 때는 지난번보다 더 많이 그 사람 칭찬을 해주세요. 호수 지방으로 가지 않게 해주셔서 정말 감사해요. 그때는 그곳이 왜 그렇게 가고 싶었는지, 제가 생각이 참 모자랐어요. 예쁜 조랑말 한 쌍이 끄는 낮은 사륜마차를 타고 장원을 구경하자는 말씀은 참 좋은 생각이에요. 매일 장원을 돌아다니는 건 어때요? 저는 정말이지 이 세상에서 가장 행복한 여자예요. 다른 사람들도 그런 말을 한 적이 있겠지만 저만큼 그 말에 딱 맞는 경우는 없을 거예요. 저는 언니보다 더 행복하답니다. 언니는 미소만 짓고 있지만 저는 아주 활짝 웃고 있거든요. 다아시 씨가 세상의 모든 사랑을 두 분께 보낸다네요. 저한테 보내고 남는 게 있다면 말이에요. 크리스마스 때 펨벌리에서 꼭 뵙고 싶어요.

캐서린 귀부인에게 보내는 다아시의 편지는 그와 다른 문체였고, 베넷 씨가 콜린스에게 보낸 회답은 두 사람의 편지와는 또 완전히 달랐다.

수고스럽겠지만 한 번 더 축하해주어야겠소. 엘리자베스는 머지않아 다아시 씨의 아내가 되기로 했으니 말이오. 자네가 캐서린 귀부인의 마음을 달래드려야겠소. 하지만 내가 자네라면 다아시 씨를 편들겠소. 어느 모로 보나 그쪽이 더 많은 것을 가졌으니 말이오.

오빠의 결혼식이 얼마 남지 않았을 때 빙리 양이 보낸 축하의 편지는 다정스럽기는 했으나 가식적이었다. 그녀는 제인한테도 편지를 보내 두 사람이 결혼하게 되어 기쁘다며 친근한 말들을 늘어놓았다. 제인은 그 말을 곧이곧대로 받아들이지는 않았으나 감동했다. 그리고 믿을 수는 없었지만 정겨움이 넘치는 답장을 써서 보냈다.

반면 다아시 양은 오빠의 결혼 소식을 듣고 진심으로 오빠만큼이나 기뻐했다. 기쁜 마음과 새언니에게 사랑받고 싶은 마음이 간절하다는 것을 말로 다 표현하기에는 편지지 넉 장도 모자랐다.

콜린스한테 답장이 오거나 콜린스 부인이 엘리자베스에게 보내는 축하의 편지가 오기도 전에, 롱본 가족은 콜린스 부부가 루카스 로지에 왔다는 소식을 들었다. 그들이 갑자기 온 이유는 곧 드러났다. 조카의 편지를 받고 캐서린 귀부인은 머리끝까지 화가 났고, 친구의 결혼을 진심으로 기뻐하는 샬럿은 폭풍이 잠잠해질 때까지 그곳을 떠나 있고 싶었던 것이다.

엘리자베스는 이럴 때 친구를 만나는 것이 무척 기뻤다. 가끔 값비싼 대가를 치러야 했지만 말이다. 콜린스가 으스대면서 갖은 친절로 다아시를 귀찮게 했던 것이다. 그러나 다아시는 콜린스의 지나친 태도를 놀라울 정도로 잘 참아냈다. 나아가 그는 윌리엄 루카스 경의 말도 경청했다. 루카스 경은 그에게 이 고장의 가장 빛나는 보석을 데려간다며 찬사를 보냈고 어지간히 점잖은 태도로 세인트 제임스 궁에서 자주 만나기를 바란다고 했다. 다아시는 윌리엄 경이 떠난 뒤에야 비로소 어깨를 움츠렸다.

다아시가 가장 참기 어려웠던 것은 필립스 부인의 경망스러운 태도였다. 그녀는 자기 언니와 마찬가지로 싹싹하고 부드러운 빙리한테는 친근하게 말을 걸었지만, 다아시한테는 말도 제대로 못 붙였다. 어쩌다 말을 걸어도 상스럽기 그지없었다. 그녀가 존경하는 다아시 앞에서 평소보다 얌전하기는 했지만 그렇다고 더 교양 있게 구는 것은 아니었다. 걱정이 된 엘리자베스는 다아시가 가능한 한 어머니와 이모 가까이 가지 않도록 막으면서, 그가 모멸감을 느끼지 않고 이야기할 수 있는 사람들과 함께 있도록 애썼다. 이럴 때마다 마음이 편치 않아서 즐거운 기분까지 반감되었지만 앞으로의 기대감은 몇 배 더 커졌다. 다아시나 그녀의 마음에 차지 않는 사람들을 떠나 펨벌리의 안락하고 고상한 가족들 곁으로 갈 날을 고대하며 희망에 부풀었던 것이다.

19

가장 자랑스러운 두 딸이 출가하던 날 베넷 부인은 어머니로서 더할 나위 없이 행복했다. 나중에 베넷 부인이 얼마나 흐뭇하고 기쁜 마음으로 빙리 부인을 방문하고 다아시 부인 이야기를 했는지는 짐작하고도 남는다. 딸들을 좋은 집안으로 시집보내는 것이 평생의 소원이었는데, 하나도 아니고 몇 명이나 그런 바람대로 되었으니, 남은 인생은 분별 있고 식견이 넓고 온화한 성품으로 살아갔다면 그 가족에게는 얼마나 행복한 일이겠는가. 하지만 독특한 방식으로 가정생활의 재미를 느끼는 그녀의 남편은 늘 그랬듯이 때때로 푸념을 늘어놓고 어수룩하게 구는 아내가 더 좋을 것이다.

베넷 씨는 특히 둘째 딸을 몹시 그리워했다. 따라서 다른 일보다 둘째 딸이 보고 싶어서 자주 집을 나섰다. 특히 그는 아무한테도 연락하지 않고 펨벌리에 가는 것을 좋아했다.

빙리와 제인은 열두 달 동안만 네더필드에 머물렀다. 제인처럼 마음 넓고 착한 사람도 어머니와 메리턴의 친척들 가까이 살기가 쉽지 않았던 것이다. 빙리는 누이들이 간절히 바라던 대로 더비셔 인근에 집을 마련했다. 그렇게 해서 그렇잖아도 행복한 제인과 엘리자베스는 서로 30마일(약 50킬로미터—옮긴이)밖에 떨어지지 않은 곳에 살게 되어 더욱 행복했다.

언니들과 많은 시간을 보내면서 실제로 이득을 본 것은 키티였다. 그동안 가까이 지내던 사람들보다 훨씬 나은 사람들을 만나다 보니 성격도 많이 좋아졌다. 키티는 리디아와 달리 웬만큼 다룰 만했다. 리디아가 옆에서 부추기지도 않았고 두 언니가 관심을 가지고 보살펴주자 조급한 성격이나 무식한 행동도 많이 줄어들었고 조금 매력적으로 변했다. 가족들이 이로울 것 하나 없는 리디아와 어울리지 못하도록 각별히 조심한 것은 물론이었다. 위컴 부인이 젊은 남자들이 많다면서 무도회에 오라고 초대해도 베넷 씨가 절대 보내지 않았다.

이제 딸들 중에는 메리만이 집에 머물러 있었다. 그러나 혼자 있을 줄을 모르는 어머니는 늘 그녀의 공부를 방해했다. 따라서 메리는 사람들과 어울리는 시간이 더 많아졌다. 하지만 매일 아침 사람들이 방문했을 때 유식한 이론을 늘어놓을 수 있어서 좋았다. 게다가 이제 기분 나쁘게 예쁜 언니들과 비교될 일도 없었다. 그것을 보고 아버지는 메리가 거부감 없이 변화를 받아들인다고 생각했다.

위컴과 리디아는 언니들이 결혼하고 나서도 전혀 변하지 않았다. 위컴은 지난날 자신이 은혜도 모르고 저지른 짓이나 거짓말했던 사실들을 엘리자베스가 그전에는 몰랐더라도 이제는 확실히 알았을 거라고 생각했다. 하지만 현명한 위컴은 금방 체념하고 예사롭게 넘어갔다. 더구나 그 엄청난 짓을 저지르고도 다아시를 잘만 설득하면 재산을 한몫 챙길 수 있다는 미련을 완전히 버리지 않았다. 리디아가 엘리자베스에게 쓴 결혼 축하 편지를 보면 그는 아니더라도 그녀는 은근히 기대하고 있다는 것을 알 수 있었다. 편지 내용은 다음과 같았다.

그리운 리지 언니

언니, 결혼을 진심으로 축하해. 내가 내 사랑 위컴을 사랑하는 마음의 반만이라도 다아시 씨를 사랑한다면 언니는 정말 행복할 거야. 언니가 부잣집에 시집가게 되어 정말 좋아. 바쁘겠지만 우리 생각도 좀 해주면 좋겠어. 위컴은 궁정에서 일하고 싶어 해. 우리는 도움을 받지 않고는 살기가 힘들거든. 그저 1년에 3, 4백 파운드가량만 받을 수 있으면 아무 자리나 좋아. 하지만 내키지 않으면 형부한테 말하지 않아도 돼.

그럼 안녕

말하지 않는 것이 마땅하다고 생각한 엘리자베스는 답장에 그런 부탁도 하지 말고 기대도 하지 말라고 썼다. 그러나 그녀는 용돈을 아껴 모은 돈을 종종 리디아한테 보내주었다. 돈을 아껴 쓸 줄도 모르고 낭비벽까지 있는 위컴 부부는 돈을 벌어도 늘 생활비가 모자랄 게 뻔했던 것이다. 그들은 거처를 옮길 때마다 어김없이 제인이나 엘리자베스에게 빚 갚을 돈을 좀 달라고 부탁했다. 평화가 회복되어 제대를 하고 난 뒤에도 극히 불안정한 생활은 계속되었다. 그들은 매번 그 전보다 더 싼 곳으로 이사했고, 늘 버는 돈보다 더 많이 썼다. 이제 위컴은 리디아에게 관심도 없었지만, 리디아의 애정은 그보다 조금 더 오래갔다. 그녀는 어린 나이에 그렇게 살아가면서도 결혼한 여자로서 욕먹을 짓은 하지 않았다.

다아시는 위컴이 펨벌리에 오는 것을 허락하지 않았지만 엘리자베스를 생각해서 그에게 일자리를 얻어주었다. 리디아는 남편 혼자 런던이나 바스에 놀러 갈 때 가끔 펨벌리를 방문했다. 빙리 집에는 리디아와 위컴 둘 다 자주 와서는 오래 머물다 가는 바람에 사람 좋은 빙리조차 견디다 못해 그만 돌아가면 좋겠다는 뜻을 슬며시 내비칠 정도였다.

빙리 양은 다아시의 결혼에 몹시 화가 났지만 그렇다고 펨벌리에 발길을 뚝 끊는 것보다는 계속 방문하는 게 낫다는 생각에 울분을 달랬다. 그전보다 조지애나를 더욱 좋아했고, 전과 마찬가지로 다아시에게 사근사근했으며, 엘리자베스에게는 전에 없던 예의를 갖췄다.

펨벌리는 이제 조지애나의 집이 되었다. 그리고 다아시의 바람대로 시누이와 올케는 서로를 아껴주었다. 두 사람은 처음부터 그러기로 마음먹었고 실제로도 스스로 기대한 만큼 서로를 사랑했다. 조지애나는 새언니를 공경했다. 처음에는 쾌활하게 오빠를 대하면서 농담조로 말하는 것을 보고 깜짝 놀랐다. 사랑하는 것 이상으로 존경하는 오빠가 공개적으로 농담거리가 되는 것을 본 것이다. 이제는 그동안 꿈에도 생각해보지 못했던 일들을 이해하기 시작했다. 그녀는 엘리자베스를 보면서 여자도 남편을 스스럼없이 대할 수 있다는 것을 알았다. 오빠가 자기보다 열 살이나 어린 동생이 항상 그렇게 하는 것을 용납하지는 않겠지만 말이다.

캐서린 귀부인은 조카의 결혼에 비분강개했다. 그리고 결혼할 거라는 조카의 편지에 답장을 쓰면서 솔직한 성격을 거침없이 드러내며 특히 엘리자베스에 대해 지독히도 모욕적인 말을 퍼부었다. 그 일로 다아시와 귀부인은 한동안 서로 연락조차 하지 않았다. 그러나 엘리자베스가 잘 타일러서 다아시는 이모의 예의 없는 언행을 더 이상 마음에 두지 않고 화해를 청했다. 이모는 마음을 바꾸지 않고 조카보다 조금 더 버텼다. 하지만 조카를 사랑하는 마음 때문인지 아니면 조카며느리가 어떻게 처신하는지 궁금했는지 분노를 가라앉히고 그들을 만나러 펨벌리를 방문했다. 여주인뿐만 아니라 그 외삼촌과 외숙모까지 찾아와 숲을 더럽힌 펨벌리를 말이다.

다아시 부부는 누구보다 가드너 부부와 가깝게 지냈다. 엘리자베스는 말할 것도 없고 다아시도 진심으로 그들을 소중히 여겼다. 그리고 엘리자베스를 더비셔에 데려와 자신과 맺어준 그들에 대해 늘 고마운 마음을 잊지 않았다.

제인 오스틴

Jane Austen, 1775. 12. 16~1817. 7. 18

영국 햄프셔 주 작은 도시 스티븐턴에서 목사인 조지 오스틴과 목사의 딸인 커샌드라 리의 6남 2녀 중 일곱 번째 자식이자 둘째 딸로 태어났다. 제인은 1782년(7세) 두 살 위인 언니 커샌드라와 함께 옥스퍼드로 가서 먼 친척인 앤 콜리 부인에게 교육을 받았고, 1783년부터 수도원 기숙학교에서 교육을 받았으나 1784년 집안 형편 때문에 집으로 돌아와야 했다. 남자 형제들 모두 대학교와 사관학교에서 정식 교육을 받았던 것과는 달리 평생 자매가 받은 정규교육이라고는 그 3년이 전부였다.

그러나 제인은 가족들 모두 모이면 책을 낭독하거나 연극을 하며 시간을 보낼 만큼 문학과 예술을 즐기는 가정 분위기에서 자랐다. 옥스퍼드대학교를 졸업한 아버지는 특히 소설을 좋아했고, 어머니는 시를 짓는 재능이 있었으며, 큰오빠 제임스는 옥스퍼드대학교에서 주간지를 편집 발행하기도 했다.

오빠와 동생들은 대부분 목사, 장교, 은행가 등을 지냈는데 이러한 직업들은 그녀의 작품에 그대로 투영되었다. 언니와는 우애가 각별해 평소 자주 편지를 주고받았는데, 제인 오스틴에 대한 정보 대부분이 그 편지에서 얻은 것들이다. 커샌드라는 약혼자가 죽은 뒤 평생 노처녀로 살았고, 제인 또한 집안 살림을 하는 틈틈이 소설을 쓰면서 평생 독신으로 살았다.

제인 오스틴은 20대 때 결혼할 기회가 몇 번 있었던 것으로 전해진다. 1795년(20세) 톰 리프로이를 사귀었으나 청혼을 받지는 못했다. 그를 재산이 더 많은 여자와 결혼시키려고 했던 그의 집안에서 반대했기 때문이다. 1802년(27세)에는 재산 상속자였던 친구 오빠의 청혼을 받아들였다가 다음 날 없던 일로 해버렸다. 조건은 좋았으나 사랑 없는 결혼을 선택할 수 없었던 것이다.

제인 오스틴은 1787년(12세)부터 가족 이야기를 중심으로 습작을 하기 시작했는데 주로 서간체 소설을 썼다. 1793년(18세)부터 1795년까지 미완성 장편소설 〈수전 귀부인(*Lady Susan*)〉을 썼고, 1795년(20세)에는 서간체 소설 〈엘리너와 매리앤(*Elinor and Marianne*)〉을 집필했다. 〈엘리너와 매리앤〉은 나중에 《이성과 감성》의 모체가 되었다.

1796년부터 1797년까지 장편소설 〈첫인상(*First Impression*)〉을 쓰고 처음으로 출판을 시도했다. 1797년(22세) 이 작품의 가능성을 먼저 알아본 그녀의 아버지가 런던에 있는 출판사와 접촉했으나 거절당했다. 이 〈첫인상〉이 바로 《오만과 편견》의 모체다. 1797년부터 1798년까지 〈엘리너와 매리앤〉을 《이성과 감성(*Sense and Sensibility*)》으로 개작했고, 1798년부터 1799년(24세)까지 〈수전(*Susan*)〉을 집필했다. 제인 오스틴이 20대 초반에 쓴 이 소설들은 영미문학의 대표작으로 작품성과 대중성을 인정받은 수작들이다.

1801년(26세) 아버지가 목사직에서 물러난 뒤 그녀의 가족은 바스로 거처를 옮겼다. 그러나 1805년(30세) 아버지가 세상을 떠난 이후 가족은 친척 집을 전전하며 불안정한 생활을 계속했다. 그동안 제인 오스틴은 방황을 거듭하며 거의 창작을 하지 못했다.

1809년(34세) 아버지에게 목사직을 준 집안의 양자로 들어가 재산을 상속받은 셋째 오빠 에드워드가 고향에서 멀지 않은 초턴에 집을 마련해주어 제인의 가족은 비로소 정착하게 되었다. 그곳에서 제인은 병든 어머니, 언니와 함께 여생을 보냈다.

초턴에서 마음의 안정을 되찾은 제인 오스틴은 7년 동안 활발하게 집필에 매진했다. 1811년(36세) 《이성과 감성》을 출판했고, 1811년부터 1812년까지 〈첫인상〉을 《오만과 편견(*Pride and Prejudice*)》으로 개작해 이듬해(1813년) 출판했다. 《이성과 감성》과 《오만과 편견》은 초판이 매진될 만큼 대중적인 인기를 얻었다.

1811년부터 1813년(38세)까지 《맨스필드 파크(*Mansfield Park*)》를 집필해 이듬해(1814년) 출판했고, 그다음 해 《에머(*Emma*)》(1815년)를 출판했는데, 두 책 모두 초판이 매진되면서 작가로서 명성을 얻었다.

1816년(41세)에 《설득(*Persuasion*)》을 집필했고, 1817년 〈샌디션(*Sandition*)〉을 쓰기 시작했으나 병을 얻어 결국 탈고하지 못했고, 그해 7월 마흔두 살의 짧은 나이로 생을 마쳤다. 작가로서 본격적인 활동을 하기 직전에 맞은 안타까운 죽음이었다. 그해 12월 〈수전〉의 제목을 바꾼 《노생거 수도원(*Northanger Abbey*)》과 《설득》이 출판되었다.

제인 오스틴은 살아생전에 자신의 모든 작품을 익명으로 출판했다. 그녀가 죽은 뒤에 출판된 《노생거 수도원》과 《설득》에는 '《오만과 편견》, 《맨스필드 파크》의 저자'라고 표기되었으나, 제인의 넷째 오빠 헨리가 저자 소개에서 익명의 저자가 바로 제인 오스틴임을 밝힘으로써 그녀의 이름이 세상에 알려졌다.

제인 오스틴의 대표작 《오만과 편견》은 《이성과 감성》, 《설득》 등과 더불어 처음 출간된 직후부터 2백 년 이상이 흐른 지금까지 독자들에게 사랑받고 있으며, 그녀의 작품은 특히 20세기에 전 세계적으로 각광받았다.

제인 오스틴이 평생 자기가 사는 지역에서 크게 벗어나지 않았듯이 그녀의 작품 배경은 주로 중류층 집안과 그 이웃에 국한된다. 이야기의 소재 또한 일상성을 벗어나지 않으나 인간상과 시대상을 위트와 풍자를 가미해 사실적으로 세밀하게 묘사하는 데 탁월하다는 평가를 받는다.

당시 재산이 없는 집안의 남자들은 목사나 군인이 되고 여자들은 시집을 가거나 가정교사, 혹은 노처녀로 사는 것이 관례였다. 사회활동이 극히 제한되어 있었고 남자들에게 의지해 살아갈 수밖에 없는 여성들에게 결혼이란 신분 상승의 도구이자 사회활동의 방편, 그리고 지극히 합법적인 생계 수단이었다. 《오만과 편견》은 이런 사회적 배경 아래 중류층 집안의 다섯 딸들이 각자 배우자를 찾고 자아를 발견해나가는 과정을 둘째 딸의 시점으로 그리고 있다.

재력가이고 신분 또한 높은 다아시는 인습에 얽매이지 않고 쾌활한 베넷 가의 둘째 딸 엘리자베스에게 호감을 보이지만 그녀는 다아시를 재산과 신분만 믿고 오만하게 구는 사람이라고 생각한다. 반면 다아시는 베넷 가 여자들의 속물근성을 경멸하며 더욱 오만하게 굴고, 엘리자베스는 더욱 편견을 가지고 그를 대한다. 그러나 엘리자베스는 다아시의 오만함 뒤에 숨은 진정성을 발견한 뒤 조금씩 편견을 벗어던지고 그의 청혼을 받아들인다.

《오만과 편견》은 재산이나 신분이 변변찮은 신사 집안의 딸과 부자 남자의 결혼이라는 점에서는 신데렐라 이야기 구조를 벗어나지 않는다. 그러나 모든 조건을 갖춘 남자를 차지하는 여자가 뛰어난 미인이라기보다 지적이고 분별 있으며 당당하다는 점, 그 시대에 여성이 처한 상황을 대변함과 동시에 비판하며, 가문과 지위를 중시하는 상류층의 통념이 잘못된 것이라고 당당하게 말하고, 결혼의 전제 조건으로 외적인 것보다는 사랑을 역설하며, 여성이 재력가인 남자의 세계로 고스란히 들어가는 것이 아니라 그 남자의 성품과 세계관을 바꾸는 주체가 된다는 점, 남자 또한 가문이나 권위 의식에 얽매이지 않고 자신의 가치관과 취향에 따라 선택하는 등 당시의 지배적인 가치를 벗어나 새로운 가치를 제시했다는 점에서 문학적 가치를 인정받는다.

2백 년 전이나 지금이나 결혼은 신분과 지위, 이성과 감성, 주변 사람들의 이해관계, 가치관, 통념, 과거와 현재 등이 충돌하는 삶의 중요한 과정인 만큼《오만과 편견》은 오랜 세월이 흐른 지금까지 많은 사람들이 꾸준히 찾는 작품이다. 그러나 지금 시대에도 공감할 수 있는 가장 큰 이유는 바로 제인 오스틴이 일상적인 배경과 소재를 가지고 평범한 인물들의 다양한 성격과 심리를 세밀하게 묘사했기 때문이다.

The Classic Books

오만과 편견

초판 1쇄 발행 2013년 9월 30일
초판 3쇄 발행 2019년 7월 5일

지은이 제인 오스틴
옮긴이 북트랜스
펴낸이 신경렬

편집장 김지연
마케팅 장현기 · 정우연 · 정혜민
디자인 이승욱
경영기획 김정숙 · 김태희 · 조수진
제작 유수경

펴낸곳 (주)더난콘텐츠그룹
출판등록 2011년 6월 2일 제2011-000158호
주소 04043 서울시 마포구 양화로12길 16, 7층(서교동, 더난빌딩)
전화 (02)325-2525 | **팩스** (02)325-9007
이메일 book@ibookroad.com | **홈페이지** www.ibookroad.com

ISBN 979-11-85051-15-4 04840